WINKLER
WELTLITERATUR
DÜNNDRUCK
AUSGABE

LAURENCE STERNE

Das Leben und die Meinungen des Tristram Shandy

ARTEMIS & WINKLER

Vollständige Ausgabe. Aus dem Englischen übersetzt von Siegfried Schmitz, unter Zugrundelegung der Übertragung von J. J. Bode (1776). Mit einem Nachwort von Klaus Thiele-Dohrmann, Anmerkungen und Zeittafel von Monika Reif-Hülser sowie 14 Kupferstichen von D. Berger (nach Chodowiecki) und Hogarth.

ISBN Leinen 3 538 05194 1 Leder 3 538 05694 3

5. Auflage 1991

Druck und Bindung: Friedrich Pustet,
Graphischer Großbetrieb, Regensburg. Gedruckt auf Dünndruckpapier der Papierfabrik Bolloré Technologies, Thonon-les-Bains
Printed in Germany

Ταράσσει τοὺς Ἀνθρώπους οὐ τὰ Πράγματα,
ἀλλὰ τὰ περὶ τῶν Πραγμάτων, Δόγματα.

Dem hochwohlgebornen
HERRN PITT

Sir,

niemals hat ein armer Dedikator weniger Hoffnung auf seine Dedikation gegründet als ich auf diese hier; denn ich schreibe sie in einem abgelegenen Winkel des Königreichs und unter einem einsamen Strohdach, wo ich mein Leben in ständiger Bemühung zubringe, mich vor den Anfälligkeiten einer schlechten Gesundheit und anderen Übeln des Lebens durch gute Laune zu schützen, denn ich bin fest überzeugt, daß sie, sooft der Mensch lächelt – und noch weit mehr, wenn er lacht –, dieses Fragment des Lebens um etwas vergrößert.

Ich ersuche Sie ganz ergebenst, Sir, erweisen Sie diesem Buch die Ehre, und nehmen Sie es (nicht in Ihren Schutz – es muß sich selbst beschützen –, sondern) mit aufs Land. Erfahre ich nachher nur einmal, daß es Ihnen ein Lächeln abgewonnen hat, oder kann ich mutmaßen, daß Sie einen Augenblick Ihre Schmerzen darüber vergessen haben, werde ich mich so glücklich dünken wie ein Staatsminister – vielleicht weit glücklicher als irgendeiner (einen einzigen ausgenommen), von dem ich jemals gelesen oder gehört habe.

Ich bin, hochzuverehrender Herr,
(und was Ihnen noch mehr Ehre macht)
allgemein geliebter Herr,
Ihr Freund und ergebenster Mituntertan
der Verfasser

ERSTES BUCH

1. Kapitel

Ich wollte, entweder mein Vater oder meine Mutter oder lieber alle beide – denn im Grunde war die eine so gut dazu verpflichtet wie der andere – hätten sich richtig überlegt, worauf sie hinauswollten, als sie mich zeugten. Hätten sie gehörig in Erwägung gezogen, was für ein wichtiges Geschäft sie verrichteten – daß es nicht nur die Hervorbringung eines vernünftigen Wesens beträfe, sondern daß möglicherweise die glückliche Bildung und Mischung seines Körpers, vielleicht sein Genie, die gesamte Beschaffenheit seines Gemüts und, da sie kein Wort fürs Gegenteil anführen konnten, selbst das Wohl seines ganzes Hauses ihre Richtung von den Stimmungen und Neigungen, welche die beiden damals beherrschten, annähmen –, hätten sie alles dieses gehörig erwogen und danach gehandelt, ich bin fest überzeugt, ich würde eine ganz andere Figur in der Welt gemacht haben als diejenige, in der mich nun der Leser sehr wahrscheinlich sehen wird. Glauben Sie mir nur, liebe Leute, dies ist keine so unbedeutende Sache, wie wohl viele unter Ihnen denken mögen. Sie haben alle, wette ich, von den Lebensgeistern gehört, wie diese vom Vater dem Sohn eingeflößt werden usw. usw., und manches andere, was sich darauf bezieht. Nun gut, verlassen Sie sich auf mein Wort, daß neun Zehntel von eines Mannes Verstand oder Dummheit, alle seine Erfolge und Fehlschläge in der Welt von den Bewegungen dieser Lebensgeister, ihrer Tätigkeit und den verschiedenen Gängen und Bahnen abhängen, auf die man sie bringt, so daß es, wenn sie einmal auf die Beine gekommen sind, sehr wichtig ist, ob sie die richtige oder falsche Richtung einschlagen – sie rennen davon, was hast du, was kannst du, als ob jemand mit einer Peitsche hinterdrein wäre; und indem sie immer wieder dieselbe Bahn hin und her laufen, machen sie sich bald einen Pfad daraus, der so eben und gebahnt wird wie ein Gartenweg, von dem sie, wenn sie einmal daran gewöhnt sind, selbst der Satan nicht so leicht abbringen könnte.

„Hör, mein Lieber", sagte meine Mutter, „du hast doch nicht vergessen, die Uhr aufzuziehen?" – „Gott verzeih mir die Sünde!" rief mein Vater ziemlich verdrießlich, wobei er sich gleichwohl bemühte, die Stimme zu mäßigen. „Hat wohl jemals eine Frau, solange die Welt besteht, ihren Mann mit einer so einfältigen Querfrage unterbrochen?" – Was wollte denn Ihr Vater damit sagen, wenn ich bitten darf? – Nichts.

2. Kapitel

– Dann kann ich auch wirklich nichts bei der Frage finden, weder Gutes noch Böses. – So muß ich Ihnen sagen, mein Herr, daß es zumindest eine sehr unpassende Frage war, weil sie die Lebensgeister auseinanderstöberte und zerstreute, deren Aufgabe es war, den Homunkulus Hand in Hand zu begleiten und wohlbehalten an den Platz zu führen, der zu seinem Empfang bestimmt war.

Der Homunkulus, mein Herr, in was für einem geringen und possierlichen Licht er auch in diesem leichtsinnigen Jahrhundert dem Auge der Torheit oder des Vorurteils erscheinen mag – vor dem Auge der Vernunft und der wissenschaftlichen Forschung ist und bleibt er ein Wesen, das durch Rechte beschützt und umschrieben wird. Die feinsten Philosophen, die, nebenbei gesagt, den weitesten Verstand haben (ihre Seelen stehen im umgekehrten Verhältnis zu ihren Untersuchungen), zeigen uns unwidersprechlich: Der Homunkulus ist erschaffen von derselben Hand, gezeugt auf dieselbe natürliche Weise, begabt mit denselben lokomotiven Kräften und Fähigkeiten wie wir, er besteht wie wir aus Haut, Haar, Fett, Fleisch, Venen, Arterien, Sehnen, Nerven, Knorpeln, Knochen, Mark, Gehirn, Drüsen, Zeugungsteilen, Säften und Gelenken, er ist ein Wesen von ebenso großer Geschäftigkeit und, im vollen Sinn des Worts, ebenso wahr und wahrhaftig unser Mitgeschöpf wie der

Lordkanzler von England. Man kann ihm Gutes tun, man kann ihn beleidigen, man kann ihm Genugtuung leisten – kurz, er hat alle Vorzüge und Rechte der Menschheit, von denen Tullius, Pufendorf und die besten Sittenlehrer zugeben, daß sie aus diesem Stand und Verhältnis entspringen.

Nun aber, mein lieber Herr, wenn ihm, da er seinen Weg allein fortsetzen mußte, ein Unfall zugestoßen wäre? Oder unser kleiner Herr wäre aus Angst davor, die einem so jungen Wanderer ganz natürlich ist, völlig außer Atem in seiner Herberge angelangt? Die Stärke seiner Muskeln und Mannheit ist abgenutzt bis zur Dicke eines Zwirnsfadens, seine eigenen Lebensgeister sind in unbeschreiblicher Unordnung, und nun muß er sich in diesem jämmerlich zerrütteten Zustand der Nerven neun lange, lange Monate niederlegen, geplagt von jähen Anfällen und zahllosen melancholischen Träumen und Phantasien. – Ich zittere, wenn ich daran denke, was für ein Grund zu tausend Schwachheiten des Leibes und der Seele gelegt worden wäre, die hinterher keine Geschicklichkeit des Arztes oder des Philosophen hätte wieder völlig in Ordnung bringen können.

3. Kapitel

Meinem Onkel, Herrn Toby Shandy, habe ich die vorhergehende Anekdote zu verdanken; ihm gegenüber hatte mein Vater, der ein vortrefflicher Naturforscher war und sehr gern über die geringsten Dinge haarscharf nachdachte, den Streich oft und heftig beklagt, besonders aber einst, wie sich mein Onkel recht gut erinnerte, als er eine unbegreifliche Schiefigkeit (wie er es nannte) in der Art, wie ich meinen Hut aufsetzte, bemerkte und die Grundsätze rechtfertigte, nach welchen ich das getan hätte. Der alte Herr schüttelte den Kopf, und in einem Ton, der über die Hälfte mehr Betrübnis als Vorwürfe ausdrückte, sagte er, in seinem Herzen habe er es immer geahnt und nun finde er es durch diese und tausend andere Beobachtungen, die er bei mir gemacht habe, bestätigt, daß ich niemals so denken oder handeln würde wie jedes anderen Mannes Kind. – „Aber leider", fuhr er fort, wobei er abermals den Kopf schüttelte und eine Träne wegwischte, die ihm die Wange herabrann, „meines Tristrams Widerwärtigkeiten begannen schon neun Monate, bevor er auf die Welt kam."

Meine Mutter, die dabeisaß, sah auf, wußte aber ebensowenig wie ihr Hinterteil, was mein Vater damit sagen wollte. Aber mein Onkel, Herr Toby Shandy, dem die Sache oft erzählt worden war, verstand ihn recht gut.

4. Kapitel

Ich weiß, es gibt Leser in der Welt, aber auch andere ehrliche Leute, die ganz und gar keine Leser sind, die nicht eher zufrieden sind, bis man ihnen alle seine Geheimnisse haarklein erzählt hat.

Aus reiner Gefälligkeit ihren Launen gegenüber und aus einer mir natürlichen Abneigung, irgendeine lebendige Seele in ihrer Erwartung zu täuschen, habe ich bisher alles so umständlich erzählt. Da mein Leben und meine Meinungen vermutlich einiges Aufsehen in der Welt erregen und, wenn ich richtig vermute, alle Stände, Berufe und Menschen, sie mögen heißen, wie sie wollen, interessieren werden – man wird sie nicht weniger lesen als selbst „Des Pilgers Wanderschaft" – und da ihnen am Ende das beschieden sein wird, was Montaigne als das Schicksal seiner Essays befürchtete, nämlich ständig im Besuchszimmer am Fenster zu liegen, so halte ich es für notwendig, mich nach jedermann ein wenig zu richten; also bitte ich um Verzeihung, daß ich auf demselben Weg ein wenig weitergehe. Aus diesem Grund bin ich herzlich froh, daß ich meine eigene Geschichte auf diese Art angefangen habe und daß ich imstande bin, so fortzufahren, daß ich jedes Ding darin, wie Horaz sagt, ab ovo herleite.

Horaz, ich weiß es wohl, empfiehlt diese Methode nicht so eigentlich. Aber der gute Herr spricht auch nur von einem Heldengedicht oder einem Trauerspiel (von welchem, habe ich vergessen) – überdies, wenn es nicht so wäre, bäte ich Herrn Horaz um Verzeihung –, und bei meiner vorliegenden Schrift werde ich mich so wenig an seine Regeln kehren wie an die Regeln irgendeines anderen Menschen, der jemals gelebt hat.

Denjenigen unterdessen, die in diesen Dingen nicht gerne so weit zurückgeführt werden wollen, kann ich keinen besseren Rat geben, als über den Rest dieses Kapitels hinwegzuhüpfen; denn, ich sage es im voraus, ich habe es bloß für die Neugierigen und die Wissensdurstigen geschrieben.

——————— Tür zu! ———————

Ich wurde gezeugt in der Nacht zwischen dem ersten Sonntag und dem ersten Montag des Monats März im Jahre des Herrn tausendsiebenhundertundachtzehn. Ich weiß es ganz genau. Wie ich aber dazu komme, eine Sache so genau zu wissen, die sich zutrug, ehe ich noch geboren war, das beruht auf einer anderen kleinen Anekdote, die man bisher nur in unserer Familie kannte, die aber nunmehr veröffentlicht wird, um diesen Punkt in ein helleres Licht zu rücken.

Mein Vater, müssen Sie wissen, der eigentlich ein Kaufmann war und mit der Türkei Handel trieb, vor einigen Jahren aber das Geschäft aufgegeben und sich auf sein väterliches Landgut in der Grafschaft *** zurückgezogen hatte, um dort zu leben und zu sterben, war, glaube ich, in allem, was er tat, es sei Geschäft oder Zeitvertreib, der gewissenhafteste Mann, der jemals gelebt hat. Um eine kleine Probe seiner äußersten Pünktlichkeit, die er wirklich sklavisch beobachtete, zu geben: Er hatte es sich schon seit vielen Jahren zur Regel gemacht, am ersten Sonntagabend eines jeden Monats durch das ganze Jahr, so gewiß wie der Sonntagabend einbrach, eine große Wanduhr, die wir oben an der Hintertreppe hatten, mit seinen eigenen Händen aufzuziehen. Und da er zu der Zeit, von der ich gerade spreche, schon zwischen den Fünfzigern und Sechzigern war, so hatte er auch bereits nach und nach gewisse andere kleine Ehepflichten auf ebendiese Termine verlegt, damit er, wie er oft zu Onkel Toby sagte, sie alle auf einmal abtäte und er für den Rest des Monats nicht ferner damit belästigt und geplagt würde.

Es war nur ein einziges Unglück hierbei, das hauptsächlich mich Armen betraf und dessen Wirkungen ich wohl leider mit in mein Grab nehmen muß, daß nämlich durch eine unglückliche Assoziation von Ideen, die in der Natur keinen Zusammenhang haben, es endlich so weit kam, daß meine gute Mutter niemals die Uhr aufwinden hören konnte, ohne daß ihr sofort gewisse andere Dinge einfielen, und vice versa. Dergleichen sonderbare Ideenverbindungen haben, wie der scharfsinnige Locke, der gewiß das Wesen dieser Dinge besser verstand als die meisten anderen Menschen, behauptet, mehr schiefe Handlungen hervorgebracht als alle anderen Quellen der ärgsten Vorurteile.

Doch dies nur nebenbei.

Nun erhellt aus einer Notiz in meines Vaters Taschenbuch, das da vor mir auf dem Tisch liegt, daß am Marientage, also am 25. desselben Monats, in dem ich meine Zeugung ansetze, mein Vater mit meinem älteren Bruder Bobby nach London abreiste, um ihn auf die Schule von Westminster zu bringen, und, wie aus ebendiesem Dokument erhellt, daß er nicht eher zu seiner Frau und Familie zurückkehrte als in der zweiten Woche des folgenden Monats Mai. Dadurch wird die Sache fast zur Gewißheit. Schließlich beseitigt das, was am Anfang des nächsten Kapitels folgt, auch den letzten möglichen Zweifel.

Aber, Herr Autor, sagen Sie doch, was tat denn Ihr Vater den ganzen Dezember, Januar und Februar? – Je nun, Madame, er hatte die ganze Zeit über das Hüftweh.

5. Kapitel

Am fünften Tag des Novembers 1718, welcher, von dem festgesetzten Zeitpunkt an gerechnet, neun Kalendermonate so richtig voll machte, wie es ein Ehemann billigerweise erwarten konnte, wurde ich, Tristram Shandy, Gentleman, in diese unsere schäbige, unglücksvolle Welt gesetzt. Ich wollte, ich wäre auf dem Mond geboren worden oder auf einem der Planeten (nur nicht auf dem Jupiter oder Saturn, weil ich mich gar nicht mit der Kälte befreunden kann), denn es könnte mir schwerlich auf einem davon schlimmer ergangen sein (obwohl ich für die Venus nicht einstehen möchte) als auf unserem gemeinen, schmutzigen Planeten, der, wenn ich meines Herzens Meinung, jedoch mit allem Respekt, frei heraus sagen soll, wohl nur aus den Schnitzeln und Feilspänen gemacht ist, die von den übrigen abfielen; immerhin wäre der Planet gut genug, wenn der Mensch darauf als Erbe eines hohen Titels oder großen Vermögens geboren würde oder wenn er es bewerkstelligen könnte, daß er zu großen Ehrenämtern oder zu einer angesehenen und mächtigen Stellung berufen würde. Aber das ist bei mir nicht der Fall – und jedermann spricht über die Messe so, wie er auf derselben seinen Handel gemacht hat –, deswegen also sage ich noch einmal, es ist das elendste Lumpending von einer Welt, das jemals geschaffen worden ist; denn ich kann mit Wahrheit sagen, daß ich von der ersten Stunde an, da ich in ihr meinen Atem schöpfte, bis zu der jetzigen, da ich fast gar keinen mehr schöpfen kann wegen eines Asthmas, das ich mir dadurch zugezogen habe, daß ich in Flandern auf Schlittschuhen gegen den Wind anlief, ein Spielball der mutwilligen Dame gewesen bin, welche die Welt Fortuna nennt; und obgleich ich ihr nicht Unrecht tun und ihr nachsagen will, sie habe mich jemals die Last irgendeines großen oder außergewöhnlichen Leidens fühlen lassen, so bezeuge ich doch mit der größten Friedsamkeit von der Welt, daß mir diese ungnädige Fürstin bei allen Auftritten meines Lebens und an jeder Ecke oder in jedem Winkel, wo sie mir nur einigermaßen beikommen konnte, einen Packen so jämmerlicher Widerwärtigkeiten und unglücklicher Zufälle an den Hals geworfen hat, wie nur jemals ein kleiner Held hat erdulden müssen.

6. Kapitel

Am Anfang des vorhergehenden Kapitels berichtete ich Ihnen ganz genau, *wann* ich geboren wurde; ich berichtete Ihnen aber nicht *wie.* Nein, dieser Umstand wurde für ein ganz eigenes Kapitel aufgespart. Überdies, mein Herr, da Sie und ich gewissermaßen einander noch völlig unbekannt sind, würde es sich nicht geschickt haben, Sie sogleich auf einmal mit zu vielen Umständen bekanntzumachen, die mich angehen. Sie müssen ein wenig Geduld haben. Ich habe es, wie Sie sehen, unternommen, nicht nur mein Leben, sondern auch meine Meinungen aufzuschreiben, in der Hoffnung und Erwartung, daß, wenn Sie erst meinen Charakter kennten und wüßten, von was für einem Menschenschlag ich bin, das eine Ihnen desto mehr Geschmack an den anderen beibringen würde. Sowie Sie weiter mit mir fortgehen, wird die kleine Bekanntschaft, die eben zwischen uns anfängt, zu einer Vertraulichkeit ausschlagen, und diese – oder die Schuld müßte an einem von uns beiden liegen – wird in Freundschaft enden. – O *diem praeclarum!* Dann wird nichts, was mir begegnet ist, für eine Kleinigkeit an sich oder für langweilig in der Erzählung gehalten werden. Deswegen also, mein lieber Freund und Gefährte, wenn Sie meinen sollten, ich ginge am Anfang meiner Erzählung ein wenig sparsam zu Werke, verzeihen Sie es mir, und lassen Sie mich meinen Weg gehen und meine Geschichte auf meine Weise erzählen. Oder sollte es scheinen, daß ich dann und wann auf meinem Weg ein bißchen tändelte oder auf ein paar Minuten, während wir weiterkommen, eine Kappe mit Schellen aufsetzte, so laufen Sie nur nicht gleich davon, sondern haben Sie die Gefälligkeit, mir ein wenig mehr Weisheit zuzubilligen, als mir an der Stirn geschrieben steht; und während wir so fortwackeln, lachen Sie mit mir oder über mich, oder kurz, tun Sie, was Sie wollen. Nur ungeduldig dürfen Sie nicht werden.

7. Kapitel

In demselben Dorf, wo mein Vater und meine Mutter wohnten, wohnte auch eine hagere, ehrbare, mütterliche, würdige, gute alte Frau von einer Hebamme, welche mit Hilfe von etwas gesundem Menschenverstand und mehrjähriger fleißiger Ausübung ihres Berufs, wobei sie sich allerdings auf die eigenen Kräfte sehr wenig, auf die der Mutter Natur aber sehr stark verließ, auf ihre Weise nicht wenig Ruhm in der Welt erlangt hatte; bei diesem Worte „Welt" muß ich Euer Gnaden unbedingt sagen, daß ich darunter nicht mehr verstehe als einen kleinen Kreis, der auf dem Kreis der großen Welt beschrieben ist, von ungefähr vier englischen Meilen im Durchmesser, als dessen Mittelpunkt die Hütte, in welcher die gute alte Frau lebte, angenommen werden muß. Sie war, wie es scheint, in ihrem siebenundvierzigsten Jahre zur Witwe geworden und lebte mit drei oder vier kleinen Kindern in großer Dürftigkeit; und da sie damals eine Person von ehrbarer Aufführung und ernsthaftem Betragen, ja noch dazu eine Frau von wenig Worten und obendrein ein Gegenstand des Mitleids war, deren Armut und das Stillschweigen, womit sie diese ertrug, desto lauter um freundschaftlichen Beistand riefen, so wurde die Frau des Pfarrers im Kirchspiel von Mitleid gerührt. Da letztere schon oft einen üblen Mißstand beklagt hatte, dem die Herde ihres Eheherrn bereits seit vielen Jahren ausgesetzt war, daß nämlich so etwas wie eine Hebamme von irgendeiner Art nicht zu finden war – der Fall mochte noch so dringend sein, man mußte erst sechs oder sieben lange Meilen danach reiten, welche besagte sieben lange Meilen in finsteren Nächten und auf schlechten Wegen, da der Boden in der Umgebung aus zähem Lehm bestand, ebensogut waren wie vierzehn, was im Grunde soviel hieß, wie gar keine Hebamme zu haben –, so hatte sie den Einfall, daß man dem Kirchspiel einen ebenso großen Dienst erweisen würde wie der armen Frau selbst, wenn man sie ein wenig in den Anfangsgründen der Kunst unterweisen ließe, damit sie sich danach als Hebamme niederlassen könnte. Da keine

Frau in der ganzen Gegend geschickter war, ihren Plan auszuführen, als sie selbst, übernahm die Frau Pastorin in christlicher Gesinnung diesen Auftrag; und sie hatte auf die weibliche Hälfte der Pfarrkinder so viel Einfluß, daß sie ihn ohne Schwierigkeiten ganz nach Wunsch durchführen konnte. Die Wahrheit zu sagen, half der Pfarrer seiner Frau mit seinem ganzen Ansehen in dieser Sache; und um in der gehörigen Ordnung zu Werke zu gehen und dem guten Geschöpf ein ebenso gutes Recht zur Ausübung ihres Berufs durch die Gesetze zu geben, wie es ihr seine Frau durch die Unterweisung gegeben hatte, bezahlte er mit Freuden aus seiner eigenen Tasche das Geld für die Bestallungsurkunde des Landphysikus, das sich insgesamt auf achtzehn Schilling und vier Pence belief, so daß die gute Frau durch die beiden völlig in den wahren und körperlichen Besitz ihres Amts samt allen *Rechten, Artikeln und Gefällen* eingesetzt wurde.

Diese letzten Worte, müssen Sie wissen, entsprechen nicht der alten Form, in der gewöhnlich solche Bestallungsurkunden, Diplome und Vollmachtsscheine, die bisher in ähnlichen Fällen der Hebammenzunft erteilt wurden, abgefaßt waren. Sie sind vielmehr einer netten Formel von Didius' eigener Erfindung entnommen, der bei seiner besonderen Vorliebe, alle möglichen Instrumente auseinanderzunehmen und wieder zusammenzufügen, nicht nur diese herrliche Verbesserung ersann, sondern auch mancher von den alten bestallten Matronen in der Umgebung das Maul so wässerig machte, daß sie ihre Urkunde auffrischen ließ, damit er diesen seinen Bimbam einfügen konnte.

Ich gestehe, ich habe Didius um diese Art von Einfällen niemals beneiden können. Aber jeder nach seinem Geschmack! Fand nicht Dr. Kunastrokius, dieser große Mann, in seinen Mußestunden darin das größte erdenkliche Vergnügen, daß er Eselsschwänze auskämmte und die abgestorbenen Haare mit seinen Zähnen ausrupfte, obgleich er ständig eine Pinzette in der Tasche trug? Ja, weil Sie doch einmal darauf zurückkommen, mein Herr – haben nicht die weisesten Männer zu allen Zeiten, Salomon selbst nicht aus-

genommen, haben sie nicht alle ihre Steckenpferde gehabt, ihre Rennpferde, ihre Münzen- und Muschelsammlungen, ihre Trommeln und Trompeten, ihre Geigen, ihre Paletten, ihre Käfer und Schmetterlinge? Und solange ein Mann sein Steckenpferd auf der Heerstraße ruhig und friedlich reitet und weder Sie noch mich zwingen will, hinter ihm aufzusitzen – ich bitte Sie, mein Herr, was geht das Sie oder mich an?

8. Kapitel

De gustibus non est disputandum, das heißt, gegen Steckenpferde ist nichts einzuwenden. Und ich für mein Teil tue das nur selten; es würde mir auch nicht gut anstehen, selbst wenn ich im Grunde ihr Freund nicht wäre, weil ich zu gewissen Zeiten und bei Mondwechsel selbst ein Geiger und Maler bin, je nachdem mich gerade die Fliege sticht. Sie dürfen gerne erfahren, daß ich mir selbst ein paar Klepper halte, auf denen ich (es ist mir gleichgültig, ob es jemand weiß) reihum sehr oft spazierenreite und frische Luft schöpfe, obgleich ich, zu meiner Schande muß ich's gestehen, zuweilen wohl einen weiteren Ritt unternehme, als es ein weiser Mann für richtig halten möchte. Aber die Wahrheit ist, ich bin kein weiser Mann und außerdem ein Sterblicher von so geringer Bedeutung in der Welt, daß es wenig darauf ankommt, was ich tue. Deswegen regt mich so etwas überhaupt nicht auf. Ich lasse mich auch nicht sonderlich aus meiner Fassung bringen, wenn ich so große Herren und vornehme Personen, wie sie hier folgen, zum Beispiel Lord A, B, C, D, E, F, G, H, J, K, L, M, N, O, P, Q und so weiter, alle in einer Reihe auf ihren jeweiligen Pferden sehe, einige mit großem Steigbügel, die schwerfällig und würdevoll daherreiten, andere hingegen, welche die Knie bis ans Kinn hochgezogen haben und mit der Peitsche im Mund davonjagen und drauflosgaloppieren, als ob sie ebenso viele kleine gescheckte Teufel wären, die lauter hypothekarische

Verschreibungen zwischen den Beinen hätten, und als ob es der eine oder andere darauf angelegt hätte, sich den Hals zu brechen. Desto besser, pflege ich bei mir selbst zu sagen, denn wenn das Schlimmste eintrifft, so wird die Welt schon wissen, gar vortrefflich ohne sie zurechtzukommen. Und was die übrigen angeht – je nun! – Glück auf den Weg, laßt sie meinetwegen immer fortreiten, ich will sie nicht aufhalten, denn wenn auch Ihro Gnaden noch heute abend absäßen, so kann man zehn gegen eins wetten, daß manche von ihnen noch vor morgen früh um die Hälfte schlechter beritten sein würden.

Nicht einer von diesen Vorfällen also kann meiner Ruhe Abbruch tun. Aber einen gibt es, der, ich gestehe es, mich aus der Fassung bringt: wenn ich nämlich jemanden sehe, der zu großen Taten geboren ist und, was ihm noch mehr zur Ehre gereicht, dessen Natur ihn ständig zu guten Taten antreibt – wenn ich so jemanden sehe wie Sie, Mylord, dessen Grundsätze und Betragen ebenso erhaben und edel sind wie seine Geburt und den, eben deswegen, eine verderbte Welt nicht einen Augenblick missen kann. Wenn ich so einen reiten sehe, Mylord, und sei es auch nur eine Minute über die Zeit hinaus, die ihm meine Liebe zu meinem Vaterland vorgeschrieben oder meine Sorge um seinen Ruhm gewünscht hat, dann bin ich mit meiner Philosophie am Ende, Mylord, und in der ersten Aufwallung eines gerechten Eifers wünsche ich das Steckenpferd und seine ganze Brüderschaft zum Teufel.

Mylord,

ich behaupte, daß dies eine Widmung sei, obgleich sie in den drei wesentlichen Dingen, der Materie, der Form und dem Ort, ihre Besonderheiten hat. Ich bitte Sie also, nehmen Sie sie als solche an, und erlauben Sie mir, daß ich dieselbe mit der ehrfurchtsvollen Ergebenheit zu Euer Lordschaft Füßen legen darf – falls Sie gerade zu Fuße sind, was Sie sein können, wenn Sie wollen, und das ist, Mylord, so oft, wie es nötig ist, und ich will hinzusetzen,

auch zu den besten Zwecken. Ich habe die Ehre, zu beharren,

Mylord,

Euer Lordschaft gehorsamster,

ergebenster

und untertänigster Diener

Tristram Shandy.

9. Kapitel

Ich erkläre feierlich vor aller Welt, daß die obige Widmung für keinen Prinzen, Prälaten, Papst oder Potentaten, Herzog, Marquis, Grafen, Vicomte oder Baron aus diesem oder irgendeinem anderen Reich der Christenheit bestimmt ist; ebensowenig bin ich damit hausieren gegangen oder habe ich sie irgendeinem Patron oder Patrönchen, weder öffentlich noch unter der Hand, weder direkt noch durch Mittelspersonen, angeboten, es ist vielmehr auf Treu und Glauben eine wahre Jungfernwidmung, die noch von keinem Manne weiß.

Ich behandle diesen Punkt so umständlich, damit ich durch die Art und Weise, wie ich diese Widmung am besten zu versilbern gedenke, jedes Ärgernis, das man daran nehmen, oder die Einwürfe, die man dagegen vorbringen könnte, aus der Welt schaffe. Es ist nämlich meine Absicht, sie durch öffentlichen Ausruf loszuschlagen, was ich hiermit tue.

Jeder Autor hat seine eigene Weise, seine Ware an den Mann zu bringen. Ich für meinen Teil möchte nicht gern in einem dunklen Laden stehen und um ein paar Guineen mehr oder weniger feilschen und schachern. Deswegen nahm ich mir gleich anfangs vor, mit den großen Herren in dieser Sache ganz offen und frei zu verhandeln und zu versuchen, ob ich damit nicht besser wegkomme.

Findet sich also irgendein Herzog, Marquis, Graf, Vicomte oder Baron in Seiner Majestät Reichen, der eine gehaltvolle, anmutige Widmung brauchen kann und dem die obige paßt (denn, nebenbei gesagt, wenn sie nicht wenigstens einigermaßen paßt, trete ich sie nicht ab), so steht sie für fünfzig Guineen gerne zu Diensten; und das sind auf mein Gewissen zwanzig Guineen weniger, als wofür es irgendein Mann von Genie tun dürfte.

Betrachten Sie sie nur noch einmal recht genau, Mylord; es ist gar kein so grob hingeschmiertes Stück wie so manche andere Widmung. Die Anordnung, wie Sie sehen, Mylord, ist gut, die Kolorierung durchsichtig, die Zeichnung nicht uneben; oder um es wissenschaftlicher auszudrücken: mißt man mein Stück mit dem in zwanzig Einheiten geteilten Maßstab der Maler, so dürfte, Mylord, der Umriß zwölf ergeben, die Komposition neun, die Kolorierung sechs, der Ausdruck dreizehneinhalb, und die Zeichnung – wenn es mir erlaubt ist, Mylord, mich auf meine eigene Zeichnung zu verstehen, und wenn man die höchstmögliche Vollkommenheit einer Zeichnung mit zwanzig annimmt – kann wohl nicht schlechter als neunzehn ausfallen. Darüber hinaus hat es Haltung, und die dunklen Schattierungen des Steckenpferds (welches eine Nebenfigur und eine Art Hintergrund des Ganzen ist) geben den Hauptlichtern in Ihrer eigenen Figur eine große Kraft und lassen sie wundervoll hervortreten; außerdem liegt in dem *tout ensemble* eine gewisse Originalität.

Haben Sie die Gnade, Mylord, zu befehlen, daß die Summe an Herrn Dodsley* zugunsten des Autors ausbezahlt werde; und in der nächsten Auflage soll dafür gesorgt werden, daß dieses Kapitel weggelassen und Euer Lordschaft Titel, Auszeichnungen, Wappen und Verdienste dem vorhergehenden Kapitel vorangestellt werden; alles von den Worten *De gustibus non est disputandum* an, und was sonst noch in dem Buch von Steckenpferden handelt, weiter aber nichts, soll Euer Lordschaft ein für allemal gewidmet bleiben. Das übrige widme ich dem Mond, welcher, nebenbei gesagt, unter allen Patronen und Matronen, die mir einfallen wollen, die meiste Macht hat, den Absatz meines Buches zu fördern und dafür zu sorgen, daß sich alle Welt darum reißt.

* Sternes Verleger (Anmerkung des Übersetzers).

Strahlende Göttin,
wenn dir nicht Candide und Fräulein Kunigundes Angelegenheiten alle Zeit rauben, nimm auch die des Tristram Shandy unter deinen Schutz!

10. Kapitel

Welchen Grad des kleinen Verdienstes die wohltätige Handlung zum Besten der Hebamme mit Recht heischen könnte oder wer diesen Anspruch eigentlich erheben darf, das scheint auf den ersten Blick nicht wesentlich zu dieser Geschichte zu gehören. So viel ist aber gewiß, daß die Frau Pastorin sich zu der Zeit mit dem ganzen Verdienst davonmachte; und trotzdem kann ich für mein Leben nicht umhin zu denken, daß der Pfarrer selbst, obgleich er nicht das Glück hatte, zuerst auf den Einfall zu kommen, dennoch, weil er in dem Augenblick, da ihm die Sache vorgetragen wurde, herzlich gerne daran teilnahm und ebenso herzlich gern sein Geld hergab, sie auszuführen, einen Teil des Verdienstes für sich in Anspruch nehmen konnte, wenn nicht sogar die volle Hälfte der gesamten Ehre.

Der Welt gefiel es damals, die Sache anders zu entscheiden.

Legen Sie das Buch weg, und ich gebe Ihnen einen halben Tag Zeit, eine wahrscheinliche Mutmaßung über den Grund dieses Vorgehens anzustellen.

Man wisse also, daß ungefähr fünf Jahre vor dem Datum, unter dem der Hebamme die Bestallungsurkunde ausgefertigt wurde, wovon Sie einen so umständlichen Bericht erhalten haben, der Pfarrer, mit dem wir es hier zu tun haben, sich durch eine Verletzung des Dekorums, mit der er sich gegen sich selbst, seinen Stand und sein Amt verging, ins Gerede der Leute gebracht hatte, und diese bestand darin, daß er niemals ein anderes oder besseres Pferd ritt als einen dürren, elenden Klepper, der ungefähr ein Pfund und fünfzehn Schilling wert war und der, um es kurz zu beschreiben, ein so echter Bruder des Rosinante war, wie ihn die leibhaftigste Ähnlichkeit dazu machen konnte; denn er entsprach dessen Beschreibung bis aufs Haar, abgesehen davon, daß ich mich nicht erinnere, je gelesen zu haben, Rosinante sei dämpfig gewesen, und abgesehen davon, daß Rosinante (wie es die Glückseligkeit fast aller spanischen Pferde ist, ob sie fett sind oder mager) ganz gewiß in allen Punkten ein echtes Pferd war.

Ich weiß recht gut, daß das Pferd des Helden ein Pferd von sehr keuschem Betragen war, und das mag Gelegenheit zu einer gegenteiligen Meinung gegeben haben. Es ist aber zu gleicher Zeit ebenso gewiß, daß die Enthaltsamkeit des Rosinante (wie aus dem Abenteuer mit den Yanguesischen Fuhrleuten hervorgeht) von keinem körperlichen Mangel oder sonst irgendeiner Ursache herrührte, sondern von seiner Mäßigkeit und dem gleichmäßigen Kreislauf seines Bluts. Und erlauben Sie mir, Ihnen zu sagen, Madame, es gibt eine ganze Menge vortrefflicher Keuschheit in der Welt, für die Sie nicht mehr anführen könnten, und stünde auch Ihr Leben darauf.

Das nur nebenbei. Da es meine Absicht ist, jeder Kreatur, die auf der Bühne dieses dramatischen Werks auftritt, die strengste Gerechtigkeit angedeihen zu lassen, konnte ich diesen Unterschied, der für Don Quijotes Pferd spricht, nicht unterdrücken; in allen übrigen Punkten war, wie gesagt, des Pfarrers Pferd ihm völlig gleich, denn es war eine so magere, dünne und elende Schindmähre, daß es die Demut in eigener Person hätte besteigen können.

Nach dem Dafürhalten des einen oder anderen Mannes von schwacher Urteilskraft stand es sehr gut in des Pfarrers Macht, der Figur seines Pferdes aufzuhelfen, denn er besaß einen sehr hübschen Reisesattel, der auf dem Sitz mit grünem Plüsch gepolstert und mit einer doppelten Reihe von silbernen Stiften verziert war, und ein herrliches Paar glänzender Steigbügel aus Messing, außerdem eine Schabracke, die sehr gut dazu paßte, von sehr feinem grünem Tuch, am Rand mit schwarzen Spitzen besetzt, von denen lange, schwarze seidene Fransen, mit goldenen Fäden durchwirkt, herabhingen. Alles dies hatte er samt einer wunderbaren, mit Silber beschlagenen und reichverzierten Trense in der Blüte seines Lebens gekauft. Da er aber sein Pferd nicht lächerlich machen wollte, hatte er es alles hinter der Tür seiner Studierstube aufgehängt und statt dessen allen Ernstes gerade solch einen Zaum und solch einen Sattel angeschafft, wie sie sich für die Gestalt und den Wert eines derartigen Gauls schickten.

Auf den verschiedenen Ritten durch sein Kirchspiel und anläßlich der Besuche bei dem kleinen Landadel, der in der Umgebung wohnte, bekam, wie Sie leicht begreifen werden, der so ausstaffierte Pfarrer genug zu sehen und zu hören, um seine Philosophie vor dem Verrosten zu bewahren. Die Wahrheit zu sagen, konnte er niemals in ein Dorf reiten, ohne die Aufmerksamkeit von alt und jung auf sich zu lenken. Die Arbeit stand still, wenn er vorbeiritt, der Eimer blieb im Brunnen auf halber Höhe hängen, das Spinnrad vergaß seinen Lauf, selbst die Kinder beim Murmelspiel oder die größeren Buben beim Münz- und Letterspiel vergaßen alles und starrten ihn an, bis sie ihn aus den Augen verloren; und da seine Bewegungen nicht die schnellsten waren, hatte er gewöhnlich mehr als genug Zeit, seine Beobachtungen anzustellen und das Seufzen der Ernsthaften und das Lachen der Leichtherzigen zu hören, was er alles mit unvergleichlicher Ruhe ertrug. Es gehörte zu seinem Charakter, daß er einen kurzweiligen Einfall im Grunde der Seele liebte, und da er sich selbst in seiner ganzen Lächerlichkeit erkannte, pflegte er zu sagen, er könne sich über andere Leute nicht ärgern, wenn sie ihn in einem Licht erblickten, das ihm selbst so stark auffiel, so daß er bei seinen Freunden, welche wußten, daß die Liebe zum Geld seine Schwäche nicht war, und die sich daher am wenigsten ein Gewissen daraus machten, ihn mit seiner drolligen Laune aufzuziehen, lieber in das Gelächter über sich selbst mit einstimmte, als die wahre Ursache anzugeben; und da er selbst keine Unze Fleisch auf den Knochen trug, sondern ebenso hager war wie sein Tier, behauptete er zuweilen, das Pferd sei so gut, wie es der Reiter verdiene, und beide beständen wie ein Zentaur aus einem Stück. Zu anderen

Zeiten und bei anderer Laune, wenn sein Geist den Versuchungen des falschen Witzes nicht unterlag, sagte er wohl, er sei auf dem besten Weg zur Auszehrung, und gab mit großer Ernsthaftigkeit vor, er könne den Anblick eines fetten Pferdes nicht ertragen, ohne daß es ihn in der Seele kränkte und ihm der Puls schneller klopfte; und er habe das magere nicht nur deswegen gewählt, um seine Haltung zu bewahren, sondern auch, um sich bei guter Laune zu erhalten.

Zu verschiedenen Zeiten gab er wohl fünfzig sonderbare und einleuchtende Gründe an, warum er ein sanftes Gespenst von einem dämpfigen Gaul lieber ritt als ein mutiges Pferd: auf so einem könne er ganz mechanisch sitzen und nach Herzenslust *de vanitate mundi et fuga saeculi* meditieren, so gut, als ob er einen Totenkopf vor sich stehen hätte; er könne, wenn er so langsam vor sich hin reite, seine Zeit zu allerlei Geistesübungen ebensogut anwenden wie auf seinem Studierstuhl; er könne eine Lücke in seiner Predigt – oder ein Loch in seinen Beinkleidern – auf dem einen so gut wie auf dem anderen flicken; munteres Traben und langsames Argumentieren seien, wie Witz und Verstand, zwei unvereinbare Bewegungen. Auf seinem Roß aber könne er alles miteinander verbinden und versöhnen; er könne sich auf ihm der Abfassung seiner Predigt widmen und seinem Husten und, falls ihn die Natur dazu einlüde, seinem Mittagsschläfchen obendrein. Kurz, der Pfarrer führte bei solchen Angriffen alle möglichen Gründe an, nur den wahren nicht – den wahren hielt er lediglich aus einer ihm eigenen Bedenklichkeit zurück, weil er nämlich glaubte, er mache ihm Ehre.

Der eigentliche Kern der Geschichte aber war folgender: In den ersten Amtsjahren dieses Mannes und zu der Zeit, da der prächtige Sattel und Zaum angeschafft wurden, war es so seine Art oder Eitelkeit, oder nennen Sie es, wie Sie wollen, in das entgegengesetzte Extrem zu verfallen. In der Sprache der Grafschaft, in der er wohnte, hieß es, er liebe ein gutes Reitpferd; und gewöhnlich hatte er auch eines der besten im ganzen Kirchspiel stets sattelfertig im

Stall stehen. Und da die nächste Hebamme, wie ich Ihnen gesagt habe, nicht näher beim Dorf wohnte als sieben Meilen, und dazu in einer unwegsamen Gegend, so verging selten eine ganze Woche, in der nicht an den armen Mann eine flehentliche Bitte um sein Tier herangetragen wurde. Da er kein hartherziger Mann und jeder Fall immer dringender und jammervoller als der vorige war, konnte er es, so lieb er auch sein Pferd haben mochte, doch nicht übers Herz bringen, nein zu sagen. Das Ende vom Lied war dann gewöhnlich, daß sein Pferd Sporenwunden oder eine Erkrankung der Fesseln oder ein Hufleiden davontrug, oder es wurde spatlahm oder dämpfig, oder es stieß ihm irgend etwas anderes zu, was ihm kein Fleisch auf den Knochen ließ, so daß er alle neun oder zehn Monate ein elendes Pferd abzustoßen und ein gutes Pferd an seiner Statt zu kaufen hatte.

Wie hoch sich *communibus annis* der Verlust in einer solchen Bilanz belaufen mochte, das zu bestimmen überlasse ich einem eigens dazu erwählten Gremium von Leidensgefährten, die ähnliche Erfahrungen gemacht haben. Aber laß ihn so groß gewesen sein, wie er wollte, der ehrliche Mann ertrug ihn viele Jahre lang ohne Murren, bis er es endlich nach wiederholten Mißhelligkeiten dieser Art für notwendig hielt, die Sache genauer zu überdenken; und als er im Geiste alles abwägte und zusammenzählte, stellte er fest, daß sein Verlust nicht nur in keinem Verhältnis zu seinen übrigen Ausgaben stand, sondern auch schon an und für sich eine so große Belastung darstellte, daß sie ihm weitere großmütige Handlungen in seinem Kirchspiel unmöglich machte. Zudem sah er ein, daß er mit der Hälfte dieser verrittenen Summe zehnmal soviel Gutes tun könnte, und was noch mehr Gewicht hatte als alle anderen Überlegungen zusammen, war der Umstand, daß er seine gesamte Nächstenliebe auf einen bestimmten Bereich beschränkt hatte, wo sie nach seiner Auffassung am wenigsten gebraucht wurde, nämlich auf den schwangeren und gebärenden Teil seines Kirchspiels; er behielt also nichts übrig für die Schwachen, nichts für die Alten, nichts für die jammervollen Auftritte, zu denen er stündlich gerufen wurde, wo Armut, Krankheit und Elend beisammen wohnten.

Aus diesen Gründen beschloß er, mit den Ausgaben aufzuhören; und dazu hatte er, wie es ihm schien, nur zwei mögliche Wege, nämlich: entweder sich's zu einem unverbrüchlichen Gesetz zu machen, sein Pferd niemals wieder auszuleihen, man möchte ihn noch so sehr darum bitten, oder sich darein zu finden, den letzten armen Gaul, so wie die anderen ihn zugerichtet hatten, mit allen seinen Fehlern und Gebrechen bis ans Ende des Kapitels zu reiten.

Da er im ersten Fall seiner eigenen Standhaftigkeit nicht traute, wählte er ganz getrost den zweiten; und obgleich er, wie ich gesagt habe, es sich zu seiner Ehre hätte anrechnen können, war er gerade aus Großmut darüber erhaben, und er wollte lieber die Verachtung seiner Feinde und das Gelächter seiner Freunde erdulden als in die peinliche Lage kommen, eine Geschichte erzählen zu müssen, die wie eine Lobrede auf ihn selbst erscheinen konnte.

Ich habe die höchste Meinung von der großmütigen und zarten Gesinnung dieses hochwürdigen Herrn, und zwar auf Grund dieses einzigen Charakterzuges, der nach meiner Auffassung ebenso wertvoll ist wie irgendeine von den ehrenwerten Tugenden des unvergleichlichen Ritters von la Mancha, den ich, nebenbei gesagt, mit allen seinen Narrheiten mehr liebe und den ich viel lieber besucht hätte – dazu wäre mir keine Reise zu weit gewesen – als den größten Helden des Altertums.

Aber das ist nicht die Moral meiner Erzählung. Was ich eigentlich im Sinn hatte, war, zu zeigen, wie sich die Welt bei dieser ganzen Sache verhielt. Denn Sie müssen wissen, daß sich, solange diese Aufklärung dem Pfarrer Ehre eingebracht hätte, keine arme Seele fand, die dahinterzukommen vermochte; ich glaube, seine Feinde wollten nicht und seine Freunde konnten nicht. Aber sobald er sich für die Hebamme einsetzte und das Geld für ihren Erlaubnisschein bezahlte – gleich war das ganze Geheimnis heraus. Jedes Pferd, das er verloren hatte, und noch zwei Pferde mehr, als er verloren hatte, kamen samt allen Umständen ihres

Zugrundegehens ans Licht und wurden ausführlich erörtert. Die Geschichte griff um sich wie ein Lauffeuer: Der Pfarrer habe soeben einen neuen Anfall von Hochmut erlebt und er stehe im Begriff, noch einmal in seinem Leben ein gutes Pferd zu reiten; und wenn das geschähe, wäre es so klar wie die liebe Sonne am hellen Mittag, daß er die Ausgaben für die Hebamme in einem einzigen Jahr zehnfach herausschlagen würde; also könne jeder selbst beurteilen, was für Absichten er bei diesem Akt der Barmherzigkeit gehabt hätte.

Was für Absichten er bei dieser oder jeder anderen Handlung in seinem Leben gehabt hatte, oder vielmehr, was für Meinungen darüber in dem Gehirn anderer Leute herumschwammen, war ein Gedanke, der zuviel in seinem eigenen herumschwamm und ihn zu oft in seiner Ruhe störte, wenn er eines gesunden Schlafes bedurfte.

Vor ungefähr zehn Jahren hatte dieser brave Mann das Glück, über diesen Punkt völlig beruhigt zu werden, denn gerade so lange ist es her, daß er seine Pfarre und zugleich die ganze Welt hinter sich ließ und einem Richter Rechenschaft ablegt, über den sich zu beklagen er keine Ursache haben dürfte.

Es gibt ein unvermeidliches Schicksal, das die Handlungen gewisser Menschen begleitet: Sie mögen sie einrichten, wie sie wollen, sie passieren ein gewisses Medium, das sie so verwirrt und in ihrer wahren Richtung dergestalt bricht, daß trotz allen Ansprüchen auf Lob, welche die Rechtschaffenheit des Herzens bewirken kann, diejenigen, die solche Handlungen vollbringen, gleichwohl leben und sterben müssen, ohne dieses Lob zu genießen.

Daß dies eine Wahrheit ist, dafür war dieser Geistliche ein trauriges Beispiel. Um aber zu zeigen, auf welche Weise das zuging, und um dieses Wissen Ihnen nützlich zu machen, muß ich ausdrücklich verlangen, daß Sie die beiden folgenden Kapitel lesen, die eine solche Skizze seines Lebens und seiner Ansichten enthalten, daß sich die Moral von selbst daraus ergibt. Wenn dies geschehen ist und uns kein anderer Stein in den Weg gelegt wird, wollen wir mit der Hebamme fortfahren.

11. Kapitel

Yorick war dieses Geistlichen Name, und was dabei sehr merkwürdig ist (wie aus einer sehr alten, auf dickem Pergament geschriebenen Familienchronik, die noch völlig erhalten ist, erhellt): er ist genauso buchstabiert worden seit fast – um ein Haar hätte ich gesagt, neunhundert Jahren. Ich möchte aber meine Glaubwürdigkeit dadurch keinem Zweifel unterwerfen, daß ich eine unwahrscheinliche Wahrheit ausspreche, so unbezweifelbar richtig sie auch an sich ist; und also will ich mich damit begnügen zu sagen: Er wurde genauso buchstabiert, ohne die geringste Veränderung oder Versetzung eines einzigen Buchstabens, seit ich weiß nicht wie lange, was mehr ist, als ich von der Hälfte der besten Zunamen im Königreich zu behaupten wage, welche im Lauf der Jahre ebenso viele Schmälerungen und Veränderungen erfahren haben wie ihre Besitzer. Hat dies an dem Hochmut oder an der Schamhaftigkeit der jeweiligen Träger gelegen? Die lautere Wahrheit zu sagen, ich glaube, es lag zuweilen an dem einen und zuweilen an der anderen, je nachdem es die Versuchung so mit sich brachte. Eine häßliche Sache aber bleibt es trotzdem, und es wird uns eines Tages noch so untereinander vermischen und vermengen, daß kein Mensch mehr aufzustehen und zu schwören vermag, daß sein leiblicher Urgroßvater der Mann war, der dieses oder jenes tat.

Diesem Übelstand war hinlänglich abgeholfen worden durch die kluge Vorsicht der Yorickschen Vorfahren und ihre sorgfältige Aufbewahrung des angeführten Pergaments, das uns ferner berichtet, daß das Geschlecht eigentlich dänischen Ursprungs ist und bereits unter der Regierung des dänischen Königs Horwendillus nach England verpflanzt wurde; an dem Hof des letzteren bekleidete offenbar ein Vorfahre unseres Herrn Yorick, von dem er in gerader Linie abstammt, bis an das Ende seines Lebens einen ansehnlichen Posten. Welcher Art dieser ansehnliche Posten gewesen ist, sagt das Familienregister nicht; es fügt nur hinzu, daß er vor fast zweihundert Jahren nicht allein an diesem, sondern beinahe an allen anderen christlichen Höfen als völlig unnötig abgeschafft wurde.

Es ist mir oft der Gedanke gekommen, daß dieser Posten wohl kein anderer gewesen sein kann als der eines Oberspaßmachers des Königs und daß Hamlets Yorick in unserem Shakespeare, dessen dramatische Stücke, wie Sie wissen, sich oft auf eine wahre Geschichte gründen, ebenderselbe Mann war.

Ich habe nicht die Zeit, in der dänischen Geschichte des Saxo-Grammaticus nachzuschlagen, um hierüber Gewißheit zu erhalten – das können Sie ebensogut selbst tun, wenn Sie Muße haben und das Buch unschwer bekommen können.

Ich hatte gerade nur so viel Zeit auf meiner Reise durch Dänemark mit Herrn Noddys ältestem Sohn, den ich 1741 als Hofmeister begleitete und mit Extrapost durch die meisten Teile von Europa führte, von welcher Originalreise, die wir beide zurückgelegt, eine äußerst ergötzliche Erzählung in der Fortsetzung dieses Werkes erfolgen soll – ich hatte also gerade nur so viel Zeit und nicht mehr, die Wahrheit der Bemerkung bestätigt zu finden, die irgend jemand gemacht hat, der sich lange in diesem Land aufgehalten hatte, nämlich daß die Natur weder sehr verschwenderisch noch sehr knickerig ihre Gaben von Genie und sonstigen Fähigkeiten an die Einwohner verteilt hat, sondern vielmehr gleich einer klugen Mutter gegen alle mäßig gütig war, indem sie bei der Austeilung ihrer Geschenke so gerecht verfuhr, daß sie alle Menschen in dieser Hinsicht ziemlich gleich behandelte, so daß man in diesem Reich wenige Beispiele von hervorragenden Geistesgaben finden wird, wohl aber in allen Ständen ziemlich viele von gutem, natürlichem Alltagsverstand, von dem jeder sein Teil bekommen hat, was denn auch nach meiner Meinung ganz recht ist.

Bei uns, sehen Sie, geht es ganz anders zu. Wir stehen alle in dieser Hinsicht entweder sehr hoch oder sehr tief; Sie sind ein großes Genie, mein Herr, oder, fünfzig gegen eins, Sie sind ein großer Trottel oder Dummkopf. Nicht als ob es ganz und gar an Mittelstufen fehlte – nein, so völlig außer aller Ordnung sind wir nun wohl nicht –, aber die beiden Extreme sind allgemeiner verbreitet und ausgeprägter auf dieser unsteten Insel, wo die Natur mit ihren Gaben und Talenten dieser Art höchst willkürlich und launenhaft umgeht; das Glück selbst kann bei der Verteilung seiner Güter nicht sonderbarer zu Werke gehen als sie.

Das allein war es, was mich jemals in meinem Glauben an Yoricks Abstammung wankend gemacht hat, welcher, soviel ich mich erinnern kann und zufolge aller Berichte, die ich nur über ihn habe einziehen können, nicht einen einzigen Tropfen dänisches Blut in seinen Adern zu haben schien; in neunhundert Jahren kann es sich allerdings ganz verlaufen haben. Philosophieren darüber möchte ich indessen keinen Augenblick mit Ihnen, denn es mag zugegangen sein, wie es will, so viel steht fest, daß er keineswegs eine Verkörperung des kalten Phlegmas und der genauen Regelmäßigkeit des Verstandes und der Laune, die Sie bei einem Mann von solcher Abstammung erwartet hätten, darstellte, sondern vielmehr eine so quecksilbrige und sublimierte Mischung und ein so heteroklitisches Geschöpf in allen seinen Spielarten und mit ebensoviel Lebhaftigkeit, Schrulligkeit und *gaité de cœur*, wie sie nur das mildeste Klima hervorbringen und zusammensetzen kann. Bei allen diesen Segeln hatte der arme Yorick dennoch keine Unze Ballast geladen. Er hatte nicht die geringste Weltkenntnis; und im Alter von sechsundzwanzig Jahren wußte er ebensowenig, wohin er in der Welt steuern sollte, wie ein verspieltes, argloses Mädchen von dreizehn, so daß ihn bei seiner ersten Ausfahrt die frische Brise seiner Lebensgeister, wie Sie sich denken können, wohl zehnmal am Tage in fremdes Tauwerk trieb; und da ihm die Ernsthaften und Bedächtigeren am häufigsten in die Quere kamen, können Sie sich ebenfalls leicht vorstellen, daß es unglücklicherweise gerade solche Leute waren, mit denen er am ärgsten aneinandergeriet. Soviel ich weiß, war stets eine bestimmte Mischung von unglücklichem Witz die eigentliche Ursache aller dieser Händel; denn Yorick hatte, die Wahrheit zu sagen, von Natur aus einen unbezwinglichen Widerwillen und Abscheu gegen die Ernsthaftigkeit, nicht gegen die Ernsthaftigkeit als sol-

che, denn er konnte, wenn's darauf ankam, tage- und wochenlang der ernsthafteste und gesetzteste Sterbliche von der Welt sein; nein, der nachgeäfften Ernsthaftigkeit war er herzlich feind und sagte ihr offen den Kampf an, sofern sie nur als ein Deckmantel der Unwissenheit oder Narrheit erschien; und wenn sie ihm dann irgendwo begegnete, sie mochte auch noch so mächtigen Schutz haben, gab er ihr nur sehr selten Pardon.

Zuweilen pflegte er in seiner unbedachtsamen Art zu sagen, die affektierte Ernsthaftigkeit sei eine durchtriebene Schurkin, und zwar, so fügte er dann hinzu, von der gefährlichsten Sorte, weil sie so listig sei; und er glaubte wirklich, sie bringe in einem Jahr mehr ehrliche, wohlmeinende Leute um ihr Gut und Geld als Beutelschneider und Spitzbuben in sieben Jahren. In einem arglosen Gemüt, das ein fröhliches Herz verrate, sagte er, stecke keine Gefahr außer für den Besitzer selbst, während das wahre Wesen der affektierten Ernsthaftigkeit Vorsatz und folglich Betrug sei; es sei ein einstudierter Kunstgriff, welcher der Welt mehr Verstand und Einsicht, als tatsächlich vorhanden sei, vortäuschen solle; und ungeachtet alles dessen, wofür sie gerne gehalten werden möchte, sei sie doch nicht besser, sondern oft noch schlimmer als die Definition, die schon vor langer Zeit ein witziger Franzose von ihr gegeben habe, nämlich: *ein geheimnisvolles Bestreben des Körpers, die Gebrechen des Gemüts zu verbergen.* Diese Definition der Ernsthaftigkeit, pflegte Yorick in seiner höchst unvorsichtigen Art zu sagen, verdiene mit goldenen Buchstaben aufgezeichnet zu werden.

Er war aber, um die Wahrheit zu sagen, sehr ungeschickt und unerfahren in der Welt, und er war ebenso unbedachtsam und töricht bei jedem anderen Gesprächsthema, bei dem die Klugheit gewöhnlich befiehlt, sich Zwang aufzuerlegen. Yorick kannte jedoch keinen anderen Zwang als den, welcher sich aus der Natur der Handlung, von der gerade gesprochen wurde, ergab, welchen Eindruck er dann gewöhnlich ohne alle Umschweife geradeheraus verkündete, und zwar nur zu oft ohne Rücksicht auf Person, Zeit oder Ort, so daß, wenn ein niedriges und unedles Vorgehen erwähnt wurde, er sich niemals einen Augenblick Zeit ließ, zu überlegen, wer der Held des Stücks sei, welchem Stand er angehöre oder wieviel Macht er habe, ihm selbst hinterher zu schaden; nein, falls eine schändliche Handlung vorlag, so war der Mann einfach ein schändlicher Kerl, und so weiter. Und da seine Kommentare unglücklicherweise meist mit einem witzigen Einfall endigten oder durchgängig von drolligen und humorvollen Ausdrücken belebt wurden, so verlieh das Yoricks Unvorsichtigkeiten Flügel. Mit einem Wort, obgleich er niemals die Gelegenheit suchte, sie aber auch selten mied, wo er geradezu und ohne viel Umstände sagen konnte, was ihm in den Sinn kam, war er in seinem Leben nur zu oft versucht, seinen Witz und seine Laune, seinen Spott und seine Scherze auszuschütten. Sie gingen nicht verloren, denn es gab immer Leute, die sie sammelten.

Was das für Folgen hatte und was sich Yorick für eine Katastrophe dadurch zuzog, das können Sie im nächsten Kapitel lesen.

12. Kapitel

Der hypothekarische Schuldner und der hypothekarische Gläubiger denken über die Länge der Zeit in Geldsachen nicht verschiedener als der Spötter und der Verspottete über die Länge des Gedächtnisses. Doch in einem Punkt geht der Vergleich zwischen beiden, wie die Scholiasten es nennen, auf allen vieren – was, nebenbei gesagt, auf einem oder zwei Füßen mehr ist, als sich einige der besten Vergleiche Homers rühmen können –, nämlich darin, daß dieser eine Summe und jener ein Gelächter auf Ihre Kosten erhebt, ohne nachher noch viel daran zu denken. In beiden Fällen steigen jedoch die Zinsen. Die periodischen oder zufälligen Zahlungstermine dienen nur gerade dazu, die Sache nicht völlig in Vergessenheit geraten zu lassen, bis endlich in einer bösen Stunde – pratsch! – der Gläubiger zu beiden kommt, auf der Stelle sein Kapital mit den vollen Zinsen bis auf den letzten Tag fordert und beide das ganze Ausmaß ihrer Verpflichtungen fühlen läßt.

Da der Leser (denn ich kann Ihre Wenns nicht leiden) eine gründliche Kenntnis der menschlichen Natur hat, brauche ich nichts mehr zu sagen, um ihn zu überzeugen, daß mein Held es nicht lange in diesem Tempo treiben konnte, ohne die eine oder andere kleine Erfahrung mit jenen Mahnungen zu machen. Die Wahrheit zu gestehen, hatte er sich leichtsinnigerweise in eine Menge kleiner Buchschulden dieser Art verwickelt, die er, ungeachtet Eugenius' wiederholter Warnung, zu sehr auf die leichte Achsel nahm. Er meinte, da er keine einzige davon aus böser Absicht gemacht, sondern vielmehr aus redlichem Herzen und aus bloßer Scherzhaftigkeit, würden sie sich alle bei Gelegenheit von selbst tilgen.

Eugenius wollte das ihm gegenüber niemals zugeben und sagte oft zu ihm, daß man ihm eines Tages die Rechnungen gewiß präsentieren werde, und zwar, fügte er oft in traurigem, ahnungsvollem Ton hinzu, werde man weder Heller noch Pfennig vergessen. Worauf Yorick in der ihm eigenen Sorglosigkeit des Herzens mit einem „Pah!" oder, wenn das Gespräch auf freiem Feld stattfand, mit einem Sprung, Satz oder Hopser zu antworten pflegte. War er aber beim geselligen Kamin in einer Ecke hinter einem Tisch und ein paar Lehnstühlen eingeschlossen, wo der arme Sünder nicht so leicht entwischen konnte, dann fuhr Eugenius in seiner Predigt über die Klugheit mit ungefähr folgenden Worten fort, die allerdings ein wenig besser zusammengefügt waren:

„Glaube mir, lieber Yorick, deine unvorsichtige Scherzhaftigkeit wird dich früher oder später in Schlingen und Schwierigkeiten verwickeln, aus denen dich keine nachträgliche Gewitztheit wird befreien können. Bei diesen Angriffen sehe ich zu oft, daß der Mann, über den gelacht wird, sich als eine beleidigte Person betrachtet, mit allen Rechten, die ihm in einer solchen Lage zustehen. Und wenn du ihn ebenfalls in diesem Lichte betrachtest und seine Freunde, seine Angehörigen, seine Verwandten und Bundesgenossen zusammenrechnest und die vielen Rekruten mit in die Glieder stellst, die sich aus Angst vor einer gemeinsamen Gefahr von ihm werden anwerben lassen, dann ist es keine übertriebene Behauptung, wenn man sagt, daß du dir für zehn witzige Einfälle jeweils hundert Feinde eingehandelt hast. Aber du willst es nicht eher glauben, als bis es so weit gekommen ist, daß dir der aufgerührte Wespenschwarm um die Ohren summt und dich halb totgestochen hat.

Ich kann bei dem Mann, den ich hochschätze, nicht argwöhnen, daß ihn auch nur der kleinste Sporn von Bitterkeit oder Boshaftigkeit zu diesen Angriffen reize. Ich glaube und bin überzeugt, sie sind unschuldig und bloß als Scherz gemeint. Aber bedenk es wohl, lieber Junge, Narren können den Unterschied nicht sehen, und Buben wollen ihn nicht sehen; und du weißt nicht, was es heißt, den einen herauszufordern oder mit dem andern zu tändeln. Wenn sie sich zu gemeinsamer Verteidigung zusammentun, werden sie – darauf kannst du dich verlassen – den Krieg gegen dich auf eine solche Art führen, mein lieber Freund, daß du seiner und auch deines Lebens herzlich überdrüssig werden wirst.

Die Rachsucht wird aus einem giftigen Winkel ein ehrenrühriges Märchen gegen dich richten, das weder die Unschuld des Herzens noch die Lauterkeit des Lebenswandels abwehren wird. Die Glückseligkeit deines Hauses wird erschüttert, dein Charakter, auf dem sie beruht, allenthalben verwundet, deine Redlichkeit in Zweifel gezogen, dein Tun verleumdet, dein Witz vergessen, deine Gelehrsamkeit mit Füßen getreten. Um dir den letzten Auftritt deines Trauerspiels vor Augen zu halten: die Grausamkeit und die Feigheit, diese Zwillingsschurken, die als Mietlinge der Bosheit im Finstern herumschleichen, werden gemeinsam deine Schwächen und Irrtümer bestürmen. Der beste von uns, mein lieber Junge, gibt sich hier Blößen. Und glaube mir, glaube mir, Yorick: wenn es einmal zur Befriedigung einer geheimen Lust beschlossen worden ist, daß ein unschuldiges, hilfloses Geschöpf geopfert werden soll, so findet sich leicht in jedem grünen Gebüsch, in das es sich verirrt hat, genug trockenes Reisig für das Feuer, auf dem es geopfert werden soll.“

Yorick konnte diese traurige prophetische Rede über sein Schicksal kaum jemals anhören, ohne daß sich eine Träne in sein Auge stahl und ohne daß ein gleichzeitiger Blick seine Entschlossenheit bekräftigte, in Zukunft seinen Klepper mit mehr Mäßigung zu reiten. Aber leider zu spät! Eine große Verschwörung mit *** und *** an der Spitze tat sich zusammen, noch ehe sie zum erstenmal geweissagt worden war. Der ganze Plan zum Angriff wurde, genau wie es Eugenius prophezeit hatte, auf einmal zur Ausführung gebracht, und zwar mit so wenig Schonung von seiten der Verbündeten und so wenig Argwohn von seiten Yoricks in bezug auf das, was gegen ihn ausgeheckt wurde, daß, als der gutherzige, leichtgläubige Mann dachte, seine sichere Amtsbeförderung stehe bevor, sie ihn an der Herzwurzel trafen; und da fiel er, wie schon mancher würdige Mann vor ihm gefallen war.

Yorick schlug sich eine Zeitlang mit aller erdenklichen Tapferkeit, bis er, von der Überzahl erdrückt und endlich des Elendes des Krieges überdrüssig, am meisten aber der ungroßmütigen Art, mit der er geführt wurde, das Schwert aus der Hand legte; und obgleich er dem Anschein nach bis zum letzten Augenblick den Mut nicht sinken ließ, starb er, wie man allgemein annahm, vor Kummer und Gram.

Was Eugenius zu der gleichen Meinung verleitete, war folgendes:

Wenige Stunden bevor Yorick seinen Geist aufgab, ging Eugenius zu ihm in der Absicht, ihn noch einmal zu sehen und Abschied von ihm zu nehmen. Als er Yoricks Bettvorhang aufzog und ihn fragte, wie er sich befinde, sah ihm Yorick ins Gesicht, faßte ihn bei der Hand, und nachdem er ihm für so manchen Beweis seiner Freundschaft gedankt hatte, wofür er, wenn sie sich künftig wiedersehen sollten, ihm immer mehr und mehr danken wollte, sagte er ihm, in ein paar Stunden werde er seinen Feinden auf ewig das Nachsehen lassen. – „Das hoffe ich nicht“, antwortete Eugenius mit dem zärtlichsten Ton, in dem jemals ein Mann gesprochen hat, wobei ihm Tränen die Wangen herabrollten, „das hoffe ich nicht, Yorick“, sagte er. Yorick antwortete mit einem in die Höhe gerichteten Blick und mit einem sanften Druck, den er Eugenius' Hand gab, und mit sonst nichts. Aber es schnitt Eugenius ins Herz. – „Komm, komm, Yorick", erwiderte Eugenius, indem er sich die Augen wischte und sich wie ein Mann zu fassen suchte, „sei wohlgemut, mein lieber Junge. Laß nicht allen Mut und alle Standhaftigkeit in dieser Stunde der Prüfung sinken, in der du ihrer am meisten bedarfst. Wer weiß, was für Hilfe noch vorhanden ist und was Gottes Macht noch für dich zu tun vermag?" – Yorick legte seine Hand auf sein Herz und schüttelte sanft den Kopf. – „Ich muß dir sagen", fuhr Eugenius fort und weinte bitterlich, als er die Worte sprach, „ich weiß nicht, wie ich die Trennung von dir ertragen soll, Yorick, und möchte gerne meiner Hoffnung schmeicheln", fügte Eugenius hinzu, wobei sich seine Stimme aufheiterte, „daß noch genug von dir übrigbleibt, um einen Bischof daraus zu machen, und daß ich das noch erleben werde." – „Ich bitte dich, Eugenius", erwiderte Yorick und nahm, so gut er konnte, mit seiner linken Hand die Schlafmütze vom Kopf – seine Rechte lag noch immer fest in Eugenius' Hand –, „ich bitte dich, sieh dir mein Haupt an!" – „Ich sehe nicht, daß ihm etwas fehlt", versetzte Eugenius. „Ach, mein Freund", sagte Yorick, „so muß ich dir sagen, daß es so zerschlagen, so mißhandelt wurde durch die Streiche, welche *** und *** und einige andere mir so unsanft im Finstern versetzt haben, daß ich mit Sancho Pansa sagen möchte, wenn ich wieder aufkäme: ‚und sollten denn auch Bischofshüte vom Himmel regnen so dicht wie Hagel, es würde doch keiner darauf passen.'" – Yoricks letzter Atem schwebte auf seinen zitternden Lippen, bereit zu entfliehen, als er dies hervorbrachte, und dennoch brachte er es mit einem gewissen cervantischen Ton hervor; und als er es sagte, konnte Eugenius einen Strom sanften Feuers bemerken, das einen Augenblick lang in seinen Augen aufleuchtete – ein schwacher Abglanz von jenen Blitzen des Witzes, welche (wie Shakespeare von Yoricks Anherrn sagte) einst eine Tafelrunde in lautes Gelächter versetzen konnten.

Eugenius wurde hierdurch überzeugt, daß der Gram seines

Freundes Herz gebrochen habe; er drückte ihm die Hand, ging darauf leise aus dem Zimmer und weinte im Gehen. Yorick folgte Eugenius mit den Augen bis zur Tür. Darauf schloß er sie – und öffnete sie nie wieder.

Er liegt begraben in einer Ecke seines Kirchhofs in der Pfarrei ***, unter einer schlichten Marmorplatte, die sein Freund Eugenius mit Erlaubnis seiner Testamentsvollstrekker auf sein Grab legte und auf der nur diese drei Worte stehen, die zugleich als Epitaph und Elegie dienen:

Ach, armer Yorick!

Zehnmal am Tage hat Yoricks Geist den Trost, seine monumentale Grabschrift mit einer solchen Mannigfaltigkeit von klagenden Tönen lesen zu hören, wie sie dem Mitgefühl und der Hochachtung für ihn entspricht; da nämlich ein Weg dicht neben seinem Grab über den Kirchhof führt, geht kein Fußgänger vorüber, der nicht einen Augenblick verweilt, einen Blick darauf wirft und im Weitergehen seufzt:

„Ach, armer Yorick!"

13. Kapitel

Es ist schon lange her, daß der Leser dieses rhapsodischen Werkes von der Hebamme getrennt worden ist, so daß es hohe Zeit wird, sie wieder vor ihm zu erwähnen, nur um ihn daran zu erinnern, daß eine solche Person noch auf der Welt ist, mit welcher ich, soweit ich im gegenwärtigen Augenblick meinen Plan überschauen kann, ihn endlich einmal allen Ernstes näher bekannt machen will. Da aber neues Material auftauchen und zwischen dem Leser und mir sich mancherlei unerwartete Angelegenheiten ergeben könnten, die eine sofortige Erledigung erfordern, so war es richtig, dafür zu sorgen, daß die arme Frau in der Zwischenzeit nicht abhanden käme; denn wenn sie gebraucht wird, können wir auf keine Weise ohne sie zurechtkommen.

Ich glaube, ich habe Ihnen schon gesagt, daß diese gute Frau in unserem ganzen Dorf und Kirchspiel eine Person von nicht geringem Ansehen und Gewicht war, daß sich ihr Ruhm bis an die äußersten Grenzen des Geltungskreises erstreckte, wie ihn jeder lebendige Mensch, ob er ein Hemd auf dem Leib hat oder nicht, um sich hat; welcher besagte Kreis übrigens, sooft es heißt, daß dieser oder jener Mensch großes Gewicht und Ansehen in der Welt habe, von Euer Wohlgeboren in Dero Einbildung nach Wunsch erweitert oder verengert werden kann, und zwar nach einem zusammengesetzten Verhältnis von Stand, Beruf, der Gelehrsamkeit, den Fähigkeiten, der Höhe und der Tiefe (auf beide Arten gemessen) derjenigen Person, die Ihnen vorgeführt wird.

Im vorliegenden Fall, wenn ich mich recht erinnere, setzte ich diesen Kreis auf ungefähr vier oder fünf Meilen fest, welche nicht allein das ganze Kirchspiel in sich begriffen, sondern sogar noch zwei oder drei benachbarte Bauernhöfe im nächsten Kirchspiel umfaßten, was immerhin ganz beträchtlich war. Ich muß hinzufügen, daß sie außerdem noch auf einer Meierei und in ein paar anderen Häusern und Höfen, die, wie gesagt, nicht weiter als zwei oder drei Meilen von dem Rauch ihres Schornsteins entfernt lagen, sehr wohl gelitten war. Doch hier muß ich Ihnen ein für allemal berichten, daß all dies auf einer Landkarte genauer eingezeichnet und erklärt werden wird, die schon unter den Händen des Kupferstechers ist und nebst verschiedenen anderen Darstellungen und Erläuterungen zu diesem Werk dem zwanzigsten Band beigefügt werden soll, nicht um das Werk anschwellen zu lassen – ich hasse den bloßen Gedanken an so etwas –, sondern als Kommentar, Scholion, Illustration und Schlüssel zu solchen Stellen, Begebenheiten und Andeutungen, welche man für allzu persönlich oder für dunkel und zweifelhaft halten sollte, nachdem die ganze Welt (ich bitte den Sinn dieses Wortes nicht zu vergessen) mein Leben und meine Meinungen von Anfang bis zu Ende gelesen haben wird, was, hier unter uns gesagt, trotz allen Rezensenten Großbritanniens und trotz allem, was diese edlen Herren dagegen zu schreiben und zu sagen gedenken, nach meinem festen Vorsatz geschehen soll. – Ich brauche wohl Euer Gnaden nicht daran zu erinnern, daß alles dieses im Vertrauen gesagt wurde.

14. Kapitel

Als ich im Ehekontrakt meiner Mutter nachsah, um mich selbst und die Leser in bezug auf einen Punkt zufriedenzustellen, der unbedingt aufgeklärt werden mußte, ehe wir in dieser Geschichte fortfahren konnten, war ich so glücklich, noch bevor ich anderthalb Tage lang Zeile für Zeile gelesen hatte, gerade auf die Stelle zu stoßen, die ich suchte. Es hätte mich einen ganzen Monat kosten können; woraus deutlich hervorgeht, daß ein Mann, der sich niedersetzt, eine Geschichte zu schreiben, und wäre es auch nur die Geschichte von Jack Hickathrift oder Tom Thumb, ebensowenig weiß wie sein Absatz am Schuh, was für Schwierigkeiten und verwünschte Hindernisse ihm in den Weg kommen können oder zu welchem Tanz er bei dem einen oder anderen Exkurs geführt werden mag, bevor er glücklich ans Ende gelangt. Könnte ein Geschichtsschreiber seine Geschichte so vor sich hertreiben wie ein Maultiertreiber sein Tier – immer vorwärts, wie zum Exempel auf dem Weg von Rom nach Loreto, ohne nur einmal den Kopf nach links oder rechts zu wenden –, dann könnte er es wagen, Ihnen bis auf eine Stunde genau vorherzusagen, wann er ans Ziel seiner Reise kommen werde; das ist aber, moralisch gesprochen, unmöglich. Denn wenn er auch nur den mindesten Geist besitzt, wird er auf seiner Straße fünfzig Abweichungen, bald hierhin, bald dorthin, von der geraden Linie zu machen haben, die er keineswegs vermeiden kann. Ohne Unterlaß werden Aussichten und Anblicke seine Augen reizen, und er kann es ebensowenig vermeiden, stehenzubleiben und hinzusehn, wie er fliegen kann. Überdies hat er noch

Nachrichten zu vergleichen,
Anekdoten zu sammeln,
Inschriften zu entziffern,
Geschichten einzuweben,
Überlieferte Berichte zu sichten,
Persönlichkeiten zu besuchen,
Lobreden an diese Tür zu kleistern,
Schmähschriften an jene – alles Dinge, die den Mann ebensowenig angehen wie seinen Maulesel. Summa summarum, bei jedem Abschnitt gibt es Archive, die er durchsuchen muß, und Protokolle, Berichte, Dokumente und endlose Stammtafeln, zu denen ihn alle Augenblicke das Gerechtigkeitsgefühl zurückruft und bei deren Lektüre er sich aufhalten muß. Kurz, das Ende ist nicht abzusehen. Ich für meinen Teil erkläre, daß ich schon seit sechs Wochen an meinem Werk sitze und mich so wenig wie möglich dabei umgesehen habe – und doch bin ich noch nicht einmal geboren. Alles, wozu ich habe gelangen können, ist, Ihnen zu sagen, *wann* das geschah, aber nicht *wie*; Sie sehen also, daß die Sache noch sehr weit vom Ziel entfernt ist.

Diese unvorhergesehenen Hindernisse, die ich mir, wie ich gestehen muß, überhaupt nicht vorstellen konnte, als ich meinen Weg antrat, die sich aber, wie ich nunmehr überzeugt bin, eher vermehren als vermindern werden, je weiter ich komme, haben mir einen Fingerzeig gegeben, dem ich entschlossen bin zu folgen, und der ist, mich nicht zu übereilen, sondern gemächlich fortzufahren, nicht mehr zu schreiben und herauszugeben als zwei Bände meiner Lebensgeschichte pro Jahr, und das kann ich, wenn man mich nur ungestört weitermachen läßt und mein Verleger mich leidlich bezahlt, mein ganzes Leben hindurch aushalten.

15. Kapitel

Der Artikel in meiner Mutter Ehekontrakt, den ich, wie ich dem Leser gesagt habe, mühsam suchen mußte und den ich, nachdem ich ihn gefunden habe, ihm vorlegen möchte, ist in Wirklichkeit weit länger und breiter ausgeführt, als ich zu tun imstande bin; und es wäre eine Sünde und Schande, wenn ich dem Juristen das Seinige nähme. Er lautet wie folgt:

„*Und dieser Vertrag bezeuget ferner,* daß besagter Walter Shandy, Kaufmann, in Betracht der beabsichtigten und durch Gottes Segen feierlich zu vollziehenden Heirat zwischen dem besagten Walter Shandy und der oben erwähnten Elizabeth Mollineux und aus verschiedenen anderen guten und gültigen Gründen und Erwägungen, die ihn dazu besonders bewogen haben, verspricht, gelobet, verheißet, einwilliget, sich entschließet, erbietet und völlig übereingekommen ist mit John Dixon und James Turner, Esquires, den vorgenannten Bevollmächtigten usw. usw., *nämlich*: im Fall es dermaleinst geschehen, sich ereignen, begeben oder sonst zutragen sollte, daß besagter Kaufmann Walter Shandy sein Gewerbe aufgeben möchte vor der Zeit oder vor den Zeiten, da besagte Elizabeth Mollineux nach dem Lauf der Natur oder sonstwie aufhören wird, Kinder zu gebären und zur Welt zu bringen, und besagter Walter Shandy, wenn er sein Gewerbe aufgegeben, zum Mißfallen und wider den freien Willen, Konsens und das Gutdünken besagter Elizabeth Mollineux sich von London wegbegeben und auf seinem Besitz Shandy Hall in der Grafschaft *** oder auf irgendeinem anderen Landgut, Schloß, Edelhof oder Meierhof, den er schon gekauft oder noch kaufen oder sonst erlangen könnte, leben sollte, daß alsdann und sooft als die besagte Elizabeth Mollineux mit einem Kinde oder mit mehreren Kindern gesetzmäßig und ordentlich geschwängert ist oder geschwängert werden möchte, er, der besagte Walter Shandy, auf seine Kosten und Gefahr und aus seinem eigenen Vermögen nach sicherer und zweckdienlicher Unterrichtung während der Schwangerschaft besagter Elizabeth Mollineux, und besonders in den letzten sechs Wochen vor ihrer nach zuverlässiger Berechnung zu erwartenden Niederkunft, die Summe von einhundertzwanzig Pfund guter und vollgültiger Münze an die Herren John Dixon und James Turner oder deren Beauftragten auf Treu und Glauben und zu folgendem Gebrauch, Zweck, Ende und Nutzen zahlen oder zahlen lassen soll, *nämlich* damit die besagte Summe von einhundertzwanzig Pfund in die Hände besagter Elizabeth Mollineux gelangt oder von den erwähnten Bevollmächtigten dazu verwendet wird, um eine Kutsche mit tüchtigen und ausreichend kräftigen Pferden zu mieten, welche den Körper der besagten Elizabeth Mollineux und das Kind oder die Kinder, womit sie alsdann wird schwanger sein, nach der Stadt London führen und bringen sollen, und um alle anderen Unkosten und Ausgaben vor und in der Zeit ihrer Niederkunft in besagter Stadt oder deren Vorstädten zu bestreiten und zu begleichen. Und daß besagte Elizabeth Mollineux von Zeit zu Zeit und zu jeder Zeit und allen Zeiten, als hier festgesetzet und bestimmet worden, in Ruhe und Frieden besagte Kutsche und Pferde mieten und auf ihrer ganzen Reise freien Eingang, Ausgang und Zugang in und aus besagter Kutsche haben soll und mag, entsprechend dem Inhalt, der wahren Absicht und Meinung des gegenwärtigen Vergleichs, ohne alle Nachfolge, Behinderung, Beunruhigung, Belästigung, Erschwerung und Störung irgendwelcher Art. Und daß es überdies besagter Elizabeth Mollineux freistehen soll, von Zeit zu Zeit und je nachdem sie in besagter Schwangerschaft Fortschritte macht, an einem solchen Ort oder an solchen Orten und bei einer solchen Familie oder solchen Familien und bei solchen Verwandten, Freunden und anderen Personen in besagter Stadt London zu leben und zu wohnen, wie es ihr nach ihrem eigenen Willen und Gefallen, ungeachtet ihrer Schwangerschaft, gutdünken wird, als wäre sie eine *femme sole* und unverheiratete Person. *Und dieser Vertrag bezeuget ferner,* daß zur wirksameren Erfüllung des gegenwärtigen Vergleichs besagter Walter Shandy, Kaufmann, die erwähnten Herren John Dixon und James Turner, ihre Erben, Erbnehmer und Nachfolger in den vollen Besitz einsetzet, in welchem sie schon faktisch sind kraft des zwischen ihnen auf ein Jahr geschlossenen Kauf- und Handelskontrakts, der von dem Tage vor Abschluß des gegenwärtigen Vertrags datiert ist: in den Besitz aller Erb- und Lehnsgüter des Shandy in der Grafschaft *** mit allen Rechten, Stücken und Zubehör und allen und jeden Häusern, Gebäuden, Kornscheuern, Ställen, Obstwiesen, Gärten, wüsten Stellen, Gehegen, Höfen, Hütten, Ländereien, Wiesen, Futterplätzen, Weiden, Marschen, Gemeinländern, Wäldern, Büschen, Gräben, Fischereien, Wasser und Wasserläufen, samt allen Pachten, Einkünften, Dienstleistungen, jährlichen Abgaben, zinsbaren Lehnsgütern, Rittergütern, Kautionen, heimgefallenen Gütern, Ansprüchen, Minen, Steinbrüchen, Hab und Gut der Übeltäter und Entflüchteten, den Übeltätern selbst und den Bedürftigen, Frei- und Schutzörtern und allen andern Freiheiten, Rechten, Privilegien, Gerichtsbarkeiten und Erbschaften jeder Art. Und auch mit dem Recht, die Pfarre des obenerwähnten Shandy samt dem Zehnten und den Kirchengütern zu vergeben oder zu verschenken oder nach freiem Ermessen zu besitzen."

Mit drei Worten: meine Mutter konnte (wenn sie es verlangte) in London niederkommen.

Um aber Finten von seiten meiner Mutter vorzubeugen, denen ein derartiger Ehekontrakt allzu offensichtlich Tür und Tor öffnete und an die dennoch keine Seele gedacht hätte, wäre mein Onkel Toby Shandy nicht gewesen, wurde zur Sicherheit meines Vaters noch eine Klausel angehängt, die so lautete: Daß meine Mutter, falls sie jemals meinen Vater durch falsche Zeichen und Klagen zu den Mühen und

Kosten der Londoner Reise veranlassen sollte, sich jeweils aller ihrer Rechte und Ansprüche, die ihr laut Vertrag zustünden, für das nächste Mal begeben würde, aber für nicht mehr, und so fort, *toties quoties*, auf eine ebenso rechtskräftige Weise, als ob ein solcher Vertrag zwischen ihnen niemals geschlossen worden wäre. Dies war, beiläufig gesagt, nicht mehr als vernünftig; und doch, so vernünftig es auch sein mochte, habe ich es gleichwohl immer für hart gehalten, daß die ganze Last der Klausel ganz allein, wie es geschehen ist, auf mich fallen sollte.

Aber ich wurde nun einmal zum Unglück gezeugt und geboren; denn was meine gute Mutter angeht, war es Wind oder Wasser in ihr oder beides zusammen oder keines von beiden, oder war es ein bloßes Anschwellen ihrer Einbildung und Phantasie, oder konnte ein heftiges Wünschen und Verlangen danach ihren Verstand so sehr mißleiten – kurzum, es schickt sich für mich nicht zu entscheiden, ob sie sich selbst hintergangen hat oder andere hintergehen wollte. Tatsache ist jedenfalls, daß, als Ende September 1717, also im Jahr vor meiner Geburt, meine Mutter meinen Vater sehr gegen seinen Willen in die Hauptstadt brachte, mein Vater steif und fest auf der Klausel bestand, so daß ich durch den Ehekontrakt verurteilt war, eine so platt ins Gesicht gequetschte Nase zu bekommen, als ob mich die Schicksalsgöttinnen ganz und gar ohne Nase gesponnen hätten.

Wie das geschah und was für ein Heer von Widerwärtigkeiten in der einen oder anderen Periode meines Lebens mich nur wegen des Fehlens oder vielmehr Niederdrucks dieses einzigen Gliedes verfolgt haben, soll dem Leser zu gehöriger Zeit dargelegt werden.

16. Kapitel

Mein Vater, wie sich ein jeder leicht vorstellen kann, kehrte mit ziemlich verdrießlicher Laune wieder aufs Land zurück. Die ersten zwanzig oder fünfundzwanzig Meilen tat er nichts anderes, als sich, und meine Mutter dazu, über die verwünschten Unkosten zu ärgern und aufzuregen, welche, wie er sagte, bis auf den letzten Schilling hätten erspart werden können. Was ihn nach diesem mehr als alles andere verdroß, war die ungelegene Jahreszeit – es war, wie ich Ihnen bereits gesagt habe, gegen Ende September, da sein Spalierobst, vor allem die Mirabellen, auf die er besonders versessen war, gerade zum Pflücken reif war. Wäre er in irgendeinem anderen Monat des Jahres nach London in den April geschickt worden, hätte er wohl keine drei Worte darüber verloren.

Die beiden nächsten Stationen konnte er an nichts anderes denken als an den schweren Schlag, der ihn durch den Verlust eines Sohnes getroffen hatte, mit dem er, wie es schien, schon fest gerechnet und den er bereits in sein Taschenbuch als eine zweite Stütze seines Alters eingetragen hatte, falls er Bobby verlieren sollte. Die Enttäuschung darüber, sagte er, sei für einen weisen Mann zehnmal ärger als der Verlust alles Geldes, welches ihn die Reise usw. gekostet habe. Hol der Henker die hundertzwanzig Pfund! Keinen Pfifferling bekümmere er sich darum!

Während der Fahrt von Stilton bis Grantham ärgerte ihn bei der ganzen Geschichte nichts so sehr wie die Beileidsbezeigungen seiner Freunde und die lächerliche Rolle, die sie beide am ersten Sonntag in der Kirche spielen würden, was er in der satirischen Heftigkeit seines Witzes, der jetzt durch Verdruß geschärft war, immer wieder so launig und aufreizend beschrieb und wobei er seine bessere Hälfte und sich selbst in so viele peinliche Lagen angesichts der ganzen Gemeinde versetzte, daß meine Mutter versicherte, diese zwei letzten Stationen seien so eigentlich tragikomisch gewesen, daß sie den ganzen Weg über in einem Atem habe lachen und weinen müssen.

Von Grantham bis zur Überquerung des Trentflusses konnte sich mein Vater über den gemeinen betrügerischen Streich, den ihm seiner Ansicht nach meine Mutter bei dieser Gelegenheit gespielt hatte, überhaupt nicht beruhigen. Unmöglich, sagte er wohl hundertmal bei sich selbst, unmöglich kann sich die Frau selbst geirrt haben. Wenn sie das konnte, welche Schwachheit! Ein qualvolles Wort, welches seine Einbildungskraft über Stock und Stein führte und ihn, ehe es ihn losließ, gar erbärmlich zurichtete. Denn sobald er das Wort Schwachheit hörte und es voll auf sein Gehirn auftraf, begann er sofort zu untersuchen, wie viele Arten von Schwachheit es gebe. Da gab es so etwas wie die Schwachheit des Körpers oder die Schwachheit des Gemüts; und dann tat er eine oder zwei Stationen lang nichts anderes, als durch Syllogismen herauszubringen, inwiefern die Ursache all dieses Verdrusses an ihm selbst liegen oder nicht liegen möchte.

Kurz, für ihn ergaben sich so viele kleine Gelegenheiten zur Gereiztheit aus dieser einzigen Geschichte, die alle reihum, so wie sie entstanden, seine Gedanken herumtrieben, daß meine Mutter, wie auch immer ihre Hinreise gewesen sein mochte, dadurch eine recht unangenehme Heimreise hatte. Mit einem Wort, er hätte, wie sie es meinem Onkel Toby klagte, die Geduld jedes lebendigen Wesens völlig erschöpfen können.

17. Kapitel

Obgleich mein Vater, wie ich Ihnen erzählt habe, nicht in der besten Gemütsverfassung wieder heimreiste und auf dem ganzen Weg sauer dreinsah und Gesichter zog, hatte er dennoch die Gefälligkeit, das Ärgste zunächst noch für sich zu behalten, nämlich seinen Entschluß, sich des Rechts zu bedienen, welches ihm Onkel Tobys Klausel im Ehekontrakt gab. Meine Mutter erhielt auch nicht früher als an dem Abend, da ich gezeugt wurde – und das war dreizehn Monate später –, die geringste Kunde von seinem Vorhaben, als mein Vater, wie Sie sich erinnern werden, ein wenig verdrießlich und unwillig wurde und daher Gelegenheit nahm, während sie im Bett lagen und ganz ehrbar von zukünftigen Dingen sprachen, ihr zu verstehen zu geben, sie möchte sich mit der Vereinbarung abfinden, die sie im Ehekontrakt miteinander getroffen hätten; das hieß, sie müsse mit ihrem nächsten Kind auf dem Lande niederkommen, um die Reise des Vorjahres wieder auszugleichen.

Mein Vater war ein Mann von vielen vortrefflichen Eigenschaften, er hatte aber in der Mischung seines Temperaments nicht wenig von der Würze, die deren Anzahl vielleicht vermehrte und vielleicht auch nicht vermehrte. Sie ist im guten Sinne unter dem Namen Beharrlichkeit und im schlechten unter dem Namen Starrsinn bekannt. Dies wußte meine Mutter so gut, daß sie die Vergeblichkeit aller Gegenvorstellungen einsah; also entschloß sie sich, lieber gelassen zu sein und sich zu helfen, so gut sie konnte.

18. Kapitel

Da es an diesem Abend vereinbart oder vielmehr bestimmt worden war, daß meine Mutter mit mir auf dem Lande niederkommen sollte, so traf sie entsprechende Vorkehrungen. Deshalb fing sie an, als sie ungefähr drei Tage gesegneten Leibes war, die Augen auf die Hebamme zu werfen, die Sie mich so oft haben erwähnen hören; und ehe die Woche noch völlig um war, hatte sie, da doch der berühmte Dr. Manningham einmal nicht zu haben war, in ihrem Gemüt schon einen endgültigen Entschluß gefaßt. Ungeachtet dessen, daß ein wissenschaftlich gebildeter Geburtshelfer nicht weiter als acht Meilen von uns entfernt wohnte, der noch überdies einen ziemlich dicken Oktavband ausdrücklich über die Hebammenkunst geschrieben und darin nicht nur die verschiedenen Versehen der Hebammen gerügt, sondern auch noch manche sinnreiche Verbesserung beigefügt hatte, welche die schnellere Extraktion des Fötus bei Querlage und einige andere Gefahren, die uns drohen, wenn wir auf die Welt kommen, betrafen – ungeachtet alles dessen, sage ich, war meine Mutter fest entschlossen, ihr Leben und das meinige obendrein keiner anderen lebendigen Seele anzuvertrauen als dieser alten Frau. So was habe ich gern: Können wir nicht genau das bekommen, was wir wünschen – dann nur ja nicht mit dem Nächstbesten zufrieden sein! Nein, das wäre unbeschreiblich erbärmlich. Es ist noch nicht länger her als eine Woche, von heute an gerechnet, da ich hier sitze und dieses Buch zur Erbauung der Welt schreibe – es ist der 9. März 1759 –, daß meine liebe, liebe Jenny, als sie um einen seidenen Stoff, die Elle zu fünfundzwanzig Schilling, handelte und meinen ernsten Gesichtsausdruck bemerkte, dem Seidenkrämer sagte, es tue ihr leid, ihn umsonst herbemüht zu haben, und gleich darauf hinging und ein ellebreites Stück, die Elle zu zehn Pence, kaufte. Das sind bloß zwei Beispiele von ein und derselben Seelengröße. Was aber im Fall meiner Mutter die Ehre ein wenig verminderte, war der Umstand, daß sie ihren Heldenmut nicht zu einem so heftigen und hohen Grad des Wagens treiben konnte, wie eine andere Frau in ihrer Lage wohl gewünscht hätte, weil die Hebamme nämlich wirklich einige Geschicklichkeit besaß, der man sich anvertrauen durfte, soviel wenigstens, wie ihr eine glückliche Ausübung ihres Gewerbes geben konnte, denn sie hatte während ihrer fast zwanzigjährigen Tätigkeit im Kirchspiel jedes Kind ohne irgendeinen Fehler oder Unfall, den man ihr hätte zur Last legen können, auf die Welt geholt.

Diese Tatsachen, obgleich sie ihr Gewicht hatten, konnten dennoch die kleinen Skrupel und Zweifel nicht beheben, die meinem Vater angesichts dieser Wahl im Gemüt schwebten. Ganz zu schweigen von dem natürlichen Wirken der Menschlichkeit und Gerechtigkeit und von der Besorgtheit der väterlichen und ehelichen Liebe, welche ihn alle antrieben, dem Zufall so wenig wie in einem solchen Fall möglich zu überlassen, hatte er noch besondere Gründe zu wünschen, daß diesmal alles gut gehen möge. Das waren die unendlichen Verdrießlichkeiten, denen er ausgesetzt wäre, wenn Mutter oder Kind während ihrer Wochen in Shandy Hall etwas Übles zustoßen sollte. Er wußte, die Welt urteilte nach dem Ausgang und würde seinen Kummer bei einem solchen Unglück dadurch noch vermehren, daß sie alle Schuld allein auf ihn wälzen würde. „Ach, lieber Gott, hätte man Madame Shandy, der armen, braven Frau, nur ihren Wunsch erfüllt, in der Stadt niederzukommen und dann zurückzukehren – sie soll auf ihren bloßen Knien darum gebeten haben. Ja, und wenn man soviel Mitgift von einer Frau bekommen hat wie Herr Shandy von ihr, so wäre es doch nicht die Welt gewesen, ihr die Bitte zu erfüllen. Dann wären Mutter und Kind wohl noch bis auf diese Stunde am Leben."

Mein Vater wußte, daß sich auf ein solches Zetergeschrei nicht antworten ließe; und doch ging es ihm nicht nur darum, sich vor bösen Nachreden zu sichern, auch nicht allein um die Fürsorge für seinen Erben und seine Frau, daß er in diesem Punkt so äußerst ängstlich war. Mein Vater betrachtete jede Sache von allen Seiten, und nach seiner Meinung oblag es ihm auch noch, das Gemeinwohl sehr reiflich zu bedenken, denn es war zu befürchten, daß ein unglückseliges Beispiel zu sehr schlimmen Mißständen Anlaß geben könnte.

Es war ihm sehr wohl bekannt, daß alle politischen Schriftsteller, die dieses Thema behandelten, vom Anfang der Regierung der Königin Elisabeth bis auf seine Zeit einstimmig darüber geklagt haben, daß der Strom von Menschen und Geld nach der Hauptstadt aus dem einen oder anderen nichtigen Grund so gewaltig zunahm, daß unserer bürgerlichen Verfassung Gefahr drohte, obwohl ihn, nebenbei gesagt, das Bild des *Stroms* keineswegs befriedigte. *Seuche* war hierfür seine Lieblingsmetapher, und diese bildete er zu einer vollkommenen Allegorie aus, indem er behauptete, es verhalte sich mit dem Staatskörper ganz genauso wie mit dem natürlichen Körper, in dem Blut und Lebensgeister schneller nach dem Haupt getrieben würden, als sie wieder abfließen könnten; es müsse ein Stocken der Zirkulation erfolgen, das in beiden Fällen tödlich wäre.

Es bestehe kaum die Gefahr, pflegte er zu sagen, daß wir durch die französische Politik oder französische Invasionen unsere Freiheit verlören; auch befürchtete er keine Schwindsucht von der Masse verdorbener Materie und fauler Säfte in unserer Konstitution, welche, wie er hoffte, nicht so schlimm sei, wie man sich einbildete; aber davor sei ihm wirklich bange, daß wir einmal bei einem gewaltsamen Ruck plötzlich an einer Staatsapoplexie zugrunde gingen, und dann, sagte er, erbarme sich Gott unser aller!

Mein Vater konnte es niemals übers Herz bringen, die Geschichte dieser Seuche zu erzählen, ohne das Heilmittel mit auszuteilen.

„Wäre ich ein absoluter Fürst", sagte er, wobei er von seinem Lehnstuhl aufstand und mit beiden Händen die Hose hochzog, „ich setzte an alle Einfallsstraßen vor meiner Hauptstadt tüchtige Richter, die untersuchen sollten, was ein jeder Narr, der hineinwollte, für Geschäfte hätte; und wenn es sich nach einem gerechten und unparteiischen Verhör herausstellte, daß sie nicht wichtig genug wären, deswegen seinen eigenen Herd zu verlassen und mit Sack und Pack, Weib und Kindern, Pächterssöhnen und so weiter im Gefolge daherzukommen, so sollten sie alle wieder zurückgeschickt werden wie die Landstreicher, die sie im Grunde sind, von einem Dorfschulzen zum andern, bis an ihren gesetzlichen Wohnort. Auf diese Weise würde ich schon dafür sorgen, daß meine Hauptstadt nicht unter ihrer eigenen Last einstürzt, daß der Kopf nicht mehr zu dick für den Körper ist, daß die Gliedmaßen, die jetzt dürr und eingeschrumpft sind, wieder genügend Nahrung erhalten und dadurch wieder zu ihrer natürlichen Stärke und Schönheit gelangen. Ich wollte mit Nachdruck dafür sorgen, daß die Wiesen und Felder in meinem Land lachen und singen, daß gesellige Freude und Gastfreundschaft von neuem aufleben und daß dadurch der Landadel meines Königreichs so viel Einfluß und Ansehen wiedergewinnt, wie nötig ist, das zu ersetzen, was ihm, wie ich merke, mein Hochadel jetzt abnimmt.

Warum findet man", fragte er mit einiger Heftigkeit, indem er im Zimmer auf und ab ging, „in so vielen reizenden Provinzen von Frankreich so wenige Paläste und Landsitze? Woher kommt es, daß die wenigen übriggebliebenen Schlösser so verfallen, so wüst und leer und in so erbärmlichem Zustand sind? – Deshalb, mein Herr", sagte er, „weil in diesem Königreich niemand am Wohl des Landes interessiert ist; das geringe Interesse, das irgend jemand noch irgendwo hat, konzentriert sich auf den Hof und auf den Anblick des großen Monarchen; vom Sonnenschein in dessen Mienen oder von den Wolken, die diese überziehen, lebt oder stirbt jeder Franzose.“

Ein anderer politischer Grund, der meinen Vater so stark antrieb, auch das kleinste Mißgeschick bei meiner Mutter Kindbett auf dem Lande zu verhüten, war, daß ein derartiges Beispiel unfehlbar die ohnehin schon zu große Macht des schwachen Geschlechts im Landadel von seinem oder von höherem Rang stärken würde, was zusammen mit den vielen anderen erschlichenen Rechten, die diese Partei sich stündlich anmaßt, am Ende dem monarchischen System des häuslichen Regiments, das Gott bei der Erschaffung der Welt eingeführt hat, nachteilig werden könnte.

In diesem Punkt war er mit Sir Robert Filmer völlig einer Meinung, daß nämlich die Pläne und Einrichtungen der größten Monarchien im östlichen Teil der Welt ursprünglich das vortreffliche Muster und Vorbild dieses häuslichen und väterlichen Regiments nachahmten. Dieses Regiment, sagte er, sei seit einem Jahrhundert und noch länger nach und nach in eine gemischte Regierungsform ausgeartet, die zwar in großen gesellschaftlichen Verbindungen sehr wünschenswert sei, in kleineren aber zu vielen Unruhen Anlaß gebe und, soviel er festgestellt habe, selten etwas anderes als Verdruß und Unordnung hervorgebracht habe.

Aus all diesen Gründen privater und öffentlicher Art war mein Vater dafür, daß auf jeden Fall ein Geburtshelfer genommen werden müßte. Meine Mutter aber war sehr dagegen. Mein Vater ersuchte und bat, sie möge in dieser Sache nur einmal auf ihr Recht verzichten und ihm erlauben, für sie zu wählen. Meine Mutter hingegen bestand auf ihrem Privileg, selber ihre Wahl zu treffen und keines Sterblichen Hilfe zu gebrauchen als die der alten Frau. Was sollte mein Vater tun? Er war mit seiner Weisheit am Ende; er sprach mit ihr darüber in jeder Stimmung, beleuchtete seine Gründe von jeder möglichen Seite, behandelte mit ihr die Sache als Christ, als Heide, als Ehemann, als Vater, als Patriot, als Mensch; meine Mutter beantwortete alles stets nur als Frau, was allerdings nicht einfach für sie war, denn da sie sich nicht in so vielerlei Rollen verteidigen konnte, war es ein ungleicher Kampf, das Verhältnis war sieben gegen eins. Was konnte meine Mutter tun? Sie hatte den Vorteil (sonst hätte sie gewiß der Gewalt weichen müssen), daß ihr eine kleine Verstärkung in Gestalt von persönlicher Verärgerung zu Hilfe kam und sie befähigte, die Sache vor meinem Vater mit so gleichem Vorteil durchzufechten, daß sie beide das Tedeum anstimmten. Mit einem Wort, meine Mutter sollte die alte Frau haben, und der Geburtshelfer sollte die Freiheit haben, mit meinem Vater und meinem Onkel Toby Shandy im Hinterzimmer eine Flasche Wein zu trinken, und dafür fünf Guineen bekommen.

Ehe ich dieses Kapitel beende, bitte ich um Erlaubnis, dem Herzen meiner schönen Leserin eine Warnung zu erteilen, und zwar diese: es nach ein paar unbedachten Worten, die mir darin entfahren sind, nicht für so völlig ausgemacht zu halten, daß ich ein verheirateter Mann sei. Ich gestehe, die zärtliche Anrede „meine liebe, liebe Jenny" nebst einigen anderen verstreuten Anzeichen von Ehestandskenntnis könnten den unparteiischsten Richter von der Welt ganz natürlich zu einem solchen Urteil wider mich verleiten. Alles, was ich in dieser Sache erbitte, Madame, ist strenge Gerechtigkeit, und daß Sie mir diese ebensogut widerfahren lassen mögen wie sich selbst, indem Sie vorurteilslos bleiben und keine derartige Meinung von mir fassen, bis Sie bessere Beweise haben, als bis jetzt, wie ich ganz gewiß bin, gegen mich beigebracht werden können. Nicht als ob ich so eitel oder so unvernünftig sein könnte, Madame, zu verlangen, Sie möchten deswegen glauben, meine liebe, liebe Jenny sei meine Mätresse. Nein, das hieße meinem Charakter auf der anderen Seite zuviel schmeicheln und ihm einen Zug von Freiheit geben, auf den er vielleicht nicht den geringsten Anspruch hat. Alles, was ich zu beweisen gedenke, ist die glatte Unmöglichkeit, daß einige Bände hindurch Sie oder der klügste Kopf auf dem Erdboden herausbringen, wie es sich mit dieser Sache eigentlich verhält. Es ist nicht unmöglich, daß meine liebe, liebe Jenny, so zärtlich auch die Anrede ist, mein Kind sei. Überlegen Sie: ich wurde geboren im Jahr achtzehn. Auch wäre nichts Unnatürliches oder Ausschweifendes in der Annahme, daß meine liebe Jenny meine Freundin sei. – Freundin? – Meine Freundin! Sicherlich, Madame, kann eine Freundschaft zwischen Personen beiderlei Geschlechts bestehen und unterhalten werden, ohne – pfui, Herr Shandy! – ohne irgend etwas anderes, Madame, als die zärtliche, wonnevolle Empfindung, die sich immer in solche Freundschaften mischt, bei denen die Freunde verschiedenen Geschlechts sind. Studieren Sie doch, ich bitte, die moralischen und empfindsamen Stellen in den besten französischen Romanen. Sie werden wirklich staunen, Madame, wenn Sie sehen, mit welcher Mannigfaltigkeit von züchtigen Ausdrücken diese wonnevolle Empfindung, von der ich die Ehre habe zu reden, ausgeschmückt wird.

19. Kapitel

Eher wollte ich mich unterstehen, das schwerste Problem in der Geometrie zu erläutern, als mich anheischig machen zu erklären, wie ein Mann von meines Vaters großem Verstand – belesen, wie der Leser schon bemerkt haben muß, und zwar kritisch, in der Philosophie, dabei weise in der politischen Argumentation und in der polemischen (wie er sehen wird) gar nicht unwissend – fähig sein konnte, eine Ansicht in seinem Kopf zu hegen, die so weit von allen gewöhnlichen abwich, daß ich fürchte, der Leser werde, wenn ich ihm diese nenne und wofern er nur ein wenig cholerisch veranlagt ist, sofort das Buch beiseite werfen. Ist er Sanguiniker, so wird er herzlich darüber lachen, und ist er von der ernsthaften und strengeren Art, so wird er sie auf den ersten Blick ohne Gnade als phantastisch und extravagant verdammen, und zwar meine ich die Wahl und Beilegung der Taufnamen, auf die es nach seiner Ansicht weit mehr ankommt, als oberflächliche Leute zu begreifen fähig sind.

Seine Meinung in diesem Punkt war, daß es eine sonderbare Art von magischer Kraft gebe, die gute oder böse Namen, wie er sie nannte, unserem Charakter und Verhalten unwiderstehlich aufprägten.

Cervantes' Held konnte seinen Standpunkt nicht ernsthafter behaupten noch glaubwürdiger oder ausführlicher erzählen von der Macht der Zauberer, die seine Taten mit Schande befleckten, oder von dem Namen seiner Dulcinea, der sie mit Ehre bekrönte, als mein Vater über die Namen Trismegistus oder Archimedes auf der einen Seite oder über Nyky und Simkin auf der anderen vorzubringen hatte. – „Wie viele Cäsars und Pompejen", pflegte er zu sagen, „sind durch den bloßen Einfluß der Namen derselben würdig geworden! Und wie viele gibt es", fügte er hinzu, „die ungemein viel Gutes in der Welt vollbracht haben könnten, wären ihr Charakter und Mut nicht gänzlich unterdrückt und *nikodemusiert* worden."

„Ich sehe deutlich an Ihren Augen (oder woran jeweils sonst)", sagte wohl mein Vater, „daß Sie dieser meiner Meinung nicht von Herzen beipflichten, welche für diejenigen", fügte er hinzu, „die sie nicht sorgfältig bis auf den Grund geprüft haben – das gebe ich zu –, eher den Eindruck einer Grille als einer vernünftigen Forderung machen mag; und dennoch, mein lieber Herr, wenn ich mir nicht zuviel einbilde, Ihren Charakter zu kennen, so bin ich moralisch überzeugt, ich würde wenig wagen, wenn ich Ihnen jetzt einen Fall unterbreite – nicht als einem, der am Streit teilnimmt, sondern als einem Richter, auf dessen Einsicht und unparteiische Entscheidung ich mich bei meiner Appellation in dieser Sache sicher verlassen kann. Sie sind, im Gegensatz zu manchen anderen Menschen, frei von vielen engstirnigen Vorurteilen der Erziehung und, wenn ich es wagen darf, noch tiefer in Sie einzudringen, von einer Großmut des Geistes, die darüber erhaben ist, eine Meinung bloß deswegen zu verwerfen, weil ihr die Anhänger fehlen. Ihr Sohn! Ihr geliebter Sohn, von dessen sanftem und ehrlichem Naturell Sie so viel zu erwarten haben. Ihr *Billy*, mein Herr! Wollten Sie ihn um alles in der Welt wohl *Judas* haben taufen lassen? Würden Sie wohl, mein lieber Freund", fuhr er fort, indem er Ihnen mit der sanftesten Art seine Hand auf die Brust legte, und mit dem schmeichelnden und unwiderstehlichen Piano der Stimme, welches das *argumentum ad hominem* seiner Natur nach erheischt, „würden Sie, mein Herr, wenn ein Jude von einem Gevatter diesen Namen für Ihren Sohn vorgeschlagen und Ihnen dabei seine Geldsäcke angeboten hätte, würden Sie wohl in eine solche Entweihung Ihres Sohnes eingewilligt haben? O mein Gott!" sagte er dann und richtete die Augen nach oben, „wenn ich Ihr Gemüt recht kenne, so sind Sie dazu nicht fähig. Sie hätten das Anerbieten mit Füßen getreten; mit Abscheu hätten Sie die Versuchung dem Versucher ins Gesicht geschleudert.

Ihre Seelengröße bei dieser Tat, die ich zugleich als die uneigennützige Verachtung des Geldes bewundere, die Sie bei diesem ganzen Vorfall an den Tag legen, ist wirklich edel; und sie wird noch edler durch das Prinzip, aus dem sie entspringt; Ihre Vaterliebe bestätigt die Wahrheit und Überzeugungskraft folgender Hypothese: Wäre Ihr Sohn Judas getauft worden, so würde ihn die habsüchtige und betrügerische Idee, die von dem Namen so unzertrennlich ist, sein ganzes Leben hindurch wie ein Schatten verfolgt und ihn zuletzt trotz Ihrem guten Beispiel, mein Herr, zu einem Knauser und Schurken gemacht haben."

Ich habe noch keinen Menschen kennengelernt, der auf ein solches Argument zu antworten vermochte. Aber um über meinen Vater die Wahrheit zu sagen: er war wirklich unwiderstehlich, sowohl im Reden als auch im Disputieren. Er war zum Redner geboren: Θεοδίδακτος. Überredung hing an seinen Lippen, und die Elemente der Logik und Rhetorik waren dergestalt in ihm vereinigt, und vor allem wußte er so schnell und schlau die Schwächen und Leidenschaften seiner Gegner herauszufinden, daß die Natur selbst hätte aufstehen und sagen können: Dieser Mann ist beredt. Kurz, mein Vater mochte recht oder unrecht haben, es war in beiden Fällen sehr gewagt, ihn anzugreifen. Und dennoch – es ist wunderbar – hatte er niemals

Cicero oder Quintilian *de Oratore* oder Isokrates oder Aristoteles oder Longinus unter den Alten noch Vossius oder Skioppius oder Ramus oder Farnaby unter den Neueren gelesen; und was noch erstaunlicher ist, sein Geist war in seinem ganzen Leben von keinem Strahl oder Funken des Scharfsinns durch eine Vorlesung über Crackenthorp oder Burgersdicius oder irgendeinen niederländischen Logiker oder Kommentator erleuchtet worden. Er wußte nicht einmal, worin der Unterschied zwischen einem Argument *ad ignorantiam* und *ad hominem* bestand, so daß ich mich recht gut erinnere, daß, als er mit mir zum Jesus-College in *** reiste, um mich dort einschreiben zu lassen, mein würdiger Lehrer und zwei oder drei andere Mitglieder dieser gelehrten Gesellschaft sich sehr wunderten, wie ein Mann, der nicht einmal die Namen seiner Werkzeuge kannte, dennoch so geschickt mit ihnen arbeiten konnte.

Mit ihnen so gut wie möglich zu arbeiten, dazu war mein Vater indessen unaufhörlich gezwungen; denn er hatte wohl tausend kleine skeptische Ideen komischer Natur zu verfechten, von denen die meisten, wie ich fest glaube, sich anfangs bloß als Grillen und als *vive la bagatelle* einschlichen; und so konnte er denn wohl eine halbe Stunde lang seinen Spaß mit ihnen treiben und, nachdem er seinen Witz an ihnen geschärft hatte, sie bis auf ein andermal abtreten lassen.

Ich führe dieses nicht nur als eine Hypothese oder Mutmaßung über die Entstehung und Entfaltung von meines Vaters sonderbaren Meinungen an, sondern als eine Warnung an den gelehrten Leser vor der unvorsichtigen Aufnahme solcher Gäste, welche, nachdem sie einige Jahre lang in unserem Gehirn haben frei und ungehindert aus- und eingehen dürfen, endlich gar als Einheimische betrachtet werden wollen. Zuweilen wirken sie wie Hefe, häufiger jedoch in der Art zärtlicher Leidenschaften, die als Scherz beginnen und als blutiger Ernst enden.

Ob das mit meines Vaters sonderbaren Meinungen der Fall war oder ob letzten Endes sein Witz seinem Verstand einen blauen Dunst vormachte oder wiefern er in einigen seiner Meinungen, so sonderbar sie schienen, völlig recht haben mochte – das soll der Leser, so wie sie vorkommen, selbst entscheiden. Hier behaupte ich weiter nichts, als daß er es mit seiner Meinung über den Einfluß der Taufnamen, auf welche Weise sie sich auch bei ihm festgesetzt hatte, völlig ernst meinte. Er war hierin mit sich selber ganz im reinen; er ging systematisch vor, und gleich allen Systematikern hätte er Himmel und Erde in Bewegung gesetzt und jedes Ding in der Schöpfung gereckt und gezerrt, um es seiner Hypothese anzupassen. Kurz, ich sage es noch einmal, er meinte es völlig ernst; und demzufolge konnte er alle Geduld verlieren, wenn er Leute, besonders Leute von Stand, die es hätten besser wissen sollen, traf, die sich ebensowenig oder noch weniger darum kümmerten, wie ihr Kind genannt werden sollte, als um die Wahl des Namens Ponto oder Cupido für ihren Schoßhund.

Das, sagte er, mache einen sehr schlechten Eindruck und es komme noch der erschwerende Umstand hinzu, daß es nämlich, wenn einmal ein schlechter Name zu Unrecht und unbedacht gegeben worden wäre, damit anders gehe als mit dem guten Ruf eines Menschen, der nach einer Verunglimpfung wieder reingewaschen und, wenn nicht schon bei Lebzeiten, so doch wenigstens nach dem Tode, wiederhergestellt werden könnte. Im anderen Falle aber, sagte er, ließe sich das geschehene Unrecht niemals wiedergutmachen. Ja, er bezweifelte sogar, daß selbst ein Parlamentsbeschluß das vermöchte. Er wußte ebensogut wie Sie, daß die gesetzgebende Körperschaft sich sogar einen Einfluß auf die Zunamen anmaße; aus sehr triftigen Gründen aber, die er anführen könne, habe diese es jedoch noch nie gewagt, auch nur einen Schritt weiter zu gehen.

Es war merkwürdig, daß, obgleich mein Vater infolge dieser Meinung, wie ich Ihnen gesagt habe, gegen gewisse Namen die stärkste Zuneigung oder Abneigung hegte, es dennoch Namen gab, welche auf der Waagschale vor ihm so eben schwebten, daß sie ihm völlig gleichgültig waren. Jack, Dick und Tom gehörten zu dieser Gruppe. Diese nannte mein Vater neutrale Namen; und er behauptete von ihnen ohne Spott, daß es vom Anbeginn der Welt wenigstens ebenso viele Schurken und Narren gegeben habe als gute und kluge Männer, welche solche Namen ohne Unterschied geführt hätten, so daß sie, indem sie als gleiche Kräfte in entgegengesetzter Richtung aufeinander wirkten, nach seiner Meinung ihre Wirkungen wechselweise aufhöben, weshalb er, wie er oft erklärte, keinen Kirschkern für die Wahl unter denselben hingeben möchte. Bob – so hieß mein Bruder – war ein anderer aus dieser neutralen Gattung von Taufnamen, die weder nach der einen noch der anderen Seite ausschlagen; und da sich mein Vater gerade in Epsom befand, als er ihm gegeben wurde, dankte er oft dem Himmel dafür, daß es kein schlimmerer war. Andere kamen ihm fast vor wie eine negative Größe in der Algebra; sie seien schlechter, sagte er, als nichts. William stand bei ihm in hohem Ansehen, Numps wieder in niedrigem, und Nick, sagte er, sei gar des Teufels.

Jedoch unter allen Namen in der weiten Welt hatte er den unbezwinglichsten Widerwillen gegen *Tristram*; von keinem Ding auf dem Erdboden hatte er einen niedrigeren und verächtlicheren Begriff, weil er der Ansicht war, er könne unmöglich in *rerum natura* etwas anderes hervorbringen als etwas höchst Gemeines und Elendes. Ja, mitten in einem Disput über das Thema, in den er nicht selten ganz von ungefähr verwickelt wurde, brach er oft in ein plötzliches und feuriges Epiphonema oder vielmehr eine Erotesis aus, erhob seine Stimme eine Terz und zuweilen eine ganze Quinte über den Grundton seiner Rede und fragte seinen Gegner kategorisch, ob er behaupten wolle, er erinnere sich oder habe jemals gelesen oder erzählen hören, daß ein Mensch mit Namen Tristram etwas Großes oder Denkwürdiges geleistet habe. – „Nein“, pflegte er zu sagen, „*Tristram!* – das ist unmöglich.“

Es fehlte nicht viel, und mein Vater hätte ein Buch geschrieben, um diese seine Meinung der Welt mitzuteilen. Sehr wenig Genuß bringt es dem spekulativen Kopf, mit seiner Meinung allein zu stehen und sie nicht äußern zu können. Gerade das war's, was mein Vater tat; denn im

Jahre sechzehn, also zwei Jahre vor meiner Geburt, machte er sich darüber her und schrieb eine regelrechte Dissertation nur über das Wort Tristram, in der er der Welt mit großer Aufrichtigkeit und Bescheidenheit die Gründe seines tiefen Abscheus vor diesem Namen darlegte.

Vergleicht der wohlwollende Leser diese Erzählung mit dem Titelblatt, wird er nicht meinen Vater von Herzen bedauern, wenn er sieht, wie einem ordentlichen, gutgesinnten Mann, der zwar sonderbare, aber doch ungefährliche Meinungen hegt, dergestalt von Widerwärtigkeiten mitgespielt worden ist; wenn er ihn auf dem Schauplatz erblickt, wo ihm alle seine kleinen Systeme und Wünsche über den Haufen geworfen und vereitelt werden; wenn er ein Heer von Zufällen beständig auf ihn zustürmen sieht, und zwar auf eine so ausgeklügelte und grausame Weise, als ob es ausdrücklich darauf angelegt wäre, seine Spekulationen zu verspotten? Mit einem Wort, wenn er so einen Mann in seinem Alter, das nicht für Kummer und Sorgen geschaffen ist, zehnmal an einem Tage an seinen Schmerz erinnert sieht, weil er zehnmal an einem Tage sein vom Himmel erflehtes Kind *Tristram* rufen muß. Melancholischer zweisilbiger Klang! der in seinen Ohren mit Nicompoop oder jedem anderen Spottnamen unter der Sonne im Einklang steht. Bei seiner Asche schwör ich: Wenn jemals ein boshafter Geist sich ein Vergnügen oder Geschäft daraus gemacht hat, die Vorsätze eines Sterblichen zu vereiteln, so muß es hier gewesen sein; und wäre es nicht notwendig, daß ich erst geboren würde, ehe ich getauft werden könnte, ich gäbe dem Leser jetzt gleich einen Bericht darüber.

20. Kapitel

Wie konnten Sie nur so unaufmerksam sein, Madame, als Sie das letzte Kapitel lasen? Ich sagte Ihnen darin, daß meine Mutter keine Papistin war. – Papistin! Davon haben Sie kein Wort gesagt, mein Herr. – Madame, ich muß mit Ihrer Erlaubnis wiederholen, daß ich es Ihnen sehr deutlich gesagt habe, so deutlich zumindest, wie man mit Worten so etwas schlüssig sagen kann. – Wenn dem so ist, mein Herr, muß ich eine Seite überschlagen haben. – Nein, Madame! Kein Wort haben Sie überschlagen. – So schlief ich, Herr. – Diese Ausflucht, Madame, kann Ihnen mein Stolz nicht hingehen lassen. – Nun, so verstehe ich nichts von der ganzen Sache. – Das, Madame, ist eben das Versehen, das ich Ihnen zur Last lege; und zur Strafe bestehe ich darauf, daß Sie augenblicklich, das heißt, sobald Sie an den nächsten Punkt gekommen sind, zurückgehen und das ganze Kapitel noch einmal durchlesen.

Diese Strafe habe ich der Dame weder aus Spaß noch aus Grausamkeit auferlegt, sondern in der allerbesten Absicht; und deswegen werde ich sie auch nicht um Entschuldigung bitten, wenn sie wiederkommt. Es ist geschehen, um ihr den falschen Geschmack abzugewöhnen, der sich bei ihr und Tausenden anderen eingeschlichen hat und der darin besteht, immer frisch draufloszulesen, mehr aus Begierde nach Abenteuern als nach der tiefen Gelehrsamkeit und Wissenschaft, die man aus einem Buch von diesem Schlage, wenn es gehörig gerlesen würde, unfehlbar schöpfen müßte. Der Geist sollte daran gewöhnt werden, beim Lesen weise Betrachtungen anzustellen und neue Schlüsse zu ziehen; diese Gewohnheit war es, die den jüngeren Plinius bezeugen ließ, er habe niemals ein so schlechtes Buch gelesen, daß er nicht einigen Nutzen daraus gezogen hätte. Die griechische und römische Geschichte leistet, wenn sie ohne diese Gesinnung und Aufmerksamkeit gelesen wird, weniger Dienste, das behaupte ich, als die Geschichte von Parismus und Parismenus oder von den sieben geharnischten Rittern aus England.

Aber da kommt meine schöne Dame. Haben Sie das Kapitel noch einmal gelesen, Madame, wie ich Sie bat? Nun gut! Und haben Sie nicht beim zweiten Lesen die Stelle bemerkt, aus welcher der Sachverhalt hervorgeht? – Kein Wort davon! – Dann, Madame, belieben Sie über die vorletzte Zeile des Kapitels nachzudenken, wo ich mir die Freiheit nahm zu sagen: „Es wäre notwendig, daß ich erst geboren würde, ehe ich getauft werden könnte.“ Wäre meine

Mutter eine Papistin gewesen, so wäre diese Folgerung falsch*.

Es ist ein entsetzliches Unglück für dieses mein Buch, aber noch mehr für die Republik der Wissenschaften – so daß mein eigenes Mißgeschick fast gänzlich hinter dieser Betrachtung zurücktritt –, daß diese schändliche Sucht nach immer neuen Abenteuern in allen Dingen sich so stark in unsere Neigung und Gewohnheiten eingeschlichen hat; und so sehr erpicht sind wir, die Ungeduld unserer Begierden auf diese Weise zu befriedigen, daß uns nichts als die gröbsten und fleischigsten Bissen eines Werks schmecken will. Die feineren Andeutungen und versteckten Mitteilungen der Wissenschaften verfliegen wie Spiritus, die schwere Moral sinkt auf den Boden, und beides, das eine wie das andere, geht für die Welt so verloren, als ob es im Bauche des Tintenfasses geblieben wäre.

Ich wünsche, der Leser möge nicht über manches weggehuscht sein, das ebenso ungewöhnlich und merkwürdig ist wie dasjenige, bei welchem die Leserin ertappt worden ist. Ich wünsche, daß es seine Wirkung tun möge und daß alle braven Leute männlichen und weiblichen Geschlechts aus ihrem Beispiele lernen mögen, nicht nur zu lesen, sondern auch zu denken**.

* Das Ritual der römisch-katholischen Kirche verordnet im Fall einer Gefahr die Taufe des Kindes, ehe es geboren ist, jedoch mit der Bedingung, daß dem Täufer der eine oder andere Teil des Kindes sichtbar sein muß. Allein die Doktoren der Sorbonne haben bei einer Beratung vom 10. April 1733 die Macht der Hebammen durch die Entscheidung ausgedehnt, daß, wenn auch kein Teil von dem Körper des Kindes sichtbar sein sollte, ihm dennoch die Taufe durch Injektion gegeben werden solle – *par le moyen d'une petite canulle*, auf gut deutsch: eine kleine Spritze. Es ist doch sonderbar, daß St. Thomas Aquinas, der so viel technisches Verständnis hatte, die Knoten der scholastischen Theologie sowohl zu schürzen als zu lösen, den Punkt zuletzt als eine zweite *chose impossible* aufgegeben hat. – „Infantes in maternis uteris existentes“, sagte der heilige Thomas, „baptizari possunt *nullo modo*.“ – O Thomas! Thomas!

** Wenn der Leser neugierig ist, die Frage der Taufe durch Injektion, so wie sie den Doktoren der Sorbonne vorgelegt wurde, samt der Konsultation darüber kennenzulernen, erfährt er die Einzelheiten im folgenden.

MÉMOIRE

*présenté à Messieurs les Docteurs de Sorbonne**

Un Chirurgien Accoucheur, représente à Messieurs les Docteurs de Sorbonne, qu'il y a des cas, quoique très rares, cù une mère ne sçauroit accoucher, et même où l'enfant est tellement renfermé dans le sein de sa mère, qu'il ne fait paroître aucune partie de son corps, ce qui seroit un cas, suivant les Rituels, de lui conférer, du moins sous condition, le baptême. Le Chirurgien, qui consulte, prétend, par le moyen d'une petite canulle, de pouvoir baptiser immédiatement l'enfant, sans faire aucun tort à la mère. — Il demande si ce moyen, qu'il vient de proposer, est permis et légitime, et s'il peut s'en servir dans le cas qu'il vient d'exposer.

RÉPONSE

Le Conseil estime, que la question proposée souffre de grandes difficultés. Les Théologiens posent d'un côté pour principe, que le baptême, qui est une naissance spirituelle, suppose une première naissance; il faut être né dans le monde, pour renaître en Jésus-Christ, comme ils l'enseignent. S. Thomas, 3 part. quaest. 88. artic. 11. *suit cette doctrine comme une vérité constante; l'on ne peut, dit ce S. Docteur, baptiser les enfants qui sont renfermés dans le sein de leurs Mères, et S. Thomas est fondé sur ce, que les enfans ne sont point nés, et ne peuvent être comptés parmi les autres hommes; d'où il conclut, qu'ils ne peuvent être l'object d'une action extérieure, pour recevoir par leur ministère, les sacramens nécessaires au salut:* Pueri in maternis uteris existentes nondum prodierunt in lucem ut aliis hominibus vitam ducant; unde non possunt subjici actioni humanae, ut per eorum ministerium sacramenta recipiant ad salutem. *Les rituels ordonnent dans la pratique ce que les théologiens ont établi sur les mêmes matières, et ils deffendent tous d'une manière uniforme, de*

* Vide Deventer, Paris edit. 4to, 1734, p. 366.

baptiser les enfans qui sont renfermés dans le sein de leurs mères, s'ils ne font paroître quelque partie de leurs corps. Le concours des théologiens, et des rituels, qui sont les règles des diocèses, paroît former une autorité qui termine la question présente; cependant le conseil de conscience considérant d'un côté, que le raisonnement des théologiens est uniquement fondé sur une raison de convenance, et que la deffense des rituels suppose que l'on ne peut baptiser immédiatement les enfans ainsi renfermés dans le sein de leurs mères, ce qui est contre la supposition présente; et d'un autre côté, considérant que les mêmes théologiens enseignent, que l'on peut risquer les sacremens que Jesus-Christ a établis comme des moyens faciles, mais nécessaires pour sanctifier les hommes; et d'ailleurs estimant, que les enfans renfermés dans le sein de leurs mères, pourroient être capables de salut, parce qu'ils sont capables de damnation; – pour ces considérations et en égard à l'exposé, suivant lequel on assure avoir trouvé un moyen certain de baptiser ces enfans ainsi renfermés, sans faire aucun tort à la mère, le Conseil estime que l'on pourroit se servir du moyen proposé, dans la confiance qu'il a, que Dieu n'a point laissé ces sortes d'enfans sans aucuns secours, et supposant, comme il est exposé, que le moyen dont il s'agit est propre à leur procurer le baptême; cependant comme il s'agiroit, en autorisant la pratique proposée, de changer une règle universellement établie, le Conseil croît que celui qui consulte doit s'addresser à son évêque, et à qui il appartient de juger de l'utilité, et du danger du moyen proposé, et comme, sous le bon plaisir de l'évêque, le conseil estime qu'il faudroit recourir au Pape, qui a le droit d'expliquer les règles de l'église, et d'y déroger dans le cas, où la loi ne sçauroit obliger, quelque sage et quelque utile que paroisse la manière de baptiser dont il s'agit, le conseil ne pourroit l'approuver sans le concours de ces deux autorités. On conseille au moins à celui qui consulte, de s'addresser à son évêque, et de lui faire part de la présente décision, afin que, si le prélat entre dans les raisons sur lesquelles les docteurs soussignés s'appuyent, il puisse être autorisé dans le cas de nécessité, où il risqueroit trop d'attendre que la permission fût demandée et accordée d'employer le moyen qu'il propose si avantageux au salut de l'enfant. Au reste le conseil, en estimant que l'on pourroit s'en servir croit cependant, que si les enfans dont il s'agit, venoient au monde, contre l'espérance de ceux qui se seroient servis du même moyen, il seroit nécessaire de les baptiser sous condition; *et en cela le conseil se conforme à tous les rituels, qui en autorisant le baptême d'un enfant qui fait paroître quelque partie de son corps, enjoignent néantmoins, et ordonnent de le baptiser* sous condition, *s'il vient heureusement au monde.*

Délibéré en Sorbonne, le 10. Avril, 1733.

A. le Moyne,
L. de Romigny,
de Marcilly.

Herr Tristram Shandy läßt sich den Herren le Moyne, de Romigny und de Marcilly empfehlen und hofft, daß sie allerseits in der Nacht nach einer so mühseligen Konsultation ruhig geschlafen haben. Er möchte gerne wissen, ob nicht, wenn nach der Zeremonie der Verheiratung und vor dem Vollzug der Ehe alle Homunculi auf einmal in Bausch und Bogen durch Injektion getauft würden, diese Methode kürzer und sicherer wäre. Unter der Bedingung, wie oben, daß, wenn die Homunculi gut gediehen und daraufhin ungefährdet zur Welt kämen, dann alle nochmals getauft würden *(sous condition)*. Und vorausgesetzt, zweitens, daß die Sache sich machen ließe, wie Herr Shandy es für möglich hält, *par le moyen d'une petite canulle* und *sans faire aucun tort au père.*

21. Kapitel

„Ich möchte doch wissen, was das Lärmen und das Hinundherlaufen da oben heißen soll", sagte mein Vater und wendete sich nach einem anderthalbstündigen Stillschweigen an meinen Onkel Toby, welcher, wie Sie wissen müssen, dem Feuer gegenübersaß und seine gesellige Pfeife in stiller Betrachtung einer neuen schwarzen Plüschhose, die er anhatte, immerfort schmauchte. „Was mögen sie vorhaben, Bruder?" sagte mein Vater. „Wir können ja kaum unser eigenes Wort verstehen."

„Ich glaube", antwortete mein Onkel Toby, der die Pfeife aus dem Mund nahm und mit dem Kopf derselben zwei- oder dreimal auf den Nagel seines linken Daumens klopfte, als er den Satz anfing, „ich glaube", sagte er – Aber um meines Onkels Meinung über diese Sache richtig zu verstehen, müssen Sie sich erst ein wenig mit seinem Charakter vertraut machen, dessen äußeren Umriß ich Ihnen hier auf der Stelle geben will; danach wird der Dialog zwischen ihm und meinem Vater desto besser vonstatten gehen.

Ach, können Sie mir nicht sagen, wie der Mann hieß – denn ich schreibe so in der Eile und habe keine Zeit, mich zu besinnen oder nachzuschlagen –, der zuerst die Beobachtung machte, daß unsere Luft und unser Klima sehr unbeständig seien? Er mag gewesen sein, wer er will, er hat damit eine gute Beobachtung gemacht. Die davon abgeleitete Schlußfolgerung aber, nämlich: dieser Umstand sei der Grund dafür, daß wir eine so große Mannigfaltigkeit an sonderbaren und verschrobenen Charakteren hätten, stammte nicht von ihm; das hat ein anderer Mann, wenigstens anderthalb Jahrhunderte später, ausfindig gemacht; weiterhin, daß dieses volle Zeughaus von Originalstoff die wahre und natürliche Ursache dafür sei, daß unsere Lustspiele soviel besser seien als die Lustspiele der Franzosen oder alle die, welche auf dem Kontinent geschrieben worden sind oder geschrieben werden können – das ist eine Entdeckung, die eigentlich erst in der Mitte der Regierung König Wilhelms gemacht wurde, als der große Dryden bei Verfertigung von einer seiner langen Vorreden (wenn ich mich nicht irre) sehr glücklicherweise darauf verfiel. In der Tat begann der große Addison in den letzten Jahren der Königin Anna diese Meinung in Schutz zu nehmen und erklärte sie der Welt eingehender in einigen Nummern seines „Spectator“. Die Entdeckung war aber nicht seine eigene. Und endlich, viertens und letztens, daß diese sonderbare Unregelmäßigkeit in unserem Klima, die eine so sonderbare Unregelmäßigkeit in unseren Charakteren hervorbringt, uns dadurch gewissermaßen schadlos hält, indem sie uns etwas gibt, womit wir uns die Zeit vertreiben können, wenn uns das Wetter nicht erlaubt, über unsere Schwelle zu treten – diese Bemerkung ist von mir selbst und wurde von mir an ebendiesem regnerischen Tag, dem 26. März 1759, zwischen neun und zehn Uhr des Vormittags gemacht.

So, meine lieben Kollegen und Mitarbeiter bei dieser großen Ernte der Gelehrsamkeit, die vor unseren Augen heranreift, auf diese Weise, mit langsamen Schritten und zufälligem Wachstum, krochen unsere physikalischen, metaphysischen, physiologischen, polemischen, nautischen, mathematischen, enigmatischen, technischen, biographischen, romantischen, chemischen und obstetrischen Wissenschaften mit ihren fünfzig weiteren Nebenfächern (von denen die meisten ebenfalls auf -isch enden) in den letzten zweihundert Jahren nach und nach auf die Ακμή ihrer Vollkommenheit zu, von der wir, nach den Fortschritten in den letzten sieben Jahren zu schließen, unmöglich noch weit entfernt sein können.

Wenn es erst soweit gekommen ist, darf man hoffen, daß die gesamte Schriftstellerei ein Ende haben werde. Wenn über nichts mehr geschrieben wird, so wird auch alles Lesen ein Ende nehmen, und das muß mit der Zeit, wie Krieg Armut, Armut aber Frieden gebiert, allen Arten von Wissenschaften ein Ende machen, und dann – werden wir wieder ganz von vorne anfangen, oder, mit anderen Worten, dann sind wir wieder da, von wo wir zuerst ausgingen.

Glückliche, dreimal glückliche Zeiten! Ich wollte, daß der Zeitpunkt meiner Zeugung ebenso wie ihre Art und Weise ein wenig anders gewesen wären oder daß sie, wenn es meinem Vater und meiner Mutter gepaßt hätte, um einige zwanzig oder fünfundzwanzig Jahre verschoben wor-

den wäre, da ein Mensch in der literarischen Welt mehr Chancen gehabt hätte.

Aber ich vergesse meinen Onkel Toby, den wir die ganze Zeit über die Asche aus seiner Pfeife haben klopfen lassen.

Sein eigentümlicher Charakter war von jener besonderen Art, die unserem Klima Ehre macht; und ich würde keine Bedenken haben, ihn unter dessen vorzüglichste Produkte zu rechnen, hätte er nicht zu viele deutliche Züge einer Familienähnlichkeit enthalten, welche bewiesen, daß die Sonderbarkeit seines Wesens mehr vom Blut als von Wind und Wasser oder irgendwelchen Modifikationen oder Kombinationen der beiden herrührte. Deswegen habe ich mich auch oft gewundert, daß mein Vater – obgleich ich glaube, daß er seine Gründe dafür hatte –, wenn er, als ich noch ein Knabe war, gewisse Anzeichen von Ekzentrizität in meiner Lebensbahn bemerkte, niemals versucht hat, diese aus obiger Ursache zu erklären. Denn die ganze Familie Shandy bestand aus Originalcharakteren; ich meine die Männer, denn die Frauen hatten gar keinen Charakter, ausgenommen meine Großtante Dinah, welche ungefähr vor sechzig Jahren einen Kutscher heiratete und von ihm ein Kind bekam, wofür sie sich, wie mein Vater, gemäß seiner Hypothese über die Taufnamen, oft zu sagen pflegte, bei ihren Paten und Patinnen bedanken müsse.

Es wird sehr befremdend erscheinen, und ich würde ebenso gern dem Leser ein Rätsel vorlegen, was sonst meine Art gar nicht ist, wie ihn die Gründe erraten lassen, daß ein Ereignis dieser Art noch so viele Jahre, nachdem es sich zugetragen hatte, angetan sein konnte, den Frieden und die Einigkeit zu stören, welche sonst so herzlich zwischen meinem Vater und Onkel Toby obwalteten. Man sollte meinen, die ganze Macht des Unglücks würde sich gleich in der ersten Zeit in der Familie gebrochen und verloren haben, wie es gewöhnlich geschieht, aber in unserer Familie nahm alles seine ganz besondere Wendung. Vielleicht hatte sie damals, als es sich zutrug, ein anderes Kreuz zu tragen; und da uns doch Kreuz und Leiden zu unserem Besten gesandt werden, aber der Familie Shandy noch niemals im

geringsten zum Besten gediehen waren, so lag es, das Unglück, vielleicht und wartete, bis ihm die rechte Zeit und Umstände Gelegenheit gäben, seine Wirkung auszuüben. Bemerken Sie wohl, ich entscheide hier nichts. Meine Gewohnheit ist immer, dem Forscher verschiedene Fingerzeige zu geben, die ihn zu den ersten Quellen der geschilderten Begebenheiten hinführen; jedoch nicht wie der pedantische Fescue oder mit dem entschiedenen Ton des Tacitus, der sich selbst und seine Leser überwitzt, sondern mit der pflichtschuldigen Bescheidenheit eines Herzens, das sich ganz dem Dienst der Wißbegierigen gewidmet hat. Für diese schreibe ich, und diese werden mich lesen, wenn eine Lektüre dieser Art so lange dauern kann, bis ans Ende der Welt.

Warum also diese Ursache des Verdrusses dergestalt für meinen Vater und Onkel aufgespart worden ist, das lasse ich unentschieden. Wie aber und in welcher Richtung es wirkte, um Veranlassung zu Mißvergnügen zwischen ihnen zu geben, nachdem es einmal in Gang gekommen war, das vermag ich mit großer Genauigkeit zu erklären, und zwar wie folgt:

Mein Onkel Toby Shandy, Madame, war ein Gentleman, der neben den Tugenden, die gewöhnlich den Charakter eines ehrenwerten und rechtschaffenen Mannes bestimmen, noch eine andere in einem sehr hohen Grade besaß, die selten oder niemals aufgeführt wird, und diese war eine außerordentliche und unvergleichliche Züchtigkeit der Natur; doch nehme ich das Wort Natur deshalb zurück, damit ich nicht eine Frage vorwegnehme, die nächstens zur Sprache kommen muß, und diese ist, ob diese seine Züchtigkeit natürlich oder erworben war. Auf welche Weise auch mein Onkel dazu gelangt sein mochte, es war jedenfalls Züchtigkeit im wahrsten Sinne, und zwar, Madame, nicht in Worten, denn er war so unglücklich, in dieser Hinsicht keine große Wahl zu haben, sondern in Sachen. Und diese Art Züchtigkeit beherrschte ihn dergestalt und ging bei ihm so weit, daß sie womöglich der Züchtigkeit einer Frau fast gleichkam, jenem weiblichen Zartgefühl, Madame, und jener

innerlichen Reinheit der Sinne und Gedanken, die Ihrem Geschlecht eigen sind und durch die Sie dem unsrigen so große Ehrfurcht einflößen.

Sie werden denken, Madame, daß mein Onkel Toby all dies aus der wahren Quelle geschöpft habe, daß er nämlich großenteils seine Zeit im Umgang mit Ihrem Geschlecht zugebracht und daß er durch eine gründliche Kenntnis Ihres Wesens und durch die Macht der Nachahmung, welche so schöne Beispiele unwiderstehlich machen, diese liebenswürdige Eigenschaft des Gemüts erworben habe.

Ja, ich wollte, daß ich das sagen könnte; doch außer mit seiner Schwägerin, meines Vaters Frau und meiner Mutter, wechselte mein Onkel Toby mit einer anderen Frau kaum drei Worte in ebenso vielen Jahren. Nein, er erlangte sie auf einen Schlag, Madame. Ein Schlag! Ja, Madame, durch den Schlag eines Steines, der bei der Belagerung von Namur durch eine Kanonenkugel von der Brustwehr eines Hornwerks abgerissen und meinem Onkel Toby gerade aufs Latzbein geschleudert wurde. Wie konnte der eine solche Wirkung tun? Die Erzählung davon, Madame, ist lang und spannend; aber ich würde meine Geschichte zu sehr überstürzen, wenn ich sie Ihnen schon hier erzählen wollte. Sie wird für eine spätere Episode aufgehoben und soll Ihnen mit allen sich darauf beziehenden Umständen an gehöriger Stelle getreulich vorgelegt werden. Bis dahin steht es nicht in meiner Gewalt, die Angelegenheit in ein helleres Licht zu rücken oder mehr zu sagen, als ich bereits gesagt habe, nämlich, daß mein Onkel Toby ein Gentleman von unvergleichlicher Züchtigkeit war, die zufälligerweise durch die beständige Hitze eines kleinen Familienstolzes veredelt und verfeinert wurde, so daß beide zugleich so bei ihm wirkten, daß er die Geschichte von Tante Dinah niemals erwähnen hören konnte, ohne in heftige Gemütsbewegung zu geraten. Die geringste Anspielung darauf genügte, ihm das Blut ins Gesicht zu treiben. Wenn aber mein Vater gar in gemischter Gesellschaft sich weitläufiger darüber ausließ, wozu er sich oft zur Erläuterung seiner Hypothese genötigt sah, so fraß dieser unheilvolle Meltau auf einem der schönsten Zweige der Familie in meines Onkels Ehre und Züchtigkeit blutige Wunden; und er nahm oft meinen Vater in größter Besorgnis auf die Seite, um ihn zu ermahnen und ihm zu sagen, daß er ihm alles in der Welt geben wolle, wenn er nur diese Geschichte ruhen lassen möchte.

Mein Vater, glaube ich, hegte die wahrste und zärtlichste Liebe für meinen Onkel Toby, die jemals ein Bruder für den anderen empfand, und hätte gern alles Erdenkliche getan, was ein Bruder vernünftigerweise von dem anderen verlangen kann, um Onkel Tobys Herz über diesen oder jeden anderen Punkt zu beruhigen. Aber dieses stand nicht in seinen Kräften.

Mein Vater war, wie ich Ihnen gesagt habe, ein Philosoph durch und durch, spekulativ und systematisch, und die Geschichte meiner Tante Dinah war ihm ebenso wichtig wie dem Kopernikus die Retrogradation der Planeten. Die Rückfälle der Venus in ihre Bahn bestätigten das kopernikanische System, das von ihm seinen Namen erhielt; und die Rückfälle der Tante Dinah in ihre Bahn leisteten meinem Vater dieselben Dienste bei der Errichtung seines Systems, welches, wie ich glaube, hinfort beständig nach ihm das Shandysche System heißen wird.

Bei jeder anderen Familienschande hatte mein Vater, glaube ich, ein ebenso feines Schamgefühl wie jeder andere; und ich getraue mir zu sagen, weder er noch Kopernikus hätten in beiden Fällen die Angelegenheit verbreitet oder der Welt davon ein Wort gesagt, wäre es nicht, wie sie dachten, aus Pflicht gegen die Wahrheit gewesen. – „*Amicus Plato*", pflegte mein Vater zu sagen, wobei er meinem Onkel Toby die Worte übersetzte, „*Amicus Plato,* das heißt: Dinah ist meine Tante; *sed magis amica veritas* – aber die Wahrheit ist meine Schwester."

Diese Gegensätzlichkeit in den Charakteren meines Vaters und Onkels war die Quelle manches brüderlichen Zwistes. Der eine konnte nicht ertragen, daß eine Familienschande ausgeplaudert wurde, und der andere konnte schwerlich einen einzigen Tag vergehen lassen, ohne auf sie anzuspielen.

„Um Himmels willen", rief mein Onkel, „und um meinetwillen und um unser aller willen, mein lieber Bruder Shandy, laß doch die Geschichte unserer Tante und ihre Gebeine in Frieden ruhen. Wie kannst du nur so wenig Gefühl und Mitleid für den guten Namen unserer Familie haben!" – „Was ist der gute Name einer Familie im Vergleich zu einer Hypothese?" entgegnete mein Vater. „Ja, da wir gerade davon sprechen – was ist eigentlich das Leben einer Familie?" – „Das Leben einer Familie!" sagte dann mein Onkel, ließ sich in seinen Lehnstuhl zurückfallen und hob seine Hände, seine Augen und ein Bein in die Höhe. – „Ja, das Leben", sagte darauf mein Vater, auf seiner Meinung bestehend. „Wie viele Tausende davon werden nicht jährlich (in allen zivilisierten Ländern wenigstens) wegen einer Hypothese weggeworfen und geringer geachtet als gemeine Luft?" – „Nach meiner geringen Lebenserfahrung", antwortete Onkel Toby, „ist ein jeder dieser Fälle barer Mord, gleichgültig, wer ihn begeht." – „Da steckt dein Irrtum", versetzte mein Vater, „denn *in foro scientiae* gibt es keinen Mord, sondern nur Tod, Bruder."

Mein Onkel Toby gab sich niemals dazu her, hierauf mit etwas anderem zu antworten als damit, daß er ein halbes Dutzend Takte aus dem „Lillibullero" pfiff. Sie müssen wissen, dies war der gewöhnliche Kanal, wodurch er seiner Erregung Luft machte, wenn ihn etwas ärgerte oder überraschte, besonders aber wenn ihm etwas gesagt wurde, was er für sehr ungereimt hielt.

Da noch niemand unter den Schriftstellern über die Logik oder unter deren Kommentatoren, soviel ich weiß, es für gut befunden hat, dieser besonderen Art der Beweisführung einen Namen zu geben, nehme ich mir hier die Freiheit, es selbst zu tun, und zwar aus zweierlei Gründen. Erstlich, damit sie, um aller Verwirrung im Disputieren vorzubeugen, ein für allemal ebenso gut von den übrigen Arten der Beweisführung unterschieden werden möge wie das *Argumentum ad verecundiam, ex absurdo, ex fortiori,* oder wie sie alle heißen mögen; und zweitens, damit noch meine Kindeskinder, wenn mein Haupt schon längst zur Ruhe gebettet ist, sagen können, daß ihres gelehrten Großvaters Kopf mit ebenso nützlichen Dingen beschäftigt gewesen sei wie der anderer Leute, daß er für eines der unwiderlegbarsten und, wenn der Zweck des Disputierens mehr darin besteht, seinen Gegner zum Schweigen zu bringen, als ihn zu überzeugen, so können sie nach Belieben hinzusetzen: für eines der besten Argumente in der Disputierkunst einen Namen erfunden und diesen großmütigerweise in den Schatzkasten der *Ars Logica* geworfen habe.

Deswegen gebiete und verordne ich hiermit, daß besagtes Argument fortan bei dem Titel *Argumentum Fistulatorium* und keinem anderen bekannt und unterschieden werde und daß es künftig den Rang des *Argumentum Baculinum* und *Argumentum ad Crumenam* haben und immer in demselben Kapitel wie diese abgehandelt werden soll.

Was das *Argumentum tripodium,* das stets nur von einer Frau gegenüber ihrem Mann gebraucht wird, und das *Argumentum ad rem,* dessen sich hingegen nur der Mann gegenüber seiner Frau bedient, anbetrifft, so sollen, da diese beiden schon allein Stoff genug zu einer tüchtigen Lektion abgeben und da auch übrigens das eine die beste Antwort auf das andere ist, diese beiden gleichfalls abgesondert bleiben und miteinander zugleich abgehandelt werden.

22. Kapitel

Der gelehrte Bischof Hall, ich meine den hochberühmten Doktor Joseph Hall, der unter der Regierung König Jakobs I. Bischof von Exeter war, sagt uns in einer von seinen „Dekaden", am Ende seiner göttlichen Kunst der Meditation, gedruckt zu London im Jahre 1610 bei John Beal in der Aldersgate-Street, daß es ein schändliches Ding sei für einen Menschen, sich selbst zu loben; und ich glaube wirklich, daß er recht hat.

Und dennoch, auf der anderen Seite, wenn eine Sache auf eine meisterhafte Weise ausgeführt wird und es nicht den

Anschein hat, daß dies erkannt wird, so halte ich es für ebenso schändlich, daß ein Mann solcher Ehren verlustig gehen und aus der Welt scheiden soll, während ihm die Idee dazu in seinem eigenen Kopf verfault.

Gerade in dieser Lage befinde ich mich.

Denn in dieser langen Digression, zu der ich zufällig verleitet wurde, wie in allen meinen übrigen Digressionen (eine einzige ausgenommen), steckt ein Meisterstück digressiver Geschicklichkeit, dessen Wert, fürchte ich, bisher von meinem Leser übersehen worden ist. Nicht, weil es ihm dazu an Einsicht mangelt, sondern weil es eine Vollkommenheit ist, die man selten in einer Digression sucht und noch weniger erwartet; und zwar ist es diese: daß ich, obwohl meine Digressionen ganz einwandfrei sind, wie Sie bemerken, und ich von der Sache unter meiner Feder nicht weiter und nicht häufiger abschweife als jeder andere Schriftsteller in Großbritannien, dennoch ständig dafür sorge, daß mein Hauptgeschäft in meiner Abwesenheit nicht stillsteht.

Ich war zum Beispiel eben dabei, Ihnen die groben Umrisse von Onkel Tobys höchst sonderbarem Charakter zu geben, als meine Tante Dinah und der Kutscher uns in die Quere kamen und uns einige Millionen Meilen weit mitten in das Planetensystem wandern ließen. Nichtsdestoweniger werden Sie bemerken, daß die Schilderung von meines Onkels Charakter die ganze Zeit hindurch gemächliche Fortschritte gemacht hat; nicht seine großen Konturen – das war unmöglich –, aber einige Familienzüge und matte Andeutungen sind doch hin und wieder eingestreut worden, während wir weitergegangen sind, so daß Sie nun schon viel besser mit meinem Onkel bekannt sind als vorher.

Infolge dieses Kunstgriffs ist die Maschinerie meines Werks von ganz besonderer Art; es sind darin zwei Gegenbewegungen eingeführt und vereinigt worden, welche einander entgegenzuarbeiten scheinen. Kurz, mein Werk ist digressiv und auch progressiv, und zwar zugleich.

Dies, mein Herr, ist eine ganz andere Geschichte als die von der Bewegung der Erde um ihre Achse bei ihrem Fortschreiten auf ihrer elliptischen Bahn, die sie in einem Jahr vollendet und wodurch die Verschiedenheit und Abwechslung der Jahreszeiten entstehen, die wir genießen, obgleich ich gestehen muß, daß ich dadurch auf den Gedanken kam, wie ich auch glaube, daß die größten unserer berühmten Entdeckungen und Erfindungen sich aus solchen kleinen Andeutungen entwickelt haben.

Die Digressionen sind unleugbar der Sonnenschein – sie sind das Leben, die Seele des Lesens; wollte man sie zum Beispiel aus diesem Buch herausnehmen, so könnte man ebensogut gleich das ganze Buch mitnehmen. Auf allen seinen Seiten würde dann ein ewig kalter Winter herrschen. Man gebe sie aber dem Schriftsteller wieder, und er schreitet einher wie ein Bräutigam, begrüßt alle freudig, verbreitet Mannigfaltigkeit und bewahrt den Appetit vor dem Abstumpfen.

Die ganze Kunst besteht darin, daß man diese Digressionen gut kocht und anrichtet, damit sie nicht nur vorteilhaft für den Leser, sondern auch für den Autor ausfallen, dessen Not in diesem Punkt wirklich mitleiderregend ist. Denn beginnt er eine Digression, dann steht, wie ich feststelle, von diesem Augenblick an sein ganzes Werk still; und fährt er mit seinem Hauptwerk fort, so hat's ein Ende mit seiner Digression.

Das ist Hudelei. Deswegen habe ich von Anfang an, wie Sie sehen, das Hauptwerk und seine Nebenteile so miteinander verkreuzt und die digressiven und progressiven Bewegungen wie ein Räderwerk dergestalt zusammengesetzt und verbunden, daß im allgemeinen die ganze Maschine in Gang gehalten wurde, und was noch mehr ist, sie soll auch die nächsten vierzig Jahre beständig in Gang gehalten werden, wenn mich die Quelle der Gesundheit so lange mit Leben und Munterkeit segnen will.

23. Kapitel

Ich fühle einen starken Hang in mir, dieses Kapitel recht unsinnig anzufangen, und ich will mir die Laune nicht verderben lassen. Also fange ich folgendermaßen an.

Wenn das Fenster des Momus wirklich nach der vorgeschlagenen Verbesserung dieses Erzkritikers in die Brust des Menschen eingesetzt worden wäre, so würde erstlich gewiß daraus diese närrische Folge entstanden sein, daß die weisesten und ernsthaftesten unter uns in der einen oder anderen Münze alle Tage ihres Lebens Fenstergeld hätten zahlen müssen.

Und zweitens, daß, wenn besagtes Fenster eingesetzt worden wäre, nichts weiter vonnöten sein würde, um den Charakter eines Menschen zu erkennen, als einen Stuhl zu nehmen, ganz leise hinzugehen, wie Sie es etwa vor einem gläsernen Bienenstock tun würden, und hineinzugucken, die Seele ganz nackt zu besehen, alle ihre Regungen und Machenschaften zu beobachten, allen ihren Grillen von der Zeugung bis zum Auskriechen nachzuspüren, ihre ausgelassenen Purzelbäume, Sprünge und Kapriolen zu verfolgen, dann nach einiger Beobachtung ihres ernsthafteren Betragens, das auf solche Purzelbäume usw. zu folgen pflegt, Feder und Tinte zur Hand zu nehmen und nur das niederzuschreiben, was Sie mit Ihren eigenen Augen gesehen haben und beschwören können. Aber das ist ein Vorteil, den ein Biograph auf diesem Planeten entbehren muß. Auf dem Planeten Merkur (vielleicht) mag er es wohl so, wenn nicht gar besser antreffen; denn da muß die starke Hitze, die nach der genauen Berechnung der Sachverständigen wegen der Sonnennähe der Hitze des glühenden Eisens gleich ist, wohl schon längst die Körper der Bewohner in Glas verwandelt haben (als *causa efficiens*), um sie dem Klima anzupassen (welches ist die *causa finalis*), so daß aus beiden Ursachen alle Wohnstätten ihrer Seelen von oben bis unten nichts anderes sein können – solange die tiefsinnigste Philosophie nicht das Gegenteil zu beweisen vermag – als ein feiner durchsichtiger Körper aus klarem Glas (abgesehen von der Nabelschnur), dergestalt daß – zumindest bevor die Leute alt und ziemlich runzlig werden, wodurch die durchfallenden Lichtstrahlen so entsetzlich gebrochen oder von der Oberfläche so schief zum Auge zurückgeworfen werden, daß man durch keinen Menschen mehr hindurchsehen kann –

seine Seele ebensogut (es sei denn aus bloßer Ziererei oder wegen des geringen Vorteils, den ihr der Nabel verschafft) auf öffentlicher Straße ihr Possenspiel treiben kann wie zwischen ihren eigenen vier Wänden.

Aber dies ist, wie ich schon oben bemerkt habe, nicht der Fall bei den Bewohnern unseres Erdballs; unsere Geister scheinen nicht durch den Körper durch, sondern sind von einer dunklen Hülle aus unkristallisiertem Fleisch und Blut umgeben. Wenn wir also zu ihrem eigentlichen Charakter gelangen wollen, müssen wir einen anderen Weg einschlagen.

Es gibt in der Tat viele Wege, die der menschliche Verstand zu nehmen gezwungen worden ist, um das mit Genauigkeit zu tun.

Einige zeichnen zum Beispiel alle ihre Charaktere mit Blasinstrumenten. Vergil erwähnt diese Methode in der Geschichte der Dido und des Äneas, aber sie ist ebenso trügerisch wie die Stimme der Fama und verrät obendrein kein großes Genie. Mir ist nicht unbekannt, daß die Italiener behaupten, einen bestimmten Charakter, der bei ihnen gang und gäbe ist, mit mathematischer Genauigkeit nach dem Forte oder Piano eines gewissen Blasinstruments, das sie gebrauchen, kennzeichnen zu können. Es sei unfehlbar, sagen sie. Ich wage den Namen dieses Instruments hier nicht zu nennen. Genug, daß wir es ebenfalls haben, aber niemals darauf verfallen, eine Charakterzeichnung damit zu machen. Dies klingt rätselhaft, und zwar mit Fleiß, wenigstens *ad populum*. Und deswegen ersuche ich Sie, Madame, daß Sie, wenn Sie hierherkommen, so geschwind lesen, wie Sie können, und ja nicht verweilen, um Fragen zu stellen.

Wieder andere gibt es, welche eines Menschen Charakter nur mit Hilfe seiner Entleerungen schildern wollen. Allein das ergibt oft einen sehr ungenauen Umriß, falls Sie nicht auch eine Skizze von seinen Füllungen machen und dadurch, daß Sie die eine Zeichnung auf Grund der anderen berichtigen, aus beiden eine gute Figur zusammensetzen.

Ich habe gegen diese Methode nichts einzuwenden, nur meine ich, sie riecht zu sehr nach der Studierlampe und wird dadurch noch mühsamer, daß Sie dabei genötigt sind, ein Auge auf die übrigen nicht-natürlichen Dinge zu haben. Warum aber die natürlichsten Verrichtungen im menschlichen Leben nicht-natürliche Dinge genannt werden, das ist eine andere Frage.

Andere gibt es, viertens, welche alle diese Methoden geringschätzen, nicht aus Reichtum an eigenen Ideen, sondern wegen der Mannigfaltigkeit der Handgriffe und Kniffe, welche sie den Pentagraphischen* Brüdern vom Borstenpinsel beim Abschreiben entlehnt haben. Das sind, muß ich Ihnen sagen, unsere großen Geschichtsschreiber.

Den einen davon sehen Sie, wie er einen Charakter in Lebensgröße gegen das Licht abzeichnet; das ist vulgär, unredlich und hart gegenüber dem Charakter des Mannes, welcher ihm sitzt.

Andere wollen es noch besser machen und verfertigen von Ihnen eine Zeichnung in der Camera obscura; das ist hämischer als alles übrige, denn so werden Sie sicherlich in einer Ihrer lächerlichsten Stellungen gezeichnet.

Um diese Irrtümer samt und sonders zu vermeiden, wenn ich Ihnen meines Onkels Charakter darstelle, bin ich entschlossen, ihn ohne alle mechanische Hilfe zu schildern; auch will ich mir den Stift von keinem Blasinstrument leiten lassen, welches jemals diesseits oder jenseits der Alpen geblasen wurde; ebensowenig will ich dabei seine Füllungen und Entleerungen in Betracht ziehen oder seine nicht-natürlichen Dinge berühren; vielmehr will ich, mit einem Wort, meines Onkels Charakter mit Hilfe seines Steckenpferdes zeichnen.

24. Kapitel

Wäre ich nicht moralisch gewiß, daß der Leser voller Ungeduld ist, Onkel Tobys Charakter kennenzulernen, so hätte ich ihn hier vorläufig überzeugt, daß kein Instrument

* Pentagraph: ein Gerät, mit dem man mechanisch und in jeder Größe Drucke und Bilder nachzeichnen kann.

so geeignet ist, ihn zu zeichnen, wie das, worauf ich verfallen bin.

Von einem Mann und seinem Steckenpferd kann ich nun zwar nicht sagen, daß sie genauso wie die Seele und der Leib eine Wirkung und Gegenwirkung aufeinander ausübten. Ohne Zweifel aber besteht zwischen ihnen eine gewisse Kommunikation, und zwar bin ich der Meinung, daß es hier ganz wie mit elektrisierten Körpern zugeht, nämlich mittels der erhitzten Teile des Reiters, welche den Rücken des Steckenpferdes unmittelbar berühren. Durch langes Reiten und starke Reibung wird der Körper des Reiters endlich mit soviel steckenpferdischer Materie angefüllt, wie er fassen kann, so daß Sie, wenn Sie fähig sind, eine deutliche Beschreibung von der Natur des einen zu geben, schon einen ziemlich genauen Begriff von dem Genie und dem Charakter des anderen daraus herleiten können.

Nun war das Steckenpferd, welches mein Onkel Toby beständig ritt, nach meiner Meinung ein Steckenpferd, das schon einer Beschreibung wert ist, wäre es auch nur seiner großen Einzigartigkeit wegen; denn Sie könnten von York nach Dover, von Dover nach Penzance in Cornwall und von Penzance wieder nach York gereist sein und hätten doch auf der ganzen Heerstraße seinesgleichen nicht gefunden; oder hätten Sie ein solches gesehen, so hätten Sie es noch so eilig haben mögen, Sie hätten unfehlbar stillhalten müssen, um es zu beschauen. In der Tat waren sein Wuchs und sein Gang so wunderbar und vom Kopf bis zum Schweif jedem anderen der ganzen Gattung so völlig unähnlich, daß es zuweilen Anlaß zu streiten gab, ob es wirklich ein Steckenpferd sei oder nicht. Allein wie der Philosoph dem Skeptiker, der ihm das Vorhandensein der Bewegung ableugnen wollte, keinen anderen Beweis entgegensetzte, als daß er aufstand und durchs Zimmer ging, so wollte mein Onkel Toby sich keines andern Arguments bedienen, um zu beweisen, daß sein Steckenpferd wirklich ein Steckenpferd sei, als daß er sich daraufsetzte und es vorritt; darauf überließ er es der Welt, die Streitfrage nach Gutdünken zu entscheiden.

In Wahrheit bestieg mein Onkel Toby es mit so viel Vergnügen, und es trug meinen Onkel Toby so schön, daß er sich herzlich wenig darum kümmerte, was die Welt darüber sagte oder dachte.

Indessen ist es endlich wohl höchste Zeit, daß ich Ihnen eine Beschreibung davon gebe. Um aber in aller Ordnung zu verfahren, muß ich mir nur erst die Erlaubnis ausbitten, Ihnen zu berichten, wie mein Onkel Toby dazu gekommen ist.

25. Kapitel

Da Onkel Tobys Wunde am Latzbein, welche er bei der Belagerung von Namur empfing, ihn zum Dienst untüchtig machte, so hielt man es für günstig, daß er nach England zurückkehren sollte, um womöglich seinen Schaden wieder zu heilen.

Vier volle Jahre hindurch mußte er teils das Bett, teils sein Zimmer hüten; und während seiner Kur, welche diese ganze Zeit dauerte, litt er unsägliche Schmerzen infolge einer Reihe von Exfoliationen am *os pubis* und am äußeren Rand des *coxendix,* genannt *os illeum,* denn beide Knochen waren jämmerlich zersplittert, sowohl durch die gezackte Form des Steines, der, wie gesagt, von der Brustwehr abgeschlagen worden war, als auch durch seine Dicke (denn er war ziemlich groß), was den Wundarzt beständig glauben ließ, daß der große Schaden, den er meines Onkels Toby Latzbein zugefügt hatte, mehr von der Schwere des Steines selbst komme als von der Heftigkeit des Stoßes, was, wie er ihm zu sagen pflegte, ein großes Glück gewesen sei.

Mein Vater fing zu dieser Zeit gerade sein Geschäft in London an und hatte ein Haus gemietet; und da zwischen den beiden Brüdern eine echte Freundschaft und Herzlichkeit bestand und mein Vater glaubte, mein Onkel Toby könne nirgends so gut versorgt und gepflegt werden wie in seinem eigenen Haus, wies er ihm das beste Zimmer darin an. Und was noch ein aufrichtigeres Zeichen seiner Zuneigung war:

es durfte kein Freund oder guter Bekannter ins Haus kommen, ohne daß er ihn bei der Hand nahm und die Treppe hinaufführte, damit er seinen Bruder besuche und eine Stunde an seinem Bett verschwatze.

Die Geschichte der Wunde eines Soldaten läßt ihn ihre Schmerzen vergessen; wenigstens dachten die so, die meinen Onkel besuchten, und bei ihren täglichen Besuchen lenkten sie aus einer Höflichkeit, die auf diesem Glauben beruht, sehr oft die Unterredung auf diesen Gegenstand. Und von diesem Gegenstand ging dann das Gespräch gewöhnlich auf die Belagerung selbst über.

Die Unterhaltungen waren unendlich gut gemeint, und mein Onkel Toby empfand dabei eine große Erleichterung und würde sie noch weit stärker empfunden haben, hätten sie ihn nicht in andere unvermutete Verlegenheiten gebracht, die seine Genesung drei Monate lang erheblich verzögerten; und wäre er nicht auf ein Mittel verfallen, sich aus diesen Verlegenheiten zu ziehen, glaube ich wahrhaftig, sie hätten ihn unter die Erde gebracht.

Worin diese Verlegenheiten meines Onkels Toby bestanden, das können Sie unmöglich erraten; könnten Sie es, müßte ich erröten. Nicht als Verwandter, nicht als Mann, nicht einmal als eine Frau, sondern als Autor müßte ich erröten – um so mehr, da ich nicht wenig gerade darauf stolz bin, daß mein Leser noch niemals das geringste hat vorher erraten können. Und in diesem Punkt, mein Herr, bin ich so kitzlig und so eigen, daß, wofern ich glaubte, Sie könnten von selbst darauf kommen oder möglicherweise vermuten, was auf der folgenden Seite steht, ich sie aus meinem Buch risse.

ZWEITES BUCH

1. Kapitel

Ich habe ein neues Buch angefangen, damit ich Raum genug habe, um die Natur der Verlegenheiten zu erklären, in welche mein Onkel Toby durch die vielen Gespräche und Fragen über die Belagerung von Namur, wo er seine Wunde erhielt, verwickelt wurde.

Ich muß den Leser daran erinnern, falls er die Geschichte der Kriege König Wilhelms gelesen hat, oder, wenn das nicht der Fall ist, ihn davon in Kenntnis setzen, daß einer der denkwürdigsten Angriffe während dieser Belagerung der war, den die Engländer und Holländer gegen die Spitze der vorgeschobenen Contreescarpe vortrugen, welche vor dem St.-Nicolas-Tor liegt und die große Schleuse einschließt, wo die Engländer dem Feuer der Contregarde und der Halbbastion St. Roch fürchterlich ausgesetzt waren. Der Ausgang dieses heißen Gefechts war mit drei Worten der, daß die Holländer auf der Contregarde festen Fuß faßten und daß die Engländer, ungeachtet der Tapferkeit der französischen Offiziere, die auf dem Glacis mit dem Degen in der Faust ins Feuer gingen, sich zu Herren des gedeckten Weges vor dem St.-Nicolas-Tor machten.

Da dies der Hauptangriff war, den mein Onkel Toby vor Namur als Augenzeuge erlebte – denn die Armee der Belagerer war durch den Zusammenfluß der Maas und Sambre abgeschnitten und er konnte somit nicht viel davon sehen, was hier oder dort vorging –, so war mein Onkel Toby gewöhnlich beredter und umständlicher, wenn er davon erzählte; und die häufigen Verlegenheiten, in die er geriet, entstanden aus der fast unüberwindlichen Schwierigkeit, seine Erzählung so faßlich vorzutragen und so klare Begriffe von dem Unterschied zwischen der Escarpe und Contreescarpe, dem Glacis und gedeckten Weg, dem Halbmond und Ravelin zu geben, daß seine Gesellschaft völlig verstünde, um was es sich handelte.

Selbst Schriftsteller begehen zu leicht den Fehler, diese Ausdrücke zu verwechseln; es wird Sie also kaum wundernehmen, daß mein Onkel Toby in seinem Bestreben, sie zu erklären und allerlei Mißverständnissen vorzubeugen, oft seine Zuhörer, ja zuweilen sich selbst verwirrte.

Die Wahrheit zu gestehen, mußte entweder die Gesellschaft, die mein Vater meinem Onkel zuführte, aus sehr hellen Köpfen bestehen oder mein Onkel Toby in seiner besten Erklärerlaune sein, sonst war es, wenn er auch sein Bestes tat, schwierig, seine Rede von aller Dunkelheit frei zu halten.

Was die Erzählung dieser Affäre meinem Onkel Toby noch verworrener erscheinen ließ, war der Umstand, daß bei der Attacke auf die Contreescarpe vor dem St.-Nicolas-Tor, welche von der Maas bis fast an die große Schleuse reichte, das Terrain allenthalben mit einer solchen Menge von Dämmen, Gräben, Bächen und Schleusen durchzogen war und daß er sich so jämmerlich darin verirrte und steckenblieb, daß er sehr oft weder vorwärts noch rückwärts konnte, um sein Leben zu retten, und sich häufig genötigt sah, bloß deswegen die ganze Attacke aufzugeben.

Diese peinlichen Schlappen gingen meinem Onkel mehr im Kopf herum, als Sie vielleicht denken; und da ihm meines Vaters Güte ohne Unterlaß neue Freunde und neue Frager heranschleppte, so hatte er dadurch eine recht unangenehme Arbeit vor sich.

Zweifellos besaß mein Onkel sehr viel Selbstbeherrschung und konnte, glaube ich, den Schein besser wahren als viele Menschen; aber das kann jeder sich leicht vorstellen, daß er, wenn er sich nicht aus dem Ravelin zurückziehen konnte, ohne in den Halbmond zu geraten, oder nicht den gedeckten Weg verlassen konnte, ohne die Contreescarpe hinunterzupurzeln, nicht über einen Damm marschieren durfte, ohne Gefahr zu laufen, in den Graben zu glitschen, sich wohl innerlich ärgern und vor Wut schäumen mußte. So war es auch; und diese kleinen und stündlichen Aufregungen mögen jenem gering und unbedeutend erscheinen, der den Hippokrates nicht gelesen hat; wer aber den Hippokrates oder den Dr. James Mackenzie gelesen und die Wirkungen reiflich überlegt hat, welche Leidenschaften und Affekte auf die Verdauung (warum nicht auf die Verdauung einer Wunde ebensowohl wie auf die einer Mahlzeit?) haben, der wird leicht begreifen, was für heftige Krisen und Reizungen seiner Wunde mein Onkel bloß daher schon hat ausstehen müssen.

Philosophieren konnte mein Onkel Toby nicht darüber; es war schon genug, daß er es fühlte, und nachdem er drei Monate lang die Schmerzen und Leiden ausgehalten hatte, beschloß er, sich auf die eine oder andere Art aus der Affäre zu ziehen.

Eines Morgens lag er im Bett auf seinem Rücken – die Schmerzen und die Art der Wunde an seinem Latzbein gestatteten ihm keine andere Lage –, als ihm der Gedanke kam, es würde ein Mittel zu seiner Erleichterung sein, wenn er so etwas wie einen großen Plan der Befestigungswerke der Stadt und Zitadelle Namur einschließlich ihrer Umgebung kaufen und auf ein Brett kleben könnte. Ich verzeichne absichtlich seinen Wunsch, die Umgebung zugleich mit der Stadt und Zitadelle zu haben, denn mein Onkel Toby hatte nämlich seine Wunde in einer von den Traversen empfangen, ungefähr dreißig Ruten von der zurückspringenden Ecke des Schützengrabens entfernt, gegenüber der vorspringenden Ecke der Halbbastion St. Roch, so daß er es sich durchaus zutraute, eine Nadel ganz genau auf den Fleck zu stecken, wo er stand, als ihn der Stein traf.

All dies ging ihm nach Wunsch und befreite ihn nicht nur von einer unendlichen Menge mühseliger Erklärungen, sondern war schließlich das glückliche Mittel, wie Sie später lesen werden, durch das mein Onkel Toby zu seinem Stekkenpferd gelangte.

Nichts kann unbesonnener sein, als wenn man einmal die Kosten übernimmt, ein Gastmahl dieser Art zu geben, und dann die Sachen so schlecht anordnet, daß die Kritiker oder die vornehmen Leute von feinem Geschmack das Maul darüber aufreißen können; und nichts in der Welt kann sie leichter dazu reizen, als wenn man sie nicht zur Tafel bittet oder, was sie ebensosehr als Beleidigung empfinden, wenn man seine anderen Gäste so aufmerksam bedient, als ob so etwas wie ein Kritiker (von Beruf) gar nicht am Tisch säße.

Vor beidem nehme ich mich in acht; denn was den ersten Fall betrifft, habe ich mit Fleiß ein halbes Dutzend Plätze für sie reserviert, und im zweiten Fall begegne ich ihnen mit aller erdenklichen Höflichkeit. Meine Herren, ich bin Ihr ganz untertäniger Diener; ich beteure, keine Gesellschaft könnte mir auch nur halb so angenehm sein! Wahrhaftig, es freut mich, Sie zu sehen; ich bitte nur darum, lassen Sie sich nicht nötigen, sondern nehmen Sie ohne Umstände Platz und langen Sie herzhaft zu.

Sechs Plätze, sagte ich, hätte ich reserviert, und um ein Haar hätte ich meine Höflichkeit so weit getrieben, daß ich noch den siebenten für sie geräumt hätte, und zwar gerade den, an dem ich selbst stehe; da mir aber ein Kritiker (nicht von Beruf, sondern von Natur) sagte, daß ich meine Sache schon gut genug gemacht hätte, so will ich ihn nur gleich besetzen und will mittlerweile hoffen, daß mir nächstes Jahr noch weit mehr Platz zur Verfügung stehen wird.

Wie in aller Welt ist es möglich, daß Ihr Onkel Toby, der doch offenbar ein Offizier war und den Sie uns keineswegs als Narren geschildert haben, zu gleicher Zeit ein so verworrener, beschränkter und dummer Kerl sein konnte wie – Sehen Sie selbst zu!

So, Herr Kritikus, hätte ich antworten können; aber ich mag nicht. Das ist nicht die Sprache eines Mannes von Welt und schickt sich bloß für einen, der keinen klaren und befriedigenden Begriff von diesen Dingen zu geben weiß oder nicht tief genug in die ersten Ursachen der menschlichen Unwissenheit und Verworrenheit eindringen kann. Überdies wäre es eine allzu kühne Antwort, und deswegen verwerfe ich sie, obgleich sie zum soldatischen Charakter Onkel Tobys vortrefflich gepaßt hätte; und hätte er sich bei solchen Anfällen nicht daran gewöhnt, seinen „Lillibullero“ zu pfeifen, so wäre es gerade – denn an Herz fehlte es ihm nicht – die Antwort gewesen, die er gegeben hätte. Für mich aber hätte sie sich keineswegs geschickt. Sie sehen so klar wie möglich, daß ich schreibe wie ein Mann von großer Gelehrsamkeit, daß sogar meine Gleichnisse, meine Anspielungen, meine Erklärungen, meine Metaphern sehr gelehrt sind und daß ich meinen Charakter gehörig durchsetzen und auch gehörig hervortreten lassen muß. Was würde sonst aus mir werden? Ja, mein Herr, ich wäre geliefert, und im selben Augenblick, da ich mich hier an die Stelle eines Kritikers hätte hinsetzen wollen, hätte ich Raum für zwei gemacht.

Deswegen antworte ich also:

Ich bitte Sie, mein Herr, lasen Sie wohl unter allen Büchern, die Sie jemals gelesen haben, Lockes Essay über den menschlichen Verstand? Nicht zu schnell geantwortet, denn manche, ich weiß es, führen das Buch an, ohne es gelesen zu haben, und manche haben es gelesen und nicht verstanden; wenn eines von beiden bei Ihnen der Fall sein sollte, so will ich, da ich doch schreibe, um zu belehren, Ihnen in zwei Worten sagen, was es für ein Buch ist. Es ist eine Geschichte. – Eine Geschichte? Von wem? Was? Wo? Wann? – Nun, nicht so hastig! Es ist ein Geschichtsbuch, mein Herr (das kann es möglicherweise der Welt empfehlen), das von dem handelt, was in der Seele des Menschen vorgeht; und wenn Sie nur das und weiter nichts über das Buch sagen, so werden Sie, das können Sie mir glauben, in einer Gesellschaft von Metaphysikern keine verächtliche Figur machen.

Aber dies nur nebenbei.

Nun, wenn Sie es wagen wollen, mir zu folgen und dieser Sache bis auf den Grund zu gehen, so wird es sich finden, daß die Ursache der Dunkelheit und Verworrenheit im Verstand des Menschen dreifach ist.

Stumpfe Organe, wertester Herr, an erster Stelle. Zum zweiten leichte und flüchtige Eindrücke von den Gegenständen, wenn besagte Organe nicht stumpf sind. Und drittens ein Gedächtnis, das einem Sieb gleicht und nichts von dem halten kann, was hineingetan wird. – Rufen Sie doch einmal Ihr Kammermädchen Dolly herunter, und ich gebe Ihnen meine Kappe samt der Schelle, wenn ich diese Sache nicht so begreiflich machen kann, daß sogar Dolly sie ebensogut versteht wie Malebranche. Wenn Dolly ihr Brieflein an Robin zusammengefaltet hat und nun mit ihrer Hand in die Tasche gefahren ist, die sie an ihrer rechten Seite hängen hat – benutzen Sie diese Gelegenheit, sich daran zu erinnern, daß die Organe und Fähigkeiten der Wahrnehmung durch nichts in der Welt so gut dargestellt und erklärt werden können wie gerade durch das Ding, welches Dollys Hand sucht. Ein Stückchen rotes Siegelwachs, mein Herr.

Wenn dieses geschmolzen und auf den Brief geträufelt worden ist und falls Dolly zu lange in der Tasche nach ihrem Fingerhut herumfummelt, daß darüber das Wachs hart wird, so nimmt es von ihrem Fingerhut nicht mehr das Merkmal an, das sich sonst einzuprägen pflegte. Richtig! Wenn Dolly nichts anderes hat als Bienenwachs oder ein anderes, das zu weich ist, so wird es den Abdruck zwar annehmen, aber nicht behalten, Dolly mag so hart drücken, wie sie will; und endlich angenommen, das Siegelwachs sei gut und der Fingerhut ebenfalls, aber er werde nur flüchtig und hastig aufgedrückt, weil eben ihre gnädige Frau klingelt – in jedem von diesen drei Fällen wird der Eindruck, den der Fingerhut hinterlassen hat, dem Urbild ebenso unähnlich sein wie ein Messingknopf.

Nun müssen Sie aber wissen, daß keiner von diesen dreien der wahre Grund für die Verwirrung in Onkel Tobys Erzählung war; und eben deswegen halte ich mich so lange dabei auf, nach Gewohnheit der großen Physiologen – der Welt zu zeigen, woraus sie *nicht* entstand.

Woraus sie entstand, das habe ich bereits zu verstehen gegeben: aus einer sehr ergiebigen Quelle von Dunkelheiten, die besteht und wohl ewig bestehen bleiben wird; und das ist der schwankende Gebrauch der Wörter, welcher den klarsten und erhabensten Geistern schon viel Kummer gemacht hat.

Die Wette steht zehn gegen eins (nach Hoylens Whistbuch), ob Sie die Literaturgeschichte der vergangenen Zeiten gelesen haben. Ja? Was für fürchterliche Kriege, genannt Logomachien, sind dadurch nicht veranlaßt und mit viel Galle und Tinte verewigt worden! Ein gutherziger Mann kann die Berichte darüber nicht anders als mit Tränen in den Augen lesen.

Wenn du, wackerer Kritiker, all dies erwogen und bei dir selbst überlegt hast, wieviel von deinem eigenen Wissen, deinen Gesprächen und Unterredungen zuweilen hierdurch, und zwar ganz allein hierdurch, entstellt wurde und durcheinandergeriet – was für einen Streit und Lärm gab es nicht auf den Konzilien wegen οὐσία und ὑπόστασις und in den Schulen der Gelehrten wegen Kraft und Geist, wegen Essenzen und Quintessenzen, wegen Substanzen und Raum! Was für ein Durcheinander entstand nicht auf größeren Schauplätzen aus Worten von geringer Bedeutung und ebenso unbestimmtem Sinn! Wenn du das recht betrachtest, wirst du dich über meines Onkels Toby Verlegenheit gar nicht wundern; du läßt gewiß eine Träne des Mitleids fallen auf seine Escarpe und Contreescarpe, auf sein Glacis und seinen gedeckten Weg, auf sein Ravelin und seinen Halbmond. Nicht durch Ideen, beim Himmel, nein, durch Worte geriet sein Leben in Gefahr.

3. Kapitel

Als mein Onkel nach seinem Wunsche einen Plan von Namur erlangt hatte, begann er flugs seinen Geist anzustrengen und ihn mit der größten Emsigkeit zu studieren; denn da ihm nichts so sehr am Herzen lag wie seine Genesung und da seine Genesung, wie Sie gelesen haben, von den Leidenschaften und Affekten seines Gemüts abhing, so kam es darauf an, daß er keine Mühe sparte, seinen Gegenstand so vollkommen zu beherrschen, daß er ohne Gemütsbewegung davon sprechen könnte.

Nach einer ununterbrochenen arbeitsamen Anstrengung von vierzehn Tagen, die, nebenbei bemerkt, Onkel Tobys Wunde am Latzbein nicht gut bekam, versetzten ihn einige Marginalerklärungen am unteren Rand des Blatts sowie Gobesius' Kriegsbau- und Feuerwerkerkunst, übersetzt aus dem Flämischen, in die Lage, seinen Diskurs mit ziemlicher Klarheit zu führen; und ehe noch zwei volle Monate vergangen waren, war er darüber recht beredsam und vermochte nicht nur die Attacke auf die vorgeschobene Contreescarpe mit großer Ordnung durchzuführen, sondern mein Onkel Toby konnte, weil er inzwischen viel tiefer in die Kunst eingedrungen war, als sein anfänglicher Zweck es erforderte, über die Maas und Sambre setzen, konnte bis an Vaubans Linien, bis an die Abtei Salsines usw. Diversionen machen und von jedem dieser Angriffe seinen Besuchern eine ebenso genaue Beschreibung geben wie von dem auf das St.-Nicolas-Tor, wo er die Ehre hatte, seine Wunde zu bekommen.

Allein die Wißbegierde ist wie der Durst nach Reichtümern; je mehr man hat, je mehr will man haben. Je mehr mein Onkel Toby seinen Plan betrachtete, je mehr fand er Gefallen an ihm, und zwar nach demselben Prozeß und derselben elektrischen Assimilation, durch welche, wie ich Ihnen gesagt habe, meiner Meinung nach die Seelen der Natur- und Kunstkenner selbst durch langes Reiben und Betasten endlich das Glück haben, über und über beliebhabert, begemäldet, beschmetterlingt und begeigt zu werden.

Je mehr mein Onkel Toby aus diesem süßen Quell der Wissenschaft trank, je größer wurde die Heftigkeit und Ungeduld seines Durstes, so daß das erste Jahr seines Krankenlagers noch nicht völlig zu Ende war, als kaum eine befestigte Stadt in Italien oder Flandern übrigblieb, von der er sich nicht auf die eine oder andere Art einen Plan zu verschaffen gewußt hätte; und sobald sie ihm in die Hände kamen, las und verglich er sehr sorgfältig mit ihnen die Geschichten ihrer Befestigungen, ihrer Schleifungen, ihrer Verbesserungen und neuen Anlagen; das alles studierte er mit so innigem Fleiß und Vergnügen, daß er darüber sich selbst, seine Wunde, sein Krankenlager und seine Mahlzeit vergaß.

Im zweiten Jahr kaufte mein Onkel Toby den Ramelli und Cataneo, aus dem Italienischen übersetzt; ferner den Stevinus, Marolis, den Chevalier de Ville, Lorini, Cochorn, Sheeter, Comte de Pagan, Marschall Vauban, Mons. Blondel und noch fast ebenso viele andere Bücher über die Kriegsbaukunst, wie man Ritter- und Heldengeschichten bei Don Quijote fand, als der Pfarrer und der Barbier in seine Bibliothek eindrangen.

Zu Anfang des dritten Jahres, also im August neunundneunzig, hielt es mein Onkel Toby für nötig, ein wenig von der Ballistik zu verstehen. Und da er es für das beste hielt, seine Kenntnis aus erster Quelle zu schöpfen, begann er mit N. Tartaglia, der anscheinend der erste Mann war, der den Irrtum aufdeckte, daß eine Kanonenkugel alles Unheil in der Richtung einer geraden Linie anrichten müsse. N. Tartaglia bewies meinem Onkel, daß das eine Unmöglichkeit sei.

Endlos ist das Suchen nach der Wahrheit!

Kaum war mein Onkel Toby überzeugt, welchen Weg die Kanonenkugel nicht nehme, wurde er unmerklich weitergeführt, und er nahm sich vor, zu forschen und herauszufinden, welchen Weg die Kugel tatsächlich nehme. Aus diesem Grunde war er genötigt, von vorne mit dem alten Maltus zu beginnen; und er studierte ihn hingebungsvoll. Darauf schritt er zum Galileo und Torricellius, bei denen er gewisse unumstößlich festgesetzte Regeln der Geometrie fand, nach denen ihre genaue Bahn eine Parabel oder auch Hyperbel sei und der Parameter oder *latus rectum* des Kegelschnitts besagter Bahn sich zu der Quantität und Amplitude verhalte wie die ganze Linie zum Sinus des doppelten Einfallswinkels, den der Kanonenlauf mit der Horizontalfläche bildet, und der Semiparameter ... halt, liebster Onkel Toby, halt! – gehe keinen Schritt weiter auf diesem dornigen und verschlungenen Pfad! Schwer und mühsam sind die Schritte! Schwer und mühsam ist's, aus diesem Irrgarten herauszufinden! Schwer und mühsam sind die Arbeiten, welche dir die Verfolgung dieses bezaubernden Phantoms, das Wissen heißt, auferlegen wird. O mein Onkel, fliehe, fliehe, fliehe vor ihm wie vor einer Schlange! Kannst du es verantworten, guter, ehrlicher Mann, daß du mit deiner Wunde am Latzbein ganze Nächte aufsitzest und dein Blut durch Nachtwachen in hektische Gärung versetzest? Ach, es wird deine Anfälle verschlimmern, deine Ausdünstungen hemmen, deine Lebensgeister verdampfen lassen, die Kräfte deines Körpers schwächen, deine Lebenssäfte vertrocknen lassen, es wird dir Verstopfung bringen, deine Gesundheit untergraben und alle Gebrechen des Alters beschleunigen. O mein Onkel! Mein Onkel Toby!

4. Kapitel

Ich gäbe keinen Heller für eines Mannes Einsicht in das Schriftstellergewerbe, der nicht versteht, daß die beste schlichte Erzählung von der Welt, dicht an die letzte feurige Apostrophe an meinen Onkel Toby angehängt, dem Gaumen des Lesers schal und lau zugleich vorkommen müßte; deswegen machte ich geschwind dem Kapitel ein Ende, obgleich ich mitten in meiner Geschichte war.

Schriftsteller meines Schlages haben ein Prinzip mit den Malern gemein: Wo durch eine genaue Ähnlichkeit unser Bild weniger gefallen möchte, wählen wir das kleinere Übel und halten es sogar für verzeihlicher, gegen die Wahrheit zu verstoßen als gegen die Schönheit. Das ist *cum grano salis* zu verstehen; doch sei dem, wie ihm wolle – da der Vergleich mehr deswegen angestellt wurde, damit sich die Apostrophe unterdessen abkühlen könne, als aus einem anderen Grunde, so ist es ganz unwesentlich, ob der Leser sie auch in anderer Beziehung billigt oder nicht.

Als mein Onkel Toby gegen Ende des dritten Jahres merkte, daß der Parameter und Semiparameter des Kegelschnitts seine Wunde verschlimmerten, brach er das Studium der Ballistik mit einer Art von Verdruß ab und legte sich bloß auf den praktischen Teil der Kriegsbaukunst. Das Vergnügen daran überströmte ihn, gleich einer zurückgehaltenen Quelle, mit verdoppelter Gewalt.

In diesem Jahr fing mein Onkel an, seine Gewohnheit, täglich das Hemd zu wechseln, zu vernachlässigen, seinen Barbier unverrichteter Dinge weggehen zu lassen und seinem Wundarzt kaum so viel Zeit zu gönnen, daß er seine Wunde verbinden konnte, um die er sich so wenig bekümmerte, daß er ihn unter sieben Malen nicht einmal fragte, wie es sich damit anließe. Doch siehe da, plötzlich – denn die Veränderug kam schnell wie der Blitz – begann er aus tiefstem Herzen nach seiner Genesung zu seufzen, beklagte er sich bei meinem Vater, wurde er mit dem Wundarzt unzufrieden. Und eines Morgens, als er letzteren die Treppe heraufkommen hörte, schlug er seine Bücher zu und warf seine Instrumente beiseite, um ihm über die Verzögerung der Heilung den Text zu lesen, welche, wie er zu ihm sagte, doch wohl in der Zeit hätte gewiß zustande gebracht werden können. Er sprach viel von dem Elend, das er ausgestanden habe, und von dem Verdruß seiner vierjährigen melancholischen Gefangenschaft; er fügte hinzu, daß er, wenn nicht das freundliche Gesicht und die liebreiche Aufmunterung des besten unter allen Brüdern gewesen wären, längst seinen Trübsalen erlegen wäre. Mein Vater war dabei. Meines Onkels Toby Beredsamkeit trieb ihm die Tränen in die Augen – sie kam so unerwartet. Mein Onkel Toby war nämlich von Natur nicht sehr beredsam. Desto größer war die Wirkung. Der Wundarzt war ganz betreten; nicht als ob für dieses und noch größere Zeichen der Ungeduld keine Gründe vorhanden gewesen wären, sondern weil es für ihn ebenfalls so unerwartet kam. In den vier Jahren, da er ihn behandelte, hatte er nie etwas Derartiges in meines Onkels Toby Betragen erlebt; niemals war ihm ein einziges unglimpfliches oder mißvergnügtes Wort entfallen; er war bis dahin stets die Geduld und die Ergebung selbst gewesen.

Zuweilen verlieren wir das Recht zu klagen, wenn wir keinen Gebrauch davon machen; noch öfter aber verdreifachen wir die Macht unserer Klagen dadurch. Der Wundarzt war bestürzt und wurde noch bestürzter, als er hörte, daß mein Onkel Toby fortfuhr und ausdrücklich darauf bestand, er solle die Wunde sogleich heilen oder er würde Monsieur Ronjat, den Leibarzt des Königs, rufen lassen, damit dieser es tue.

Das Verlangen nach Leben und Gesundheit ist der Natur des Menschen eingepflanzt; die Liebe zur Freiheit und Ungebundenheit ist eine damit verschwisterte Leidenschaft. Diese hatte mein Onkel Toby mit allen Menschen gemein; und jeder dieser Wünsche wäre allein schon hinreichend gewesen, seinen ernstlichen Wunsch, zur Gesundheit und ins Freie zu gelangen, zu erklären. Ich habe Ihnen aber schon vorher gesagt, daß in unserer Familie nichts auf die gewöhnlichen Art zuging; und aus der Zeit und der Art, worin sich das heftige Verlangen im gegenwärtigen Fall äußerte, wird der scharfsichtige Leser die Vermutung schöpfen, daß dazu eine andere Ursache oder ein anderer Haken in meines Onkels Toby Kopf vorhanden sein mußte. So war es auch, und es ist der Zweck des nächsten Kapitels, ans Licht zu bringen, was für eine Ursache oder ein Haken das war. Ich gestehe, wenn das geschehen ist, wird es Zeit werden, zum Kamin im Wohnzimmer zurückzukehren, wo wir meinen Onkel Toby mitten im Satz haben stecken lassen.

5. Kapitel

Wenn sich ein Mensch der Herrschaft einer Leidenschaft überläßt oder, mit anderen Worten, wenn sein Steckenpferd zu bocken beginnt – dann ade, kalte Vernunft und liebe Klugheit!

Onkel Tobys Wunde war beinahe geheilt, und sobald sich der Wundarzt von seinem Erstaunen erholt hatte und

zu Worten kommen konnte, sagte er ihm, sie beginne eben sich zu schließen, und wenn sie nicht von neuem aufbräche, wozu offenbar kein Grund vorhanden sei, würde sie in fünf oder sechs Wochen ganz trocken sein. Hätte man meinem Onkel Toby zwölf Stunden vorher ebenso viele Olympiaden genannt, so wäre eine Vorstellung von kürzerer Dauer in seiner Seele geweckt worden. Seine Vorstellungen folgten nun sehr schnell aufeinander, er kochte vor Ungeduld, seinen Vorsatz auszuführen; und also, ohne eine lebendige Seele weiter um Rat zu fragen – was ich, nebenbei gesagt, für richtig halte, wenn man einmal fest willens ist, von keiner Seele Rat anzunehmen –, befahl er seinem Bedienten Trim unter vier Augen, ein Bündel Scharpie und Binden zusammenzupacken und eine vierspännige Kutsche zu bestellen, die an diesem Tag genau um zwölf Uhr vor der Türe sein müßte, um welche Zeit, wie er wußte, mein Vater an der Börse sein würde. Nachdem er eine Banknote für des Wundarztes Bemühungen und einen Brief an meinen Vater mit dem zärtlichsten Dank für die seinigen auf dem Tisch zurückgelassen hatte, packte er seine Karten und Pläne, seine Bücher über Befestigungsanlagen, seine Instrumente usw. zusammen, und mit Hilfe einer Krücke an der einen Seite und mit Trim an der anderen stieg er in den Wagen und fuhr nach Shandy Hall.

Der Grund oder vielmehr der Anreiz zu dieser plötzlichen Auswanderung war folgender:

Der Tisch in Onkel Tobys Zimmer, an welchem er den Abend vor dieser Veränderung, von seinen Plänen usw. umgeben, saß, war ein wenig zu klein für die Menge großer und kleiner wissenschaftlicher Instrumente, die gewöhnlich darauf verstreut lagen. Da wollte es nun der Zufall, daß er, indem er die Hand nach seiner Schnupftabaksdose ausstreckte, seinen Zirkel auf den Boden warf und, als er sich nach ihm bückte, mit dem Ärmel sein Reißzeug und die Lichtschere dazu herunterwischte, und die Würfel entschieden sich so unglücklich gegen ihn, daß er in seinem Bestreben, die Lichtschere aufzufangen, den Mons. Blondel vom Tisch warf und den Comte de Pagan oben darauf.

Ein so lahmer Mann wie mein Onkel Toby konnte unmöglich daran denken, alle diese Übel selbst zu beheben. Er klingelte seinem Bedienten Trim. – „Trim", sagte mein Onkel Toby, „seh Er einmal, was ich da für ein Durcheinander gemacht habe. Ich muß das Ding besser eingerichtet haben, Trim. Kann Er nicht mein Lineal nehmen und die Länge und Breite dieses Tisches messen und dann einen bestellen, der noch einmal so groß ist?" – „Ja, Euer Gnaden", antwortete Trim und machte seinen Bückling, „aber ich hoffe, Euer Gnaden werden bald so gesund sein, daß Euer Gnaden nach Dero Landgut reisen können; dort, da Euer Gnaden so großes Gefallen am Befestigungswesen haben, könnten wir die Sache ganz vorzüglich einrichten."

Hier muß ich Ihnen mitteilen, daß dieser Bediente Onkel Tobys, der allenthalben Trim genannt wurde, in meines Onkels eigener Kompanie Korporal gewesen war. Sein wahrer Name war James Butler; da er aber einmal im Regiment den Spitznamen Trim wegbekommen hatte, nannte ihn mein Onkel Toby auch stets so, außer wenn er recht böse mit ihm war.

Der arme Kerl war infolge einer Wunde am linken Knie, die ihm in der Schlacht von Landau, zwei Jahre vor der Affäre bei Namur, eine Musketenkugel beigebracht hatte, dienstuntauglich geworden. Und weil der Kerl im Regiment sehr wohl gelitten und auch sonst recht gewandt war, nahm ihn mein Onkel zu sich als Bedienten, und er traf es mit ihm vortrefflich, denn er wartete meinem Onkel im Felde und in den Winterquartieren auf, als Diener, Stallknecht, Barbier, Koch, Schneider und Krankenwärter; und er pflegte und bediente ihn wirklich von Anfang bis Ende mit großer Treue und Ergebenheit.

Mein Onkel Toby liebte den Menschen ebenfalls, und was ihn noch mehr an ihn gewöhnte, war die Gleichheit ihrer Kenntnisse. Denn Korporal Trim (bei diesem Namen werde ich ihn künftig immer nennen) hatte durch sein vierjähriges Anhören der Gespräche seines Herrn über befestigte Städte und durch den Vorteil, daß er beständig seines Herrn Pläne usw. sehen und betrachten konnte – nicht einmal mitgerechnet, was er als Leibdiener von der steckenpferdischen Materie an sich ziehen mußte, wenn er auch an und für sich selbst dieser Reiterei nicht ergeben gewesen war –, nicht wenige Kenntnisse in der Wissenschaft erworben; und die Köchin und das Kammermädchen waren der Meinung, daß er wohl ebensoviel über befestigte Plätze wisse wie sein Herr.

Ich habe nur noch einen Pinselstrich an Korporal Trims Charakter anzubringen, und das ist der einzige dunkle Schatten darin. Der Kerl liebte es, überall seinen Senf dazuzugeben oder vielmehr sich selbst sprechen zu hören. Sein Betragen war indessen dabei so ehrerbietig, daß es leicht war, ihn schweigend zu erhalten, wenn er gerade den Mund hielt; war aber seine Zunge einmal im Gange, so war sie nicht zu bremsen, sie ging mit ihm durch; die ewigen „Euer Gnaden", welche er einflickte, und sein untertäniges Verhalten sprachen so stark für seine Beredsamkeit, daß er Ihnen wohl lästig, Sie ihm aber nicht böse werden konnten. Meinem Onkel Toby begegnete das eine oder andere sehr selten – jedenfalls entzweite dieser Fehler die beiden nicht. Wie gesagt, mein Onkel liebte den Mann; und außerdem, da er beständig einen Bedienten als einen ärmeren Freund betrachtete, konnte er es nicht übers Herz bringen, ihm das Maul zu verbieten. So war also Korporal Trim.

„Wenn ich mich unterstehen dürfte", fuhr Trim fort, „Euer Gnaden einen guten Rat zu geben und meine Meinung zu sagen ..." – „Das darf Er, Trim", sagte mein Onkel Toby. „Sprech Er, sag Er, was Er von der Sache denkt, ohne Furcht, guter Trim." – „Gut denn", versetzte Trim (und ließ dabei nicht die Ohren hängen und kraute auch nicht in den Haaren wie ein Bauernlümmel, sondern) strich sich die Haare von der Stirn zurück und stand aufrecht wie vor seinem Zug. „Ich meine", sagte Korporal Trim, setzte den linken Fuß, welches der lahme war, ein wenig vor und zeigte mit der rechten Hand auf einen Plan von Dünkirchen, der mit Nadeln an die Tapete gesteckt war, „ich meine", sagte Korporal Trim, „ohne Euer Gnaden ins Kommando zu fallen, daß die Ravelins, Basteien,

Kurtinen und Hornwerke da nur ein armseliges, jämmerliches Stück Klitterwerk auf dem Papier sind im Vergleich zu dem, was Euer Gnaden und ich daraus machen könnten, wenn wir so für uns auf dem Lande wären und nur eine oder anderhalb Ruten Land hätten, mit dem wir machen könnten, was wir wollten. Der Sommer steht vor der Tür", fuhr Trim fort, „Euer Gnaden könnten draußen sitzen und mir die Nographie" („Ichnographie muß er sagen", fiel mein Onkel ein) „der Stadt oder Zitadelle angeben, vor der Euer Gnaden gern sitzen möchten – und auf dem Glacis, das ich selbst gemacht habe, sollen mich Euer Gnaden erschießen, wenn ich's nicht nach Euer Gnaden Geschmack befestige." – „Oh, das könnt Er wohl", sagte mein Onkel. – „Denn wenn Euer Gnaden", fuhr der Korporal fort, „mir nur das Polygon mit allen Winkeln und Linien genau angeben wollten ..." – „Das kann ich recht gut", sagte mein Onkel. – „... so wollt ich mit dem Graben anfangen, und wenn Euer Gnaden mir die richtige Tiefe und Breite angeben könnten ..." – „Auf ein Haar kann ich das", sagte mein Onkel. – „... so wollte ich die Erde auf dieser Seite, gegen die Stadt zu, aufwerfen und daraus die Escarpe, und auf jener Seite, gegen das Feld zu, die Contreescarpe machen." – „Ganz richtig, Trim", sagte mein Onkel Toby. – „Und wenn ich's abgeböscht hätte, wie es sein sollte, so wollt ich mit Euer Gnaden Einwilligung das Glacis anlegen wie bei den feinsten Festungen in Flandern, nämlich mit Grassoden und genauso, wie Euer Gnaden wissen, daß sie sein sollten; und die Wälle und Brustwehren wollt ich auch mit Soden machen." – „Die besten Ingenieure nennen es Gazons, Trim", sagte mein Onkel Toby. – „Soden oder Gazons, das hat nicht viel zu bedeuten", versetzte Trim. „Euer Gnaden wissen, sie sind zehnmal besser dazu geeignet als Sand oder Mauersteine." – „Ich weiß, in gewissen Fällen sind sie's", sagte mein Onkel Toby und nickte mit dem Kopf, „denn eine Kanonenkugel geht durch die Gazons grade durch, ohne daß sie viel Erdreich mitnimmt, wodurch der Graben verschüttet wird (wie es vor dem St.-Nicolas-Tor geschah) und der Feind ihn desto leichter übersteigen kann."

„Euer Gnaden verstehen diese Dinge besser“, versetzte Korporal Trim, „als alle Offiziere in des Königs Diensten. Wenn nur Euer Gnaden das Tischbestellen gut sein ließen und mich mit sich aufs Land nähmen, so wollt ich unter Euer Gnaden Anführung arbeiten wie ein Pferd und Befestigungsanlagen bauen, die so lecker aussehen wie ein Butterkuchen, mit allen ihren Batterien, Sappen, Gräben und Palisaden, daß zwanzig Meilen ringsum die Leute sich's nicht verdrießen lassen werden, dorthin zu reisen und sie zu besehen.“

Mein Onkel Toby wurde im Gesicht so rot wie Scharlach, als Trim fortfuhr; er errötete aber nicht infolge eines schlechten Gewissens oder aus Bescheidenheit oder Ärger, nein, es war ein freudiges Erröten – Korporal Trims Projekt und Beschreibung trieben ihm das Blut zu Kopfe. – „Trim“, sagte mein Onkel Toby, „Er hat genug gesagt.“ – „Wir könnten am gleichen Tag den Feldzug eröffnen“, fuhr Trim fort, „an dem Seine Majestät und die Alliierten ins Feld rücken, und ebenso geschwind Stadt auf Stadt einnehmen und zerstören wie ...“ – „Trim“, sprach mein Onkel Toby, „sag Er nichts mehr!“ – „Euer Gnaden“, fuhr Trim fort, „könnten in Dero Lehnstuhl sitzen“ (indem er darauf zeigte) „bei dem schönen Wetter und Dero Befehle erteilen, und ich wollt ...“ – „Nichts mehr, Trim!“ rief mein Onkel Toby. – „Übrigens wär's für Euer Gnaden nicht allein Vergnügen und guter Zeitvertreib, sondern gute frische Luft, gute Bewegung und gute Gesundheit obendrein, und Euer Gnaden Wunde würde in einem Monat verheilt sein.“ – „Er hat genug gesagt, Trim“, rief mein Onkel Toby (und griff dabei in seine Hosentasche). „Sein Projekt gefällt mir ausnehmend gut.“ – „Und wenn Euer Gnaden erlauben, so will ich stehenden Fußes hingehen und einen Pionierspaten kaufen, den wir mitnehmen, und eine Schaufel bestellen und eine Spitzhacke und ein Paar ...“ – „Still, still, Trim“, sagte mein Onkel Toby, sprang auf ein Bein, ganz von Entzücken überwältigt, und drückte ein Goldstück in Trims Hand. „Trim“, sprach mein Onkel Toby, „sag Er kein Wort weiter, lieber Trim, sondern geh Er sofort hinunter, lieber Bursche, daß ich gleich mein Abendessen bekomme."

Trim lief hinunter und brachte seinem Herrn das Abendessen. Aber da stand's. Trims Operationsplan ging meinem Onkel Toby so im Kopf herum, daß er nichts davon kosten konnte. – „Trim", sagte mein Onkel, „bring Er mich zu Bett!" – Damit war es auch nichts. Korporal Trims Beschreibung hatte seine Phantasie erhitzt – mein Onkel Toby konnte kein Auge zutun. Je mehr er die Szene betrachtete, desto bezaubernder kam sie ihm vor. Und zwei volle Stunden vor Tagesanbruch hatte er schon seinen endgültigen Entschluß gefaßt und den ganzen Plan zu seinem und Korporal Trims Abmarsch ins reine gebracht.

Mein Onkel Toby besaß ein kleines hübsches Landhaus in dem Dorf, wo meines Vaters Gut Shandy lag; das hatte ihm ein alter Onkel vermacht, zusammen mit einigen Ländereien, die jährlich etwa hundert Pfund Pacht abwarfen. Von hinten stieß ein Küchengarten von ungefähr einem halben Morgen an das Haus, und hinter dem Garten, durch eine hohe Taxushecke davon getrennt, war ein grüner Spielplatz, der ungefähr die Maße hatte, die Korporal Trim wünschte, so daß, als Trim die Worte sagte: „und nur eine oder anderthalb Ruten Land hätten, mit dem wir machen könnten, was wir wollten", sich dieser grüne Spielplatz sofort aufdrängte und im Nu auf der Retina von meines Onkels Phantasie vortrefflich gemalt erschien; und das war die physische Ursache, die ihn die Farbe wechseln ließ oder wenigstens seine Gesichtsröte zu dem übermäßigen Grad steigerte, von dem ich sprach.

Niemals ist ein Liebhaber zu seiner Geliebten mit mehr Eifer und größerer Erwartung geritten oder gefahren, als mein Onkel sich beeilte, dieses liebe Ding ganz für sich allein zu genießen. Ich sage: ganz für sich allein; denn es war abgesondert vom Hause durch eine hohe Taxushecke, wie ich Ihnen schon gesagt habe, und an den drei anderen Seiten war es vor dem Blick der Sterblichen durch üppige Holundersträuche und dichtes Gebüsch geschützt, so daß der Gedanke, nicht gesehen zu werden, nicht wenig zu dem erhofften Vergnügen beitrug, das sich mein Onkel Toby in seinem Gemüt ausmalte. Eitler Gedanke! Es mag noch so dicht bewachsen sein, noch so einsam erscheinen – wie kann man hoffen, liebster Onkel Toby, ein Ding zu genießen, das anderthalb Ruten Grund und Boden umfaßt und doch nicht bekannt werden soll!

Wie mein Onkel Toby und Korporal Trim die Sache anpackten, sowie die Geschichte ihrer Feldzüge, welche keineswegs ergebnislos verliefen, kann eine ganz interessante Nebenhandlung in der Epitase und Entfaltung dieses Dramas abgeben. Jetzt muß aber der Vorhang fallen, der Schauplatz verwandelt sich in das Wohnzimmer mit dem Kaminfeuer.

6. Kapitel

„Was treiben sie nur, Bruder?" sagte mein Vater. – „Ich denke", antwortete mein Onkel Toby, wobei er, wie ich Ihnen sagte, die Pfeife aus dem Mund nahm und die Asche ausklopfte, als er den Satz anfing. „Ich denke", antwortete er, „es wäre wohl gut, Bruder, wenn wir klingelten."

„Hör, Obadiah, was soll das Gepolter über unseren Köpfen?" fragte mein Vater. „Mein Bruder und ich können kaum hören, was wir sprechen."

„Herr", antwortete Obadiah und beugte seine linke Schulter vor, „der gnädigen Frau ist ganz übel geworden." – „Und was rennt Susanna da im Garten herum, als wenn ein halb Dutzend Ehrenräuber hinter ihr her wären?" – „Herr, sie rennt auf dem kürzesten Weg in die Stadt", versetzte Obadiah, „um die alte Hebamme zu holen." – „So sattelt ein Pferd", sagte mein Vater, „und reitet geschwind zum Doktor Slop, dem Geburtshelfer, bestellt ihm einen schönen Gruß und sagt ihm, daß die gnädige Frau in Kindsnöten sei und daß ich ihn bitten lasse, er möge gleich mit Euch kommen."

„Es ist doch sehr merkwürdig", sagte mein Vater zu meinem Onkel Toby, als Obadiah die Türe zugemacht hatte, „da wir einen so erfahrenen Geburtshelfer wie Doktor Slop so ganz in der Nähe haben, daß meine Frau bis zum letzten Augenblick auf ihrer eigensinnigen Grille bestehen und das Leben ihres Kindes, das schon ein Unglück erlebt hat, der Unwissenheit eines alten Weibes anvertrauen muß. Und nicht allein das Leben meines Kindes, Bruder, sondern auch ihr eigenes und das Leben aller anderen Kinder, die ich später vielleicht noch hätte mit ihr haben können."

„Es kann sein, Bruder", versetzte mein Onkel Toby, „daß meine Schwägerin es tut, um die Unkosten zu sparen." – „Nicht die Spur", erwiderte mein Vater, „der Doktor muß sein Geld haben, er tue etwas dafür oder nicht, allein schon deshalb, damit er bei guter Laune bleibt."

„Dann kann's wohl aus keinem anderen Grund in der weiten Welt sein", sagte mein Onkel Toby in der Arglosigkeit seines Herzens, „als aus Schamhaftigkeit. Vielleicht hat es meine Schwägerin nicht gern", fuhr er fort, „wenn ihr eine Mannsperson zu nah an ihren *** kommt." Ich will nicht sagen, ob mein Onkel seinen Satz beendet hat oder nicht; um so besser für ihn, wenn man glaubt, er habe ihn beendet, denn nach meiner Meinung hätte er kein einziges Wort hinzusetzen können, um ihn besser zu machen.

Hatte hingegen mein Onkel Toby den Satz nicht ganz zu Ende gebracht, so hat die Welt dem Umstand, daß meines Vaters Tabakspfeife plötzlich zerbrach, eines der schönsten Beispiele jener Redefigur zu verdanken, welche die Rhetoriker Aposiopesis nennen. – Gerechter Himmel! Wie sehr bestimmt nicht das *Poco più* und *Poco meno* der italienischen Künstler, das unmerkliche Mehr oder Weniger die genaue Schönheitslinie sowohl in einem Satz als auch bei einer Statue! Wie kann doch der leichteste Stich des Meißels, des Griffels, der Feder, des Violinbogens *et cetera* diese rechte sanfte Rundung erzeugen, welche wiederum das wahre Vergnügen erzeugt! O meine lieben Landsleute, seid genau, seid behutsam in der Wahl eurer Worte, und niemals, o niemals dürft ihr vergessen, an was für kleinen Partikeln eure Beredsamkeit hängt und euer Ruhm.

„Meine Schwägerin läßt vielleicht", sagte mein Onkel Toby, „nicht gern eine Mannsperson zu nah an ihren ***."

Macht man diese Sternchen, ist es eine Aposiopesis. Nimmt man die Sternchen weg und schreibt dafür *Hinterteil,* so wird es eine Zote. Streicht man das Hinterteil aus und setzt dafür den *gedeckten Weg* ein, so wird's eine Metapher; und da meinem Onkel Toby das Befestigungswesen so sehr im Kopf herumspukte, so getraue ich mir zu sagen, wenn man ihn noch ein Wort an den Satz hätte anfügen lassen, so wäre es dieses Wort gewesen.

Ob das aber geschehen oder nicht geschehen ist oder ob mein Vater seine Tabakspfeife in dem kritischen Augenblick von ungefähr oder aus Unwillen zerbrach, wird sich zur rechten Zeit erweisen.

7. Kapitel

Obgleich mein Vater eigentlich ein guter Naturphilosoph war, so hatte er doch auch etwas von einem Moralphilosophen an sich; und deswegen hätte er in dieser Eigenschaft, da seine Pfeife in der Mitte entzweibrach, beide Stücke nehmen und gelassen ins Kaminfeuer werfen sollen. Das ließ er aber bleiben; vielmehr warf er sie mit aller erdenklichen Heftigkeit hinein, und um der Handlung noch mehr Nachdruck zu geben, sprang er auf beide Füße, um sie auszuführen.

Das schien eine gewisse Hitzigkeit zu verraten, und die Art und Weise, wie er auf das, was mein Onkel Toby sagte, antwortete, bewies es.

„Läßt vielleicht nicht gern", sagte mein Vater (und wiederholte damit Onkel Tobys Worte), „eine Mannsperson zu nah an sich heran! Wahrhaftig, Bruder Toby, du würdest selbst Hiobs Geduld auf die Probe stellen, und ich glaube, ich habe bereits seine Plagen, aber ohne seine Geduld." – „Wieso? – Wo? – Worin? – Weswegen? – Worüber?" versetzte mein Onkel Toby mit dem größten Erstaunen. – „Wenn ich so bedenke", sagte mein Vater, „daß ein Mann so alt geworden sein kann wie du, Bruder, und noch so wenig Weiberkenntnis hat!" – „Ich weiß von ihnen gar nichts“, versetzte mein Onkel Toby, „und ich meine“, fuhr er fort, „der Puff, den ich im Jahr nach der Zerstörung von Dünkirchen bei der Affäre mit der Witwe Wadman bekam – welchen Puff ich, wie du weißt, nicht bekommen haben würde, hätte ich nur die geringste Kenntnis von Frauen gehabt –, gibt mir wohl allen Grund zu der Feststellung, daß ich von den Weibern und ihren Angelegenheiten weder etwas weiß noch zu wissen verlange.“ – „Immerhin, Bruder“, versetzte mein Vater, „könntest du doch wenigstens das rechte Ende eines Weibes vom falschen zu unterscheiden wissen.“

In Aristoteles' Meisterwerk wird gesagt, daß ein Mensch, wenn er an etwas denkt, was vorbei ist, wieder auf die Erde blickt, aber wenn er an etwas denkt, was noch zukünftig ist, so blickt er auf zum Himmel.

Mein Onkel Toby dachte also wohl an keines von beiden, denn er sah geradeaus. – „Rechtes Ende!“ sagte mein Onkel Toby, murmelte die beiden Worte leise vor sich hin und blieb, während er sie murmelte, unversehens mit den Augen an einer kleinen Spalte hängen, die durch eine schadhafte Fuge im Kaminsims entstanden war. „Rechtes Ende eines Weibes! Fürwahr“, sagte mein Onkel, „ich weiß ebensowenig, was das ist, wie der Mann im Mond. Und wenn ich auch einen ganzen Monat darüber nachdächte“, fuhr mein Onkel Toby fort (er hielt dabei immer noch die Augen auf die schadhafte Fuge gerichtet), „so weiß ich gewiß, ich würde es nicht ausfindig machen.“

„So will ich's dir sagen, Bruder“, erwiderte mein Vater.

„Jedes Ding in der Welt“, fuhr mein Vater fort (indem er eine neue Pfeife füllte), „jedes Ding in dieser irdischen Welt, mein lieber Bruder Toby, hat zwei Enden.“ – „Nicht immer“, versetzte mein Onkel Toby. – „Zum wenigsten“, versetzte mein Vater, „immer zwei Seiten, welches auf dasselbe hinausläuft. Nun, wenn sich jemand hinsetzt und überlegt mit kaltem Blut bei sich selbst die Machart, die Gestalt, den Bau, die Zugänglichkeit und die Zweckmäßigkeit aller Teile, die das Ganze des Tieres, genannt Weib, ausmachen, und vergleicht diese analog ...“ – „Ich habe den

Sinn dieses Wortes niemals recht verstanden", sagte mein Onkel Toby. – „Analogie", versetzte mein Vater, „heißt eine gewisse Beziehung und Übereinstimmung, welche verschie–" Hier brach ein vertracktes Klopfen an der Tür meines Vaters Definition (wie seine Tabakspfeife) in Stücke und zertrat damit einer so bemerkenswerten und sinnreichen Dissertation den Kopf, wie sie nur jemals im Schoß der Spekulation gezeugt worden ist; es gingen einige Monate hin, ehe mein Vater Gelegenheit finden konnte, glücklich davon entbunden zu werden. Und bis auf diese Stunde ist es (wegen der Verworrenheit und der Mannigfaltigkeit unserer häuslichen Unglücksfälle, die sich nun scharenweise auf die Fersen treten) ebenso problematisch wie der Gegenstand der Dissertation selbst, ob ich im dritten Buch einen Platz dafür finden werde oder nicht.

8. Kapitel

Wer einigermaßen gut und schnell liest, der wird ungefähr anderthalb Stunden gebraucht haben, seitdem mein Onkel Toby klingelte und dem Obadiah befohlen wurde, ein Pferd zu satteln und zu Doktor Slop, dem Geburtshelfer, zu reiten. Niemand kann also mit Recht sagen, daß ich Obadiah – vom dichterischen Standpunkt aus gesehen und unter Berücksichtigung der Dringlichkeit des Falles – nicht Zeit genug zum Kommen und Gehen gelassen habe, obgleich, moralisch und wahrheitsgemäß gesagt, der Mensch vielleicht kaum genügend Zeit gehabt hat, die Stiefel anzuziehen.

Will sich trotzdem ein übereifriger Kritiker darüber hermachen und sich entschließen, mit einem Pendel den wahren Zeitraum zwischen dem Klingeln und dem Pochen an der Tür auszumessen und, wenn er findet, daß es nicht länger gedauert hat als zwei Minuten, dreizehn Sekunden und drei Quinten, mich wegen eines solchen Verstoßes gegen die Einheitlichkeit oder vielmehr Wahrscheinlichkeit der Zeit herunterzumachen, dann möchte ich ihn daran erinnern, daß der Begriff der Dauer und ihrer einfachen Erscheinungsformen nur von dem Gang und der Aufeinanderfolge unserer Ideen abhängt und das wahre wissenschaftliche Pendel ist; und nur mit diesem will ich, als Wissenschaftler, in diesem Fall überprüft werden. Die Beurteilung durch andere Pendel, wie sie auch heißen, hasse und verwerfe ich.

Ich möchte ihn also ersuchen zu erwägen, daß es nur acht elende Meilen von Shandy Hall bis zu Doktor Slops Wohnung sind und daß ich unterdessen, da Obadiah besagte Meilen hin und her zurückgelegt hat, meinen Onkel Toby durch ganz Flandern nach England gebracht habe, daß ich ihn fast vier Jahre krank liegen und seitdem ihn und den Korporal Trim in einer vierspännigen Kutsche eine Reise von fast zweihundert Meilen bis nach Yorkshire habe tun lassen. All dies zusammengenommen muß die Imagination des Lesers für den Auftritt Doktor Slops vorbereitet haben – mindestens ebensogut (hoffe ich) wie ein Ballett, ein Lied oder Konzert zwischen den Akten.

Will aber mein übereifriger Kritiker gar nicht nachgeben und darauf bestehen, daß zwei Minuten und dreizehn Sekunden nicht mehr sind als zwei Minuten und dreizehn Sekunden – nachdem ich alles mögliche darüber gesagt habe –, und soll mich diese Verteidigung, die mich zwar vielleicht dramatisch rettet, biographisch verdammen, indem sie dieses Buch, das vorher ein apokryphisches Buch war, von diesem Augenblick an zu einem ausgesprochenen Roman macht – treibt man mich so in die Enge, nun, so mache ich dem ganzen Vorwurf und dem Gezänk darüber auf der Stelle ein Ende und sage ihm, daß Obadiah sich noch keine sechzig Schritt vom Stall entfernt hatte, als ihm Doktor Slop begegnete; und tatsächlich lieferte er einen sehr schmutzigen Beweis dafür, daß er ihm begegnet sei, der um ein Haar tragisch ausgefallen wäre.

Stellen Sie sich vor – doch das eignet sich besser als Anfang eines neuen Kapitels.

9. Kapitel

Stellen Sie sich eine kleine, untersetzte, ungehobelte Figur von einem Doktor Slop vor, ungefähr vier und einen halben Fuß hoch, mit einem breiten Rücken und einer Janitscharentrommel von Bauch, worauf sich ein Feldwebel der Reitergarde nicht wenig hätte einbilden können.

So sah der Umriß von Doktor Slops Figur aus, welche – wie Sie wissen, wenn Sie Hogarths Analyse der Schönheit gelesen haben, und wenn Sie sie nicht gelesen haben, so wünsche ich, daß Sie dieselbe noch läsen – ebensogut durch drei Pinselstriche karikiert und zu Gemüte geführt werden kann wie durch dreihundert.

So einen Mann stellen Sie sich vor, denn so, sage ich, war der Umriß von Doktor Slops Figur beschaffen, wie er ganz langsam, Schritt vor Schritt, durch den Kot daherschwankte auf dem Rückgrat eines winzig kleinen Ponys von hübscher Farbe, aber, ach, von so geringer Stärke, daß es unter einer solchen Last nicht hätte zum Traben gebracht werden können, selbst wenn die Wege dazu geeignet gewesen wären, was sie aber gar nicht waren. Nun stellen Sie sich Obadiah auf einem Riesen von Kutschpferd vor, das er zum vollen Galopp angespornt hat und auf dem er ihm mit aller Hast entgegenreitet.

Ich bitte Sie, mein Herr, nehmen Sie doch einen Augenblick Anteil an dieser Beschreibung.

Hätte Doktor Slop den Obadiah bereits in einer Entfernung von einer Meile wahrgenommen, wie dieser auf einem schmalen Feldweg so ungeheuerlich auf ihn zujagte und sich ihm wie ein Teufel durch dick und dünn, nach allen Seiten spritzend und planschend, näherte, sollte da nicht ein solches Phänomen, mit einem solchen Wirbel von Schlamm und Wasser, der sich um seine Achse mit fortbewegte, dem Doktor Slop in seiner Lage eine weit fürchterlichere Erscheinung gewesen sein als der bedrohlichste von Whistons Kometen? Ganz zu schweigen vom Kern dieser Erscheinung, der aus Obadiah und seinem Kutschpferd bestand, so war nach meiner Meinung dieser Wirbel allein genug, wenn nicht den Doktor, so doch wenigstens sein Pony zu erfassen und mit sich fortzureißen. Was denken Sie, wie groß muß die Angst und Wasserscheu des Doktors Slop gewesen sein, wenn Sie lesen (was sogleich geschehen wird), daß, als er eben so ganz bedächtig auf Shandy Hall zuritt und nur noch sechzig Schritt weit davon entfernt war, fünf Schritt vor einer scharfen Ecke der Gartenmauer und auf dem schmutzigsten Stück des schmutzigen Weges Obadiah und sein Kutschpferd plötzlich wütend um die Ecke kamen und – bums! – gerade auf ihn lossprengten! Nein, in der ganzen Natur kann nichts Schrecklicheres gedacht werden als ein solcher Zusammenstoß, denn so unerwartet kam dieser Schock für Doktor Slop, der keineswegs darauf gefaßt war.

Was konnte Doktor Slop tun? Er bekreuzigte sich †. Warum nicht gar! Nun ja, mein Herr, der Doktor war ein Katholik. Schön und gut – doch er hätte besser daran getan, sich am Sattelknopf festzuhalten. Das tat er wohl. Doch wie die Sache stand, hätte er am besten gar nichts tun sollen; denn als er das Kreuz schlug, ließ er seine Peitsche fallen, und als er sie zwischen seinem Knie und dem Sattelrand auffangen wollte, verlor er den Steigbügel, und indem er den verlor, verlor er auch den Sitz, und angesichts all dieser Verluste (was nebenbei beweisen kann, wie wenig das Bekreuzigen nützt!) verlor der arme Doktor seine Geistesgegenwart, so daß er, ohne den Überfall von Obadiah zu erwarten, das Pony seinem Schicksal überließ, seitwärts davon herunterpurzelte, so ungefähr wie ein Packen Wolle, aber ohne irgendwelche andere Folgen des Falles, als daß er (wie es kommen mußte) mit seinem breitesten Körperteil zwölf Zoll tief im Morast versank.

Obadiah zog zweimal seine Mütze vor dem Doktor ab – das erste Mal, als er fiel, und das zweite Mal, als er ihn sitzen sah. Unzeitige Höflichkeit! Hätte der Kerl nicht lieber sein Pferd anhalten, absteigen und ihm helfen sollen? Er tat alles, mein Herr, was er in seiner Lage tun konnte. Aber der Anprall des Kutschpferdes war so heftig, daß Obadiah nicht sogleich konnte, wie er wollte. Er ritt dreimal im Kreis um Doktor Slop herum, ehe er irgend etwas unternehmen konnte, und zuletzt, als er sein Pferd zum Stehen brachte, erfolgte eine solche Schlammexplosion, daß Obadiah besser eine Meile weit davon entfernt gewesen wäre. Kurz, in seinem ganzen Leben war Doktor Slop noch nie so beschmutzt und transsubstantiiert worden, seitdem das Transsubstantiieren Mode geworden ist.

10. Kapitel

Als Doktor Slop in das Hinterzimmer trat, in dem mein Vater und mein Onkel saßen und ihre Unterhaltung über das Wesen der Frau führten, war es schwer zu entscheiden, ob Doktor Slops Aussehen oder Gegenwart sie mehr in Verwunderung setzte; denn weil das Unglück sich so nahe beim Haus zutrug, daß Obadiah es nicht der Mühe wert hielt, ihm wieder aufs Pferd zu helfen, hatte ihn Obadiah so, wie er war, ungewaschen, ungebürstet und ungespült, mit allen seinen Flecken und Spritzern, hineingeführt. Er stand wie Hamlets Geist, unbeweglich und stumm, volle anderthalb Minuten in der Zimmertür (Obadiah hielt ihn noch immer bei der Hand), in der ganzen Majestät des Schmutzes. Seine hintere Partie, auf die er gefallen war, war völlig verschmutzt, und alle übrigen Teile waren so über und über gesprenkelt infolge von Obadiahs Schlammexplosion, daß Sie geschworen hätten (ohne Mentalreservation), es sei kein Schmutzkörnchen an ihm verlorengegangen.

Hier war eine schöne Gelegenheit für meinen Onkel Toby, seinerseits über meinen Vater zu triumphieren; denn kein Sterblicher, der Doktor Slop in dieser Soße erblickt haben würde, hätte Onkel Tobys Meinung abstreiten können, daß seine Schwägerin vielleicht nicht gerne einen solchen Doktor Slop so nahe an ihren *** heranlassen würde. Allein das wäre ein *Argumentum ad hominem*; und weil mein Onkel Toby darin nicht sehr gewandt war, werden Sie vielleicht denken, daß er sich deswegen nicht gern damit abgab.

Nein, die Ursache war, daß Spott und Hohn nicht in seiner Natur lagen.

Doktor Slops Anwesenheit war um die Zeit ebenso unerklärbar wie die Art und Weise derselben. Obgleich gewiß ist, daß ein Augenblick des Nachdenkens meinen Vater hätte zurechtweisen können, denn er hatte erst die Woche vorher dem Doktor Slop davon Nachricht gegeben, daß für meine Mutter die Zeit gekommen sei; und da der Doktor nachher nichts weiter davon gehört hatte, so war es selbstverständlich und zugleich politisch klug von ihm, einen Spazierritt nach Shandy Hall zu machen, wie er auch tat, bloß um zu sehen, wie es da stünde.

Allein meines Vaters Gedanken nahmen unglücklicherweise eine verkehrte Richtung bei der Untersuchung und hielten sich, wie mein übereifriger Kritiker, bloß bei dem Klingeln und dem Pochen an der Tür auf, maßen den Zeitraum von einem zum andern und waren dergestalt mit dieser Operation beschäftigt, daß ihnen alles andere in der Welt entging – ein gewöhnlicher Fehler der größten Mathematiker, die mit aller Macht an der Beweisführung arbeiten und dabei so sehr ihre Kräfte verschwenden, daß sie keine übrigbehalten, um die Konsequenz zu ziehen und sich nützlich zu machen.

Das Klingeln und das Pochen an der Tür wirkten zwar auch stark auf das Sensorium Onkel Tobys, setzten aber eine ganz andere Reihe von Gedanken in Gang. Die beiden unvereinbaren Geräusche brachten augenblicklich den Stevinus in meines Onkels Gedanken. Was Stevinus mit dieser Sache zu tun hatte, ist wohl das größte Problem von allen; es soll gelöst werden, jedoch nicht im nächsten Kapitel.

11. Kapitel

Das Schreiben, richtig betrieben (Sie können sich darauf verlassen, daß ich denke, es richtig zu betreiben), ist nur eine andere Benennung für Konversation. Da niemand, der weiß, wie er sich in Gesellschaften benehmen muß, es wagen wird, alles zu sagen, wird kein Schriftsteller, der die Grenzen des Anstands und der guten Lebensart kennt, so voreilig sein, alles zu denken. Die größte Ehrerbietung, die Sie dem Verstand Ihres Lesers erweisen können, ist, wenn Sie freundschaftlich mit ihm teilen und sowohl seiner Einbildungskraft als auch Ihrer eigenen einiges zu tun übriglassen.

Ich meinesteils lasse es an Höflichkeitsbezeigungen dieser Art niemals fehlen und tue alles, was in meinen Kräften steht, um seine Phantasie ebenso geschäftig zu erhalten wie die meinige.

Die Reihe ist jetzt an ihm. Ich habe von Doktor Slops jämmerlichem Sturz und von seinem traurigen Auftritt im Hinterzimmer eine ausführliche Beschreibung gegeben; nun muß seine Vorstellung sich eine Weile damit beschäftigen.

Der Leser stelle sich also vor, daß Doktor Slop seine Geschichte erzählt habe – mit was für Worten und Übertreibungen, das sei seiner Phantasie überlassen. Er nehme an, daß Obadiah die seinige gleichfalls erzählt habe, und zwar mit so reuiger und teilnahmsvoller Miene, wie sie nach Ansicht des Lesers die beiden nebeneinanderstehenden Figuren am besten kontrastieren kann. Er stelle sich vor, daß mein Vater hinaufgegangen sei, um nach meiner Mutter zu sehen. Und um dieses Werk der Einbildungskraft zu Ende zu bringen, denke er sich den Doktor gewaschen, abgerieben, bedauert, beglückwünscht, in von Obadiah geborgten Pantoffeln auf die Türe zuschreitend und im Begriff zu agieren.

Gemach, gemach, lieber Doktor Slop, halt deine obstetrische Hand zurück! Stecke sie ruhig wieder in deinen Busen, damit sie warm bleibe! Du weißt wenig davon, was für Schwierigkeiten, was für versteckte Hindernisse ihr Wirken verzögern. Hat man dir, lieber Doktor Slop, hat man dir die geheimen Artikel des feierlichen Vertrags anvertraut, demzufolge du hierhergebracht worden bist? Hast du schon bemerkt, daß in diesem Augenblick eine von Lucinas Töchtern obstetrisch über deinem Haupt schwebt? Ach, es ist leider nur zu wahr! Außerdem, großer Sohn des Pilumnus, was kannst du machen? Du bist unbewaffnet erschienen;

du hast deine *tire-tête*, deinen neu erfundenen *Forceps*, deinen Haken, deine Spritze und alle deine Rettungs- und Entbindungsinstrumente zurückgelassen. Beim Himmel! Da hängen sie jetzt im grünen Filetbeutel zwischen deinen beiden Pistolen am Kopfende deines Bettes! Klingle, rufe, sende Obadiah auf dem Kutschpferd zurück, daß er sie in aller Eile herhole.

„Beeilt Euch, Obadiah", sagte mein Vater, „und ich gebe Euch eine Krone!" – „Und ich", sagte mein Onkel Toby, „gebe ihm noch eine."

12. Kapitel

„Ihre plötzliche, unerwartete Ankunft", sagte mein Onkel Toby zu Doktor Slop (alle drei setzten sich beim Kaminfeuer nieder, als mein Onkel Toby zu sprechen begann), „erinnerte mich augenblicklich an den großen Stevinus, der, wie ich Ihnen sagen muß, mein Lieblingsschriftsteller ist." – „Dann", unterbrach ihn mein Vater, indem er sich des Arguments *ad Crumenam* bediente, „dann will ich zwanzig Guineen gegen eine Krone setzen (welche ich Obadiah geben werde, wenn er zurückkommt), daß dieser Stevinus ein Ingenieur oder etwas Ähnliches war oder daß er direkt oder indirekt über das Befestigungswesen geschrieben hat."

„Das hat er", versetzte mein Onkel Toby. – „Dacht ich's nicht?" sagte mein Vater, „obgleich ich bei meiner Seele nicht einsehe, welcher Zusammenhang zwischen Doktor Slops unerwarteter Ankunft und einer Abhandlung über Befestigungen bestehen kann. Doch das habe ich befürchtet. Bruder, wir mögen sprechen, wovon wir wollen, und die Gelegenheit mag noch so unpassend oder ungeeignet für dein Thema sein, du mußt es doch immer anbringen. Nein, Bruder Toby", fuhr mein Vater fort, „nein, wahrhaftig, so voll möchte ich doch meinen Kopf nicht von Kurtinen und Hornwerken haben." – „Das glaub ich wohl, daß Sie das nicht möchten", sagte Doktor Slop, indem er einfiel und ganz unmäßig über sein Wortspiel lachte.

Dennis, der Kritiker, konnte ein Wortspiel oder den Anschein eines Wortspiels nicht herzlicher verabscheuen und hassen als mein Vater. Er runzelte immer die Stirne, wenn er eins hörte; aber in einer ernsthaften Rede durch eine solche Witzelei unterbrochen zu werden, pflegte mein Vater zu sagen, sei ebenso schlimm wie ein Nasenstüber; er sehe da keinen Unterschied.

„Mein Herr", sagte mein Onkel Toby zu Doktor Slop, „die Kurtinen, von denen mein Bruder Shandy spricht, sind nichts weniger als Bettgardinen, obzwar, ich weiß es wohl, du Cange sagt, daß sie aller Wahrscheinlichkeit nach ihre Namen von diesen bekommen haben. Ebensowenig haben die Hornwerke, von denen er spricht, das geringste mit den Hörnern des betrogenen Ehemanns zu tun. Kurtine, Herr Doktor, ist vielmehr das Wort, das wir im Befestigungswesen gebrauchen, um den Teil des Walles zu benennen, der zwischen zwei Bastionen liegt und diese verbindet. Die Belagerer wagen es selten, ihre Attacke direkt auf die Kurtinen zu richten, weil sie nämlich gut flankiert sind." („Ebenso ist's bei den anderen Gardinen", sagte Doktor Slop lachend.) „Indessen", fuhr mein Onkel Toby fort, „um sie völlig zu decken, pflegen wir gewöhnlich Ravelins davor zu legen, die wir an der anderen Seite der Fossé oder des Grabens anbringen. Der gemeine Mann, der wenig vom Befestigungswesen versteht, verwechselt den Ravelin und den Halbmond miteinander, obgleich es sehr verschiedene Dinge sind – nicht nur in ihrer Bauart oder Form, denn wir machen sie in allen Einzelheiten einander ähnlich, und sie bestehen stets aus zwei Facen, die einen vorspringenden Winkel mit der Brustwehr bilden, aber nicht gerade, sondern wie ein Halbmond." – „Worin steckt denn da der Unterschied?" fragte mein Vater ein wenig bissig. – „In ihrer Lage", antwortete mein Onkel Toby. „Denn wenn ein Ravelin vor einer Kurtine steht, Bruder, so ist es ein Ravelin; und wenn ein Ravelin vor einer Bastion steht, so ist der Ravelin kein Ravelin, sondern ein Halbmond; ebenso ist ein Halbmond, solange er vor seiner Bastion steht, ein Halbmond, aber nur dann; würde er von der

Bastion weggenommen und vor eine Kurtine gesetzt, so wär's kein Halbmond mehr; ein Halbmond ist in diesem Fall kein Halbmond, er ist weiter nichts als ein Ravelin." – „Ich merke", sagte mein Vater, „die edle Verteidigungskunst hat auch ihre schwachen Seiten."

„Die Hornwerke" („Oje!" seufzte mein Vater), „welche", fuhr mein Onkel Toby fort, „mein Bruder nannte, bilden einen wichtigen Teil der Außenwerke; die französischen Ingenieure nennen sie *Ouvrage à corne,* und wir legen sie gewöhnlich an, um solche Stellen zu decken, die wir für schwächer halten als die übrigen. Sie bestehen aus einer Face und einer Flanke oder halben Bastion; sie sehen recht hübsch aus, und wenn Sie einen Spaziergang machen wollen, so will ich Ihnen eins zeigen, das sich der Mühe verlohnen soll. Es ist wahr, wenn wir sie krönen", fuhr mein Onkel Toby fort, „so werden sie viel stärker, aber dann sind sie auch sehr kostspielig und nehmen viel Raum weg, so daß sie nach meiner Meinung die besten Dienste tun, wenn sie die Front eines Lagers decken. Das doppelte Zangenwerk aber ..." – „Bei der Mutter, die uns gebar, Bruder Toby", sagte mein Vater, der nicht länger an sich halten konnte, „du könntest selbst einem Heiligen einen Fluch ablocken! Da hast du uns, ich weiß nicht wie, ganz unter der Hand wieder mitten in dein altes Thema geführt. Aber dein Kopf ist so voll von diesen verdammten Werken, daß du, obwohl meine Frau in den Wehen liegt und du sie schreien hörst, mir den Geburtshelfer fortschleppen willst." – „*Accoucheur,* wenn's Ihnen beliebt", sagte Doktor Slop. – „Nun denn, *Accoucheur*!" entgegnete mein Vater. „Mir ist es gleichgültig, wie man Sie nennt. Aber ich wünsche die ganze Kriegsbaukunst mit allen ihren Erfindern zum Teufel! Tausenden hat sie schon das Leben gekostet, und mir wird sie auch noch den Tod bringen. Ich möchte nicht, Bruder Toby, ich möchte nicht mein Gehirn so voller Sappen, Minen, Blenden, Schanzkörbe, Palisaden, Ravelins, Halbmonde und ähnlichem Plunder haben, und sollte ich Namur, und alle Städte in Flandern dazu, dafür bekommen."

Mein Onkel Toby, der Beleidigungen geduldig ertragen

konnte, nicht weil es ihm an Herzhaftigkeit fehlte – ich habe Ihnen im fünften Kapitel dieses zweiten Buches gesagt, daß er ein Mann war, der Mut hatte, und will hier hinzusetzen, daß, wenn sich eine gerechte Gelegenheit böte, diesen Mut zu beweisen, ich keinen Mann wüßte, unter dessen Armen ich lieber Schutz suchen möchte –, auch kam das nicht von irgendeiner Fühllosigkeit oder Stumpfheit seines Verstandes her, denn er fühlte diese Beleidigung meines Vaters so empfindlich, wie ein Mann sie nur fühlen konnte, sondern er war von friedfertiger, sanftmütiger Natur; kein zänkisches Element war in ihm; alles war an ihm von so gutartiger Mischung, daß Onkel Tobys Herz kaum zuließ, an einer Fliege Rache zu nehmen.

„Geh!" sagte er eines Tages beim Essen zu einer häßlichen, großen Brummfliege, die ihm um die Nase gesummt, ihn die ganze Mahlzeit über jämmerlich gequält hatte und die er endlich im Vorbeifliegen haschte. „Ich will dir nichts zuleide tun", sagte mein Onkel Toby, stand vom Stuhl auf und ging mit der Fliege in der Hand durchs Zimmer, „ich will dir kein Haar krümmen. Geh", sagte er, indem er das Fenster aufschob und die Hand öffnete, um sie fliegen zu lassen, „geh, armes Ding, mach, daß du wegkommst, warum sollt ich dir etwas zuleide tun? Diese Welt hat Raum genug für dich und für mich."

Ich war kaum zehn Jahre alt, als dies geschah. Aber ob es der Umstand war, daß die Handlung selbst in diesem mitleidigen Alter mit meinen Nerven mehr in Einklang stand, wodurch augenblicklich mein ganzes Wesen in Schwingungen des angenehmsten Gefühls versetzt wurde, oder wieviel die Art und Weise des Ausdrucks dazu beitrug oder in welchem Grade oder durch welche geheime Magie ein Ton der Stimme und die Harmonie der Gebärde, welche der Güte entspringt, einen Weg zu meinem Herzen gefunden haben mochten, weiß ich nicht; das aber weiß ich, daß die Lehre des unbegrenzten Wohlwollens, die mich damals mein Onkel Toby lehrte und mir einprägte, seitdem nie aus meinem Gemüt gewichen ist. Und obgleich ich das, was das Studium der *Literae humaniores* auf der Universität in dieser Hinsicht an mir getan hat, nicht verachten oder die Hilfe einer kostspieligen Erziehung zu Hause und später in der Fremde herabwürdigen will, so denke ich doch oft, daß ich meine Herzensgüte zur Hälfte diesem einen zufälligen Eindruck zu verdanken habe.

☛ Dies kann Eltern und Hofmeistern statt eines ganzen Bandes über dieses Thema dienen.

Diesen Zug in Onkel Tobys Porträt konnte ich dem Leser nicht mittels des Instruments geben, mit dem ich die anderen zeichnete, da es nämlich nur die bloße steckenpferdische Ähnlichkeit wiedergibt, nicht aber diesen Teil seines moralischen Charakters. Mein Vater war hinsichtlich des geduldigen Ertragens des Unrechts, das ich erwähnt habe, ganz anders beschaffen, wie der Leser schon längst bemerkt haben muß. Er hatte von Natur ein weit schärferes und schnelleres Gefühl, begleitet von einer leicht mürrischen Gemütsart. Obgleich ihn dies nie zu etwas verleitete, was einer Bosheit ähnlich sah, zeigte es sich doch bei den kleinen Verdrießlichkeiten des Lebens in einer drolligen und witzigen Art von Unwillen. Dabei war er jedoch offenherzig und großmütig und ließ sich jederzeit gerne belehren; und in den kleinen Aufwallungen seiner scharfen Säfte gegen andere, besonders aber gegen seinen Bruder Toby, den er aufrichtig liebte, fühlte er selbst zehnmal mehr Unlust (ausgenommen bei der Geschichte von Tante Dinah, oder wenn es um eine Hypothese ging), als er verursachte.

Die Charaktere der beiden Brüder, aus diesem Gesichtswinkel betrachtet, warfen Licht aufeinander und traten deutlich in Erscheinung bei dieser Affäre, die um den Stevinus entstand.

Ich brauche dem Leser nicht zu sagen, wenn er sich ein Steckenpferd hält, daß eines Mannes Steckenpferd sein empfindlichster Punkt ist und daß diese unverschuldeten Hiebe, die man Onkel Tobys Steckenpferd gab, ihn nicht unempfindlich ließen. Nein, wie ich oben sagte, fühlte mein Onkel Toby sie wirklich, und zwar sehr schmerzhaft.

Nun, mein Herr, was sagte er? Wie benahm er sich? – O mein Herr, großartig. Denn sobald mein Vater sein

Steckenpferd genug beleidigt hatte, wandte er ohne die geringste Erregung sein Gesicht von Doktor Slop ab, mit dem er gesprochen hatte, und sah meinem Vater in die Augen, mit einer Miene, in der sich so viel Gutherzigkeit, so viel Sanftmut, so viel brüderliche Liebe, so unaussprechliche Zärtlichkeit spiegelten, daß es meinem Vater durchs Herz ging. Er stand hastig von seinem Stuhl auf und ergriff Onkel Tobys beide Hände, als er sprach. „Bruder Toby“, sagte er, „ich bitte um Verzeihung! Vergib mir, ich bitte dich, dieses auffahrende Wesen, das mir meine Mutter vererbte.“ – „Mein lieber, lieber Bruder“, antwortete mein Onkel Toby und richtete sich mit meines Vaters Hilfe vom Stuhl auf, „sprich nicht mehr davon! Es macht mir nichts aus, und wäre es zehnmal schlimmer, Bruder.“ – „Aber es ist nicht großmütig“, erwiderte mein Vater, „irgendeinen Menschen zu beleidigen; noch ärger ist es bei einem Bruder; aber einen Bruder zu beleidigen, der so gütig, so arglos und so wenig nachtragend ist wie du – das ist schändlich. Wahrhaftig, es ist niederträchtig.“ – „Es macht mir nichts aus, Bruder“, sagte mein Onkel Toby, „wäre es auch fünfzigmal schlimmer gewesen.“ – „Überdies, was habe ich mich um deinen Zeitvertreib und dein Vergnügen zu bekümmern, mein lieber Toby“, rief mein Vater aus, „es sei denn, daß es in meiner Macht stünde (was nicht der Fall ist), ihr Maß zu vermehren!“

„Bruder Shandy“, antwortete mein Onkel Toby und sah ihm bekümmert ins Angesicht, „hierin irrst du dich sehr, denn du vermehrst mein Vergnügen dadurch, daß du in deinem Alter der Familie Shandy Kinder zeugst.“ – „Dadurch, mein Herr“, sagte Doktor Slop, „vermehrt Herr Shandy nur sein eigenes.“ – „Nicht um ein Jota“, sagte mein Vater.

13. Kapitel

„Mein Bruder tut es", sagte mein Onkel Toby, „nur aus Prinzip." – „Aus Familienrücksichten, denk ich", sagte Doktor Slop. – „Pscha!" sagte mein Vater, „es lohnt sich nicht, darüber zu reden."

14. Kapitel

Am Ende des letzten Kapitels ließen wir meinen Vater und meinen Onkel Toby stehen wie Brutus und Cassius am Schluß des Auftritts, in dem sie sich aussöhnten.

Als mein Vater die letzten Worte sprach, setzte er sich nieder; mein Onkel Toby folgte genau seinem Beispiel, nur daß er, bevor er seinen Stuhl nahm, an der Glocke zog, um Korporal Trim, der bei der Hand war, nach Hause zu schicken, um den Stevinus zu holen. Meines Onkels Toby Haus war nicht weiter entfernt als gerade über die Gasse.

Viele andere hätten den Stevinus nicht weiter erwähnt, aber mein Onkel hegte niemals Unwillen in seinem Herzen, und er setzte das Gespräch treuherzig fort, um meinem Vater zu zeigen, daß er wirklich keinen hege.

„Ihre unerwartete Ankunft, Herr Doktor Slop", sagte mein Onkel Toby, indem er das Gespräch wiederaufnahm, „erinnerte mich sogleich an den Stevinus." (Sie können sich darauf verlassen, daß mein Vater nicht weiter auf Stevinus' Kopf wetten wollte.) „Weil", fuhr mein Onkel Toby fort, „weil der berühmte Segelwagen, der dem Prinzen Moritz gehörte und der von so bewunderungswürdiger Erfindung und Schnelligkeit war, daß er ein halb Dutzend Personen in, ich weiß nicht, wie wenig Minuten dreißig deutsche Meilen weit fahren konnte, von Stevinus, dem großen Mathematiker und Ingenieur, erfunden worden ist."

„Sie hätten Ihrem Bedienten die Mühe ersparen können (da der Kerl lahm ist)", sprach Doktor Slop, „den Stevinus wegen dieses Berichts zu holen; denn auf meiner Heimreise von Leyden über Den Haag wanderte ich zwei weite Meilen nach Scheveningen, nur um mir diesen Wagen anzusehen.“

„Das ist noch gar nichts“, versetzte mein Onkel Toby, „gegen das, was der gelehrte Peireskius tat. Der legte eine Strecke von fünfhundert Meilen zu Fuß zurück, nämlich von Paris nach Scheveningen und von Scheveningen wieder nach Paris, um ihn zu sehen – nur aus diesem Grund.“

Manche Leute können es nicht ausstehen, daß jemand sie übertrifft.

„Desto närrischer war's vom Peireskius“, erwiderte Doktor Slop. Aber wohlgemerkt: Er sagte das nicht, weil er den Peireskius verachtete, sondern weil Peireskius' Unermüdlichkeit, die darin bestand, daß er aus bloßer Liebe zu den Wissenschaften so weit zu Fuß gestapft war, die Reise des Doktors Slop in dieser Hinsicht zu einem Nichts verkümmern ließ. „Desto närrischer war's vom Peireskius“, wiederholte er. – „Wieso?“ erwiderte mein Vater, indem er seines Bruders Partei ergriff, nicht nur, um die Beleidigung, die mein Vater ihm zugefügt und die ihm noch immer auf dem Herzen lag, so bald als möglich wiedergutzumachen, sondern auch teilweise deshalb, weil mein Vater wirklich anfing, selbst Anteil an der Sache zu nehmen. – „Wieso?“ sagte er. „Warum ist Peireskius oder sonst jemand als närrisch zu schelten, wenn er nach diesem oder jedem anderen Bissen echter Wissenschaft hungert? Denn obgleich ich kein Wort von dem Wagen weiß, von dem die Rede ist“, fuhr er fort, „so muß doch sein Erfinder einen ausgesprochen technischen Sinn gehabt haben; und obschon ich nicht erraten kann, nach welchen Grundsätzen er ihn verfertigte, so ist doch seine Maschine ganz gewiß nach sehr soliden Grundsätzen welcher Art auch immer gebaut worden, oder sie hätte das nicht leisten können, was mein Bruder von ihr erzählt.“

„Sie leistete das recht gut“, versetzte mein Onkel Toby, „wenn nicht sogar noch mehr; denn wie Peireskius es sehr elegant ausdrückt, indem er von der Schnelligkeit ihrer Bewegung spricht: *Tam citus erat, quam erat ventus*; was, oder ich müßte all mein Latein vergessen haben, heißt: er war so geschwind wie der Wind."

„Aber sagen Sie mir doch, Herr Doktor", sagte mein Vater, der meinen Onkel Toby unterbrach (aber nicht, ohne ihn dabei um Verzeihung zu bitten), „nach welchen Grundsätzen wurden die Bewegungen dieses Wagens hervorgebracht?" – „Nach recht hübschen Grundsätzen, ganz gewiß", erwiderte Doktor Slop, „und ich habe mich oft gewundert", fuhr er fort, um der Frage auszuweichen, „warum unsere Landadeligen, die auf so weitem plattem Lande wohnen wie bei uns (besonders diejenigen, deren Frauen noch nicht über die Jahre der Fruchtbarkeit hinaus sind), noch nicht auf diese Idee gekommen sind; denn das wäre nicht nur ein ungemein guter Behelf in solchen eiligen Fällen, welche die Damen überkommen können – wenn nur der Wind günstig ist –, sondern es wäre auch bedeutend rentabler, lieber die Winde anzuspannen, welche nichts kosten und nichts fressen, als Pferde, welche (hole sie der Henker!) sowohl viel kosten als auch viel fressen."

„Eben deswegen", versetzte mein Vater, „weil sie nichts kosten und weil sie nicht fressen, taugt das Projekt nichts. Es ist sowohl der Verbrauch unserer Produkte als ihre Verarbeitung, welche die Hungernden ernähren, den Handel beleben, das Geld in Umlauf bringen und den Wert unserer Ländereien erhalten. Und obgleich ich, ich gesteh's, wenn ich ein Prinz wäre, solche erfinderischen Köpfe, die dergleichen Maschinen ersönnen, freigebig belohnen würde, so würde ich doch ebenso streng ihren Gebrauch verbieten."

Mein Vater war hier in seinem Element und stand im Begriff, mit seiner Dissertation über den Handel ebenso eifrig fortzufahren wie mein Onkel Toby vorher mit der seinigen über das Befestigungswesen; aber sehr zum Schaden der echten Wissenschaft hatten die Parzen des Morgens beschlossen, daß an diesem Tag mein Vater keinen einzigen Dissertationsfaden zu Ende spinnen sollte; denn als er den Mund öffnete, um den nächsten Satz zu beginnen, trat Korporal Trim herein mit dem Stevinus unterm Arm. Aber es war zu spät – das ganze Gespräch war ohne ihn bereits versiegt und floß jetzt schon in einen anderen Kanal.

„Er kann das Buch nur wieder mit nach Hause nehmen, Trim“, sagte mein Onkel Toby und nickte ihm mit dem Kopf zu.

„Aber hör Er doch, Korporal“, sagte mein Vater spaßhaft, „seh Er doch erst hinein, ob er so etwas wie einen Segelwagen darin aufspüren kann.“

Korporal Trim hatte im Kriegsdienst gelernt, zu gehorchen und nicht zu widersprechen; also nahm er das Buch, legte es auf einen Nebentisch und blätterte es durch. – „Euer Gnaden“, sagte Trim, „ich finde kein solches Ding, aber“, fuhr der Korporal fort, seinerseits auch ein wenig spaßhaft, „ich will mich ganz genau vergewissern, Euer Gnaden.“ Damit faßte er das Buch bei beiden Deckeln, in jeder Hand einen, ließ die Blätter niederhängen, und schüttelte es kräftig hin und her.

„Euer Gnaden, da fällt doch was raus“, sagte Trim, aber es ist kein Wagen und keine Kutsche.“ – „Nun, Korporal“, sagte mein Vater, „was ist's denn?“ – „Ich glaube“, antwortete Trim und bückte sich, um es aufzuheben, „es sieht mir aus wie eine Predigt, denn es beginnt mit einer Stelle aus der Heiligen Schrift, Kapitel und Vers, und geht so fort, nicht wie ein Wagen, sondern geradeso wie eine Predigt.“

Die Gesellschaft lächelte.

„Ich begreif nicht, wie es möglich ist“, sagte mein Onkel Toby, „daß eine Predigt in meinen Stevinus geraten konnte.“

„Ich glaube doch, es ist eine Predigt“, versetzte Trim, „und wenn Euer Gnaden gestatten – es ist eine leserliche Handschrift –, so will ich eine Seite vorlesen.“ Denn Sie müssen wissen, Trim hörte sich fast ebenso gerne lesen wie sprechen.

„Ich habe einen großen Hang“, sagte mein Vater, „so etwas, was mir auf so sonderbare Weise wie dieses über den Weg läuft, näher zu beschauen – wir wissen doch sowieso nicht viel anzufangen, wenigstens bis Obadiah wiederkommt. Du tätest mir also einen Gefallen, Bruder, sofern der Herr Doktor Slop nichts dagegen hat, wenn du deinem Trim sagtest, daß er uns ein paar Seiten daraus vorlese, falls er es so gut kann, wie er es zu wollen scheint." – „Mit Euer Gnaden Erlaubnis, ich habe bei zwei Feldzügen in Flandern Küsterdienste beim Feldprediger getan." – „Er kann sie ebensogut lesen", sagte mein Onkel Toby, „wie ich selbst. Trim war der größte Gelehrte in meiner Kompanie, und er hätte auch das erste vakante Kurzgewehr bekommen, hätte den armen Kerl nicht das Unglück betroffen." Korporal Trim legte seine Hand auf sein Herz und machte seinem Herrn eine sehr demütige Verbeugung; darauf legte er seinen Hut auf den Boden und nahm die Predigt in seine linke Hand, um die Rechte frei zu behalten. Er trat ohne Bedenken mitten ins Zimmer; hier konnte er am besten sehen und von seinen Zuhörern am besten gesehen werden.

16. Kapitel

„Haben Sie auch wirklich nichts dagegen?" sagte mein Vater zu Doktor Slop. – „Nicht das geringste", erwiderte Doktor Slop, „denn man weiß ja noch nicht, von welchem Standpunkt aus sie geschrieben ist. Es kann sowohl ein Aufsatz eines Predigers aus unserer Kirche sein als auch aus der Ihrigen. So gehen wir also beide das gleiche Risiko ein." – „Sie ist für keine Seite geschrieben", sagte Trim, „sondern sie handelt nur vom Gewissen, wenn Euer Gnaden erlauben."

Trims Entscheidung versetzte die Zuhörer in gute Laune, abgesehen von Doktor Slop, der sein Gesicht Trim zuwendete und ein wenig finster dreinsah.

„Fang Er nur an", sagte mein Vater, „aber les Er deutlich." – „Das soll geschehen, Euer Gnaden", versetzte der Korporal mit einem Bückling und indem er mit einer kleinen Bewegung seiner rechten Hand zur Andacht aufforderte.

17. KAPITEL

Doch ehe der Korporal beginnt, muß ich Ihnen erst seine Stellung beschreiben, sonst würden Sie ihn sich natürlicherweise ganz falsch vorstellen, nämlich in einer unbequemen, verlegenen Haltung, steif, kerzengerade, das Gewicht des Körpers auf beide Beine gleichmäßig verteilend, das Auge starr wie bei einem Wachtposten, mit einem entschlossenen Blick die Predigt wie ein geschultertes Gewehr mit der linken Hand umklammernd. Kurz, Sie möchten sich Trim so vorstellen, als ob er in seiner Kompanie stünde und aufs Kommando wartete. Seine Haltung aber war von alledem himmelweit verschieden.

Er stand vor ihnen mit wiegendem Körper, gerade so weit vornübergeneigt, daß er mit der Horizontalebene einen Winkel von fünfundachtzigeinhalb Grad bildete, der, wie die richtigen Redner, denen ich dies hier sage, wissen, der wahre Einfallswinkel der Überredung ist. Man kann natürlich in jedem anderen Winkel sprechen und predigen, das ist gewiß, und es geschieht täglich, aber mit welcher Wirkung, das mag die Welt entscheiden.

Die Notwendigkeit dieses bis zur mathematischen Genauigkeit berechneten Winkels von fünfundachtzigeinhalb Grad – zeigt sie uns nicht ganz nebenbei, wie die Künste und Wissenschaften sich miteinander befreunden können?

Wie jedoch in aller Welt Korporal Trim, der nicht einmal einen spitzen Winkel von einem stumpfen unterscheiden konnte, es so genau traf oder ob es Zufall oder Natur oder gesunder Menschenverstand oder Nachahmung war usw., davon soll in jenem Teil dieser Enzyklopädie der Künste und Wissenschaften gehandelt werden, wo die Kunstmittel der Beredsamkeit im Senat, auf der Kanzel, vor den Schranken des Gerichts, in den Kaffeehäusern, im Schlafzimmer und am Kaminfeuer untersucht werden.

Er stand – ich wiederhole es, um sein Bild mit einem Blick zu übersehen – mit wiegendem Körper, etwas vornübergeneigt; das gestreckte rechte Bein trug sieben Achtel seines ganzen Gewichtes; der Fuß seines linken Beins, dessen Fehler sich in dieser Stellung nicht nachteilig auswirkte, war ein wenig vorgeschoben, nicht seitlich, aber auch nicht geradeaus, sondern in einer Linie zwischen beiden Richtungen; sein Knie war gebeugt, aber nicht stark, so daß es in den Grenzen der Schönheitslinie – und ich setze hinzu: der wissenschaftlichen Linie – blieb; denn bedenken Sie, es mußte ein Achtel seines Gewichts tragen, wodurch in diesem Fall die Stellung des Beins bestimmt ist, weil nämlich der Fuß nicht weiter vorgeschoben noch das Knie stärker gebeugt sein durfte, als es die Gesetze der Mechanik erlaubten, um ein Achtel seines ganzen Gewichts aufzunehmen und zu tragen.

☞ Diese Stellung empfehle ich den Malern – muß ich hinzusetzen, auch den Rednern? Ich glaube, nein; denn wenn sie es nicht von selbst so machen, müssen sie auf die Nase fallen.

Soviel über Korporal Trims Körper und Beine. Er hielt die Predigt locker, aber nicht sorglos in der linken Hand, etwas oberhalb des Magens und ein wenig von der Brust ab; den rechten Arm ließ er ganz lässig an der Seite herabhängen, wie es der Natur und den Gesetzen der Gravitation entsprach, die flache Hand aber offen nach der Seite der Zuhörer gekehrt, bereit, der Rede Nachdruck zu verleihen, falls es nötig sein sollte.

Korporal Trims Augen und Gesichtsmuskeln standen in völliger Harmonie mit den übrigen Körperteilen; er blickte frei, ungezwungen, etwas selbstbewußt, aber keineswegs herausfordernd.

Der Kritiker soll mich nur nicht fragen, wie Korporal Trim zu all diesem kam. Ich habe ihm doch gesagt, es soll später erklärt werden; aber so stand er jedenfalls vor meinem Vater, meinem Onkel Toby und dem Doktor Slop, mit so wiegendem Körper, mit so gestellten Gliedmaßen und mit solchem rednerischen Schwung in der ganzen Figur – ein Bildhauer hätte danach modellieren mögen. Ja, ich bezweifle, ob der älteste Universitätsdozent oder der Professor für Hebräisch selbst hätte viel daran verbessern können.

Trim machte eine Verbeugung und las wie folgt:

„DIE PREDIGT

Hebräer XIII, 18

Denn wir beruhigen uns, ein gutes Gewissen zu haben.

Beruhigen! Beruhigen uns, ein gutes Gewissen zu haben!“

[„Hör Er, Trim“, sagte mein Vater, der ihm ins Wort fiel, „Er legt gewiß einen falschen Ton auf die Worte. Er macht ja eine so krause Nase und bringt das, was Er liest, so schnippisch heraus, als ob der Prediger dem Apostel die Leviten lesen wollte.“

„Das will er auch, mit Euer Gnaden Erlaubnis“, versetzte Trim. „Pah!“ sagte mein Vater lächelnd.

„Herr“, sagte Doktor Slop, „Trim hat gewiß recht; denn der Verfasser (dem ich's anmerke, daß er ein Protestant ist) ist gewiß auf dem besten Wege, dem Apostel mit seinem hämischen Nachsprechen eins auszuwischen, wenn er's nicht schon getan hat.“ – „Woher aber“, versetzte mein Vater, „schließen Sie so schnell, Herr Doktor, daß der Verfasser unserer Kirche angehört? Soviel ich bisher verstanden habe, kann er zu jeder Kirche gehören.“ – „Gehörte er unserer Kirche an“, antwortete Doktor Slop, „dürfte er sich diese Freiheit ebensowenig wie einen Bären beim Bart nehmen. Wenn in unserer Religion, Herr, jemand einen Apostel beleidigte, einen Heiligen oder auch nur die Nägelschnitzel eines Heiligen – die Augen würden ihm ausgekratzt.“ – „Wie, von dem Heiligen selbst?“ sagte mein Onkel Toby. – „Nein“, versetzte Doktor Slop, „aber er würde bald in einem alten Haus sitzen.“ – „Sagen Sie mir doch“, versetzte mein Onkel Toby, „ist die Inquisition ein altes Gebäude oder ein modernes?“ – „Ich verstehe mich nicht auf die Architektur“, erwiderte Doktor Slop. – „Euer Gnaden“, sagte Trim, „die Inquisition ist das häßlichste ...“ – „Oh, spar Er sich Seine Beschreibung, Trim; das Blut kocht mir, wenn ich sie nur nennen höre", sagte mein Vater. – „Immerhin", antwortete Doktor Slop, „sie hat ihren Nutzen; denn obgleich ich ihr nicht das Wort reden will, so würde sie doch in solchen Fällen wie hier ihm bald bessere Manieren beibringen; und ich versichere ihn, wenn er so fortfahren sollte, würde ihn die Inquisition für sein Benehmen bald beim Schlafittchen fassen." – „So sei ihm Gott gnädig", sagte mein Onkel Toby. – „Amen", setzte Trim hinzu, „denn Gott im Himmel weiß, ich hab einen armen Bruder, der sitzt nun schon vierzehn Jahre im Kerker der Inquisition." – „Davon habe ich ja noch kein Wort gehört", sagte mein Onkel Toby ganz hastig. „Wie kam er dazu, Trim?" – „Oh, gnädiger Herr, das Herz im Leibe würd Ihnen bluten bei der Geschichte, wie mir's schon tausendmal ergangen ist. Aber sie ist zu lang; ich kann sie hier nicht erzählen. Euer Gnaden sollen sie von Anfang bis Ende hören, wenn ich mal so einen Tag in unseren Befestigungsanlagen arbeite und Euer Gnaden dabeisitzen. Aber der Kern der Geschichte ist, daß mein Bruder Thomas als ein Bedienter nach Lissabon ging und eine jüdische Witwe freite, die eine kleine Bude hatte und Würste verkaufte, und das war, ich weiß nicht wie, schuld daran, daß er mitten in der Nacht aus dem Bett geholt wurde, worin er mit seiner Frau und zwei kleinen Kindern lag, und sie schleppten ihn sogleich zur Inquisition, wo, Gott steh ihm bei", fuhr Trim fort und holte einen Seufzer aus der Tiefe seines Herzens, „der arme ehrliche Kerl bis zur Stunde leiden muß. Es war eine so redliche Seele", setzte Trim hinzu (und zog sein Taschentuch hervor), „wie nur eine auf Gottes Erdboden."

Die Tränen rannen ihm schneller die Wangen herab, als er sie abwischen konnte. Es herrschte einige Minuten lang Totenstille im Zimmer. Ein sicheres Zeichen des Mitleidens!

„Komm Er, Trim", sagte mein Vater, als er sah, daß der Kummer des armen Menschen sich ein wenig Luft gemacht hatte, „les Er weiter, und schlag Er sich die traurigen Gedanken aus dem Kopf. Es tut mir leid, daß ich ihn unterbrochen habe; aber komm Er, fang Er noch einmal von vorne an; denn wenn der Anfang, wie Er sagt, als Beschimp-

fung gemeint ist, so verlangt es mich zu hören, wodurch ihn der Apostel dazu herausgefordert hat."

Korporal Trim wischte sich das Gesicht ab, steckte das Tuch wieder in die Tasche, machte dabei einen Bückling und fing wieder an.]

„DIE PREDIGT
Hebräer XIII, 18

Denn wir beruhigen uns, ein gutes Gewissen zu haben.

Beruhigen! Beruhigen uns, ein gutes Gewissen zu haben! Gewiß, wenn noch irgend etwas in der Welt ist, worauf sich der Mensch verlassen und zu dessen Kenntnis er mit der zuverlässigsten Gewißheit gelangen kann, so ist es die Frage, ob er ein gutes Gewissen habe oder nicht."

[„Ich bin ganz gewiß, daß ich recht habe", sagte Doktor Slop.]

„Dem Menschen, der nicht völlig gedankenlos ist, kann wohl der wahre Zustand dieser Rechnung fremd sein; er muß mit seinen eigenen Gedanken und Begierden vertraut sein; er muß sich erinnern, wohin bisher sein Bestreben ging, und die Triebkräfte und Gründe genau kennen, welche im allgemeinen die Handlungen seines Lebens bestimmt haben."

[„Das geht nicht ohne Beistand", sagte Doktor Slop.]

„Bei anderen Dingen kann uns ein falscher Schein betrügen. Denn wie der weise Salomon klagt: *Selten ist es, daß wir uns eine richtige Vorstellung von den Dingen dieser Erde machen; und nur mit Mühe finden wir die Dinge, die vor uns liegen.* Hier aber hat die Seele alle Gewißheit und Tatsachen in sich selbst; sie weiß, was für ein Gewebe sie gewoben hat, kennt genau seine Textur und seine Feinheit sowie den Anteil, den jede Leidenschaft an der Ausführung der verschiedenen Muster genommen hat, welche ihr die Tugend oder das Laster vorgezeichnet haben."

[„Die Sprache ist gut, und ich versichere, Trim liest gar nicht schlecht", sagte mein Vater.]

„Nun aber, da das Gewissen nichts anderes ist als die

Kenntnis, welche davon die Seele in sich selbst besitzt, und das zustimmende oder ablehnende Urteil, welches sie über die aufeinanderfolgenden Handlungen unseres Lebens notwendig fällen muß, so geht schon aus dieser Voraussetzung ganz deutlich hervor, daß ein Mensch, den dieser innere Zeuge beschuldigt, so daß er sich bei sich selbst anklagt, notwendigerweise ein Missetäter sein müsse und daß andererseits, wenn seine Aussage für ihn günstig ist und sein Herz ihn nicht verdammt, dies nicht bloß eine Sache des Glaubens ist, wie der Apostel zu verstehen gibt, sondern ein zuverlässiger Beweis, daß das Gewissen gut sei und der Mensch auch gut sein müsse."

[„Da hat aber wohl der Apostel völlig unrecht, nicht wahr?" sagte Doktor Slop, „und der protestantische Prediger hat recht." – „Haben Sie nur Geduld, Herr Doktor", erwiderte mein Vater, „denn ich glaube, es wird sich bald zeigen, daß der Apostel Paulus und der protestantische Prediger beide der gleichen Meinung sind." – „Sie kommen einander so nahe", sagte Doktor Slop, „wie Ost und West. Aber das kommt", fuhr er fort, wobei er beide Hände erhob, „das kommt nur von der leidigen Pressefreiheit."

„Schlimmstenfalls", versetzte mein Onkel Toby, „handelt es sich hier nur um Kanzelfreiheit; denn es scheint nicht, daß die Predigt gedruckt ist oder jemals gedruckt werden wird."

„Fahr Er fort, Trim", sagte mein Vater.]

„Auf den ersten Blick möchte es scheinen, als wäre dies die wahre Beschaffenheit der Sache; und ich bezweifle es nicht, daß die Unterscheidung des Rechts und Unrechts dem menschlichen Herzen so tief eingeprägt ist, daß, wofern es sich niemals zutrüge, daß das Gewissen des Menschen durch lange Gewohnheit zu sündigen nach und nach (wie die Schrift versichert) verhärtet würde und, gleich einigen zarten Teilen seines Körpers, durch starke Belastung und beständigen Gebrauch nach und nach das feine unterscheidende Gefühl verlöre, mit dem Gott und die Natur es begabten; trüge sich das niemals zu oder wäre es sicher, daß die Eigenliebe den Verstand auf keinerlei Weise verblenden könnte, oder könnten die kleinen Angelegenheiten unseres niederen Seelenvermögens nicht die oberen Kräfte unserer Seelen in Aufruhr und Empörung versetzen und diese mit Wolken und dichter Finsternis überziehen; wäre in diesem heiligen Gerichtshof einer jeden Gunst und Neigung der Zutritt versagt; ließe sich der Verstand nicht durch Bestechung beeinflussen oder schämte er sich, verbotenen Begierden das Wort zu reden; oder, endlich, wären wir gewiß, daß der Eigennutz beim ganzen Verhör sich gar nicht einmischte und daß die Leidenschaft sich nie des Richterstuhls bemächtigte und statt der Vernunft, die stets den Vorsitz führen und entscheiden sollte, das Urteil spräche; verhielte es sich wirklich also, wie bei der Einrede angenommen werden muß, dann wäre freilich der religiöse und moralische Zustand eines Menschen genauso, wie ihn dieser selbst einschätzte, und die Schuld oder Unschuld des Wandels eines jeden Menschen ließe sich alsdann durch kein besseres Maß erforschen als durch den Grad seines eigenen Beifalls oder Tadels.

In einem Falle, ich gestehe es, wenn einen Menschen sein Gewissen anklagt (weil es hierin selten irrt), daß er schuldig sei, und wofern er nicht an Melancholie oder Hypochondrie erkrankt ist, können wir sicher schließen, daß allemal hinlänglicher Grund zur Anklage vorhanden sei.

Umgekehrt aber stimmt der Satz nicht: daß nämlich das Gewissen anklagen müsse, sobald der Mensch schuldig ist, und daß, wenn es schweigt, der Mensch deswegen unschuldig sei. Das ist nicht der Fall, und also ist die Tröstung, die sich der eine oder andere gute Christ stündlich verschafft, wenn er Gott dankt, daß ihn sein Gewissen nicht beiße und daß er folglich ein gutes Gewissen habe, weil er ein ruhiges hat, sehr trügerisch; und so verbreitet diese Folgerung ist, und so unfehlbar die Regel auf den ersten Blick erscheinen mag, so muß man sie nur genauer betrachten und die Richtigkeit dieser Regel nach den vorliegenden Erfahrungen prüfen, und man wird finden, daß sie wegen falscher Anwendung so vielen Irrtümern unterworfen ist, daß der Grundsatz, auf dem sie beruht, so oft verkehrt wurde, daß sie ihre ganze Kraft verloren hat und zuweilen so schändlich verschleudert wird, so daß es ein mühseliges Unternehmen wäre, allgemeine Beispiele aus dem menschlichen Leben ausfindig zu machen, welche den Satz bestätigten.

Man nehme einen Mann, der schlechte und völlig verkehrte Grundsätze hat; er lebt ohne Scham in einer offenbaren Sünde, die weder Vernunft noch Vorwände rechtfertigen können, in einer Sünde, durch welche er, entgegen allen Forderungen der Menschlichkeit, die getäuschte Teilhaberin seiner Schuld auf ewig unglücklich macht, sie ihrer besten Morgengabe beraubt und nicht nur auf ihr eigenes Haupt Schande häuft, sondern ihretwegen eine ganze tugendhafte Familie in Scham und Betrübnis verwickelt. Gewiß werdet Ihr denken, einem solchen Mann müsse das Gewissen ein trostloses Leben bereiten; er könne weder Tag noch Nacht Ruhe vor seinen Vorwürfen haben.

Ach! Das Gewissen hat die ganze Zeit hindurch etwas anderes zu tun, als ihn zu stören; wie Elias den Götzen Baal tadelte, so ist auch dieser Hausgott *entweder in einem Gespräch begriffen, oder er hat zu schaffen, oder er ist auf Reisen, oder er schläft vielleicht und kann nicht geweckt werden.*

Vielleicht ist er in Gesellschaft der Ehre ausgegangen, um einen Zweikampf auszutragen oder eine Spielschuld zu bezahlen oder eine schmutzige Leibrente, den Preis für seine Wollust. Vielleicht ist aber auch das Gewissen die ganze Zeit über daheim damit beschäftigt, laut über kleine Diebereien herzuziehen und Rache zu nehmen wegen solcher kleinen Verbrechen, zu deren Begehung er auf Grund seines Standes und Vermögens keinerlei Versuchungen spürt, so daß er ebenso fröhlich lebt" [„Gehörte er unserer Kirche an, müßte er das wohl bleibenlassen", sagte Doktor Slop], „ebenso sanft schläft und schließlich dem Tod ebenso unbekümmert entgegensieht wie ein weit besserer Mann."

[„Bei uns ist das unmöglich", sagte Doktor Slop zu meinem Vater; „so was könnte in unserer Kirche nicht vorkommen." – „Es kommt aber", versetzte mein Vater, „in der unsrigen nur zu oft vor." – „Ich bekenne", sagte Doktor Slop (der durch meines Vaters offenherziges Bekenntnis ein wenig verwirrt wurde), „daß ein Mench in der römisch-katholischen Kirche ebenso schlecht leben kann; aber so leicht sterben kann er dann nicht." – „Es ist herzlich wenig daran gelegen", erwiderte mein Vater mit gleichgültiger Miene, „wie ein Schurke stirbt." – „Ich will sagen", antwortete Slop, „daß man ihm die Wohltat der letzten Sakramente verweigern würde." – „Ich bitte, sagen Sie mir doch", fiel mein Onkel Toby ein, „wie viele haben Sie denn alles in allem? Ich kann's nie behalten." – „Sieben", antwortete Doktor Slop. – „Hm!" sagte mein Onkel Toby, aber nicht im Ton der Beruhigung, sondern als Ausruf einer besonderen Art von Verwunderung, wie bei einem Menschen, der in eine Schublade sieht und mehr von einer Sache darin findet, als er erwartete. „Hm!" versetzte mein Onkel Toby. Doktor Slops Ohr war musikalisch genug, um meinen Onkel Toby ebensogut zu verstehen, als ob dieser einen ganzen Band gegen die sieben Sakramente geschrieben hätte. „Hm!" versetzte Doktor Slop (und gab damit meinem Onkel Toby sein ganzes Argument zurück). „Nun, mein Herr, haben wir nicht sieben Haupttugenden? Sieben Todsünden? Sieben goldene Leuchter? Sieben Himmel?" – „Das ist mehr, als ich weiß", erwiderte mein Onkel Toby. – „Gibt's nicht sieben Weltwunder? Sieben Schöpfungstage? Sieben Planeten? Sieben Plagen?" – „Darin haben Sie wohl recht", sagte mein Vater mit gespielter großer Ernsthaftigkeit. „Aber, Trim, fahr Er doch fort, uns die übrigen Charaktere vorzulesen."]

„Ein anderer ist geizig und unbarmherzig" (hier schwang Trim seine rechte Hand), „ein hartherziger, eigennütziger Sünder, weder der Freundschaft noch der Vaterlandsliebe fähig. Seht, wie er an der notleidenden Witwe und der verlassenen Waise vorübergeht und allen Jammer, der die Menschheit befallen kann, ohne einen Seufzer oder ein Gebet mit ansieht."

[„Oh, Euer Gnaden, der Mann ist ja noch ärger als der andere", rief Trim.]

„Wird das Gewissen nicht aufstehen und ihm bei solchen

Gelegenheiten einen Biß versetzen? Nein, er dankt Gott, daß dazu kein Anlaß besteht: *Ich gebe jedermann das Seine; ich bin kein Hurer und Ehebrecher; ich habe keine gebrochenen Gelübde und Versprechungen zu verantworten; ich habe keines Mannes Weib oder Kind zu Unrecht verführt; ich danke dir, Gott, daß ich nicht bin wie andere Leute, wie die Hurer und Ungerechten oder auch wie dieser Wollüstling, der da vor mir steht.*

Ein Dritter ist von Natur schlau und verschlagen. Betrachtet sein ganzes Leben: es ist nichts als ein abgefeimtes Gewebe dunkler Kunstgriffe und unerlaubter Schliche, die den wahren Zweck aller Gesetze, die Redlichkeit des Wandels und den ungestörten Genuß unseres Eigentums aufs schändlichste zu vereiteln trachten. Einen solchen Menschen seht ihr, wie er seine niedrigen Anschläge auf die Unwissenheit und Verlegenheit des Armen und Bedürftigen ausbrütet; er bereichert sich durch die Unerfahrenheit der Jugend oder durch die arglose Gemütsart seines Freundes, der ihm selbst sein Leben anvertraut hätte.

Wenn das Alter heranrückt und eine Anwandlung von Reue ihn aufruft, auf dieses schwarze Register zurückzusehen und es noch einmal mit seinem Gewissen zu untersuchen, dann sieht das Gewissen in die dicken Bücher der öffentlichen Gesetze, findet, er hat durch das, was er getan, eigentlich kein Gesetz übertreten, erkennt keine darauf gesetzte Strafe oder die Verwirkung von Hab und Gut, sieht keine Geißel über seinem Haupte schweben und kein Gefängnis die Pforte für ihn öffnen. Wovor sollte also sein Gewissen erschrecken? Das Gewissen hat sich hinter dem Buchstaben der Gesetze in Sicherheit gebracht; da sitzt es unverwundbar hinter den starken Wällen von Rechtsfällen und Erklärungen, die es ringsum befestigen, so daß kein Predigen es aus seinem Versteck zu vertreiben vermag."

[Hier warfen Korporal Trim und mein Onkel Toby einander Blicke zu. „Ei, ei, Trim", sagte mein Onkel Toby, wobei er den Kopf schüttelte, „das sind nur erbärmliche Befestigungen, Trim." – „Oh, nur armselige Werke", antwortete Trim, „Euer Gnaden und ich machen ganz andere."

– „Der Charakter dieses letzten Mannes“, sagte Doktor Slop, der Trim ins Wort fiel, „ist abscheulicher als alle übrigen und scheint von einem elenden Zungendrescher unter Ihren Advokaten hergenommen zu sein. Bei uns kann das Gewissen eines Menschen unmöglich so lange verblendet sein. Jährlich muß er wenigstens dreimal beichten.“ – „Wird es dadurch sehend?“ sagte mein Onkel Toby. – „Fahr Er doch fort, Trim“, sagte mein Vater, „sonst kommt Obadiah wieder, ehe Er mit seiner Predigt fertig ist.“ – „Sie ist ganz kurz“, versetzte Trim. – „Ich wollte, sie wäre länger“, sagte mein Onkel Toby, „denn sie gefällt mir ungemein.“ Trim fuhr fort.]

„Einem vierten Mann soll sogar diese Zuflucht fehlen; er soll diese ganze Zeremonie langsam wirkender Schikanen durchbrechen; er verachtet die zweifelhaften Wirkungen geheimer Intrigen und vorsichtiger Winkelzüge, um zu einem Ziel zu gelangen. Seht den unverschämten Bösewicht, wie er betrügt, lügt, falsche Eide schwört, raubt, mordet. Scheußlich! Aber hier konnte man nicht viel Besseres erwarten, denn der Unglückselige tappte im Finstern. Sein Priester hatte sich seines Gewissens bemächtigt; und alles, was er ihn darüber wissen lassen wollte, war: er müsse an den Papst glauben, die Messe hören, sich bekreuzigen, seinen Rosenkranz abbeten, ein guter Katholik sein und dies werde, auf Treu und Glauben, genügen, ihn zum Himmel zu führen. Wie, wenn er einen Meineid schwört? Ei, nun, er hat dabei eine Mentalreservation. Wenn er aber ein so gottloser, verruchter Bösewicht ist, als den wir ihn vorgestellt haben, wenn er raubt, wenn er den Dolch in den Rücken seines Nächsten stößt – wird dann nicht das Gewissen bei einer jeden solchen Tat selbst eine Wunde bekommen? Das wohl, aber der Mann hat es zum Beichtstuhl getragen; da wird die Wunde verbunden, gelindert und in kurzer Zeit durch die Absolution völlig geheilt. O Papsttum! Was hast du nicht alles zu verantworten, wenn du, nicht zufrieden mit den allzu mannigfaltigen natürlichen und unglücklichen Mitteln, durch welche das Herz des Menschen täglich vorzüglich an sich selbst zum Verräter wird, ganz absichtlich diese weite Pforte des Selbstbetrugs vor dem sorglosen Pilger geöffnet hast, der leider, Gott weiß es, nur zu geneigt ist, von sich aus in die Irre zu gehen; und zuversichtlich zu sich selbst von Frieden zu sprechen, obwohl kein Frieden ist.

Dafür sind die täglichen Beispiele, die ich aus dem Leben gegriffen habe, zu allgemein bekannt, um vieler Beweise zu bedürfen. Sollte jemand an ihrer Wirklichkeit zweifeln oder es für unmöglich halten, daß ein Mensch sich so sehr selbst täuschen könne, dann muß ich ihn einen Augenblick seinen eigenen Überlegungen überlassen, und darauf will ich getrost den Ausspruch seines eigenen Herzens erwarten.

Er ziehe also in Betracht, in welch verschiedenem Grad des Abscheus viele sündhafte Handlungen stehen, obwohl sie alle ihrer inneren Natur nach gleich böse und verderblich sind, dann wird er bald finden, daß diejenigen, die zu begehen ihn ein starker Hang oder die Gewohnheit antrieben, gewöhnlich mit all den falschen Farben bemalt und mit all den geborgten Schönheiten aufgeputzt werden, die ihnen eine sanfte und liebkosende Hand verleihen kann, und daß die anderen, zu welchen er sich nicht getrieben fühlt, ihm gleichzeitig nackt und ungestalt vorkommen, umgeben von allen Kennzeichen der Torheit und der Schande.

Als David den in der Höhle schlafenden Saul überraschte und ihm einen Zipfel vom Gewand abschnitt, da lesen wir, daß sein Herz über diese Tat heftig schlug. Aber in der Geschichte mit dem Urias, da er einen treuen und tapferen Knecht, den er hätte lieben und ehren sollen, aus dem Wege schaffen ließ, um seine Lüste zu befriedigen, wobei das Gewissen viel mehr Ursache hatte, in Unruhe zu geraten, da schlug sein Herz nicht. Fast ein ganzes Jahr verging von der Begehung des Verbrechens, bis Nathan gesandt ward, ihm zu sagen, er sei ein Mann des Todes; und wir lesen nirgends, daß er in all dieser Zeit über das, was er getan, in sich gegangen sei oder die geringste Bekümmernis des Herzens gezeigt habe.

So erlangt das Gewissen, dieser ehemals tüchtige Zuchtmeister, der in unserem Herzen auf den Richterstuhl gesetzt und von unserem Schöpfer dazu bestimmt wurde, Recht und Billigkeit zu wahren, durch eine Kette unglücklicher Ursachen und Hindernisse von dem, was vorgeht, oft so unzuverlässige Kenntnis, verrichtet sein Amt so nachlässig und zuweilen so parteiisch, daß man ihm allein nicht mehr trauen kann; und deshalb meinen wir, daß es nötig, unumgänglich nötig ist, ihm ein anderes Prinzip zur Seite zu geben, das seine Entscheidungen, wenn auch nicht lenken, so doch wenigstens unterstützen kann.

Wollen wir also ein gerechtes Urteil fällen, und zwar in einer Sache, bei der es von unendlicher Wichtigkeit ist, uns nicht zu irren, nämlich darüber, auf welcher Stufe des wahren Verdienstes wir entweder als rechtschaffene Menschen, nützliche Bürger, getreue Untertanen des Königs oder redliche Knechte unseres Gottes stehen, so lasset uns die Religion und Moral zu Hilfe rufen. Sieh, was steht geschrieben im Gesetz Gottes? Was liest du? Ziehe die gelassene Vernunft zu Rate und die unwandelbaren Verpflichtungen zu Recht und Wahrheit. Was sagen die?

Auf Grund dieser Berichte lasse dein Gewissen die Sache entscheiden; alsdann, wofern dein Herz dich nicht verdammt, welches der Fall ist, den der Apostel voraussetzt, wird die Regel untrüglich sein" [Hier fing Doktor Slop an zu schlafen]; „du wirst auf deinen Gott vertrauen, das heißt, du wirst hinlängliche Gründe haben zu glauben, das Urteil, das du über dich selbst gefällt hast, sei das Urteil Gottes und nichts anders als eine Vorwegnahme des gerechten Spruches, den nachher das höchste Wesen über dich aussprechen wird, dem du letzten Endes Rechenschaft von deinem Tun und Lassen geben mußt.

Wohl dem Manne alsdann, dem, wie der Verfasser des Buches Ekklesiastikus sich ausdrückt, *die Menge der Sünden das Herz nicht nagt. Wohl dem Manne, dessen Herz ihn nicht verurteilt; er sei arm oder reich, hat er nur ein gutes Herz* (ein Herz dergestalt belehrt und geleitet), *so wird nie der Kummer auf seinem Antlitz wohnen; sein Geist wird ihm mehr erzählen als sieben Wächter, die auf hohen Türmen die Stadt bewachen."* [„Ein Turm ist nicht fest", sagte mein

Onkel Toby, „wenn er nicht flankiert ist."] „In den dunkelsten Zweifel wird es ihn sicherer leiten als tausend Kasuisten und dem Staat, in dem er lebt, eine bessere Gewähr für sein Verhalten leisten als alle Zwangsgesetze zusammengenommen, welche die Gesetzgeber zu vermehren genötigt sind. *Genötigt* sage ich, wie die Sache nun einmal steht; denn menschliche Gesetze sind nicht aus ursprünglich freier Wahl entstanden, sondern aus bloßer Notwendigkeit, um gegen die verderblichen Wirkungen solcher Gewissen eine Schutzwehr zu bilden, die sich selbst keine Gesetze sind, wobei beständig die löbliche Absicht zugrunde lag, in allen solchen Fällen des Verderbens oder Irrtums, in denen Grundsätze und die hemmende Wirkung des Gewissens uns nicht in Schranken halten können, diese durch die Angst vor Kerker und Strang zu verstärken und uns mit Gewalt in unsere Grenzen zu verweisen."

[„Ich sehe deutlich", sagte mein Vater, „die Predigt ist dazu bestimmt, vor einer Juristenfakultät oder vor einem Gericht gehalten zu werden; es gefällt mir, was er da sagt, und es tut mir leid, daß Doktor Slop eingeschlafen ist, ehe er noch überzeugt worden ist; denn nunmehr ist's klar, daß der Prediger ganz und gar nicht, wie ich anfangs dachte, dem heiligen Paulus die Leviten lesen wollte. Nein, Bruder, es besteht nicht die geringste Meinungsverschiedenheit zwischen ihnen." – „Was wäre denn dabei, wenn sie nicht völlig einig gewesen wären?" entgegnete mein Onkel Toby. „Die besten Freunde in der Welt sind nicht immer eines Sinnes miteinander." – „Wahr, Bruder Toby", sagte mein Vater, faßte dessen Hand und schüttelte sie. „Wir wollen uns eine frische Pfeife stopfen, Bruder, dann kann Trim weiterlesen."

„Nun, Trim, was meint Er dazu?" sagte mein Vater zu Korporal Trim, als dieser ihm die Tabaksdose reichte.

„Ich denke", antwortete der Korporal, „daß die sieben Wächter auf dem Turm, die doch wohl lauter Schildwachen waren, zuviel sind, Euer Gnaden, und mehr als nötig. Wenn man's so macht, wird ein Regiment bald aufgerieben sein, und das darf kein kommandierender Offizier, der seine

Leute liebt, zulassen, wenn er's vermeiden kann; denn", fuhr der Korporal fort, „zwei Schildwachen sind so gut wie ihrer zwanzig. Ich habe selbst wohl über hundertmal das Kommando beim Gardekorps geführt", sagte Trim weiter und wurde dabei wohl um einen Zoll größer, „und solange ich meinem allergnädigsten König Wilhelm mit Ehren gedient und die wichtigsten Posten verteilt habe, habe ich doch in meinem Leben nie mehr als zwei Mann hingestellt." – „Recht, Trim", sagte mein Onkel Toby. „Aber Er bedenkt nicht, daß die Türme zu Salomons Zeiten etwas ganz anderes waren als unsere Bastionen, die von anderen Werken flankiert und verteidigt werden. Das ist eine Erfindung, mein guter Trim, die erst nach Salomons Tod aufgekommen ist. Sie hatten zu seiner Zeit nicht einmal Hornwerke oder Ravelins vor den Kurtinen oder solch einen Graben mit einer Küvette in der Mitte, wie wir sie machen, und mit gedeckten Wegen und Contreescarpen, die ganz verpalisadiert sind, um einen *Coup de main* abzuhalten. Und deswegen glaube ich wohl, daß die sieben Mann auf dem Turm eine Abteilung des Gardekorps waren, die ihn nicht nur zu bewachen, sondern ihn auch zu verteidigen hatten." – „Ja, Euer Gnaden, so ist's doch bloß ein Korporalsposten!" – Mein Vater lächelte innerlich, aber nicht äußerlich, denn die Materie, über die mein Onkel Toby und Korporal Trim sprachen, war in Anbetracht dessen, was vorgefallen war, viel zu ernsthaft, um darüber zu spaßen. Also steckte er seine Pfeife, die er eben angezündet hatte, in den Mund und tat weiter nichts, als daß er Trim sagte, er möge weiterlesen. Er las wie folgt:]

„Die Furcht vor Gott nicht aus den Augen verlieren und im menschlichen Umgang bei allen unseren Handlungen uns nach der ewigen Regel des Rechts und Unrechts richten – das erste hiervon begreift die Pflichten der Religion in sich und das zweite die Pflichten der Moral, die beide so eng miteinander verbunden sind, daß man die zwei *Tafeln* nicht einmal in Gedanken trennen kann (obgleich in der Praxis der Versuch oft genug gemacht worden ist), ohne beide zugleich zu zerbrechen und zu zerstören.

Ich sage, der Versuch sei oft genug gemacht worden; und so ist es. Man sieht nichts häufiger als einen Menschen, der ganz und gar kein Gefühl für Religion hat und tatsächlich offenherzig genug ist, keinen Anspruch darauf zu erheben, der es aber für eine schwere Beleidigung halten würde, wenn man nur den geringsten Zweifel an seiner Rechtschaffenheit äußerte oder dächte, er sei auch selbst in Kleinigkeiten nicht ein äußerst gerechter und gewissenhafter Mann.

Ist einiger Anschein vorhanden, daß er's wirklich sei, so mag man freilich sehr ungern auch nur den Schein einer so liebenswürdigen Tugend, wie es die moralische Rechtschaffenheit ist, in Verdacht ziehen; doch wenn wir im vorliegenden Fall recht auf den Grund sehen, bin ich überzeugt, daß wir wenig Ursache haben werden, einen solchen Menschen um die Ehre seiner Beweggründe zu beneiden.

Laß ihn in noch so prächtigen Ausdrücken davon sprechen, man wird dennoch finden, daß seine Rechtschaffenheit auf keinem stärkeren Fundament beruht als entweder auf seinem eigenen Vorteil, seinem Stolz, seiner Bequemlichkeit oder einigen ähnlichen kleinen und veränderlichen Leidenschaften, die uns kein großes Vertrauen zu ihm fassen lassen, wenn es bei ihm auf Handlungen von großer Wichtigkeit ankäme.

Ich will dies durch ein Beispiel verdeutlichen.

Ich weiß, daß der Bankier, dem ich mein Kapital anvertraue, und der Arzt, den ich rufen lasse" [„Sie brauchen keinen mehr rufen zu lassen", rief Doktor Slop (der eben aufwachte), „hier werde ich schon allein fertig."], „beide Männer von nicht viel Religion sind: Ich höre sie täglich darüber witzeln und von den Verpflichtungen derselben mit so großer Verachtung reden, daß gar kein Zweifel übrigbleibt. Nun, trotzdem vertraue ich mein Vermögen den Händen des einen, und, was mir noch teurer ist, ich vertraue mein Leben der Rechtschaffenheit und Geschicklichkeit des andern an.

Nun will ich untersuchen, welchen Grund zu diesem großen Vertrauen ich habe. Ei nun, erstlich, glaube ich, ist es nicht sehr wahrscheinlich, daß einer von beiden sich der

Macht, die ich ihnen über mich einräume, zu meinem Schaden bedienen wird; ich überlege, daß jedermann an einem ehrlichen Namen gelegen ist, ich weiß, daß derjenige, der in der Welt weiterkommen will, dafür sorgen muß, daß er einen guten Leumund hat. Mit einem Wort, ich bin überzeugt, sie dürfen mir nicht schaden, wenn sie sich selbst nicht weit mehr schaden wollen.

Aber laßt uns den Fall anders setzen, laßt nämlich den Vorteil einmal auf der anderen Seite liegen, so, daß der eine, ohne seinem guten Namen zu schaden, sich mein Kapital aneignen und mich nackt in der Welt zurücklassen könnte oder daß der andere mich aus ihr hinausschicken und durch meinen Tod zu einem ansehnlichen Vermögen gelangen könnte, ohne daß man seiner Redlichkeit oder seiner Kunst deswegen etwas vorwerfen könnte – man sage mir doch, woran soll ich mich in diesem Fall bei ihnen halten? Religion, die stärkste von allen Beweggründen, recht zu tun, hat hier keinen Einfluß; der Vorteil, der zweitstärkste Beweggrund, richtet sich gegen mich. Was bleibt mir übrig, um es in die andere Schale zu werfen, um der Versuchung das Gleichgewicht zu halten? Ach, es bleibt mir nichts, nichts, als was noch leichter ist als eine Seifenblase – ich hänge unbedingt von seiner Ehre ab oder von einem ähnlichen wandelbaren Grundsatz. Eine herrliche Sicherheit für zwei der größten Gaben des Himmels: mein Vermögen und mein Leben!

Da wir uns also auf die Rechtschaffenheit ohne Religion nicht verlassen können, so dürfen wir auch auf der anderen Seite von der Religion ohne Rechtschaffenheit ebensowenig erwarten; und dennoch ist es so selten eben nicht, daß man einen Mann findet, um dessen moralischen Charakter es sehr schlecht bestellt ist, der aber gleichwohl von sich selbst, als von einem sehr guten Christen, die höchste Meinung hegt.

Er soll nicht nur geizig, rachsüchtig und unversöhnlich sein, sondern sogar der alltäglichen Rechtschaffenheit ermangeln; da er aber laut gegen den Unglauben in unserer Zeit schreit, diesen oder jenen religiösen Standpunkt fanatisch verteidigt, zweimal täglich zur Kirche geht, regelmäßig die Sakramente empfängt und sich mit einigen Äußerlichkeiten der Religion abgibt, so wird er sein Gewissen zu dem Urteil verleiten, daß er deswegen schon ein guter Christ sei und seine Pflicht gegen Gott treulich erfüllt habe. Ja, man wird nicht selten gewahr werden, daß ein solcher Mann in seinem Selbstbetrug so weit gekommen ist, daß er mit einem geistigen Hochmut auf alle anderen Menschen herabsieht, die weniger mit der Religion prunken, obschon sie vielleicht zehnmal mehr moralische Rechtschaffenheit besitzen als er selbst.

Dies ist gleichfalls ein böses Übel unter der Sonne; und ich bin der Meinung, man werde keinen einzigen mißverstandenen Grundsatz finden, der in seiner Zeit mehr Unheil gestiftet hat. Als einen allgemeinen Beweis hierfür untersuche man nur die Geschichte der römischen Kirche." [„Nun, was soll damit bewiesen werden?" rief Doktor Slop.] „Man sehe doch, welche Szenen von Grausamkeit, Mord, Plündern, Blutvergießen" [„Das mögen sie ihrer eigenen Halsstarrigkeit verdanken", sagte Doktor Slop] „durch eine von der Moral nicht streng geleiteten Religion geheiligt worden sind!

In wie vielen Königreichen dieser Welt –" [Hier geriet Trims rechte Hand in beständige Bewegung, bald vor-, bald rück-, bald seitwärts, bis zum Ende des Abschnitts.]

„In wie vielen Königreichen dieser Welt hat das Schwert des Kreuzfahrers, dieses mißleiteten, heiligen fahrenden Ritters, weder Alter, Verdienst, Geschlecht noch Stand verschont! Und da er unter dem Panier einer Religion focht, die ihn von Gerechtigkeit und Menschlichkeit entband, so bewies er auch keine, sondern trat beide unbarmherzig mit Füßen, hörte nicht auf das Flehen der Unglücklichen und hatte kein Mitleid mit ihrem Elend."

[„Ich bin in manchem Treffen gewesen, Euer Gnaden", sagte Trim mit einem Seufzer, „aber gottlob noch in keinem, wo es so hergegangen ist. Ich hätte gegen die armen Seelen keinen Hahn gespannt, und hätten sie mich dafür zum General machen wollen." – „Nun, was versteht denn Er von der Sache?" sagte Doktor Slop mit ein wenig mehr

Verachtung, als das ehrliche Herz des Korporals verdiente. „Was weiß Er, guter Freund, von der Schlacht, von der Er schwatzt?" – „Ich weiß jedenfalls so viel", erwiderte Trim, „daß ich mein Lebtag keinem Menschen Pardon abgeschlagen habe, der darum flehte. Aber bevor ich auf ein Weib oder unschuldiges Kind", fuhr Trim fort, „meine Muskete anlegte, würde ich mich lieber selbst tausendmal totschießen lassen." – „Da, Trim, hat Er einen Gulden, den vertrink Er heute abend mit Obadiah", sagte mein Onkel Toby, „und Obadiah soll auch einen haben." – „Gott lohn's Euer Gnaden", versetzte Trim. „Mir wäre es lieber, wenn die armen Weiber und Kinder ihn hätten." – „Er ist eine ehrliche Haut", sagte mein Onkel Toby. Mein Vater nickte mit dem Kopf, als wollte er sagen, ja, das ist er!

„Aber fahr Er nur fort, Trim", sagte mein Vater, „damit Er zum Schluß kommt; denn ich seh, Er hat nur noch ein paar Blätter."

Korporal Trim las weiter.]

„Sollte das Zeugnis vergangener Jahrhunderte hierzu nicht ausreichen, so betrachtet hier, wie die Anhänger dieser Religion noch täglich glauben, durch solche Handlungen Gott Ehre und Dienste zu erweisen, die sie selbst verunehren und schänden.

Um euch davon zu überzeugen, kommt nur auf einen Augenblick mit mir in die Gefängnisse der Inquisition." [„Gott steh meinem armen Bruder Tom bei!"] „Seht, da sitzt die Religion mit schrecklichem Blick auf ihrem mit Werkzeugen der Folter gestützten Richterstuhl, Gerechtigkeit und Milde liegen gefesselt zu ihren Füßen. Hört! Hört! Welch ein klägliches Ächzen!" [Hier wurde Trims Gesicht so bleich wie Asche.] „Da steht der Jammervolle, dem es ausgepreßt ward." [Hier fingen seine Tränen an zu fließen.] „Man führte ihn eben vor, um ihn der Angst eines Scheinverhörs und den furchtbarsten Qualen auszusetzen, die ein ausgeklügeltes System der Grausamkeit nur jemals hat erfinden können." [„Gott strafe sie alle dafür!" sagte Trim, wobei sein Gesicht wieder blutrot wurde.] „Da übergibt man das hilflose Opfer seinen Peinigern; sein Leib ist von Kummer und Haft ausgemergelt.“ [„Oh, es ist mein Bruder“, rief der arme Trim, ließ die Predigt fallen und schlug die Hände zusammen, „ich fürchte, es ist der arme Tom.“ Meines Vaters und Onkel Tobys Herz fühlten ein Erbarmen mit dem Leiden des armen Menschen, selbst Slop bezeugte sein Mitleid mit ihm. „Nun, Trim“, sagte mein Vater, „es ist ja keine Geschichte, sondern eine Predigt, was Er da liest. Sei Er so gut und fang Er den Satz noch einmal an.“] „Da übergibt man das hilflose Opfer seinen Peinigern; sein Leib ist von Kummer und Haft ausgemergelt, daß ihr allen Nerven und Muskeln ansehen könnt, wie sie leiden.

Beachtet die letzte Bewegung dieser schrecklichen Foltermaschine!“ [„Lieber will ich mich vor die Mündung einer Kanone stellen“, sagte Trim und stampfte mit dem Fuß auf.] „Seht, in welche Zuckungen sie ihn versetzt hat! Betrachtet die Lage, in die man ihn gezerrt hat, und welche entsetzliche Pein er dadurch leidet!“ [„Ich hoffe, es ist nicht in Portugal.“] „Mehr könnte die Natur nicht aushalten! Gütiger Gott! Seht nur, wie sie seine erschöpfte Seele, auf den zitternden Lippen schwebend, eben noch aufhält!“ [„Um alle Schätze der Welt“, sagte Trim, „könnt ich keine Zeile mehr lesen. Oh, Euer Gnaden, ich fürchte, all dies geschieht in Portugal, wo mein armer Bruder Tom ist.“ – „Ich sage es Ihm noch einmal, Trim“, sagte mein Vater, „es ist keine wahre Begebenheit, es ist eine Beschreibung.“ – „Es ist nur eine Beschreibung, ehrlicher Bursche“, sagte Slop, „es ist kein wahres Wort daran.“ – „Das ist allerdings eine andere Frage“, versetzte mein Vater. „Indessen, da es Trim sich so sehr zu Herzen nimmt, wäre es grausam, ihn zu nötigen, daß er weiterlesen sollte. Geb Er mir die Predigt her, Trim, ich will sie auslesen, und Er kann hinausgehen.“ – „Ich möchte aber gern bleiben und das Ende anhören“, entgegnete Trim, „wenn's Euer Gnaden erlauben wollen; obgleich ich's nicht lesen möcht für das Gehalt eines Obersten.“ – „Armer Trim!“ sagte mein Onkel Toby. Mein Vater las weiter.]

„Betrachtet die Lage, in die man ihn gezerrt hat und welche entsetzliche Pein er dadurch leidet! Mehr könnte die Natur nicht aushalten! Gütiger Gott! Seht nur, wie sie seine erschöpfte Seele, auf den zitternden Lippen schwebend, eben noch aufhält, seine Seele, die ihn gerne verlassen möchte, die man aber wider ihren Willen zu bleiben zwingt! Da wird der Jammervolle wieder zu seinem Kerker geführt!" [„Nun, gottlob", sagte Trim, „so haben sie ihn doch nicht getötet!"] „Seht, wie sie ihn abermals hinausschleppen, um ihn zum Scheiterhaufen zu führen, seht den Hohn und Spott in seinem Todeskampf, den dieser Grundsatz, dieser Grundsatz, daß Religion ohne Barmherzigkeit sein könnte, ihm bereitet hat." [„Nun, Gott sei Dank, ist er tot", sagte Trim, „er hat alle Leiden überstanden; jetzt können sie ihn nicht mehr quälen. O gnädige Herren!" – „Still, Trim", sagte mein Vater und las weiter, damit Trim den Doktor Slop nicht aufbringen möchte, „wir kommen sonst niemals ans Ende."]

„Der sicherste Weg, den Wert einer umstrittenen Meinung zu prüfen, ist der, den Folgen nachzuspüren, die diese Meinung hervorgebracht hat, und sie mit dem wahren Geist des Christentums zu vergleichen. Dies ist die kurze und entscheidende Regel, die uns der Erlöser für diesen und ähnliche Fälle hinterlassen hat und die mehr wert ist als tausend Beweise: *An ihren Früchten sollt ihr sie erkennen.*

Ich will dieser langen Predigt nichts weiter hinzusetzen als ein paar kurze, unzusammenhängende Regeln, die daraus gezogen werden können.

Erstlich: Sooft ein Mensch ein lautes Geschwätz gegen die Religion vorbringt, könnt ihr stets vermuten, daß nicht seine Vernunft, sondern seine Leidenschaften Herr über seinen Glauben geworden sind. Ein schlechtes Leben und ein guter Glaube sind unruhige und unverträgliche Nachbarn, und wo sie sich trennen, könnt ihr sicher glauben, geschieht es bloß, um voreinander Friede zu haben.

Zweitens: Wenn ein so beschaffener Mann bei irgendeiner Gelegenheit zu euch sagt, daß dies oder jenes wider sein Gewissen laufe, so könnt ihr euch darauf verlassen, daß er nichts anderes damit meint, als wenn er euch sagte, diese oder jene Speise sei ihm zuwider. Eine vorübergehende Appetitlosigkeit ist gewöhnlich die wahre Ursache von beidem.

Mit einem Wort: Der Mann verdient in keinem Punkte Vertrauen, der nicht in jedem gewissenhaft ist.

Und was euch selbst anbetrifft: behaltet beständig diese Wahrheit in eurem Gemüt – die Abweichung von derselben hat schon Tausende elend gemacht –, daß euer Gewissen kein Gesetz ist. Nein, Gott und die Vernunft machten das Gesetz und setzten das Gewissen in euch ein, um nach demselben zu entscheiden – nicht wie ein asiatischer Kadi je nach der Ebbe und Flut seiner eigenen Leidenschaften, sondern gleich einem britischen Richter in diesem freien und aufgeklärten Land, der kein neues Gesetz macht, sondern treulich nach den Gesetzen Recht spricht, die er vorgeschrieben findet.

FINIS“

„Er hat die Predigt sehr gut gelesen, Trim“, sagte mein Vater. – „Hätte er sich seine Kommentare gespart“, entgegnete Doktor Slop, „so würde er noch besser gelesen haben.“ – „Ich hätte sie noch zehnmal besser gelesen, Herr Doktor“, antwortete Trim, „wenn mir mein Herz nicht so voll gewesen wäre.“ – „Gerade das war der Grund, Trim“, versetzte mein Vater, „daß Er sie so gut gelesen hat, und wenn die Geistlichen unserer Kirche“, fuhr mein Vater fort, zu Doktor Slop gewandt, „ebensoviel Anteil an dem, was sie hersagen oder lesen, nehmen wollten wie dieser arme Mensch, da ihre Predigten doch recht gut ausgearbeitet sind“ („Das leugne ich“, sagte Doktor Slop), „so behaupte ich, daß unsere Kanzelberedsamkeit bei so herzbewegenden Themen ein Muster für die ganze Welt werden müßte. Aber leider“, fuhr mein Vater fort, „zu meinem Leidwesen muß ich's bekennen, Herr Doktor, daß es ihnen hiermit geht wie den französischen Politikern, die das, was sie im Kabinett gewinnen, auf dem Schlachtfeld wieder verlieren.“ – „Es wäre ein Jammer, wenn diese verlorengehen sollte“, sagte mein Onkel. – „Die Predigt gefällt mir recht wohl“, versetzte mein Vater, „sie ist dramatisch, und diese Schreibart hat, wenn sie geschickt gehandhabt wird, etwas an sich, was die Aufmerksamkeit fesselt.“ – „Bei uns wird fleißig in diesem Stil gepredigt“, sagte Doktor Slop. – „Ich weiß das sehr gut“, sagte mein Vater, aber in einem Ton, der dem Doktor Slop ebensosehr mißfiel, wie ihm eine Bejahung ohne Zusatz behagt haben würde. – „Aber darin“, fügte Doktor Slop ein wenig verdrießlich hinzu, „besteht ein großer Vorzug unserer Predigten, daß wir niemals in ihnen einen Charakter anführen, der nicht wenigstens den Rang eines Patriarchen, einer Patriarchenfrau, eines Märtyrers oder eines Heiligen innehat.“ – „In dieser hier sind freilich einige sehr schlimme Charaktere“, sagte mein Vater, „aber deswegen halte ich die Predigt keineswegs für schlechter.“ – „Aber“, sagte mein Onkel Toby, „wer in aller Welt mag sie verfaßt haben? Wie mag sie in meinen Stevinus gekommen sein?“ – „Der müßte ein ebenso großer Hexenmeister sein wie Stevinus“, sagte mein Vater, „der die zweite Frage beantworten wollte. Die erste halte ich nicht für so schwer, denn wenn mich mein Urteil nicht sehr trügt, so kenne ich den Verfasser; es ist gewiß unser Pfarrer, der sie geschrieben hat.“

Die große Ähnlichkeit des Stils und der Manier mit den Predigten, die mein Vater ständig in der Pfarrkirche gehört hatte, war der Grund seiner Mutmaßung, der so sicher bewies, wie ein Argument *a priori* einem philosophischen Kopf so etwas beweisen kann, daß die Predigt von Yorick und keinem anderen sei. Am folgenden Tag wurde es auch *a posteriori* bestätigt, als Yorick einen Diener zu Onkel Toby schickte und sich danach erkundigen ließ.

Es kam ans Licht, daß Yorick, der nach Kenntnissen jeglicher Art begierig war, den Stevinus von meinem Onkel Toby ausgeliehen und seine Predigt, sobald er sie aufgeschrieben, nachlässigerweise in den Stevinus gelegt hatte; und aus der ihm eigenen Zerstreutheit hatte er den Stevinus zurückgeschickt und die Predigt dazu, damit sie diesem Gesellschaft leiste.

Arme, unglückliche Predigt! Du gingst, nachdem du diesmal wiedergefunden worden warst, zum zweitenmal verloren, fielst durch eine unvermutet geöffnete Naht in deines Herrn Tasche in ein ungetreues, zerrissenes Futter, wurdest durch den linken Hinterfuß seines Rosinante tief in den Kot vergraben, indem er, als du zu Boden fielst, unbarmherzig auf dich trat, und lagst zehn Tage in deinem schmutzigen Grab. Ein Bettler hob dich auf, verkaufte dich für einen halben Penny einem Dorfküster, der dich zu seinem Pastor brachte; du warst für den deinigen auf Lebenszeit verloren und wurdest seinen rastlosen Manen nicht eher wiedererstattet als in diesem Augenblick, da ich der Welt die Geschichte erzähle.

Wird es der Leser wohl glauben, daß diese Predigt Yoricks vor der Eröffnung eines Landgerichts in der Kathedrale zu York von einem gewissen Diakon dieser Kirche gehalten wurde, und zwar vor tausend Zeugen, die es alle beschwören können, und daß er dieselbe wirklich drucken ließ, nachdem er sie gehalten hatte, und das alles bereits zwei Jahre und drei Monate nach Yoricks Tod? Besser erging es Yorick freilich auch in seinem Leben fast niemals. Aber es war doch ein wenig hart, ihn später so zu mißhandeln und ihn noch zu plündern, nachdem er bereits in sein Grab gelegt worden war.

Indessen, da der Herr, der es tat, mit Yorick ganz nach den Regeln der christlichen Nächstenliebe verfuhr und aus Gerechtigkeitsgefühl nur einige wenige Exemplare zum Austeilen drucken ließ und da er überdies, wie man mir gesagt hat, eine ebenso gute Predigt hätte selbst machen können, wenn er gewollt hätte, so versichere ich, daß ich diese Anekdote der Welt nicht bekanntgegeben haben würde, wie ich sie denn auch nicht deswegen bekanntgebe, um seinen Ruf zu verkleinern oder seine Beförderung zu verhindern – so etwas überlasse ich anderen –, hätten mich nicht zwei Gründe, denen ich nicht widerstehen kann, dazu gezwungen.

Der erste ist, daß ich durch diese Tat der Gerechtigkeit Yoricks Geist zur Ruhe bringen möchte, der nach dem Glauben der Landleute und anderer *noch immer umgeht.*

Der zweite Grund ist, daß ich durch die Veröffentlichung

dieser Geschichte eine Gelegenheit erhalte, der Welt anzuzeigen, daß, wofern der Charakter des Pfarrers Yorick und diese Probe seiner Predigt gefallen sollten, die Familie Shandy gegenwärtig deren eine hinlängliche Anzahl besitzt, um der Welt einen schönen Band voll vorlegen zu können – und nützen könnten sie der Welt viel!

18. Kapitel

Obadiah gewann die zwei Gulden ohne Widerrede; denn er trat mit dem grünen Filetbeutel, den wir schon erwähnt haben und in dem alle Instrumente klirrten, wie mit einer Jägertasche über der Schulter ins Zimmer, eben als Korporal Trim hinausging.

„Ich glaube“, sagte Doktor Slop (und dabei heiterte sich seine Miene auf), „es wird nun, da wir imstande sind, Madame Shandy Hilfe zu leisten, an der Zeit sein, daß wir hinaufschicken und fragen lassen, wie es ihr geht.“

„Ich habe der alten Hebamme befohlen“, antwortete mein Vater, „daß sie gleich herunterkommen soll, sobald die kleinste Schwierigkeit auftritt; denn Sie müssen wissen, Herr Doktor“, fuhr mein Vater mit einem leicht verlegenen Lächeln auf dem Gesicht fort, „daß Sie infolge eines besonderen Vertrages, der zwischen meiner Frau und mir feierlich ratifiziert worden ist, bei dieser Sache bloß als Helfer auftreten dürfen, und selbst das nicht einmal, wenn die alte magere Hebamme ohne Sie zurechtkommen kann. Die Weiber haben ihre eigenen Grillen, und in einem Fall dieser Art“, fuhr mein Vater fort, „wo sie die ganze Last allein tragen und zum Nutzen der Familien und zum Wohl des Menschengeschlechts soviel aushalten müssen, wollen sie sich das Recht nicht nehmen lassen, *en souveraines* zu entscheiden, in wessen Hände sie fallen und wie sie behandelt werden wollen.“

„Sie haben ganz recht“, sagte mein Onkel Toby. – „Aber, mein Herr“, erwiderte Doktor Slop, der so tat, als hörte er nicht, was mein Onkel sagte, und sich an meinen

Vater wandte, „sie täten besser, wenn sie in anderen Dingen herrschten; und ein guter Familienvater, der auf den Fortbestand seiner Familie bedacht ist, sollte sich dieses Vorrecht abtreten lassen und ihnen dafür lieber irgendwelche andere Rechte einräumen." – „Ich wüßte nicht", sagte mein Vater, und er antwortete ein wenig zu gereizt, um bei dem, was er sagte, als ganz gleichgültig zu erscheinen. „Ich wüßte nicht", sagte er, „was wir wohl für das Recht der Wahl, wer die Kinder zur Welt befördern soll, aufzugeben hätten, es sei denn die Entscheidung darüber, wer sie zeugen dürfe." – „Damit würde man ja fast alles aufgeben", sagte Doktor Slop. – „Um Vergebung", entgegnete mein Onkel Toby. – „Sir", versetzte Doktor Slop, „Sie würden staunen, wenn Sie wüßten, welche Fortschritte wir in den letzten Jahren in allen Zweigen der obstetrischen Wissenschaft gemacht haben, besonders in dem Punkt, wie man den Fötus wohlbehalten und geschickt extrahiert. Darüber ist ein solches Licht verbreitet worden, daß ich für meinen Teil bezeuge" (hier hielt er die Hände in die Höhe), „daß ich nicht begreifen kann, wie die Welt noch..." – „Ich wünschte", fiel mein Onkel Toby ein, „Sie hätten gesehen, was für erstaunlich große Armeen wir in Flandern hatten."

19. Kapitel

Ich habe für eine Minute den Vorhang über diese Szene fallen lassen, um Sie an eine Sache zu erinnern und Ihnen eine andere zu berichten.

Was ich Ihnen zu berichten habe, ist hier wohl freilich nicht so ganz angebracht, denn es hätte schon hundertundfünfzig Seiten früher erzählt werden sollen, doch ich habe schon damals vorhergesehen, daß es später besser passen und dann größere Dienste leisten würde als anderswo. Schriftsteller müssen vorausplanen, um den Schwung und Zusammenhang ihres Werkes zu gewährleisten.

Wenn diese beiden Punkte erledigt sind, soll der Vorhang wieder aufgezogen werden, und mein Onkel Toby, mein

Vater und Doktor Slop sollen mit ihrem Gespräch fortfahren und nicht mehr gestört werden.

Zuerst also die Sache, an die ich Sie zu erinnern habe: Durch die Proben von meines Vaters sonderbaren Meinungen in bezug auf die Taufnamen und den anderen Punkt, der vorher erwähnt wurde, wurden Sie, meine ich, auf den Gedanken gebracht (ich weiß gewiß, daß ich es bereits deutlich gesagt habe), daß mein Vater ein Mann sei, der in fünfzig anderen Dingen ebenso seltsame und grillenhafte Meinungen hegte. Fürwahr, es gab keine Stufe im Leben des Menschen, von dem ersten Augenblick der Zeugung an bis hinunter zu den engen und schlotternden Hosen seiner zweiten Kindheit, aus der er nicht eine eigene Lieblingsmeinung herauszuklauben wußte, die ebenso skeptisch war und ebensoweit von der breiten Heerstraße des Denkens entfernt lag wie die beiden, die schon erklärt worden sind.

Herr Shandy, mein Vater, Sir, wollte nichts in dem Lichte betrachten, in das andere es gestellt hatten. Er rückte alles in sein eigenes Licht. Er wog nichts auf der gewöhnlichen Waage. Nein, er war ein viel zu gebildeter Forscher, um sich so groben Täuschungen auszusetzen. Um das genaue Gewicht der Dinge auf der wissenschaftlichen Waage zu erfahren, müßte, so pflegte er zu sagen, der Stützpunkt der Waage fast unsichtbar sein, damit alle Reibung durch volkstümliche Auffassungen vermieden würde; sonst würden nämlich die Feinheiten der Philosophie, welche stets den Ausschlag geben müßten, gar nicht mehr ins Gewicht fallen. Wissenschaften seien, so behauptete er, genauso wie die Materie teilbar *in infinitum,* und die Grane und Skrupel seien ebensowohl Teile davon wie das Gewicht der ganzen Welt. Mit einem Wort, sagte er, Irrtum sei Irrtum, gleichviel, ob er in einem kleinen Bruch oder in einer großen Zahl stecke; die Wahrheit leide ebensosehr darunter und werde ebenso gewiß dadurch auf dem Boden ihrer Quelle zurückgehalten, wenn ein Irrtum über den Staub auf den Flügeln eines Schmetterlings vorläge wie über die Größe der Sonne, des Mondes und aller Sterne des Himmels zusammen.

Er beklagte sich oft darüber, daß nur deshalb, weil dies

nicht gehörig in Betracht gezogen und mit der erforderlichen Geschicklichkeit auf bürgerliche Angelegenheiten und auf spekulative Wahrheiten angewendet werde, so manches in dieser Welt aus den Fugen geraten sei, daß das politische Gewölbe nachgebe, daß selbst die Grundmauern unserer vortrefflichen Kirchen- und Staatsverfassung so untergraben seien, wie die Fachleute berichtet hätten.

„Da schreien wir", pflegte er zu sagen, „wir seien ein zugrunde gerichtetes, unglückliches Volk. – Warum?" fragte er dann und bediente sich dabei des Sorites oder Syllogismus des Zeno oder Chrysippus, ohne zu wissen, daß diese Figur von den beiden stammt. „Warum? Warum sind wir ein zugrunde gerichtetes Volk? Weil unsere Sitten verderbt sind. Woher kommt es, werter Herr, daß wir verderbt sind? Weil wir bedürftig sind. Unsere Armut und nicht unser Willen gibt nach. Und woher kommt es", setzte er dann hinzu, „daß wir bedürftig sind? Daher", pflegte er sich selbst zu antworten, „weil wir unsere Pennies und halben Pennies nicht achten. Unsere Banknoten, unsere Guineen, mein Herr, ja selbst unsere Schillinge, die sorgen schon für sich selbst.

Ebenso geht's", sagte er, „im ganzen Bereich der Wissenschaften. Die großen, allgemein anerkannten Sätze derselben werden nicht angetastet. Die Gesetze der Natur beschützen sich immer selbst, der Irrtum aber", pflegte er fortzufahren und dabei meine Mutter sehr ernst anzusehn, „der Irrtum, Sir, schleicht sich ein durch die engen Schlitze und kleinen Spalten, welche die menschliche Natur unbewacht läßt."

Dieser Gedankengang meines Vaters ist es, woran ich Sie zu erinnern hatte. Der Punkt, der Ihnen berichtet werden muß und den ich für diese Stelle aufgespart habe, ist folgender:

Unter den vielen und vortrefflichen Gründen, die mein Vater gegenüber meiner Mutter angeführt hatte, um sie zu bewegen, sich lieber Doktor Slops Beistand als dem des alten Weibes anzuvertrauen, war einer von ganz sonderbarer Art, auf welchen er, nachdem er als Christ die Sache mit ihr durchgesprochen hatte und dann als Philosoph wieder von vorne anfing, seine ganze Zuversicht setzte und auf den er sich wirklich wie auf seinen letzten Notanker verließ. Der Grund verfehlte seine Wirkung, obgleich die Schuld nicht an dem Argument selbst lag; vielmehr konnte er, er mochte es anstellen, wie er wollte, nicht dahin kommen, ihr dasselbe beizubringen. Verdammtes Pech, sagte er eines Nachmittags bei sich selbst, als er aus dem Zimmer ging, nachdem er ihn ihr vergebens anderthalb Stunden vorgetragen hatte; verdammtes Pech, sagte er und biß sich auf die Lippen, als er die Tür zumachte, für einen Mann, wenn ihm die denkbar schönste Kette von logischen Schlüssen zur Verfügung steht und er dabei eine Ehefrau mit einem solchen Dickkopf hat, daß er darin nicht eine einzige Folgerung aufhängen kann, selbst wenn es darauf ankäme, seine Seele vor dem Verderben zu retten.

Dieses Argument, obgleich es bei meiner Mutter völlig erfolglos blieb, hatte für ihn mehr Gewicht als alle übrigen Argumente zusammengenommen. Ich will also versuchen, ihm Gerechtigkeit widerfahren zu lassen, und es in ein so helles Licht setzen, wie ich nur immer kann.

Mein Vater verließ sich auf die Stärke der beiden folgenden Axiome:

Erstlich, daß eine Unze von eines Mannes eigenem Witz soviel wert sei wie eine ganze Tonne von dem anderer Leute, und

Zweitens (was, nebenbei bemerkt, die Grundlage des ersten Axioms ist, obgleich es hinterherkommt), daß jedermanns Witz aus seiner eigenen Seele und aus keiner anderen herkommen müsse.

Da es nun für meinen Vater klar war, daß alle Seelen von Natur aus gleich seien und daß der große Unterschied zwischen dem schärfsten und stumpfsten Verstand aus keiner ursprünglichen Schärfe oder Stumpfheit einer unten oder oben schwimmenden denkenden Substanz entstehe, sondern bloß aus der glücklichen oder unglücklichen Organisation in dem Teil des Körpers, in dem die Seele meist residiert, so hatte er es zum Gegenstand seiner Nachforschungen gemacht, ebendiese Stelle ausfindig zu machen.

Nun aber war er nach den zuverlässigsten Berichten, die er über dieses Thema hatte einziehen können, überzeugt, daß es nicht die Stelle sein könne, die Descartes bestimmt hätte, nämlich auf der Spitze der Zirbeldrüse im Gehirn; welche Stelle, wie er philosophierte, für die Seele ein Kissen von ungefähr der Größe einer Zuckererbse bildete, obzwar diese Annahme, die Wahrheit zu sagen, da so manche Nerven in diesem einzigen Ort zusammenlaufen, nicht so schlecht war. Und mein Vater wäre auch mit diesem großen Philosophen ganz gewiß glatt auf diesen Irrtum hereingefallen, hätte ihn mein Onkel Toby nicht durch eine Geschichte davor gerettet, die er ihm von einem wallonischen Offizier erzählte, dem in der Schlacht bei Landen durch eine Musketenkugel ein Teil seines Gehirns weggeschossen und der andere Teil später durch einen französischen Wundarzt herausgenommen wurde und der trotz alledem wieder genas und seinen Dienst ganz gut ohne sein Gehirn verrichtete.

Ist der Tod, sagte mein Vater, indem er mit sich selbst philosophierte, nichts anderes als die Trennung der Seele vom Körper und ist es wahr, daß Leute ohne Gehirn umhergehen und ihre Arbeit verrichten können, so kann die Seele ihren Sitz sicherlich nicht im Gehirn haben. Q.E.D.

Was den gewissen sehr dünnen, feinen und sehr wohlriechenden Saft anbetrifft, den der große mailändische Arzt Coglionissimo Borri, in einem Brief an Bartholinus, in den Zellen der hinteren Teile des Cerebellum entdeckt zu haben vorgibt und von dem er gleichfalls behauptet, er sei der Hauptsitz der vernünftigen Seele (denn Sie müssen wissen, in diesen neueren und aufgeklärteren Zeiten hat jeder lebendige Mensch zwei Seelen, und nach dem großen Metheglingius wird die eine *Animus* und die andere *Anima* geheißen) – was also diese Meinung des Borri anbetrifft, so konnte mein Vater ihr durchaus nicht beistimmen; der bloße Gedanke, daß ein so edles, so feines, so immaterielles und so erhabenes Wesen wie die *Anima* oder selbst der *Animus* seinen Wohnsitz in einer Pfütze oder in irgendeiner Flüssigkeit, sie sei so dick oder dünn, wie sie wolle, nehmen und wie ein Frosch den lieben langen Tag im Sommer wie im Winter nichts anderes tun sollte als dort sitzen und plätschern, empörte seine Phantasie; er konnte deshalb diese Lehre kaum anhören.

Was ihm also unter allem den wenigsten Einwänden ausgesetzt zu sein schien, war die Annahme, daß das Hauptsensorium oder Hauptquartier der Seele, wohin alle Meldungen gebracht und woher alle ihre Befehle geholt würden, im oder nahe beim Cerebellum wäre oder vielmehr irgendwo in der Gegend der *Medulla oblongata*, in welcher nach der übereinstimmenden Meinung holländischer Anatomen alle feinen Nerven sämtlicher Organe der sieben Sinne zusammenstoßen wie die Straßen und krummen Gassen einer Stadt auf einem großen Platz.

Bis dahin war an meines Vaters Meinung noch nichts Besonderes; er hatte die besten Philosophen aus allen Jahrhunderten und allen Ländern auf seiner Seite. Von hier aber schlug er seinen eigenen Weg ein, indem er eine neue shandysche Hypothese auf den Grundsteinen erbaute, die jene für ihn gelegt hatten; und seine besagte Hypothese war denn auch gar nicht so wacklig. Es ging ihm darum, ob die Subtilität und Feinheit der Seele von der Temperatur und Klarheit des besagten Saftes abhinge oder von dem feineren Geflecht und Gewebe des Cerebellum selbst, welch letzerer Meinung er den Vorzug gab.

Er behauptete, daß nächst der schuldigen Sorgfalt bei der Zeugung eines jeden Individuums, welche die größtmögliche Aufmerksamkeit erfordere, weil sie den Grund zu dem unbegreiflichen Gewebe lege, in welchem Witz, Gedächtnis, Phantasie, Beredsamkeit und was man sonst alles gewöhnlich unter dem Namen natürliche Fähigkeiten zu verstehen pflegt, angelegt ist – also nächst diesem und seinem Taufnamen, welches die beiden ursprünglichen und folgenreichsten Ursachen von allen seien, betreffe die dritte Ursache oder vielmehr, wie es die Logiker nennen, die *Causa sine qua non*, ohne die alles, was geschehe, von gar keinem Belang sei, die Bewahrung dieses zarten und feingesponnenen Gewebes vor dem Unheil, das gewöhnlich durch den heftigen Druck und die Quetschung angerichtet werde, die der Kopf durch die unsinnige Methode aushalten müsse, daß man uns mit diesem Ende zuerst auf die Welt zieht.

Dies bedarf einer Erklärung.

Mein Vater, der in allen Arten von Büchern blätterte, hatte, als er einst in den *Lithopaedus senonesis de partu difficili**, den Adrianus Smelvogt herausgegeben hat, hineinschaute, ausfindig gemacht, daß die Weiche und Biegsamkeit eines Kindskopfes bei der Geburt so beschaffen seien – die Knochen der Hirnschädel haben dann noch keine Nähte –, daß der Druck, den die Gebärende ausübt, welcher bei heftigen Wehen vierhundertsiebzig Pfund entspricht und welcher senkrecht darauf wirkt, in fünfzig Fällen neunundvierzigmal den besagten Kindeskopf zusammenknetet und zu einem länglichen Kegel preßt, wie etwa ein Bäcker seinen Teig rollt, aus dem er eine Pastete machen will. – „Gütiger Gott!" rief mein Vater, „welche Verwirrung und Verwüstung muß dies in dem unendlich feinen und zarten Gewebe des Cerebellum anrichten! Oder wenn es den Saft gibt, den Borri annimmt – ist das alles dann nicht genug, um selbst die klarste Flüssigkeit in der Welt trübe und modrig zu machen?"

Aber in welche Angst geriet er, als er ferner erfuhr, daß dieser Druck, welcher ganz genau auf den Scheitel des Kopfes wirke, nicht bloß das Gehirn selbst oder Cerebrum in Mitleidenschaft ziehe, sondern daß er notwendigerweise das Cerebrum gegen das Cerebellum treiben und pressen müsse, welches der unmittelbare Sitz des Verstandes sei. –

* Der Autor irrt hier in doppelter Hinsicht, denn Lithopaedus sollte so geschrieben werden: *Lithopaedus senonensis Icon.* Der zweite Irrtum besteht darin, daß dieser Lithopaedus kein Autor, sondern die Zeichnung von einem versteinerten Kind ist. Den entsprechenden Bericht, den Albosius 1580 herausgegeben hat, findet man bei Spachius, und zwar am Schluß der Werke des Cordaeus. Herr Tristram Shandy ist dadurch zu diesem Irrtum verleitet worden, daß er entweder den Namen Lithopaedus in einem neueren Verzeichnis gelehrter Schriftsteller, das Dr. *** veröffentlicht hat, gelesen oder daß er den Lithopaedus mit dem Trinecavellius – wegen der allzu großen Ähnlichkeit der Namen! – verwechselt hat.

„Ihr Engel und Boten des Friedens, steht uns bei!" rief mein Vater aus, „welche Seele kann einen solchen Stoß aushalten? Kein Wunder, daß das Verstandesgewebe so zerrissen und zerfetzt ist und daß so viele unserer besten Köpfe nichts anderes sind als ein wirrer Strang Seidengarn – lauter Verworrenheit und Konfusion im Innern!"

Als aber mein Vater weiterlas und auf das Geheimnis stieß, daß, wenn ein Kind umgedreht würde, was ein Geburtshelfer leicht tun könnte, und man es bei den Füßen hervorholte, das Cerebrum keineswegs gegen das Cerebellum gepreßt, sondern statt dessen vielmehr das Cerebellum bloß gegen das Cerebrum gedrückt würde, wo es nicht den geringsten Schaden tun könne. – „Beim Himmel!" rief er. „Die Welt hat sich gegen das bißchen Witz verschworen, das uns Gott gegeben hat, und alle Professoren der obstetrischen Wissenschaft sind mit im Komplott! Was kümmert's mich, mit welchem Ende mein Sohn zuerst auf die Welt kommt, wenn nur nachher alles richtig geht und sein Cerebellum ungequetscht durchwischt!"

Es liegt in der Natur einer Hypothese, wenn man einmal mit einer schwanger geht, daß sie alles, was nur vorkommt, aufnimmt und in Nahrung verwandelt; und im allgemeinen wächst sie und wird vom Augenblick ihrer Empfängnis an durch alles, was man sieht, hört, liest oder denkt, immer kräftiger. Dies hat seinen großen Nutzen.

Mein Vater mochte gerade einen Monat mit dieser Hypothese schwanger gegangen sein, als es kaum ein Phänomen von Dummheit oder Genie gab, das er nicht flugs durch sie erklären konnte; aus ihr konnte er begreifen, warum der älteste Sohn in der Familie gewöhnlich der größte Dummkopf ist. – „Der arme Teufel", pflegte er zu sagen, „er hat für die größeren Fähigkeiten seiner jüngeren Brüder den Weg bahnen müssen." – Die Hypothese erklärte ihm auch das Rätsel der kleinen Narren und ihrer ungeheuer großen Köpfe, indem sie *a priori* zeigte, es könne gar nicht anders sein, es sei denn, daß *** – ich weiß nicht was. Aus ihr konnte mein Vater die Feinheit des asiatischen Genies und die lebhaftere Veranlagung und schärferen Einsichten der

Seelen in wärmeren Ländern gar vortrefflich begreifen und erklären, allerdings nicht nach der schalen, abgedroschenen Auffassung, daß es an der heiteren Luft und einem beständigeren Sonnenschein liegen soll usw., denn das könne, wenn er überhaupt etwas von der Sache verstünde, die Seelenkräfte im extremen Fall so verdünnen und verfeinern, daß keine Spur mehr davon übrigbliebe, wie diese andererseits in kälteren Gegenden verdickt würden; nein, er spürte der Sache nach bis zu ihrer ersten Quelle, er zeigte, daß in wärmeren Himmelsstrichen die Natur eine leichtere Belastung auf den edleren Teil der Schöpfung gelegt und ihm mehr Vergnügen verliehen habe und weniger notwendige Schmerzen, insofern als der Druck auf den Scheitel so gering sei, daß die ganze Struktur des Cerebellum unversehrt bliebe. Nein, er glaube nicht, daß bei normalen Geburten nur ein einziger Faden des Gewebes zerrissen oder verzerrt werde, so daß die Seele tun und handeln könne, wie es ihr beliebe.

Als mein Vater soweit gekommen war – was für ein helles Licht warfen nicht die Nachrichten von dem Kaiserschnitt und von den großen Genies, die auf diesem Wege glücklich zur Welt gekommen sind, auf diese Hypothese! – „Da sehen Sie es", pflegte er zu sagen, „dabei leidet das Sensorium keinen Schaden, da gibt es keinen Druck des Kopfes gegen das Becken, kein Treiben des Cerebrum gegen das Cerebellum, weder durch das *os pubis* auf der einen Seite noch durch das *os coxygis* auf der anderen. Und wie glücklich waren nicht die Folgen, ich bitte Sie? O mein Herr, der große Julius Cäsar, nach dem die Operation den Namen bekam, und Ihr Hermes Trismegistus, der so auf die Welt gebracht wurde, ehe sie einen Namen hatte, Ihr Scipio Africanus, Ihr Manlius Torquatus und unser Eduard der Sechste, welcher der Hypothese ebensoviel Ehre gemacht haben würde, wenn er gelebt hätte – diese und manche andere, die in den Annalen des Ruhms mit so großen Buchstaben eingetragen sind, sie alle, mein Herr, kamen auf diesem Seitenweg zur Welt."

Dieser Schnitt in den Unterleib und Uterus ging meinem Vater sechs Wochen lang im Kopf herum; er hatte sich durch Lesen überzeugt, daß die Wunden im *Epigastrium* und in der *Matrix* nicht tödlich seien; man könne also den Leib der Mutter von Herzen gern aufschneiden, um dem Kind einen Weg zu bahnen. Er ließ eines Nachmittags vor meiner Mutter eine Bemerkung darüber fallen, bloß erzählungsweise; da er aber sah, daß sie schon aschfahl wurde, als sie nur davon hörte, hielt er es für besser, darüber zu schweigen, obgleich die Operation seiner Hoffnung unendlich schmeichelhaft gewesen wäre, und er ließ es damit bewenden, daß er das bewunderte, was vorzuschlagen er als zwecklos empfand.

So war meines Vaters, Herrn Shandys, Hypothese beschaffen, hinsichtlich welcher ich nur noch hinzufügen darf, daß ihr mein Bruder Bobby ebensoviel Ehre machte (wieviel er der Familie machte, davon ist hier nicht die Rede) wie irgendeiner der großen Helden, von denen wir gesprochen haben; denn da er, wie ich Ihnen schon erzählt habe, nicht nur getauft, sondern auch geboren wurde, während mein Vater gerade in Epsom war, und da er zudem meiner Mutter erstes Kind war, das mit dem Kopf voran auf die Welt kam, und später ein Knabe von gar wundersam langsamen Begriffen wurde, so verarbeitete mein Vater all dies in seine Meinung hinein; und da es ihm in dem einen Fall mißglückt war, bestand er darauf, es diesmal in dem anderen zu versuchen.

Das war aber von keinem Mitglied der Hebammenzunft zu erwarten, weil diese sich nicht leicht von ihrem Weg abbringen läßt; und das war einer von meines Vaters wichtigen Gründen zugunsten eines Mannes der Wissenschaft, mit dem er besser zurechtzukommen hoffte.

Von allen möglichen Männern dieser Art schien Doktor Slop am besten für meines Vaters Zweck geeignet zu sein; denn obgleich dessen neuerfundene Geburtszange eine erprobte Waffe und nach seiner Meinung das sicherste Entbindungsinstrument war, so hatte er doch offenbar in seinem Buch ein paar Bemerkungen fallen lassen, welche zugunsten der Sache sprachen, die meinem Vater im Kopf herumging – freilich wohl nicht in der Absicht, daß es zum Besten der Seele sein sollte, wenn das Kind mit den Füßen voran hervorgeholt würde, wie es meines Vaters Theorie entsprach, sondern aus rein obstetrischen Gründen.

Hierdurch läßt sich erklären, warum im folgenden Gespräch, das sich wirklich ein wenig scharf gegen meinen Onkel Toby richtete, mein Vater und Doktor Slop in ein Horn bliesen. Auf welche Art ein einfacher Mann mit bloßem Mutterwitz sich gegen zwei solche Verbündete der Gelehrsamkeit behaupten konnte, ist kaum zu begreifen. Sie mögen ein wenig daran herumrätseln, wenn Sie Lust haben, und wenn Ihre Einbildung einmal im Gange ist, so streicheln Sie sie nur, damit sie frisch weitertrabt und entdeckt, aus welchen Ursachen und Wirkungen in aller Welt es sich zugetragen haben mag, daß mein Onkel Toby durch seine Wunde am Latzbein zu seiner Züchtigkeit gelangte. Sie mögen ein System aufbauen, mit dem sich der Verlust meiner Nase aus einem Ehekontrakt erklären läßt, und der Welt beweisen, wie es zugehen konnte, daß ich das Unglück haben mußte, Tristram getauft zu werden, trotz der Hypothese meines Vaters und dem Wunsch der ganzen Verwandtschaft, die Paten und Patinnen nicht ausgenommen. An diesen und fünfzig anderen noch ungeklärten Punkten mögen Sie Ihre Geschicklichkeit im Erraten üben, wenn Sie Zeit dazu haben. Aber ich sage es Ihnen vorher, es geht nicht; denn weder der weise Alquise, der Zauberer in „Don Belianis von Griechenland“, noch die keineswegs weniger berühmte Urganda, die Zauberin und dessen Gemahlin (wofern sie noch lebten), könnten sich rühmen, der Wahrheit auf Meilenlänge nahe zu kommen.

Der Leser wird es sich gefallen lassen, auf eine völlige Enthüllung aller dieser Dinge bis zum nächsten Jahr zu warten, wenn man ihm eine ganze Reihe von Dingen vorlegen wird, die er kaum erwartet.

DRITTES BUCH

Multitudinis imperitae non formido judicia, meis tamen, rogo, parcant opusculis – in quibus fuit propositi semper, a jocis ad seria, a seriis vicissim ad jocos transire.

Joan. Saresberiensis, Episcopus Lugdun.

1. Kapitel

„Ich wünschte, Herr Doktor", sagte mein Onkel Toby (und sprach damit seinen Wunsch zum zweitenmal aus, und zwar mit mehr Eifer und Ernst als beim erstenmal), „ich wünschte, Herr Doktor", sagte mein Onkel Toby, „Sie hätten gesehen, was für erstaunlich große Armeen wir in Flandern hatten."

Meines Onkels Wunsch erwies Doktor Slop einen schlechten Dienst, wie ihn sein Herz sonst keinem Menschen zudachte; denn, mein Herr, er machte ihn verlegen und brachte zuerst dessen Ideen in Unordnung und schlug sie darauf in die Flucht, so daß er sie nicht wieder in Reih und Glied bringen konnte, er mochte es anfangen, wie er wollte.

Bei allen Wortgefechten, ob zwischen Männern oder Frauen, ob über die Ehre, den Gewinn oder die Liebe – das ändert im Grunde nichts –, ist nichts gefährlicher, Madame, als wenn einem ein Wunsch auf diese unerwartete Art in die Quere kommt. Im allgemeinen besteht die sicherste Methode zur Entkräftung des Wunsches für denjenigen, an den er gerichtet ist, darin, sich sofort zu erheben und dem Wünscher mit einem Wunsch von ungefähr dem gleichen Kaliber heimzuzahlen. Dadurch rechnen Sie stehenden Fußes ab, und die Dinge bleiben, wie sie waren – ja Sie können zuweilen dadurch den Vorteil des Angriffs gewinnen.

Dies wird der Welt in meinem Kapitel von den Wünschen hinlänglich erklärt werden.

Der Doktor verstand nichts von der Art und Weise dieser Verteidigung; er wurde dadurch ganz aus der Fassung gebracht, und die Disputation geriet ganze viereinhalb Minuten lang völlig ins Stocken – fünf wären ihr Tod gewesen. Mein Vater sah die Gefahr – die Disputation war doch eine der wichtigsten der ganzen Welt: Ob nämlich der Sohn seines Betens und seiner Mühen mit oder ohne Kopf auf die Welt kommen sollte? Er wartete bis zum letzten Augenblick, um Doktor Slop, an den der Wunsch gerichtet war, Gelegenheit zu geben, ihn zu erwidern; da er aber, wie gesagt, merkte, daß dieser verlegen war und fortfuhr, mit dem verstörten, leeren Blick, mit dem gewöhnlich verblüffte Seelen herumzugaffen pflegen, zuerst in Onkel Tobys Gesicht zu sehen, dann in das seinige, dann nach oben, dann nach unten, dann ostwärts, dann ostnordostwärts und so weiter an dem Gesims der Wandtäfelung entlang, bis er in der entgegengesetzten Himmelsrichtung angelangt war, und daß er wirklich schon angefangen hatte, die Messingnägel an der Armlehne seines Stuhls zu zählen – da dachte mein Vater, es sei mit meinem Onkel Toby keine Zeit mehr zu verlieren, und nahm also das Gespräch wieder auf wie folgt:

2. Kapitel

„Was für erstaunlich große Armeen ihr in Flandern hattet!

Bruder Toby", versetzte mein Vater, wobei er seine Perücke mit der rechten Hand vom Kopf nahm und mit der linken ein gestreiftes indisches Taschentuch aus der rechten Rocktasche hervorholte, um sich den Kopf abzureiben, während er den Punkt mit meinem Onkel Toby erörterte.

Nun, hierin hatte mein Vater sehr unrecht, meine ich, und ich will Ihnen meine Gründe anführen.

Fragen von anscheinend nicht mehr Bedeutung als die, ob mein Vater seine Perücke mit der rechten oder linken Hand hätte abnehmen sollen, haben die größten Reiche entzweit und die Kronen auf den Köpfen der Monarchen, die sie beherrschten, zum Wackeln gebracht. Aber muß ich Ihnen noch sagen, mein Herr, daß die Umstände, die jedes Ding in dieser Welt umgürten, jedem Ding in dieser Welt seine Größe und Gestalt verleihen und, indem sie es zusammendrängen oder ausdehnen, nach dieser Seite oder jener, das Ding zu dem machen, was es ist: groß, klein, gut, schlecht, gleichgültig oder wichtig – wie es sich gerade trifft?

Da mein Vater sein indisches Tuch in der rechten Rocktasche hatte, hätte er es nicht zulassen sollen, daß sich seine rechte Hand mit etwas befaßte; vielmehr hätte er, statt mit ihr seine Perücke abzunehmen, dies unter allen Umständen seiner linken auftragen sollen; und dann, wenn das natürliche Bedürfnis, sich den Kopf zu reiben, das mein Vater verspürte, sein Taschentuch zu holen erheischte, hätte er auf der Welt nichts weiter zu tun brauchen, als mit seiner rechten Hand in die Tasche zu fahren und es hervorzuziehen, was er ohne große Anstrengung oder die geringste unschickliche Verzerrung einer Sehne oder eines Muskels in seinem ganzen Körper hätte tun können.

In diesem Fall (oder mein Vater müßte es sich mit Fleiß vorgenommen haben, dadurch, daß er seine Perücke steif in der linken Hand hielt oder irgendeinen verrückten Winkel mit dem Ellbogengelenk oder mit der Achsel bildete, einen Narren aus sich zu machen) wäre seine ganze Haltung bequem, natürlich, ungezwungen gewesen. Reynolds selbst, so groß und voller Grazie er als Maler ist, hätte ihn, wie er so da saß, malen können.

Aber so, wie es mein Vater anstellte – bedenken Sie nur, was für eine sonderbare Figur mein Vater da aus sich machte!

Am Ende der Regierung der Königin Anna und zu Anfang der Regierung König Georgs I. „wurden die Rocktaschen sehr tief im Schoß angebracht". Mehr brauche ich nicht zu sagen. Der Vater alles Unheils, hätte er auch einen Monat lang darüber spintisiert, würde sich doch platterdings keine ärgere Mode für die Lage, in der sich mein Vater befand, haben ausdenken können.

3. Kapitel

Unter keines Königs Regierung war es eigentlich leicht (Sie müßten denn ein ebenso magerer Untertan sein, wie ich selbst bin), mit Ihrer Hand so quer über den ganzen Körper bis auf den Boden Ihrer Rocktasche auf der anderen Seite zu langen. Im Jahr eintausendsiebenhundertundachtzehn, da sich dieses begab, war es äußerst schwer, so daß, als mein Onkel Toby die querlaufende, zickzackige Attacke entdeckte, die mein Vater auf seine Tasche vollführte, es ihm augenblicklich die Attacken in Erinnerung brachte, an denen er vor dem St.-Nicolas-Tor teilgenommen hatte! Dieser Einfall lenkte seine Aufmerksamkeit so gänzlich von dem Gegenstand des Gesprächs ab, daß er schon die Hand an der Schnur hatte, um nach Trim zu klingeln, der ihm die Karte von Namur, seine Zirkel und Maßstäbe bringen sollte, damit er die Winkel und Ecken dieser Attacke ausmessen könnte, besonders derjenigen, bei der er seine Wunde am Latzbein davongetragen hatte.

Mein Vater runzelte die Stirn, und als er sie runzelte, schien ihm alles Blut, das er im Körper hatte, ins Gesicht zu steigen. Mein Onkel Toby stieg sofort ab.

Ich habe übrigens noch gar nicht bemerkt, daß Ihr Onkel Toby zu Pferde saß!

4. Kapitel

Der Leib eines Menschen und seine Seele – mit allem möglichen Respekt vor beiden sei es gesagt – sind vollkommen wie ein Wams und das Futter eines Wamses: zerknüllt man das eine, so zerknüllt man das andere ebenfalls. Nur eine gewisse Ausnahme gibt es hier, und zwar folgende: wenn Sie ein so glücklicher Kerl sind, daß Ihr Wams aus gummiertem Taft besteht und das Leibfutter darunter aus Sarsenet oder dünner persischer Seide.

Zeno, Cleanthes, Diogenes, Babylonius, Dionysius, Heracleotes, Antipater, Panaetius und Possidonius unter den Griechen, Cato und Varro und Seneca unter den Römern, Pantenus und Clemens Alexandrinus und Montaigne unter den Christen und anderthalb Schock andere gute, ehrliche, unbekümmerte shandysche Leute, deren Namen mir nicht einfallen – sie alle geben vor, daß ihre Wämser auf diese Art gemacht waren. Man hätte das Oberzeug zerknüllen und zerknicken und zerdrücken und zerknittern und zerreiben und zerfleddern, kurz, ganz höllisch damit umgehen können, und das Inwendige wäre, man möchte gemacht haben, was man wollte, doch nicht um ein Haar schlechter geworden.

Auf mein ehrliches Gewissen, ich glaube, das meine ist ungefähr von dieser Art; denn niemals ist wohl einem armen Wams ärger mitgespielt worden als dem meinen in den letzten neun Monaten, und trotzdem versichere ich – soweit ich von der Sache etwas verstehe –, daß sein Unterfutter dadurch nicht um einen Heller schlechter geworden ist. Hast du nicht, so kannst du nicht, klitsch, klatsch, piff, paff, Hieb und Stoß, in die Länge und in die Quere haben sie es mir zugerichtet, und wäre nur ein bißchen Gummi in meinem Futter zu finden gewesen – beim Himmel! schon längst wäre es bis auf den letzten Faden zerrissen und zersplissen.

Ihr Herren Journalisten! Wir konnten Sie es nur über Ihr Herz bringen, mein Wams so jämmerlich zu zerschneiden und zu zerfetzen? Wie konnten Sie wissen, daß Sie mein Futter nicht mit zerschneiden würden?

Gerne und von ganzer Seele empfehle ich Sie und Ihr Gewerbe dem Schutze jenes Wesens, das keinem von uns ein Leid zufügt – und damit Glück auf den Weg! Doch sollte einer von Ihnen im nächsten Monat mit den Zähnen knirschen und auf mich losstürmen und gegen mich wüten, wie es einige von Ihnen im vergangenen Mai taten (ich erinnere mich noch, daß es damals sehr heiß war), so werden Sie nicht allzu böse, wenn ich es abermals ganz gelassen vorübergehen lasse, weil ich nun einmal entschlossen bin, solange ich lebe oder schreibe (was für mich dasselbe bedeutet), diesen ehrenwerten Herren gegenüber niemals ein unfreundliches Wort oder einen böseren Wunsch zu äußern als das, was mein Onkel Toby zu der Fliege sagte, die ihm während der ganzen Mahlzeit um die Nase herumsummte: „Geh, geh, armes Ding“, sagte er, „mach, daß du wegkommst! Warum sollte ich dir ein Leid antun? Diese Welt hat Raum genug für dich und für mich.“

5. Kapitel

Jedermann, Madame, der Verstand hat und die heftigen Wallungen des Blutes in meines Vaters Gesicht bemerkt hätte, wodurch er (da alles Blut in seinem Körper in seinen Kopf zu schießen schien, wie ich Ihnen sagte) wohl um sechs volle und eine halbe Tinte, wo nicht um eine ganze Oktave – um in der Kunstsprache der Maler zu reden – über seine natürliche Farbe röter wurde – jedermann, Madame, außer meinem Onkel Toby, der dies und zugleich das gewaltige Runzeln auf meines Vaters Stirn und die Zuckungen seines Körpers während der ganzen Szene bemerkt hätte, würde daraus geschlossen haben, daß mein Vater wütend sei; und wenn er, das vorausgesetzt, ein Liebhaber jener Harmonien gewesen wäre, welche dann entstehen, wenn zwei solche Instrumente genau zusammenstimmen, so würde er das seinige augenblicklich auf dieselbe Tonhöhe gebracht haben; dann wäre die Katzenmusik losgegangen, und das ganze Duett, Madame, wäre gewiß abgespielt worden wie die sechste Sonate von Avison Scarlatti – *con furia,* wie wahnsinnig. Himmel, verleih mir Geduld! Was hat *con furia, con strepito* oder irgendein anderer Höllenlärm mit Harmonie zu tun?

Jedermann also, Madame, außer meinem Onkel Toby, dessen Sanftmut des Herzens jede Bewegung des Körpers so wohlwollend auslegte, wie es die Bewegung nur zuließ, würde geschlossen haben, daß mein Vater sich ärgerte, und würde ihn zudem noch getadelt haben. Mein Onkel Toby tadelte jedoch nichts anderes als den Schneider, der die Tasche so tief gesetzt hatte; also saß er ganz still, bis mein Vater das Taschentuch herausgezogen hatte, sah ihm die ganze Zeit über mit unbeschreiblicher Leutseligkeit ins Gesicht, bis mein Vater endlich folgendermaßen fortfuhr:

6. Kapitel

„Was für erstaunlich große Armeen ihr in Flandern hattet!

Bruder Toby“, sagte mein Vater, „ich weiß, du bist ein so ehrlicher Mann und hast ein so gutes und aufrichtiges Herz, wie jemals Gott erschaffen hat; es ist auch nicht deine Schuld, wenn alle die Kinder, welche gezeugt worden sind, gezeugt werden können, mögen, sollen, werden oder müßten, mit dem Kopfe voran auf die Welt kommen; aber, glaub es mir, lieber Toby, es gibt schon genug Unannehmlichkeiten, welche ihnen unweigerlich über den Häuptern schweben, nicht nur dann, wenn wir sie zeugen – obgleich diese nach meiner Meinung schon wert sind, daß wir sie in Betracht ziehen –, sondern Gefahren und Widerwärtigkeiten, die unsere Kinder umgeben, nachdem sie ihren Weg auf die Welt gefunden haben, daß es gar nicht nötig ist, sie auf diesem Wege unnötigerweise noch weiteren auszusetzen.“ – „Sind diese Gefahren“, sagte mein Onkel Toby, indem er seine Hand auf meines Vaters Knie legte und ihm ganz ernsthaft und antwortheischend ins Gesicht sah, „sind diese Gefahren heutzutage größer, Bruder, als früher?“ – „Bruder Toby“, antwortete mein Vater, „wenn ein Kind richtig gezeugt worden war, gesund und lebendig auf die Welt kam und sich die Mutter im Wochenbett wohl befand, dann waren unsere Vorfahren zufrieden und bekümmerten sich um nichts weiter.“ In diesem Augenblick zog mein Onkel Toby seine Hand von meines Vaters Knie weg, lehnte sich ganz sanft in seinen Stuhl zurück, hob seinen Kopf so weit in die Höhe, daß er gerade noch das Gesims des Zimmers sehen konnte, und alsdann brachte er in seinen Backen die Pfeifmuskeln und in seinen Lippen die Wölbemuskeln in die richtige Lage, damit sie ihre Pflicht erfüllen konnten – er pfiff seinen „Lillibullero“.

7. Kapitel

Während mein Onkel Toby meinem Vater den „Lillibullero" vorpfiff, stampfte Doktor Slop mit den Füßen auf und verfluchte und schalt den Obadiah ganz gräßlich. Es hätte Ihrem Herzen wohlgetan, mein Herr, und Sie bis an Ihr seliges Ende von der häßlichen Sünde des Fluchens geheilt, wenn Sie ihn gehört hätten. Ich bin also entschlossen, Ihnen die ganze Sache zu erzählen.

Als Doktor Slops Magd dem Obadiah den grünen Netzbeutel mit ihres Herrn Instrumenten in die Hand gab, ermahnte sie ihn wohlweislich, seinen Kopf und einen Arm durch die Schnüre zu stecken und ihn beim Reiten um den Leib geschlungen zu tragen. Sie knüpfte also den Hauptknoten auf, um die Schnüre für ihn zu verlängern, und damit warf sie ihn ihm kurzerhand über. Da jedoch hierdurch die Öffnung des Beutels nicht sicher genug verschlossen blieb und da bei der Hast, mit der Obadiah zurückzugaloppieren drohte, leicht hätte etwas herausrutschen können, so beschlossen sie, ihn wieder abzunehmen; aber in ihrer emsigen Sorgfalt und Vorsicht hatten sie beide Schnurenden genommen und (nachdem sie zuerst den Beutel oben zusammengefaltet hatten) ein halbes Dutzend feste Knoten hineingemacht, die Obadiah der Sicherheit wegen alle nacheinander mit allen Leibeskräften zusammengezogen hatte.

Damit war alles getan, was Obadiah und das Mädchen wollten; es half aber gewissen kleinen Übeln nicht ab, die weder er noch sie voraussahen. Es stellte sich heraus, daß die Instrumente, so fest auch der Beutel oben zugebunden war, dennoch am Boden desselben so viel Spielraum hatten (der Beutel war unten weiter als oben), daß Obadiah nicht im geringsten ein wenig traben durfte, ohne daß die *Tire-tête,* die Zange und die Spritze ein so schreckliches Geklingel vollführten, welches allein schon den Gott Hymen, falls er eben des Weges gekommen wäre, aus dem Lande hinausgescheucht haben müßte; wenn aber gar noch Obadiah seinen Ritt zu beschleunigen und seinen Kutschgaul aus einem mäßigen Trab zu einem vollen Galopp anzuspornen suchte –

o mein Herr, wahrhaftig –, wurde das Geklingel ganz unglaublich!

Obadiah hatte ein Weib und drei Kinder. Er war also weit davon entfernt, sich einen unzüchtigen Gedanken oder sonst eine von den vielen üblen politischen Folgen dieses Geklingels in den Kopf steigen zu lassen; indessen hatte er doch aus einer Ursache, die ihn selbst anging und die ihm also, wie es bei den größten Patrioten oft der Fall ist, sehr wichtig war, etwas gegen das Geklingel einzuwenden: Der arme Kerl, Herr, konnte nämlich kaum sein eigenes Pfeifen hören.

8. Kapitel

Da Obadiah die Blasmusik all der Instrumentalmusik, die er auf der Schulter trug, vorzog, strengte er sehr bedächtig seine Einbildungskraft an, um ein Mittel zu ersinnen und ausfindig zu machen, das es ihm ermöglichte, sie zu genießen.

In allen Verlegenheiten (die musikalischen ausgenommen), in denen man kleiner Schnüre bedarf, fällt einem Menschen nichts so schnell ein wie seine Hutschnur; die philosophische Begründung dafür liegt so sehr auf der Hand, daß ich nicht näher darauf eingehen mag.

Da Obadiahs Fall zu den vermischten gehörte – merken Sie's wohl, meine Herren, es war ein vermischter Fall, sage ich; denn er war obstetrisch, skriptisch, spritzisch, papistisch und, insofern das Kutschpferd damit zu tun hatte, kaballistisch, also nur zum Teil musikalisch –, so machte sich Obadiah kein Gewissen daraus, das erste beste Mittel zu ergreifen, das sich ihm darbot. Er packte also den Beutel und die Instrumente mit der einen Hand und drückte beides kräftig zusammen, und mit dem Daumen und Zeigefinger der anderen nahm er die Hutschnur, die er an einem Ende mit den Zähnen faßte, fuhr damit um den Beutel und band und schnürte alles von einem Ende zum anderen so fest zusammen (wie einen Reisekoffer), mit einer solchen Menge von Querschlingen und Verschürzungen und einem Kreuzknoten allenthalben, wo die Schnur durchgezogen wurde, daß Doktor Slop wenigstens drei Fünftel von Hiobs Geduld hätte haben müssen, wenn er sie hätte auflösen sollen. Auf meine Ehre, ich glaube, wenn Mutter Natur gerade bei ihrer munteren Laune und zu einem solchen Wettlauf aufgelegt gewesen wäre und sie beide ganz ehrlich zugleich losgelaufen wären, dann würde keine lebendige Seele, die den Beutel und alles, was Obadiah damit angestellt hatte, gesehen und dabei gewußt hätte, wie schnell die Göttin sein kann, wenn sie es für angebracht hält, nur einen Augenblick gezweifelt haben, wer von beiden den Preis davontragen würde. Meine Mutter, glauben Sie mir, Madame, hätte ihm zwanzig Knoten vorgeben können und wäre doch gewiß eher entbunden worden als der grüne Beutel. O Spielball kleiner Zufälle, Tristram Shandy! Das bist du und wirst du wohl stets bleiben! Hätte man nur diesen Versuch zu deinen Gunsten angestellt – und die Wahrscheinlichkeit dazu war schon wie fünfzig zu eins –, so wäre deine Lage nicht so bedrückend gewesen (die Nase wenigstens wäre dir nicht so eingedrückt worden), wie sie gewesen ist; und das Glück deines Hauses und die Gelegenheiten, es zu machen, welche dir so oft in deinem Leben ganz ungerufen zugeflogen sind, hättest du nicht so oft, so ärgerlich, so unbekümmert, so unwiederbringlich fahrenlassen dürfen, wie du gezwungen wurdest, sie fahrenzulassen! Doch das ist vorbei, und nur eines steht noch aus, nämlich der Bericht darüber, der dem neugierigen Leser nicht eher vorgelegt werden kann, bis ich das Tageslicht erblickt habe.

9. Kapitel

Große Geister haben oft plötzliche Einfälle, denn in dem Augenblick, da Doktor Slop einen Blick auf seinen Beutel warf, was er nicht eher tat, als bis ihn der Zwist mit meinem Onkel Toby über die Hebammenkunst daran erinnerte), kam ihm der gleiche Gedanke. „Es ist doch ein großes

Glück“, sagte er (zu sich selbst), „daß Mrs. Shandy sich so schwer tut, denn sonst hätte sie schon siebenmal niederkommen können, ehe die Hälfte von diesen Knoten aufgeschürzt wäre.“ Doch hier müssen Sie genau unterscheiden – der Gedanke schwamm bloß in Doktor Slops Gehirn als eine simple Proposition ohne Segel oder Ballast. Eine Million solcher Gedanken, wie Euer Wohlgeboren wissen, schwimmen jeden Tag ganz ruhig mitten in dem dünnen Saft des Verstandes eines Menschen herum, ohne daß sie sich vorwärts oder rückwärts bewegen, bis sie irgendein kleiner Windstoß der Leidenschaft oder des Eigennutzes in eine bestimmte Richtung treibt.

Ein plötzliches Getrampel oben im Zimmer beim Bett meiner Mutter erwies der Proposition gerade den Dienst, von dem ich eben sprach. „Es wäre doch ein rechtes Unglück“, sagte Doktor Slop. „Wenn ich mich nicht beeile, wird mir's ergehen, wie ich gedacht habe.“

10. Kapitel

Wenn die Rede von Knoten ist – worunter ich erstlich nicht sogenannte Schleifknoten verstanden wissen möchte, weil im weiteren Verlauf meines Lebens und meiner Ansichten meine Ansicht darüber wohl an der Stelle angebrachter erscheinen wird, wo ich die Katastrophe meines Großonkels Hammond Shandy – ein kleiner Mann, aber von großem Geist – erwähnen werde, der in die Geschichte des Herzogs von Monmouth hineingeriet; zweitens meine ich hier auch nicht die besondere Art von Knoten, welche man doppelte Schleifen nennt; es gehört nämlich so wenig Kunst, Geschicklichkeit oder Geduld dazu, sie aufzulösen, daß ich es für unter meiner Würde halte, meine Meinung über sie abzugeben. Unter den Knoten, von denen ich spreche – das mögen mir Euer Gnaden glauben –, verstehe ich gute, ehrliche, verteufelt feste, harte, *bona fide* geknüpfte Knoten wie die des Obadiah, bei welchen keine Schwindelei vorliegt, indem man die Enden doppelt durch den Ring oder die Öse laufen läßt, damit sie hübsch leicht und sacht aufgezogen werden können. Ich hoffe, Sie verstehn mich.

Wenn also von solchen Knoten die Rede ist und von den mancherlei Hindernissen, welche, mit Euer Gnaden gütigster Erlaubnis, solche Knoten uns auf der Reise durch unser Leben in den Weg legen, so kann jeder Vorschnelle sein Federmesser aus der Tasche ziehen und sie durchschneiden. Doch das ist nicht richtig. Glauben Sie mir, meine Herren, der ehrlichste Weg, den uns zudem Vernunft und Gewissen vorschreiben, ist, unsere Zähne und Finger dabei zu gebrauchen. Doktor Slop hatte seine Zähne verloren. Sein Lieblingsinstrument, mit dem er einst bei einer schweren Geburt eine Extraktion in der falschen Richtung vornahm oder das er falsch ansetzte, rutschte ihm so unglücklich aus und fuhr ihm mit dem Griff dergestalt gegen die Zähne, daß er drei der besten einbüßte. Er versuchte es mit seinen Fingern – aber ach, die Nägel seiner Finger und seiner Daumen waren ganz kurz geschnitten. „Hol's der Henker! Ich kann's nicht auflösen, weder so noch so!" schrie Doktor Slop. Das Trampeln über seinem Kopf beim Bett meiner Mutter wurde stärker. „Daß den Kerl der Teufel hole! In meinem ganzen Leben bring ich die Knoten nicht auf." Meine Mutter fing an zu ächzen. „Leihen Sie mir doch Ihr Federmesser! Ich muß eben die Knoten durchschneiden – puh, pscha! Herrgott! Da hab ich mich in den Daumen geschnitten, bis auf den Knochen! Der verdammte Kerl! Wenn im Umkreis von fünzig Meilen kein anderer Geburtshelfer zu haben ist – ich bin für diesmal fertig. Daß der Schurke am Galgen hinge, erschossen wäre! Daß ihn der Satan in der Hölle hätte und das Feuer mit ihm schürte, dem Rindvieh!"

Mein Vater hielt große Stücke auf seinen Obadiah und konnte es nicht leiden, daß man so mit ihm verfuhr; überdies hielt er auch große Stücke auf sich selbst und konnte ebensowenig die Beleidigung leiden, die ihm dadurch selbst zugefügt wurde.

Hätte der Doktor sich in ein anderes Glied des Körpers geschnitten als in den Daumen – mein Vater hätte es hingehen lassen, denn seine Klugheit hätte doch gesiegt. Da es aber einmal so stand, wollte er auch seine Rache haben.

„Kleine Flüche, Doktor Slop, bei großen Anlässen“, sagte mein Vater (nachdem er ihm zuvor sein Mitleid über den Unfall bezeigt hatte), „dienen zu weiter nichts, als daß wir um nichts und wieder nichts die Stärke und Gesundheit unserer Seelen dabei untergraben.“ – „Zugegeben“, versetzte Doktor Slop. – „Es ist genauso“, sagte mein Onkel Toby (der so lange aufhörte zu pfeifen), „als ob man mit Sperlingsschrot auf eine Bastei schösse.“ – „Es ist weiter zu nichts nütze“, fuhr mein Vater fort, „als die Galle in Aufruhr zu versetzen, ohne ihr die Schärfe zu nehmen. Ich meinesteils fluche und schwöre nur selten; ich halte es für nicht gut, werde ich aber einmal dazu gebracht, ohne es gewahr zu werden, so behalte ich doch im allgemeinen so viel Geistesgegenwart“ („Recht“, sagte mein Onkel Toby), „daß ich weiß, warum ich es tue, das heißt, ich höre nicht eher auf, als bis ich mich erleichtert fühle. Ein kluger und gerechter Mann sollte sich indessen immer befleißigen, nicht mehr Galle auszuschütten, als er nicht nur nach dem Maß, wie sie ihm übergelaufen ist, sondern auch nach der Größe und Absicht der Beleidigung auszuschütten hat.“ – *„Beleidigungen gehen stets vom Herzen aus“*, sagte mein Onkel Toby. – „Aus diesem Grund“, fuhr mein Vater mit der größten cervantischen Ernsthaftigkeit fort, „habe ich die höchste Ehrfurcht von der Welt vor jenem Ehrenmann, der in diesem Punkt seiner eigenen Besonnenheit nicht traute und sich also niedersetzte und (in aller Muße) Flüche abfaßte, die sich für alle Fälle eigneten, von der geringfügigsten bis zu der größten Reizung, die ihn möglicherweise überkommen konnte. Diese Flüche hatte er, nachdem er sie reiflich überlegt und sich vergewissert hatte, daß er dafür einstehen konnte, beständig in Reichweite auf dem Kaminsims liegen, um sie jederzeit gebrauchen zu können.“ – „Mir ist es noch niemals vorgekommen“, versetzte Doktor Slop, „daß man so etwas jemals gedacht, geschweige denn in die Tat umgesetzt hätte.“ – „Ich bitte um Verzeihung“, sagte mein Vater, „noch heute morgen habe ich meinem Bruder Toby beim Teetrinken einen davon vorgelesen, aber nicht vorgeflucht. Er liegt hier über meinem Kopf auf dem Bord. Wenn ich mich aber recht erinnere, so war er für einen Schnitt in den Daumen zu stark." – „Ganz und gar nicht", sagte Doktor Slop. „Hol der Teufel den Kerl!" – „Nun gut", antwortete mein Vater, „dann steht er Ihnen gern zur Verfügung, unter der Bedingung, daß Sie ihn laut vorlesen." Damit stand er auf und nahm eine Exkommunikationsformel der römischen Kirche, die sich mein Vater (der dergleichen gerne sammelte) aus dem Hauptbuch der Kirche zu Rochester, welches der Bischof Ernulphus verfaßte, hatte abschreiben lassen, mit einer so prächtig gespielten Ernsthaftigkeit in Miene und Stimme herunter, daß sie dem Ernulphus selbst in der Seele wohlgetan haben würde. Er gab sie Doktor Slop in die Hand. Doktor Slop wickelte seinen Daumen in einen Zipfel seines Taschentuchs und las mit krauser Nase, ohne jedoch den geringsten Verdacht zu schöpfen, laut folgendes vor – mein Onkel Toby pfiff dabei beständig seinen „Lillibullero", so laut er konnte.

11. Kapitel

Textus de Ecclesia Roffensi, per Ernulfum Episcopum.

Cap. XXV

EXCOMMUNICATIO*

Ex auctoritate Dei omnipotentis, Patris, et Filii, et Spiritus Sancti, et sanctorum canonum, sanctaeque et intemeratae Virginis Dei genetricis Mariae, –

* Da einige bezweifelt haben, daß die Konsultation der Sorbonne über die Frage der Taufe auch echt sei, und andere deren Echtheit geleugnet haben, so hat man es für nötig erachtet, das Original dieser Exkommunikation hier abdrucken zu lassen; für die abschriftliche Mitteilung desselben dankt Herr Shandy dem Domküster des Dekans und des Kapitels zu Rochester.

11. Kapitel

„Im Namen des allmächtigen Gottes, Gottes des Vaters, des Sohnes und des Heiligen Geistes, und aller Heiligen sowie der unbefleckten Jungfrau Maria, der Mutter und Schutzheiligen unseres Heilandes. – Ich denke, es ist nicht nötig", sagte Doktor Slop, ließ das Papier auf die Knie niedersinken und wandte sich an meinen Vater, „daß ich's laut lese, da Sie es so kürzlich gelesen haben; und da Hauptmann Shandy keine große Lust zu haben scheint, es anzuhören, so kann ich es wohl ebensogut leise für mich lesen." – „Nein, mein Herr, so haben wir nicht gewettet", versetzte mein Vater, „überdies ist es auch so sonderbar, besonders gegen das Ende zu, daß es mir leid tun sollte, wenn ich es nicht noch einmal anhören könnte." Doktor Slop fand es nun freilich nicht ganz nach seinem Sinn; da aber mein Onkel Toby sich augenblicklich erbot, sein

Atque omnium coelestium virtutum, angelorum, archangelorum, thronorum, dominationum, potestatum, cherubin ac seraphin, et sanctorum patriarchum, prophetarum, et omnium apostolorum et evangelistarum, et sanctorum innocentum, qui in conspectu Agni soli digni inventi sunt canticum cantare novum, et sanctorum martyrum, et sanctorum confessorum, et sanctarum virginum, atque omnium simul sanctorum et electorum Dei, – Excommunicamus, et anathematizamus
vel os s *vel* os s
hunc furem, vel hunc malefactorem, N. N. et a liminibus sanctae Dei ecclesiae sequestramus, et aeternis suppliciis
vel i n
excruciandus, manicipetur, cum Dathan et Abiram, et cum his qui dixerunt Domino Deo, Recede, a nobis, scientiam viarum tuarum nolumus: et sicut aqua ignis extinguitur,
vel eorum
sic extinguatur lucerna ejus in secula seculorum nisi re-
n n
spuerit, et ad satisfactionem venerit. Amen.

os
Maledicat illum Deus Pater qui hominem creavit. Male-
os
dicat illum Dei Filius qui pro homine passus est. Maledicat
os
illum Spiritus Sanctus qui in baptismo effusus est. Male-
os
dicat illum sancta crux quam Christus pro nostra salute hostem triumphans, ascendit.

Pfeifen bleibenzulassen und es selbst ihnen vorzulesen, dachte Doktor Slop, es sei wohl besser, wenn er es gleichsam unter dem Schutz von Onkel Tobys Pfeifen läse, als zuzulassen, daß mein Onkel Toby es ihnen vorläse. Er nahm also das Papier wieder vors Gesicht, hielt es mit demselben fast in einer Linie, um seinen Verdruß zu verbergen, und las laut wie folgt – mein Onkel Toby pfiff dabei seinen „Lillibullero", obgleich nicht ganz so laut wie vorher.

„Im Namen des allmächtigen Gottes, Gottes des Vaters, Gottes des Sohnes und Gottes des Heiligen Geistes und der unbefleckten Jungfrau Maria, der Mutter und Schutzheiligen unseres Heilandes, und aller himmlischen Heere, Engel, Erzengel, Thronen, Herrschaften, Mächte, Cherubim und Seraphim und aller heiligen Erzväter, Propheten und aller Apostel und Evangelisten und aller heiligen Unschuldigen, welche im Angesichte des Lammes würdig befunden sind, zu singen das neue Lied, der heiligen Bekenner und Märtyrer, der heiligen Jungfrauen und aller Heiligen zusammen nebst den Heiligen und Auserwählten Gottes, sei er" (Obadiah) „verflucht" (dafür, daß er diese Knoten knüpfte). „Wir exkommunizieren, verbannen und schließen ihn aus von den Vorhöfen der Kirche Gottes, auf daß er werde gequält, gebunden und ausgeliefert mit Dathan und Abiram und mit jenen, welche zu dem Herrn sprechen: ‚Sei ferne von uns, wir fragen nicht nach deinen Wegen.' Und wie das Feuer durch das Wasser gelöscht wird, so soll sein Licht auf immerdar verlöschen, wofern es ihn nicht gereut" (Obadiah, daß er die Knoten geknüpft hat) „und er dafür" (für die Knoten) „büßt. Amen.

Es verfluche ihn der Vater, der die Menschen erschuf. Es verfluche ihn der Sohn, der für uns litt. Es verfluche ihn" (Obadiah) „der Heilige Geist, der uns in der Taufe mitgeteilt wurde. Es verfluche ihn das heilige Kreuz, welches Christus zu unserer Erlösung, über seine Feinde triumphierend, bestieg.

os
Maledicat illum sancta Dei genetrix et perpetua Virgo
os
Maria. Maledicat illum sanctus Michael, animarum susceptor
os
sacrarum. Maledicant illum omnes angeli et archangeli, principatus et potestates, omnisque militia coelestis.

os
Maledicat illum patriarcharum et prophetarum laudabilis
os
numerus. Maledicat illum sanctus Johannes praecursor et Baptista Christi, et sanctus Petrus, et sanctus Paulus, atque sanctus Andreas, omnesque Christi apostoli, simul et caeteri discipuli, quatuor quoque evangelistae, qui sua praedicatione mundum universum converterunt. Maledicat
os
illum cuneus martyrum et confessorum mirificus, qui Deo bonis operibus placitus inventus est.

os
Maledicant illum sacrarum virginum chori, quae mundi vana causa honoris Christi respuenda contempserunt. Male-
os
dicant illum omnes sancti qui ab initio mundi usque in finem seculi Deo dilecti inveniuntur.

os
Maledicant illum coeli et terra, et omnia sancta in eis manentia.

i n n
Maledictus sit ubicunque fuerit, sive in domo, sive in agro, sive in via, sive in semita, sive in silva, sive in aqua, sive in ecclesia.

i n
Maledictus sit vivendo, moriendo, — — — — — — — — — —
— —
— —
— —
— —
— —

manducando, bibendo, esuriendo, sitiendo, jejunando, dor-

Die heilige und ewige Jungfrau Maria, die Mutter Gottes, verfluche ihn. Der heilige Michael, der Fürsprecher der heiligen Seelen, verfluche ihn. Alle Engel und Erzengel, Herrschaften und Mächte nebst allen himmlischen Heerscharen mögen ihn verfluchen.“ [„Unsere Armeen in Flandern“, schrie mein Onkel Toby, „fluchten entsetzlich, aber so schlimm war es nicht. Ich meinesteils könnte es nicht übers Herz bringen, meinen Hund derartig zu verfluchen.“]

„Der heilige Johannes der Vorläufer und der heilige Johannes der Täufer und der heilige Peter und der heilige Paulus und der heilige Andreas und die Apostel allzumal mögen ihn verfluchen. Und alle übrigen seiner Jünger und die vier Evangelisten, die durch ihre Predigten die ganze Welt bekehrten, und die heilige und wundertätige Gemeinschaft der Märtyrer und Bekenner, welche durch ihre heiligen Werke Gnade vor Gottes Auge gefunden haben, mögen ihn“ (Obadiah) „verfluchen.

Der heilige Chor der heiligen Jungfrauen, die zur Ehre Christi allen irdischen Dingen entsagten, möge ihn verdammen. Alle Heiligen, die von Anbeginn der Welt bis zu ewigen Zeiten in der Liebe Gottes erfunden werden, mögen ihn verdammen.

Alle Himmel und Erden und alles, was darinnen heilig ist, möge ihn“ (Obadiah) „oder sie“ (oder jeden, der Hand anlegte, diese Knoten zu knüpfen) „verdammen.

Er“ (Obadiah) „sei verflucht, er befinde sich, wo er wolle: in seinem Haus oder in den Ställen, im Garten oder auf dem Feld, auf offenem Weg oder Steg, im Wald oder im Wasser oder in der Kirche. Er sei verflucht im Leben und im Sterben.“ [Hier haschte mein Onkel Toby eine halbe Note im zweiten Takt seines Marsches, und er hielt diesen Ton aus bis ans Ende des ganzen Satzes. Doktor Slop mit seinen Vierteln und Achteln des Fluches bewegte sich darunter beständig fort wie ein laufender Baß.] „Er sei verflucht, wenn er ißt und trinkt, wenn ihn hungert und dürstet, wenn er fastet, wenn er schläft, wenn er schlummert, wenn er geht, wenn er steht, wenn er sitzt, wenn er liegt,

mitando, dormiendo, vigilando, ambulando, stando, sedendo, jacendo, operando, quiescendo, mingendo, cacando, flebotomando.

i n

Maledictus sit in totis viribus corporis.

i n

Maledictus sit intus et exterius.

i n i n

Maledictus sit in capillis; maledictus sit in cerebro. Ma-

i n

ledictus sit in vertice, in temporibus, in fronte in auriculis, in superciliis, in oculis, in genis, in maxillis, in naribus, in dentibus, mordacibus, in labris sive molibus, in labiis, in guttere, in humeris, in harnis, in brachiis, in manubus, in digitis, in pectore, in corde, et in omnibus interioribus stomacho tenus, in renibus, in inguinibus, in fermore, in genitalibus, in coxis, in genubus, in cruribus, in pedibus, et in unguibus.

i n

Maledictus sit in toris compagibus membrorum, a vertice capitis, usque ad plantam pedis–non sit in eo sanitas.

os

Maledicat illum Christus Filius Dei vivi toto suae majestatis imperio –

wenn er arbeitet, wenn er ruht, wenn er pißt, wenn er scheißt oder wenn er zur Ader gelassen wird.

Verflucht sei er" (Obadiah) „in allen Kräften seines Leibes.

Verflucht sei er inwendig und auswendig. Er fühle den Fluch in den Haaren seines Hauptes, in seinem Gehirn und seinem Scheitel" [„Das ist ein gräßlicher Fluch", sagte mein Vater], „in seinen Schläfen, in seiner Stirn, in seinen Ohren, in seinen Augenbrauen, in seinen Wangen, in seinen Kiefern, in seinen Nasenlöchern, in seinen Schneidezähnen und in seinen Mahlzähnen, in seinen Lippen, in seinem Schlund, in seinen Schultern, in seinen Handgelenken, in seinen Armen, in seinen Händen, in seinen Fingern.

Er fühle den Fluch in seinem Mund, in seiner Brust, in seinem Herzen und allen edlen Teilen bis ganz zum Magen hinunter.

Er fühle den Fluch in seinen Nieren und in seinem Latzbein" [„Das verhüte Gott im Himmel!" sagte mein Onkel Toby], „in seinen Lenden, in seinen Genitalien" [Mein Vater schüttelte den Kopf], „in seinen Hüften und in seinen Knien, seinen Beinen, seinen Füßen und Fußnägeln.

Er sei verflucht in allen Gelenken und Teilstücken seiner Glieder; von den Fußsohlen bis zum Scheitel sei nichts Gesundes an ihm zu finden.

Der Sohn des lebendigen Gottes in all seiner Macht und Herrlichkeit ..." [Hier warf mein Onkel Toby seinen Kopf zurück und ließ ein furchtbares, langes, lautes Ju–u–u– hören, das wie eine Mischung aus dem Wort Heda und einem Pfiff klang.

– Beim goldenen Bart des Jupiter und der Juno (wenn Ihre Majestät einen trug) und bei den Bärten aller übrigen heidnischen Gottheiten, deren es, nebenbei gesagt, keine geringe Anzahl gab, weil zusammen mit den Bärten der himmlischen Götter, der Luft- und Wassergötter, ganz abgesehen von den Bärten der Stadt- und Landgötter oder der himmlischen Göttinnen, deren Gemahlinnen, oder der

et insurgat adversus illum coelum cum omnibus virtutibus quae in eo moventur ad *damnandum* eum, nisi penituerit et ad satisfactionem venerit. Amen. Fiat, fiat. Amen.

höllischen Göttinnen, deren Kebsen und Konkubinen (das heißt, falls sie welche trugen), alle diese Bärte, wie mir Varro auf Ehre und Gewissen versichert, wenn sie alle aufgezählt würden, in der heidnischen Götterliste nicht weniger als dreißigtausend wirklich vorhandene Bärte ergeben, wobei jeder Bart auf das Recht und Privileg Anspruch erhebt, daß man ihn streichle und bei ihm schwöre – bei allen diesen Bärten zusammengenommen also schwöre und gelobe ich, daß ich von meinen beiden schlechten Röcken, die ich in dieser Welt besitze, den besseren darum gegeben haben würde, und zwar ebenso bereitwillig, wie nur jemals Cid Hamet den seinen herschenkte, wenn ich hätte dabeistehen und Onkel Tobys Begleitmusik hätte hören können.]

„... verfluche ihn“, fuhr Doktor Slop fort, „und der Himmel mit allen Mächten, die ihn bewohnen, möge gegen ihn aufstehen und ihn“ (Obadiah) „verfluchen und verdammen, wofern er nicht bereut und büßt. Amen. So sei es, so sei es. Amen.“

„Ich beteure es“, sagte mein Onkel Toby, „mein Herz würde mir nicht erlauben, den Teufel selbst mit soviel Bitterkeit zu verfluchen.“ – „Der ist der Vater der Flüche“, versetzte Doktor Slop. – „Ich aber nicht“, entgegnete mein Onkel. – „Er ist bereits in alle Ewigkeit verdammt und verflucht“, versetzte Doktor Slop.

„Das tut mir leid“, sagte mein Onkel Toby.

Doktor Slop spitzte den Mund und wollte eben meinem Onkel Toby das Kompliment seines Ju—u—u— beziehungsweise Zwischenpfeifens zurückgeben, als im übernächsten Kapitel die Tür hastig geöffnet und der Geschichte ein Ende gemacht wurde.

Aber wir wollen uns nicht zu sehr in die Brust werfen und behaupten, daß die Flüche, deren wir uns in diesem unserem Land der Freiheit bedienen, unser eigen sind; und wir wollen, weil wir Geist genug haben, sie an den Mann zu bringen, uns noch nicht einbilden, wir hätten auch den Witz, sie zu erfinden.

Augenblicklich will ich das einem jeden Menschen in der Welt beweisen, ausgenommen dem Kenner, obgleich ich hiermit erkläre, daß ich nur den Kenner im Fluchen ablehne, wie ich es auch mit einem Kenner der Malerei usw. usw. machen würde, denn dieser ganze Schwarm ist mit dem Firlefanz und Brimborium der Kritik so behangen und befetischt, beziehungsweise, um meine Metapher aufzugeben, was, nebenbei gesagt, sehr schade ist, denn ich habe sie ja von der Küste von Guinea weit genug hergeholt, ihre Köpfe, mein Herr, sind so vollgepfropft mit Regeln und Schablonen, und sie sind stets so begierig, sie bei jeder Gelegenheit anzulegen, daß ein Werk von Genie lieber sofort zum Teufel gehen möchte, als sich von ihnen langsam zu Tode sticheln und martern zu lassen.

Und wie sprach Garrick gestern abend seinen Monolog? – Oh, gegen alle Regeln, Mylord, gegen alle Grammatik! Zwischen dem Substantiv und dem Adjektiv, welche doch in Numerus, Kasus und Genus übereinstimmen sollten, hielt er inne, als ob er einen Redeabschnitt machen wollte, und zwischen dem Nominativ, welcher, wie Euer Gnaden wissen, das Verbum regieren muß, brach er im Epilog wohl dutzendmal drei Sekunden und drei Quinten mit der Stimme ab. Ich habe es genau mit meiner Stoppuhr gemessen, Mylord. – Der vortreffliche Grammatiker! – Aber brach er denn auch den Sinn ab, wenn er mit der Stimme abbrach? Füllte keine ausdrucksvolle Geste oder Miene den Zwischenraum aus? War das Auge stumm? Sahen Sie auch genau hin? – Ich sah nur auf meine Stoppuhr, Mylord. – Der vortreffliche Beobachter!

Und was sagen Sie zu dem neuen Buch, von dem die

ganze Welt ein solches Aufhebens macht? – Oh, es ist ganz schief und krumm, Mylord, ein ganz unregelmäßiges Ding! Kein einziger Winkel der vier Ecken war ein rechter Winkel. Ich hatte Lineal und Zirkel usw. in meiner Tasche, Mylord. – Der vortreffliche Kritikus!

Und was das epische Gedicht, das ich mir auf Euer Gnaden Bitte hin angesehen habe, betrifft: Ich habe seine Länge, Breite, Höhe und Tiefe aufgenommen und es zu Hause nach einem genauen Maßstab von Bossu ausgemessen, und ich finde seine Proportionen durchgängig falsch. – Der bewunderungswürdige Kenner!

Und sind Sie auf Ihrem Rückweg bei dem Maler eingetreten und haben sich das große Gemälde angesehen? – Es ist ein elendes Gesudel, Mylord; keine einzige Gruppe ist nach dem Prinzip der Pyramiden angeordnet! Und welchen Preis er dafür fordert! Man findet nichts darin von Tizians Kolorit, von Rubens' Ausdruck, von Raffaels Grazie, von Dominichinos Klarheit, von Correggios Correggität, von Poussins Gelehrsamkeit, von Guidos Adel, vom Geschmack der Carraccis oder von Michelangelos großen Umrissen. – Gerechter Himmel, verleihe mir Geduld! Von allem Geschwätz, das in dieser geschwätzigen Welt geschwatzt wird, obgleich das Geschwätz der Hypokriten das schlimmste sein mag, ist das Kritikergeschwätz das unausstehlichste!

Fünfzig Meilen würde ich zu Fuß reisen – denn ich habe kein Pferd, das die Reise aushielte –, um dem Mann die Hände zu küssen, dessen großmütiges Herz die Zügel seiner Einbildungskraft den Händen seines Autors überliefert und der sich zufriedenstellen läßt, ohne zu wissen wie, und nicht fragt warum.

Großer Apoll, wenn du einmal in Geberlaune bist, gib mir – mehr verlange ich nicht – nur eine Portion echten Humors und dazu nur noch einen Funken von deinem Feuer, und sende Merkur, wenn er gerade abkommen kann, mit den Regeln und Schablonen nebst meiner Empfehlung zu den – gleichviel!

Jedem anderen Menschen also will ich gern beweisen, daß alle Flüche und Verwünschungen, die wir in den letzten zweihundertundfünfzig Jahren der Welt als original vorgeprunkt haben, ausgenommen „beim Daumen des heiligen Paulus", „bei Gottes Fleisch" und „bei Gottes Fisch", welches monarchische Flüche waren und in Anbetracht dessen, der sie machte, nicht uneben geraten sind – und bei königlichen Flüchen kommt es auch nicht so sehr darauf an, ob sie Fisch oder Fleisch sind –, außer diesen ist also kein Fluch oder wenigstens keine Verwünschung darunter, die nicht tausendmal aus dem Ernulphus abgeschrieben wäre. Aber wie alle Kopien verlieren sie unendlich an Kraft und Nachdruck gegenüber dem Original! Da wird einem der Fluch „Gott verdamme dich" für nicht schlecht verkauft, und so obenhin betrachtet, ist er auch wohl ganz passabel. Stellen Sie ihn aber einmal neben den Fluch des Ernulphus – „Der allmächtige Gottvater verdamme dich, Gott der Sohn verdamme dich, Gott der Heilige Geist verdamme dich" –, so sehen Sie, daß er nichts taugt. Im letzteren ist so etwas Orientalisches, das wir nicht erreichen können. Außerdem ist Ernulphus reicher an Erfindung und an wahrem Fluchergenie; er hat eine so gründliche Kenntnis vom Bau des menschlichen Körpers, seinen Membranen, Nerven, Bändern, Wirbeln und Gelenken, daß, wenn Ernulphus fluchte, ihm kein Glied entwischte. Es ist wohl wahr, daß in seinem Stil etwas Hartes liegt und – wie bei Michelangelo – ein gewisser Mangel an Grazie, dafür aber zeugt er von einem so großen Geschmack!

Mein Vater, der gewöhnlich alles in einem ganz anderen Licht betrachtete als andere Menschenkinder, wollte trotzdem niemals zugeben, daß dies ein Original sei. Er hielt vielmehr Ernulphus' Anathema für eine Form des Fluchens, in welcher, wie er vermutete, Ernulphus, als unter einem milden Pontifikat das Fluchen in Verfall geriet, auf Befehl des nachfolgenden Papstes mit großer Gelehrsamkeit und großem Fleiß alle Gesetze des Fluchens zusammengetragen hatte, und zwar aus dem gleichen Grund, aus dem Justinian beim Verfall des römischen Reiches seinem Kanzler Tribonianus befohlen hatte, alle römischen oder bürgerlichen Gesetze in einem Kodex zu sammeln, damit sie nicht durch den Rost der Zeit und durch das gewöhnliche unglückliche Schicksal aller Dinge, die der mündlichen Überlieferung anvertraut werden, ganz und gar für die Welt verlorengehen möchten.

Aus diesem Grund gibt es, wie mein Vater oft behauptete, nicht einen einzigen Fluch, von dem großen und grausigen Schwur Wilhelms des Eroberers an („Beim Glanze Gottes!“) bis zu dem gemeinsten Fluch eines Straßenkehrers („Gott verdamme deine Augen!“), der nicht im Ernulphus stünde. Kurzum, pflegte er hinzuzusetzen, den will ich sehen, der einen neuen Fluch vorbringen kann!

Die Hypothese ist, wie die meisten meines Vaters, sonderbar und sinnreich obendrein; ich habe auch weiter nichts dagegen, als daß sie die meinige über den Haufen wirft.

13. Kapitel

„Gott sei mit uns! Die arme gnädige Frau wird gleich ohnmächtig, und sie hat keine Wehen mehr, und die Tropfen sind alle, und die Flasche mit dem Zuckerwasser ist zerbrochen, und die Wartefrau hat sich in den Arm geschnitten“ („Und ich mich in den Daumen“, rief Doktor Slop), „und das Kind ist noch immer, wo es war“, fuhr Susanna fort, „und die Hebamme ist rücklings mit den Hüften auf das Kamingitter gefallen, daß sie so schwarz sind wie Ihr Hut.“ „Ich will danach sehen“, sagte Doktor Slop. – „Das ist nicht nötig“, versetzte Susanna, „sehen Sie lieber nach der gnädigen Frau. Aber die Hebamme wollte Ihnen gerne erst Bescheid sagen, wie es steht, und läßt Ihnen ausrichten, Sie möchten gleich heraufkommen, daß sie mit Ihnen sprechen kann.“

Die menschliche Natur äußert sich auf gleiche Weise in allen Berufen.

Gerade vorher war die Hebamme dem Doktor Slop vor die Nase gesetzt worden. Das hatte er noch nicht verdaut. „Nein“, antwortete der Doktor, „es wäre wohl ebenso schicklich, wenn die Hebamme zu mir herunterkäme.“ – „Ich liebe die Subordination“, sagte mein Onkel Toby, „und wenn die nicht gewesen wäre, so weiß ich nicht, was nach der Einnahme von Lille aus der Besatzung von Gent geworden wäre, bei dem Brotaufruhr im Jahre Zehn.“ – „Ich“, versetzte Doktor Slop (und parodierte damit Onkel Tobys steckenreiterische Bemerkung, obgleich er selbst ebenfalls auf seinem Steckenpferd saß), „weiß ebensowenig, Herr Hauptmann Shandy, was bei der Unordnung und dem Aufruhr, den ich jetzt überall vorfinde, aus der Besatzung da über unseren Köpfen werden wird, gäbe es nicht die Subordination der Finger und des Daumens unter ***, die mir unter meinen jetzigen Umständen so glücklich zustatten kommt; sonst hätte es die Familie Shandy fühlen können, solange sie Shandy heißt, daß ich mich heute in den Daumen geschnitten habe.“

14. Kapitel

Laßt uns zurückgehen zu den *** im vorigen Kapitel. Es ist ein besonderer Kunstgriff in der Redekunst (zum wenigsten war er es, als die Beredsamkeit in Athen und Rom blühte, und er würde es noch sein, wenn unsere Redner Mäntel trügen), den Namen eines Dinges nicht zu nennen, wenn man das Ding selbst bei der Hand, in petto und bereit hat, um es husch! vorzuweisen, wenn es gerade gebraucht wird. Eine Narbe, eine Axt, ein Schwert, ein durchlöchertes Gewand, ein rostiger Helm, anderthalb Pfund Pottasche in einer Urne oder ein Topf Eingemachtes für anderthalb Pence, vor allen Dingen aber ein zartes Kind in königlichem Schmuck. Freilich, wenn es noch zu klein und die Rede so lang ist wie Ciceros zweite Philippika, muß es notwendigerweise des Redners Mantel vollmachen. Wenn es hingegen zu alt ist, muß es ihm beschwerlich fallen und seiner Aktion hinderlich sein, so daß er durch das Kind ebensoviel verliert, wie er durch es gewinnen kann. Wenn aber ein politischer Redner das richtige Alter bis auf eine Minute genau getroffen hat, sein Bambino so listig unter seinem Mantel verborgen hält, daß keine sterbliche Nase es riechen kann, und es im entscheidenden Augenblick so hervorbringt, daß keine Seele sagen kann, es sei bei den Haaren herbeigezogen – oh, Ihr Herren, dann wirkt es Wunder! Es hat wohl schon die Geldbeutel einer halben Nation geöffnet, ihre Gehirne verrückt, ihre Grundsätze erschüttert und ihre Staatskunst aus den Angeln gehoben.

Solche Taten lassen sich jedoch nur, sage ich, in den Staaten und Zeiten vollbringen, in denen die Redner Mäntel trugen, und zwar hübsch weite, meine lieben Brüder, von einigen zwanzig oder fünfundzwanzig Ellen gutem, superfeinem, marktgängigem Purpur mit langen, fließenden Falten und in prächtigem Schnitt. Aus alledem geht, mit Euer Gnaden Erlaubnis, hervor, daß der Verfall der Beredsamkeit und ihr geringer Nutzen, sowohl privat als öffentlich, in der heutigen Zeit an nichts anderem in der Welt liegt als an den kurzen Röcken und daran, daß die Pluderhosen aus der Mode gekommen sind. Unter den unsrigen, Madame, können wir nichts mehr verbergen, das sich vorzuweisen lohnte.

15. Kapitel

Um ein Haar wäre Doktor Slop eine Ausnahme von dem, was ich hier alles vorgetragen habe, geworden; denn da er eben seinen grünen Filetbeutel vor sich auf den Knien liegen hatte, als er begann, meinen Onkel Toby zu parodieren, so war dieser für ihn so gut wie der beste Mantel der Welt, weshalb er dann auch, als er voraussah, daß sein Satz mit seiner neuerfundenen Zange endigen werde, seine Hand in den Beutel steckte, um sie zum Zwicken bereitzuhalten, sobald Euer Gnaden die *** bemerkten, was, wenn er es richtig anstellte, meinen Onkel Toby gewiß umgeworfen haben würde. In diesem Fall wären der Satz und der Beweis in einem Punkt so eng zusammengetroffen wie die zwei Linien, welche die vorspringende Spitze eines Ravelins bilden. Doktor Slop hätte sich gewiß nicht aus der Affäre gezogen, und mein Onkel Toby hätte ebenso leicht daran gedacht zu fliehen wie es mit Sturm zu erobern. Aber Doktor Slop kramte so lange herum, als er die Zange herausnehmen wollte, daß die ganze Wirkung dabei verlorenging; und was noch ein zehnmal größeres Unglück war (denn ein Unglück kommt selten allein): als er die Zange herauszog, brachte er schändlicherweise auch die Spritze zum Vorschein.

Wenn eine Proposition in zweifachem Sinn verstanden werden kann, so ist es ein Gesetz in der Disputierkunst, daß der Respondent nach Belieben auf denjenigen von beiden antworten darf, der ihm am sympathischsten erscheint. Dies brachte den Vorteil des Arguments ganz auf Onkel Tobys Seite. „Lieber Gott!“ rief mein Onkel Toby, „werden die Kinder mit einer Spritze auf die Welt gebracht?“

16. Kapitel

„Bei meiner Ehre, Herr Doktor, Sie haben mir mit Ihrer Zange die Haut von beiden Händen rein abgerissen“, rief mein Onkel Toby, „und obendrein haben Sie mir alle Knöchel zu Brei zerquetscht.“ – „Das ist Ihre eigene Schuld“, sagte Doktor Slop, „Sie hätten Ihre beiden Fäuste in Form eines Kinderkopfes, wie ich Ihnen sagte, ballen und ganz stillsitzen sollen.“ – „Das tat ich ja“, antwortete mein Onkel Toby. – „Ja, dann müssen die Zähne meiner Zange nicht recht gefüttert oder die Niete muß zu locker sein, oder auch der Schnitt in meinen Daumen hat mich ein wenig ungeschickt gemacht, oder möglicherweise ...“ – „Ein Glück ist's“, sagte mein Vater und unterbrach die Aufzählung aller Möglichkeiten, „daß das Experiment nicht zuerst an meines Kindes Kopf gemacht worden ist.“ – „Das hätte ihm nicht im geringsten schaden können“, antwortete Doktor Slop. – „Ich behaupte“, sagte mein Onkel Toby, „es hätte sein Cerebellum zerbrochen (oder der Schädel hätte so hart sein müssen wie eine Granate) und ein regelrechtes Pappmus daraus gemacht.“ – „Pah“, versetzte Doktor Slop,

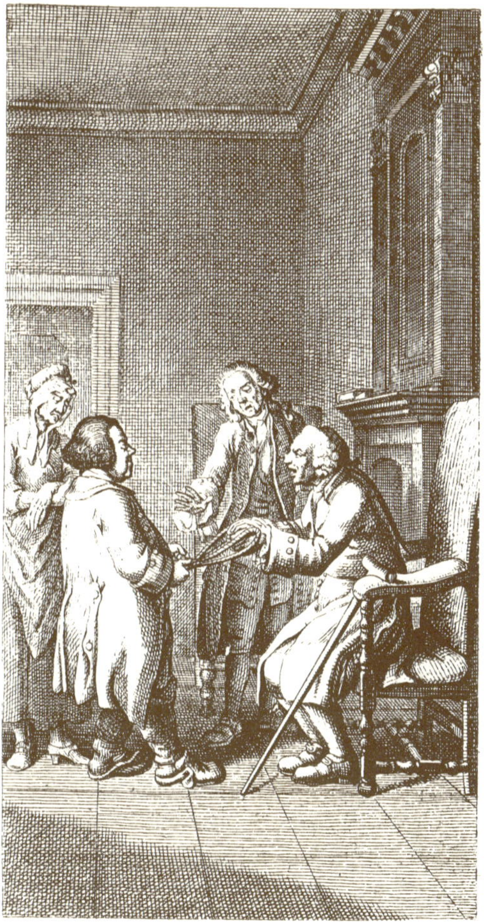

„ein Kinderkopf ist von Natur so weich wie ein gebratener Apfel, die Nähte geben nach, und außerdem hätte ich es bei den Füßen herausziehen können.“ – „Das lassen Sie wohl lieber bleiben“, sagte sie. – „Mir wäre es lieber, wenn Sie diesen Weg gleich einschlügen“, sagte mein Vater.

„Oh, tun Sie das doch“, setzte mein Onkel Toby hinzu.

17. Kapitel

„Aber, gute Frau, will Sie nach alledem die Verantwortung übernehmen und sagen, daß es nicht ebensowohl die Hüfte wie der Kopf des Kindes sein kann?“ – „Es ist ganz gewiß der Kopf“, versetzte die Hebamme. – „Weil“, fuhr Doktor Slop fort (und wandte sich an meinen Vater), „so zuversichtlich die alten Damen auch gewöhnlich sind, das eine Sache ist, die man sehr selten genau wissen kann und die doch sehr wichtig zu wissen ist; denn, mein Herr, wenn man die Hüfte für den Kopf hält, so ist es leicht möglich (wenn es ein Knabe ist), daß die Zange * * * * * * *.“

Was so leicht möglich wäre, das wisperte Doktor Slop meinem Vater und dann auch meinem Onkel Toby ganz leise ins Ohr. „Beim Kopf besteht diese Gefahr nicht“, fuhr er fort. – „Wahrhaftig nicht“, sagte mein Vater, „wenn aber einmal Ihre Möglichkeit bei der Hüfte eingetreten ist, so können Sie von mir aus auch gleich den Kopf mit abreißen.“

Es ist moralisch unmöglich, daß der Leser dies verstehen kann; es genügt, daß Doktor Slop es verstand. Und damit nahm er den grünen Beutel in die Hand, und in Obadiahs Hausschuhen schlich er, für einen Mann von seiner Dicke recht behende, durch das Zimmer zur Tür; und vor der Tür ließ er sich von der guten alten Hebamme den Weg ins Zimmer meiner Mutter weisen.

18. Kapitel

„Es sind zwei Stunden und zehn Minuten und nicht länger", schrie mein Vater, wobei er auf die Uhr sah, „seitdem Doktor Slop und Obadiah angekommen sind. Und ich weiß nicht, Bruder Toby, wie es zugeht, aber meinen Gedanken kommt es fast wie ein Menschenalter vor."

– Da, mein Herr, nehmen Sie bitte meine Kappe. Ja, halten Sie auch noch die Schelle und meine Pantoffeln dazu.

Nun, mein Herr, es steht Ihnen alles zu Diensten, und es soll Ihnen geschenkt sein, wenn Sie mir Ihre ganze Aufmerksamkeit für dieses Kapitel leihen wollen.

Obgleich mein Vater sagte, er wisse nicht, wie es zugehe, so wußte er doch recht gut, wie es zuging; und in dem Augenblick, da er das sagte, war er schon in seinem Sinn entschlossen, meinem Onkel Toby eine metaphysische Dissertation über die Dauer und ihre einfachen Modifikationen vorzutragen, um ihm die Sache klarzumachen und ihm zu beweisen, durch welchen Mechanismus und Maßstab im Gehirn es geschehen war, daß die schnell wechselnde Folge ihrer Ideen und das beständige Springen ihres Gespräches von einer Sache zur andern, seitdem Doktor Slop ins Zimmer gekommen war, eine so kurze Zeit zu einer so unbegreiflichen Länge hatte ausdehnen können. „Ich weiß nicht, wie es zugeht", sagte mein Vater, „aber es kommt mir vor wie ein Menschenalter."

„Das kommt bloß von der Aufeinanderfolge unserer Ideen", sagte mein Onkel Toby.

Mein Vater hatte mit allen Philosophen die Neigung gemein, über alles, was ihm vorkam, zu philosophieren und das Warum zu ergründen. Er versprach sich also ein unendliches Vergnügen von seiner Dissertation über die Aufeinanderfolge der Ideen und dachte nicht im geringsten daran, daß mein Onkel Toby ihm diese einfach wegschnappen würde, der gewöhnlich (die ehrliche Seele!) jedes Ding so nahm, wie es geschah, und der um nichts in der Welt sein Gehirn mit abstrusen Gedanken marterte. Die Ideen von Zeit und Raum, oder wie wir zu diesen Ideen kommen, oder aus welchem Stoff sie geschnitten sind, oder ob sie uns angeboren sind, oder ob wir sie uns erst später zu eigen machen, oder ob wir das tun, wenn wir noch im Kinderkleidchen gehen, oder erst dann, wenn wir lange Hosen anziehen, nebst tausend anderen Untersuchungen und Disputen über Unendlichkeit, Vorherwissen, Freiheit, Notwendigkeit und dergleichen, über deren verzweifelte und unauflösbare Theorien schon so mancher feine Kopf vor die Hunde gegangen ist – all dies quälte Onkel Tobys Kopf nicht im geringsten. Mein Vater wußte das und war daher über meines Onkels zufällige Lösung ebenso erstaunt, wie er darüber betroffen war.

„Verstehst du die Theorie, die sich auf dieses Problem bezieht?" versetzte mein Vater.

„Nein", sagte mein Onkel.

„Du hast aber doch eine Vorstellung", sagte mein Vater, „von dem, worüber du sprichst?"

„Ebensowenig wie mein Pferd", versetzte mein Onkel Toby.

„O lieber Himmel", rief mein Vater, wobei er die Augen gen Himmel richtete und die Hände zusammenschlug, „in deiner unschuldigen Unwissenheit, Bruder Toby, liegt ein solcher Wert, daß es fast schade ist, sie gegen Wissen einzutauschen. Ich will es dir aber erklären:

Um richtig zu verstehen, was die *Zeit* ist, ohne welche wir niemals die *Unendlichkeit* begreifen können, weil die eine ein Teil der andern ist, müssen wir zunächst sorgfältig untersuchen, welche Vorstellung wir von der *Dauer* haben, so daß wir genaue Rechenschaft geben können, wie wir dazu gelangt sind." – „Wen in der Welt geht das was an?" sagte mein Onkel Toby. – „Denn* wenn du deine Augen nach innen auf deinen Geist richtest", fuhr mein Vater fort, „und ihn aufmerksam beobachtest, wirst du gewahr werden, Bruder, daß, während du und ich hier sprechen und denken und unsere Pfeife rauchen oder während wir nach und nach Ideen in unseren Geist aufnehmen, wir uns

* siehe Locke.

bewußt sind, daß wir existieren; und wenn wir die Existenz oder die Dauer unserer Existenz oder die eines jeden anderen Dinges nach dem Maßstab der Ideenfolge in unserem Geist schätzen und messen, so folgt aus dieser Voraussetzung ..." – „Du machst, daß mir der Kopf schwindelt", rief mein Onkel Toby.

„Daher kommt es", fuhr mein Vater fort, „daß wir in unserer Berechnung der Zeit so an Minuten, Stunden, Wochen und Monate gewöhnt sind und an die Uhren (ich wollte, daß es keine Uhren im ganzen Königreich gäbe), um für uns und für die, mit denen wir zu tun haben, ihre verschiedenen Teile auszumessen, daß es ein großes Wunder ist, wenn uns nicht mit der Zeit die Aufeinanderfolge unserer Ideen ganz und gar unnütz wird.

Nun besteht, wir mögen es bemerken oder nicht", fuhr mein Vater fort, „in dem Kopf eines jeden gesunden Menschen eine regelmäßige Aufeinanderfolge von Ideen der einen oder der anderen Art, die sich aneinanderreihen wie..." – „Ein Artilleriezug?" sagte mein Onkel Toby. – „Ein Zug Unsinn!" sagte mein Vater, „... die in unserem Geist in gewissen Abständen sich aneinanderreihen und aufeinanderfolgen wie die Bilder im Inneren einer Laterne, welche durch die Wärme einer Kerze gedreht werden." – „Ich versichere dir", sagte mein Onkel Toby, „meine drehen sich eher wie ein Bratenwender." – „Wenn es so ist, Bruder Toby, so habe ich dir über dieses Thema weiter nichts zu sagen", versetzte mein Vater.

19. Kapitel

Was hier für eine herrliche Konjunktur verlorenging! Mein Vater in seiner besten Erklärerlaune und ganz dazu aufgelegt, einer metaphysischen Frage bis in die entferntesten Winkel, wo sie bald Wolken und dichte Finsternis eingehüllt haben würden, nachzuspüren; mein Onkel Toby in der schönsten Disposition von der Welt; sein Kopf wie ein Bratenwender, der Rauchfang umgekehrt und die Ideen beständig darin herumwirbelnd, alle dick überzogen und geschwärzt von Ruß! Beim Grabmal Lukians – wenn es noch besteht, wenn nicht, nun, dann bei seiner Asche, bei der Asche meines teuren Rabelais und meines noch teureren Cervantes –, meines Vaters und Onkel Tobys Gespräch über *Zeit* und *Ewigkeit* war ein sehr erwünschtes Gespräch, und die Heftigkeit des Unwillens, mit der mein Vater es so kurz abbrach, beraubte die ontologische Schatzkammer eines solchen Kleinods, wie es das glücklichste Zusammentreffen großer Gelegenheiten und großer Männer ihr schwerlich jemals wird ersetzen können.

20. Kapitel

Obgleich mein Vater darauf beharrte, das Gespräch nicht fortzusetzen, so wollte ihm doch Onkel Tobys Bratenwender nicht aus dem Kopf gehen, sosehr er sich auch anfangs darüber geärgert hatte; im Grunde steckte nämlich etwas in dem Vergleich, was seine Phantasie anregte; deswegen stützte er seinen Ellenbogen auf den Tisch und die rechte Seite seines Kopfes in die flache Hand und begann, den Blick zunächst starr ins Feuer gerichtet, zu grübeln und darüber zu philosophieren. Da aber seine Lebensgeister von der Arbeit, neue Spuren auszuspähen, und der beständigen Anstrengung seines Geistes durch die mannigfaltigen Gegenstände, die im Gespräch nacheinander aufgetaucht waren, erschöpft waren, drehte die Vorstellung des Bratenwenders alle seine Gedanken sehr bald um und um, so daß er einschlummerte, ehe er es merkte.

Was nun meinen Onkel Toby betrifft, so hatte sich sein Bratspieß noch kein dutzendmal herumgedreht, als er ebenfalls einschlief. Ich wünsche beiden eine angenehme Ruhe. Doktor Slop hat oben mit der Hebamme und meiner Mutter zu schaffen. Trim ist vollauf damit beschäftigt, aus einem Paar alter Reitstiefel einige Mörser zu machen, die nächsten Sommer bei der Belagerung von Messina gebraucht werden sollen, und er bohrt eben in diesem Augenblick mit der

Spitze eines glühenden Schürhakens die Zündlöcher hinein. Alle meine Helden sind meinen Händen entschlüpft; zum erstenmal kann ich einen Augenblick für mich erübrigen, und ich will ihn dazu benutzen, meine Vorrede zu schreiben.

DIE VORREDE DES AUTORS

Nein, kein Wort will ich darüber verlieren. Hier ist es. Indem ich es drucken lasse, appelliere ich an die Welt, und der Welt übergebe ich es; es muß für sich selbst sprechen.

Alles, was ich davon weiß, ist dies: als ich mich hinsetzte, war es meine Absicht, ein gutes Buch zu schreiben und, soweit es die Beschränktheit meines Verstandes gestattet, ein weises, ja ein vernünftiges Buch; ich war nur darauf bedacht, bei der Ausführung allen Witz und Verstand (es sei nun viel oder wenig) hineinzulegen, welchen der große Urheber und Spender dieser Gaben für gut gefunden hat mir ursprünglich zu verleihen, so daß es, wie Euer Gnaden sehen, gerade so ist, wie es Gottes Wille war.

Nun sagt Agalastes (mit verächtlicher Miene), es dürfte wohl einigen Witz enthalten, Verstand aber ganz und gar nicht. Und Triptolemus und Phutatorius, die ihm beistimmen, fragen: Wie sollte der auch hineinkommen? Denn Witz und Verstand fänden sich niemals in dieser Welt beieinander; das seien zwei geistige Haltungen, die so weit voneinander entfernt lägen wie Ost und West, so sagt Locke; wie die Winde, die dem Menschen an den entgegengesetzten Enden abgehen, sage ich. Um aber hierauf zu antworten, behauptet und beweist Didius, der große Kirchenrechtler, in seiner Abhandlung *de fartandi et illustrandi fallaciis* ganz eindeutig, daß ein Vergleich noch kein Beweis sei – auch ich behaupte nicht, daß das Abwischen eines Spiegels ein Syllogismus sei. Aber Sie alle, mit Euer Gnaden Erlaubnis, sehen doch nachher besser, so daß also der hauptsächliche Nutzen, den diese Dinge bringen, allein darin besteht, den Verstand zu klären, ehe der eigentliche Beweis vorgelegt wird, um ihn von all den kleinen Flecken und

Klumpen undurchsichtiger Materie zu reinigen, welche, wenn man sie darin herumschwimmen ließe, das Begreifen verhindern und alles verderben könnten.

Nun, meine lieben Antishandianer, meine dreimal klugen Kritiker und Kollegen (denn für Sie schreibe ich diese Vorrede), und Sie, höchst feinsinnige Staatsmänner und kluge Doktoren (oh, nehmen Sie Ihre Bärte nur ab!), berühmt wegen Ihrer Ernsthaftigkeit und Weisheit – Monopolus, mein Politiker, Didius, mein Rechtsberater, Kysarcius, mein Freund, Phutatorius, mein Führer, Gastripheres, mein Lebensretter, Somnolentius, mein Balsam und meine Ruhe, nicht zu vergessen alle die anderen, sie seien schlafend oder wachend, geistlich oder weltlich, welche ich der Kürze halber, und keineswegs, weil ich Ihnen böse bin, zusammen in einen Topf werfe. – Glauben Sie mir, hochzuverehrende Herren.

Mein heißester Wunsch und inbrünstiges Gebet für Ihr und auch für mein Heil, falls wir nicht schon unseren bescheidenen Anteil bekommen haben, geht dahin, daß die großen Gaben sowohl an Witz als Verstand mit allem übrigen, was gewöhnlich dazugehört, als da sind Gedächtnis, Phantasie, Genie, Beredsamkeit, schnelle Auffassungsgabe und so weiter, zu dieser guten Stunde, im vollgerüttelten Maß, ohne Zaudern und Zögern, so warm wie jeder von uns es ertragen kann, mit Schaum, Bodensatz und allem (denn ich möchte nicht gerne, daß ein Tröpflein verlorenginge) herabgegossen würden in die verschiedenen Behältnisse, Zellen, Zellchen, Wohn-, Schlaf-, Speise- und Abstellkammern unserer Gehirne, und zwar auf solche Weise, daß sie nach der wahren Absicht und Meinung dieses Wunsches fortan beständig eingespritzt und eingetrichtert werden, bis jedes Gefäß, ob groß oder klein, davon so gefüllt, getränkt und gestopft voll sei, daß, sollte auch eines Menschen Leben dadurch gerettet werden, nicht das geringste mehr hinein- oder herausgehen könnte.

Himmel! Was für vortreffliche Arbeit würden wir dann leisten! Wie lustig würde meine Feder fliegen! Und wie würde ich mich gehoben fühlen, wenn ich für solche Leser schreiben könnte! Und Sie, gerechter Himmel, mit welchem

Entzücken würden Sie dasitzen und lesen! Aber, ach, es ist zuviel, mir ist nicht wohl, der Gedanke daran läßt mich in eine süße Ohnmacht fallen; das ist mehr, als die Natur ertragen kann! Halten Sie mich fest! Mir schwindelt, mir wird schwarz vor den Augen, ich sterbe, ich bin tot. Hilfe! Hilfe! Hilfe! Laßt nur, mir wird schon ein wenig besser, denn ich fange an vorauszusehen, daß, wenn dies vorüber ist, wir alle, weil wir witzige Köpfe bleiben würden, keinen Tag lang in Frieden leben könnten. Da gäbe es so viel Satire und Spott, so viel Sticheln und Stacheln, so viel Witzeln und Verdrehen, so viel Stöße und Gegenstöße an allen Ecken und Enden, daß für uns alle nur Unheil daraus entstehen würde. Keusche Sterne, was für ein Gebeiße und Gekratze, was für ein Gelärme und Gepolter würden wir machen, was für blutige Köpfe, was für zerschlagene Knöchel, was für blaue Augen! Nein, das Leben wäre nicht auszuhalten.

Andererseits aber würden wir, weil wir alle Männer von großem Verstande wären, alle Sachen ebenso schnell wieder in ihr Gleis bringen, wie sie anfingen schiefzugehen, und obgleich wir einander zehnmal ärger verwünschen würden als ebenso viele Teufel und Teufelinnen, so würden wir doch, meine lieben Herzensfreunde, aus lauter Höflichkeit und Freundlichkeit, Milch und Honig bestehen. Ein zweites gelobtes Land wäre es, ein Paradies auf Erden, wenn so etwas überhaupt möglich ist, so daß wir im ganzen noch ganz gut dabei fahren würden.

Worüber ich mich vor allem aufrege und ärgere und was meine Erfindungsgabe jetzt am meisten quält, ist die Frage, wie die Sache selbst möglich zu machen sei; denn wie Euer Gnaden recht gut wissen, ist von diesen himmlischen Emanationen des Witzes und Verstandes, die ich sowohl Euer Gnaden als mir so reichlich gewünscht habe, nur ein gewisser Vorrat für uns alle vorhanden, zum Nutzen und Gebrauch des ganzen Menschengeschlechts; und es werden nur so kleine Portionen davon in die weite Welt geschickt, welche hie und da in irgendeinem Nebenwinkel zirkulieren, und zudem in so schmalen Strömen und in so erstaunlich großen Zwischenräumen, daß man sich wundern muß, wie es für die dringendsten Bedürfnisse so vieler großer Staaten und volkreicher Länder ausreicht.

Tatsächlich muß man das eine dabei in Betracht ziehen, daß in Nowaja Semlja, im nördlichen Lappland und in allen diesen kalten und trostlosen Gegenden des Erdballs, welche unmittelbar an die Arktis und Antarktis grenzen, wo der ganze Lebenskreis des Menschen fast neun Monate lang auf den engen Raum seiner Höhle beschränkt bleibt, wo die Lebensgeister beinahe zu nichts zusammengedrückt sind und wo die Leidenschaften eines Menschen mit all ihrem Zubehör ebenso kalt sind wie die Zone selbst, die kleinste nur denkbare Quantität von Verstand genügt, und Witz ist dort völlig überflüssig; denn da kein Funken davon gebraucht wird, so wird auch kein Funken ausgeteilt. O ihr Engel und Heiligen, steht uns bei! Was für eine traurige Sache wäre es gewesen, wenn wir mit einem so reichlichen Mangel an Witz und Verstand hätten ein Königreich regieren, eine Schlacht liefern, einen Frieden schließen, einen Wettkampf veranstalten, ein Buch schreiben, ein Kind zeugen oder ein Provinzialkapitel halten müssen. Um Himmels willen, nicht länger daran gedacht, sondern so rasch als möglich südwärts gereist nach Norwegen! Laßt uns, wenn es gefällig ist, über Schweden und durch die kleine dreieckige Provinz Angermanland bis an den Bottnischen Meerbusen reisen; an seiner Küste können wir herumziehen durch Ost- und Westbottnien, hinunter bis Karelien und von da weiter durch alle jene Länder und Provinzen, welche an den Finnischen Golf und im Nordosten an die Ostsee grenzen, bis hin nach Petersburg; wir können auch ein wenig in Ingrien hineinschauen; von da aus reisen wir weiter durch die nördlichen Gebiete des russischen Reiches, wobei wir Sibirien ein wenig zur linken Hand liegen lassen, bis wir mitten im Herzen der russischen und asiatischen Tartarei angelangt sind.

Nun, auf der langen Reise, die ich Sie geführt habe, müssen Sie bemerkt haben, daß die guten Leute dort schon viel besser daran sind als in den Polarländern, die wir eben verlassen haben; denn wenn Sie die Hand über die Augen halten und ganz genau hinsehen, können Sie (sozusagen) einige kleine Fünkchen von Witz und einen hinlänglichen Vorrat an gutem hausbackenem Verstand erkennen, mit dem sie sich, die Qualität und Quantität zusammengenommen, ganz gut durchhelfen. Und hätten sie mehr von dem einen oder anderen, so würde dadurch das richtige Gleichgewicht gestört, ja ich bin sicher, es würde ihnen an Gelegenheit fehlen, Gebrauch davon zu machen.

Begleite ich Sie nun wieder heim, mein Herr, auf diese wärmere und üppigere Insel, wo Sie bemerken, daß die Flut unseres Blutes und unserer Säfte sehr hoch ansteigt, wo wir mehr Ehrgeiz und Hochmut und Neid und Lüste und andere vertrackte Leidenschaften zu zähmen und der Vernunft unterzuordnen haben, so sehen Sie, daß die Höhe unseres Witzes und die Tiefe unseres Verstandes sich verhalten wie die Länge und Breite unserer Bedürfnisse, und also wird davon ein so anständiger Vorrat auf uns von oben herab ausgegossen, daß niemand denkt, er habe Ursache, sich zu beklagen.

Man muß indes hier bekennen, daß wir, da unsere Luft bald heiß, bald kalt, bald feucht, bald trocken ist und zehnmal an einem Tag wechselt, diese Gaben nicht immer in gleicher Regelmäßigkeit und Beständigkeit besitzen. Zuweilen geht fast ein halbes Jahrhundert hin, ohne daß man sehr viel Witz oder Verstand bei uns zu sehen oder zu hören bekommt; die kleinen Bäche scheinen dann ganz versiegt zu sein. Dann aber brechen plötzlich die Schleusen wieder auf, und der Strom ergießt sich so heftig, daß man glaubt, er werde kein Ende nehmen. Und das sind die Zeiten, da wir mit der Feder, dem Degen und zwanzig anderen Dingen der Tapferkeit die ganze Welt vor uns hertreiben.

Es ist die Folge dieser Beobachtungen und einer vorsichtigen Schlußfolgerung nach Analogien, welche Beweisführung Suidas die dialektische Induktion nennt, daß ich diesen Satz als durchaus gesichert und wahr vortrage und aufstelle:

Daß es den Strahlen dieser beiden Lichtkörper von Zeit zu Zeit erlaubt wird, in solcher Menge auf uns zu fallen, wie er, der alle Dinge nach genauem Maß und Gewicht austeilt, es in seiner unendlichen Weisheit für nötig hält, um uns auf unserem Weg in dieser Nacht voll Finsternis zu erleuchten, so daß Euer Hochwürden und Hochwohlgeboren nunmehr finden werden, wie ich es denn auch keinen Augenblick länger vor Ihnen verheimlichen kann, daß der inbrünstige Wunsch für Ihr Wohlergehen, mit dem ich die Vorrede begann, nichts weiter war als der erste schmeichlerische Gruß eines liebevollen Vorredners, der seinen Leser beschwichtigt, wie auch ein Liebhaber zuweilen seine spröde Geliebte durch Schmeicheleien zum Schweigen bringt. Ach, könnte man diese Ergießung des Lichts nur leicht erhalten, wie diese Einleitung es wünscht! Doch ich zittre, wenn ich daran denke, wie viele Tausende im Dunkeln wandelnde Pilger (in den gelehrten Wissenschaften wenigstens) deshalb in allen Nächten ihres Lebens im Finstern haben herumtappen und herumirren müssen, wie sie mit dem Kopf gegen Pfeiler und Pfosten anrannten und sich das Gehirn herausschlugen, ohne jemals ans Ziel ihrer Reise zu gelangen, wie einige mit der Nase voran senkrecht in die Senkgrube, andere horizontal mit dem Gesäß in die Gosse fielen. Hier prallt die eine Hälfte eines gelehrten Berufsstandes mit voller Wucht auf die andere, und dann purzeln alle übereinander in den Kot wie die Schweine. Dort die Brüder eines anderen Berufs, die eigentlich feindlich aufeinander losgehen sollten, jetzt aber wie ein Zug wilder Gänse in einer Reihe hintereinander herfliegen. Welche Verwirrung! Welche Irrtümer! Geiger und Maler, die nach ihren Ohren und Augen urteilen und die sich – o Wunder! – mit den Leidenschaften begnügen, die eine gesungene Arie oder eine für das Herz gemalte Geschichte erregt – anstatt sie mit einem Quadranten auszumessen!

Im Vordergrund dieses Gemäldes ein Staatsmann, der das Rad der Politik wie ein Dummkopf falsch herumdreht – *gegen* den Strom des Verderbens – wahrhaftig! – statt *mit* ihm.

In dieser Ecke ein Jünger des göttlichen Äskulap, der ein Buch gegen die Prädestination schreibt, noch schlimmer:

der wirklich den Puls seines Kranken statt den seines Apothekers betastet. Im Hintergrund ein weinender Bruder derselben Fakultät auf seinen Knien, der den Vorhang von einem verstümmelten Opfer wegzieht, es um Vergebung bittet und ihm eine Entschädigung anbietet, statt sie zu fordern.

In jenem geräumigen Saal eine Versammlung von Rechtsgelehrten aus allen Gerichten, die einen gottlosen, schändlichen, ärgerlichen Prozeß aus allen ihren Kräften in der falschen Richtung vor sich hertreiben und ihn aus der großen Tür drängen statt hinein, und zwar mit solcher Wut in den Blicken und mit solcher Emsigkeit, als ob die Gesetze wirklich dazu gemacht wären, Frieden und Wohlfahrt unter den Menschen zu erhalten. Sie begehen vielleicht einen noch gewaltigeren Irrtum: eine Sache ist in gehöriger Form anhängig gemacht – zum Beispiel die Frage, ob John o'Nokes Nase mit Fug und Recht in Tom o'Stiles Angesicht stehen könne oder nicht –, und in fünfundzwanzig Minuten haben sie ihr Urteil gefällt, was bei einer behutsamen Abwägung der Gründe pro und contra in einem so verworrenen Prozeß ebenso viele Monate hätte beanspruchen können; und wenn der Prozeß nach einem militärischen Plan geführt worden wäre (wie es nach Euer Gnaden Erkenntnis bei jeder Aktion der Fall sein sollte), mit allen dabei üblichen und möglichen Kriegslisten, als da sind Scheinangriffe, Gewaltmärsche, Überfälle, Hinterhalte, maskierte Batterien und tausend andere Streiche der Strategie, welche darin bestehen, daß sich beide Seiten möglichst viele Vorteile zu verschaffen suchen, so hätten sie ihn ohne weiteres ebenso viele Jahre in Gang halten und die ganze Zeit über für ein Zentumvirat ihrer Kollegen Nahrung und Kleidung daraus ziehen können.

Und die Geistlichkeit – nein, wenn ich gegen die ein Wort sage, soll man mich erschießen. Ich mag nicht, und wenn ich auch möchte, so darf ich um alles in der Welt diesen Gegenstand nicht berühren. Bei meinen schwachen Nerven, meiner schwachen Gesundheit und in meiner gegenwärtigen Lage würde ich mein Leben aufs Spiel setzen, wenn ich mich mit einem so traurigen und melancholischen Bericht noch mehr betrüben und herunterbringen wollte; und deshalb ist es sicherer, wenn ich den Vorhang darüber fallen lasse und davoneile, so schnell ich kann, um zu dem großen Hauptpunkt zu kommen, den ich zu erklären mir vorgesetzt habe, und der ist: wie es zugeht, daß Männer von geringstem Witz für Männer von größtem Verstand gehalten werden. Beachten Sie wohl, ich sage: gehalten werden, denn es ist nichts weiter, meine werten Herren, als eine Behauptung, die meiner Meinung nach gleich zwanzig anderen, die man alle Tage auf Treu und Glauben für bares Geld nimmt, obendrein noch eine elende, böswillige Behauptung ist.

Dieses will ich anschließend mit Hilfe einer bereits vorausgeschickten und, wie ich hoffe, von Euer Hochwürden und Hochwohlgeboren erwogenen und beherzigten Beobachtung dartun.

Ich kann ordentliche Dissertationen nicht leiden, und von allen Dingen in der Welt kommt es mir als das einfältigste Ding vor, wenn man in einer Dissertation seine Hypothese dadurch verdunkelt, daß man eine Menge langer und undurchsichtiger Worte in gerader Linie hintereinander zwischen sein eigenes und seines Lesers Begriffsvermögen aufstellt, während man doch aller Wahrscheinlichkeit nach, hätte man sich nur umgeschaut, etwas hätte herumstehen oder herumhängen sehen, was den Punkt sofort klargemacht haben würde. – Denn was für Schaden, Nachteil oder Hindernis kann die löbliche Begierde nach Wissen einem Mann bringen, ob es ihm nun um einen Narren oder Karren, einen Tropf oder Topf, einen Fausthandschuh, einen Flaschenzug, einen Schmelztiegeldeckel, eine Ölflasche, einen alten Pantoffel oder einen geflochtenen Rohrstuhl geht? – Ich sitze gerade auf einem. Wollen Sie mir erlauben, daß ich diese Frage von Witz und Verstand durch die beiden Knäufe auf seiner Rückenlehne erläutere? Sehen Sie, sie stecken hier ganz locker mit zwei Zapfen in ihren Zapflöchern und werden das, was ich zu sagen habe, in ein so helles Licht rücken, daß Sie die Absicht und den tiefen Sinn meiner ganzen

Vorrede so deutlich erkennen, als ob jeder Punkt und jeder Teil derselben aus lauter Sonnenstrahlen bestünde.

Ich gehe nun schnurstracks zur Sache selbst über.

Hier steht der *Witz*, und da, dicht dabei, steht der *Verstand* – wie die beiden Knäufe, von denen ich sprach, auf der Lehne des Stuhls, auf dem ich sitze.

Sie bilden, wie Sie sehen, die höchste und vornehmste Zierde des Gestells – wie Witz und Verstand bei uns –, und wie diese sind sie ohne allen Zweifel beide deshalb gemacht und zusammengepaßt, um, wie man in einem solchen Fall von doppelter Verzierung zu sagen pflegt, einander wirkungsvoll zu ergänzen.

Nun, um die Erfahrung zu Hilfe zu nehmen und die Sache deutlicher zu veranschaulichen, laßt uns für einen Augenblick einen von diesen künstlichen Zieraten (mir ist es gleich welchen) von der Spitze oder dem Zapfen des Stuhls, auf den er gesteckt ist, herabnehmen. Nein, lachen Sie nicht darüber! Na, haben Sie wohl jemals in Ihrem ganzen Leben ein so lächerliches Ding gesehen, wie es da vor Ihnen steht? Es bietet einen ebenso erbärmlichen Anblick wie eine Sau mit einem Ohr; und das eine ist genauso unschicklich und unsymmetrisch wie das andere. Bitte stehen Sie einmal auf und betrachten Sie es! Nun, sagen Sie mir, wird wohl ein Mensch, der auch nur ein bißchen auf sich hält, sein Werk in dieser Gestalt aus den Händen geben? Ja, beantworten Sie mir auf Ihr Gewissen die einfache Frage, ob dieser einzelne Knauf, der da wie ein Narr allein steht, einen anderen Zweck in der Welt haben kann, als einen Betrachter daran zu erinnern, daß der andere fehlt, und lassen Sie mich weiter fragen: Wenn es Ihr eigener Stuhl wäre, sagen Sie ehrlich, würden Sie dann nicht denken, er sähe ganz ohne jeden Knauf besser aus als so, wie er jetzt da steht?

Da nun die beiden Knäufe oder Hauptzierden des Menschengeistes, welche das ganze Werk krönen, wie ich gesagt habe, Witz und Verstand sind, die unter allen anderen, wie ich bewiesen habe, die allernotwendigsten, die geschätztesten, unentbehrlichsten und folglich am schwersten zu erlangenden sind, so gibt es aus allen diesen Gründen zusammengenommen keinen Sterblichen unter uns, der so arm an Liebe zu einem guten Namen oder einem nahrhaften Amt wäre oder so unwissend hinsichtlich der Mittel, die ihm dazu verhelfen könnten, daß er nicht wünschte und insgeheim fest entschlossen wäre, Besitzer des einen oder anderen oder am liebsten beider, wenn es sich irgendwie bewerkstelligen ließe und glaubhaft erschiene, zu werden oder wenigstens dafür zu gelten.

Weil aber die würdigeren Herren wenig oder gar keine Aussicht haben, das eine zu erlangen, wenn sie sich nicht zuerst das andere angeeignet haben – was, meinen Sie, würde wohl aus ihnen werden? Nicht wahr, meine Herren, trotz all ihrer ernsten Würde müßten sie sich damit begnügen, mit einem nackten Innern herumzulaufen. Dies wäre aber nur mit Hilfe einer Philosophie auszuhalten, die wir im vorliegenden Fall wohl nicht voraussetzen können, so daß man es ihnen nicht sehr übelgenommen haben würde, wenn sie sich damit zufriedengegeben hätten, hie und da ein wenig zu erhaschen und unter ihre Mäntel und großen Perücken zu verstecken, hätten sie nicht zur gleichen Zeit ein so großes Geschrei gegen die rechtmäßigen Eigentümer erhoben.

Ich brauche Euer Gnaden nicht zu sagen, daß dies mit so viel Gerissenheit und List geschah, daß der große Locke, der sich selten durch falsche Töne irremachen ließ, hier gleichwohl übertölpelt wurde. Das Geschrei war anscheinend so stark und ernsthaft und wurde mit Hilfe großer Perükken, feierlicher Mienen und anderen Blendwerks gegen die armen witzigen Köpfe so allgemein erhoben, daß selbst der Philosoph sich dadurch täuschen ließ; es gereicht ihm zwar zum Ruhm, die Welt von einem Wust tausend vulgärer Irrtümer befreit zu haben, aber dieser befand sich nicht darunter, so daß er, anstatt sich kaltblütig hinzusetzen, wie es einem solchen Philosophen gebührte, und das Faktum zu untersuchen, ehe er darüber philosophierte, im Gegenteil das Faktum für erwiesen ansah und in das Geschrei mit einstimmte und ebenso laut schrie wie die übrigen.

Seitdem ist dies die Magna Charta der Dummheit geworden, aber Euer Ehrwürden sehen jetzt ganz klar, es ist auf eine Art erschlichen worden, daß das Recht darauf keinen Heller wert ist; übrigens ist dies auch eine von den vielen schändlichen Betrügereien, welche einst die Ernsthaftigkeit und die ernsthaften Leute zu verantworten haben werden.

Was die großen Perücken anbetrifft, von denen ich vielleicht zu frei gesprochen haben mag, so bitte ich um die Erlaubnis, alle abfälligen oder anzüglichen Äußerungen, die unvorsichtigerweise gefallen sind, in einer allgemeinen Erklärung richtigzustellen: daß ich nämlich nur dann einen Groll gegen große Perücken und lange Bärte hege und sie verabscheue, wenn ich sehe, daß man sich auf sie beruft oder sie wachsen läßt, nur um diesen Selbstbetrug oder überhaupt einen Zweck damit zu verfolgen. Doch Friede sei mit ihnen! ☛ Nur merke man sich, daß ich nicht für solche Leute schreibe.

21. Kapitel

Jeden Tag, seit wenigstens zehn Jahren, beschloß mein Vater, sie in Ordnung bringen zu lassen, doch noch ist nichts geschehen. In keinem anderen Haushalt als dem unsrigen hätte man sie eine Stunde lang geduldet – und was noch erstaunlicher ist, über keine Sache von der Welt konnte sich mein Vater ausführlicher verbreiten als über Türangeln. Und nichtsdestoweniger ist er sicherlich, nach meiner Meinung, durch sie zum größten Narren geworden, den die Geschichte aufweisen kann: seine Rhetorik und sein tatsächliches Verhalten lagen sich hierüber beständig in den Haaren. Die Stubentür konnte nicht aufgehen, ohne daß seine Philosophie oder seine Grundsätze eine Ohrfeige bekamen. Drei Tropfen Öl an einer Feder und ein tüchtiger Schlag mit dem Hammer hätten seine Ehre für immer gerettet.

Was ist der Mensch doch für ein widersinniges Ding! Er kränkelt an Wunden, deren Heilung in seiner Macht steht. Sein ganzes Leben ein Widerspruch gegen sein besseres Wissen! Seine Vernunft, diese ihm von Gott geschenkte kostbare Gabe, dient ihm (anstatt Öl zur Linderung aufzugießen) bloß dazu, seine Reizbarkeit zu erhöhen, seine Schmerzen zu vervielfältigen und ihn noch melancholischer und unsicherer zu machen. Warum, unglückliches Geschöpf, tust du das nur? Gibt es nicht genug unvermeidliche Übel in diesem Leben, muß er denn die Zahl seiner Sorgen noch freiwillig vermehren, gegen Übel ankämpfen, die nicht zu vermeiden sind, und sich anderen unterwerfen, welche er mit einem Zehntel der Mühe, die sie ihm bereiten, ein für allemal von seinem Herzen wälzen könnte?

Bei allem, was gut und tugendhaft ist, wenn innerhalb zwanzig Meilen in der Runde um Shandy Hall noch drei Tropfen Öl und ein Hammer zu finden sind, so soll die Türangel noch unter dieser Regierung repariert werden.

22. Kapitel

Als Korporal Trim seine beiden Mörser fertig hatte, freute er sich grenzenlos über das Werk seiner Hände, und da er wohl wußte, was es seinem Herrn für ein Vergnügen machen würde, sie zu sehen, konnte er dem Verlangen nicht widerstehen, sie stehenden Fußes in das Wohnzimmer zu bringen.

Außer der moralischen Lehre, die ich bei der Erwähnung der Angel anbringen wollte, hatte ich auch noch eine spekulative Betrachtung in petto, die daraus entspringt, und zwar diese:

Hätte sich die Tür öffnen lassen und in den Angeln gedreht, wie es eine Tür eigentlich sollte –

oder, zum Beispiel, ebenso willig, wie unsere Regierung sich dreht (das heißt, wenn Euer Gnaden mit ihrer Arbeit zufrieden sind, sonst will ich mein Gleichnis fallenlassen) – in diesem Fall, sag ich, hätte Korporal Trims Eintreten weder für den Herrn noch den Bedienten eine Gefahr mit sich gebracht: in dem Augenblick, da er gesehen hätte, daß mein Vater und mein Onkel fest schliefen – so ehrerbietig war er in seinem Betragen –, wäre er mäuschenstill fortgegangen und hätte sie beide in ihren Lehnstühlen so süß weiterträumen lassen, wie er sie gefunden. Das war aber, menschlich gesprochen, ganz unmöglich, weil während der vielen Jahre, da man die Tür hatte knarren lassen, unter den vielen Verdrießlichkeiten, die sich mein Vater dadurch stündlich zuzog, auch diese war, daß er niemals seine Arme übereinanderschlagen konnte, um sein Mittagsschläfchen zu halten, ohne daß der Gedanke, der erste beste, der die Türe aufmachte, würde ihn unvermeidlich wecken, ihm immer im Kopf herumging und sich unablässig zwischen ihn und den ersten balsamischen Vorgeschmack des Schlafes drängte, so daß er ihm, wie er oft bezeugte, dessen ganze Annehmlichkeit raubte.

Wie kann es, mit Euer Gnaden Erlaubnis, anders sein, wenn die Dinge sich in schlechten Angeln drehen?

„Nun, was gibt's? Wer ist da?" rief mein Vater, der augenblicklich aufwachte, als die Tür zu knarren begann. „Ich wollte, daß der Schmied doch einmal nach der verflixten Türangel sähe!" – „Es ist nichts, gnädiger Herr", sagte Trim, „als zwei Mörser, die ich hereinbringe." – „Ich will hier keinen Lärm haben", sagte mein Vater hastig. „Wenn Doktor Slop Spezereien zu zerstampfen hat, so soll er es in der Küche tun." – „Mit Euer Gnaden Erlaubnis", rief Trim, „es sind zwei Bombenmörser, für eine Belagerung im nächsten Sommer, die ich aus einem Paar Reitstiefel gemacht habe. Obadiah hat mir gesagt, Euer Gnaden brauchten sie nicht mehr." – „Um Gottes willen!" schrie mein Vater und sprang fluchend vom Stuhl auf. „Unter aller meiner Habe ist mir nichts so wertvoll wie diese Reitstiefel – sie stammen von unserem Urgroßvater, Bruder Toby. Es sind Familienerbstücke." – „Dann tut es mir leid", sagte mein Onkel Toby, „daß Trim sie vom Erbgut getrennt hat." – „Ich habe nur die Stulpen abgetrennt, gnädiger Herr", sagte Trim. – „Ich hasse alte, ewig vererbte Dinge mehr als jeder andere Mensch", sagte mein Vater, „aber diese Reitstiefel", fuhr er fort (er lächelte, war aber noch immer wütend), „sind seit den Bürgerkriegen beständig in der Familie gewesen, Bruder. Sir Roger Shandy trug sie in der Schlacht bei Marston-Moor. Ich versichere dir, ich hätte sie nicht für zehn Pfund hergegeben." – „Ich will dir das Geld geben, Bruder Shandy", sagte mein Onkel Toby, betrachtete dabei die beiden Mörser mit unendlichem Vergnügen und fuhr mit der Hand in die Geldtasche, während er sie ansah. „Von Herzen gern will ich dir auf der Stelle die zehn Pfund dafür bezahlen."

„Bruder Toby", versetzte mein Vater mit veränderter Stimme, „du kümmerst dich nicht darum, wieviel Geld du verschleuderst und wegwirfst, wenn es nur", fuhr er fort, „für eine Belagerung ist." – „Hab ich nicht jährlich hundertundzwanzig Pfund und meine Pension dazu?" rief mein Onkel Toby. – „Was ist das schon", entgegnete mein Vater hastig, „wenn du zehn Pfund für ein Paar Reitstiefel ausgibst, zwölf Guineen für deine Pontons und halb soviel für deine holländische Zugbrücke, ganz zu schweigen von der Batterie kleiner Messingkanonen, die du vorige Woche bestellt hast, und den zwanzig anderen Vorbereitungen für die Belagerung von Messina. Glaube mir, lieber Bruder Toby", fuhr mein Vater fort und nahm ihn dabei ganz freundlich bei der Hand, diese deine Kriegsoperationen übersteigen deine Kräfte; du meinst es gut, Bruder, aber sie verleiten dich zu größeren Ausgaben, als du anfangs gedacht hast, und verlaß dich auf das, was ich sage, lieber Toby, sie werden dich schließlich noch um deinen ganzen Besitz und an den Bettelstab bringen." – „Je nun, Bruder, was bedeutet das schon", versetzte mein Onkel Toby, „solange wir wissen, daß es zum Besten unseres Vaterlandes geschieht?"

Mein Vater mußte einfach lächeln; sein Zorn war stets höchstens nur ein kurzes Aufflammen, und Trims Eifer und Einfalt und die großmütige (obgleich steckenreiterische) Gesinnung Onkel Tobys söhnten ihn augenblicklich wieder mit beiden aus.

Großmütige Seelen! Gott erhalte euch und eure Bombenmörser dazu, sagte mein Vater bei sich selbst.

23. Kapitel

„Alles ist ruhig und still", rief mein Vater, „wenigstens da oben, ich höre keinen Menschen mehr gehen. – Sag Er mir doch, Trim, wer ist in der Küche?" – „In der Küche ist keine Seele", antwortete Trim und machte dabei einen tiefen Bückling, „außer Doktor Slop." – „Verdammt!" schrie mein Vater (und sprang abermals auf die Füße), „heute geht doch nichts seinen ordentlichen Gang. Wenn ich an die Astrologie glaubte, Bruder" (was mein Vater, unter uns gesagt, tat), „so hätte ich geschworen, daß irgendein rückläufiger Planet über meinem unglücklichen Hause hinge und jedes Ding darin verkehrt gehen ließe. – Wie? Ich dachte, Doktor Slop sei oben bei meiner Frau, und das sagte Er doch auch. Was hat der Kerl in der Küche zu suchen?" – „Ja, wenn's Euer Gnaden nicht übelnehmen wollen, er ist dabei, eine Brücke zu machen." – „Das ist sehr gütig von ihm", sagte mein Onkel Toby. „Sag Er ihm meine schönste Empfehlung, Trim, und richt Er dem Herrn Doktor aus, daß ich ihm von Herzen danke."

Sie müssen wissen, daß mein Onkel Toby die Brücke ebensosehr mißverstand wie mein Vater vorhin die Mörser. Um aber verständlich zu machen, wie mein Onkel Toby die Brücke mißverstehen konnte, muß ich Ihnen wohl eine genaue Beschreibung des Weges geben, der dahin führte; oder – um die Metapher fallen zu lassen (denn für einen Geschichtsschreiber ist nichts unehrenhafter, als wenn er eine gebraucht) – damit man die Möglichkeit richtig begreift, wie mein Onkel Toby sich darin irren konnte, muß ich Ihnen eines von Trims Abenteuern berichten, so ungern ich das auch tue. Ich sage: so ungern ich das auch tue, weil in gewisser Hinsicht die Geschichte hier gar nicht am Platze ist; denn eigentlich sollte sie entweder da stehen, wo ich die Anekdoten von Onkel Tobys Liebesangelegenheiten mit der Witwe Wadman erzähle, in denen Trim keine unbeträchtliche Rolle spielt, oder in der Mitte der Feldzüge, die er mit meinem Onkel Toby auf dem Rasenplatz unternahm; an jeder dieser beiden Stellen würde sie gut passen. Aber wenn ich sie bis auf einen von diesen Teilen meiner Erzählung aufspare, entsteht eine Lücke in der Geschichte, die ich eben vor mir habe; und erzähle ich sie hier, so nehme ich manches vorweg und schade meiner Geschichte an den späteren Stellen.

Was raten mir Euer Gnaden hier zu tun?

Erzählen Sie die Geschichte, Herr Shandy, auf jeden Fall. – Tristram, du bist ein Narr, wenn du's tust!

O ihr Mächte (denn Mächte seid ihr, und hohe Mächte dazu), die ihr den sterblichen Menschen befähigt, eine Geschichte zu erzählen, die des Anhörens wert ist, die ihr ihm freundlich zeigt, wo er anfangen und wo er aufhören, was er hineinbringen und was er herauslassen muß, wieviel er davon in den Schatten zu stellen hat und wie er seine Lichter verteilen soll! Ihr, die ihr dem riesigen Reich der biographischen Freibeuter vorsteht und die vielen Nöte und Schwierigkeiten seht, in welche eure Untertanen stündlich geraten, wollt ihr mir einen Gefallen tun?

Ich ersuche und bitte euch (falls ihr nichts Besseres für uns tun wollt), daß ihr, wo immer in eurem Gebiet drei Straßen sich kreuzen, wie hier eben geschehen ist, doch wenigstens an der Kreuzung einen Wegweiser aufstellt, um einem unschlüssigen armen Teufel aus bloßer Barmherzigkeit zu raten, welchen von den dreien er nehmen soll.

24. Kapitel

Obgleich der Schock, den mein Onkel Toby im Jahr nach der Zerstörung von Dünkirchen in seiner Affäre mit der Witwe Wadman erlitt, ihn in dem Vorsatz bestärkt hatte, niemals wieder an das schöne Geschlecht noch an irgend etwas, was dazu gehört, zu denken, so hatte doch Korporal Trim keine solche Vereinbarung mit sich selbst getroffen. In der Tat lag im Fall Onkel Tobys ein sonderbares und unbegreifliches Zusammentreffen von Umständen vor, die ihn unmerklich dazu verleiteten, diese schöne und starke Zitadelle zu belagern. Bei Trim hingegen war nichts zusammengetroffen als er selbst und Bridget in der Küche; doch in Wahrheit war die Liebe und Verehrung für seinen Herrn so groß, und so gern ahmte er ihn in allem, was er tat, nach, daß, hätte mein Onkel Toby sein Genie und seine Zeit darauf verwendet, Spitzen zu klöppeln, der ehrliche Korporal sicherlich seine Waffen niedergelegt hätte und seinem Beispiel mit Vergnügen gefolgt wäre. Als sich also mein Onkel Toby bei der Dame niederließ, bezog Trim flugs seinen Posten bei der Kammerjungfer.

Nun, mein treuer Freund Garrick, den zu ehren und zu schätzen ich so große Ursache habe (warum und weswegen, das tut hier nichts zur Sache), kann es Ihrer Einsicht entgehen – ich appelliere an sie –, daß so viele Stückeschreiber und Schnickschnackdrechsler seitdem beständig nach Onkel Tobys und Trims Modell gepfuscht haben! Mir ist es gleichgültig, was Aristoteles oder Pacuvius oder Bossu oder Ricaboni sagen (obgleich ich keinen von ihnen gelesen habe). Der Unterschied zwischen einem Einspänner und Madame Pompadours Visavis ist nicht größer als der zwischen einer einfachen Liebesgeschichte und einer so herrlich verdoppelten, die auf allen vieren geht und durch ein großes Drama stolziert. Herr, eine einzelne, einfache, einfältige Geschichte dieser Art verliert sich völlig in fünf Akten, aber darum geht es weder hier noch dort.

Nach einer ganzen Reihe von Angriffen und Rückschlägen, die Onkel Tobys Hauptquartier neun Monate lang erlebte, wovon alle Umstände an Ort und Stelle aufs treulichste erzählt werden sollen, hielt es Onkel Toby, der ehrliche Mann, für ratsam, seine Truppen zurückzuziehen und die Belagerung ziemlich entrüstet aufzuheben.

Korporal Trim, wie gesagt, hatte keine solche Vereinbarung weder mit sich selbst noch mit anderen getroffen. Da ihm jedoch die Treue seines Herzens nicht erlaubte, in einem Haus ein und aus zu gehen, das sein Herr mit Abscheu verlassen hatte, begnügte er sich damit, daß er seinen Teil der Belagerung in eine Blockade verwandelte, das heißt, er hielt alle anderen fern; denn wenn er auch danach nie mehr das Haus betrat, wurde er doch seiner Bridget niemals im Dorf ansichtig, ohne ihr zuzunicken oder zuzublinzeln, ihr zuzulächeln oder sie freundlich anzusehen oder (wenn es die Gelegenheiten ergab) sie bei der Hand zu fassen oder sie ganz verliebt zu fragen, wie es ihr ginge, oder ihr ein Band zu schenken, und zuweilen, wenn es mit Anstand geschehen konnte, gab er ihr einen ...

Genau in dieser Lage befanden sich die Dinge seit fünf Jahren, nämlich vom Jahre 13 an, da Dünkirchen zerstört wurde, bis gegen das Ende von Onkel Tobys Feldzug im Jahre 18, also ungefähr sechs oder sieben Wochen vor der Zeit, von der ich spreche, als Trim nach seiner Gewohnheit, nachdem er meinen Onkel Toby zu Bett gebracht hatte, an einem mondhellen Abend hinunterging, um nachzusehen, ob in seinen Befestigungsanlagen noch alles in Ordnung sei, und in der Gasse, die von dem Rasenplatz durch blühende Büsche und Stechpalmen abgetrennt war, seine Bridget erspähte.

Da der Korporal glaubte, in der ganzen Welt sei nichts so sehenswert wie die herrlichen Festungswerke, die er und mein Onkel Toby miteinander gemacht hatten, nahm er sie höflich und galant bei der Hand und führte sie hinein. Dies geschah nicht so heimlich, daß es nicht die schandmäulige Trompete der Fama so lange von Ohr zu Ohr herumgetragen hätte, bis es endlich auch das Ohr meines Vaters erreichte, zugleich mit dem unangenehmen Umstand, daß Onkel Tobys hübsche Zugbrücke, die nach holländischem Muster gebaut und angemalt war und ganz über den Graben reichte, in derselben Nacht zerbrochen und, der Himmel weiß wie, in tausend Stücke zersplittert worden war.

Mein Vater, wie Sie bemerkt haben, hatte eben nicht viel Hochachtung vor Onkel Tobys Steckenpferd; er hielt es für das lächerlichste Pferd, das jemals ein Kavalier bestiegen hat, und konnte niemals, wenn mein Onkel ihn nicht direkt damit ärgerte, daran denken, ohne zu lächeln. Es konnte also niemals lahm werden oder ihm sonst ein Unglück zustoßen, ohne daß meines Vaters Phantasie über die Maßen gekitzelt wurde. Allein dies hier war ein Mißgeschick, das seinem Herzen wohler tat als alle, die es bisher betroffen hatten, und es war für ihn eine unerschöpfliche Quelle der Heiterkeit. „Nun, lieber Toby", pflegte er zu sagen, „erzähl mir doch einmal, wie es mit der Brücke eigentlich zuging." – „Wie kannst du mich nur so damit quälen?" pflegte wohl mein Onkel Toby zu antworten. „Ich hab es dir doch schon zwanzigmal erzählt, Wort für Wort, wie ich es von Trim weiß." – „Na, wie war's denn, Korporal?" rief dann mein Vater, indem er sich an Trim wandte. – „Es war ein bloßes Unglück, wenn's Euer Gnaden verzeihn; ich zeigte Jungfer Bridget unsere Befestigungen, und als ich etwas zu nahe an den Rand des Grabens kam, rutschte ich unglücklicherweise hinein." – „Gut, gut, Trim!" rief dann mein Vater (wobei er geheimnisvoll lächelte und mit dem Kopf nickte, ohne ihn jedoch zu unterbrechen). – „Und da ich, mit Euer Gnaden Erlaubnis, die Jungfer Bridget fest in meinen Armen hielt, zog ich sie so mit mir, und da fiel sie, bums! rücklings gegen die Brücke..." – „Und da Trim mit seinem Fuß", rief mein Onkel Toby und nahm ihm die Geschichte aus dem Mund, „in die Küvette geriet, so taumelte er auch gegen die Brücke. Es war ein großes Glück", pflegte mein Onkel hinzuzusetzen, „daß sich der arme Kerl kein Bein brach!" – „Ja gewiß", pflegte mein Vater zu sagen, „ein Bein ist leicht gebrochen, Bruder Toby, besonders in solchen Fällen!" – „Und also brach die Brücke, die, wie Euer Gnaden wissen, nur leicht gebaut war, zwischen uns entzwei und ging in tausend Stücke."

Zu anderen Zeiten, besonders aber dann, wenn mein Onkel Toby so ungeschickt war, nur ein einziges Wort von Kanonen, Bomben oder Petarden verlauten zu lassen, erschöpfte mein Vater den ganzen Vorrat seiner Beredsamkeit (der wirklich nicht klein war) in einer Lobrede auf die Rammböcke der Alten, auf die *Vinea,* deren sich Alexander bei der Belagerung von Tyrus bediente, er erzählte meinem Onkel Toby von den *Catapultae* der Syrer, die ungeheuer große Steine mehrere Hundert Fuß weit schleuderten und die stärksten Bollwerke in ihren Grundfesten erschütterten, dann fuhr er fort und beschrieb den wundervollen

Mechanismus der *Ballista,* von der Marcellinus solch ein Aufhebens macht, die furchtbare Wirkung der *Pyraboli,* welche Feuer spien, die Gefährlichkeit der *Terebra* und des *Scorpio,* welche Spieße warfen. „Aber was ist das alles gegen die zerstörerische Maschinerie von Korporal Trim?" pflegte er hinzuzusetzen. „Glaube mir, Bruder Toby, keine Brücke oder Bastei oder Ausfallspforte, die jemals in dieser Welt gebaut worden ist, kann einer solchen Artillerie standhalten."

Mein Onkel Toby versuchte niemals, sich gegen den Angriff dieses Spotts mit etwas anderem zu wehren, als daß er noch einmal so heftig an seiner Tabakspfeife sog, wodurch er eines Abends nach dem Essen eine so dichte Wolke erzeugte, daß mein Vater, der ein wenig lungenleidend war, darüber einen schrecklichen Hustenanfall bekam. Mein Onkel Toby sprang auf, ohne die Schmerzen an seinem Latzbein zu beachten, und mit unendlichem Mitleid trat er neben seines Bruders Stuhl, klopfte ihm mit einer Hand den Rücken und hielt ihm mit der anderen den Kopf, und von Zeit zu Zeit wischte er ihm die Augen mit einem reinen Batisttuch, das er aus der Tasche zog. Die herzliche und liebevolle Art, mit der mein Onkel Toby diese kleinen Dienste leistete, durchdrang meinen Vater bis in sein innerstes Eingeweide, wegen des Verdrusses, den er ihm eben bereitet hatte. Eher soll man mir das Gehirn mit einem Mauerbrecher oder einem Katapult, gleichviel mit welchem von beiden, ausstoßen, sagte mein Vater bei sich selbst, ehe ich diese ehrliche Seele noch einmal beleidige.

25. Kapitel

Da die Zugbrücke für unausbesserlich gehalten wurde, erhielt Trim alsbald den Befehl, sich an eine neue zu machen – doch nicht nach dem vorigen Modell, denn weil eben damals Kardinal Alberonis Intrigen entdeckt wurden und mein Onkel Toby ganz richtig voraussah, daß unbedingt das Kriegsfeuer zwischen Spanien und dem Deutschen

Reich aufflammen müßte und daß die Operationen des künftigen Feldzuges aller Wahrscheinlichkeit nach in Neapel oder Sizilien beginnen würden, entschloß er sich zu einer italienischen Brücke (mein Onkel Toby traf übrigens mit seiner Mutmaßung so ziemlich das Richtige), mein Vater aber, der ein weit besserer Politiker war und meinen Onkel Toby ebensosehr im Kabinett wie mein Onkel Toby ihn im Felde übertraf, überzeugte ihn, daß, wenn der König von Spanien und der Kaiser sich in die Haare gerieten, notwendigerweise England, Frankreich und Holland infolge der bestehenden Verträge ins Spiel kommen müßten. „Und wenn dem so ist", sagte er, „werden die streitenden Parteien so gewiß, wie wir das Leben haben, Bruder Toby, wieder auf dem alten Tummelplatz in Flandern übereinander herfallen. Was willst du dann mit deiner italienischen Brücke anfangen?"

„Nun gut", sagte mein Onkel Toby, „so mag's denn bei dem alten Modell bleiben."

Als Korporal Trim sie nach dieser Bauart halb fertig hatte, fand mein Onkel Toby einen schwerwiegenden Fehler daran, den er vorher niemals richtig bemerkt hatte. Sie drehte sich nämlich an beiden Enden in Angeln und öffnete sich in der Mitte, so daß eine Hälfte diesseits und die andere jenseits des Grabens aufgezogen wurde. Der Vorteil hierbei war, daß durch die Verteilung ihres Gewichts in zwei gleiche Teile mein Onkel Toby imstande war, sie mit seiner Krücke und einer Hand aufzuziehen und niederzulassen, was bei der Schwäche seiner Garnison alles war, was er dazu leicht missen konnte; der Nachteil einer solchen Bauart aber war nicht aus der Welt zu schaffen. „Denn auf diese Art", sagte er, „lasse ich die Hälfte meiner Brücke im Besitz meines Feindes – und was nützt mir dann die andere, ich bitte?"

Das natürliche Gegenmittel war ohne Zweifel, die Brücke nur an einem Ende mit Angeln zu versehen, so daß sie ganz aufgezogen und senkrecht aufgestellt werden könnte; das wurde aber aus den oben angeführten Gründen verworfen.

Darauf war er eine ganze Woche hindurch in seinem Sinn entschlossen, eine Brücke von jener besonderen Bauart verfertigen zu lassen, welche so eingerichtet ist, daß sie horizontal zurückgezogen wird, um den Übergang zu sperren, und ebenso wieder übergeschoben wird, um ihn zu öffnen; von dieser Art hätten Euer Gnaden drei berühmte in Speyer vor dessen Zerstörung und eine andere, wofern ich nicht irre, noch heute zu Breisach sehen können. Da aber mein Vater meinem Onkel Toby sehr ernsthaft anriet, sich nicht mehr mit dem Brückenbau abzugeben, und mein Onkel auch dabei vorhersah, daß dadurch das Andenken an des Korporals Unfall verewigt würde, änderte er seinen Vorsatz und verfiel auf die Erfindung des Marquis d'Hôpital, welche der jüngere Bernoulli so schön und gelehrt beschrieben hat, wie Euer Gnaden aus den Act. Erud. Lips. An. 1695 ersehen mögen. Bei dieser Brücke ist ein beständiges Gegengewicht aus Blei angebracht, welches ebenso gute Dienste leistet wie ein paar Schildwachen, indem ihre Konstruktion auf einer Kurve beruht, die sich einer Zykloide nähert oder auch eine Zykloide selbst darstellt.

Mein Onkel verstand das Wesen einer Parabel so gut wie nur ein Mann in England, mit der Zykloide kannte er sich aber nicht so gut aus; und obgleich er täglich davon sprach, machte der Brückenbau keine Fortschritte. „Wir wollen jemanden darüber zu Rate ziehen", sagte mein Onkel Toby zu Trim.

26. Kapitel

Als Trim hereinkam und meinem Vater sagte, daß sich Doktor Slop in der Küche damit beschäftige, eine Brücke zu machen, nahm es mein Onkel Toby – die Geschichte mit den Reitstiefeln hatte eben eine Reihe von militärischen Ideen in seinem Gehirn in Gang gebracht – als selbstverständlich an, daß Doktor Slop ein Modell der Brücke des Marquis d'Hôpital machte. – „Das ist doch sehr gütig von ihm", sagte mein Onkel Toby. „Sag Er dem Herrn Doktor meine schönste Empfehlung, Trim, und richt Er ihm aus, daß ich ihm von Herzen danke."

Wäre Onkel Tobys Kopf ein Raritätenkasten gewesen und hätte mein Vater beständig auf der einen Seite hineingeschaut, so hätte er von dem, was in Onkel Tobys Phantasie vorging, keine genauere Vorstellung gewinnen können, als er schon hatte; und also, trotz dem Mauerbrecher und Katapult und den heftigen Verwünschungen, die ihm diese abgelockt hatten, wollte er gerade wieder triumphieren –

Als Trims Antwort plötzlich den Lorbeer von seiner Schläfe und in Stücke riß.

27. Kapitel

„Eure verwünschte Zugbrücke!" sagte mein Vater. – „Mit Euer Gnaden Erlaubnis, es ist eine Brücke für die Nase unseres jungen Herrn. Als er ihn mit seinem verdammten Instrument auf die Welt brachte, hat er ihm, wie Susanna sagt, die Nase so platt wie einen Pfannkuchen ins Gesicht gedrückt; und nun macht er mit einem Baumwolllappen und einem Stück Fischbein aus Susannas Schnürleib eine falsche Brücke, die sie wieder aufrichten soll."

„Bruder Toby", rief mein Vater, „komm, führe mich sogleich in mein Zimmer!"

28. Kapitel

Von dem ersten Augenblick an, da ich mich hinsetzte, um mein Leben zum Vergnügen der Welt und meine Meinungen zu ihrer Belehrung aufzuschreiben, hat sich unmerklich eine Wolke über meinem Vater zusammengezogen. Eine Flut von kleinen Übeln und Widerwärtigkeiten hat sich gegen ihn in Bewegung gesetzt. Nicht die geringste Sache, wie er selbst bemerkt, ist den richtigen Weg gegangen; und nun haben sich die Gewitterwolken verdichtet und werden sich mit voller Wucht über seinem Haupt entladen.

Ich gehe an diesen Teil meiner Geschichte in dem nachdenklichsten und melancholischsten Gemütszustand, in dem sich nur jemals eine mitfühlende Seele befunden hat. Meine Nerven werden schlaff, indem ich sie erzähle. Bei jeder Zeile, die ich schreibe, fühle ich, daß mein Puls nachläßt, und mit ihm diese sorglose Munterkeit, die mich jeden Tag meines Lebens antreibt, tausend Dinge zu sagen und zu schreiben, die ich nicht sagen und schreiben sollte. Und in diesem Augenblick, da ich meine Feder wieder in meine Tinte tauche, fällt es mir so recht auf, mit welcher Miene kummervoller Gefaßtheit und Feierlichkeit ich das tue. Himmel! wie verschieden von dem schnellen Ruck und der heftigen Spritzerei, mit der du, Tristram, bei anderer Laune gewöhnlich zu Werke gehst, wenn du die Feder niederwirfst und deine Tinte auf deinem Tisch und deinen Büchern herumkleckst – als ob deine Federn und deine Tinte, deine Bücher und deine Möbel dich kein Geld kosteten.

29. Kapitel

Ich will mich nicht mit langen Erörterungen aufhalten – es ist erwiesen, und ich bin so sehr als nur möglich davon überzeugt, Madame, „daß beide, Mann und Frau, Schmerzen oder Kummer (und, wenn ich mich nicht irre, auch Vergnügen) in einer horizontalen Lage am besten ertragen“.

Sobald mein Vater auf sein Zimmer kam, warf er sich der Länge nach auf das Bett, mit dem heftigsten Unmut, der sich nur denken läßt, zugleich aber in der kläglichsten Stellung eines von Kummer niedergeschlagenen Mannes, über den jemals eine Träne des Mitleids geweint wurde. Seine rechte Hand umfaßte, als er aufs Bett fiel, seine Stirn, bedeckte größtenteils seine beiden Augen, und er ließ seinen Kopf sachte sinken (sein Ellenbogen wich nach hinten), bis er mit der Nase das Kissen berührte; seine linke Hand hing schlaff über die Bettkante herab, seine Knöchel ruhten auf dem Henkel des Nachttopfs, der unter der Bettgardine hervorguckte; sein rechtes Bein (das linke hatte er an den Leib gezogen) hing halb über der Bettkante, die sich gegen sein Schienbein drückte. Er fühlte es nicht. Ein tiefer, unwandelbarer Kummer nahm Besitz von jeder Linie seines Gesichts. Einmal seufzte er, seine Brust hob sich oft, er sprach aber kein Wort.

Ein alter, gestickter Stuhl, mit gebleichten, gesponnenen Troddeln besetzt, stand am Kopfende des Bettes, gegenüber der Seite, wo meines Vaters Haupt ruhte. Mein Onkel Toby setzte sich darauf.

Bevor eine Betrübnis ganz verdaut ist, kommt der Trost immer zu früh; und ist sie verdaut, kommt er zu spät. Sie sehen also, Madame, daß zwischen beiden Zuständen eine fast haarfeine Linie verläuft, an die sich ein Tröster halten muß. Mein Onkel Toby griff beständig, entweder diesseits oder jenseits, fehl, und pflegte oft zu sagen, er könne wohl ebenso leicht einen Längengrad erwischen; deshalb zog er, als er sich auf den Stuhl setzte, den Vorhang ein wenig weiter zu, und da er immer für jedermann eine Träne bereit hatte, holte er ein Batisttuch hervor, tat einen tiefen Seufzer, sagte aber kein Wort.

30. Kapitel

„Es ist nicht alles Gewinn, was in den Geldbeutel kommt." Obgleich mein Vater das Glück hatte, die merkwürdigsten Bücher von der Welt zu lesen, und zudem in sich selbst die merkwürdigste Art zu denken besaß, mit der je ein Sterblicher gesegnet war, so hatte das doch auch seine Nachteile, indem er dadurch in die sonderbarsten und wunderlichsten Verlegenheiten geriet, von welchen diese eine, die ihn gerade jetzt heimsuchte, das eindrucksvollste Beispiel ist, das sich nur anführen läßt.

Freilich würde das Eindrücken des Nasenbeins eines Kindes durch eine Zange – wäre es auch nach allen Regeln der Kunst geschehen – wohl jeden Mann in der Welt verärgern, selbst wenn ihm die Zeugung eines Kindes nicht soviel Mühe gemacht hätte wie meinem Vater; dennoch kann es das Übermaß seiner Betrübnis nicht erklären oder die unchristliche Art rechtfertigen, mit welcher er sich ihr überließ und ergab.

Um dies zu erklären, muß ich ihn für eine halbe Stunde auf seinem Bett liegen und meinen Onkel Toby auf seinem alten Fransenstuhl neben ihm sitzen lassen.

31. Kapitel

„Ich halte es für eine sehr unvernünftige Forderung", rief mein Urgroßvater, rollte das Papier zusammen und warf es auf den Tisch. „Aus dieser Rechnung geht hervor, Madame, daß Sie nur zweitausend Pfund Vermögen und nicht einen Schilling mehr haben, und doch bestehen Sie auf einem Leibgedinge von dreihundert Pfund jährlich!"

„Das kommt daher", versetzte meine Urgroßmutter, „weil Sie eine kleine oder fast gar keine Nase haben, mein Herr."

Doch ehe ich es wage, das Wort Nase noch einmal zu gebrauchen, wird es, um allen Verwirrungen in dem, was darüber in diesem interessanten Teil meiner Erzählung gesagt werden wird, vorzubeugen, nicht unangebracht sein, meine Meinung zu erläutern und mit aller erdenklichen Deutlichkeit und Genauigkeit zu definieren, was ich unter diesem Wort eigentlich verstanden haben will; denn ich bin der Meinung, daß es bloß an der Nachlässigkeit und Verstocktheit der Schriftsteller liegt, die diese Vorsichtsmaßregel nicht beachten, und an nichts anderem, daß alle polemischen Schriften der Theologen nicht ganz so klar und anschaulich sind wie die über einen Irrwisch oder sonst ein ordentliches Problem der Philosophie und Naturgeschichte. Was haben Sie also, ehe Sie anfangen, anders zu tun – wenn Sie nicht bis zum Jüngsten Tag um Worte herumzuzanken gedenken –, als der Welt von dem Schlüsselwort, auf das es Ihnen am meisten ankommt, eine gute Definition zu geben, daran festzuhalten und es in gangbare Scheidemünze umzuwechseln, wie Sie, mein Herr, es mit einer Guinee machen würden? Ist das geschehen, so mag der

Vater aller Verwirrung nur kommen und Sie irremachen, wenn er kann, oder Ihnen oder Ihrem Leser eine andere Idee in den Kopf setzen, wenn er weiß wie.

In Büchern von strenger Moral und scharfer Logik, wie dieses, an dem ich gerade schreibe, ist eine solche Nachlässigkeit unverzeihlich; und der Himmel ist Zeuge, wie sich die Welt dafür an mir gerächt hat, daß ich so oft Anlaß zu zweideutigen Auslegungen gegeben und mich stets so sehr auf die reine Phantasie meiner Leser verlassen habe.

„Hier liegt ein Doppelsinn vor", rief Eugenius, als wir zusammen spazierengingen, und wies mit dem Zeigefinger seiner rechten Hand auf das Wort „Spalte", auf Seite 109, im zweiten Teil dieses Buchs aller Bücher, „hier liegt ein Doppelsinn vor", sagte er. – „Und hier sind zwei Wege", versetzte ich und fiel ihm scharf ins Wort, „ein schmutziger und ein sauberer – welchen sollen wir wählen?" – „Den sauberen selbstverständlich", versetzte Eugenius. – „Eugenius", sagte ich, indem ich mich vor ihn stellte und meine Hand auf seine Brust legte, „definieren heißt mißtrauen" – Und so triumphierte ich über Eugenius; aber ich triumphierte über ihn, wie ich immer zu tun pflege, nämlich wie ein Narr. Mein Trost ist dabei nur, daß ich kein starrköpfiger bin; deswegen also

definiere ich eine Nase wie folgt – nur bitte ich im voraus meine Leser und Leserinnen, welchen Alters, Temperaments und Standes sie sein mögen, und ersuche sie um der Liebe Gottes und ihrer eigenen Seele willen, vor den Versuchungen und Einflüsterungen des Satans auf der Hut zu sein und ihm nicht zu gestatten, daß er durch Ränke oder List ihnen eine andere Idee in den Kopf setze als die, welche ich in meiner Definition niedergelegt habe. Denn unter dem Wort „Nase" verstehe ich in diesem langen Nasenkapitel und an jeder anderen Stelle meines Werkes, wo das Wort Nase vorkommt – das erkläre ich hiermit –, eine Nase und nichts mehr oder weniger.

32. Kapitel

„Das kommt daher", versetzte meine Urgroßmutter und wiederholte die Worte, „weil Sie eine kleine oder fast gar keine Nase haben."

„Verflucht!" schrie mein Urgroßvater und schlug sich mit der Hand auf die Nase, „so klein ist sie doch auch noch nicht – sie ist einen ganzen Zoll länger als die meines Vaters." – Nun war aber meines Urgroßvaters Nase den Nasen aller Männer, Frauen und Kinder, die Pantagruel auf der Insel Ennasin vorfand, so ähnlich wie ein Ei dem anderen. Nebenbei gesagt, wenn Sie die sonderbare Art und Weise kennenlernen wollen, wie man sich mit einem so plattnasigen Volke verschwägern kann, so müssen Sie das Buch lesen; von selbst werden Sie es wohl nie herausbringen.

„Herr, sie sah aus wie ein Kreuzas."

„Sie ist einen ganzen Zoll", fuhr mein Urgroßvater fort, drückte mit Finger und Daumen den Rücken seiner Nase und wiederholte seine Behauptung, „sie ist einen ganzen Zoll länger, Madame, als die meines Vaters." – „Sie meinen wohl die Ihres Onkels", erwiderte meine Urgroßmutter.

Mein Urgroßvater war überzeugt. Er rollte das Papier wieder auf und unterschrieb den Artikel.

33. Kapitel

„Welch ein unverantwortliches Leibgedinge, mein Lieber, zahlen wir da von unserem kleinen Besitz!" sagte meine Großmutter zu meinem Großvater.

„Mein Vater", erwiderte mein Großvater, „hatte keine größere Nase, meine Liebe, als dieser Tupfen hier auf meinem Handrücken."

Nun müssen Sie wissen, daß meine Urgroßmutter meinen Großvater um zwölf Jahre überlebte und ihr also mein Vater die ganze Zeit über halbjährlich (an Michaelis und Mariä Verkündigung) ihre hundertundfünfzig Pfund Witwengeld auszahlen mußte.

Niemand kam williger seinen finanziellen Verpflichtungen nach als mein Vater; und Beträge bis zu hundert Pfund pflegte er Guinee für Guinee mit jener schnellen Bewegung aufrichtiger Bereitschaft auf den Tisch zu werfen, mit welcher großmütige Seelen, aber nur großmütige Seelen, ihr Geld ausgeben. Sobald er aber an die folgenden fünfzig kam, stieß er gewöhnlich ein lautes Hem! aus, rieb sich dabei ganz gemächlich mit dem flachen Zeigefinger den Nasenflügel, schob die Hand bedächtig unter die Perücke, besah jede Guinee, ehe er sich von ihr trennte, von beiden Seiten und konnte nur selten die fünfzig Pfund zu Ende zählen, ohne sein Taschentuch zur Hand zu nehmen und sich die Stirn zu wischen.

Behüte mich, gütiger Himmel, vor solchen Verfolgungsgeistern, die keine Nachsicht mit solchen inneren Regungen haben! Nie, o nie laß mich in einem Zelt mit denen liegen, die den Bogen immer so sehr spannen und kein Mitleid mit der Macht der Erziehung und mit dem beherrschenden Einfluß der von unseren Voreltern ererbten Meinungen fühlen.

Seit wenigstens drei Generationen hatte die Auffassung vom Vorteil langer Nasen nach und nach Wurzel in unserer Familie geschlagen. Die Überlieferung sprach durchaus für diese Auffassung, und alle halbe Jahre kam das wirtschaftliche Interesse dazu, um sie zu bestärken, so daß meines Vaters grillenhafter Kopf keineswegs allein für diese Anschauung verantwortlich war, wie es sich mit fast all seinen anderen sonderbaren Ideen verhielt. Denn man konnte sagen, daß er sie großenteils mit der Muttermilch eingesogen habe. Indessen tat er das Seinige dazu: Wenn seine Erziehung den Irrtum (falls es einer war) pflanzte, so begoß ihn mein Vater und pflegte ihn bis zur Reife.

Er beteuerte oft, wenn er seine Gedanken über diesen Punkt äußerte, daß er nicht begreife, wie die größte Familie in England eine ununterbrochene Folge von sechs oder sieben kurzen Nasen ertragen könne. Und aus dem entgegengesetzten Grund pflegte er hinzuzufügen, es müsse eines der größten Probleme im bürgerlichen Leben sein, ob wohl die gleiche Anzahl schöner langer Nasen, welche in gerader Linie aufeinanderfolgten, diese Familie zu den höchsten Ehrenstellen des Königreichs berufen und emporheben würde. Mit Selbstgefälligkeit rühmte er sich oft, die Familie Shandy habe unter Heinrich VIII. einen sehr hohen Rang bekleidet und ihre Erhebung keinen Staatskniffen zu verdanken gehabt, sondern nur, so sagte er, diesem Glücksumstand. Allein, pflegte er hinzuzufügen, das Rad habe sich wie bei anderen Familien gedreht und sie habe sich von dem Schlag, den ihr meines Urgroßvaters Nase zufügte, niemals wieder erholt. „Es war wirklich ein Kreuzas“, rief er dann und schüttelte den Kopf, „und zwar das häßlichste, das jemals für eine unglückliche Familie zum Trumpf bestimmt worden ist.“

Sachte, sachte, lieber Leser! Wohin reißt dich deine Phantasie fort? Wenn noch Wahrheit unter der Sonne ist, so glauben Sie mir, unter meines Urgroßvaters Nase verstehe ich nichts anderes als das äußere Organ des Geruchssinns oder jenen Körperteil des Menschen, der mitten in seinem Angesicht erhaben steht und der, wie die Maler sagen, bei guten hübschen Nasen und wohlproportionierten Gesichtern ein volles Drittel derselben einnehmen sollte, das heißt, wenn man vom Ansatz des Haars abwärts mißt.

– Wie einem Autor doch oft das Leben sauer gemacht wird!

34. Kapitel

Es ist ein besonderes Glück, daß die Natur das Gemüt des Menschen mit der gleichen Unwilligkeit und Halsstarrigkeit begabt hat, die man bei alten Hunden wahrnimmt, nämlich „keine neuen Kunststücke zu lernen“.

In was für einen Federball würde sich nicht der größte Philosoph, der jemals gelebt hat, sofort verwandeln, wenn er nur solche Bücher läse und solche Tatsachen bemerkte und solche Gedanken dächte, die ihn ohne Unterlaß bald auf diese, bald auf jene Seite lockten!

Ich habe Ihnen schon voriges Jahr gesagt, daß mein Vater all dies haßte. Er las eine Meinung auf, mein Herr, wie ein Mensch im Naturzustand einen Apfel aufliest. Er wird sein Eigentum; und ist der Mann nur einigermaßen beherzt, so wird er lieber sein Leben als sein Eigentum aufgeben.

Ich bin mir bewußt, daß Didius, der große Rechtsgelehrte, diesen Satz angreifen und mir entgegenhalten wird: Woher hat dieser Mann ein Recht auf diesen Apfel? *Ex confesso,* wird er sagen, die Dinge waren in einem Naturzustand; der Apfel gehört Frank ebensogut wie John. Nun, sagen Sie doch, Herr Shandy, welches Patent hat er dafür aufzuweisen? und wie begann er sein Eigentum zu werden? war es, als ihn danach gelüstete? oder als er ihn aufhob? oder als er ihn kaute? oder als er ihn briet? oder als er ihn schälte? oder als er ihn heimbrachte? oder als er ihn verdaute? oder als er ihn ...? – Denn so viel, mein Herr, ist doch klar: wenn das erste Aufheben des Apfels ihn nicht zu seinem Eigentum machte, konnte es auch keine darauffolgende Handlung tun.

Bruder Didius, wird Tribonius antworten (da nun der Bart des Zivil- und Kirchenrechtlers Tribonius drei Zoll und einen halben lang und somit um drei Achtel länger ist als Didius' Bart, bin ich froh, daß er für mich Partei ergreift. Ich brauche also weiter um keine Antwort besorgt zu sein) – Bruder Didius, wird Tribonius antworten, es ist eine feststehende Tatsache, wie Sie aus den Fragmenten der Gesetzbücher des Gregorius und des Hermogenes und in allen Gesetzbüchern von dem justinianischen bis zu den Werken von Louis und Des Eaux ersehen können, daß der Schweiß von der Stirn eines Menschen und die Ausdünstungen des Gehirns eines Menschen ebensogut sein Eigentum sind wie die Hose, die sein Hinterteil bedeckt; wenn nun die besagten Ausdünstungen usw. während der Arbeit des Findens oder Aufhebens auf den besagten Apfel fallen und somit unzertrennlich den Aufheber mit dem aufgehobenen, nach Hause getragenen, gebratenen, geschälten, gegessenen, verdauten und so weiter Gegenstand verbinden und verknüpfen, so ist es ganz eindeutig, daß der Aufheber des Apfels etwas, was sein Eigentum war, mit dem Apfel, der nicht sein Eigentum war, vermischt hat, wodurch er denn ein Besitzrecht erlangt hat – oder, mit anderen Worten, der Apfel ist Johns Apfel.

Mit derselben gelehrten Kette von Schlüssen trat mein Vater für alle seine Ansichten ein. Er hatte keine Mühe gescheut, sie aufzulesen, und je weiter sie von dem gewöhnlichen Wege ablagen, desto begründeter war sein Recht. Kein Sterblicher erhob Ansprüche darauf; sie hatten ihn zudem beim Kochen und Verdauen ebensoviel Mühe gekostet wie in dem obengenannten Fall, so daß man also mit Fug und Recht sagen konnte, sie seien sein eigenes Hab und Gut. Demzufolge hielt er sie mit Zähnen und Klauen fest, verteidigte sie mit allem, was er zu packen bekommen konnte, und suchte sie, kurzum, mit ebenso vielen Wällen und Brustwehren zu verschanzen und zu befestigen, wie mein Onkel Toby es mit einer Zitadelle gemacht haben würde.

Ein lästiger Klotz lag ihm hierbei im Wege: der Mangel an Material, mit dem er sich im Fall eines scharfen Angriffs ordentlich verteidigen könnte; denn wenige Männer von großem Genie haben ihr Pfund dazu angelegt, Bücher über lange Nasen zu schreiben. Beim Trott meines mageren Pferdes, das Ding ist unglaublich! Und ich weiß nicht, was ich daraus machen soll, wenn ich bedenke, was für ein Schatz kostbarer Zeit und Talente an viel schlechtere Gegenstände verschwendet worden ist und wie viele Millionen Bücher in allen Sprachen und in allen möglichen Typen und Einbänden über solche Themen fabriziert wurden, die nicht halb soviel dem Frieden und der Einigkeit in der Welt dienen. Was indessen zu haben war, bedeutete meinem Vater um so mehr; und obgleich mein Vater öfters über Onkel Tobys Bibliothek spöttelte – welche übrigens auch lächerlich genug war –, so sammelte er doch gleichzeitig jedes Buch und jeden Traktat, welche systematisch von Nasen handelten, mit der gleichen Sorgfalt, die mein ehrlicher Onkel Toby auf seine Werke über die Kriegskunst verwandte. Es ist wohl wahr, daß sie auf einem weit kleineren Tisch Platz finden konnten, aber das war nicht deine Schuld, mein lieber Onkel.

Hier – warum aber hier und nicht lieber an einer anderen Stelle meiner Geschichte, das kann ich nicht sagen –, hier ist es nun einmal, daß mich mein Herz anhält, um dir, mein lieber Onkel Toby, ein für allemal den Tribut zu entrichten, den ich deiner Güte schuldig bin. Hier laß mich meinen Stuhl beiseite schieben und niederknien, während ich die wärmsten Empfindungen der Liebe zu dir und der Verehrung für die Vortrefflichkeit deines Charakters ausschütte, die jemals Tugend und Natur in der Brust eines Neffen entzündet haben. Ruhe und Frieden mögen ewig dein Haupt umschweben! Du beneidetest keinen Menschen um sein angenehmes Leben, ließest ihm gerne seine Meinungen, beflecktest niemandes Leumund, nahmst keinem sein Brot. Mit deinem treuen Trim hinter dir wandelst du gemächlich durch den kleinen Kreis deiner Vergnügungen, ohne einem anderen Menschen auf die Füße zu treten; du hattest für jedermanns Kummer eine Träne, für jedermanns Not einen Schilling übrig.

Solange ich noch einen in der Tasche behalte, mit dem ich einen Unkrautjäter bezahlen kann, soll dein Pfad von deiner Tür bis zu deinem Rasenplatz nicht zuwachsen. Solange der Familie Shandy noch anderthalb Ruten Land verbleiben, sollen deine Befestigungsanlagen, mein teurer Onkel Toby, niemals zerstört werden.

35. Kapitel

Meines Vaters Sammlung war nicht groß, dafür aber merkwürdig; und folglich ging einige Zeit darüber hin, ehe er sie zusammenbrachte. Er hatte jedoch das außerordentliche Glück bei ihrer Grundlegung, daß er Bruscambilles Prolog über lange Nasen fast geschenkt erhielt, denn der ganze Bruscambille kostete ihn nicht mehr als drei halbe Kronen, und das lag nur daran, weil der Trödler gleich merkte, daß mein Vater sich sehr für das Buch interessierte, sobald er es nur in die Hand genommen hatte. – „Man findet keine drei Bruscambilles mehr in der ganzen Christenheit“, sagte der Antiquar, „abgesehen von jenen, die etwa hie und da in Liebhaberbibliotheken an Ketten liegen.“ – Wie der Blitz warf mein Vater das Geld hin, steckte Bruscambille in seinen Busen, eilte damit vom Piccadilly zur Coleman Street, als ob er einen Schatz heimtrüge, ohne Bruscambille den ganzen Weg über nur einmal loszulassen.

Denjenigen, welche noch nicht wissen, wes Geschlechts Bruscambille ist – um so mehr, da ein Prolog über lange Nasen sehr leicht sowohl von dem einen wie von dem anderen Geschlecht herrühren könnte –, wird das Gleichnis nicht unpassend erscheinen, daß mein Vater, als er zu Hause ankam, sich mit Bruscambille ebensosehr erlabte, wie sich – ich wette zehn gegen eins – Euer Hochwohlgeboren mit Ihrer ersten Mätresse erlabten, das heißt vom Morgen bis zum Abend, was zwar, nebenbei gesagt, dem Verliebten großes Vergnügen bereiten mag, den Zuschauer aber wenig oder gar nicht belustigt. Ich bitte zu beachten, daß ich das Gleichnis nicht weiter treibe. Meines Vaters Augen waren hungriger als sein Magen, seine Begierde größer als sein Vermögen; er kühlte sich ab, seine Neigungen wurden geteilt, er erstand den Prignitz, kaufte sich den Scroderus, Andrea Paraeus, Bouchets „Abendunterhaltungen“ und vor allem den großen und gelehrten Hafen Slawkenbergius, über den, da ich bei Gelegenheit viel über ihn zu sagen habe, ich jetzt nichts sagen will.

36. Kapitel

Unter allen Abhandlungen, die sich mein Vater zu kaufen und zu studieren bemühte, um seine Hypothese zu untermauern, war keine, die ihn anfangs grausamer enttäuschte, als der berühmte Dialog zwischen Pamphagus und

Cocles, der aus der züchtigen Feder des großen und verehrungswürdigen Erasmus stammt und von den verschiedenen Vorteilen und dem passenden Gebrauch langer Nasen handelt. Nun, mein liebes Mädchen, laß in diesem Kapitel den Satan sich ja nicht eines Hügels bemächtigen, um von da aus deine Imagination zu besteigen, wenn du es nur einigermaßen verhindern kannst; und sollte er doch so flink sein, sich hinaufzuschwingen, so bitte ich dich, wie ein ungesatteltes Füllen zu hüpfen, zu trippeln, zu stampfen, zu springen, zu bocken und mit kurzen oder langen Tritten auszuschlagen, bis du wie Kitzelfroschs Stute einen Riemen oder Gurt gesprengt und den Junker in den Kot geworfen hast. Umzubringen brauchst du ihn nicht!

Bitte, was wollen Sie denn mit Kitzelfroschs Stute sagen? – Das ist eine so unüberlegte und ungelehrte Frage, mein Herr, als hätten Sie gefragt, in welchem Jahr (*ab urb. con.*) der zweite Punische Krieg ausgebrochen sei. Was ich mit Kitzelfroschs Stute meine? Lies, lies, lies, lies, mein ungelehrter Leser, lies! Oder, bei der Gelehrsamkeit des großen Heiligen Paraleipomenon, ich sage es dir vorher, du tätest besser daran, das Buch gleich in die Ecke zu werfen. Denn ohne große Belesenheit, worunter ich, wie Euer Hochwürden wissen, große Gelehrsamkeit verstehe, werden Sie ebensowenig imstande sein, die Moral der folgenden marmorierten Seite (ein buntes Sinnbild meines Werkes!) zu erfassen, wie die Welt mit all ihrem Scharfsinn imstande gewesen ist, die vielen Meinungen, Abhandlungen und Wahrheiten zu enthüllen, welche noch immer unter dem dunklen Schleier der schwarzen Seite mystisch verborgen liegen.

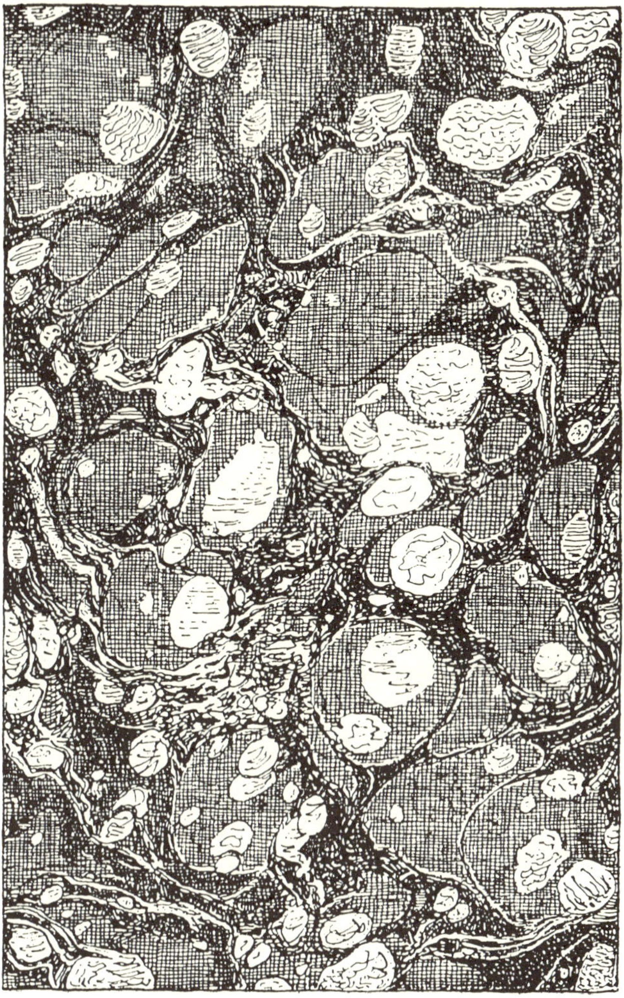

37. Kapitel

„Nihil me poenitet hujus nasi", sagte Pamphagus; das heißt: „Meine Nase machte mich zum Manne." – *„Nec est cur poeniteat"*, versetzt Cocles; das heißt: „Wie zum Teufel sollte das auch einer solchen Nase nicht gelingen?"

Sie sehen, Erasmus hat den Lehrsatz, wie ihn mein Vater wünschte, ganz klar niedergeschrieben. Was aber meinen Vater enttäuschte, war der Umstand, daß er von einer so geschickten Feder nichts weiter aufgezeichnet fand als das bare Faktum ohne irgend etwas von jener spekulativen Subtilität oder Spitzfindigkeit der Beweisführung, womit der Himmel den Menschen begabt hat, um Wahrheiten zu ergründen und sie nach allen Seiten zu verfechten. Anfangs stöhnte und wetterte mein Vater ganz entsetzlich. – Es hat immer etwas für sich, einen guten Namen zu haben. Da der Dialog von Erasmus war, kam mein Vater bald wieder zu sich und las ihn noch mehrere Male mit großer Aufmerksamkeit durch; er studierte jedes Wort und jede Silbe durch und durch nach ihrer strengsten und buchstäblichsten Bedeutung. Aber er konnte auch auf diese Weise noch nichts herausbringen. „Kann sein, daß mehr damit gemeint ist als gesagt", sprach mein Vater. „Gelehrte Männer, Bruder Toby, schreiben Dialoge über lange Nasen nicht umsonst. Ich will den mystischen und allegorischen Sinn studieren. Hier ist noch Raum, Bruder, sich zu betätigen!"

Mein Vater las weiter.

Nun halte ich es aber für nötig, Euer Hochwürden und Wohlgeboren mitzuteilen, daß abgesehen von den mannigfaltigen nautischen Verwendungsmöglichkeiten langer Nasen, die Erasmus aufzählt, der Verfasser des Dialogs behauptet, eine lange Nase sei auch nicht ohne häuslichen Nutzen, weil sie im Notfall, wenn gerade kein Blasebalg bei der Hand ist, sehr gute Dienste leiste *ad excitandum focum* (das Feuer anzufachen).

Die Natur war mit ihren Gaben bei meinem Vater außerordentlich verschwenderisch umgegangen und hatte den Samen der Wortkritik ebenso tief in ihn gesät wie die

Samen aller übrigen Wissenschaften, so daß er sein Federmesser herauszog und mit dem Satz Experimente anstellte, um zu ermitteln, ob er nicht einen besseren Sinn hineinradieren könnte. „Bis auf einen einzigen Buchstaben, Bruder Toby“, rief mein Vater, „hab ich Erasmus’ mystischen Sinn herausgebracht.“ – „So bist du ihm doch nah genug gekommen, Bruder“, erwiderte mein Onkel Toby treuherzig. – „Pscha!“ rief mein Vater und schabte weiter. „Ich könnte genausogut noch sieben Meilen davon entfernt sein. – Fertig bin ich“, sagte mein Vater und schnalzte mit den Fingern. „Sieh einmal, mein lieber Bruder Toby, wie ich den Sinn verbessert habe.“ – „Aber ein Wort hast du verhunzt“, versetzte mein Onkel Toby. Mein Vater setzte seine Brille auf, biß sich auf die Lippen und riß im Ärger das Blatt heraus.

38. Kapitel

O Slawkenbergius! Du getreuer Nachspürer meiner *Disgrazias,* du trauriger Prophet so mancher Striemen und Beulen, die mir in dem einen oder anderen Abschnitt meines Lebens die Kürze meiner Nase und, soviel ich weiß, keine andere Ursache in der Welt so unerwartet eingetragen hat! Sag an, Slawkenbergius, welcher geheime Impuls war es? Welcher Tonfall der Stimme? Woher kam sie? Wie klang sie deinen Ohren? Bist du gewiß, daß du sie hörtest, welche dir zuerst zurief: Geh, geh, Slawkenbergius, weihe die Arbeit deines Lebens, versäume deinen Zeitvertreib, rufe alle Kräfte und Fähigkeiten deiner Natur zusammen, quäle dich ab im Dienste der Menschheit, und schreibe für sie einen großen Folioband über die Nasen der Menschen!

Wie die Mitteilung in Slawkenbergius’ Sensorium geriet, so daß Slawkenbergius wissen konnte, wessen Figur die Taste anschlug, wessen Hand die Bälge hob – darüber lassen sich, da Hafen Slawkenbergius seit neunzig Jahren tot ist und in seinem Grab liegt, nur Mutmaßungen anstellen.

Man hat auf Slawkenbergius gespielt, wenn ich mich nicht

irre, wie auf einem von Whitfields Schülern; das heißt, mein Herr, er hatte eine so genaue Kenntnis davon, welcher der beiden Meister auf seinem Instrument übte, daß es zwecklos ist, sich darüber weitere Gedanken zu machen.

Denn in dem Rechenschaftsbericht, den Hafen Slawkenbergius der Welt von seinen Motiven und Anlässen zum Schreiben gibt, und warum er so viele Jahre seines Lebens auf dieses einzige Werk verwendet hat – gegen das Ende seiner Vorrede, welche übrigens vorne hätte stehen sollen, die aber der Buchbinder aus Unverstand zwischen das Inhaltsverzeichnis des Buchs und das Buch selbst gebunden hat –, belehrt er seine Leser, daß er schon seit der Zeit, als er ins verständige Alter gekommen und fähig geworden war, vernünftig zu denken, den wahren Zustand und die Lage des Menschen zu betrachten und den eigentlichen Zweck und die große Bestimmung seines Daseins zu erkennen, oder – um meine Übersetzung abzukürzen, denn Slawkenbergius Buch ist lateinisch geschrieben und an dieser Stelle nicht wenig umständlich – von der Zeit an, sagt Slawkenbergius, da ich etwas begriff oder vielmehr wußte, warum der Bart wächst, und gewahr wurde, daß das Thema der langen Nasen von allen bisherigen Schriftstellern vernachlässigt worden war, habe ich, Slawkenbergius, einen starken Hang und eine mächtige und unwiderstehliche innere Berufung gefühlt, mich zu diesem Unternehmen zu gürten.

Und man muß Slawkenbergius Gerechtigkeit widerfahren lassen und gestehen, daß er die Kampfbahn mit einer stärkeren Lanze betreten und eine weit längere Strecke darin zurückgelegt hat als irgendein Mann, der sie vor ihm betrat, und daß er es wirklich in mancher Hinsicht verdient, allen Schriftstellern, zumindest den Verfassern umfangreicher Werke, als ein Muster aufgestellt zu werden, dem sie ihre Bücher nachzubilden hätten; denn, mein Herr, er umfaßt seine ganze Materie, hat jeden ihrer Teile dialektisch untersucht, darauf in die Helligkeit des Tages gerückt und so viel Licht darüber verbreitet, wie entweder die Kollision seiner eigenen Talente erzeugte oder die tiefste Einsicht in die Wissenschaften ihn darüber zu ergießen befähigte; er hat auf seinem Weg verglichen, gesammelt, kompiliert, gebettelt, geborgt, gestohlen, was nur in den Schulen und Hörsälen der Gelehrten darüber gesagt, geschrieben oder geschmiert worden ist, so daß man Slawkenbergius' Buch mit Recht nicht bloß als ein Muster betrachten kann, sondern als eine sorgfältig zusammengetragene Sammlung und regelrechte Nasenkunde, welche alles enthält, was man darüber wissen will oder soll.

Aus diesem Grund enthalte ich mich, von so manchen (sonst) wertvollen Büchern und Abhandlungen in meines Vaters Sammlung zu sprechen, welche entweder geradezu über Nasen geschrieben worden sind oder sie nur nebenbei berührt haben; so zum Beispiel Prignitz, der da auf dem Tisch vor mir liegt und der uns mit unendlicher Gelehrsamkeit und nach der gewissenhaftesten und wissenschaftlichsten Untersuchung von mehr als viertausend verschiedenen Totenköpfen aus zwanzig schlesischen Beinhäusern, die er durchstöberte, berichtet hat, daß das Maß und die Bildung des beinernen oder knochigen Teils der menschlichen Nase in allen Ländern, abgesehen von der tatarischen Krim, wo sie alle mit dem Daumen eingedrückt werden, so daß man also über sie nicht urteilen kann, sich viel mehr gleichen, als die Welt denkt. Die Unterschiede, sagt er, sind so gering, daß es nicht lohnt, sich dabei aufzuhalten. Da aber die Größe und Schönheit einer jeden Nase und das, wodurch eine Nase der anderen den Rang abläuft und in höherer Gunst steht, von ihren knorpeligen und muskulösen Teilen herrühren, in deren Röhren und Höhlen das Blut und die animalischen Geister durch die Wärme und Stärke der Imagination getrieben werden, die nur einen Schritt weit davon entfernt liegt (die Schwachsinnigen muß man ausnehmen, von welchen Prignitz, der viele Jahre in der Türkei zugebracht hat, meint, daß sie unter noch unmittelbarer Vormundschaft des Himmels stehen), so kommt es, sagt Prignitz, und es kann gar nicht anders sein, daß die Vortrefflichkeit der Nase in einem direkten arithmetischen Verhältnis zu der Vortrefflichkeit der Einbildungskraft ihres Besitzers steht.

Aus demselben Grund, weil nämlich schon alles im Slawkenbergius enthalten ist, sage ich ebenfalls nichts über Scroderus (Andrea), der sich, wie alle Welt weiß, mit großer Heftigkeit gegen Prignitz wandte und auf seine eigene Art bewies, erstlich durch logische Schlüsse und dann durch eine Reihe nichtssagender Erfahrungen, „Prignitz sei mit seiner Behauptung, die Einbildung wirke auf die Nase, so weit entfernt von der Wahrheit, daß gerade das Gegenteil richtig sei, daß nämlich die Nase auf die Einbildung wirke".

Die Gelehrten bezichtigten hierin den Scroderus einer unanständigen Sophisterei, und Prignitz schrie im Disput ganz laut, Scroderus habe ihm diese Idee untergeschoben, aber Scroderus blieb bei seiner Behauptung.

Mein Vater erwog gerade bei sich, welcher von beiden Seiten er beitreten sollte, als Ambrosius Paraeus in einem Augenblick die Sache entschied und ihn dadurch, daß er sowohl Prignitz' als Scroderus' System über den Haufen warf, beiden Parteien in der Kontroverse entzog.

Sehen Sie nun –

Dem gelehrten Leser erzähle ich nichts Neues, wenn ich es sage; ich erwähne es bloß, um den Gelehrten zu zeigen, daß ich das Faktum selbst weiß.

Dieser Ambrosius Paraeus war erster Wundarzt und Nasenflicker bei König Franz dem Neunten von Frankreich und stand in großem Ansehen bei diesem und den beiden vorhergehenden oder nachfolgenden Königen (ich weiß nicht, welche), und abgesehen von dem Kunstfehler, den er in der Geschichte mit Taliacotius' Nase und in der Art, wie er sie wieder ansetzte, beging, schätzte ihn die ganze Ärzteschaft seiner Zeit als einen Mann, der mehr von der Nasenwissenschaft verstand als irgendein Mann, der nur je eine Nase betastet hatte.

Dieser Ambrosius Paraeus nun überzeugte meinen Vater, daß die wahre und wirkende Ursache dessen, was die Aufmerksamkeit der Welt so stark auf sich gezogen hatte und woran Prignitz und Scroderus soviel Gelehrsamkeit und Talent verschwendet hatten, weder das eine noch das andere sei, sondern die Länge und Güte der Nase hingen bloß davon ab, wie sanft und weich die Brust der Amme sei, ebenso wie die Kürze und Plattheit der Nasen der Spätergeborenen davon abhingen, wie prall und elastisch dieses nährende Organ bei den jungen und frischen Ammen beschaffen sei, was zwar angenehm für die Frau, aber schädlich für das Kind sei, indem seine Nase dadurch so gestaucht, geprellt, verkleinert und verkühlt werde, daß sie unmöglich *ad mensuram suam legitimam* gelangen könne; wenn aber die Brust der Mutter oder Amme fein weich und nachgiebig wäre, sagt Paraeus, würde die Nase, indem sie hineinsinke wie in ein Stück Butter, gehegt, gepflegt, gestärkt, genährt, gesteift und zum ständigen Wachstum angeregt.

Ich habe bei Paraeus nur zweierlei anzumerken: erstlich, daß er alles dieses mit äußerster Schamhaftigkeit und Wohlanständigkeit im Ausdruck erklärt und beweist – wofür seine Seele in ewigem Frieden ruhen möge!

Und zweitens, daß die Hypothese des Ambrosius Paraeus nicht nur die Systeme des Prignitz und Scroderus völlig umstürzte, sondern auch zugleich das System des Friedens und guten Einvernehmens in unserer Familie über den Haufen warf und drei volle Tage hintereinander nicht nur meinen Vater und meine Mutter miteinander entzweite, sondern auch das ganze Haus und alles, was darin war, meinen Onkel Toby ausgenommen, auf den Kopf stellte.

Eine so lächerliche Klatscherei von einer Uneinigkeit zwischen Mann und Frau ist gewiß noch in keinem Land und keinem Jahrhundert durch das Schlüsselloch der Haustür gedrungen.

Meine Mutter, müssen Sie wissen – aber erst habe ich Ihnen noch fünfzig nötigere Dinge zu berichten. Ich habe hundert Schwierigkeiten, die ich aufzuklären versprochen habe, und tausend Widerwärtigkeiten und häusliche Unglücksfälle, die haufenweise und dreifach, eine auf dem Nacken des anderen, auf mich einstürmen: Eine Kuh brach (heute morgen) in Onkel Tobys Befestigungsanlagen ein, fraß zweieinhalb Rationen dürres Gras und riß dabei die Soden von der Böschung seines Hornwerks und gedeckten Weges. Trim besteht darauf, vor ein Kriegsgericht gestellt zu werden, die Kuh soll erschossen werden, Slop gekreuzigt, ich selbst *getristramt* und schon bei meiner Taufe ein Märtyrer werden. Wir armen Teufel allzumal! Da lieg ich noch ohne Windeln! Aber ich darf keine Zeit mit Exklamationen verlieren. Meinen Vater habe ich auf dem Bett liegen lassen, und mein Onkel Toby sitzt in seinem alten befransten Stuhl bei ihm; und ich versprach, ich wollte in einer halben Stunde wieder bei ihnen sein, und fünfunddreißig Minuten sind seitdem schon verflossen. Von allen Verlegenheiten, in denen man jemals einen sterblichen Autor gesehen hat, ist dies gewiß die größte, denn, mein Herr, ich habe noch Hafen Slawkenbergius' Folianten zu erledigen, einen Dialog zwischen meinem Vater und meinem Onkel Toby über die Lösungen des Prignitz, Scroderus, Ambrosius Paraeus, Ponocrates und Grangousier zu erzählen, eine Geschichte aus dem Slawkenbergius zu übersetzen, und das alles in fünf Minuten weniger null Zeit. Was für ein Kopf! Wollte der Himmel, meine Feinde sähen nur, wie es darin zugeht!

39. Kapitel

Keine einzige andere Szene war so unterhaltsam in unserer Familie – und um ihr in dieser Hinsicht Gerechtigkeit widerfahren zu lassen ... und hier nehme ich meine Mütze ab und lege sie auf den Tisch dicht neben mein Tintenfaß nieder, damit ich der Welt meine Erklärung über diesen einen Punkt desto feierlicher abgeben kann, daß ich nämlich auf mein Gewissen glaube (wofern mich meine Liebe und Parteilichkeit für meinen Verstand nicht verblendet), die Hand des höchsten Schöpfers und ersten Gestalters aller Dinge habe niemals eine Familie geschaffen oder zusammengebracht (in dem Zeitraum wenigstens nicht, dessen Geschichte ich schreibe), in der die Charaktere mit so großem dramatischen Geschick zu diesem Zweck verschmolzen oder kontrastiert waren wie in der unsrigen oder welcher die Fähigkeit, solche auserlesenen Szenen darzubieten, oder das Vermögen, diese Szenen unaufhörlich vom Morgen bis zum Abend zu verändern, in einem so unerschöpflichen Maße mitgeteilt worden wäre wie der Familie Shandy.

Keine von allen Szenen aber war ergötzlicher, sage ich, auf diesem unserem grillenhaften Theater als die, welche öfters aus ebendiesem Kapitel über die langen Nasen entstand, besonders wenn meines Vaters Einbildungskraft von seinen Nachforschungen erhitzt war und er dann nicht eher ruhte, bis er auch die Onkel Tobys erhitzt hatte.

Mein Onkel Toby pflegte meinem Vater bei dergleichen Versuchen möglichst freie Hand zu lassen; er saß mit unendlicher Geduld ganze Stunden lang da und schmauchte seine Pfeife, während mein Vater seine Künste an seinem Kopfe versuchte und jeden Zugang ausprobierte, durch den er Prignitz' und Scroderus' Erklärungen hineintreiben könnte.

Gingen sie über meines Onkels Toby Verstand, oder widerstrebten sie ihm, oder war sein Gehirn wie nasser Zunder, so daß kein Funken fangen wollte, oder war es so voller Sappen, Minen, Palisaden, Schutzwälle, Kurtinen und dergleichen militärischen Anlagen, die ihn hinderten, die Lehrsätze des Prignitz und Scroderus deutlich einzusehen – das kann ich nicht sagen; das mögen die Logiker, Ofenheizer, Anatomen und Ingenieure untereinander ausfechten.

Ein Unglück war, soviel weiß ich, bei dieser Sache, daß mein Vater nämlich meinem Onkel Toby alles Wort für Wort aus dem Lateinischen des Slawkenbergius übersetzen mußte und daß, weil er eben kein großer Lateiner war, seine Übersetzung wohl zuweilen hinkte, und gewöhnlich am meisten da, wo sie hätte auf geraden Füßen gehen sollen. Dies öffnete natürlicherweise einem zweiten Übel Tür und Tor, denn in dem hitzigen Bestreben, meinem Onkel Toby die Augen zu öffnen, liefen meines Vaters Ideen ebensoviel schneller als seine Übersetzung, wie die Übersetzung schneller lief als Onkel Tobys Ideen; weder das eine noch das andere trug sonderlich dazu bei, meines Vaters Lektionen faßlicher zu machen.

40. KAPITEL

Die Gabe des logischen Folgerns und Schließens – bei Menschen, meine ich, denn bei den höheren Klassen von Wesen, als da sind Engel und Geister, geschieht alles, wenn Euer Gnaden gestatten, wie man mir gesagt hat, durch Intuition, und die geringeren Wesen, wie Euer Gnaden wissen, schließen nach der Nase, obgleich es eine Insel gibt, die – wenn auch nicht sehr bequem – im Meer schwimmt, und deren Bewohner, wofern mein Gedächtnis mich nicht täuscht, so wunderbar begabt sind, daß sie auf die gleiche Art schließen, und zwar so, daß sie es oft nicht übel treffen – doch das gehört hier nicht zur Sache –

Die Gabe, so zu verfahren, wie es bei uns sein sollte, oder der große und entscheidende Akt des Schlußfolgerns besteht, wie die Logiker sagen, darin, die Übereinstimmung oder Nichtübereinstimmung zweier Sätze vermittels eines dritten (*medius terminus* genannt) zu bestimmen, genauso wie ein Mann, nach Lockes richtiger Bemerkung, vermittels einer Meßkette herausfindet, daß zwei Kegelbahnen von gleicher Länge sind, die man nicht zusammenbringen kann, um ihre Gleichheit durch Nebeneinanderstellung zu messen.

Hätte dieser große Denker zugesehen, wenn mein Vater sein System der Nasen erklärte, und Onkel Tobys Betragen bemerkt – wie aufmerksam der auf jedes Wort war und, sooft er seine Pfeife aus dem Mund nahm, mit welch erstaunlicher Ernsthaftigkeit er deren Länge betrachtete, indem er sie, als er sie zwischen seinem Zeigefinger und Daumen hielt, in der Quere ansah, dann geradeaus, dann in dieser Richtung, dann in jener, in allen möglichen Lagen und Verkürzungen –, so würde er geschlossen haben, mein Onkel Toby habe den *medius terminus* erfaßt und schließe und messe die Wahrheit jeder Hypothese über lange Nasen, so wie mein Vater sie ihm darlegte. Dies war eigentlich mehr, als mein Vater verlangte. Sein Ziel bei all der Mühe, die er sich bei diesen philosophischen Vorlesungen gab, war, meinen Onkel Toby zu befähigen, nicht am Disput teilzunehmen, sondern zu begreifen, die Grane und Skrupel der Gelehrsamkeit zu fassen, nicht sie zu wägen. Mein Onkel Toby, wie Sie im folgenden Kapitel sehen werden, tat weder das eine noch das andere.

41. Kapitel

„Es ist jammerschade“, rief mein Vater an einem Winterabend, nachdem er drei mühselige Stunden lang aus dem Slawkenbergius übersetzt hatte, „es ist jammerschade“, rief mein Vater und legte bei dem Sprechen die Zwirnkarte meiner Mutter als Lesezeichen in das Buch, „daß die Wahrheit, Bruder Toby, sich in solche unüberwindliche Festungen einschließen und so hartnäckig sein muß, zuweilen auch der heftigsten Belagerung zu trotzen!“

Nun geschah es, wie es tatsächlich schon oft geschehen war, daß Onkel Tobys Gedanken während der Zeit, da ihm mein Vater den Prignitz erklärte, weil sie dabei nichts zu tun hatten, ein wenig auf den grünen Rasenplatz hinausspaziert waren; sein Körper hätte ebensogut mitgeschlendert sein können, so daß mein Onkel Toby, obwohl er wie ein hochgelehrter Professor aussah, der nach dem *medius terminus* forscht, von der ganzen Vorlesung und ihrem Für und Wider ebensowenig verstand, als ob mein Vater aus Hafen Slawkenbergius' Latein ins Hottentottische übersetzt hätte. Das Wort „Belagerung“ in meines Vaters Metapher aber lockte mit der Kraft eines Talismans Onkel Tobys Gedanken so schnell herbei, wie ein Ton auf den Anschlag folgt. Er spitzte die Ohren, und da mein Vater gewahr wurde, daß er seine Pfeife aus dem Mund nahm und seinen Stuhl näher an den Tisch schob, als wollte er sich nichts entgehen lassen, begann mein Vater mit großer Freude seinen Satz von neuem, wobei er nur den Plan änderte und die Metapher mit der Belagerung fallenließ, um gewissen Gefahren auszuweichen, die mein Vater von daher befürchtete.

„Es ist jammerschade“, sagte mein Vater, „daß die Wahrheit nur auf einer Seite sein kann, Bruder Toby, wenn man bedenkt, wie scharfsinnig alle diese gelehrten Männer die

Nasen zergliedert haben." – „Heißt zergliedern soviel wie zerschneiden?" versetzte mein Onkel Toby.

Mein Vater stieß seinen Stuhl zurück – stand auf – setzte seinen Hut auf – tat vier große Schritte zur Tür – riß sie auf – steckte den Kopf halb hinaus – schlug die Türe wieder zu – hörte nicht einmal, daß sie knarrte – kehrte wieder zum Tisch zurück – nahm meiner Mutter Zwirnkarte aus Slawkenbergius' Buch – lief zu seinem Schreibpult – kam langsam zurück – wickelte meiner Mutter Zwirnkarte um seinen Daumen – knöpfte seine Weste auf – warf meiner Mutter Zwirnkarte ins Kaminfeuer – biß in ihr seidenes Nadelkissen und bekam den Mund voll Kleie – verfluchte es. Aber wohlgemerkt – der Fluch war auf Onkel Tobys Gehirn gezielt, das ohnedies schon verwirrt genug war; der Fluch war nur mit Kleie geladen, die Kleie war, mit Euer Gnaden Erlaubnis, nichts anderes als das Pulver für diese Kugel.

Ein Glück war's, daß meines Vaters Leidenschaften nicht lange währten; denn solange sie dauerten, jagten sie ihn jämmerlich herum, und es ist eines der unauflöslichsten Probleme, die mir bei meinen Beobachtungen der menschlichen Natur aufgestoßen sind, daß meinen Vater nichts so sehr in Hitze bringen und seine Leidenschaften so wie Schießpulver explodieren lassen konnte wie die unerwarteten Streiche, welche die eigenartige Treuherzigkeit in Onkel Tobys Fragen seiner Gelehrsamkeit zufügte. Hätten zehn Dutzend Hornissen zugleich ihn hinten an ebenso vielen verschiedenen Stellen gestochen, so würde er nicht mehr mechanische Funktionen in weniger Sekunden ausgeübt oder ärger gesprudelt haben als über eine einzige Frage von drei Worten, die ihm so zur ungelegenen Zeit, wenn er mit seinem Steckenpferd im schönsten Galopp war, in den Weg geworfen wurde.

Mein Onkel Toby dachte sich nichts dabei, er schmauchte seine Pfeife mit unveränderter Gelassenheit weiter; sein Herz hatte niemals die Absicht, seinen Bruder zu beleidigen, und da sein Kopf selten ausfindig machen konnte, wo der Stachel sitzen könnte, ließ er meinem Vater jedesmal die

Ehre, sich von selber wieder abzukühlen. Im gegenwärtigen Fall brauchte er dazu fünf Minuten und fünfunddreißig Sekunden.

„Bei allem, was heilig ist!“ sagte mein Vater, als er wieder zu sich kam, und nahm den Fluch aus Ernulphus' Fluchlitanei (obgleich das, um gegen meinen Vater gerecht zu sein, ein Fehler war, in welchen er [wie er Doktor Slop in der Angelegenheit mit Ernulphus selbst sagte] so selten verfiel wie ein Mann auf dem Erdboden). „Bei allem, was groß und heilig ist, Bruder Toby!“ sagte mein Vater. „Käme einem nicht die Philosophie so sehr zu Hilfe, so könntest du einen ganz aus der Fassung bringen. Du hättest leicht einsehen können, hättest du mich nur mit einem Körnchen Aufmerksamkeit beehrt, daß ich unter dem Zergliedern, von dem ich sprach, die verschiedenen Abhandlungen verstand, in denen Gelehrte der verschiedenen Wissenschaften der Welt die Ursachen der langen und kurzen Nasen dargelegt haben.“ – „Es gibt nur eine Ursache“, erwiderte mein Onkel Toby, „warum der eine Mensch eine längere Nase hat als der andere, nämlich: weil es Gottes Wille so haben wollte.“ – „Das ist Grangousiers Lösung“, sagte mein Vater. – „Er ist es“, fuhr mein Onkel Toby fort, wobei er emporblickte und auf meines Vaters Unterbrechung einging, „der uns alle erschafft und uns mit solchen Gestalten und Proportionen und zu solchen Endzwecken bildet und zusammenfügt, wie es seine unendliche Weisheit für gut befunden hat.“ – „Diese Erklärung ist gottesfürchtig“, rief mein Vater, „aber nicht philosophisch; es ist mehr Religion darin als echte Wissenschaft.“ Es war kein widersprechender Zug in Onkel Tobys Charakter, daß er Gott fürchtete und die Religion verehrte. Im selben Augenblick also, da mein Vater mit seiner Bemerkung fertig war, fing mein Onkel Toby an, seinen „Lillibullero“ zu pfeifen, mit mehr Andacht (aber auch falscher) als gewöhnlich.

„Wo ist die Zwirnkarte meiner Frau geblieben?“

42. Kapitel

Nun denn, als ein zur Näherei erforderliches Zubehör mochte meiner Mutter an der Zwirnkarte wohl etwas gelegen sein, meinem Vater aber, als ein Zeichen im Slawkenbergius, gar nichts. Slawkenbergius war ja für meinen Vater auf jeder Seite ein reicher Schatz von unerschöpflichen Kenntnissen, er konnte ihn also nicht an einer falschen Stelle aufschlagen; und er pflegte oft zu sagen, wenn er das Buch zumachte: wenn alle Künste und Wissenschaften der Welt mit den Büchern, die davon handeln, verlorengingen – sollten die Weisheit und Klugheit der Regierungen, sagte er, durch Mangel an Übung zufälligerweise vergessen werden und alles, was Staatsmänner über die starken und schwachen Seiten der Höfe und Königreiche geschrieben haben oder haben schreiben lassen, obendrein, und nur Slawkenbergius allein bliebe –, so würde darin gewiß noch genug sein, pflegte er zu sagen, um die Welt wieder in Gang zu bringen. Ein Schatz war er also in der Tat! Eine systematische Darstellung alles dessen, was man über Nasen oder alle übrigen Dinge wissen muß. Morgens, mittags und abends war Hafen Slawkenbergius seine Erholung und seine Wonne. Er kam nicht aus seinen Händen; Sie hätten geschworen, meine Herren, es sei das Gebetbuch eines Chorherrn, so abgenutzt, so glänzend, so fleckig und speckig war es unten und oben, an allen Ecken und Kanten vom Fingern und Däumeln.

Ich bin kein so eifriger Verehrer des Slawkenbergius wie mein Vater; er hat viel Gutes, das ist nicht zu leugnen, aber nach meiner Meinung besteht die beste, ich sage nicht die lehrreichste, sondern lustigste Seite an Hafen Slawkenbergius in seinen Erzählungen, und wenn man bedenkt, daß er ein Deutscher war, sind einige davon nicht ohne Phantasie erzählt. Diese Erzählungen machen sein zweites Buch aus, das beinahe seinen halben Folianten füllt, und zerfallen in zehn Dekaden, wobei jede Dekade zehn Erzählungen enthält. Philosophie wird nicht auf Erzählungen aufgebaut; deshalb hatte Slawkenbergius freilich unrecht, sie unter diesem Namen in die Welt zu schicken. In seiner achten, neunten und zehnten Dekade befinden sich auch einige, die, ich muß es gestehen, viel eher spaßhaft und kurzweilig erscheinen als spekulativ, aber im allgemeinen müssen sie von den Gelehrten als ein Detail von ebenso vielen voneinander unabhängigen Tatsachen angesehen werden, welche alle auf die eine oder andere Weise sich um die Hauptangel seines Themas drehen und die er mit großer Gewissenhaftigkeit gesammelt und seinem Werke als Erläuterungen zu den Lehren von den Nasen einverleibt hat.

Da wir gerade etwas Zeit haben, will ich, wenn Sie es mir erlauben, Madame, Ihnen die neunte Geschichte seiner zehnten Dekade erzählen.

VIERTES BUCH

SLAWKENBERGII FABELLA*

Vespera quadam frigidula, posteriori in parte mensis Augusti, peregrinus, mulo fusco colore insidens, mantica a tergo, paucis indusiis, binis calceis, braccisque sericis coccineis repleta, Argentoratum ingressus est.

Militi eum percontanti, quum portas intraret, dixit, se apud Nasorum promontorium fuisse, Francofurtum proficisci, et Argentoratum, transitu ad fines Sarmatiae mensis intervallo, reversurum.

Miles peregrini in faciem suspexit – di boni, nova forma nasi!

At multum mihi profuit, inquit peregrinus, carpum amento extrahens, e quo pependit acinaces: Loculo manum inseruit; et magna cum urbanitate, pilei parte anteriore tacta manu sinistra, ut extendit dextram, militi florinum dedit et processit.

Dolet mihi, ait miles, tympanistam nanum et valgum alloquens, virum adeo urbanum vaginam perdidisse; itinerari haud poterit nuda acinaci, neque vaginam toto Argentorato habilem inveniet. – Nullam unquam habui, respondit peregrinus respiciens, – seque comiter inclinans – hoc more gesto, nudam acinacem elevans, mula lento progrediente, ut nasum tueri possim.

Non immerito, benigne peregrine, respondit miles.

* Da Hafen Slawkenbergius' *de Nasis* äußerst selten ist, wird es dem gelehrten Leser nicht unangenehm sein, einige Seiten seines Originals hier als Probe kennenzulernen. Ich will keine andre Bemerkung darüber machen, als daß sein erzählendes Latein viel gedrungener ist als sein philosophischer Stil – und nach meinem Dafürhalten auch mehr Latinität enthält.

ERZÄHLUNG DES SLAWKENBERGIUS

Es war an einem kühlen Abend nach einem sehr schwülen Tag in der letzten Hälfte des Monats August, als ein Fremder auf einem dunkelbraunen Maultier mit einem kleinen Mantelsack hinter sich, der einige Hemden, ein Paar Schuhe und ein Paar rotseidene Beinkleider enthielt, in die Stadt Straßburg einritt.

Er sagte der Schildwache, die ihn am Schlagbaum examinierte, er sei am Vorgebirge der Nasen gewesen, reise nach Frankfurt und werde in einem Monat auf seinem Weg nach der krimischen Tatarei wieder durch Straßburg kommen. Die Schildwache sah dem Fremden ins Gesicht – sie hatte in ihrem Leben wohl noch keine solche Nase gesehen!

„Sie ist mir sehr zustatten gekommen“, sagte der Fremde; hierbei zog er das Handgelenk aus einer schwarzen Bandschleife, an der ein kurzer Säbel hing, fuhr mit der Hand in seine Tasche, berührte sehr höflich mit der linken Hand, während er seine Rechte ausstreckte, den Vorderteil seiner Reisemütze, drückte der Schildwache einen Gulden in die Hand und passierte.

„Es ist doch dumm“, sagte die Schildwache zu einem kleinen, zwergartigen, säbelbeinigen Trommler, „daß ein so höflicher Mensch seine Scheide hat verlieren müssen. Er kann nicht ohne eine Scheide für seinen Säbel reisen, und in ganz Straßburg wird er doch keine passende finden.“ – „Ich habe niemals eine gehabt“, sagte der Fremde, der sich nach der Schildwache umsah und bei diesen Worten mit der Hand an seine Mütze faßte. „Ich trage ihn so“, fuhr er fort und hielt dabei den bloßen Säbel hoch, während sein Maultier langsam weiterging, „um meine Nase zu verteidigen.“

„Das ist sie auch wohl wert, edler Fremdling“, versetzte die Schildwache.

Nihili aestimo, ait ille tympanista, e pergamena factitius est.
Prout christianus sum, inquit miles, nasus ille, ni sexties major sit, meo esset conformis.

Crepitare audivi, ait tympanista.
Mehercule! sanguinem emisit, respondit miles.

Miseret me, inquit tympanista, quin non ambo titigimus!

Eodem temporis puncto, quo haec res argumentata fuit inter militem et tympanistam, disceptabatur ibidem tubicine et uxore sua, qui tunc accesserunt, et peregrino praetereunte, restiterunt.

Quantus nasus! aeque longus est, ait tubicina, ac tuba.

Et ex eodem metallo, ait tubicen, velut sternutamento audias.
Tantum abest, repondit illa, quod fistulam dulcedine vincit.
Aeneus est, ait tubicen.
Nequaquam, respondit uxor.
Rursum affirmo, ait tubicen, quod aeneus est.

Rem penitus explorabo; prius enim digito tangam, ait uxor, quam dormivero.

Mulus peregrini, gradu lento progressus est, ut unumquodque verbum controversiae non tantum inter militem et tympanistam, verum etiam inter tubicinem et uxorem ejus, audiret.
Nequaquam, ait ille, in muli collum fraena demittens, et manibus ambabus in pectus positis, (mulo lente progrediente) nequaquam ait ille, respiciens, non necesse est ut res isthaec dilucidata foret. Minime gentium! meus nasus nunquam tangetur, dum spiritus hos reget artus — ad quid agendum? ait uxor burgomagistri.

„Nicht einen Heller ist sie wert", sagte der säbelbeinige Trommler. „Es ist eine Nase aus Pergament."

„So wahr ich ein rechtgläubiger katholischer Christ bin – wenn sie auch sechsmal so groß ist, es ist eine Nase", sagte die Schildwache, „wie meine eigene."

„Ich habe sie knittern hören", sagte der Trommler.

„Blitz und Hagel! Ich habe sie bluten sehn", versetzte die Schildwache.

„Wie schade", rief der säbelbeinige Trommler, „daß wir sie nicht beide befühlt haben!"

Zu ebender Zeit, da dieser Wortwechsel zwischen der Schildwache und dem Trommler stattfand, ereiferten sich auch ein Trompeter und eine Trompetersfrau darüber, welche eben dazugekommen und stehengeblieben waren, um den Fremden vorbeireiten zu sehen.

„Gott steh uns bei! Was für eine Nase! Sie ist so lang", sagte die Trompetersfrau, „wie eine Trompete."

„Und aus dem gleichen Metall", sagte der Trompeter, „man hört's am Niesen."

„Sie ist so sanft wie eine Flöte", sagte sie.

„Es ist Messing", sagte der Trompeter.

„Warum nicht gar ein Ende Wurst!" sagte seine Frau.

„Ich sage es dir noch einmal", sprach der Trompeter, „es ist eine Messingnase."

„Ich werde es schon herauskriegen", sagte die Trompetersfrau, „denn ich will mit dem Finger daran fühlen, noch ehe ich schlafen geh."

Des Fremden Maultier ging so langsam daher, daß er jedes Wort des Zanks hörte, nicht nur zwischen der Schildwache und dem Trommler, sondern auch zwischen dem Trompeter und der Trompetersfrau.

„Nein", sagte er, wobei er den Zügel auf den Nacken des Maultiers fallen ließ und seine beiden Hände übereinander, in der Stellung eines andächtigen Heiligen, auf die Brust legte (sein Maultier ging unterdessen langsam weiter). „Nein!" sagte er mit erhobenen Augen. „Das bin ich der Welt nicht schuldig – ich bin schon zu sehr verleumdet,

Peregrinus illi non respondit. Votum faciebat tunc temporis sancto Nicolao, quo facto, sinum dextram inserens, e qua negligenter pependit acinaces, lento gradu processit per plateam Argentorati latam quae ad diversorium templo ex adversum ducit.

Peregrinus mulo descendens stabulo includi, et manticam inferri jussit: qua aperta et coccineis sericis femoralibus extractis cum argenteo laciniato Περιζώμαυτὲ, his sese induit, statimque, acinaci in manu, ad forum deambulavit.

Quod ubi peregrinus esset ingressus, uxorem tubicinis obviam euntem aspicit; illico cursum flectit, metuens ne nasus suus exploraretur, atque ad diversorium regressus est — exuit se vestibus; braccas coccineas sericas manticae imposuit mulumque educi jussit.

Francofurtum proficiscor, ait ille, et Argentoratum quatuor abhinc hebdomadis revertar.

Bene curasti hoc jumentum (ait) muli faciem manu demulcens — me, manticamque meam, plus sexcentis mille passibus portavit.

zu sehr hintergangen worden –, daß ich ihr diesen Beweis in die Hand gebe. Nein", sagte er, „meine Nase soll niemand anfassen, solange mir der Himmel Kräfte verleiht." – „Wozu?" sagte eine Bürgermeistersfrau.

Er beachtete die Bürgermeistersfrau nicht – er tat dem Sankt Nikolaus ein Gelübde; als er das getan und nachdem er seine Arme mit der gleichen Feierlichkeit, mit der er sie übereinandergelegt hatte, wieder entfaltet hatte, nahm er den Zügel wieder in die linke Hand, steckte die rechte Hand, von deren Gelenk der Säbel locker herabhing, in den Busen und ritt so langsam, wie das Maultier die Füße bewegen konnte, durch die Hauptstraßen von Straßburg, bis ihn der Zufall zu dem großen Gasthof am Marktplatz gegenüber der Kirche brachte.

Sobald der Fremde abstieg, befahl er, sein Tier in den Stall zu führen und seinen Mantelsack hineinzubringen; dann machte er ihn auf und entnahm ihm seine rotseidenen Beinkleider, mit einem silberbefransten ... (Zubehör, das ich nicht zu übersetzen wage). Er zog seine Beinkleider mit dem befransten Nestellatz an, und stehenden Fußes, den kurzen Säbel in der Hand, ging er hinaus auf den großen Paradeplatz.

Der Fremde war eben dreimal auf dem Platze auf und ab gegangen, als er auf der anderen Seite des Trompeters Frau ansichtig wurde; er kehrte also aus Furcht, seine Nase möchte in die Klemme geraten, kurzerhand um und ging sofort wieder in seine Herberge, kleidete sich aus, packte seine seidenen Beinkleider usw. in seinen Mantelsack und verlangte sein Maultier.

„Ich reise weiter nach Frankfurt", sagte der Fremde, „und heute in einem Monat bin ich wiederum in Straßburg.

Ich will hoffen", fuhr der Fremde fort, indem er seinem Maultier mit der linken Hand den Kopf streichelte, als er aufsteigen wollte, „daß Ihr dieses treue Tier freundlich behandelt habt – es hat mich und meinen Mantelsack", fuhr er fort und tätschelte dem Maultier den Rücken, „schon mehr als sechshundert Meilen getragen."

Longa via est! respondet hospes, nisi plurimum esset negoti. – Enimvero, ait peregrinus, a nasorum promontorio redii, et nasum speciosissimum, egregiosissimumque quem unquam quisquam sortitus est, acquisivi.

Dum peregrinus hanc miram rationem de seipso reddit, hospes et uxor ejus, oculis intentis, peregrini nasum contemplantur – Per sanctos, sanctasque omnes, ait hospitis uxor, nasis duodecim maximis, in toto Argentorato, major est! – Estne ait illa mariti in aurem insusurrans, nonne est nasus praegrandis?

Dolus inest, anime mi, ait hospes – nasus est falsus. –

Verus est, respondit uxor. –
Ex abiete factus est, ait ille, terebinthinum olet –

Carbunculus inest, ait uxor.
Mortuus est nasus, respondit hospes.
Vivus est, ait illa, – et si ipsa vivam, tangam.

Votum feci sancto Nicolao, ait peregrinus, nasum meum intactum fore usque ad – Quodnam tempus? illico respondit illa.

Minime tangetur, inquit ille (manibus in pectus compositis) usque ad illam horam – Quam horam? ait illa. – Nullam, respondit peregrinus, donec pervenio, ad – Quem locum, – obsecro? ait illa – Peregrinus nil respondens mulo conscenso discessit.

„Das ist eine weite Reise, mein Herr“, sagte der Gastwirt. „Ein Mann muß wichtige Geschäfte haben, wenn ...“ – „Pst! Pst!“ sagte der Fremde. „Ich bin im Vorgebirge der Nasen gewesen und habe mir dort eine der tüchtigsten und längsten geholt, dem Himmel sei Dank, die jemals einem Junggesellen zuteil geworden ist.“

Während der Fremde diesen wundersamen Bericht über sich gab, hatten der Gastwirt und seine Frau die Augen starr auf des Fremden Nase geheftet. – „Bei Sankt Radagunda“, sagte des Gastwirts Frau zu sich selbst, „sie ist größer als ein ganzes Dutzend der längsten Nasen von ganz Straßburg zusammengenommen! Ist es nicht“, flüsterte sie ihrem Mann ins Ohr, „ist es nicht eine prächtige Nase?“

„Es steckt ein Betrug dahinter, mein Schatz“, sagte der Gastwirt. „Es ist eine falsche Nase.“

„Es ist eine echte Nase“, sagte seine Frau.

„Sie ist aus Kiefernholz gemacht“, sagte er, „ich rieche ihr das Harz an.“

„Es sitzt eine Finne darauf“, sagte sie. „Es ist eine tote Nase“, versetzte der Gastwirt.

„Es ist eine lebendige Nase! Und wenn ich selbst lebendig bin“, sagte die Frau des Gastwirts, „so will ich sie befühlen.“

„Ich habe heute dem Sankt Nikolaus ein Gelübde getan“, sagte der Fremde, „daß meine Nase nicht befühlt werden soll, bis ...“ Hier hielt der Fremde inne und richtete die Augen gen Himmel. – „Bis wann?“ sagte sie hastig.

„Sie soll nicht eher berührt werden“, sagte er, wobei er beide Hände zusammenschlug und fest auf die Brust legte, „bis zu der Stunde ...“ – „Welche Stunde?“ rief des Gastwirts Frau. – „Niemals! Niemals!“ sagte der Fremde. „Niemals, bis ich dahin gelange, wo ...“ – „Um Himmels willen, wohin?“ sagte sie. – Der Fremde ritt fort, ohne ein Wort zu sagen.

Der Fremde hatte noch keine halbe Meile auf seinem Weg nach Frankfurt zurückgelegt, als schon die ganze Stadt Straßburg über seine Nase in Aufruhr geriet. Die Abendglocken riefen gerade die Straßburger zur Andacht, damit sie die Pflichten des Tages mit Gebet beschlössen – keine

Seele in ganz Straßburg hörte darauf. Die Stadt glich einem Bienenschwarm; Männer, Frauen und Kinder (die Abendglocken bimmelten immer noch) flogen hierhin und dorthin – in eine Tür hinein, aus einer anderen heraus – linksum, rechtsum – kreuz und quer – straßauf, straßab – dieses Gäßchen hinein, jenes wieder heraus – Habt ihr sie gesehen? Habt ihr sie gesehen? Habt ihr sie gesehen? Oh, habt ihr sie gesehen? – Wer hat sie gesehen? Wer hat sie wirklich gesehen? Um Himmels willen, wer hat sie gesehen?

O Jemine! Ich war in der Vesper! – Ich war beim Waschen, ich war beim Plätten, ich scheuerte, ich strickte. – Ach, du liebe Zeit! Ich hab sie nicht gesehen, ich hab sie nicht befühlt! – Wär ich doch eine Schildwache gewesen, ein säbelbeiniger Trommler, ein Trompeter, eine Trompetersfrau – so war das allgemeine Geschrei und Geklage in jeder Gasse und in jedem Winkel von Straßburg.

Während alles in dem großen Straßburg drunter und drüber ging, ritt der freundliche Fremde mit seinem Maultier gen Frankfurt so still vor sich hin, als ob ihn die ganze Sache gar nichts anginge, und sprach im Reiten einige unzusammenhängende Sätze, zuweilen mit seinem Maultier, zuweilen mit sich selbst, zuweilen mit seiner Julia.

„O Julia, meine liebenswürdige Julia! – Nein, ich kann nicht anhalten, um dich die Distel abfressen zu lassen – Mußte mich die verdächtige Zunge eines Nebenbuhlers um eine Glückseligkeit bringen, die ich eben auszukosten im Begriff stand?! –

Bah, es ist ja nur eine Distel! Laß nur, laß nur! Du sollst heute abend eine bessere Mahlzeit haben.

Verbannt aus meinem Vaterland, von meinen Freunden, von dir!

Armer Teufel, du bist wohl schon jämmerlich müde! Komm, ein bißchen frischer mußt du zugehn! Es ist ja nichts in meinem Felleisen als zwei Hemden, ein Paar rotseidene Beinkleider und ein befranster ... Teuerste Julia!

Warum aber nach Frankfurt? Ist's etwa eine unsichtbare Hand, die mich heimlich auf diesen krummen und unbekannten Wegen leitet?

Stolpern! Bei Sankt Nikolaus, bei jedem Schritt stolperst du! – Wenn das so weitergeht, kommen wir erst spät in der Nacht hin.

Zur Glückseligkeit? Oder soll ich ein Spielball des Glücks und der Verleumdung sein, dazu bestimmt, unüberführt, ungehört, unangegriffen fortgejagt zu werden? Wenn ja, warum blieb ich nicht in Straßburg, wo die Gerechtigkeit – doch ich hatte geschworen! – Warte nur, du sollst trinken. – Beim heiligen Nikolaus! – O Julia! – Warum spitzest du die Ohren? Es ist doch nur ein Mensch", und so fort.

Der Fremde ritt bei diesem Gespräch mit seinem Maultier und Julia immer weiter, bis er in seiner Herberge ankam, wo er gleich bei seiner Ankunft abstieg, dafür sorgte, wie er versprochen hatte, daß sein Tier gut versorgt wurde, seinen Mantelsack mit den rotseidenen Beinkleidern usw. abnahm, ein Rührei zum Abendessen verlangte, um zwölf Uhr zu Bett ging und nach fünf Minuten in festen Schlaf fiel.

Um diese Stunde ungefähr war es, als für den Abend der Aufruhr in Straßburg sich legte und die Straßburger alle ruhig zu Bett gegangen waren, jedoch nicht, um wie der Fremde mit Leib und Seele zu ruhen. Die Feenkönigin hatte wie eine Alraune die Nase des Fremden genommen und den Abend damit zugebracht, sie, ohne ihrer Größe dadurch etwas zu benehmen, in ebenso viele Stücke und Formen zu teilen und zu spalten, wie Köpfe in Straßburg waren, die sie tragen konnten. Die Äbtissin von Quedlinburg, die gerade in dieser Woche mit vieren der Würdenträgerinnen ihres Kapitels, nämlich der Priorin, der Dechantin, der Subkantorin und der Oberkanonissin, nach Straßburg gekommen war, um bei der Universität ein Gutachten über eine Gewissensfrage wegen ihrer Schlitze im Hemd einzuholen, befand sich die ganze Nacht über nicht wohl.

Die Nase des freundlichen Fremden hatte sich auf die Spitze der Zirbeldrüse ihres Gehirns gesetzt und richtete in der Phantasie der vier Würdenträgerinnen ihres Kapitels ein solches Gepolter an, daß sie die ganze Nacht deswegen kein Auge zutun konnten. Sie konnten mit keinem Glied weder ruhen noch rasten, kurz, sie sahen aus wie die leibhaftigen Gespenster, als sie aufstanden.

Die Bußschwestern vom dritten Orden des heiligen Franziskus, die Nonnen vom Kalvarienberg, die Prämonstratenserinnen, die Cluniazenserinnen*, die Kartäuserinnen und alle die strengeren Nonnenorden, welche in dieser Nacht zwischen härenen Decken lagen, waren noch übler dran als die Äbtissin von Quedlinburg, indem sie sich die ganze Nacht durch in ihren Betten bald von der rechten auf die linke, bald von der linken auf die rechte Seite warfen und drehten und drehten und warfen. Die verschiedenen Schwesternschaften hatten sich beinahe zu Tode gekratzt und zugerichtet. Fast lebendig geschunden, standen sie aus ihren Betten auf; alle dachten, der heilige Antonius habe sie mit seiner Feuerprobe heimgesucht, kurz, sie hatten während der ganzen Nacht, von der Vesper bis zum Morgengebet, kein Auge zugetan.

Die Nonnen der heiligen Ursula taten am klügsten – sie dachten gar nicht ans Zubettgehen.

Der Dekan von Straßburg, die Präbendarien, die Kapitulare und Domizellare (die sich am Morgen kapitelweise versammelt hatten, um über die Butterwecken zu ratschlagen) wünschten alle, sie wären dem Beispiel der Nonnen der heiligen Ursula gefolgt. In dem allgemeinen Wirrwarr und Durcheinander, das am Abend vorher überall geherrscht hatte, hatten die Bäcker vergessen, den Teig anzurühren. In ganz Straßburg waren keine Butterwecken zum Frühstück zu haben. Das ganze Domviertel war in unaufhörlicher Bewegung. Eine solche Ursache der Unruhe und Schlaflosigkeit und ein so eifriges Forschen nach der Ursache dieser Unruhe waren in Straßburg nie erhört, seitdem Martin Luther mit seinen Lehren die Stadt auf den Kopf gestellt hatte.

Wenn die Nase des Fremden sich die Freiheit nahm, sich

* Hafen Slawkenbergius meint hier die Benediktinerinnen von Cluny, welche im Jahre 940 von Odo, dem Abt von Cluny, gestiftet wurden.

dergestalt in die Schüsseln* der geistlichen Orden usw. zu tunken, was für einen Karneval mußte sie dann nicht in denjenigen der Laien anrichten! Es ist mehr, als meine Feder, die sowieso schon bis an den Stumpf abgenutzt ist, zu beschreiben vermag, obgleich ich gestehe (ruft Slawkenbergius mit einer größeren Sinnesfröhlichkeit, als ich von ihm erwartet hätte), daß es wirklich manches gute Gleichnis in der Welt gibt, das meinen Landsleuten die Sache einigermaßen begreiflich machen könnte; allein am Ende eines solchen Folianten, den ich für sie geschrieben und für den ich die meiste Zeit meines Lebens geopfert habe – wenn ich auch gestehen muß, daß ein solches Gleichnis vorhanden ist –, würde es doch ein wenig unbillig von ihnen sein zu erwarten, daß ich Zeit oder Neigung haben sollte, danach zu suchen! Es sei genug, wenn ich sage, daß die Unordnung und Verwirrung, welche die Nase in den Phantasien der Straßburger anrichtete, so allgemein war, daß sie eine so beherrschende Gewalt über alle Kräfte der Straßburger Seelen erlangt hatte, daß so viele wundersame Dinge mit gleicher Zuversichtlichkeit von allen Seiten und mit gleicher Beredsamkeit an allen Orten darüber gesprochen und beschworen wurden, daß sie den ganzen Strom aller Gespräche und aller Bewunderung auf sich zog. Jede Seele, Gute und Schlechte, Reiche und Arme, Gelehrte und Ungelehrte, Doktoren und Studenten, Frauen und Mägde, Hohe und Niedere, Nonnenfleisch und Frauenfleisch in Straßburg verbrachten ihre Zeit damit, sich von ihr vorerzählen zu lassen, jedes Auge in Straßburg schmachtete, sie zu sehen, jeder Finger und jeder Daumen in Straßburg juckten, sie zu betasten.

Was noch hinzukam, wenn noch etwas hinzuzukommen brauchte, ein so heftiges Verlangen zu vermehren, war der Umstand, daß die Schildwache, der säbelbeinige Trommler,

* Herr Shandy, der sich den Rhetorikern bestens empfiehlt, weiß recht gut, daß Slawkenbergius hier seine Metapher verändert hat – das ist seine große Schuld – und daß Herr Shandy als Übersetzer alles getan hat, was er konnte, um sie ganz durchzuführen – daß es aber hier unmöglich war.

der Trompeter, die Trompetersfrau, die Bürgermeisterswitwe, der Gastwirt und die Frau des Gastwirts, so weit sie auch in ihren Zeugnissen und Beschreibungen der Nase des Fremden voneinander abwichen, doch alle in zwei Punkten übereinstimmten, nämlich: daß er nach Frankfurt gezogen sei und erst in einem Monat wieder nach Straßburg kommen werde; und zweitens sei der Fremde, seine Nase möge nun echt oder falsch sein, an und für sich ein vollkommenes Muster der Schönheit, der schöngebildetste Mann, der artigste, der freigebigste mit seinem Beutel, der höflichste in seinem Betragen, der jemals durch ein Tor nach Straßburg gekommen sei! Da er so mit seinem locker am Handgelenk hängenden Säbel durch die Gassen geritten, mit seinen rotseidenen Beinkleidern auf dem Paradeplatz spazierengegangen sei, habe er sich so reizend, so sorglos bescheiden und doch so männlich aufgeführt, daß (wenn ihm nur nicht die Nase im Weg gewesen wäre) das Herz einer jeden Jungfrau, die ein Auge auf ihn geworfen, dabei in Gefahr gekommen wäre.

Ich kann nicht verlangen, daß ein Herz, welches das Pochen und Schmachten einer so gereizten Neugierde nicht kennt, es rechtfertigen soll, daß die Äbtissin von Quedlinburg, die Priorin, die Dechantin und die Subkantorin am hellen Mittag nach der Trompetersfrau schickten. Sie durchzog die Gassen von Straßburg mit ihres Mannes Trompete in der Hand – der beste Apparat, den ihr die Kürze der Zeit zur Erläuterung ihrer Theorie gestattete. Sie konnte sich nämlich nur drei Tage aufhalten!

Die Schildwache und der säbelbeinige Trommler! Oh, diesseits des alten Athen konnte ihnen nichts gleichkommen! Sie hielten ihre Vorlesungen unter den Stadttoren für die Kommenden und Gehenden mit ebensoviel Pomp wie Chrysippus und Crantor in ihrem Portikus.

Der Gastwirt, seinen Hausknecht zu Linken, hielt die seinigen im gleichen Stil – im Portikus oder Torweg seines Wagenschobers. Seine Frau las privatim in einem Hinterzimmer. Alles strömte zu diesen Vorlesungen, nicht aufs Geratewohl, sondern zu dieser oder jener, wie es immer geht, je nachdem den einzelnen das Zutraun oder die Leichtgläubigkeit leitete – mit einem Wort, jeder Straßburger drängte sich zum Unterricht, und jeder Straßburger erhielt den Unterricht, den er suchte.

Es verdient erwähnt zu werden und mag als ein Fingerzeig für alle naturkundlichen Demonstratoren usw. dienen, daß die Trompetersfrau, sobald sie ihr Privatissimum bei der Äbtissin beendet und mit ihrer öffentlichen Vorlesung begonnen hatte, die sie auf einem Stuhl mitten auf dem großen Paradeplatz hielt, den übrigen Demonstratoren dadurch mächtig in die Quere kam, daß sie augenblicklich die feinsten Leute der Stadt Straßburg als Zuhörer gewann. Aber freilich (ruft Slawkenbergius aus), wenn ein Philosophieprofessor eine Trompete als Hilfsmittel hat, wie kann dann ein wissenschaftlicher Rivale verlangen, daß man ihn ebenfalls hören soll?

Während die Ungelehrten damit beschäftigt waren, durch diese Leitungen des Wissens auf den Grund des Brunnens zu gelangen, wo die Wahrheit ihren kleinen Hofstaat hält, waren die Gelehrten auf ihre Art ebenso emsig dabei, diese durch die Röhren der dialektischen Induktion heraufzupumpen; um Tatsachen kümmerten sie sich nicht – sie zogen Schlüsse.

Keine von den gelehrten Fakultäten würde ein helleres Licht über die Angelegenheit verbreitet haben als die medizinische, wenn sie sich bei allen ihren Disputen nicht ewig bei den Balg- und Wassergeschwulsten aufgehalten hätte, wovon sie kein Henker abbringen konnte; des Fremden Nase hatte aber weder mit Balg- noch Wassergeschwulsten etwas zu schaffen.

So viel wurde indessen zur Genüge nachgewiesen, daß, solange sich das Kind im Uterus befinde, eine so schwere Masse heterogener Materie sich nicht an der Nase sammeln und anhäufen könne, ohne das stabile Gleichgewicht des Fötus aufzuheben und ihn neun Monate zu früh senkrecht auf den Kopf stellen.

Die Opponenten ließen zwar die Theorie gelten, leugneten aber die Folgerungen.

Und wenn nicht ein ausreichender Vorrat an Venen, Arterien usw., so sagten sie, zur richtigen Ernährung einer solchen Nase gleich in den ersten Anfängen und Rudimenten ihrer Bildung vorhanden gewesen wäre, ehe sie noch auf die Welt gekommen, so hätte sie (den Fall einer Balggeschwulst angenommen) nachher nicht ordentlich wachsen und genährt werden können.

Dieses wurde alles in einer Dissertation widerlegt, die von der Nahrung handelte und von der Wirkung der Nahrung auf die Ausdehnung der Gefäße und auf die Zunahme und die Verlängerung der muskeligen Teile bis zu ihrem größtmöglichen Wuchs und Umfang. Man ging im Triumph über diese Theorie so weit, zu behaupten, daß in der Natur kein Grund vorhanden sei, warum eine Nase nicht bis zu der Größe eines Menschen selbst anwachsen könnte.

Die Gegner versicherten der Welt, daß dieser Fall niemals eintreten könne, solange der Mensch nur einen Magen und ein Paar Lungen hätte. Denn, sagten sie, da der Magen das einzige Organ sei, das die Speisen aufzunehmen und in Nahrungssaft zu verwandeln bestimmt worden sei, und die Lungen die einzige Maschine zur Blutbildung, so könnten diese unmöglich mehr verarbeiten, als was ihnen der Appetit zuführe; oder die Möglichkeit angenommen, daß ein Mensch seinen Magen überlüde, so habe doch die Natur seiner Lunge Grenzen gesetzt, denn diese Maschine habe ihre bestimmte Größe und Kraft und könne also in einer gegebenen Zeit nur eine gewisse Menge verarbeiten, das heißt, sie könne nur so viel Blut absondern, wie für einen Menschen ausreiche, und nicht mehr; also, wenn ebensoviel Nase wie Mensch vorhanden wäre, bewiesen sie, müßte notwendig eine Verkümmerung erfolgen, und weil nicht Nahrung genug für beide vorhanden sei, müsse entweder die Nase vom Menschen abfallen oder der Mensch unvermeidlicherweise von seiner Nase.

„Die Natur richtet sich nach diesen Bedürfnissen ein", schrien die Opponenten, „oder wie würde man sonst den Fall erklären, daß ein ganzer Magen, ein ganzes Paar Lungen und nur ein halber Mann vorhanden sind, dem unglücklicherweise beide Beine abgeschossen wurden?"

„Er stirbt an Vollblütigkeit“, sagten sie, „oder er muß Blut speien und in vierzehn Tagen oder drei Wochen an der Schwindsucht sterben.“

„Es kommt anders“, erwiderten die Opponenten.

„Das sollte es nicht“, sagten sie.

Die genaueren und sorgfältigeren Erforscher der Natur und ihres Wirkens gingen zwar eine gute Strecke Weges Hand in Hand zusammen, allein zuletzt entzweiten sie sich über die Nase fast ebensosehr wie die medizinische Fakultät selbst.

Sie legten freundschaftlich dar, daß die verschiedenen Teile im Bau des menschlichen Körpers ihre richtige geometrische Einrichtung und Proportion gemäß ihren jeweiligen Bestimmungen, Pflichten und Verrichtungen hätten, die sich nur in gewissen Grenzen überschreiten ließen, daß die Natur wohl zuweilen spiele, aber immer nur innerhalb eines bestimmten Kreises; doch über den Durchmesser dieses Kreises konnten sie sich nicht einigen.

Die Logiker blieben viel besser bei der Sache als irgendeine andere Klasse der Gelehrten. Das Wort Nase war ihr erstes und letztes Wort, und wäre nicht eine kleine *petitio principii* gewesen, wider die einer der fähigsten Köpfe unter ihnen am Anfang des Gefechts anrannte, wäre die ganze Streitfrage auf einmal abgetan worden.

„Eine Nase“, argumentierte der Logiker, „kann nicht bluten, ohne Blut – und nicht nur Blut, sondern zirkulierendes Blut – zu haben, um dies Phänomen in einer Folge von Tropfen zu bewirken.“ („Ein Strom ist bloß eine schnellere Folge von Tropfen und also darin einbegriffen“, sagte er.) „Nun aber“, fuhr der Logiker fort, „da der Tod nichts anderes ist als die Stockung des Blutes . . .“

„Die Definition ist falsch: der Tod ist die Scheidung der Seele vom Leib“, sagte sein Gegner. – „Wir sind uns also über unsere Waffen noch nicht einig“, sagte der Logiker. – „So hat also unser Disput ein Ende“, erwiderte der Gegner.

Die Zivilrechtler äußerten sich noch knapper und entschiedener; was sie darüber sagten, klang eher wie ein Erlaß denn wie ein Disput.

Solch eine ungeheure Nase, sagten sie, könne, wofern sie echt gewesen, unmöglich in der bürgerlichen Gesellschaft geduldet worden sein. Wäre sie aber falsch, so wäre es eine noch größere Beleidigung und Kränkung der Rechte dieser Gesellschaft, daß man sie durch falsche Zeichen und Merkmale hinters Licht führen wolle, was noch weniger Nachsicht verdiene.

Der einzige Einwand hiergegen war, daß, wenn es überhaupt etwas bewiese, so bewiese es nur, daß die Nase des Fremden weder echt noch falsch sei.

Dies ließ viel Raum für die Fortsetzung des Streits. Die Advokaten des geistlichen Gerichts behaupteten, es stehe einem Dekret nichts im Wege, weil der Fremde *ex mero motu* bekannt habe, daß er im Vorgebirge der Nasen gewesen sei und sich dort eine der tüchtigsten Nasen geholt habe, usw. usw. Darauf wurde entgegnet, es gebe unmöglich einen solchen Ort wie das Vorgebirge der Nasen und die Gelehrten wüßten nicht, wo er liege. Der Beauftragte des Bischofs von Straßburg band mit den Advokaten an, erklärte diese Sache in einer Abhandlung über sprichwörtliche Redensarten und zeigte ihnen, daß das Vorgebirge der Nasen bloß ein allegorischer Ausdruck sei, der nichts weiter besagen wolle, als daß die Natur ihm eine lange Nase gegeben habe. Zum Beweis zitierte er die unten angeführten Autoritäten*, die den Streit unzweifelhaft entschieden haben würden, hätte es sich nicht herausgestellt, daß ein Rechts-

* Nonnulli ex nostratibus eadem loquendi formula utun. Quinimo & Logistae & Canonistae — Vid. Parce Bare Jas in d. L. Provincial. Constitut. de conjec. vid. Vol. Lib. 4. Titul. 1 n. 7. qua etiam in re conspir. Om. de Promontorio Nas. Tichmak. ff. d. tit. 3. fol. 189. passim. Vid. Glos. de contrahend. empt. &c. nec non J. Scrudr. in cap. § refut. ff. per totum cum his cons. Rever. J. Tubal, Sentent. & Prov. Cap. 9 ff. 11, 12. obiter. V. et Librum, cui Tit. de Terris & Phras. Belg. ad finem, cum Comment. N. Bardy Belg. Vid. Scrip. Argentotarens. de Antiq. Ecc. in Episc. Archiv. fid. coll. per Von Jacobum Koinshoven Folio Argent. 1583, praecip. ad finem. Quibus add. Rebuff in L. obvenire de Signif. Nom. ff. fol. & de Jure Gent. & Civil. de protib. aliena feud. per federa, test. Joha. Luxius in prolegom. quem velim videas, de Analy. Cap. 1, 2, 3. Vid. Idea.

handel über einige Freiheiten der Dekanats- und Kapitelländereien schon vor neunzehn Jahren dadurch entschieden worden war.

Es ergab sich – ich darf wohl nicht sagen: zum Schaden der Wahrheit, denn sie griffen ihr dadurch von einer anderen Seite unter die Arme –, daß die beiden Universitäten von Straßburg – die lutherische, gestiftet im Jahre 1538 von dem Ratsherrn Jacobus Sturmius, und die katholische, gestiftet von Leopold, dem Erzherzog von Österreich – während dieser Zeit die ganze Tiefe ihres Wissens (ausgenommen nur das, was für die Hemdschlitzensache der Äbtissin von Quedlinburg erforderlich war) dazu brauchten, die Frage der Verdammung Martin Luthers zu entscheiden.

Die papistischen Doktoren hatten es unternommen, a priori zu beweisen, daß er wegen des notwendigen Einflusses der Planeten am zweiundzwanzigsten Tage des Oktobers 1483, da der Mond im zwölften Haus stand, Jupiter, Mars und Venus im dritten, die Sonne, Saturn und Merkur alle im vierten zusammenkamen – daß er demzufolge und unvermeidlich ein Verdammter sein müsse und daß seine Lehren gemäß einer direkten Folgerung ebenfalls verdammte Lehren sein müßten.

Bei genauer Betrachtung seines Horoskops, in dem fünf Planeten auf einmal mit dem Skorpion* koitierten (mein Vater pflegte jedesmal den Kopf zu schütteln, wenn er dies las), und zwar im neunten Haus, das die Araber der Religion zuweisen, ergab sich, daß Martin Luther sich nicht einen Pfifferling um die ganze Sache bekümmerte; und aus dem nach der Konjunktion des Mars sich neigenden Horoskop bewiesen sie gleichfalls eindeutig, daß er unter Fluchen

* Haec mira, satisque horrenda. Planetarum coitio sub Scorpio Asterismo in nona coeli statione, quam Arabes religioni deputabant, efficit Martinum Lutherum sacrilegum hereticum, christianae religionis hostem acerrimum atque prophanum, ex horoscopi directione ad Martis coitum, religiosissimus obiit, ejus Anima scelestissima ad infernos navigavit – ab Alecto, Tisiphone et Megera flagellis igneis cruciata perenniter.

– Lucas Gauricus in Tractatu astrologico praeteritis multorum hominum accidentibus per genituras examinatis.

und Gotteslästerungen sterben und daß seine (in Sündenschlamm getauchte) Seele, mit solchen Brandmalen behaftet, vor dem Wind hinab in den See des höllischen Feuers segeln mußte.

Das wenige, was die lutherischen Doktoren dagegen vorbrachten, war, es müsse ganz gewiß die Seele eines andern am 22. Oktober 1483 geborenen Mannes sein, die gezwungen worden sei, so vor dem Winde hinabzusegeln, da nämlich aus dem Kirchenregister zu Eisleben in der Grafschaft Mansfeld hervorgehe, daß Martin Luther nicht 1483, sondern 84 geboren sei, und nicht am 22. Oktober, sondern am 10. November, am Abend vor dem Martinstag, weshalb er den Namen Martin erhalten habe.

[Ich muß hier meine Übersetzung einen Augenblick unterbrechen; denn täte ich es nicht, so würde ich bestimmt ebensowenig im Bett ein Auge schließen können wie die Äbtissin von Quedlinburg. Ich tue es, um dem Leser zu sagen, daß mein Vater diese Stelle aus Slawkenbergius meinem Onkel Toby niemals anders vorlas als mit Triumph – nicht über meinen Onkel Toby, denn der widersprach ihm niemals, sondern über die ganze Welt.

„Siehst du nun, Bruder Toby“, pflegte er zu sagen, indem er aufsah, „daß die Taufnamen nicht ganz nebensächlich sind. Hätte hier Luther nicht Martin geheißen, so hätte er ewig verdammt werden können. Ich will nicht gerade sagen“, fügte er hinzu, „daß ich Martin für einen guten Namen halte – ganz und gar nicht –, er ist ein wenig besser als ein neutraler, und auch nur ein wenig, aber so wenig es auch ist, so siehst du doch, daß er ihm einigermaßen zustatten kam.“

Mein Vater wußte so gut, wie es ihm der beste Logiker hätte zeigen können, daß diese Stütze seiner Hypothese sehr schwach war. Aber so sonderbar ist zugleich die menschliche Schwachheit: er meinte, er müsse sie unbedingt verwenden, da sie ihm einmal unter die Hand gekommen war; und es war gewiß aus diesem Grund, daß, obgleich sich in Hafen Slawkenbergius' Dekaden viele Erzählungen finden, die ebenso unterhaltsam sind, dennoch mein Vater keine einzige davon mit halb soviel Vergnügen las wie diese, die ich hier übersetze. Zwei seiner sonderbarsten Hypothesen wurden dadurch zugleich begünstigt: seine Namen- und seine Nasenhypothese. Ich getraue mir zu sagen, er hätte alle Bücher der alexandrinischen Bibliothek durchlesen können, wenn das Schicksal es mit ihr nicht anders gemeint hätte, und hätte doch kein Buch oder keine Stelle in einem Buch gefunden, die zwei solche Nägel mit einem Schlag auf den Kopf getroffen hätte.]

Die beiden Universitäten zu Straßburg rieben sich weidlich über Luthers Segelfahrt. Die protestantischen Doktoren hatten demonstriert, daß er nicht gerade vor vollem Wind gesegelt sei, wie die papistischen Doktoren vorgaben, und da jedermann wußte, daß man nicht direkt gegen den Wind segeln kann, so wollten sie herausfinden, falls er überhaupt gesegelt sei, wieviel Striche er vom Kurs abgefallen sei, ob Martin an dem Vorgebirge vorbeigesegelt sei oder an einer Küste unter dem Wind Anker geworfen habe; und da es eine sehr erbauliche Untersuchung wenigstens für diejenigen war, die sich auf diese Art von Navigation verstanden, so würden sie zweifelsohne darin fortgefahren sein trotz der großen Nase des Fremden, hätte nicht die Größe dieser Nase des Fremden die Aufmerksamkeit der Welt von ihnen abgelenkt – welcher zu folgen ihr Beruf war.

Die Äbtissin von Quedlinburg und ihre vier Würdenträgerinnen hielten sie nicht ab. Denn da die ungeheure Größe der Nase des Fremden ihre Phantasie ebensosehr erregte wie ihre Gewissensfrage, wurde die Sache mit den Hemdschlitzen lauer betrieben. Kurz, die Buchdrucker erhielten die Weisung, nur wieder abzulegen, was sie gesetzt hatten – alle Kontroversen unterblieben.

Man konnte ein viereckiges Barett mit einer seidenen Quaste darauf gegen eine Nußschale setzen, wer erraten würde, auf welcher Seite der Nase die Spaltung der Universitäten stattfinden würde.

„Es ist über der Vernunft“, sagten die Doktoren auf der einen Seite.

„Es ist unter der Vernunft“, schrien die anderen.

„Es ist Glaubenssache“, schrie der eine.

„Es ist Unsinn“, sagte der andere.

„Es ist möglich“, schrie der eine.

„Es ist unmöglich“, sagte der andere.

„Gottes Macht ist unendlich“, schrien die Nasianer, „er kann alles.“

„Er kann nichts“, erwiderten die Antinasianer, „was einen Widerspruch enthält.“

„Er kann bewirken, daß Materie denkt“, sagten die Nasianer.

„Ebensogut, wie Ihr ein seidenes Barett aus einem Schweinsohr machen könnt“, versetzten die Antinasianer.

„Er kann aus zweimal zwei fünf machen“, erwiderten die papistischen Doktoren. – „Das ist falsch“, sagten ihre Opponenten.

„Unendliche Macht ist unendliche Macht“, sagten die Doktoren, welche die Realität der Nase behaupteten. – „Sie erstreckt sich bloß auf alle möglichen Dinge“, versetzten die Lutheraner.

„Bei Gott im Himmel“, schrien die papistischen Doktoren, „er kann, wenn es sein Wille ist, eine Nase erschaffen, die so groß ist wie der Turm des Straßburger Münsters.“

Nun ist der Münsterturm zu Straßburg einer der größten und längsten Kirchtürme, die man in der ganzen Welt sehen kann, und also leugneten die Antinasianer, daß ein Mann eine Nase von 575 Fuß Länge tragen könne, ein Mann von mittlerer Größe wenigstens nicht. Die Papisten schwuren, es gehe. Die Lutheraner sagten, nein, es gehe nicht!

Daran entzündete sich sogleich ein neuer Streit über den Umfang und die Grenzen der moralischen und natürlichen Eigenschaften Gottes, den sie eine ganze Zeit lang fortsetzten. Diese Kontroverse führte sie natürlich zu Thomas Aquinas und von Thomas Aquinas zum Teufel.

Von der Nase des Fremden hörte man beim Disputieren nichts mehr. Sie hatte wie eine Fregatte nur dazu gedient, sie in das unergründliche Meer der scholastischen Theologie zu schleppen – und nun segelten sie lustig vor dem Wind einher.

Hitzigkeit und Mangel an wahrer Gelehrsamkeit stehen immer im Verhältnis zueinander.

Der Streit über die Eigenschaften usw. hatte, anstatt die Gemüter der Straßburger abzukühlen, diese vielmehr bis zu einem ganz außerordentlich hohen Grade entflammt. Je weniger sie von der Sache verstanden, um so größer wurde ihre Neugierde. Man ließ sie aber in allen Nöten des unbefriedigten Verlangens stecken. Sie sahen ihre Doktoren, die Pergamentaner, die Messingianer, die Harzianer auf der einen, die katholischen Doktoren auf der anderen Seite, alle wie Pantagruel mit seinen Gefährten auf der Suche nach dem Orakel der Flasche eingeschifft und außer Sicht.

Die armen Straßburger hatten am Ufer das Nachsehen!

Was war zu tun? Kein Säumen! Der Aufruhr nahm zu, kein Mensch war an seinem Platz, die Stadttore standen sperrweit offen.

Unglückselige Straßburger! War wohl im Zeughaus der Natur, in den Rumpelkammern der Gelehrsamkeit, im großen Arsenal des Zufalls eine einzige Maschine, die nicht hervorgeholt wurde, um der Neugierde Daumenschrauben aufzusetzen und die Begierden auf die Folter zu spannen, die des Schicksals Hand nicht hervornahm, um sie gegen euer Herz zu richten? Ich tunke meine Feder nicht ins Tintenfaß, um es zu entschuldigen, daß ihr eure Stadt einnehmen ließet, nein, ich will eine Lobrede auf euch schreiben. Zeigt mir eine von Erwartung so abgemergelte Stadt, wo man ganze siebenundzwanzig Tage lang weder aß noch trank noch schlief noch betete noch auf den Ruf der Religion oder der Natur achtete, die sich nur einen Tag länger hätte halten können!

Der liebe Fremde hatte versprochen, am achtundzwanzigsten wieder nach Straßburg zu kommen.

Siebentausend Kutschen (Slawkenbergius muß gewiß einen Irrtum mit seinen Ziffern begangen haben), 7000 Kutschen, 1500 einspännige Chaisen, 20000 Wagen, so voll als möglich gepfropft mit Senatoren, Ratsherren, Syndizi, Beginen, Witwen, Ehefrauen, Jungfrauen, Domherren, Konkubinen, alle in ihren Kutschen; die Äbtissin von Quedlinburg mit der Priorin, der Dechantin, der Subkantorin führte die Prozession in einer Kutsche an, der Dekan von Straßburg mit seinen vier Großkapitularen zu ihrer linken Seite; die übrigen folgten wie Kraut und Rüben durcheinander, so gut sie konnten – einige zu Pferd, einige zu Fuß, einige geführt, einige gezogen, einige den Rhein hinunter, einige diesen Weg, einige jenen. Alle zogen sie bei Sonnenaufgang aus, um den lieben Fremden unterwegs zu treffen.

Laßt uns nunmehr der Katastrophe meiner Erzählung entgegeneilen – ich sage *Katastrophe* (ruft Slawkenbergius) besonders deshalb, weil eine Erzählung mit richtig geordneten Teilen sich nicht allein der *Katastrophe* und *Peripetie* eines Dramas erfreut *(gaudet)*, sondern auch aller anderen wesentlichen und notwendigen Bestandteile desselben. Sie hat ihre *Protasis, Epitasis, Catastasis,* ihre *Katastrophe* oder *Peripetie,* die eine aus der andern hervorwachsen, so wie Aristoteles sie zuerst gepflanzt hat, und ohne welche man eine Erzählung besser nicht erzählen (sagt Slawkenbergius), sondern für sich behalten sollte.

In allen meinen zehn Erzählungen, in jeder meiner zehn Dekaden, habe ich, Slawkenbergius, jede Erzählung ebenso fest an diese Regel gebunden wie diese hier von dem Fremden und seiner Nase.

Von seiner ersten Unterredung mit der Schildwache bis zum Verlassen der Stadt Straßburg, nachdem er die rotseidenen Beinkleider ausgezogen hatte, geht die *Protasis* oder erste Einleitung, in der die Charaktere der handelnden Personen nur eben angedeutet werden und die Handlung nach und nach beginnt.

Die *Epitasis,* in der sich die Handlung immer mehr entfaltet und schneller fortschreitet, bis sie ihre volle Höhe, *Catastasis* genannt, erreicht, und welche gewöhnlich den zweiten und dritten Akt einnimmt, umfaßt die geschäftige Periode meiner Erzählung zwischen dem Aufruhr der ersten Nacht wegen der Nase bis zum Ende der Vorlesungen der Trompetersfrau mitten auf dem großen Paradeplatz; und von der ersten Einschiffung der Gelehrten zur Disputationsfahrt bis zu der Stelle, da sie schließlich davonsegelten und die Straßburger am Ufer in der Not zurückließen, reicht die *Catastasis* oder das Reifen der Begebenheiten und Leidenschaften, welche im fünften Akt ausbrechen sollen.

Dieser beginnt mit dem Auszug der Straßburger auf die Straße nach Frankfurt und endigt mit der Aufwicklung des labyrinthischen Fadens und damit, daß der Held aus einem Zustand der Erregung (wie Aristoteles es nennt) in einen Zustand der Ruhe und Stille versetzt wird.

Dieses, sagt Hafen Slawkenbergius, macht die *Katastrophe* oder *Peripetie* meiner Erzählung aus – und das ist der Teil derselben, den ich noch nachzuholen habe.

Wir haben den Fremden hinter dem Vorhang schlafen lassen, nun tritt er wieder auf.

„Warum spitzest du die Ohren? Es ist doch nur ein Mensch zu Pferde", war das letzte Wort, das der Fremde zu seinem Maultier sagte. Es war damals noch nicht angebracht, dem Leser zu sagen, daß das Tier seines Herrn Worten völligen Glauben schenkte, und ohne weitere Wenn und Aber den Reisenden und sein Pferd vorübergehen ließ.

Der Reisende beeilte sich sehr, noch am selben Abend Straßburg zu erreichen. – „Was bin ich doch für ein Narr", sagte der Reisende zu sich selbst, als er ungefähr eine Meile weitergeritten war, „daß ich es mir in den Kopf setzen kann, noch heute abend nach Straßburg zu kommen! Straßburg! Das große Straßburg! Straßburg, die Hauptstadt des ganzen Elsaß! Straßburg, die kaiserliche freie Reichsstadt! Straßburg, die souveräne Republik! Straßburg, die Garnison mit fünftausend der besten Soldaten der Welt! Ach, wenn ich auch diesen Augenblick vor den Toren Straßburgs hielte, ließen sie mich doch nicht hinein, und gäb ich auch einen Dukaten und noch einen halben Dukaten dazu. Das ist zuviel. Es wäre besser, ich kehrte nach dem letzten Wirtshaus um, an dem ich vorbeigeritten bin, als ich weiß nicht wo zu liegen oder ich weiß nicht wieviel zu bezahlen." Der Reisende wandte, während er diese Betrachtungen anstellte, sein Pferd mit dem Kopf herum, und drei Minuten später, als der Fremde in seine Schlafkammer geführt worden war, langte er in ebender Herberge an.

„Schinken haben wir im Hause“, sagte der Wirt, „und Brot auch. Wir hatten auch bis elf Uhr heute abend noch drei Eier, aber ein Fremder, der vor einer Stunde angekommen ist, hat sich daraus ein Omelett backen lassen, und nun haben wir nichts.“

„Ach!“ sagte der Reisende, „ich bin so herzlich müde, daß ich nichts brauche als ein Bett.“ – „Ich habe eins, das ist so weich wie nur irgendeins im ganzen Elsaß“, sagte der Wirt.

„Der Fremde“, fuhr er fort, „sollte darin schlafen, denn es ist mein bestes Bett, seine Nase aber ...“ – „Hat er etwa einen Flußschnupfen?“ fragte der Reisende. – „Nicht daß ich wüßte“, sagte der Wirt. „Es ist aber ein Feldbett, und Jacinta“, sagte er und sah die Magd an, „meinte, es sei nicht groß genug, daß er seine Nase darin kehren und wenden könnte.“ – „Wieso?“ schrie der Reisende und stutzte. – „So lang ist die Nase“, versetzte der Wirt. Der Reisende heftete seine Augen auf Jacinta, dann auf die Erde, fiel auf sein rechtes Knie und legte die Hand auf die Brust. „Scherzt nicht mit meinem Kummer“, sagte er und stand wieder auf. – „Es ist kein Scherz“, sagte Jacinta. „Es ist die prächtigste Nase, die ich je gesehen habe.“ Der Reisende fiel abermals auf seine Knie, legte seine Hand auf die Brust und sagte darauf mit zum Himmel gerichteten Augen: „Du hast mich das Ende meiner Pilgerfahrt finden lassen – es ist Diego!“

Der Reisende war der Bruder der Julia, die der Fremde an dem Abend, als er auf seinem Maultier von Straßburg wegritt, so oft angerufen hatte, und er war von ihr abgeschickt worden, um ihn zu suchen. Er hatte seine Schwester von Valladolid über die Pyrenäen nach Frankreich begleitet und mußte, indem er den häufigen Krümmungen und jähen Wendungen in dem dornigen Pfad eines Liebhabers folgte, manches verworrne Garnknäuel abwickeln.

Julias Kräfte hatten nicht ausgereicht, und sie konnte keinen Schritt weiter kommen als bis Lyon, wo sie an den vielen Aufregungen eines zärtlichen Herzens, von denen alle sprechen, die aber nur wenige fühlen, erkrankte; doch sie hatte gerade noch die Kraft, an Diego einen Brief zu schreiben, und nachdem sie ihren Bruder beschworen hatte, ihr nicht wieder vors Gesicht zu kommen, bis er ihn gefunden und ihm den Brief in die Hand gegeben hätte, legte sich Julia krank zu Bett.

Fernandez (denn das war ihres Bruders Name) konnte, obgleich das Feldbett so weich war wie nur irgendeins im Elsaß, dennoch kein Auge zutun. Er stand auf, sobald der Tag anbrach, und nachdem er vernommen hatte, daß Diego gleichfalls aufgestanden sei, ging er zu ihm in die Kammer und richtete den Auftrag seiner Schwester aus.

Der Brief lautete wie folgt:

Señor Diego!

Ob mein Verdacht wegen Ihrer Nase berechtigt war oder nicht, ist jetzt nicht Zeit zu untersuchen – es ist genug, daß ich nicht die Standhaftigkeit besaß, ihn näher zu prüfen.

Wie wenig kannte ich mich selbst, als ich meine Dueña sandte, um Ihnen zu verbieten, noch einmal unter mein Gitterfenster zu kommen! Und wie wenig habe ich Sie, Diego, gekannt, daß ich glauben konnte, Sie wollten nicht einmal einen Tag in Valladolid bleiben, um meine Zweifel zu beheben! Mußten Sie mich verlassen, Diego, weil ich hintergangen worden war? Oder war es artig, mich beim Wort zu nehmen, der Verdacht mochte berechtigt sein oder nicht, und mich, wie Sie es taten, solcher Ungewißheit und Sorge zu überantworten?

Wie schmerzlich Julia das empfand, wird Ihnen mein Bruder, wenn er Ihnen diesen Brief überreicht, erzählen. Er wird Ihnen sagen, wie bald sie die übereilte Botschaft reute, die sie Ihnen geschickt hatte, in welcher stürmischen Hast sie an ihr Gitterfenster flog und wie viele Tage und Nächte sie unbeweglich auf ihrem Ellenbogen gelegen und nach dem Weg Ausschau gehalten hat, den Diego zu kommen pflegte.

Er wird Ihnen sagen, wie ihre Lebensgeister sie verließen, als sie von Ihrer Abreise hörte, wie ihr Herz erkrankte, wie mitleiderregend sie klagte, wie tief sie ihren Kopf hängen ließ! O Diego! Wie viele mühselige Schritte hat mich das Mitleid meines Bruders an der Hand geleitet, da ich schmachtete, die Ihrigen auszuspähen! Wie weit über meine Kräfte hinaus hat mein Verlangen mich getrieben, und wie oft bin ich auf dem Wege entkräftet in seine Arme gesunken, wenn ich nur noch eben genug Kraft hatte zu seufzen: „O mein Diego!“

Wenn Ihr Herz ebenso redlich ist, wie Ihr Betragen artig war, so werden Sie ebenso schnell zu mir fliegen, wie Sie von mir flohen. Aber wenn Sie auch noch so sehr eilen, Sie werden doch nur kommen, um mich verscheiden zu sehen. Es ist ein bitterer Kelch, Diego, aber er wird noch bitterer dadurch, daß ich un –

Weiter konnte sie nicht schreiben.

Slawkenbergius nimmt an, daß sie schreiben wollte: „unüberzeugt sterben soll“, daß sie aber nicht Kraft genug gehabt habe, den Brief zu vollenden.

Das Herz des liebreichen Diego floß über, als er den Brief las. Er befahl unverzüglich, sein Tier und Fernandez' Pferd zu satteln; und weil in solcher Bedrängnis Klagen in Prosa nicht halb soviel helfen wie Klagen in Reimen und da der Zufall, der uns oft ein physisches Heilmittel finden läßt, eine Holzkohle in das Fenster hineingeworfen hatte, bediente sich Diego derselben, und während der Hausknecht sein Maultier anschirrte, erleichterte er sein Herz an der Wand in folgender

Ode

Hart klingt und rauh die Liebesweise,
   Wenn Julia nicht den Ton anschlägt.
Nur ihr allein das Lied gelingt,
   Das süß in alle Sinne dringt,
Des Mannes fühlend Herz bewegt.

2.

O Julia!

Die Verse waren sehr natürlich – denn sie paßten überhaupt nicht zur Sache, sagt Slawkenbergius, und es ist jammerschade, daß sie nicht zahlreicher waren. Aber ob nun Señor Diego langsam im Versemachen war oder der Hausknecht geschwind im Satteln des Tiers, ist nicht ausgemacht; so viel war jedenfalls gewiß, daß Diegos Maultier und Fernandez' Pferd schon vor der Tür bereit standen, ehe Diego seine zweite Strophe beendigt hatte; so saßen sie beide auf, ohne sich dabei aufzuhalten, die Ode zu vollenden, ritten fort, setzten über den Rhein, durchquerten das Elsaß, schlugen die Richtung nach Lyon ein, und noch ehe die Straßburger und die Äbtissin von Quedlinburg ihren Zug angetreten hatten, waren Fernandez, Diego und seine Julia über alle pyrenäischen Berge und glücklich in Valladolid angelangt.

Es erübrigt sich, dem geographisch gebildeten Leser zu berichten, daß es unmöglich war, den lieben Fremden auf der Frankfurter Heerstraße einzuholen, als Diego sich schon in Spanien befand. Es genügt zu sagen, daß, da von allen beunruhigenden Begierden die Neugierde die stärkste ist, die Straßburger ihre ganze Stärke empfanden und daß sie sich drei Tage und drei Nächte lang auf der Frankfurter Heerstraße von der stürmischen Wut dieser Leidenschaft hin und her reißen ließen, ehe sie sich darein ergeben konnten, wieder heimzukehren – als leider ein Ereignis auf sie wartete, welches das schlimmste ist, das ein freies Volk treffen kann.

Da diese Revolution in der Straßburger Geschichte oft besprochen, aber wenig verstanden wird, will ich in zehn Worten, sagt Slawkenbergius, der Welt eine Erklärung dafür geben und damit meiner Erzählung ein Ende machen.

Jedermann weiß von dem großen System einer Universalmonarchie, das auf Veranlassung des Mons. Colbert entworfen und in einer Handschrift 1664 Ludwig dem Vierzehnten überreicht wurde.

Ebenso bekannt ist es, daß einer der vielen Punkte dieses Systems die Inbesitznahme von Straßburg war, um jederzeit einen offenen Zugang nach Schwaben zu haben, wenn man die Ruhe des Deutschen Reichs stören wollte, und daß infolge dieses Plans Straßburg schließlich unglücklicherweise in französische Hände fiel.

Es ist nun einmal so, daß nur sehr wenige Menschen den wahren Quellen dieser und ähnlicher Revolutionen nachspüren. Der große Haufen sucht sie zu sehr in der Höhe, der Staatsmann in der Tiefe; die Wahrheit (ein für allemal) liegt in der Mitte.

Was für eine mißliche Sache ist der Übermut des Volks in einer freien Stadt, ruft der eine Geschichtsschreiber aus. Die Straßburger hielten es für einen Eingriff in ihre Freiheit, eine kaiserliche Besatzung hinzunehmen – und darüber wurden sie einer französischen zur Beute.

Das Schicksal der Straßburger, sagt ein anderer, mag allen freien Völkern zur Warnung dienen, ihr Geld zu sparen. Sie verbrauchten ihre Einkünfte im voraus, mußten sich hohe Steuern auferlegen lassen, erschöpften ihre Kräfte und wurden am Ende ein so schwaches Volk, daß sie nicht genug Stärke behielten, ihre Tore fest zuzuhalten, und also sprengten die Franzosen sie auf.

Ach! Ach! ruft Slawkenbergius, es waren nicht die Franzosen – es war die Neugierde, die sie aufsprengte. Als die Franzosen, die freilich ständig auf der Lauer liegen, sahen, daß die Straßburger, Männer, Frauen und Kinder, alle ausgezogen waren, um des Fremden Nase nachzugehen, folgten sie ein jeder der seinigen und marschierten ein.

Handel und Manufakturen sind seitdem immer mehr in Verfall geraten, aber aus keiner von all den Ursachen, welche kommerzielle Köpfe angegeben haben, denn es liegt bloß daran, daß ihnen die Nasen beständig dergestalt im Kopfe herumgegangen sind, daß die Straßburger darüber ihre Geschäfte versäumt haben.

Ach! Ach! ruft Slawkenbergius aus, es ist nicht die erste Festung, und ich fürchte, es wird auch nicht die letzte sein, die durch Nasen verloren oder gewonnen worden ist.

Ende der Erzählung des Slawkenbergius

1. Kapitel

Bei all dieser Nasenweisheit, die unaufhörlich meines Vaters Phantasie beschäftigte, bei so vielen Familienvorurteilen und zehn Dekaden solcher Erzählungen, welche immer nebenherliefen – wie war es möglich, bei so starken – war es eine echte Nase? –, daß ein Mann mit so starken Gefühlen, wie sie mein Vater hatte, den Stoß im untersten Stockwerk oder auch im obersten in irgendeiner anderen Stellung aushalten konnte als gerade in der Stellung, die ich beschrieben habe.

Werfen Sie sich nur ein dutzendmal aufs Bett, doch nehmen Sie zuerst einen Spiegel und stellen ihn auf einen danebenstehenden Stuhl, ehe Sie es tun. Nun, war die Nase des Fremden eine echte Nase, oder war es eine falsche?

Ihnen das vorher zu sagen, Madame, hieße eine der besten Erzählungen der christlichen Welt verderben, und zwar die zehnte in der zehnten Dekade, die unmittelbar auf die obige folgt.

Diese Erzählung, ruft Slawkenbergius leicht triumphierend aus, habe ich mir als abschließende Erzählung meines ganzen Werkes aufgehoben, weil ich wohl einsehe, daß, wenn ich sie erzählt habe und meine Leser sie durchgelesen haben, es für uns beide hohe Zeit sein wird, das Buch zuzumachen, um so mehr, fährt Slawkenbergius fort, da ich keine andere Erzählung kenne, die nach dieser noch einigermaßen schmecken könnte.

Es ist wirklich eine Erzählung!

Sie fängt mit der ersten Zusammenkunft im Gasthof zu Lyon an, als Fernandez den lieben Fremden und seine Schwester Julia in deren Kammer allein läßt, und trägt die Überschrift:

Himmel! Slawkenbergius, du bist ein seltsamer Kauz! Was für einen sonderbaren Einblick in die Windungen des weiblichen Herzens hast du hier eröffnet! Wie kann das nur übersetzt werden! Und doch, wofern diese Kostprobe von den Erzählungen des Slawkenbergius und der Vortrefflichkeit seiner Moral der Welt gefallen sollte, müssen ein paar Bände übersetzt werden! Allerdings habe ich noch keine Vorstellung davon, wie diese in unsere Sprache übertragen werden können. Bei einigen Stellen scheint ein sechster Sinn erforderlich zu sein, wenn man es richtig machen will. Was meint er wohl mit dem funkelnden Äugeln des gemächlichen, leisen, trockenen Plauderns, das fünf Töne tiefer liegt als der gewöhnliche Ton? Das ist ja, wie Sie wissen, Madame, wenig mehr als ein Flüstern. In dem Augenblick, da ich die Worte aussprach, fühlte ich so etwas wie eine Schwingung der Saiten in der Herzgegend. Das Gehirn blieb unbeteiligt. Es lebt nicht immer mit dem Herzen in gutem Einvernehmen. Ich hatte das Gefühl, als ob ich es verstanden hätte. Ich dachte mir nichts dabei. Die Bewegung konnte nicht ohne Ursache entstehen. Ich bin verloren. Ich kann es mir nicht erklären, wenn nicht, mit Euer Gnaden Erlaubnis, die Stimme, die in diesem Fall kaum lauter ist als ein Flüstern, die Augen notwendigerweise zwingt, sich einander nicht nur bis auf sechs Zoll zu nähern, sondern sich in die Pupillen hineinzusehen. Ist das nicht gefährlich? Aber es läßt sich nicht ändern, denn wenn man dabei zum Himmel aufblickt, stoßen unweigerlich die beiden Kinne aneinander, und wenn man sich gegenseitig in den Schoß sieht, stoßen die Stirnen zusammen, was sofort der Konferenz ein Ende macht – jedenfalls dem empfindsamen Teil derselben. Das übrige, Madame, ist nicht wert, daß man sich dabei länger aufhält.

2. Kapitel

Mein Vater lag, auf dem Bett ausgestreckt, volle anderthalb Stunden so still, als ob die Hand des Todes ihn niedergeschleudert hätte, ehe er mit der Zehe des Fußes, der über der Bettkante hing, auf der Erde zu spielen begann. Onkel Tobys Herz wurde dadurch um ein Pfund erleichtert. Wenige Augenblicke später kam auch in seine linke Hand, deren Knöchel beständig auf dem Henkel des Kammertopfs geruht hatten, wieder Gefühl. Er schob ihn ein wenig weiter hinter den Bettvorhang; nachdem das geschehen war, zog er die Hand hoch bis zu seinem Busen und stieß ein Hm! aus. Mein guter Onkel Toby beantwortete es mit unendlichem Vergnügen und hätte herzlich gerne einen Trostspruch in die Lücke geimpft, die es hinterließ; da er aber, wie schon gesagt, hierin nicht besonders begabt war und überdies befürchtete, es möchte ihm etwas entfahren, was das Übel nur noch verschlimmerte, begnügte er sich damit, daß er sein Kinn ganz gelassen auf seinem Krückstock ruhen ließ.

Ob nun dieser Druck Onkel Tobys Gesicht zu einem angenehmeren Oval verkürzte oder ob die Menschenliebe seines Herzens, als er seinen Bruder sich aus dem See seiner Leiden hervorarbeiten sah, seine Muskeln angeschwellt hatten, so daß der Druck auf sein Kinn bloß das bereits vorhandene Wohlwollen verdoppelte, ist nicht schwer zu entscheiden. Als mein Vater die Augen auf ihn richtete, strahlte ihm solcher Sonnenschein aus dessen Gesicht entgegen, daß dadurch augenblicklich die Starrheit seiner Traurigkeit auftaute.

Er brach folgendermaßen das Schweigen:

3. Kapitel

„Hat wohl jemals, Bruder Toby", sagte mein Vater, indem er sich auf seinen Ellbogen stemmte und sich nach der anderen Seite des Bettes kehrte, wo mein Onkel Toby auf dem alten befransten Stuhl saß und das Kinn auf seine

Krücke gestützt hielt, „hat wohl jemals ein armer unglücklicher Mann, Bruder Toby", sagte mein Vater, „so viele Schläge ertragen müssen?" – „Die meisten, die ich habe austeilen sehen", sagte mein Onkel Toby, „bekam, glaube ich, ein Grenadier" (hier klingelte er mit der Glocke am Kopfende des Bettes, um Trim zu rufen) „in Makays Regiment."

Hätte mein Onkel Toby meinem Vater eine Musketenkugel durchs Herz gejagt, er hätte nicht plötzlicher mit der Nase aufs Kissen fallen können.

„Gott behüte!" sagte mein Onkel Toby.

4. Kapitel

„War es nicht in Makays Regiment", fragte mein Onkel Toby, „wo zu Brügge der Grenadier wegen der Dukaten so schrecklich viele Hiebe bekam?" – „Ach, lieber Gott, er hatte keine Schuld", rief Trim mit einem tiefen Seufzer. „Und er wurde, mit Euer Gnaden Erlaubnis zu melden, fast zu Tode gepeitscht. Sie hätten ihn lieber einfach erschießen sollen, wie er es erbat; dann wäre er geradeswegs in den Himmel gekommen, denn er war so unschuldig wie Euer Gnaden." – „Ich danke Ihm, Trim", sagte mein Onkel Toby. – „Ich kann niemals an sein", fuhr Trim fort, „oder an meines armen Bruders Tom Unglück denken – denn wir waren alle drei Schulkameraden –, ohne daß ich weinen muß wie eine Memme." – „Man ist nicht gleich eine Memme, wenn man weint, Trim. Mir kommen selbst zuweilen Tränen in die Augen." – „Ich hab's Euer Gnaden wohl angemerkt", versetzte Trim, „und darum schäm ich mich auch dessen nicht. Wenn man aber, mit Euer Gnaden Erlaubnis", fuhr Trim fort, wobei sich eine Träne in seinen Augenwinkel stahl, „wenn man aber an zwei so brave Burschen denkt, die ein so warmes und ehrliches Herz hatten, wie Gott es nur erschaffen kann, Kinder rechtschaffener Leute, die so frohgemut in die weite Welt hinauszogen, um dort ihr Glück zu suchen – und müssen dann so in die Patsche geraten! Armer Tom! So auf die Folter gespannt zu werden, weil er nichts anderes getan hatte, als eine Judenwitwe zu heiraten, die Bratwürste verkaufte! Und dem armen Dick Johnson hat man die Seele aus dem Leib karbatscht, nur wegen der Dukaten, die ein anderer in seinen Tornister gesteckt hatte! Oh, so was nenne ich Unglück", rief Trim und holte sein Taschentuch hervor, „ein Unglück, Euer Gnaden, daß man sich auf den Boden werfen und Tränen darüber vergießen könnte."

Meinem Vater trat die Schamröte ins Gesicht.

„Es wäre schade, Trim", sagte mein Onkel Toby, „wenn Er jemals selbst Not und Sorgen erleben sollte! Er beklagt anderer Leute Elend so gutherzig!" – „Ach, lieber Gott!" versetzte der Korporal, und sein Gesicht hellte sich auf, „Euer Gnaden wissen ja, ich hab weder Weib noch Kind, ich kann also keine Not und Sorgen in dieser Welt erleben." – Mein Vater mußte lächeln. – „So wenig wie ein Mensch erleben kann, Trim", entgegnete mein Onkel Toby. „Ich kann mir auch nicht denken, was ein Mann mit einem so zufriedenen Herzen wie Er für Kummer leiden könnte, es sei denn die Armut in Seinem Alter, wenn Er nicht mehr dienen kann, Trim, wenn alle Seine Freunde gestorben sind." – „So arg wird's, mit Euer Gnaden Erlaubnis, nicht werden", versetzte Trim. – „Ich möchte auch nicht, Trim, daß es so arg werden soll", erwiderte mein Onkel Toby, „und ebendeswegen", fuhr mein Onkel Toby fort, der die Krücke hinwarf und sich auf seine Füße stellte, als er das Wort „ebendeswegen" aussprach, „soll Er, Trim, als Belohnung für seine vieljährige Treue gegen mich und für seine Herzensgüte, von der ich so viele Beweise habe, solange sein Herr noch einen Schilling in der Tasche hat, keinen andern Menschen um das geringste ansprechen." Trim versuchte, meinem Onkel Toby zu danken, vermochte es aber nicht – die Tränen liefen ihm schneller die Wangen hinunter, als er sie abwischen konnte. Er legte seine Hände auf die Brust, verbeugte sich bis auf die Erde und machte die Tür zu.

„Ich habe Trim meinen grünen Rasenplatz vermacht",

rief mein Onkel Toby. Mein Vater lächelte. „Ich habe ihm zudem eine Pension ausgesetzt", fuhr mein Onkel Toby fort. Mein Vater blickte ernst drein.

5. Kapitel

Ist dies wohl die passende Zeit, sagte mein Vater bei sich selbst, von Pensionen und von Grenadieren zu sprechen?

6. Kapitel

Als mein Onkel Toby zuerst den Grenadier erwähnte, fiel mein Vater, wie gesagt, mit der Nase platt aufs Kissen, und zwar so plötzlich, als ob ihn mein Onkel Toby erschossen hätte; es wurde aber noch nicht gesagt, daß alle anderen Glieder und Gelenke meines Vaters im selben Augenblick mit seiner Nase wieder in die zuerst beschriebene Stellung verfielen, so daß, als Trim hinausging und mein Vater Lust bekam, das Bett zu verlassen, er alle die vorbereitenden kleinen Bewegungen noch einmal durchlaufen mußte, ehe er es bewerkstelligen konnte. Stellungen sind nichts, Madame, nein, in dem Übergang von einer Stellung zu andern – gleich wie man die Dissonanzen vorbereitet und dann in Harmonien auflöst –, darin steckt alles.

Aus diesem Grund vollführte mein Vater mit der Zehe von neuem seine Gigue auf dem Fußboden, stieß den Kammertopf noch ein wenig weiter unter den Vorhang, machte „Hm!", richtete sich auf seinem Ellbogen in die Höhe und wollte eben meinen Onkel Toby anreden, als er sich besann, wie schlecht es ihm vorher in dieser Stellung gelungen sei; er stellte sich also auf die Füße, und nachdem er dreimal auf und nieder gegangen war, blieb er unvermittelt vor meinem Onkel Toby stehen, und indem er die drei ersten Finger seiner rechten Hand in die flache Linke legte und sich ein wenig niederbeugte, redete er meinen Onkel Toby folgendermaßen an:

7. Kapitel

„Wenn ich, Bruder Toby, über den Menschen nachdenke und seine dunkle Seite beschaue, die sein Leben so manchen Mühseligkeiten bloßstellt; wenn ich bedenke, Bruder Toby, wie oft wir das Jammerbrot essen und daß wir dazu geboren sind wie zu unserm Erbschaftsteil . . .“ – „Ich wurde zu nichts geboren“, unterbrach mein Onkel Toby meinen Vater, „als zu meiner Offiziersstelle.“ – „Ei!“ sagte mein Vater. „Hat dir mein Onkel nicht jährlich hundertundzwanzig Pfund vermacht?“ – „Ja, wie hätte ich sonst auskommen können?“ erwiderte mein Onkel Toby. – „Das ist eine andere Frage“, sagte mein Vater ein wenig mürrisch. „Aber ich sage, Toby, wenn man so die Liste von Klitterschulden und kläglichen Items durchgeht, mit denen das Herz des Menschen belastet und beschwert ist, muß man sich wundern, durch was für heimliche Hilfsquellen das Gemüt befähigt wird, es auszuhalten und die Belastungen abzutragen, die unserer Natur aufgebürdet sind.“ – „Mit Hilfe des allmächtigen Gottes“, rief mein Onkel Toby mit gen Himmel gerichteten Augen und fest gefalteten Händen, „geschieht das, nicht durch unsere eigene Kraft, Bruder Shandy – eine Schildwache in einem hölzernen Schilderhäuschen könnte ebensoleicht gegen eine Abteilung von fünfzig Mann standhalten wollen. Die Gnade und der Beistand des allerbesten Wesens halten uns aufrecht.“

„Das heißt den Knoten zerhauen“, sagte mein Vater, „und nicht auflösen. Aber erlaube mir, Bruder Toby, daß ich dich ein wenig tiefer in das Geheimnis einführe.“

„Von Herzen gern“, erwiderte mein Onkel Toby.

Mein Vater vertauschte sogleich die Stellung, in der er war, mit der Stellung, in der Raffael in seiner „Schule von Athen“ den Sokrates so vortrefflich dargestellt hat und in der, wie Euer Kennerschaft wissen, sogar die eigentümliche Methode des Sokrates ausgedrückt ist, denn er hält den Zeigefinger seiner linken Hand zwischen dem Zeigefinger und Daumen seiner Rechten und scheint zu dem Wüstling, den er zurechtweisen will, zu sagen: Das räumst du mir ein und dies; und dies und das frage ich nicht einmal, weil es natürlich von selbst folgt.

So stand mein Vater, hielt den einen Zeigefinger zwischen dem anderen Zeigefinger und Daumen und philosophierte mit meinem Onkel Toby, der auf dem alten befransten Stuhl saß, der mit verblichenen und abgenutzten Quasten besetzt war. O Garrick! Was für einen großartigen Auftritt würdest du mit deiner Kunst hieraus machen! Und wie gerne schriebe ich noch so eine Szene, um mich an deine Unsterblichkeit zu schmiegen und mir meine eigene dadurch zu sichern!

8. Kapitel

„Obgleich der Mensch das merkwürdigste Fuhrwerk von allen ist", sagte mein Vater, „ist es gleichwohl so leicht gebaut und so wacklig gefügt, daß die harten Püffe und Stöße, die es auf dieser holprigen Fahrt des Lebens aushalten muß, es wohl jeden Tag zwölfmal umwerfen und in Stücke brechen würden, hätten wir nicht, Bruder Toby, eine geheime Feder in uns ..." – „Diese Feder ist wohl", sagte mein Onkel Toby, „nichts anderes als die Religion." – „Kann die vielleicht meinem Kind eine Nase ansetzen?" rief mein Vater, indem er den Finger losließ und eine Hand gegen die andere schlug. – „Sie macht alles vor uns eben und gerade", antwortete mein Onkel Toby. – „Das mag, figürlich gesprochen, recht wohl sein, mein lieber Toby", sagte mein Vater. „Die Feder aber, von der ich spreche, ist jene große und elastische Kraft in uns, die dem Übel entgegenwirkt und die wie eine verborgen angebrachte Feder in einem gutgemachten Wagen zwar nicht den Stoß abwendet, aber doch dafür sorgt, daß wir ihn weniger fühlen.

Und sieh nun, mein lieber Bruder", sagte mein Vater und faßte seinen Zeigefinger wieder, als er sich dem entscheidenden Punkt näherte, „wäre mein Kind ganz und heil zur Welt gekommen, wäre es nicht an seinem kostbarsten Glied ein Märtyrer geworden, so ist doch der Himmel mein Zeuge – so verschroben und wunderlich ich der Welt mit meiner Meinung über die Taufnamen und über den magischen Einfluß, den gute oder schlechte Namen auf unsere Charaktere und Handlungen unwiderstehlich ausüben, auch immer scheinen mag –, daß ich, bei der Äußerung der heißesten Wünsche für das Wohl meines Kindes nie gewünscht habe, sein Haupt mit mehr Ruhm und Ehre zu krönen, als ihm die Namen George oder Edward verleihen könnten.

Aber nun, leider", fuhr mein Vater fort, „da ihn das größte Unglück getroffen hat, muß ich dem entgegenwirken und es durch das größte Glück aufheben.

Er soll Trismegistus getauft werden, Bruder."

„Ich wünsche, daß es gut anschlagen mag!" versetzte mein Onkel Toby und stand auf.

9. Kapitel

„Was für eine Reihe von Zufällen!" sagte mein Vater, wobei er sich auf dem ersten Treppenabsatz umkehrte, als er mit meinem Onkel Toby hinuntergehen wollte. „Was für eine Reihe von Zufällen offenbaren uns nicht die Ereignisse dieser Welt! Nimm Feder und Tinte, Bruder Toby, und berechne es einmal richtig!" – „Ich verstehe nicht mehr vom Rechnen als das Geländer da!" sagte mein Onkel Toby (und holte dabei mit der Krücke aus, verfehlte aber das Geländer und versetzte meinem Vater einen derben Schlag gegen das Schienbein). „Es war hundert gegen eins!" rief mein Onkel Toby. – „Ich dachte", sagte mein Vater (und rieb sich das Schienbein), „du verstündest nichts vom Rechnen, Bruder Toby." – „Es ist bloßer Zufall", sagte mein Onkel Toby. – „So ist die Reihe um eins vermehrt", versetzte mein Vater.

Der doppelte Erfolg, den mein Vater mit seinen schlagfertigen Antworten erzielen konnte, vertrieb ihm auf einmal die Schmerzen aus seinem Schienbein. Es war nur gut, daß es so kam (schon wieder ein Zufall!), denn sonst wüßte die Welt bis auf den heutigen Tag noch nicht, was mein

Vater berechnet haben wollte. Es zu erraten, dazu war keine Chance vorhanden. Was für ein glückliches Kapitel über Zufälle dies doch geworden ist! Dadurch habe ich mir die Mühe erspart, ausdrücklich eins darüber zu schreiben, und wahrhaftig, ich habe ohnedies schon alle Hände voll zu tun. Versprach ich nicht der Welt ein Kapitel über Knoten? Zwei Kapitel über das richtige und das falsche Ende einer Frau? Ein Kapitel über Zwickelbärte? Ein Kapitel über Wünsche? Ein Kapitel über Nasen? Nein, das habe ich bereits abgetan. Ein Kapitel über Onkel Tobys Züchtigkeit? Ganz zu schweigen von einem Kapitel über die Kapitel, das ich vollenden will, ehe ich mein Haupt zur Ruhe lege. Bei meines Urgroßvaters Zwickelbart! Ich bringe in diesem Jahr nicht die Hälfte all dieser Kapitel zustande!

„Nimm Feder und Tinte zur Hand, und berechne es genau, Bruder Toby“, sagte mein Vater, „und es wird herauskommen wie eine Million zu eins, daß die scharfe Kante der Zange von allen Körperteilen gerade den einen so unglücklich treffen und zerstören mußte, welcher zugleich das Glück unserer Familie zerstört.“

„Es hätte schlimmer werden können“, versetzte mein Onkel Toby. – „Das sehe ich nicht ein“, sagte mein Vater. – „Wenn die Hüfte zuerst gekommen wäre“, sagte mein Onkel Toby, „wie es Doktor Slop vermutet hat.“

Mein Vater dachte eine halbe Minute nach, sah auf die Erde, tippte sich mit dem Finger an die Stirn.

„Richtig!“ sagte er.

10. Kapitel

Ist es nicht eine Schande, zwei Kapitel aus dem zu machen, was vorgeht, während man eine Treppe hinuntersteigt? Denn weiter als bis zum ersten Treppenabsatz sind wir noch nicht gekommen und haben noch fünfzehn Stufen bis ganz unten, und nach meines Vaters und Onkel Tobys Gesprächigkeit zu urteilen, kann es noch ebenso viele Kapitel geben wie Stufen. Wie dem auch sei, mein Herr, ich

kann das ebensowenig ändern wie mein Schicksal. Da kommt es mir auf einmal vor, als gäbe mir einer ein: Laß den Vorhang fallen, Shandy! – Ich laß ihn fallen. – Zieh eine Linie quer über dein Papier, Tristram! – Ratsch! Da steht sie -- und nun, heida, zu einem neuen Kapitel!

Kein Lineal* in der Welt habe ich sonst, nach dem ich mich bei diesem Geschäft richte, und hätte ich eins – ich mache ja alles lieber aus freier Faust –, so würde ich es verbiegen und zerbrechen und dann ins Feuer werfen. Gerate ich in Hitze? Ja, das tue ich, und die Ursache läßt es nicht anders zu. Das wäre eine schöne Geschichte! Soll sich der Mensch nach Regeln und Linealen richten – oder sie nach ihm?

Nun ist dies, müssen Sie wissen, mein Kapitel über die Kapitel, welches ich vor dem Schlafengehen zu schreiben versprach, und ich halte es also für die beste Gelegenheit, mein Gewissen völlig zu erleichtern, ehe ich mich niederlege, indem ich der Welt auf einmal alles sage, was ich von der Sache weiß. Ist das nicht zehnmal besser, als dogmatisch mit einer sentenziösen Zurschaustellung der Weisheit zu beginnen und der Welt eine Geschichte von einem gerösteten Pferd zu erzählen? Daß Kapitel das Gemüt erheben, daß sie die Phantasie unterstützen oder täuschen und daß sie in einem Werk von dieser dramatischen Anlage ebenso wesentlich sind wie der Szenenwechsel, nebst fünfzig anderen kalten Einfällen dieser Art, die ausreichen, um das Feuer auszulöschen, an dem es geröstet wurde? Oh! Doch um dies zu verstehen, welches ein Windstoß in den Brand des Dianatempels ist, müssen Sie den Longinus lesen – lesen Sie nur zu! Sollten Sie nicht um ein Jota klüger werden, wenn Sie ihn das erste Mal durchlesen, dann verzagen Sie nicht – lesen Sie ihn noch einmal! Avicenna und Licetus lasen Aristoteles' Metaphysik vierzigmal ganz durch und verstanden kein einziges Wort. Aber beachten Sie die Folgen: Avicenna wurde ein hemmungsloser Schriftsteller in

* Unübersetzbares Wortspiel mit *rŭle,* das sowohl Lineal als auch Regel bedeutet (Anmerkung des Übersetzers).

allen literarischen Gattungen, denn er schrieb Bücher *de omni scribili*; und Licetus (Fortunio), obgleich die ganze Welt weiß, daß er als ein Fötus* von nur fünf und einem halben Zoll Länge geboren wurde, wuchs zu einer so erstaunlichen Größe in der Literatur an, daß er ein Buch mit einem Titel schrieb, der so lang war wie er selbst. Die Gelehrten wissen, ich meine seine „Gonopsychanthropologia" über den Ursprung der menschlichen Seele.

Soweit mein Kapitel über die Kapitel, welches ich für das beste Kapitel in meinem ganzen Werk halte; und, glauben Sie mir auf mein Wort, wer es liest, ist ebenso nützlich beschäftigt, wie wenn er Strohhalme sammelte.

* Ce Foetus n'étoit pas plus grand que la paume de la main; mais son père l'ayant examiné en qualité de Médecin, et ayant trouvé que c'étoit quelque chose de plus qu'un Embryon, le fit transporter tout vivant à Rapallo, où il le fit voir à Jérôme Bardi et à d'autres Médecins du lieu. On trouva qu'il ne lui manquoit rien d'essentiel à la vie; et son père pour faire voir un essai de son expérience, entreprit d'achever l'ouvrage de la Nature, et de travailler à la formation de l'Enfant avec le même artifice que celui dont on se sert pour faire éclore les Poulets en Egypte. Il instruisit une Nourrice de tout ce qu'elle avont à faire, et ayant fait mettre son fils dans un four proprement accomodé, il rêussit à l'élever et à lui faire prendre ses accroissemens nécessaires, par l'uniformité d'une chaleur étrangère mesurée exactement sur les dégrés d'un Thermomètre, ou d'un autre instrument équivalent. (Vide Mich. Giustinian ne gli Scritt. Liguri à Cart. 223. 488.)

On auroit toujours été très satisfait de l'industrie d'un Père si experimenté dans l'Art de la Génération, quand il n'auroit pu prolonger la vie à son fils que pour quelques mois, ou pour peu d'années.

Mais quand on se représente que l'Enfant a vecu près de quatrevingts ans, et qu'il a composé quatre-vingts Ouvrages différents, tous fruits d'une longue lecture — il faut convenir que tout ce qui est incroyable n'est pas toujours faux, et que la *Vraisemblance n'est pas toujours du côté de la Vérité.*

Il n'avoit que dix-neuf ans lors qu'il composa *Gonopsychanthropologia de Origine Animae humanae. (Les Enfans célèbres,* revus et corrigés par M. de la Monnoye de l'Académie Françoise.)

11. Kapitel

„Wir wollen alles wieder in Ordnung bringen“, sagte mein Vater, als er den Fuß auf die erste Stufe nach dem Treppenabsatz setzte. „Dieser Trismegistus“, fuhr mein Vater fort, indem er das Bein zurückzog und sich zu meinem Onkel Toby wandte, „war das größte von allen irdischen Wesen, Toby. Er war der größte König, der größte Gesetzgeber, der größte Philosoph und der größte Priester.“ – „Und Ingenieur“, sagte mein Onkel Toby.

„Versteht sich“, sagte mein Vater.

12. Kapitel

„Wie geht es der gnädigen Frau?“ schrie mein Vater, der abermals den Schritt vom Treppenabsatz herunter tat und Susanna anrief, die er eben unten an der Stiege mit einem großen Nadelkissen vorbeigehn sah. „Wie geht es der gnädigen Frau?“ – „So gut, wie man es nach den Umständen erwarten kann“, sagte Susanna im Vorbeigehn, ohne aufzusehen. – „Was für ein Narr ich bin!“ sagte mein Vater, der sein Bein abermals zurückzog. „Das Befinden kann sein, wie es will, Bruder Toby, man bekommt immer die gleiche Antwort. – Und wie steht's mit dem Kind?“ – Keine Antwort. – „Und wo ist der Herr Doktor Slop?“ fuhr mein Vater mit lauterer Stimme fort und blickte dabei über das Geländer – Susanna war außer Hörweite.

„Von allen Rätseln des ehelichen Lebens“, sagte mein Vater und überquerte den Treppenabsatz, um sich mit dem Rücken an die Wand zu lehnen, während er meinem Onkel Toby die Sache vortragen wollte, „von all den verworrenen Rätseln des ehelichen Lebens“, sagte er, „mit denen man – darauf kannst du dich verlassen, Bruder Toby – mehr Esel bepacken könnte, als Hiobs ganze Eselherde ausmachte, ist keins so schwer aufzulösen wie dieses, daß, sobald die Frau des Hauses in die Wochen gekommen ist, jedes Weibsbild im Haus, vom Kammermädchen bis zur letzten Scheuerfrau, einen Zoll größer wird und sich auf diesen einzigen Zoll mehr einbildet als auf alle ihre übrigen Zölle zusammengenommen.

„Ich glaube vielmehr“, antwortete mein Onkel Toby, „daß wir es sind, die einen Zoll einschrumpfen. Wenn ich nur einer schwangeren Frau ansichtig werde, ergeht es mir so. Es ist eine schwere Last, die dieser Hälfte unserer Mitgeschöpfe aufgelegt ist, Bruder Shandy“, sagte mein Onkel Toby. „Es ist eine klägliche Bürde“, fuhr er fort und schüttelte den Kopf. – „Ja, ja, es ist eine mühselige Sache“, sagte mein Vater und schüttelte gleichfalls den Kopf. Aber wahrhaftig, seitdem das Kopfschütteln Mode geworden ist, wurden nie zwei Köpfe aus so verschiedenen Gründen gleichzeitig geschüttelt.

„Gott bewahre
„Der Henker hole } sie alle!“ sagten mein Onkel Toby und mein Vater, jeder zu sich selbst.

13. Kapitel

Holla! Sänftenträger! Da haben Sie sechs Pence – gehen Sie doch in diesen Buchladen, und holen Sie mir einen handfesten Kritiker her! Ich will gerne einem jeden von ihnen eine Krone geben, der mir mit seinen kritischen Seilen und Winden hilft, meinen Vater und meinen Onkel Toby von der Treppe weg und ins Bett zu bringen.

Es ist höchste Zeit; denn außer dem kleinen Nickerchen, das sie hielten, während Trim die Reitstiefel anbohrte, und von dem, nebenbei gesagt, mein Vater wegen der bösen Türangel keinen Nutzen hatte, haben sie seit neun Stunden vor der Zeit, da Doktor Slop von Obadiah in diesem schmutzigen Aufzug in die Hinterstube geführt wurde, kein Auge zugetan.

Sollte noch jemals ein Tag in meinem Leben so geschäftig sein wie dieser und soviel Zeit wegnehmen, wahrhaftig, so –

Ich will den Satz nicht vollenden, bevor ich eine Bemerkung über das sonderbare Verhältnis zwischen dem Leser und mir selbst, so wie gerade jetzt die Sachen stehen, gemacht habe, eine Bemerkung, die noch auf keinen anderen biographischen Schriftsteller seit Erschaffung der Welt gepaßt hat als auf mich selbst und die, wie ich glaube, bis zu ihrem Untergang auf niemand anders angewendet werden kann. Und deshalb, bloß ihrer Neuheit wegen, wird sie Euer Gnaden Aufmerksamkeit verdienen.

Ich bin in diesem Monat ein ganzes Jahr älter als heute vor zwölf Monaten, und da ich, wie Sie sehen, schon fast die Mitte meines vierten Bandes erreicht habe und noch nicht weiter als zum ersten Tag meines Lebens gekommen bin, so ist es klar, daß ich schon jetzt dreihundertvierundsechzig Tage mehr zu schreiben habe, als da ich zuerst begann, so daß ich, statt wie ein gewöhnlicher Schriftsteller in meinem Werk, mit dem, was ich daran getan habe, weiterzukommen, vielmehr ebenso viele Bände zurückgeworfen worden bin. Sollte noch jemals ein Tag in meinem Leben so geschäftig sein wie dieser – und warum nicht? – und die Schilderung der Ereignisse und Meinungen an demselben soviel Zeit wegnehmen – und aus welchen Gründen sollten sie kürzer abgefertigt werden? –, so muß, da ich auf diese Weise genau dreihundertvierundsechzigmal geschwinder lebe, als ich schreibe, mit Euer Gnaden Erlaubnis daraus folgen, daß ich um so mehr zu schreiben haben werde, je mehr ich schreibe, und daß somit Euer Gnaden um so mehr zu lesen haben.

Wird dies gut sein für Euer Gnaden Augen?

Meinen wird es guttun, und sollten mir meine „Meinungen" nicht den Hals kosten, so werde ich, das ist mir klar, in diesem meinem Leben ein hübsches Leben führen, oder, mit anderen Worten, ich werde ein paar hübsche Leben zugleich führen.

Der Vorschlag, jedes Jahr zwölf Bände oder jeden Monat einen herauszugeben, würde an meiner Aussicht gar nichts ändern. Wenn ich auch schreibe, wie ich will, und mich, wie Horaz empfiehlt, auch noch so rasch mitten in die Dinge stürze – ich werde mich doch niemals einholen, selbst wenn man mich bis aufs Blut peitscht und antreibt. Sollte das Ärgste zum Argen kommen, habe ich doch noch immer einen Tag vor meiner Feder voraus, und ein Tag ist genug für zwei Bände, und zwei Bände werden genug sein für ein Jahr.

Der Himmel gebe nur seinen Segen zur Papiermacherei unter dieser gnädigen Regierung, die gerade für uns angefangen hat, wie ich auch hoffe, daß die Vorsehung alles übrige segnen werde, was unter dieser Regierung in Angriff genommen wird.

Die Vermehrung der Gänse macht mir keinen Kummer – die Natur ist immer gütig, an Werkzeug zum Schreiben wird mir's nie fehlen.

So, guter Freund, haben Sie meinen Vater und meinen Onkel Toby von der Treppe weg und ins Bett gebracht? Und wie haben Sie das angefangen? Sie ließen unten vor der Treppe einen Vorhang fallen. Ich dachte mir schon, daß es nicht anders gehen würde. Da haben Sie eine Krone für Ihre Mühe.

14. Kapitel

„So reiche Sie mir meine Hose vom Stuhl her", sagte mein Vater zu Susanna. – „Sie haben keinen Augenblick Zeit, sich anzukleiden, Herr", sagte Susanna. „Das Kind ist so schwarz im Gesicht wie mein ..." – „Wie Ihr was?" sagte mein Vater, denn wie alle Rhetoriker war er ein sorgfältiger Erforscher der Gleichnisse. – „O Himmel, Herr!" sagte Susanna, „Das Kind hat einen Anfall." – „Und wo ist Herr Yorick?" – „Er ist nie dort, wo er sein soll", sagte Susanna, „aber sein Kurat ist im Besuchszimmer und hat's Kind schon auf dem Arm und wartet auf den Namen, und die gnädige Frau sagte mir, ich solle geschwind laufen und fragen, weil doch Herr Hauptmann Shandy Gevatter ist, ob's nicht nach ihm heißen sollte."

Wenn man gewiß wüßte, sagte mein Vater bei sich selbst und strich sich über die Augenbrauen, daß das Kind nicht am Leben bliebe, könnte man ebensogut meinem Bruder

Toby den Gefallen erweisen. Es wäre in diesem Fall sogar schade, einen so großen Namen wie Trismegistus daran zu verschwenden. Aber es kann sich wieder erholen.

„Nein, nein", sagte mein Vater zu Susanna, „ich will aufstehn." – „Es ist keine Zeit mehr", schrie Susanna, „das Kind ist so schwarz wie meine Schuhe." – „Trismegistus", sagte mein Vater. „Aber warte Sie! Sie ist ein durchlöchertes Gefäß, Susanna", setzte mein Vater hinzu; „kann Sie wohl Trismegistus in Ihrem Kopf über den Gang tragen, ohne etwas davon zu verschütten?" – „Wieso nicht?" rief Susanna und schlug gekränkt die Tür zu. – „Ich will mich hängen lassen, wenn ich's glaube", sagte mein Vater, sprang im Dunklen aus dem Bett und suchte nach seiner Hose.

Susanna rannte, so schnell sie konnte, über die Galerie.

Mein Vater suchte, so schnell er konnte, nach seiner Hose.

Susanna hatte einen Vorsprung und behielt ihn. – „Es ist Tris– oder so was!" rief Susanna. – „Es gibt keinen anderen Vornamen auf der Welt", sagte der Kurat, „der mit Tris anfängt, als Tristram." – „Ja, ja, Tristram-gistus", sprach Susanna.

„Es ist nichts zu gistussen dabei, dumme Gans! Es ist mein eigener Name", entgegnete der Kurat und tauchte dabei die Hand in das Taufbecken. „Tristram!" sagte er, usw. usw. usw. usw. So wurde ich Tristram getauft, und Tristram werde ich wohl heißen bis an mein seliges Ende.

Mein Vater folgte der Susanna, den Schlafrock über dem Arm und nur mit seiner Hose bekleidet, die er der Eile wegen lediglich mit einem Knopf zugeknöpft hatte, und dieser Knopf steckte der Eile wegen nur halb in seinem Knopfloch.

„Sie hat doch den Namen nicht vergessen?" schrie mein Vater, als er die Tür erst halb geöffnet hatte. – „Nein, nein", sagte der Kurat in einem schlauen Ton. – „Und dem Kind geht es besser", rief Susanna. – „Und wie geht es der gnädigen Frau?" – „So gut", sagte Susanna, „wie man es erwarten kann." – „Pisch!" sagte mein Vater, und der Hosenknopf sprang aus dem Knopfloch, so daß die Frage, ob das Pisch an Susanna oder an das Knopfloch gerichtet war, ob es ein Ausruf der Verachtung oder der Züchtigkeit war, ungeklärt ist und so lange ungeklärt bleiben wird, bis ich Zeit gewinne, die drei folgenden Lieblingskapitel zu schreiben, nämlich mein Kapitel über die Kammerzofen, mein Kapitel über das Pischen und mein Kapitel über die Knopflöcher.

Alles, was ich jetzt dem Leser zur Erläuterung mitteilen kann, besteht darin, daß mein Vater in dem Augenblick, da er „Pisch!“ sagte, sich herumdrehte und, mit der einen Hand seine Hose in die Höhe haltend und mit dem Schlafrock auf dem andern Arm, wieder über die Galerie zu seinem Bett ging, etwas langsamer, als er gekommen war.

15. Kapitel

Ich wollte, ich könnte ein Kapitel über den Schlaf schreiben.

Eine passendere Gelegenheit könnte ich niemals dazu finden als die gegenwärtige, da alle Vorhänge im ganzen Haus zugezogen, die Lichter ausgelöscht und keines Menschen Augen mehr offen sind, außer einem einzigen, denn meiner Mutter Wartefrau zweites Auge war schon seit zwanzig Jahren geschlossen.

Es ist ein schönes Thema!

Und doch, so schön es auch ist, wollte ich dennoch lieber ein Dutzend Kapitel über Knopflöcher schreiben, und zwar schneller und mit mehr Ruhm, als ein einziges hierüber.

Knopflöcher! In diesem Begriff liegt schon etwas Anregendes. Und glauben Sie mir, wenn ich mich erst darüber hermache, Ihr edlen Herren mit den langen Bärten – Sie mögen so finster dreinschauen, wie Sie wollen –, dann will ich mit meinen Knopflöchern ein lustiges Spiel treiben. Ich will sie alle für mich allein haben. Es ist ein jungfräuliches Thema, und ich kann dabei niemandes Weisheit oder schöne Redensarten verwenden.

Was aber den Schlaf betrifft, so weiß ich, bevor ich überhaupt beginne, daß ich darüber nichts zustande bringe. Ich bin erstens kein Meister in Ihren schönen Redensarten, und zweitens kann ich für mein Leben kein bedeutsames Gesicht bei einer armseligen Sache machen und der Welt verkünden: Er ist dem Betrübten Zuflucht, dem Gefangenen Erlösung, ein weicher Schoß dem Hoffnungslosen, dem Müden und dem Niedergeschlagenen. Ich mag auch nicht mit einer Lüge im Mund anheben und behaupten, daß von all den angenehmen und köstlichen Betätigungen unserer Natur, durch welche es ihrem großen Schöpfer in seiner Güte gefallen hat, die Leiden zu versüßen, die seine Gerechtigkeit und sein Wohlgefallen uns auferlegt haben, diese die wichtigste ist (ich kenne Vergnügungen, die zehnmal soviel wert sind); ich will auch nicht sagen, welche Glückseligkeit es für den Menschen ist, wenn die Sorgen und Leidenschaften des Tages vorüber sind und er sich auf seinen Rücken legt, daß alsdann seine Seele sich so in ihm niederläßt, daß allenthalben, wohin sie nur ihre Augen wendet, der Himmel heiter und ruhig auf sie niederblickt, und daß weder Begierden noch Furcht oder Zweifel, welche die Luft trüben, noch ein vergangenes, gegenwärtiges oder zukünftiges Leiden besteht, über das die Phantasie während dieses angenehmen Enthobenseins nicht ganz sanft hinwegglitte.

„Gott segne den Mann", sagte Sancho Pansa, „der das erfunden hat, was man Schlaf nennt; er hüllt den Menschen ein wie ein Mantel." Hierin steckt für mich mehr, und es spricht wärmer zu meinem Herzen und Gefühl als alle Dissertationen, die über dieses Thema aus den Köpfen aller Gelehrten zusammen herausgequetscht worden sind.

Nicht, daß ich so gänzlich mißbilligte, was Montaigne darüber vorbringt – es ist in seiner Art vortrefflich. (Ich zitiere aus dem Gedächtnis.)

Die Welt genießt den Schlaf genauso wie andere Vergnügungen, sagt er, nämlich ohne ihn zu schmecken oder zu fühlen, wenn er vorübereilt. Wir sollten ihn studieren und über ihn nachdenken, um demjenigen gehörig dafür zu danken, der ihn uns verleiht; deshalb laß ich mich mit Fleiß in meinem Schlaf stören, damit ich ihn nachher desto besser und inniger schmecke. Und dennoch kenne ich wenige, sagt er weiter, die mit weniger Schlaf auskommen können, wenn es nötig ist. Mein Körper erträgt anhaltende, aber keine plötzlichen und heftigen Erregungen. Seit einiger Zeit vermeide ich alle heftigen Bewegungen. Des Gehens werde ich nie müde, aber von Jugend auf habe ich nicht gern auf Steinpflaster reiten mögen. Ich liege gerne hart und allein, ja sogar ohne meine Frau. Diese letzte Äußerung mag die Welt stutzig machen, bedenken Sie aber: La Vraisemblance (wie Bayle im Artikel Licetus sagt) n'est pas toujours du Côté de la Vérité. Soviel über den Schlaf.

16. Kapitel

„Wenn meine Frau keine Bedenken hat, Bruder Toby, so sollen sie Trismegistus anziehen und zu uns herunterbringen, während du und ich zusammen frühstücken."

„Geh Er, Obadiah, und sag Er Susanna, sie soll herkommen!"

„Sie ist eben hinaufgerannt", antwortete Obadiah, „und seufzt und heult und ringt die Hände, als ob ihr das Herz in Stücke springen wollte."

„Das wird ein schöner Monat werden", sagte mein Vater, wendete sich von Obadiah ab und sah meinem Onkel Toby eine Weile nachdenklich ins Gesicht. „Einen verflixten Monat werden wir erleben, Bruder Toby", sagte mein Vater, indem er die Arme in die Seiten stemmte und den Kopf schüttelte. „Feuer, Wasser, Weiber, Wind, Bruder Toby!" – „Es ist schon ein Unglück", sagte mein Onkel Toby. – „Das ist es wirklich", rief mein Vater, „wenn so viele widerstreitende Elemente losbrechen und in jedem Winkel des Hauses im Triumph herumfahren. Es nützt der Ruhe einer Familie sehr wenig, Bruder Toby, daß du und ich uns zusammennehmen und hier still und ruhig sitzen, wenn ein solcher Sturm über unsere Häupter hinwegpfeift. –

Was ist denn los, Susanna?" – „Sie haben das Kind Tristram getauft, und die gnädige Frau hat deswegen eben einen hysterischen Anfall gehabt. Nein, ich kann nichts dafür“, sagte Susanna, „ich hab ihm doch gesagt, es sei Tristramgistus.“

„Mach nur Tee für dich allein, Bruder Toby“, sagte mein Vater und nahm seinen Hut von der Wand – nichts von der Heftigkeit und Erregung der Stimme und Gliedmaßen, wie es ein gewöhnlicher Leser wohl erwartet hätte!

Denn er sprach im sanftesten Tonfall und nahm den Hut mit der gelindesten Bewegung der Glieder herab, die nur jemals die Betrübnis in Harmonie zusammenstimmte.

„Geh Er zum Rasenplatz und ruf Er Trim!“ sagte mein Onkel Toby zu Obadiah, sobald mein Vater das Zimmer verließ.

17. Kapitel

Als das Unglück mit meiner *Nase* so schwer auf meines Vaters Haupt fiel, stieg er, wie sich der Leser erinnert, sofort die Treppe hinauf und warf sich auf sein Bett; und deswegen wird der Leser – oder er müßte eine tiefe Einsicht in die menschliche Natur haben – geneigt sein, eine Folge der gleichen steigenden und fallenden Bewegungen angesichts des Unglücks mit meinem *Namen* von ihm zu erwarten. – Nein!

Das verschiedene Gewicht, mein teurer Herr, ja schon die verschiedene Verpackung zweier Widerwärtigkeiten von gleichem Gewicht, bewirkt eine sehr beträchtliche Verschiedenheit in unserer Art und Weise, wie wir sie aufnehmen und tragen. Noch keine halbe Stunde ist es her, daß ich (in der großen Eile und Hast eines armen Teufels, der ums liebe tägliche Brot schreibt) einen druckfertigen Bogen, den ich eben vollendet hatte, statt des Konzepts patsch ins Feuer warf.

Auf der Stelle riß ich mir die Perücke ab und warf sie mit aller erdenklichen Kraft senkrecht hoch an die Decke; ich fing sie allerdings im Herunterfallen wieder auf, und damit war die Sache erledigt. Ich glaube nicht, daß sonst etwas in der Natur mir eine so unmittelbare Erleichterung verschafft hätte. Sie, die teure Göttin, treibt uns durch eine plötzliche Anwandlung jedesmal, wenn wir gereizt werden, zu einem Ausfall mit diesem oder jenem Glied, oder sie wirft uns an diesen oder jenen Platz oder in diese oder jene Stellung des Körpers, ohne daß wir wissen weshalb. Denken Sie aber daran, Madame, wir sind von Geheimnissen und Rätseln umringt; die deutlichsten Dinge, die uns vorkommen, haben ihre dunklen Seiten, die auch der Scharfsichtigste nicht durchschauen kann; und selbst der hellste und bedeutendste Kopf unter uns gerät fast bei jedem Riß in den Werken der Natur in Verlegenheit und weiß nicht, was er daraus machen soll, so daß diese, wie tausend andere Dinge, auf eine solche Weise für uns ausfallen, die wir zwar nicht ergründen können, der wir aber, mit Euer Hochwürden und Euer Gnaden Erlaubnis, das Beste abgewinnen – und das ist genug für uns.

Nun, mein Vater konnte sich mit dieser Betrübnis um alles in der Welt nicht niederlegen, konnte sie auch nicht wie die andere die Treppe hinauftragen – er ging ganz gefaßt damit aus zum Fischteich.

Hätte mein Vater den Kopf in die Hand gestützt und eine Stunde darüber nachgedacht, welchen Weg er nehmen solle, so hätte ihm die Vernunft mit all ihrer Stärke nichts Besseres eingeben können. Mein Herr, die Fischteiche haben es in sich! Was es ist, das sollen die Systemschmiede und Fischteichgräber untereinander ausmachen, aber beim ersten Aufwallen des Gemüts übt ein gesetzter und langsamer Spaziergang dorthin eine so unbegreiflich beruhigende Wirkung aus, daß ich mich oft gewundert habe, warum weder Pythagoras noch Plato noch Solon noch Lykurg noch Mohammed noch sonst einer der berühmten Gesetzgeber jemals eine Verordnung darüber erlassen haben.

„Euer Gnaden", sagte Trim und machte die Tür zu, ehe er zu reden begann, „haben wohl von dem Unglück gehört, das vorgefallen ist." – „O ja, Trim", sagte mein Onkel Toby, „und es geht mir sehr nahe." – „Mir geht es auch recht nahe, ich hoffe aber", erwiderte Trim, „Euer Gnaden kennen mich und werden also nicht glauben, daß ich die geringste Schuld daran trage." – „Er, Trim?" rief mein Onkel Toby und sah ihm gütig ins Gesicht. „Es war Susannas und des Kuraten Unverstand." – „Aber, Euer Gnaden, was konnten die miteinander im Garten zu schaffen haben?" – „Auf der Galerie, meint Er wohl, Trim", erwiderte mein Onkel Toby.

Trim merkte, daß er auf einer falschen Fährte sei, und brach mit einem tiefen Bückling kurz ab. Zwei Unglückliche, sagte der Korporal bei sich selbst, sind mindestens doppelt soviel, wie man auf einmal behandeln kann. Das Unheil, das die Kuh in unseren Befestigungsanlagen angerichtet hat, kann ich dem gnädigen Herrn noch später erzählen. Trims Kasuistik und Geistesgegenwart unter dem Deckmantel seines tiefen Bücklings kamen allem Argwohn Onkel Tobys zuvor, der also mit dem, was er Trim zu sagen hatte, wie folgt fortfuhr:

„Ich für mein Teil, Trim, sehe zwar wenig oder gar keinen Unterschied darin, ob mein Neffe Tristram oder Trismegistus heißt; da aber die Sache meinem Bruder so sehr zu Herzen geht, Trim, würde ich gerne hundert Pfund darum geben, wenn es nicht geschehen wäre." – „Hundert Pfund, Euer Gnaden?" versetzte Trim. „Ich würde nicht einen Kirschkern darum geben!" – „Ich gäbe auch nichts drum, Trim, wenn's nur auf mich ankäme", sagte mein Onkel Toby. „Aber mein Bruder, der sich in diesem Punkt nichts sagen läßt, behauptet, daß an den Taufnamen viel mehr gelegen ist, als Ungelehrte wohl meinen; denn er sagt, solang die Welt besteht, habe noch kein Mann namens Tristram eine große oder heldenmäßige Tat vollbracht, ja, wenn's nach ihm geht, Trim, so kann ein Mensch weder gelehrt noch weise noch tapfer sein, der nicht ...“ – „Es ist alles Einbildung, mit Euer Gnaden Erlaubnis! Ich kämpfte ebensogut“, versetzte der Koporal, „als ich im Regiment Trim hieß, wie da sie mich James Butler nannten.“ – „Was mich anbelangt“, sagte mein Onkel Toby, „obgleich ich mich vor Eigenlob schämen würde, Trim – aber hätte ich auch Alexander geheißen, ich hätte doch bei Namur nicht mehr tun können als meine Pflicht.“ – „Gott segne Euer Gnaden!“ schrie Trim und trat bei den Worten drei Schritte vor. „Denkt ein Mann wohl an seinen Taufnamen, wenn er zum Angriff vorgeht?“ – „Oder, Trim, wenn er im Laufgraben steht?“ schrie mein Onkel Toby mit entschlossenem Blick. – „Oder wenn er auf eine Bresche losmarschiert?“ sagte Trim und drängte sich zwischen zwei Stühle. – „Oder die Linien forciert?“ schrie mein Onkel Toby, wobei er aufstand und seine Krücke fällte wie einen Spieß. – „Oder einer feindlichen Patrouille gegenübersteht?“ rief Trim, indem er seinen Stock wie eine Muskete präsentierte. – „Oder wenn er ein Glacis hinaufmarschiert?“ rief mein Onkel Toby, der jetzt erhitzt aussah und seinen Fuß auf den Stuhl setzte.

19. Kapitel

Mein Vater war von seinem Spaziergang zum Fischteich zurückgekommen und öffnete die Tür des Zimmers, als die Attacke ihren Höhepunkt erreichte, als gerade mein Onkel Toby das Glacis hinaufmarschierte und Trim wieder laden wollte. In seinem ganzen Leben war mein Onkel Toby noch bei keinem so rasenden Galopp angetroffen worden! Ach, Onkel Toby! Hätte nicht eine wichtigere Sache alle Beredsamkeit meines Vaters erheischt – wie wärest du mit deinem armen Steckenpferd beleidigt worden.

Mein Vater hing seinen Hut mit der gleichen Miene wieder auf, mit der er ihn vom Nagel genommen hatte; und als er einen flüchtigen Blick auf die Unordnung im Zimmer geworfen hatte, nahm er einen von den Stühlen, die des Korporals Bresche gebildet hatten, stellte ihn meinem Onkel

Toby gegenüber, ließ sich darauf nieder, und sobald das Teegeschirr abgetragen und die Tür zugemacht war, brach er in folgendes Klagelied aus:

KLAGELIED MEINES VATERS

„Es ist fortan umsonst“, sagte mein Vater und wendete sich damit sowohl an Ernulphus’ Fluchbuch, das auf einer Ecke des Kaminsimses lag, als auch an meinen Onkel Toby, der darunter saß, „es ist fortan umsonst“, sagte mein Vater mit der denkbar mürrischsten Eintönigkeit, „gegen diese unerfreulichste aller menschlichen Überzeugungen anzukämpfen, wie ich es bisher getan habe. Ich sehe deutlich, daß der Himmel wegen meiner eigenen Sünden, Bruder Toby, oder wegen der Sünden und Torheiten des Geschlechts der Shandys es für gut befunden hat, mit seiner schwersten Artillerie gegen mich auszurücken, und daß das Wohl meines Kindes der Punkt ist, auf den deren ganze Kraft gerichtet ist.“ – „Das würde uns das ganze Universum um die Ohren schleudern, Bruder Shandy“, sagte mein Onkel Toby, „wenn es so wäre.“ – „Unglücklicher Tristram! Kind des Zorns! Kind der Gebrechlichkeit, der Unterbrechung, des Mißverständnisses und des Mißvergnügens! Was ist für ein Unheil oder Unglück in dem Buch der embryonischen Übel, das deinen Bau aus seinen Fugen bringen oder deine Fasern verwirren konnte und das nicht auf deinen Kopf gefallen wäre, noch ehe du auf die Welt gekommen bist! Was für Übel auf deinem Weg in die Welt! Was für Übel nachher! Gezeugt in den abnehmenden Tagen deines Vaters, da schon die Kräfte seines Geistes und seines Körpers nachzulassen begannen, da Lebenswärme und Lebenssäfte, also die Elemente, welche die deinigen hätten bestimmen sollen, schon im Schwinden waren und nichts als Negationen übrigblieb, um deinen Keim zu kräftigen. Es ist bestenfalls kläglich, Bruder Toby, und es verlangte all die kleinen Hilfen, die Vorsorge und Aufmerksamkeit auf beiden Seiten gewähren konnten. Aber wie sind wir geschlagen worden! Du kennst das Ereignis, Bruder Toby. Es ist zu traurig, um hier wiederholt zu werden. Du weißt, wie die wenigen Lebensgeister, die ich noch in der Welt besaß und die Gedächtnis, Phantasie und Geistesgaben hätten hinbefördern sollen, sämtlich auseinandergestöbert, verwirrt, zerschlagen, zerstreut und zum Teufel gejagt wurden.

Hier wäre es an der Zeit gewesen, den Angriffen auf ihn ein Ende zu setzen und wenigstens zu versuchen, ob Heiterkeit und Ruhe des Gemüts bei deiner Schwägerin, Bruder Toby, und eine entsprechende Beaufsichtigung ihrer Ausleerungen und Wiederauffüllungen sowie ihrer übrigen natürlichen Funktionen nicht während der neunmonatigen Schwangerschaft hätten alles wieder in Ordnung bringen können. Das war meinem Kind versagt! Was für ein unruhiges Leben führte sie und folglich auch ihr Fötus mit ihrer albernen Sucht, in der Stadt niederzukommen?" – „Ich dachte, meine Schwägerin hätte sich mit der größten Gelassenheit darein gefunden", erwiderte mein Onkel Toby. „Ich habe nicht gehört, daß ihr ein einziges aufgebrachtes Wort entfahren wäre." – „Sie schäumte innerlich", rief mein Vater, „und ich muß dir sagen, Bruder, das war zehnmal schlimmer für das Kind. Und außerdem, was für Kämpfe hat sie nicht mit mir ausgefochten, und diese ewigen Angriffe wegen der Hebamme!" – „Nun, da machte sie ja ihrem Herzen Luft", sagte mein Onkel Toby. – „Luft!" sagte mein Vater und blickte hoch.

„Aber was war das alles, mein lieber Toby, im Vergleich zu dem Schaden, der uns dadurch zugefügt wurde, daß das Kind mit dem Kopf zuerst auf die Welt gekommen ist, während ich bei der allgemeinen Zugrunderichtung seiner Gestalt nur den einen Wunsch hatte, diesen kleinen Verstandskasten unversehrt und ganz zu erhalten.

Wie wurde doch trotz all meiner Vorsicht mein System mit dem Kind schon im Mutterleib über den Haufen geworfen! Sein Kopf war der Hand der Gewalttätigkeit ausgesetzt und einem Druck von vierhundertsiebzig Pfund, der ganz senkrecht auf seinen Scheitel einwirkte, so daß man zur Stunde höchstens mit neunzigprozentiger Sicherheit sagen kann, daß das feine Netzwerk des Verstandesgewebes nicht in tausend Fetzen zerrissen und zersplissen ist.

Doch damit könnte man sich noch abfinden. Wäre er ein Narr, Dummkopf, Laffe – man gebe ihm nur eine Nase! –, ein Krüppel, Zwerg, Schwätzer, Tölpel (laß ihn aussehen, wie er will), das Glückspförtchen stünde ihm offen. O Licetus! Licetus! Wäre mir ein Fötus von fünf und einem halben Zoll beschert worden, wie du einer warst – ich hätte dem Schicksal Trotz geboten.

Doch noch, Bruder Toby, bleibt ein Wurf mit dem Würfel für unser Kind übrig. O Tristram! Tristram! Tristram!"

„Wir wollen zum Herrn Yorick schicken", sagte mein Onkel Toby.

„Schicke, zu wem du willst", erwiderte mein Vater.

20. Kapitel

Wie bin ich doch durch die vier Bände kurbettiert und galoppiert, zwei auf, zwei nieder, ohne einmal hinter mich oder gar zur Seite zu blicken, um zu sehen, ob ich vielleicht jemanden niederreite. Ich will niemanden niederreiten, sagte ich mir, als ich aufsaß, ich will wohl einen zügigen Galopp reiten, aber selbst dem elendsten Packesel auf der Straße nicht zu nahe kommen. Und damit sprengte ich los, die eine Gasse hinauf, eine andere hinab, unter diesem Schlagbaum hindurch, über jenen hinüber, als ob der Erzjockei der Jockeis hinter mir drein gewesen wäre.

Wenn einer aber in diesem Tempo selbst mit den besten Absichten und Vorsätzen losreitet, so kann man eine Million gegen eins wetten, daß er jemandem Schaden zufügen wird, wo nicht sich selbst. Er wird geschüttelt, er schießt plötzlich davon, er verliert den Sattel, er liegt unten, er bricht sich den Hals. Sieh doch, ist er nicht mitten ins Gerüst der kritischen Zimmerleute gejagt! Er wird sich an ihren Balken das Gehirn einschlagen! Er jagt wieder hinaus! O seht doch! Da reitet er wie ein Tollkopf spornstreichs durch ein ganzes Rudel von Malern, Geigern, Dichtern, Biographen, Physikern, Advokaten, Logikern, Komödianten,

Scholastikern, Geistlichen, Staatsmännern, Soldaten, Kasuisten, Kunstliebhabern, Prälaten, Päpsten und Ingenieuren. — Fürchten Sie nichts, sagte ich, ich will selbst dem elendsten Packesel auf der königlichen Heerstraße nichts zuleide tun. — Aber Ihr Pferd läßt Kot fallen; sehn Sie, da haben Sie einen Bischof bespritzt! — Ich hoffe, daß es nur Ernulphus ist, sagte ich. — Sie haben aber den Messieurs le Moyne, de Romigny und de Marcilly, Doktoren der Sorbonne, dicke Kleckse in die Gesichter geworfen. — Das war voriges Jahr, versetzte ich. — Aber in diesem Augenblick haben Sie einen König niedergeritten. — Es wäre weit mit den Königen gekommen, sagte ich, wenn sie sich von Leuten meinesgleichen niederreiten ließen.

Sie haben es getan, erwiderte mein Ankläger.

Ich leugne es, sagte ich. Und so bin ich durchgekommen, und hier stehe ich nun mit meinem Zaum in der einen Hand und dem Hut in der andern, um meine Geschichte zu erzählen. Und wie heißt sie? Das sollen sie im nächsten Kapitel hören.

21. Kapitel

Als Franz der Erste von Frankreich sich eines Winterabends an der glühenden Asche eines Holzfeuers wärmte und sich mit seinem ersten Minister über allerlei Dinge zum Wohl des Staates* unterhielt, sagte der König, während er mit seinem Stock in der Asche herumstocherte: „Es wäre nicht übel, wenn das gute Einvernehmen zwischen uns und der Schweiz ein wenig besser befestigt würde." — „Des Geldgebens an diese Leute, Sire", entgegnete der Minister, „ist kein Ende, sie würden den Schatz von Frankreich verschlucken." — „Puh, puh!" antwortete der König. „Es gibt noch andere Mittel, Monsieur le Premier, Staaten zu bestechen, als Geldgeben. Ich will der Schweiz die Ehre erweisen und sie bitten, bei meinem nächsten Kind Pate zu stehen." — „Wenn Eure Majestät das tun", sagte der Mini-

* Vide Menagiana, vol. I.

ster, „werden Sie alle Grammatiker von Europa auf den Hals bekommen. Da die Schweiz als Republik weiblichen Geschlechts ist, kann sie also nach keinem Sprachgebrauch Pate werden.“ – „So soll sie denn Patin werden“, sagte Franz hastig, „und lassen Sie morgen früh einen Kurier meinen Wunsch überbringen.“

„Es wundert mich“, sagte Franz der Erste (vierzehn Tage später) zu seinem Minister, als er ins Kabinett trat, „daß wir noch keine Antwort aus der Schweiz haben.“ – „Sire, ich warte eben auf Sie“, sagte Monsieur le Premier, „um Ihnen meine Depeschen in dieser Sache vorzulegen.“ – „Haben sie es gut aufgenommen?“ sagte der König. – „Ja, Sire“, antwortete der Minister, „und sie schätzen die Ehre unendlich, die Eure Majestät ihnen erzeigt haben. Die Republik behält sich aber als Patin das Recht vor, dem Kind seinen Namen zu geben.“

„Nicht mehr als recht und billig“, sagte der König, „sie wird ihn Franz oder Heinrich oder Ludwig nennen oder ihm sonst einen Namen geben, von dem sie weiß, daß er uns angenehm ist.“ – „Eure Majestät irren sich“, erwiderte der Minister. „Eben empfing ich eine Depesche von unserm Residenten, die auch den Beschluß der Republik über diesen Punkt enthält.“ – „Und was für einen Namen hat die Republik beschlossen dem Dauphin zu geben?“ – „Sadrach, Mesach und Abednego“, versetzte der Minister. – „Beim Gürtel des heiligen Petrus! Ich will mit der Schweiz nichts zu schaffen haben!“ rief Franz der Erste, schob dabei seine Beinkleider in die Höhe und ging hastig auf und nieder.

„Eure Majestät“, erwiderte der Minister gelassen, „können nicht gut zurückziehen.“

„Wir wollen sie mit Geld bezahlen“, sagte der König.

„Sire, es sind keine sechzigtausend Kronen im Schatz vorhanden“, entgegnete der Minister. – „Ich will den schönsten Edelstein meiner Krone verpfänden“, sagte Franz der Erste.

„Dero Ehre ist in dieser Sache bereits verpfändet“, antwortete Monsieur le Premier.

„Nun, Monsieur le Premier“, sagte der König, „beim – so fangen wir Krieg mit ihnen an.“

22. Kapitel

Obzwar, lieber Leser, mich ernstlich gelüstet und ich mir alle Mühe gegeben habe (nach dem Maß der geringen Fähigkeit, die mir Gott verliehen hat, und soweit es die übliche Muße von anderen nötigen Erwerbsarbeitern und ein gesunder Zeitvertreib erlauben wollten), daß diese kleinen Bücher, die ich dir hier in die Hand gebe, dir viele dickere Bücher ersetzen möchten, so habe ich mich doch dir gegenüber in einer so phantastischen Vermummung tändelnder Kurzweil aufgeführt, daß ich mich herzlich schäme, dich nunmehr ganz ernsthaft um nachsichtige Güte zu bitten, indem ich dich ersuche, du wollest mir glauben, daß ich bei der Geschichte von meinem Vater und seinen Taufnamen nicht daran gedacht habe, Franz den Ersten niederzureiten – noch bei der Geschichte mit der Nase Franz den Neunten –, noch durch den Charakter Onkel Tobys den militaristischen Geist meines Vaterlandes charakterisieren wollte – die Wunde an seinem Latzbein wäre eine Wunde an jedem Vergleich dieser Art –, noch daß ich bei Trim den Herzog von Ormond gemeint habe oder daß mein Buch gegen die Prädestination, den freien Willen oder die Steuern geschrieben ist. Wenn es überhaupt gegen etwas geschrieben ist, so ist es, mit Euer Gnaden gütiger Erlaubnis, gegen die Milzsucht geschrieben, um durch ein häufigeres und krampfhafteres Heben und Senken des Zwerchfelles und durch Erschütterungen der Rippen- und Bauchmuskeln beim Lachen die Galle oder andere bittere Säfte aus der Gallenblase, der Leber und der Kälberdrüse meiner Mitbürger nebst allen schädlichen Leidenschaften, die dazugehören, in ihre Zwölffingerdärme hinunterzutreiben.

23. Kapitel

„Sagen Sie, kann die Sache noch rückgängig gemacht werden, Yorick?“ sagte mein Vater. „Denn nach meiner Meinung“, fuhr er fort, „geht es nicht.“ – „Ich verstehe mich wenig aufs Kirchenrecht", erwiderte Yorick, „weil ich aber unter allen Übeln die Ungewißheit für das quälendste halte, so wollen wir doch wenigstens versuchen, das Ärgste zu erfahren." – „Ich hasse die großen Diners", sagte mein Vater. – „Auf die Größe des Diners kommt's hier nicht an", antwortete Yorick, „wir wollen ja nur, Herr Shandy, auf den Grund der Streitfrage kommen, ob sich der Name umtauschen läßt oder nicht; und da die Bärte so vieler Kommissare, Beamten, Advokaten, Deputierten, Registratoren und der hervorragendsten unserer Schultheologen sowie anderer sich um einen Tisch versammeln werden und Didius Sie so dringend dazu eingeladen hat – wer wollte wohl in Ihrer Notlage eine so schöne Gelegenheit versäumen? Alles was nötig ist", fuhr Yorick fort, „besteht darin, daß wir Didius benachrichtigen und daß er nach Tisch das Gespräch auf dieses Thema bringt." – „So soll", sagte mein Vater und schlug beide Hände zusammen, „mein Bruder Toby mit uns gehen."

„Laß Er meine alte Knotenperücke", sagte mein Onkel Toby, „und meine gestickte Regimentsuniform die ganze Nacht am Feuer hängen, Trim."

25. Kapitel

Sie haben ganz recht, mein Herr, hier fehlt ein ganzes Kapitel, und daraus entsteht in dem Buch eine Lücke von zehn Seiten; trotzdem ist der Buchbinder weder ein Dummkopf noch ein Schelm noch ein Tölpel, auch ist das Buch um kein Jota unvollkommener (dadurch wenigstens nicht) – nein, vielmehr ist das Buch dadurch, daß das Kapitel fehlt, besser und vollkommener, als wenn es da wäre, wie ich es Euer Hochwürden auf folgende Weise demonstriere. Nebenbei stelle ich zuerst die Frage, ob das Experiment nicht ebenso erfolgreich mit verschiedenen anderen Kapiteln durchgeführt werden könnte. Aber, wie Euer Hochwürden zugeben werden, das Experimentieren mit Kapiteln ginge dann ins Unendliche. Wir haben schon genug davon, und so mag's hierbei beruhn.

Doch bevor ich meine Demonstration beginne, lassen Sie mich Ihnen nur noch sagen: das Kapitel, das ich herausgerissen habe und das Sie sonst statt dieses jetzt eben lesen würden, war die Beschreibung des Rittes meines Vaters, Onkel Tobys, Trims und Obadiahs zu der Visitation in ***.

„Wir wollen in der Kutsche hinfahren", sagte mein Vater. „Hör Er, ist das Wappen geändert, Obadiah?" – Es würde meiner Erzählung zum Vorteil gereicht haben, wenn ich damit angefangen hätte, Ihnen zu sagen, daß damals, als meiner Mutter Wappen dem Shandyschen hinzugefügt und die Kutsche bei meines Vaters Verheiratung neu angemalt wurde, es sich so gefügt hatte, daß der Kutschenmaler, es sei nun, daß er alles mit der linken Hand machte wie Turpilius der Römer oder Hans Holbein aus Basel oder daß der Fehler mehr an seinem Kopf als seiner Hand lag oder daß es gar die schiefe Richtung war, welche alles, was unsere Familie betraf, zu nehmen geneigt war – genug, es fügte sich zu unserem Leidwesen so, daß anstatt des rechtsläufigen Schrägbalkens, den wir seit Heinrichs des Achten Zeiten mit Ehren führten, infolge einer dieser widrigen Umstände ein Schräglinksbalken durch das ganze Schild des Shandyschen Wappens gezogen wurde. Man sollte kaum glauben, daß das

Gemüt eines so vernünftigen Mannes, wie es mein Vater war, sich soviel aus einer solchen Kleinigkeit machen könnte. Das Wort Kutsche – gleichviel wessen – oder Kutscher oder Kutschpferd oder Kutscherlohn konnte niemals in seiner Gegenwart ausgesprochen werden, ohne daß er sich jedesmal über dieses schändliche Zeichen der unehelichen Abstammung auf seiner eigenen Kutschentür beklagte. Er konnte niemals ein- oder aussteigen, ohne zuerst die Wappen zu betrachten, und er tat dann jedesmal ein Gelübde, das sei das letzte Mal, daß er seinen Fuß hineinsetze, solange nicht der Schräglinksbalken entfernt wäre. Aber wie die Türangel war es eins von den vielen Dingen, von denen es in den Büchern der Schicksalsgöttinnen heißt, daß sie immer bemängelt (auch in weiseren Familien als der unsrigen), aber nie geändert werden.

„Ist das Wappen an der Kutsche abgebürstet worden?" sagte mein Vater. – „Nichts ist abgebürstet worden", antwortete Obadiah, „außer den Bezügen." – „Wir wollen reiten", sagte mein Vater zu Yorick. – „Von allen Dingen in der Welt, die Politik ausgenommen, ist die Heraldik den Geistlichen am wenigsten vertraut", sagte Yorick. – „Das tut nichts", sagte mein Vater. „Ich möchte doch nicht gerne mit einem solchen Schandfleck auf meinem Wappenschild vorfahren." – „Der Schräglinksbalken ist doch nicht so wichtig", sagte mein Onkel Toby und setzte seine Perücke auf. – „Nein, nein", sagte mein Vater. „Du kannst meinetwegen mit Tante Dinah und dem Schräglingsbalken im Wappen zur Visitation fahren, wenn du Lust hast." – Mein armer Onkel Toby errötete. Mein Vater ärgerte sich über sich selbst. – „Nein, mein lieber Bruder Toby", sagte mein Vater mit verändertem Ton, „sieh nur, wenn ich lange auf den feuchten Kutschenpolstern säße, könnte ich wieder das Hüftweh bekommen wie vorigen Dezember, Januar und Februar. Tu mir also den Gefallen und reite auf dem Paßgänger meiner Frau. Und da Sie predigen sollen, lieber Yorick, so würden Sie wohl am besten vorausreiten und mich mit meinem Bruder Toby langsam nachfolgen lassen."

Das Kapitel nun, das ich herausreißen mußte, war die

Beschreibung dieser Kavalkade, bei welcher Korporal Trim und Obadiah nebeneinander auf zwei Kutschpferden so langsam wie eine Patrouille voranritten, während sich mein Onkel Toby in seiner gestickten Uniform und seiner Knotenperücke neben meinem Vater hielt, versunken in tiefe Wege und Untersuchungen über die Vorzüge der Bildung und der Wehrkunst, je nachdem der eine oder der andere zum Zuge kam.

Aber das Gemälde dieser Reise überragt, da ich es wieder ansehe, in Stil und Manier alles andere, was ich in diesem Buch zu malen vermochte, so weit, daß es nicht darin bleiben konnte, ohne jede andere Szene zu überschatten und damit das notwendige Ebenmaß und Gleichgewicht (im Guten oder Schlechten) zwischen Kapitel und Kapitel aufzuheben, woraus die richtige Proportion und Harmonie des ganzen Werks erwachsen. Ich selbst habe freilich das Handwerk noch nicht lange genug betrieben, um laut mitreden zu können, aber nach meiner Ansicht bedeutet das Schreiben eines Buches nichts weiter, als ein Lied so vor sich hin zu summen. Wenn Sie nur den Ton halten, Madame, ist es gleich, ob Sie hoch oder tief anfangen.

Das ist, wenn Euer Hochwürden gestatten wollen, die Ursache, warum einige der flachsten und schlechtesten Werke (wie Yorick eines Abends meinem Onkel Toby sagte) im Sturm so guten Absatz finden. Mein Onkel Toby horchte bei dem Wort „Sturm“ auf, konnte sich aber keinen Vers darauf machen.

Nächsten Sonntag, sagte Homenas, soll ich vor dem Hofe predigen. Sehn Sie doch einmal meine Noten durch. – Ich summte also Doktor Homenas' Noten vor mich hin. Die Modulation ist ganz richtig, es ist ganz brauchbar, Homenas, wenn's so bleibt. – So summte ich weiter und hielt es für eine passable Melodie; und bis zu dieser Stunde, meine hochwürdigen Herren, würde ich nicht gemerkt haben, was für ein plattes, schales, geistloses und trockenes Geleier es war, wäre nicht plötzlich mittendrin eine Melodie aufgetaucht, die so fein, so köstlich, so himmlisch war, daß sie meine Seele in die andere Welt erhob; und hätte ich (wie Montaigne bei einer ähnlichen Gelegenheit klagt) den Abhang nicht gar so steil und den Aufstieg leicht gefunden, dann hätte ich mich gewiß täuschen lassen. – Ihre Noten, Homenas, würde ich gesagt haben, sind gute Noten, aber der Abgrund war so steil, so gänzlich vom übrigen Werk abgeschnitten, daß ich bei der ersten Note, die ich summte, gleich fühlte, daß ich gen Himmel flog, und von da oben überblickte ich das Tal, aus dem ich gekommen war, und fand es so niedrig, so flach und leer, daß ich mich nie wieder entschließen werde, dort hinabzusteigen.

☛ Ein Zwerg, der eine Meßstange holt, um seine eigene Größe daran zu messen, der ist, auf mein Wort, in mehr als einer Hinsicht ein Zwerg. Soviel über das Herausreißen von Kapiteln.

26. Kapitel

„Seht nur, schneidet er sie nicht in lauter Fidibus und reicht sie herum, die Pfeifen damit anzuzünden!" – „Es ist schändlich", antwortete Didius. – „Das sollte nicht ungeahndet hingehen", sagte Doktor Kysarcius. ☛ Er war einer von den Kysarciis aus den Niederlanden.

„Mir scheint", sagte Didius, wobei er halb vom Stuhl aufstand, um eine Flasche und eine große Kanne wegzurücken, die in gerader Linie zwischen ihm und Yorick standen, „diesen satirischen Streich hätten Sie hier besser unterlassen, Herr Yorick, und an einem andern Ort oder wenigstens bei einer passenderen Gelegenheit Ihre Verachtung über unsere Verhandlung angebracht. Wenn die Predigt nicht mehr wert ist, als die Pfeife damit anzuzünden, mein Herr, so war sie gewiß nicht gut genug, vor einer so gelehrten Versammlung gehalten zu werden; und war sie gut genug, vor einer so gelehrten Versammlung gehalten zu werden, mein Herr, so war sie gewiß zu gut, um hinterher die Pfeifen damit anzuzünden."

Ich habe ihn jetzt, sagte Didius bei sich selbst, an einem der beiden Hörner meines Dilemmas aufgehängt – nun soll er selbst sehen, wie er wieder loskommt.

„Die Geburt der Predigt", sagte Yorick, „für diesen Anlaß hat mir so unsägliche Schmerzen bereitet, daß ich Ihnen beteure, Herr Didius: Lieber will ich – und womöglich mein Pferd mit mir – tausendmal den Märtyrertod erleiden als mich noch einmal hinsetzen, um eine zweite zu machen. Ich wurde am falschen Ende davon entbunden. Sie entsprang meinem Kopf und nicht meinem Herzen – und für die Wehen, die sie mir sowohl beim Aufschreiben als auch beim Predigen verursacht hat, räche ich mich auf diese Weise an ihr. Zu predigen, um den Umfang unserer Belesenheit oder die Feinheit unseres Witzes zu zeigen, um vor den Augen des großen Haufens mit seiner kümmerlichen Gelehrsamkeit, die mit einigen schimmernden Worten, die aber wenig Licht und noch weniger Wärme ausstrahlen, übertüncht ist, zu prahlen – das ist eine unredliche Verwendung der armseligen halben Stunde, die man uns wöchentlich einräumt. Das heißt nicht das Evangelium, sondern sich selbst predigen. Ich meinesteils", fuhr Yorick fort, „möchte lieber fünf Worte wie Kernschüsse auf das Herz abschießen."

Sobald Yorick das Wort „Kernschüsse" aussprach, stand mein Onkel Toby auf, um etwas über die Geschosse zu sagen, als ein einziges Wort, das sich an der andern Seite des Tisches hören ließ, aller Ohren auf sich zog – ein Wort, das man von allen Wörtern im Wörterbuch am wenigsten an diesem Ort erwarten würde, ein Wort, das ich mich niederzuschreiben schäme, das aber geschrieben und gelesen werden muß, ungesetzlich, unkanonisch; stellen Sie zehntausend Vermutungen an, mit sich selbst multipliziert, rekken und strecken Sie ihre Einbildung, soviel Sie wollen, Sie kommen nicht vom Fleck. Kurz, im nächsten Kapitel will ich es nennen.

27. Kapitel

„Sackerment! – S – – – – – nt!" rief Phutatorius halb vor sich hin, aber doch so laut, daß es überall gehört wurde, und das Seltsame dabei war, daß es mit einer Miene im Gesicht und mit einem Ton in der Stimme ausgesprochen wurde, die ein Mittelding zwischen Erstaunen und körperlichem Schmerz anzeigten.

Einige, die sehr gute Ohren hatten und den Ausdruck und die Mischung der beiden Töne ebenso deutlich unterscheiden konnten wie eine Terz oder Quinte oder jeden andern Akkord in der Musik, wußten am allerwenigsten, was sie daraus machen sollten. Der Akkord war an sich gut, gehörte aber zu einer ganz anderen Tonart und paßte nicht zu dem behandelten Gegenstand, so daß sie mit all ihrer Gelehrsamkeit dasaßen und nicht wußten, was sie damit anfangen sollten.

Andere, welche nichts von musikalischem Ausdruck wußten und bloß ihr Ohr auf den Sinn des Wortes richteten, dachten, daß Phutatorius, der ein wenig cholerisch war, sogleich den Knüppel aus Didius' Hand nehmen wolle, um Yorick tüchtig eins draufzugeben, und daß das verzweifelte Wörtlein S—nt die Einleitung zu einer Rede sei, welche, wie sie nach der ersten Probe annahmen, ihm eine unsanfte Behandlung ankündigte, so daß Onkel Tobys gutes Herz schon Angst vor dem empfand, was Yorick würde aushalten müssen. Als man aber sah, daß Phutatorius schwieg, ohne Lust zu zeigen oder einen Versuch zu machen fortzufahren, fing eine dritte Partei an zu glauben, daß es nichts weiter gewesen sei als ein unfreiwilliges Atemschöpfen, welches sich ganz zufällig in einen Bettelfluch verwandelt habe, ohne jedoch die Eigenschaften oder den sündhaften Charakter eines solchen zu besitzen.

Wieder andere, und besonders einige, die dicht bei ihm saßen, betrachteten es hingegen als einen wirklichen und vollgültigen Fluch, der vorsätzlich gegen Yorick ausgestoßen worden sei, dem er bekanntermaßen nicht wohlgesinnt war — welcher besagte Fluch, wie mein Vater darüber philosophierte, schon in diesem Augenblick in den oberen Regionen von Phutatorius' Eingeweiden wühlte und schäumte und also natürlicherweise und nach dem gewöhnlichen Lauf der Dinge beim ersten Zurückfluß des Blutes hervorgeschleudert werden mußte, das in Phutatorius' rechte Herzkammer durch den überraschenden Stoß, den eine so sonderbare Predigertheorie ihm beibrachte, einströmte.

Wie witzig wir doch über mißverstandene Vorfälle räsonieren können!

Jeder, der sich in Gedanken mit dem Wort, das dem Phutatorius entfahren war, beschäftigte, nahm es als selbstverständlich an und folgerte daraus wie aus einem Axiom, daß Phutatorius innerlich mit dem Zwist beschäftigt sei, der zwischen Didius und Yorick entstanden war. Und wirklich, als er erst den einen und dann den andern mit der Miene eines Mannes ansah, der darauf achtet, was in der Gesellschaft vorgeht – wer hätte da nicht das gleiche gedacht? In Wirklichkeit aber wußte Phutatorius kein Wort und keine Silbe von allem, was vorging; vielmehr waren seine Gedanken und seine Aufmerksamkeit gänzlich auf das gerichtet, was in diesem Augenblick im Bereich seiner Pluderhosen vorging, und zwar an einer Stelle derselben, die er vor Unheil besonders zu bewahren trachtete. Obgleich er das aufmerksamste Gesicht von der Welt machte und allmählich jeden Nerv und jeden Muskel in seinem Gesicht so stark angespannt hatte, wie das Instrument es nur aushalten wollte, um, wie man glaubte, dem Yorick, der ihm gegenübersaß, eine scharfe Antwort zu geben, so war doch, wie gesagt, kein Yorick in irgendeinem der Gemächer in Phutatorius' Gehirn anzutreffen – die wahre Ursache seines Ausrufs lag mindestens eine Elle tiefer.

Ich will mich bemühen, Ihnen das mit allem erdenklichen Anstand zu erklären.

Sie müssen sich also berichten lassen, daß Gastripheres, der kurz vor dem Essen ein wenig in die Küche ging, um zu sehn, wie es darin stünde, und auf der Anrichte einen Weidenkorb mit schönen Kastanien erblickte, befohlen hatte, ein paar hundert davon zu rösten und gleich nach Tisch aufzutragen. Gastripheres gab seinem Befehl dadurch noch größeren Nachdruck, daß er sagte, Didius und besonders Phutatorius liebten sie sehr.

Ungefähr zwei Minuten bevor mein Onkel Toby Yoricks

Rede unterbrach, wurden Gastripheres' Kastanien hereingebracht, und da es dem Aufwärter noch im frischen Andenken war, daß Phutatorius sie so gern äße, setzte er sie, in eine saubere damastene Serviette gehüllt, direkt vor ihn hin.

Lag es nun an der physischen Unmöglichkeit, daß nicht ein halbes Dutzend Hände zugleich in die Serviette fahren konnten, ohne daß die eine oder andere Kastanie, die mehr Temperament und Rundung als die übrigen besaß, in Bewegung geriet – jedenfalls rollte eine über den Tisch und herunter, und da Phutatorius mit gespreizten Beinen daruntersaß, fiel sie senkrecht in die ganz spezielle Öffnung in Phutatorius' Hose, für welche ich – zur Schande unsrer Sprache sei es gesagt – im ganzen Wörterbuch von Johnson kein keusches Wort finden kann. Sie müssen sich damit begnügen, wenn ich sage, es war die ganz spezielle Öffnung, die gemäß den strengen Anstandsregeln in jeder guten Gesellschaft gleich dem Tempel des Janus (in Friedenszeiten wenigstens) völlig geschlossen sein soll.

Die Vernachlässigung dieser Vorsichtsmaßregel durch Phutatorius (was übrigens allen Menschenkindern eine Warnung sein mag) hatte diesem Zufall eine Pforte eröffnet.

Zufall sage ich nach dem herkömmlichen Sprachgebrauch, nicht aber im Widerspruch zu der Meinung, die Acrites oder Mythogeras über diese Sache hegten. Ich weiß, sie waren davon eingenommen und völlig überzeugt und sind es noch bis auf diese Stunde, daß bei der ganzen Begebenheit nichts Zufälliges gewesen sei, sondern daß der Umstand, daß die Kastanie, mehr oder weniger aus eigenem Antrieb, diese Richtung nahm und dann mit ihrer ganzen Hitze genau auf diese spezielle Stelle und keine andre fiel, die gerechte Strafe für Phutatorius darstelle, und zwar wegen der schmutzigen und obszönen Abhandlung *de Concubinis retinendis*, die Phutatorius vor zwanzig Jahren hatte drucken lassen und von der er gerade in derselben Woche eine zweite Auflage der Welt vorlegen wollte.

Es ist nicht meine Sache, meine Feder in diese Streitigkeit zu tauchen. Es läßt sich unstreitig eine Menge für beide

Seiten der Frage sagen – alles, was mir als Geschichtsschreiber obliegt, ist, die Tatsachen darzustellen und dem Leser glaubhaft zu machen, daß der Hiatus in Phutatorius' Hose geräumig genug war, die Kastanie aufzunehmen, und daß die Kastanie auf die eine oder andere Weise senkrecht und glühend heiß hineinfiel, ohne daß Phutatorius oder sonst jemand es in diesem Augenblick bemerkte.

Die natürliche Wärme, welche die Kastanie verbreitete, war in den ersten zwanzig bis fünfundzwanzig Sekunden nicht unangenehm und tat weiter nichts, als Phutatorius' Aufmerksamkeit allmählich auf diese Stelle zu lenken. Als aber die Hitze gradweise zunahm und einige Sekunden später über den Punkt der angenehmen Empfindungen hinausging und darauf mit aller Eile in das Gebiet der Schmerzen vordrang, da stürzte Phutatorius' Seele mit all seinen Ideen, seinen Gedanken, seiner Aufmerksamkeit, seiner Einbildungskraft, seinem Verstand, seinen Entschließungen, seinen Überlegungen, seinem Urteil, seinem Gedächtnis, seiner Phantasie mit zehn Bataillonen Lebensgeistern Hals über Kopf auf verschiedenen Wegen und Umwegen hinunter zur Gefahrenstelle und ließ alle seine oberen Regionen, wie Sie sich vorstellen können, so leer wie meinen Geldbeutel zurück.

Nach den besten Berichten, die ihm alle diese Boten zurückzubringen vermochten, war Phutatorius nicht imstande, die geheimnisvollen Dinge, die unten vorgingen, zu durchschauen, und er konnte sich ganz und gar nicht vorstellen, was zum Henker es wohl sein könnte. Indessen, da er nicht wußte, was sich als die wahre Ursache herausstellen möchte, hielt er es in seiner Lage für das klügste, es nach Möglichkeit wie ein Stoiker zu ertragen, was ihm auch mit Hilfe einiger Zuckungen im Gesicht und Zusammenpressungen der Lippen glücklich gelungen wäre, wenn nur seine Phantasie aus dem Spiel geblieben wäre. Aber bei Dingen dieser Art sind die Ausbrüche der Phantasie nicht zu zügeln – plötzlich kam ihm der Gedanke in den Sinn, daß es, obgleich der Schmerz von glühender Hitze herzurühren schien, doch ebensogut ein Biß wie ein Brand sein könnte und daß, wenn dem so wäre, auch wohl ein Molch oder eine Otter oder ein anderes häßliches Reptil an ihm hochgekrochen sein könnte und gerade seine Zähne einschlüge – diese gräßliche Vorstellung und ein neuer stechender Schmerz, den ihm in diesem Augenblick die Kastanie verursachte, überfielen Phutatorius mit einem plötzlichen Schrecken, und in der ersten Überrumpelung und Bestürzung brachten sie ihn, wie es schon den besten Generälen auf Erden ergangen ist, gänzlich aus der Fassung. Die Wirkung davon war, daß er sogleich aufsprang und im Aufspringen den Ausruf der Überraschung ausstieß, über den schon so viel gesprochen worden ist und der hier mit dem Gedankenstrich dahinter als S—nt— dargestellt wird, welcher Ausruf zwar nicht streng kanonisch, aber immerhin so wenig war, wie nur ein Mensch bei dieser Gelegenheit sagen kann, und welchen auch, nebenher bemerkt, ob kanonisch oder nicht, Phutatorius ebensowenig verhindern konnte wie die Veranlassung desselben.

Obgleich dies beim Erzählen einige Zeit beansprucht hat, so beanspruchte doch der ganze Vorgang selbst kaum mehr Zeit, als Phutatorius brauchte, um die Kastanie hervorzuholen und sie heftig auf den Fußboden zu werfen, und Yorick brauchte, um von seinem Stuhl aufzustehen und die Kastanie aufzuheben.

Es ist der Mühe wert zu bemerken, was für mächtigen Einfluß geringfügige Umstände auf das Gemüt haben. Was für ein unglaubliches Gewicht haben sie doch bei der Bildung und Ausrichtung unserer Meinungen sowohl über Menschen als Sachen, so daß Kleinigkeiten, die so leicht sind wie die Luft, einen Glauben in die Seele tragen und ihn darin so unverrückbar einpflanzen können, daß selbst die euklidischen Beweise, wenn man sie als Breschenbatterie davor auffahren könnte, ihn nicht zu erschüttern vermöchten.

Yorick, sagte ich, nahm die Kastanie auf, die Phutatorius im Zorn hingeworfen hatte. Die Tat war unerheblich, und ich schäme mich, sie zu berichten. Er tat es aus keiner andern Ursache, als weil er dachte, die Kastanie sei trotz der Begebenheit noch ebenso gut wie vorher und eine gute Kastanie sei immer des Aufhebens wert. Dieser Umstand aber, so geringfügig er war, wirkte in Phutatorius' Kopfe ganz anders. Er betrachtete Yoricks Handlung, da er vom Stuhl aufstand und die Kastanie aufhob, als ein eindeutiges Geständnis seinerseits, daß die Kastanie eigentlich ihm gehöre, und er folgerte daraus, daß es der Eigentümer der Kastanie und sonst niemand gewesen sein müsse, der ihm damit einen solchen Streich gespielt habe. Was ihn in dieser Meinung sehr bestärkte, war der Umstand, daß Yorick, da die Tafel rechteckig und sehr schmal war und er dem Phutatorius gerade gegenübersaß, somit die schönste Gelegenheit hatte, die Kastanie hineinschlüpfen zu lassen, und daß er es folglich getan haben mußte. Ein mehr als bloß argwöhnischer Blick, den Phutatorius auf Yorick warf, als ihm der Gedanke aufstieg, verriet diese Meinung, und da man natürlich voraussetzte, daß Phutatorius mehr von der Sache wisse als sonst jemand, so wurde seine Meinung sogleich die allgemeine, und aus einer von allen bisher angeführten sehr verschiedenen Ursache hielt man es in sehr kurzer Zeit für völlig ausgemacht.

Wenn auf der Bühne dieser sublunarischen Welt große und unerwartete Begebenheiten geschehen, so unternimmt der menschliche Geist, der ein sehr wißbegieriges Wesen ist, ganz natürlicherweise einen Flug hinter die Kulissen, um zu sehen, was wohl deren Ursache und erste Triebfeder sein mag. Bei diesem Vorfall dauerte das Suchen nicht lange.

Es war wohl bekannt, daß Yorick nichts von der Abhandlung hielt, die Phutatorius *de Concubinis retinendis* geschrieben hatte, da er fürchtete, daß sie Unheil in der Welt stifte; und es war leicht zu erkennen, daß in Yoricks Streich eine mystische Bedeutung steckte und daß er durch das Hineinstecken der heißen Kastanie in Phutatorius ***-*** dessen Buch einen sarkastischen Hieb hatte versetzen wollen, weil dessen Lehren, wie man sagte, schon manchen ehrlichen Mann an der gleichen Stelle entflammt hatten.

Der Einfall weckte Somnolentus aus dem Schlafe, brachte Agelastes zum Lächeln, und wenn Sie sich genau den Blick und die Miene eines Menschen vorstellen können, der ein Rätsel erraten will, so sehen Sie Gastripheres' Gesicht vor sich – kurzum, fast alle hielten es für einen überaus witzigen Meisterstreich.

Dies, wie der Leser von Anfang bis Ende gesehen hat, war allerdings so grundlos wie die Träume der Philosophie. Yorick war freilich, wie Shakespeare von seinem Urahnen sagte, „ein Mann, der Kurzweil trieb“, aber seine Kurzweil war mit etwas vermischt, was ihn sowohl von diesem wie manchem andern beleidigenden Streich abhielt, der ihm unverdientermaßen angekreidet wurde. Aber sein ganzes Leben lang hatte er das Unglück, daß man ihm tausend Dinge zur Last legte, die er gesagt oder getan haben sollte, deren aber seine Natur (wenn mich meine Hochachtung nicht blendet) unfähig war. Alles, was ich an ihm tadle – oder vielmehr, weswegen ich ihn bald tadle, bald liebe –, war die Einmaligkeit seiner Gemütsart, die ihm niemals gestattete, den Menschen die Augen zu öffnen, wenn es auch in seiner Macht stand. Bei jeder üblen Nachrede dieser Art verhielt er sich genauso wie bei der Geschichte mit seinem mageren Klepper: Er hätte eine ehrenhafte Erklärung dafür finden können, aber sein Sinn war darüber erhaben, und überdies, wenn er den Erfinder, Verbreiter und gläubigen Hörer solcher boshaften und ehrenrührigen Berichte erblickte, konnte er sich nicht so tief herablassen, ihnen seine Version zu erzählen, und so erwartete er von der Zeit und Wahrheit, daß die es für ihn tun würden.

Diese heroische Gesinnung zog ihm mancherlei Unbequemlichheiten zu; bei der gegenwärtigen Geschichte folgte darauf eine rachsüchtige Feindschaft des Phutatorius, der, als Yorick eben mit seiner Kastanie fertig war, zum zweiten Male vom Stuhl aufstand, um es ihm zu verstehen zu geben, was er freilich mit einem Lächeln tat, indem er nur sagte, er wolle darauf bedacht sein, ihm die Gefälligkeit nicht zu vergessen.

Allein Sie müssen in Ihrem Geist zwei Dinge sorgfältig unterscheiden und auseinanderhalten:

Das Lächeln galt der Gesellschaft.

Die Drohung galt Yorick.

28. Kapitel

„Können Sie mir nicht sagen", sprach Phutatorius zu Gastripheres, der ihm am nächsten saß, denn wegen einer so närrischen Sache mochte man nicht gerne zum Wundarzt schicken, „können Sie mir nicht sagen, Gastripheres, was wohl am besten den Brand auszieht?" – „Fragen Sie Eugenius", sagte Gastripheres. – „Es kommt sehr darauf an", sagte Eugenius, der sich stellte, als ob er den Vorfall nicht wüßte, „um welchen Körperteil es sich handelt. Wenn es ein zarter Teil ist, und ein Teil, der leicht eingewickelt werden kann ..." – „Es ist beides", versetzte Phutatorius und legte bei diesen Worten seine Hand mit einem nachdrücklichen Kopfnicken auf den Teil, von dem die Rede war, und hob gleichzeitig sein rechtes Bein in die Höhe, um ihm Luft und Erleichterung zu verschaffen. – „Wenn das der Fall ist", sagte Eugenius, „so würde ich Ihnen raten, Herr Phutatorius, nicht damit zu quacksalbern; schicken Sie vielmehr nach der nächsten Buchdruckerei und vertrauen Sie bei Ihrer Kur auf nichts weiter als auf einen weichen Bogen Papier, der eben frisch aus der Presse kommt. Sie brauchen ihn nur darumzulegen." – „Das feuchte Papier", sagte Yorick (der neben seinem Freund Eugenius saß), „hat zwar, soviel ich weiß, etwas Kühlendes und Erfrischendes, ich meine aber, daß es nur das Mittel zum Zweck ist und daß das Öl und der Lampenruß, mit denen das Papier so stark getränkt ist, die eigentliche Wirkung tun." – „Richtig", sagte Eugenius, „und es ist von allen äußerlich anzuwendenden Mitteln, die ich anraten möchte, das sicherste und linderndste."

„Wäre ich an Ihrer Stelle", sagte Gastripheres, „so schmierte ich, da es doch hauptsächlich auf das Öl und den Lampenruß ankommt, beides dick auf einen Lappen und legte ihn einfach darauf." – „Das wäre eine Teufelssalbe", versetzte Yorick. – „Und es würde überdies", fügte Eugenius hinzu, „auch nicht den Zweck erfüllen, denn es kommt sehr auf die außerordentliche Sauberkeit und Feinheit des Rezeptes an, welche nach der Meinung der Ärzte schon halb die Heilung selbst ausmachen. Denn sehen Sie nun, wenn es eine sehr kleine Schrift ist (und das ist erforderlich), so haben die heilenden Partikel, welche auf diese Weise die kranke Stelle berühren, den Vorteil, daß sie so unendlich dünn und mit so mathematischer Gleichmäßigkeit aufgetragen sind (Überschriften und große Anfangsbuchstaben ausgenommen), wie man es mit keiner Kunst oder Salbenspatel erreichen kann." – „Es trifft sich ja recht glücklich", erwiderte Phutatorius, „daß eben die zweite Auflage meiner Abhandlung *de Concubinis retinendis* unter der Presse ist." – „Sie können irgendeinen Bogen davon nehmen", sagte Eugenius. – „Jawohl", sagte Yorick, „nur dürfen keine Zoten darauf stehen."

„Sie drucken gerade", entgegnete Phutatorius, „das neunte Kapitel, welches das vorletzte des Buches ist." – „Wie heißt der Titel des Kapitels, wenn ich bitten darf?" sagte Yorick und verbeugte sich dabei ehrerbietig vor Phutatorius. – „Ich glaube", antwortete Phutatorius, *„de re concubinaria."*

„Um Himmels willen, lassen Sie die Finger von diesem Kapitel!" sagte Yorick. „Unter allen Umständen", setzte Eugenius hinzu.

29. Kapitel

„Ja", sagte Didius, indem er aufstand und seine rechte Hand mit ausgespreizten Fingern auf seine Brust legte, „wäre ein solches Versehen mit dem Taufnamen vor der Reformation passiert" (Es ist vorgestern passiert, sagte mein Onkel Toby bei sich selbst), „da noch der Taufritus in Latein gehalten wurde" („Nein, es war in der Muttersprache", sagte mein Onkel), „so hätten vielerlei Umstände zusammentreffen können, und nach dem Beispiel verschiedener dekretierter Fälle hätte die Taufe für null und nichtig erklärt und die Erlaubnis erteilt werden mögen, dem Kinde einen neuen Namen zu geben. Hätte zum Beispiel ein Priester, was wegen der Unkenntnis der lateinischen Sprache nicht gerade selten war, Tom-o'Stiles' Kind getauft: *in nomine patriae et filia et spiritum sanctos,* so wäre die Taufe für ungültig erklärt worden." – „Um Vergebung", erwiderte Kysarcius, „in diesem Fall wäre, da das Versehen nur in den Endungen steckte, die Taufe gültig gewesen, und um sie ungültig zu machen, hätte der Fehler des Priesters in der ersten Silbe eines jeden Substantivs liegen müssen, und nicht wie in Ihrem Beispiele in der letzten."

Mein Vater ergötzte sich an dergleichen Spitzfindigkeiten und hörte mit unendlicher Aufmerksamkeit zu.

„Gastripheres zum Beispiel", fuhr Kysarcius fort, „tauft John Stradlings Kind *in Gomine gatris* etc. etc. anstatt *in Nomine patris* etc. Ist das eine Taufe? Nein, sagen die tüchtigsten Kirchenrechtler, weil hier die Wurzel der Wörter ausgerissen und ihr Sinn und ihre Bedeutung auf einen entfernten und ganz andern Gegenstand übertragen worden sind. Denn *Gomine* bezeichnet ebensowenig einen Namen wie *gatris* einen Vater." – „Was bezeichnen sie denn?" fragte mein Onkel Toby. – „Gar nichts", sagte Yorick. – „Ergo", sagte Kysarcius, „ist eine solche Taufe ungültig." – „Natürlich", antwortete Yorick in einem Ton aus zwei Teilen Scherz und einem Teil Ernst.

„In dem angeführten Fall aber", fuhr Kysarcius fort, „wo *patrim* statt *patris, filia* statt *filii* und so weiter gesagt wird, liegt der Fehler nur in der Deklination, und die Wurzeln der Wörter bleiben unangetastet; die Veränderungen der Endungen in der einen oder anderen Weise können die Taufe nicht verhindern, zumal in den Worten derselbe Sinn bleibt wie vorher." – „Dann aber", sagte Didius, „muß die Absicht des Priesters bewiesen werden, daß er die Worte habe grammatikalisch einwandfrei aussprechen wollen." – – „Ganz recht", antwortete Kysarcius, „und davon, mein lieber Amtsbruder Didius, haben wir einen ähnlichen Fall in einem Dekret der Dekretalien des Papstes Leo des Dritten." – „Meines Bruders Kind", rief mein Onkel Toby, „hat aber nichts mit dem Papste zu schaffen. Es ist ja erwiesenermaßen das Kind eines protestantischen Mannes, das man Tristram getauft hat, gegen Wunsch und Willen seines Vaters, seiner Mutter und aller übrigen Blutsverwandten."

„Wenn nur der Wunsch und Wille“, sagte Kysarcius und fiel meinem Onkel Toby in die Rede, „derjenigen ein Gewicht haben sollen, die mit Herrn Shandys Kind blutsverwandt sind, so kommt Madame Shandy unter allen Menschen doch dabei am wenigsten in Betracht.“ – Mein Onkel Toby legte seine Pfeife nieder, und mein Vater rückte mit seinem Stuhl noch näher an den Tisch, um das Ende einer so seltsamen Einleitung zu hören.

„Es ist nicht nur, Herr Hauptmann Shandy, unter den besten Rechtslehrern und Advokaten* des Landes“, fuhr Kysarcius fort, „die Frage aufgeworfen worden, ob die Mutter mit dem Kind in Blutsverwandtschaft steht, sondern sie ist wirklich nach vielen unparteiischen Untersuchungen und Erörterungen der Argumente verneinend entschieden worden, nämlich so, daß die Mutter keine Blutsverwandte ihres Kindes sei**.“ – Mein Vater legte sogleich seine Hand auf Onkel Tobys Mund unter dem Vorwand, ihm etwas ins Ohr zu flüstern, in Wirklichkeit aber, weil er fürchtete, daß dieser den „Lillibullero“ pfeifen werde, und da er große Lust hatte, über einen so sonderbaren Gegenstand noch mehr zu hören, bat er meinen Onkel Toby, er möge sie ihm um Himmels willen nicht verderben. Mein Onkel Toby nickte mit dem Kopf und begnügte sich damit, daß er seinen „Lillibullero“ in Gnaden pfiff. Kysarcius, Didius und Triptolemus fuhren folgendermaßen mit dem Gespräch fort.

„Diese Entscheidung“, sprach Kysarcius weiter, „sosehr sie auch gegen den Strom der allgemeinen Meinung zu schwimmen scheinen mag, hat dennoch die Vernunft sehr auf ihrer Seite und ist durch den berühmten Rechtsfall, der nach dem Herzog von Suffolk genannt wird, ganz außer Zweifel gesetzt worden.“ – „Brook führt ihn an“, sagte Triptolemus. – „Und Lord Coke erwähnt ihn gleichfalls“, fügte Didius hinzu. – „Sie können ihn auch in Swinburns Abhandlung über die Testamente finden“, sagte Kysarcius.

* *Vide* Swinburn über Testamente, Part 7, § 8.
** *Vide* Brook Abridg. Tit. Administr. N. 47.

„Der Rechtshandel, Herr Shandy, war dieser:

Unter der Regierung Eduards des Sechsten machte Karl, Herzog von Suffolk, der aus der einen Ehe einen Sohn und aus der anderen eine Tochter hatte, seinen letzten Willen, in dem er seine Güter dem Sohn vermachte, und darauf starb er; nach ihm starb der Sohn gleichfalls, aber ohne Testament, ohne Frau und ohne Kind. Seine Mutter und seine Schwester väterlicherseits (denn sie war aus der ersten Ehe) überlebten ihn. Die Mutter übernahm die Verwaltung der Güter ihres Sohnes gemäß dem einundzwanzigsten Artikel der Statuten Heinrichs des Achten, in dem es heißt: Wenn jemand stirbt, ohne ein Testament zu hinterlassen, so soll die Verwaltung seiner Güter dem nächsten Blutsverwandten zufallen.

Da also die Verwaltung der Mutter (unerlaubterweise) zugestanden worden war, machte die Schwester väterlicherseits vor dem geistlichen Gericht eine Klage anhängig, in der sie anführte: erstens, daß sie selbst die nächste Blutsverwandte sei, und zweitens, daß die Mutter mit dem Erblasser in gar keiner Blutsverwandtschaft stehe; und daher bat sie das Gericht, daß dieses die der Mutter zugesprochene Verwaltung widerrufen und ihr selber kraft des besagten Artikels als nächster Blutsverwandten zusprechen möge.

Daraufhin wurden, weil es ein wichtiger Prozeß war, an dessen Ausgang viel lag und nach dem in der Folge mancher bedeutende Rechtshandel entschieden werden würde, die gelehrtesten Männer sowohl im Landesrecht als auch im römischen Recht konsultiert, ob die Mutter eine Blutsverwandte ihres Kindes sei oder nicht. Worüber denn nicht nur die weltlichen, sondern auch die geistlichen Rechtsanwälte, die Rechtsberater, die Rechtswissenschaftler, die Zivilrechtler, die Advokaten, die Kommissare, die Richter der Konsistorial- und Prärogativgerichte zu Canterbury und York sowie die Dekane der Fakultäten alle einstimmig der Meinung waren, daß die Mutter keine Blutsverwandte ihres Kindes sei*."

* Mater non numeratur inter consanguineos, Bald. in ult. C. de Verb. signific.

„Und was sagte die Herzogin von Suffolk dazu?“ sagte mein Onkel Toby.

Die unerwartete Frage meines Onkels machte Kysarcius verwirrter als der geschickteste Advokat. Er schwieg eine ganze Minute lang und sah meinem Onkel Toby starr ins Gesicht, ohne zu antworten. Und in dieser einzigen Minute gab Triptolemus ihm das Nachsehen und übernahm die Führung wie folgt.

„Im Rechtswesen ist es ein Grundsatz“, sagte Triptolemus, „daß die Dinge darin nicht aufsteigen, sondern absteigen, und zweifellos ist das der Grund dafür, daß, so wahr es ist, daß das Kind vom Blut und Samen der Eltern ist, dennoch die Eltern nicht von seinem Samen und Blut sind, und zwar deswegen, weil die Eltern nicht von dem Kind gezeugt werden, sondern das Kind von den Eltern. Denn so steht geschrieben: *Liberi sunt de sanguine patris et matris, sed pater et mater non sunt de sanguine liberorum.*“

„Das beweist aber zuviel, Triptolemus“, rief Didius, „denn nach dieser angeführten Autorität würde nicht bloß das folgen, was in der Tat von allen Seiten zugestanden wird, nämlich daß die Mutter keine Blutsverwandte ihres Kindes ist, sondern daß der Vater es ebensowenig sei.“ – „Das wird auch für die richtige Auffassung gehalten“, sagte Triptolemus, „weil der Vater, die Mutter und das Kind zwar drei Personen, aber nur (*una caro**) ein Fleisch sind und folglich keinen Grad von Verwandtschaft haben oder in der Natur erlangen können.“ – „Da treiben Sie Ihren Beweis abermals zu weit“, rief Didius, „denn in der Natur besteht kein Hindernis, wohl aber im levitischen Gesetz, daß jemand mit seiner Großmutter ein Kind zeugen könne. In diesem Falle, angenommen, daß es eine Tochter wäre, stünde sie in Verwandtschaft sowohl mit ...“ – „Wer hat aber wohl jemals daran gedacht, seine Großmutter zu beschlafen?“ rief Kysarcius. – „Der Jüngling, von dem Selden erzählt“, sagte Yorick, „der nicht allein daran dachte, sondern sein Vorhaben bei seinem Vater mit dem Gesetz der

* *Vide* Brook Abridg. Tit. Administr. N. 47.

Wiedervergeltung rechtfertigte: ‚Du schliefst mit meiner Mutter', sagte der Bursche. ‚Warum sollte ich nicht bei deiner Mutter schlafen?' Das ist das *Argumentum commune*", setzte Yorick hinzu. – „Das ist so gut", sagte Eugenius und nahm seinen Hut in die Hand, „wie sie es verdienen."

Die Gesellschaft brach auf.

30. Kapitel

„Nun", sagte mein Onkel Toby, der sich auf Herrn Yorick stützte, welcher ihm mit meinem Vater gemächlich die Treppen hinunterhalf – erschrecken Sie nur nicht, Madame, dieses Treppengespräch ist nicht so lang wie das vorige –, „nun, lieber Herr Yorick", sagte mein Onkel Toby, „wie ist denn schließlich die Sache mit Tristram von diesen gelehrten Männern entschieden worden?" – „Sehr zufriedenstellend", versetzte Yorick. „Kein Sterblicher hat etwas damit zu schaffen, mein lieber Herr, denn Madame Shandy, die Mutter, ist nicht im geringsten mit ihm verwandt, und da doch die mütterliche Seite die sicherste ist, so bedeutet folglich Herr Shandy noch weniger als nichts. Kurz, er ist nicht so nahe mit ihm verwandt, mein Herr, wie ich."

„Das kann wohl sein", sagte mein Vater kopfschüttelnd.

„Laß die Gelehrten sagen, was sie wollen", sagte mein Onkel Toby, „es muß doch gewiß eine Art von Blutsverwandtschaft zwischen der Herzogin von Suffolk und ihrem Sohn bestanden haben."

„Die Ungelehrten sind", sagte Yorick, „noch bis auf diese Stunde derselben Meinung."

31. Kapitel

Obgleich mein Vater von den Feinheiten dieser Unterredung mächtig gekitzelt war, so ging es doch damit wie mit der Salbe auf einem gebrochenen Knochen. Sobald er nach Hause gekommen war, fiel die Last seiner Betrübnis desto schwerer auf ihn zurück, wie es immer zu gehen pflegt, wenn der Stab, auf den wir uns lehnen, wegrutscht. Er geriet ins Nachdenken, spazierte häufig zu dem Fischteich, ließ eine Krempe seines Hutes herab, seufzte des öftern, fuhr niemanden mehr hitzig an, und da das jähe Aufblitzen des Zorns, das einen Menschen auffahren läßt, so sehr die Transpiration und Verdauung befördert, wie Hippokrates sagt, so wäre er gewiß aus Mangel derselben krank geworden, wenn nicht noch eben zur rechten Zeit seine Gedanken abgelenkt und seine Gesundheit durch eine neue Serie von Aufregungen erlöst worden wäre, die ihm meine Tante Dinah zusammen mit einem Vermächtnis von tausend Pfund hinterließ.

Mein Vater hatte kaum den Brief gelesen, als er die Sache gleich beim rechten Zipfel faßte und sich seinen Kopf darüber zerbrach und zermarterte, wie er es am besten zur Ehre der Familie anlegen sollte. Wohl hundertundfünfzig wundersame Projekte nisteten sich eins nach dem andern in seinem Gehirn ein. Da wollte er dies tun und das und dann wieder etwas anderes. Er wollte nach Rom fahren, er wollte zum Gericht gehen, er wollte Aktien kaufen, er wollte John Hobsons Landgut kaufen, er wollte seinem Haus eine neue Fassade geben und einen neuen Flügel anbauen, um es symmetrisch zu machen. Auf der einen Seite des Bachs stand eine hübsche Wassermühle, und er wollte auf der anderen Seite, gerade gegenüber, als Gegenstück eine Windmühle bauen. Vor allen Dingen aber wollte er das große Ochsenmoor einfrieden und meinen Bruder Bobby sogleich auf seine Reise schicken.

Da aber die Summe begrenzt war und folglich nicht alles ausrichten konnte und da eigentlich sehr wenig von all diesem sinnvoll war, schienen von allen Projekten, die sich bei dieser Gelegenheit darboten, die beiden letzten den tiefsten Eindruck zu machen; und er würde sich auch gewiß zu beiden zugleich entschlossen haben, wenn nicht der kleine, eben erwähnte Umstand gewesen wäre, der ihn einfach zwang, sich entweder für das eine oder das andere zu erklären.

Das war allerdings nicht so leicht, denn so gewiß es ist, daß mein Vater schon seit langem sein Herz an diesen wesentlichen Teil der Erziehung meines Bruders gehängt und wie ein kluger Mann beschlossen hatte, ihn von dem ersten Geld, das ihm die zweite Dividendenausschüttung der Mississippi-Aktien, die er gekauft hatte, einbrächte, seine Reise antreten zu lassen, so hatte doch das Ochsenmoor, ein schöner, großer, brachliegender, undränierter und verwilderter Anger, der zum Shandyschen Gut gehörte, fast ebenso alte Rechte und Ansprüche. Er hatte schon lange und ernstlich daran gedacht, es nutzbringend zu verwenden.

Da ihn aber bisher noch kein solches Zusammentreffen von Umständen dazu gezwungen hatte, zu entscheiden, welches von beiden das älteste oder beste Recht hätte, so hatte er sich wie ein weiser Mann enthalten, sich in eine genaue und kritische Untersuchung darüber einzulassen, so daß also, nachdem alle übrigen Projekte in dieser kritischen Lage den Laufpaß erhalten hatten, die beiden alten Projekte, das Ochsenmoor und mein Bruder, ihn wieder in gleicher Weise beschäftigten; und sie waren einander dergestalt gewachsen, daß im Kopf des alten Herrn ein großer Streit darüber entstand, welches von beiden zuerst in Angriff genommen werden sollte.

Die Leute haben gut lachen, aber die Sache war so:

Es war in der Familie stets Brauch gewesen und war durch die Verjährung gleichsam ein stehendes Recht geworden, daß der älteste Sohn vor seiner Heirat freie Ein-, Aus- und Wiedereinreise in fremde Länder haben mußte, nicht nur um durch die Leibesübung und häufige Luftveränderung seine eigene körperliche Leistungsfähigkeit zu steigern, sondern auch einfach zur Schmeichelung seiner Einbildung, indem ihm das Bewußtsein, im Ausland gewesen zu sein, eine bunte Feder mehr in den Schwanz setzte. – *Tantum valet,* pflegte mein Vater zu sagen, *quantum sonat.*

Da dies nun ein vernünftiger und also ein höchst christlicher Brauch war, so hieß das – wenn man ihm die Reise ohne Grund vorenthielt und dadurch das erste Exempel statuierte, daß ein Shandyscher Erbe nicht in einer Postchaise durch Europa kutschierte, und zwar bloß deswegen, weil er eine Schlafmütze war – ärger mit ihm umspringen als mit einem Heiden und Türken.

Auf der anderen Seite war der Fall des Ochsenmoors ebenso dringend.

Den ursprünglichen Kaufpreis nicht mitgerechnet, der achthundert Pfund betrug, hatte es die Familie schon vor fünfzehn Jahren weitere achthundert Pfund an Prozeßgebühren gekostet – und Gott weiß wie vielen Ärger und Verdruß dazu.

Überdies war es seit der Mitte des vorigen Jahrhunderts im Besitz der Familie Shandy, und obgleich es groß und breit vor dem Hause lag und man auf der einen Seite die Wassermühle sah und auf der andern die geplante Windmühle stehen sollte, von der oben die Rede war, und obgleich es aus all diesen Gründen mehr als alle anderen Grundstücke Anspruch auf die Pflege und Fürsorge der Familie zu haben schien, so war es dennoch durch ein unbegreifliches Schicksal, dem sowohl die Menschen als auch der Boden, den sie betreten, unterworfen sind, die ganze Zeit über schändlich vernachlässigt worden und hatte, die Wahrheit zu gestehen, dadurch so sehr gelitten, daß jedem, der den Wert des Landes kennt, das Herz im Leibe bluten mußte (so sagte Obadiah), wenn er darüber hinritte und sähe, in welchem Zustand es sei.

Da jedoch weder der Ankauf dieses Grundstücks noch seine Lage, so gut sie auch war, eigentlich meines Vaters Werk waren, hatte er auch niemals gemeint, daß es ihn überhaupt angehe, bis vor fünfzehn Jahren der obenerwähnte verdammte Prozeß losbrach (er entstand über die Grenzen), welcher, da er meines Vaters persönliche Tat und Handlung war, zugleich alle anderen Argumente zugunsten des Grundstücks aufweckte, und nachdem er sie alle aufgezählt hatte, fand er, daß er nicht nur des Vorteils, sondern auch der Ehre wegen verpflichtet sei, etwas dafür zu tun, und daß jetzt oder nie die Zeit gekommen sei.

Ich glaube, es muß allerhand Unglück hinzugekommen sein, daß die Gründe auf beiden Seiten sich so völlig die

Waage hielten; denn obgleich mein Vater sie in allen erdenklichen Gemütsverfassungen und Lebenslagen abwog, manche kummervolle Stunde in sehr tiefen und abstrakten Gedanken darüber verbrachte, was am besten zu tun sei, heute Bücher über die Landwirtschaft, morgen Reisebeschreibungen las, alle Leidenschaften beiseite schob, die Gründe auf beiden Seiten in jedem Licht und jeder Lage betrachtete, täglich mit meinem Onkel Toby darüber Rat pflog, mit Yorick darüber philosophierte und sich über die ganze Ochsenmoor-Angelegenheit mit Obadiah besprach, so ergab sich doch in der ganzen Zeit nichts so stark zugunsten des einen, was sich nicht auch ganz genauso auf das andere anwenden ließ oder was nicht wenigstens durch die eine oder andere Erwägung von gleichem Gewicht so aufgewogen wurde, daß die Schalen stets in der Schwebe blieben.

So viel war unstreitig gewiß: wenn das Ochsenmoor in gute Hände geriet und gehörig bearbeitet würde, so müßte es einen ganz anderen Eindruck in der Welt machen, als es tat oder in dem Zustand, in dem es sich jetzt befand, jemals tun konnte; das traf aber auch – Obadiah mochte sagen, was er wollte – alles haarklein auf meinen Bruder Bobby zu.

In bezug auf die Vorteile – das muß ich gestehen – schien der Streit auf den ersten Blick nicht so unentschieden zwischen den beiden; denn sooft mein Vater Feder und Tinte zur Hand nahm und sich darüber hermachte, die Ausgaben für das Roden, Abbrennen, Einzäunen usw. usw. des Ochsenmoors zu berechnen und andererseits den sicheren Gewinn, den es ihm wieder einbringen müßte, überwog der letztere bei seiner Art der Berechnung so sehr, daß man hätte schwören können, das Ochsenmoor werde die Oberhand behalten. Denn es war klar, er würde gleich im ersten Jahr über hundert Lasten Rapssamen ernten, die Last zu zwanzig Pfund gerechnet, hierauf im zweiten Jahr eine vortreffliche Weizenernte, im Jahr darauf, um es gering anzuschlagen, einhundert, nach aller Wahrscheinlichkeit aber einhundertfünfzig, wo nicht gar zweihundert Quart Bohnen und Erbsen, abgesehen von der unendlichen Menge Kartoffeln. Aber dann machte der Gedanke, daß er währenddessen meinen Bruder auferzöge wie ein Schwein, das sie fressen sollte, wieder alles zunichte und ließ den alten Herrn in solcher Unentschlossenheit zurück, daß er, wie er oft meinem Onkel Toby erklärte, ebensowenig wie sein Absatz wußte, was er tun sollte.

Kein Mensch, der es nicht gefühlt hat, kann sich vorstellen, was für eine Qual es ist, wenn zwei Projekte von gleicher Stärke, die beide gleich hartnäckig in entgegengesetzte Richtungen auseinanderstreben, den Geist eines Mannes hin und her zerren. Denn abgesehen von der Verwüstung, die so etwas unweigerlich in dem ganzen feineren System der Nerven anrichtet, welche, wie Sie wissen, die Lebensgeister und dünneren Säfte vom Herzen zum Kopf und so weiter leiten, läßt sich nicht beschreiben, in welchem Grad ein so beharrliches Reiben auf die gröberen und festeren Körperteile wirkt, indem es, sooft es vorwärts geht oder rückwärts, das Fett eines Mannes aufbraucht und seine Kräfte schwächt.

Mein Vater wäre gewiß diesem Übel erlegen, so gewiß er dem mit meinem Taufnamen erlag, wäre er nicht von diesem ebenso erlöst worden wie von jenem durch ein neues Übel – das Unglück von meines Bruders Bobby Tod.

Was ist des Menschen Leben! Ist es nicht ein Wechsel von der einen Seite zur anderen? Von einer Sorge zur anderen? Eine Ursache des Verdrusses zugeknöpft! Eine andere wieder aufgeknöpft!

32. Kapitel

Von diesem Augenblick an bin ich als mutmaßlicher Erbe der Familie Shandy zu betrachten, und von diesem Zeitpunkt hebt die Geschichte meines Lebens und meiner Meinungen erst recht eigentlich an. In meiner Eile und Hast habe ich bis jetzt nur den Grund aufgeräumt, um das Gebäude zu errichten – und ein Gebäude, so sehe ich es im

Geiste, wird es werden, wie noch keines seit Adams Zeiten auf dem Reißbrett entworfen und errichtet worden ist. In weniger als fünf Minuten werde ich meine Feder ins Feuer geworfen haben und das Tröpfchen dicker Tinte, das mir noch auf dem Boden meines Tintenfasses übriggeblieben ist, dazu. Ich habe bis dahin nur noch zehn verschiedene Dinge zu tun. Ich habe ein Ding zu nennen, ein Ding zu bedauern, ein Ding zu erhoffen, ein Ding zu versprechen und ein Ding zu drohen. Ich habe ein Ding vorauszusetzen, ein Ding anzuzeigen, ein Ding zu vertuschen, ein Ding zu erwählen und ein Ding zu erbitten. Deswegen nenne ich dieses Kapitel das Kapitel von den Dingen, und das folgende Kapitel, das heißt das erste Kapitel in meinem nächsten Band – wenn ich es erlebe –, soll mein Kapitel über die Zwickelbärte sein, damit doch ein gewisser Zusammenhang in mein Werk kommt.

Das Ding, das ich bedaure, ist, daß die Dinge so dick und häufig auf mich eindrängten, daß ich nicht bis zu der Stelle in meinem Werk gelangen konnte, nach welcher ich auf dem ganzen Weg mit solcher Begierde getrachtet habe, und das sind die Feldzüge, besonders aber die Liebesgeschichte Onkel Tobys, deren Begebenheiten von so sonderbarer Natur sind und von solchem cervantischem Zuschnitt, daß ich, wenn es mir nur glücken will, mit ihnen denselben Eindruck auf andrer Leute Gehirn zu machen, die sie in dem meinigen erregen, dafür einstehe, daß das Buch in der Welt schon seinen Weg machen wird – weit besser als sein Verfasser vor ihm. O Tristram! Tristram! Wenn es nur erst einmal soweit gekommen ist, dann soll das Ansehen, das dir als Schriftsteller zuteil werden wird, den vielen Übeln das Gegengewicht halten, die dich als Menschen befallen haben. Das eine wird dir noch wohltun, wenn du das andere schon längst vergessen haben wirst!

Kein Wunder, wenn es mich so sehr nach diesen Liebeshändeln juckt. Sie sind das köstlichste Häppchen in meiner ganzen Geschichte, und wenn ich erst zu ihnen komme, dann glaubt mir nur, meine lieben Leute (was kümmert's mich, wenn jemandes schwacher Magen sich davor ekelt), ich werde bei der Wahl meiner Worte gar nicht kleinlich sein. Und das ist das Ding, das ich *anzuzeigen* habe. Ich werde in fünf Minuten nicht mit allem fertig, fürchte ich. Und das Ding, das ich *erhoffe,* ist, daß Euer Gnaden und Ehrwürden kein Ärgernis genommen haben; hätten Sie, so verlassen Sie sich darauf, ich werde Ihnen, meine werten Herren, im nächsten Jahr etwas zubereiten, worüber Sie sich ärgern sollen, und zwar betrifft es meine teure Jenny. Wer aber meine Jenny ist und welches das rechte und welches das falsche Ende einer Frau ist, das ist das Ding, das ich zu *vertuschen* habe; es soll aber in dem vorletzten Kapitel vor dem Kapitel über die Knopflöcher erzählt werden – und um kein einziges Kapitel früher.

Und nun, da Sie eben ans Ende dieser vier Bände gelangt sind, ist das Ding, das ich zu *fragen* habe: wie steht es mit Ihren Köpfen? Der meinige tut mir scheußlich weh; Ihrer Gesundheit jedoch, das weiß ich, ergeht es viel besser. Der wahre Shandysmus – denken Sie darüber, wie Sie wollen – öffnet Herz und Lunge und zwingt, gleich anderen Betätigungen seiner Art, das Blut und andere Lebenssäfte des Körpers dazu, frischer und munterer durch seine Kanäle zu fließen, und läßt das Rad des Lebens länger und williger laufen.

Wäre es mir wie dem Sancho Pansa erlaubt, ein Königreich zu wählen, so sollte es nicht eine Seemacht sein, auch kein Land voll schwarzer Sklaven, um Geld daraus zu lösen – nein, es sollte ein Reich von herzlich lachenden Untertanen sein. Und da, wie ich sehe, die galligen und finsteren Leidenschaften einen bösen Einfluß sowohl auf den politischen als auch auf den natürlichen Körper haben und nichts als gewohnheitsmäßige Tugend diese Leidenschaften völlig beherrschen und der Vernunft untertan machen kann, so möchte ich meine Bitte hinzufügen, daß Gott meinen Untertanen die Gnade verleihen wolle, ebenso weise wie fröhlich zu sein; dann wäre ich der glücklichste Monarch, und sie wären das glücklichste Volk unter der Sonne.

Mit dieser Moral nehme ich für diesmal mit Euer Gnaden und Hochwürden Erlaubnis meinen Abschied bis heute übers

Jahr, wenn ich (oder dieser vertrackte Husten müßte mich unterdessen umbringen) von neuem ein wenig an Dero Bärten zupfen und der Welt eine Geschichte erzählen werde, von der Ihnen wohl kaum träumt.

FÜNFTES BUCH

Dixero si quid forte jocosius, hoc mihi juris
Cum venia dabis. –

Hor.

Si quis calumnietur levius esse quam decet theologum, aut mordacius quam deceat Christianum – non Ego, sed Democritus dixit.

Erasmus

Dem hochzuverehrenden

JOHN

Lord Viscount Spencer

Mylord,

ich bitte untertänigst um die Erlaubnis, Ihnen diese beiden Bände* überreichen zu dürfen; sie sind das Beste, was mein Talent bei meiner schlechten Gesundheit hervorbringen konnte. Hätte die Vorsehung mir von beidem etwas mehr geschenkt, so wären diese Bände ein weit angemesseneres Geschenk für Euer Lordschaft geworden.

Ich bitte Euer Lordschaft um Verzeihung, daß ich zur gleichen Zeit, da ich Ihnen dieses Werk widme, auch Lady Spencer einschließe, indem ich mir die Freiheit nehme, die Geschichte Le Fevers ihr zuzueignen. Dafür kann ich, wenn ich mich auf die Auskunft meines Herzens verlassen darf, keinen anderen Grund anführen als den, daß es eine menschliche Geschichte ist.

Ich bin, Mylord,

Euer Lordschaft

ergebenster

und untertänigster Diener

Laur. Sterne

* Buch V und VI (Anmerkung des Übersetzers).

1. Kapitel

Wären nicht die beiden kleinen feurigen Pferde gewesen und der Tollkopf von Postillion, der sie von Stilton nach Stamford jagte, der Gedanke wäre mir nicht in den Kopf gekommen. Er flog dahin wie der Blitz! Anderthalb Meilen ging's immer bergab, wir berührten kaum den Boden, die Bewegung war äußerst schnell, äußerst stürmisch; sie teilte sich meinem Gehirn mit, mein Herz wurde mit hineingezogen. – „Beim großen Gott des Tages", sagte ich, sah nach der Sonne und streckte meinen Arm aus dem Vorderfenster der Chaise, als ich mein Gelübde tat: „Ich will die Tür meines Studierzimmers sofort verschließen, sobald ich nach Hause komme, und den Schlüssel neunzig Fuß tief unter die Erdoberfläche in den Ziehbrunnen hinter meinem Haus werfen."

Die Londoner Landkutsche bestärkte mich in meinem Vorsatz; sie schwankte den Hügel hinan, kam kaum von der Stelle, geschleppt, ja geschleppt von acht schweren Gäulen. – „Mit aller Kraft", sagte ich und nickte. „Aber eure Herren zwacken ja immer und allen etwas ab! O seltsam!"

Sagt mir doch, ihr Gelehrten, sollen wir denn immer nur in kleinere Münze umwechseln – und das Kapital so wenig vermehren?

Sollen wir denn ewig neue Bücher machen, wie die Apotheker neue Mixturen anfertigen, indem wir bloß aus einem Gefäß ins andere gießen?

Sollen wir denn beständig dasselbe Seil spinnen und wieder aufdrehen? Beständig auf derselben Bahn, beständig in demselben Schritt?

Sollen wir bis in alle Ewigkeit, sonntags und werktags, dazu bestimmt sein, die Reliquien der Gelehrsamkeit zu zeigen, wie Mönche die Reliquien ihrer Heiligen, ohne auch nur ein einziges Wunder mit ihnen zu wirken?

Wer ließ den Menschen, der die Kraft besitzt, sich in einem Augenblick von der Erde zum Himmel emporzuschwingen, dieses große, dieses edelste, erhabenste Geschöpf von der Welt, das Wunder der Natur, wie Zoroaster in seinem Buch περὶ φύσεως es nennt, die Schechina der göttlichen Gegenwart nach Chrysostomus, das Ebenbild Gottes nach Moses, den Strahl der Gottheit nach Plato, das Wunder aller Wunder nach Aristoteles, so jämmerlich schneckenhaft, schlaffohrig, schleichend einhergehen?

Ich will bei dieser Gelegenheit nicht ganz so schmähen wie Horaz, jedoch wenn in dem Wunsch keine Katachrese und keine Sünde steckt, so wünsche ich von Herzen, daß ein jeder Nachahmer in Großbritannien, Frankreich und Irland dafür die Krätze bekommen und daß ein gutes Tollhaus gebaut werden möge, das sie alle fassen, ja das sie alle, Zottelmähnen und Stutzschweife, Männchen und Weibchen zusammen, läutern könnte; und dies bringt mich auf die Sache mit den Zwickelbärten. Welche Gedankenkette mich aber darauf gebracht hat, das herauszufinden überlasse ich den Spröden und Scheinheiligen als ein unveräußerliches Vermächtnis.

ÜBER ZWICKELBÄRTE

Es tut mir leid, daß ich's gegeben habe – es war ein so übereiltes Versprechen, wie es nur je ein Mensch tat. Ein Kapitel über Zwickelbärte! Ach! Das wird die Welt nicht ertragen. Es ist eine gar empfindliche Welt, aber ich wußte nicht, was für Klößchen in der Suppe schwammen, und hatte auch das nachfolgende Fragment vorher noch nie gesehen; andernfalls, so gewiß wie Nasen immer noch Nasen und Zwickelbärte immer noch Zwickelbärte sind (die Welt mag dagegen sagen, was sie will), so gewiß wäre ich um dieses gefährliche Kapitel herumgesteuert.

DAS FRAGMENT

* *
* *
* * – „Sie schlafen noch halb, werte Dame“, sagte der alte

Herr, indem er die alte Dame bei der Hand faßte und ihr einen sanften Druck gab, als er das Wort Zwickelbärte aussprach. „Sollen wir von etwas anderem sprechen?“ – „Beileibe nicht“, versetzte die alte Dame, „ich höre Sie von so etwas gern erzählen.“ Damit warf sie ein feines Tuch aus Seidenflor über ihren Haarputz, lehnte sich mit dem Kopf auf den Stuhl, das Gesicht ihm zugewandt, und streckte die Füße aus, als sie sich entspannte. „Seien Sie so gütig und fahren Sie fort.“

Der alte Herr fuhr folgendermaßen fort: „‚Zwickelbärte!‘ rief die Königin von Navarra und ließ ihr Knötchenknäuel fallen, als la Fosseuse das Wort aussprach. – ‚Zwickelbärte, Madame‘, sagte la Fosseuse, befestigte den Knäuel an der Schürze der Königin und machte eine Verbeugung, als sie es wiederholte.

Die Stimme der Fosseuse war von Natur sanft und leise, aber es war doch eine artikulierte Stimme, und alle Buchstaben des Wortes Zwickelbärte fielen der Königin von Navarra ganz deutlich ins Gehör. ‚Zwickelbärte!‘ rief die Königin und legte einen größeren Nachdruck auf das Wort, als ob sie ihren Ohren noch immer nicht traute. – ‚Zwickelbärte‘, versetzte la Fosseuse und wiederholte das Wort zum drittenmal. ‚Es gibt keinen Kavalier seines Alters in Navarra‘, fuhr die Hofdame fort und suchte dem Pagen bei der Königin das Wort zu reden, ‚mit einem so vortrefflichen Paar ...‘ – ‚Paar? Was für ein Paar?‘ rief Margarete lächelnd. – ‚Von Zwickelbärten‘, sagte la Fosseuse mit ungemeiner Schamhaftigkeit.

Das Wort Zwickelbärte behauptete sich noch immer und wurde in den besten Gesellschaften des ganzen kleinen Königreichs Navarra gebraucht, obwohl la Fosseuse es so unvorsichtig angewandt hatte; denn in der Tat hatte la Fosseuse das Wort nicht nur vor der Königin, sondern auch bei verschiedenen anderen Gelegenheiten bei Hofe mit einer gewissen Betonung ausgesprochen, die jedesmal etwas Geheimnisvolles andeutete. Und da der Hof der Königin Margarete zu jener Zeit, wie die ganze Welt weiß, eine Mischung aus Galanterie und Frömmigkeit war und Zwickelbärte sich auf beiden Gebieten verwenden lassen, blieb das Wort natürlicherweise im Gebrauch. Es gewann ebensoviel, wie es verlor, das heißt, die Geistlichen waren dafür, die Weltlichen dagegen, und die Damen, ja, die waren geteilt.

Die ungewöhnliche Schönheit der Gestalt und Miene des jungen Sieur de Croix begann damals die Augen der Hofdamen nach der Terrasse vor dem Schloßtor zu ziehen, wo die Wache aufzog. Mademoiselle de Baussiere verliebte sich heftig in ihn, la Batterelle tat das gleiche. Es war auch das schönste Wetter dazu, dessen man sich in Navarra erinnern konnte. La Guyol, la Maronette, la Sabatiere verliebten sich gleichfalls in den Sieur de Croix. Aber la Rebours und la Fosseuse waren nicht so dumm: Dem de Croix war ein Versuch mißglückt, sich der Rebours zu empfehlen, und la Rebours und la Fosseuse waren unzertrennliche Freundinnen.

Die Königin von Navarra saß mit ihren Hofdamen in dem gemalten Bogenfenster, das gegenüber dem Tor im zweiten Hof lag, als de Croix hindurchkam. – ‚Er ist hübsch', sagte Mademoiselle de Baussiere. – ‚Er hat eine gute Haltung', sagte la Battarelle. – ‚Er ist von schönem Wuchs', sagte la Guyol. – ‚Ich habe in meinem Leben noch keinen Offizier von der Reitergarde mit zwei solchen Beinen gesehen', sagte la Maronette. – ‚Oder einen, der so anmutig darauf stand', sagte la Sabatiere. – ‚Er hat aber keinen Zwickelbart', rief la Fosseuse. – ‚Nicht die Spur', sagte la Rebours.

Die Königin ging in tiefen Gedanken über die Sache durch die Galerie in ihr Betzimmer; sie kehrte und wendete sie in ihrem Geist hierhin und dorthin. – ‚Ave Maria† – was mag wohl la Fosseuse meinen?' sagte sie und kniete auf ihr Kissen.

La Guyol, la Battarelle, la Maronette, la Sabatiere gingen unverzüglich auf ihre Zimmer. – Zwickelbärte! sagten alle vier bei sich selbst, als sie ihre Türen inwendig verriegelten.

Mademoiselle de Carnavallette betete, ohne daß es jemand merkte, ihren Rosenkranz unter ihrem Reifrock ab – vom Sankt Antonius bis zur Sankt Ursula einschließlich ging ihr kein Heiliger durch die Finger, der keinen Zwickelbart trug.

Sankt Franziskus, Sankt Dominikus, Sankt Benedikt, Sankt Basilius, Sankt Brigitte, alle hatten sie Zwickelbärte!

Mademoiselle la Baussiere war durch ein zu tiefes Moralisieren über die Worte der Fosseuse auf etwas wunderliche Gedanken gekommen. Sie stieg auf ihren Zelter, ihr Page folgte ihr, das Allerheiligste wurde vorbeigetragen, la Baussiere ritt weiter, ohne abzusteigen.

‚Einen Dreier', schrien die Barmherzigen Brüder, ‚nur einen Dreier zugunsten der tausend armen Gefangenen, deren Augen zum Himmel und auf Sie gerichtet sind, um Erlösung zu finden.'

Mademoiselle la Baussiere ritt weiter.

‚Erbarmen mit den Unglücklichen', sagte ein frommer, ehrwürdiger, grauhaariger Mann und hielt ihr mit seiner dürren Hand eine eisenbeschlagene Büchse hin. ‚Ich sammle für die Unglücklichen, schöne Dame; es ist für ein Gefängnis, für ein Spital, für einen Alten, für einen armen Mann, der durch Schiffbruch, durch Bürgschaften, durch Feuersbrunst ruiniert wurde; Gott ist mein Zeuge mit allen seinen Engeln, es ist dazu bestimmt, die Nackten zu kleiden, die Hungrigen zu speisen, die Kranken und Betrübten zu trösten.'

Mademoiselle la Baussiere ritt weiter.

Ein heruntergekommener Verwandter verbeugte sich bis zur Erde.

Mademoiselle la Baussiere ritt weiter.

Er lief mit entblößtem Haupt neben ihrem Zelter her und bettelte und beschwor sie bei den Banden ihrer vormaligen Freundschaft, Gemeinsamkeit, Verwandtschaft und so weiter. ‚Nichte, Tante, Schwester, Mutter – um der Tugend willen, um Ihretwillen, um meinetwillen, um Christi willen, helfen Sie mir, haben Sie Mitleid mit mir!'

Mademoiselle la Baussiere ritt weiter.

‚Halt meinen Zwickelbart!' sagte Mademoiselle de Baussiere. Der Page nahm den Zelter beim Zaum. Sie stieg am Ende der Terrasse ab.

Es gibt gewisse Gedankengänge, welche ihre Eindrücke um unsre Augen und Augenbrauen hinterlassen, und wenn wir es in der Gegend des Herzens wissen und fühlen, so prägen sich diese Zeichen noch schärfer ein. Wir sehen und buchstabieren sie und setzen sie zusammen ohne Wörterbuch.

‚Haha! Hihi!' schrien la Guyol und la Sabatiere, als sie die wechselseitigen Abdrücke genau betrachteten. – ‚Hoho!' schrien la Batarelle und Maronette und taten dasselbe. – ‚Pst!' schrie eine. – ‚St! St!' sagte eine andere. – ‚Husch!' zischelte eine dritte. – ‚Puh! Puh!' versetzte eine vierte. – ‚Vielen Dank!' schrie Mademoiselle Carnavallette; sie war es, die der St. Brigitte einen Zwickelbart angedichtet hatte.

La Fosseuse zog ihre Haarnadel aus ihrem Haarknoten, und nachdem sie mit dem stumpfen Ende derselben den Umriß eines kleinen Zwickelbartes auf der einen Seite ihrer Oberlippe gezeichnet hatte, gab sie die Nadel der Rebours in die Hand. La Rebours schüttelte den Kopf.

Mademoiselle de Baussiere hustete dreimal in ihren Muff. La Guyol lächelte. ‚Pfui doch!' sagte Mademoiselle de Baussiere. Die Königin von Navarra berührte mit der Spitze ihres Zeigefingers ihr Auge, als wollte sie sagen: Ich verstehe euch alle.

Der ganze Hof zweifelte nicht mehr daran, daß das Wort seinem Untergang nahe sei. La Fosseuse hatte ihm einen Hieb versetzt, und es gereichte ihm nicht gerade zum Vorteil, daß es alle diese Engpässe durchqueren mußte. Jedoch hielt es sich noch einige Monate, wiewohl auf schwachen Füßen, aufrecht, bis nach Ablauf derselben es den Sieur de Croix hohe Zeit zu sein dünkte, aus Mangel an Zwickelbart Navarra zu verlassen. Nun wurde das Wort allmählich unanständig und (nach einigem schwachen Widerstand) schließlich zu allem Gebrauch völlig ungeeignet.

Das beste Wort der besten Sprache in der besten Welt hätte durch ein solches Zusammentreffen von Umständen Schaden leiden müssen. Der Pfarrer von Estella schrieb ein Buch dagegen, in welchem er die Gefahren der mithelfenden Ideen darlegte und die Navarrenser vor ihnen warnte.

‚Ist es nicht in aller Welt bekannt', sagte der Pfarrer von Estella am Schluß seines Werkes, ‚daß vor einigen Jahrhunderten die Nasen in den meisten Gegenden Europas das gleiche Schicksal hatten, das jetzt die Zwickelbärte im Königreich Navarra betroffen hat? Das Übel griff damals freilich nicht weiter um sich, aber haben nicht seitdem Betten und Pfühle und Nachtmützen und Nachttöpfe beständig ihr Verderben vor Augen sehen müssen? Sind nicht Hosen und Hemdenschlitze und Pumpenschwengel und Zapfen und Faßhähne noch immer durch ebendiese Ideenverknüpfung in Gefahr? Läßt man der Keuschheit, an und für sich die sanfteste von allen Empfindungen, einmal die Zügel schießen, so geht sie umher wie ein brüllender Löwe.'

Man verkannte die wahre Absicht des Pfarrers von Estella bei dieser Beweisführung. Man lief der Spur entgegen. Die Welt zäumte seinen Esel beim Schwanz auf." – Und wenn die Extreme des Zartgefühls und die Anfänge der sinnlichen Begierde ihren nächsten Provinzialkonvent abhalten, sind sie imstande und erklären auch das für Zotensprache.

2. Kapitel

Als mein Vater den Brief erhielt, der ihm die traurige Nachricht vom Tod meines Brudes Bobby brachte, war er eben damit beschäftigt, die Kosten der Extrapost für ihn von Calais nach Paris und weiter nach Lyon zu berechnen.

Es war eine äußerst unglückliche Reise. Mein Vater mußte jeden Schritt derselben noch einmal durchreisen und seine Berechnungen wieder von vorn anfangen, als er bereits fast bis ans Ende gelangt war, denn Obadiah machte die Tür auf, um ihm zu sagen, es sei keine Hefe mehr im Hause, und zu fragen, ob er nicht morgen früh das große Kutschpferd nehmen und hinreiten sollte, welche zu holen. – „Meinetwegen, Obadiah", sagte mein Vater (und ließ sich in seiner Reise nicht irremachen). „Nehm Er das Kutschpferd, und damit gut!" – „Aber es hat ein Eisen verloren, das arme Tier!" sagte Obadiah. – „Das arme Tier!" sagte mein Onkel Toby und wiederholte damit die Schwingungen des Tons wie eine gleichgestimmte Saite. – „So nehm Er den Schotten", sagte mein Vater hastig. – „Der duldet um alles in der Welt keinen Sattel auf dem Rücken", sagte Obadiah. – „Mit dem Pferd ist auch immer was! So nehm Er den Patrioten", rief mein Vater, „und mach Er die Tür zu!" – „Patriot ist verkauft", sagte Obadiah. – „Das auch noch!" schrie mein Vater und machte eine Pause und sah meinem Onkel Toby ins Gesicht, als ob die Sache sich nicht wirklich so verhalten könnte. – „Euer Gnaden befahlen mir doch im letzten April, ihn zu verkaufen", sagte Obadiah. – „Nun, so kann Er zur Strafe zu Fuß gehen", rief mein Vater. – „Ich gehe auch lieber als ich reite", sagte Obadiah und machte die Tür zu.

„Was für eine Plage!" schrie mein Vater und fuhr mit seiner Berechnung fort. – „Aber die Wege stehn unter Wasser", sagte Obadiah und machte die Tür wieder auf.

Bis zu diesem Augenblick hatte mein Vater, der eine Karte von Sanson und ein Buch mit den Poststraßen vor sich liegen hatte, seine Hand auf dem Knauf des Zirkels gehalten, dessen eine Spitze auf Nevers zeigte, die letzte Station, welche er bezahlt hatte – in der Absicht, von dort aus mit seiner Reise und Berechnung fortzufahren, sobald Obadiah aus der Tür wäre. Aber dieser zweite Überfall von Obadiah, als er die Tür öffnete und das ganze Land unter Wasser setzte, war zu viel. Er ließ den Zirkel fallen, oder vielmehr warf ihn mit einer aus Zufall und Zorn gemischten Bewegung auf den Tisch; und nunmehr blieb ihm nichts weiter übrig, als (wie manche andre) ebenso klug wieder nach Calais zurückzukehren, wie er abgereist war.

Als der Brief, welcher die Nachricht von meines Bruders Tod enthielt, ins Zimmer gebracht wurde, war mein Vater mit seiner Reise schon abermals so weit gekommen, daß der Zirkel nur noch einen Schritt tun mußte, um wieder auf der nämlichen Station zu Nevers anzulangen. – „Mit Ihrer Erlaubnis, Monsieur Sanson", rief mein Vater und drückte die Zirkelspitze durch Nevers in den Tisch und nickte meinem Onkel Toby zu, um zu sehen, was der Brief enthielt. „Zweimal an einem Abend vor einem so lumpigen Städtchen wie Nevers wieder umzukehren ist für einen englischen Herrn und seinen Sohn zuviel, Monsieur Sanson. Ist es nicht wahr, Toby?“ fügte mein Vater in scherzhaftem Ton hinzu. – „Wenn es keine Garnisonstadt ist“, sagte mein Onkel Toby, „denn dann ...“ – „Ich bin doch ein Narr“, sagte mein Vater und lächelte vor sich hin, „solange ich lebe.“ Damit nickte er zum zweitenmal, und indem er seinen Zirkel auf Nevers in der einen und sein Buch mit den Poststraßen in der anderen Hand hielt, halb rechnend und halb zuhörend, stützte er sich mit seinen beiden Ellenbogen auf den Tisch, als mein Onkel Toby den Brief leise überlas.

– –
– –
– –
– – – – – – – – – – „Er ist von uns gegangen“, sagte mein Onkel Toby. – „Wohin? Wer?“ rief mein Vater. – „Mein Neffe“, sagte mein Onkel Toby. – „Was? Ohne Erlaubnis? Ohne Geld? Ohne Hofmeister?“ rief mein Vater erstaunt. – „Nein – er ist gestorben, mein lieber Bruder“, sagte mein Onkel Toby. – „Und nicht krank gewesen?“ schrie mein Vater wieder. – „Das kann ich nicht sagen“, sagte mein Onkel Toby mit leiser Stimme und holte dabei einen tiefen Seufzer aus dem Grund seines Herzens. „Aber er muß krank genug gewesen sein, der arme Junge! Dafür stehe ich ein, denn er ist gestorben.“

Als der Agrippina der Tod ihres Sohnes mitgeteilt wurde, erzählt Tacitus, sei sie nicht imstande gewesen, die Heftigkeit ihres Schmerzes zu mäßigen, und sie habe plötzlich ihre Arbeit abgebrochen. Mein Vater steckte seinen Zirkel nur um so fester in Nevers hinein. Welche Gegensätze! Seine war freilich eine Rechenarbeit, Agrippinas Arbeit muß jedoch von ganz anderer Art gewesen sein – wie könnte man sonst Schlüsse aus der Geschichte ziehen wollen?

Was mein Vater weiter tat, das verdient nach meiner Meinung ein eigenes Kapitel.

3. Kapitel

Und ein Kapitel soll es haben, und zwar eins, das sich gewaschen hat. Also sehen Sie sich vor!

Es ist entweder Plato oder Plutarch oder Seneca oder Xenophon oder Epiktet oder Theophrast oder Lukian oder jemand anders vielleicht aus neuerer Zeit – entweder Cardan oder Budaeus oder Petrarca oder Stella; es kann aber auch ein Gottesgelehrter oder Kirchenvater sein, Sankt Augustin oder Sankt Cyprian oder Bernhard –, welcher behauptet, daß es ein unwiderstehlicher und natürlicher Hang ist, den Verlust unserer Freunde oder Kinder zu beweinen, und Seneca (dies weiß ich zuverlässig) sagt uns irgendwo, daß dergleichen Kummer sich am besten durch diesen besonderen Kanal entleere. Und demzufolge finden wir, daß David um seinen Sohn Absalom weinte, Adrian um seinen Sohn Antinous, Niobe um ihre Kinder und daß Apollodorus und Crito beide um Sokrates Tränen vergossen, bevor dieser starb.

Mein Vater behandelte seine Betrübnis auf eine andere Weise, und zwar ganz verschieden von den meisten Menschen der Antike oder Neuzeit; denn er weinte sie nicht etwa weg wie die Hebräer und Römer oder verschlief sie wie die Lappländer oder hängte sie auf wie die Engländer oder ersäufte sie wie die Deutschen, noch fluchte, verdammte, exkommunizierte, reimte oder lillibullerote er sie weg.

Trotzdem wurde er sie los.

Wollen Euer Gnaden mir erlauben, daß ich hier eine Geschichte einschalte?

Als Tullius seiner Tochter Tullia beraubt wurde, nahm er es sich anfangs sehr zu Herzen; er hörte auf die Stimme der Natur, und nach dieser modulierte er seine eigene. – O meine Tullia! Meine Tochter! Mein Kind! Noch, noch, noch bist du's! Warst es, o meine Tullia! Meine Tullia! Mich dünkt, ich sehe meine Tullia, ich höre meine Tullia, ich spreche mit meiner Tullia. – Doch, sobald er sich im Vorratslager der Philosophie umsah und bedachte, was für viele vortreffliche Dinge sich bei diesem Anlaß sagen ließen

– kein Mensch auf der Welt vermag sich vorzustellen, sagt der große Redner, wie glücklich, wie fröhlich mich das machte.

Mein Vater war so stolz auf seine Beredsamkeit, wie Marcus Tullius Cicero nur immer auf die seinige sein mochte, und zwar, solange man mich nicht vom Gegenteil überzeugen kann, mit ebenso großer Berechtigung. Es war wirklich seine Stärke – und seine Schwäche dazu. Seine Stärke, denn er war beredt von Natur; und seine Schwäche, denn sie spielte ihm stündlich Streiche; und wenn ein Vorfall in seinem Leben ihm nur Gelegenheit gab, seine Gaben zu zeigen oder etwas Kluges, Witziges oder Wunderliches zu sagen (ein systematisches Unglück ausgenommen), hatte er alles, was er wollte. Ein Glück, das meines Vaters Zunge fesselte, und ein Unglück, das sie auf eine gute Art löste, waren ihm ziemlich gleich willkommen, und zuweilen war ihm gar das Unglück noch lieber; denn wenn zum Beispiel das Vergnügen des Redehaltens sich wie zehn und der Schmerz über das Unglück nur wie fünf verhielt, gewann mein Vater genau zur Hälfte und überstand ihn folglich so gut, als ob er ihn gar nicht getroffen hätte.

Dieser Hinweis entwirrt all das, was sonst in meines Vaters häuslichem Charakter ganz unzusammenhängend erscheinen möchte, nämlich, daß bei den Gelegenheiten zum Ärgern, welche die Nachlässigkeit oder Versehen des Gesindes oder andere in einem Haushalt unvermeidliche Verdrießlichkeiten hervorbrachten, sein Zorn oder vielmehr die Dauer desselben niemals das war, was man wohl vermutet hätte.

Mein Vater hatte eine kleine Lieblingsstute, die er einem sehr schönen arabischen Hengst anvertraut hatte, um ein Füllen für sich selbst von ihr zu erzielen. Er war sanguinisch in allen seinen Projekten, und also sprach er täglich von dem Füllen mit solcher Selbstverständlichkeit, als ob es schon ausgewachsen, gezähmt, gezäumt und gesattelt vor seiner Tür stünde, so daß er nur aufzusteigen brauche. Durch irgendein Versehen Obadiahs ergab es sich jedoch, daß aus meines Vaters Erwartungen nichts anderes wurde als ein Maulesel, und zwar ein so häßliches Tier, wie nur je eines in die Welt gesetzt wurde.

Meine Mutter und mein Onkel Toby erwarteten, daß mein Vater Obadiah umbringen und daß das Unheil gar kein Ende nehmen würde. – „Nun seh Er einmal, Schurke", rief mein Vater und wies auf den Maulesel, „was Er gemacht hat!" – „Das hab ich nicht getan", sagte Obadiah. – „Woher kann ich das wissen?" versetzte mein Vater.

Triumph über diese witzige Antwort schwamm in meines Vaters Augen. Das attische Salz füllte sie mit Wasser, und so hörte Obadiah kein Wort weiter darüber.

Nun laßt uns zurückkehren zu meines Brudes Tod.

Die Philosophie hat für alles einen hübschen Spruch. Auf den Tod hat sie eine ganze Reihe; das Unglück war nur, daß, da sie alle auf einmal meines Vaters Kopf bestürmten, es schwer war, sie so aufzureihen, daß ein hübsches Ganzes daraus würde. Er nahm sie, wie sie kamen.

„Es ist ein unvermeidliches Geschick. Das erste Gesetz der Magna Charta. Es ist eine unwiderrufliche Parlamentsakte, mein lieber Bruder – alle müssen sterben.

Wenn mein Sohn nicht hätte sterben können, das wäre Ursache zum Verwundern gewesen – nicht daß er gestorben ist.

Monarchen und Prinzen tanzen mit uns im selben Reigen.

Sterben ist der große, der Natur schuldige Zoll und Tribut. Gräber und Monumente, die unser Gedächtnis verewigen sollten, entrichten ihn gleichfalls, und die stolzeste Pyramide von allen, die Reichtum und Kunst errichtet haben, hat ihre Spitze verloren und bietet sich als Stumpf dem Blick des Wanderers dar." (Mein Vater fand, daß es ihm sehr guttat, und fuhr fort.) „Königreiche und Provinzen und Flecken und Städte, haben sie nicht ihre Perioden? Denn wenn die Prinzipien und Kräfte, welche sie zuerst gründeten und zusammenfügten, ihre verschiedenen Evolutionen bewirkt haben, vergehen sie wieder." – „Bruder Shandy", sagte mein Onkel Toby, als er das Wort Evolutionen hörte, und legte seine Pfeife nieder. – „Revolutionen wollte ich sagen", unterbrach ihn mein Vater,

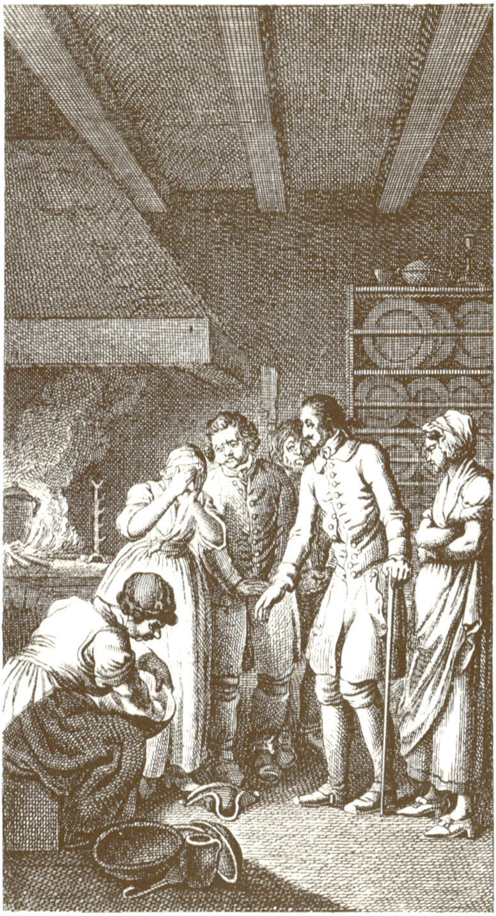

„wahrhaftig, Revolutionen wollte ich sagen, Bruder Toby; Evolutionen ist Unsinn." — „Es ist kein Unsinn", sagte mein Onkel Toby. — „Aber ist's nicht Unsinn, den Faden eines solchen Gesprächs bei einem solchen Anlaß zu zerreißen?" rief mein Vater. „Höre, lieber Toby", fuhr mein Vater fort und faßte ihn bei der Hand, „höre, höre! Ich bitte dich, unterbrich mich nicht in dieser Krise." — Mein Onkel Toby steckte seine Pfeife wieder in den Mund.

„Wo sind Troja und Mykene und Theben und Delos und Persepolis und Agrigent", fuhr mein Vater fort, wobei er sein Buch mit den Poststraßen, das er niedergelegt hatte, wieder zur Hand nahm, „wo, mein Bruder Toby, wo sind Ninive und Babylon und Cyzicus und Mytilene geblieben? Die schönsten Städte, über denen jemals die Sonne aufgegangen ist, sind jetzt nicht mehr da. Die Namen sind nur noch übrig, und diese (denn viele davon werden falsch geschrieben) zerstäuben auch schon wie Wurmmehl und werden mit der Zeit vergessen und mit allen anderen Dingen in ewige Nacht gehüllt sein. Die Welt selbst, Bruder Toby, muß — muß ein Ende nehmen.

Auf der Rückkehr aus Asien, wo ich von Aegina nach Megara segelte" (Wann mag das wohl gewesen sein? dachte mein Onkel Toby), „begann ich das Land ringsum zu betrachten. Aegina lag hinter mir, Megara vor mir, Pyräus zu meiner Rechten, Korinth zur Linken. — Was für blühende Städte, nun liegen sie auf der Erde im Staube! Ach! Ach! sagte ich zu mir selbst, daß ein Mann seine Seele beunruhigen kann über den Verlust eines Kindes, wenn so Gewaltiges vor seinen Augen begraben liegt! — Bedenke, sagte ich abermals zu mir selbst, bedenke, du bist ein Mensch!"

Nun, mein Onkel Toby wußte nicht, daß dieser letzte Absatz ein Auszug aus Servius Sulpicius' Trostschreiben an Cicero war. Der ehrliche Mann war ebensowenig in den Fragmenten wie in den vollständigen Werken des Altertums bewandert. Und da mein Vater, als er noch mit der Türkei Handel trieb, drei oder vier Reisen nach der Levante unternommen und einmal ganze anderthalb Jahre sich in Zante aufgehalten hatte, kam mein Onkel Toby natürlich auf den Gedanken, mein Vater müsse zu dieser Zeit einen Abstecher durch den Archipelagus nach Asien gemacht haben und diese ganze Segelei mit Aegina hinten, Megara vorne und Piräus zur Rechten usw. sei nichts anderes als der wahre Weg der Reise und der Betrachtungen meines Vaters. Es lag durchaus in seiner Art, und mancher unternehmungslustige Kritiker würde wohl zwei Stockwerke höher auf noch schlechteren Grund gebaut haben. – „Sag mir doch, Bruder“, sagte mein Onkel Toby und legte das Ende seiner Pfeife auf meines Vaters Hand, um ihn sanft zu unterbrechen, wobei er jedoch wartete, bis dieser seinen Bericht beendet hatte, „in welchem Jahr unseres Herrn war das?“ – „In keinem Jahr unseres Herrn“, versetzte mein Vater. – „Das ist unmöglich“, rief mein Onkel Toby. – „Du Einfaltspinsel“, sagte mein Vater, „es war vierzig Jahre vor Christi Geburt.“

Meinem Onkel Toby blieb nur zwischen zwei Dingen die Wahl: entweder zu glauben, sein Bruder sei der Ewige Jude, oder der Verlust seines Sohnes habe ihm das Gehirn verwirrt. „Der Gott des Himmels und der Erde möge ihn beschützen und genesen lassen!“ sagte mein Onkel Toby, indem er mit Tränen in den Augen still in seinem Herzen für meinen Vater betete.

Mein Vater schenkte den Tränen die angemessene Beachtung und fuhr eifrig in seiner Rede fort.

„Es gibt keine so große Ungleichheit, Bruder Toby, zwischen Gutem und Bösem, wie sich die Welt einbildet“ (diese Art zu beginnen war, beiläufig gesagt, nicht gerade sehr geeignet, meinen Onkel Toby von seinem Argwohn zu heilen). „Arbeit, Sorgen, Betrübnis, Krankheit, Not und Mangel sind die Würze des Lebens.“ – Wohl bekomm's! sagte mein Onkel bei sich selbst.

„Mein Sohn ist tot! Desto besser; eine Schande wär's, in einem solchen Sturm nur einen Anker zu haben.

Allein er hat uns verlassen und kehrt nicht wieder! Sei's drum! Er ist den Händen seines Barbiers entronnen, ehe ihm sein Haar ausfiel. Er ist nur von einer Mahlzeit aufgestanden, ehe er sich den Magen überladen hat, von einem Gelage, ehe er betrunken war.

Die Thrazier weinten, wenn ein Kind geboren wurde", („Und wir waren auch nicht weit davon entfernt", sagte mein Onkel Toby), „und sie schmausten und waren fröhlich, wenn ein Mensch aus der Welt ging, und das mit Recht. Der Tod öffnet die Pforte des Nachruhms und schließt die Pforte des Neides hinter sich zu; er befreit den Gefangenen von seinen Ketten und übergibt das Werk des Tagelöhners den Händen eines andern.

Zeige mir den Mann, der weiß, was das Leben ist, und der den Tod fürchtet, und ich zeige dir einen Gefangenen, der seine Freiheit scheut.

Ist es nicht besser, mein lieber Bruder Toby (denn merke dir, unsere Lüste sind eigentlich nur Gebrechen), ist es nicht besser, gar keinen Hunger zu haben, als zu essen? Keinen Durst, als eine Mixtur zu nehmen, um ihn zu stillen?

Ist es nicht besser, von Sorgen und Schmerzen, von Liebe und Melancholie und von all den anderen heißen und kalten Anfällen des Lebens frei zu sein, als wie ein Wanderer, der erschöpft und mit wundgelaufenen Füßen in seiner Herberge anlangt, die Reise noch einmal machen zu müssen?

Es ist nichts Grauenvolles, Bruder Toby, in seinem Anblick, wenn man das abzieht, was er vom Ächzen und von den Zuckungen borgt und von dem Nasenschneuzen und Augenwischen mit den Gardinenzipfeln im Sterbezimmer. Nimm ihm das, was bleibt dann von ihm übrig?" – „Er ist besser in der Schlacht als im Bett", sagte mein Onkel Toby. – „Nimm ihm seine Bahre, sein bezahltes Trauergefolge, seinen schwarzen Flor, seine Federbüsche, Sargschilde und anderen mechanischen Hilfsmittel – was bleibt dann von ihm übrig? Besser in der Schlacht!" fuhr mein Vater lächelnd fort, denn meinen Bruder Bobby hatte er völlig vergessen. „Er ist durchaus nicht furchtbar, denn sieh nur, Bruder Toby: Wenn wir sind, so ist der Tod nicht, und ist der Tod, so sind wir nicht." Mein Onkel Toby legte seine Pfeife nieder, um über diesen Satz nachzudenken; meines Vaters Beredsamkeit war jedoch zu reißend, um auf einen Menschen zu warten, sie eilte weiter und zog meines Onkels Toby Ideen mit sich fort.

„Deswegen ist es“, fuhr mein Vater fort, „der Mühe wert zu bemerken, wie wenig Schrecken das Nahen des Todes großen Männern verursacht hat. Vespasian starb mit einem Scherz auf seinem Nachtstuhl, Galba mit einer Sentenz, Septimius Severus verfaßte eben eine Depesche, Tiberius machte einem Jemand etwas weis und Cäsar Augustus ein Kompliment.“ – „Ich hoffe, es war ein aufrichtiges“, sagte mein Onkel Toby.

„Es war an seine Frau gerichtet“, sagte mein Vater.

4. Kapitel

„Und schließlich – denn von all den ausgewählten Anekdoten, welche die Geschichte zu diesem Thema aufweisen kann“, fuhr mein Vater fort, „ziert diese wie ein vergoldetes Kuppeldach das ganze Gebäude.

Sie handelt von Cornelius Gallus, dem Prätor – du hast sie gewiß gelesen, Bruder Toby.“ – „Ich habe sie gewiß nicht gelesen“, erwiderte mein Onkel. – „Er starb“, sagte mein Vater, „als er * * * * * * * * * * * * * *
* *.“

– „Nun, wenn's mit seinem Weib war“, sagte mein Onkel Toby, „so konnte nichts Anstößiges dabei sein.“ – „Das ist mehr, als ich weiß“, versetzte mein Vater.

5. Kapitel

Meine Mutter ging eben ganz leise und sachte im Finstern den Gang entlang, der zu der Wohnstube führte, als mein Onkel Toby das Wort Weib aussprach. Das Wort klingt an sich schon sehr durchdringend, und Obadiah war ihm noch dadurch zu Hilfe gekommen, daß er die Türe nur angelehnt hatte, so daß meine Mutter genug davon hörte, um zu glauben, man spräche eben von ihr. Sie legte deswegen einen

Finger über ihre beiden Lippen, hielt den Atem an, beugte den Kopf ein wenig seitwärts nieder (nicht zur Tür hin, sondern davon ab, wodurch ihr Ohr an die Spalte kam) und horchte aus allen Kräften. Der horchende Sklave mit der Göttin des Schweigens hinter sich könnte kein schöneres Sujet zu einem Gemmenschnitt abgegeben haben.

In dieser Stellung will ich sie fünf Minuten stehenlassen, bis ich die Sachen in der Küche (wie es Rapin mit den Kirchenangelegenheiten macht) ebensoweit geführt habe.

6. Kapitel

Obgleich in gewisser Hinsicht unser Haushalt sicherlich eine einfache Maschine war, weil sie aus wenig Rädern bestand, so konnte man dennoch sagen, daß diese Räder von so verschiedenen Federn in Bewegung gesetzt wurden und nach so verschiedenerlei sonderbaren Gesetzen und Antrieben ineinandergriffen, daß die Maschine, so einfach sie war, alle Ehren und Vorzüge einer zusammengesetzten und inwendig eine Menge von so widersinnigen Bewegungen hatte, wie man nur in einer holländischen Seidenfabrik wahrnehmen kann.

Unter diesen befand sich eine, von der ich eben reden will und in der sie vielleicht nicht so sonderbar war wie in mancher andern; und diese war, daß, was auch im Wohnzimmer für Vorschläge, Debatten, Reden, Dialoge, Projekte oder Dissertationen stattfinden mochten, gewöhnlich zur selben Zeit und parallel dazu etwas Ähnliches über dasselbe Thema in der Küche unter dem Gesinde vorging.

Und das kam so: Sooft eine außerordentliche Botschaft oder ein Brief ins Wohnzimmer gebracht oder das Gespräch abgebrochen wurde, bis der Bediente hinausgegangen war, oder sooft man bei meinem Vater oder meiner Mutter Falten des Mißvergnügens auf der Stirn bemerkte oder, kurz, wenn man meinte, daß irgend etwas besprochen werde, was des Wissens oder Horchens wert sei, so war es die Regel, die Tür nicht fest zuzumachen, sondern nur anzulehnen

– gerade wie es jetzt der Fall ist –, was unter dem Vorwand des Knarrens (und das mochte wohl einer von den vielen Gründen sein, warum sie nicht repariert wurde) nicht schwer zu bewerkstelligen war; durch dieses Mittel wurde in all diesen Fällen gewöhnlich ein Spalt offengelassen, freilich nicht so breit wie die Dardanellen, aber immerhin weit genug, um diesen Schleichhandel so zu betreiben, daß meinem Vater die Mühe erspart blieb, sein Haus selbst zu regieren. Meine Mutter machte sich in diesem Augenblick die Gelegenheit zunutze. Obadiah tat das gleiche, sobald er den Brief, der die Nachricht von meines Bruders Tod brachte, auf den Tisch gelegt hatte, so daß, ehe noch mein Vater die erste Überraschung recht überwunden und seine Rede begonnen hatte, Trim sich schon auf die Beine machte und seine Gefühle über die Angelegenheit äußerte.

Ein eifriger Beobachter der Natur, der so viel Vermögen besessen hätte, wie Hiobs ganze Habe umfaßte – obgleich, nebenbei bemerkt, die eifrigen Beobachter selten einen Heller Vermögen haben –, hätte die Hälfte davon hingegeben, um den Korporal Trim und meinen Vater, zwei Redner, die durch Natur und Erziehung so voneinander abstachen, an derselben Bahre ihre Rede halten zu hören.

Mein Vater, ein Mann von großer Belesenheit und ausgezeichnetem Gedächtnis, der den Cato, Seneca und Epiktet in den Fingerspitzen hatte.

Der Korporal, der nichts im Gedächtnis hatte, dessen Belesenheit sich auf seine Stammrolle beschränkte und der keine größeren Namen an den Fingern herzusagen wußte, als in derselben standen.

Der eine schritt von Periode zu Periode durch Metapher und Anspielung fort und erregte (wie Männer von Geist und Phantasie zu tun pflegen) auf seinem Wege die Einbildungskraft mit der Ergötzlichkeit und Schönheit seiner Bilder und Gleichnisse.

Der andere, ohne Witz oder Antithesen oder Pointen oder Wendungen nach links oder rechts, ließ dagegen die Bilder auf dieser und die Gleichnisse auf jener Seite liegen und ging, seiner Natur folgend, gerade auf das Herz los. O

Trim! Wollte der Himmel, du hättest einen besseren Biographen! Und dein Biograph hätte eine bessere Hose! – O ihr Kritiker, kann euch denn nichts erweichen?

7. Kapitel

„Der junge Herr in London ist tot!“ sagte Obadiah.

Ein grünseidener Schlafrock meiner Mutter, der schon zweimal gereinigt worden war, war die erste Idee, welche Obadiahs Ausruf in Susannas Kopf hervorrief. Locke hatte wohl recht, ein Kapitel über die Unvollkommenheit der Worte zu schreiben. – „Nun“, sagte Susanna, „dann müssen wir alle trauern.“ – Aber beachten Sie noch einmal, das Wort trauern, obwohl Susanna es selbst gebrauchte, verfehlte dennoch seine Wirkung; es erweckte keine einzige schwarz oder grau gefärbte Idee – alles war grün. Der grünseidene Schlafrock hing noch immer da.

„Oh, das ist der Tod für die arme gnädige Frau!“ rief Susanna. Nun folgte meiner Mutter ganzer Kleidervorrat. Was für eine Prozession! Ihr rotes Damastkleid, ihr orangefarbenes, ihr weiß und gelb gestreiftes, ihr braunes Taftkleid, ihre Spitzenhauben, ihre Nachthemden und ihre bequemen Unterröcke. Kein Fetzen wurde vergessen. – „Nein, das überlebt sie gewiß nicht“, sagte Susanna.

Wir hatten eine dicke närrische Küchenmagd – mein Vater, glaube ich, behielt sie nur wegen ihrer Einfalt. Sie hatte sich den ganzen Herbst mit der Wassersucht herumgeplagt. – „Er ist tot“, sagte Obadiah, „er ist ganz gewiß tot!“ – „Ich nicht“, sagte die närrische Küchenmagd.

„Hier sind traurige Nachrichten, Trim!“ rief Susanna und wischte sich die Augen, als Trim in die Küche trat. „Master Bobby ist tot und begraben.“ Das Begräbnis war eine Interpolation Susannas. „Nun müssen wir alle trauern“, sagte Susanna.

„Das hoffe ich nicht“, sagte Trim. – „Er hofft nicht!“ sagte Susanna ernsthaft. Die Trauer mochte Susanna noch so sehr im Kopf herumgehen, in Trims Kopf wollte sie nicht hinein. – „Ich hoffe", sagte Trim, sich deutlicher erklärend, „ich hoffe zu Gott, die Nachricht ist falsch." – „Den Brief habe ich mit meinen eigenen Ohren lesen hören", antwortete Obadiah. „Und nun werden wir ein hübsches Stück Arbeit kriegen, wenn wir das Ochsenmoor roden müssen." – „Oh, er ist tot", sagte Susanna. – „So gewiß", sagte die Küchenmagd, „wie ich lebe."

„Ich beklag ihn von ganzem Herzen", sagte Trim und stieß einen Seufzer aus. „Der arme Mensch! Der arme Junge! Der arme Herr!"

„Vorige Pfingsten hat er noch gelebt", sagte der Kutscher. – „Pfingsten! Ach!" rief Trim und streckte seinen rechten Arm aus, indem er dabei sogleich in die Stellung verfiel, in welcher er die Predigt gelesen hatte. „Was sind Pfingsten, Jonathan" (so hieß nämlich der Kutscher), „oder die Fastenzeit oder alle anderen vergangenen Zeiten im Vergleich dazu? Sind wir nicht jetzt hier", fuhr der Korporal fort (er stieß dabei mit seinem Stecken senkrecht auf den Boden, um gleichsam ein Beispiel von Gesundheit und Festigkeit zu geben), „und sind wir nicht" (dabei warf er seinen Hut auf den Boden) „im nächsten Augenblick dahin?" Es war unendlich rührend! Susanna brach in eine Tränenflut aus. „Wir sind weder Steine noch Stöcke." Jonathan, Obadiah, die Köchin, alle schmolzen dahin; selbst die dicke närrische Küchenmagd, die gerade einen Fischkessel auf den Knien scheuerte, wurde davon angesteckt. Die ganze Küche drängte sich um den Korporal.

Da ich nun ganz deutlich erkenne, daß die Erhaltung unserer Verfassung in Kirche und Staat und wohl gar die Erhaltung der ganzen Welt oder, was das gleiche ist, die Verteilung und das Gleichgewicht ihrer Güter und ihrer Macht in Zukunft sehr stark von dem richtigen Verständnis dieses Kunstgriffs in der Beredsamkeit des Korporals abhängen können, so bitte ich um Ihre Aufmerksamkeit; Euer Hochwürden und Wohlgeboren können dafür an einer beliebigen anderen Stelle des Buches zehn Seiten lang ganz ruhig schlafen.

Ich sagte: Wir sind weder Steine noch Stöcke – das ist

sehr gut. Ich hätte hinzufügen sollen, wir sind auch keine Engel – ich wollte, wir wären's –, sondern Menschen, in Fleisch gekleidet und von unserer Phantasie beherrscht; und was es zwischen dieser und unseren sieben Sinnen, besonders einigen darunter, für ein herrliches Stück Arbeit setzt, das, ich muß es gestehen, schäme ich mich zu bekennen. Es möge genügen, wenn ich versichere, daß von allen diesen Sinnen das Auge (denn dem Tastsinn spreche ich es rundweg ab, obgleich ich weiß, daß viele der Herren Barbati dafür sind) den schnellsten Verkehr mit der Seele hat, einen größeren Eindruck macht und etwas Unaussprechlicheres in der Phantasie hinterläßt, als Worte entweder vermitteln oder auch zuweilen loswerden können.

Ich bin ein wenig umhergeschlendert – tut nichts, es ist gut für die Gesundheit! Laßt uns nun in Gedanken zur Sterblichkeit von Trims Hut zurückkehren. „Sind wir nicht jetzt hier und im nächsten Augenblick dahin?" An diesem Satz war nichts Besonderes; es war eine von den Binsenwahrheiten, die wir das Glück haben alle Tage zu hören; und hätte sich Trim nicht auf seinen Hut mehr verlassen können als auf seinen Kopf, dann hätte er nichts damit ausgerichtet.

„Sind wir nicht jetzt hier", fuhr der Korporal fort, „und sind wir nicht" (dabei ließ er seinen Hut schwer auf den Boden fallen und machte eine Pause, ehe er das Wort sagte) „im nächsten Augenblick dahin?" Der Fall des Hutes war so, als ob ein schwerer Klumpen Lehm in den Kopf desselben geknetet gewesen wäre. Nichts hätte das Gefühl der Sterblichkeit, von dem er der Vorläufer und das Vorbild war, so gut auszudrücken vermocht. Seine Hand schien darunter zu verschwinden, er fiel wie tot, des Korporals Auge war darauf geheftet wie auf eine Leiche, und Susanna brach in eine Tränenflut aus.

Nun gibt es zehntausend und zehntausendmal zehntausend (denn Materie und Bewegung sind unendlich) Arten, wie man einen Hut auf die Erde fallen lassen kann, ohne eine Wirkung zu erzielen. Hätte er ihn geschleudert, geschlenkert, geworfen, hingeschmissen, hingeknallt oder ihn in irgendeiner möglichen Richtung unter der Sonne oder in der besten Richtung, die man ihm geben könnte, sinken oder fallen lassen; hätte er ihn losgelassen wie eine Gans, wie einen jungen Hund, wie einen Esel oder hätte er dabei oder auch nachher ausgesehen wie ein Dummkopf, wie ein Tropf, wie ein Gimpel, dann hätte er Pech gehabt, und die Wirkung aufs Herz wäre verlorengegangen.

Ihr, die ihr diese mächtige Welt und ihre mächtigen Angelegenheiten mit den Maschinen der Beredsamkeit regiert, die ihr sie erhitzt und abkühlt und schmelzt und erweicht und dann wieder nach Bedarf härtet –

Ihr, die ihr die Leidenschaften mit dieser großen Winde aufwindet und dreht und, wenn das geschehen ist, die Besitzer derselben dahin bringt, wohin ihr wollt –

Ihr schließlich, die ihr die Menschen wie Truthähne mit einer Gerte und einem roten Lappen zu Markte treibt, und warum auch nicht ihr, die ihr euch so treiben laßt, denkt nach, denkt nach, ich bitte euch, über Trims Hut.

8. Kapitel

Halt! Ich habe eine kleine Rechnung mit dem Leser zu begleichen, ehe Trim mit seiner Rede fortfahren kann. In zwei Minuten soll's geschehen sein.

Unter verschiedenen anderen Buchschulden, welche ich zu gehöriger Zeit alle entrichten werde, bekenne ich der Welt zwei Dinge schuldig zu sein: je ein Kapitel über Kammerzofen und Knopflöcher, welche ich im vorhergehenden Teil meines Werks versprach und tatsächlich noch in diesem Jahr abzuzahlen beabsichtigte. Da mir aber einige von Dero Gnaden und Hochwürden sagten, daß diese beiden Themen, besonders wenn sie so miteinander verbunden wären, die Moral der Welt in Gefahr bringen könnten, so ersuche ich, daß man mir die Kapitel über die Kammerzofen und Knopflöcher erlassen möge und daß man an deren Statt das letzte Kapitel annehmen wolle, welches, mit Euer Hochwürden Erlaubnis, weiter nichts ist als ein Kapitel über Kammerzofen, grüne Schlafröcke und alte Hüte.

Trim nahm den seinigen vom Boden auf, setzte ihn auf seinen Kopf und fuhr dann in seiner Rede über den Tod auf folgende Art und Weise fort:

9. Kapitel

„Für uns, Jonathan, die wir keine Sorgen und keinen Mangel kennen, die wir hier im Dienst sind bei zwei der besten Herren (ausgenommen, was mich anbelangt, Seine Majestät König Wilhelm den Dritten, dem zu dienen ich die Ehre gehabt habe, sowohl in Irland als in Flandern), für uns, das gesteh ich, ist die Zeit von Pfingsten bis Advent nicht lange, ja es ist fast nichts. Aber für diejenigen, Jonathan, die wissen, was der Tod bedeutet und was für Zerstörungen er anrichten kann, ehe sich ein Mensch einmal auf seinem Absatz umgedreht hat, ja, für die ist's eine Ewigkeit. O Jonathan, einem gutherzigen Menschen muß das Herz im Leibe bluten", fuhr Korporal Trim fort (der hochaufgerichtet stand), „wenn man bedenkt, wie mancher ehrliche, brave Kerl seit der Zeit tief unter die Erde gesteckt worden ist! Und glaub mir nur, Susy", fügte der Korporal hinzu und wendete sich an Susanna, deren Augen in Wasser schwammen, „ehe diese Zeit wiederkommt, wird manches helle Auge dunkel sein." Susanna verstand die Worte richtig, sie weinte, aber sie machte auch einen Knicks. „Sind wir nicht", fuhr Trim fort und sah dabei noch immer Susanna an, „sind wir nicht wie eine Blume auf dem Felde?" Ein Hochmutsstränchen stahl sich zwischen jedes Paar Tränen der Demut; wenn das nicht gewesen wäre, kätte keine Zunge Susannas Betrübnis beschreiben können. „Ist nicht alles Fleisch wie Heu? Es ist Lehm, es ist Dreck." Alle sahen in diesem Augenblick auf die Küchenmagd; die Küchenmagd hatte eben einen Fischkessel gescheuert. Es war nicht recht!

„Was ist das hübscheste Gesicht, das jemals ein Mann angesehen hat?" – „Ich könnte es gar nicht müde werden, Trim so sprechen zu hören", sagte Susanna. – „Was ist es"

(Susanna legte ihre Hand auf Trims Schulter) „als Fäulnis?" Susanna zog sie wieder weg.

Darum eben mag ich euch leiden; und diese köstliche Mischung in euch, teure Geschöpfe, macht euch zu dem, was ihr seid; und wer euch deswegen haßt, der – das ist alles, was ich dazu sagen kann – hat entweder einen Kürbis statt eines Kopfs auf dem Rumpf oder einen Holzapfel statt des Herzens im Leibe – und wenn er seziert wird, wird es sich zeigen.

10. Kapitel

Ob Susanna dadurch, daß sie die Hand zu plötzlich von Trims Schulter zog (da ihre Leidenschaft so schnell umschlug), die Kette seiner Betrachtungen ein wenig unterbrach –

Oder ob der Korporal zu argwöhnen begann, daß er den Gelehrten ins Gehege geraten war und mehr wie ein Prediger als wie er selbst redete –

Oder ob – – – – – – – – – – – oder ob – – – – – denn in solchen Fällen kann ein erfindungsreicher und begabter Mann stets gern ein paar Seiten mit Voraussetzungen anfüllen; was aber von alledem die Ursache war, das mag der scharfsinnige Physiologe oder der scharfsinnige Irgendwer ausmachen. So viel ist wenigstens gewiß, der Korporal fuhr mit seiner Standrede folgendermaßen fort:

„Für meinen Teil kann ich sagen, daß ich mir draußen nichts aus dem Tod mache – nicht so viel!" setzte der Korporal hinzu und schnippte mit den Fingern, und zwar mit einem Gesichtsausdruck, den kein anderer als der Korporal der Empfindung hätte geben können. „In einer Schlacht achte ich den Tod nicht so viel ... und er soll mich nur nicht wie eine feige Memme überrumpeln, so wie den armen Joe Gibbins, als er gerade seine Flinte reinigte. Was ist er denn? Ein Druck auf den Abzug, ein zolltiefer Stoß mit dem Bajonett hier oder da, das ist alles. Blicke die Reihe entlang – rechts – sieh! Da liegt Jack! Gut! Er ist soviel wert wie ein ganzes Reiterregiment. Nein, es ist Dick. Nun, um so besser für Jack. Laß fallen, was fällt; wir marschieren weiter. In der Hitze des Gefechts fühlt man gar nicht die Wunde, die den Tod bringt. Das beste ist, man geht ihm entgegen. Der Mann, welcher flieht, ist in zehnmal größerer Gefahr als der, welcher ihm in den Rachen marschiert. Ich hab ihm wohl hundertmal", setzte der Korporal hinzu, „ins Auge gesehen, und ich weiß, was er ist. Nichts, gar nichts ist er, Obadiah, im Felde!" – „Aber im Hause ist er ganz furchtbar", sagte Obadiah. – „Ich scher mich nicht darum", sagte Jonathan, „wenn ich auf dem Kutschbock sitze." – „Im Bett, mein ich, muß es wohl am natürlichsten sein", sagte Susanna. – „Und könnte ich ihm aus dem Wege gehen, wenn ich in das elendste Kalbfell kröche, aus dem jemals ein Tornister gemacht worden ist, so tät ich's da", sagte Trim, „aber das ist natürlich."

„Natürlich ist natürlich", sagte Jonathan. – „Und deswegen", rief Susanna, „bedaure ich meine Madame so herzlich. Sie wird es nie überwinden." – „Und ich, ich bedaure den Hauptmann am meisten in der ganzen Familie", antwortete Trim. „Madame wird sich das Herz erleichtern durch Weinen und der gnädige Herr durch sein Sprechen darüber, aber mein armer Herr wird alles stillschweigend bei sich behalten. Ich werde ihn einen ganzen Monat lang im Bett seufzen hören, wie er es um den Leutnant Le Fever tat. ‚Oh, Euer Gnaden müssen nicht so kläglich seufzen', sagte ich dann so zu ihm, wenn ich neben ihm lag. – ‚Ich kann nichts dagegen machen, Trim', sagte dann der Hauptmann. ‚Es ist ein so trauriges Unglück; es geht mir nicht aus dem Kopf.' – ‚Euer Gnaden fürchten sich doch selbst nicht vor dem Tod.' – ‚Ich hoffe', pflegte er zu sagen, ‚ich fürchte nichts, als etwas Böses zu tun. Nun', pflegte er hinzuzusetzen, ‚was auch geschieht, für Le Fevers Knaben will ich sorgen.' Und damit, wie nach einem schmerzlindernden Trank, fiel der gnädige Herr in Schlaf."

„Ich höre Trims Geschichten vom Hauptmann zu gern", sagte Susanna. – „Er ist ein so gutherziger Herr", sagte Obadiah, „wie nur je einer gelebt hat." – „Das sollt ich meinen", sagte der Korporal, „und so tapfer obendrein, wie nur jemals einer an der Spitze seiner Truppe marschiert ist. Es gab niemals einen besseren Offizier in des Königs Armee oder einen besseren Mann in Gottes weiter Welt; denn er ging auf die Mündung einer Kanone los, obgleich er schon die glühende Lunte am Zündloch sah – und doch hat er dabei ein so weiches Herz wie ein Kind anderen Leuten gegenüber. Er könnte keinem Küken etwas zuleide tun.“ – „Ja, lieber wollte ich so einen Herrn“, sagte Jonathan, „für sieben Pfund Lohn im Jahr fahren als manche andere für acht.“ – „Ich danke dir, Jonathan, für das eine Pfund ebensosehr, Jonathan“, sagte der Korporal und schüttelte ihm die Hand, „als ob du mir das Geld in die Tasche gesteckt hättest. Ich wollte ihm bis zu meinem Sterbetag aus Liebe dienen. Er ist wie ein Freund und Bruder zu mir; und wenn ich gewiß wüßte, daß mein armer Bruder Thomas tot wäre“, fuhr der Korporal fort und zog sein Schnupftuch aus der Tasche, „und wenn ich zehntausend Pfund Vermögen hätte, vermachte ich es dem Hauptmann bis auf den letzten Schilling.“ Trim konnte sich bei diesem testamentarischen Beweis seiner Zuneigung gegen den Hauptmann der Tränen nicht erwehren. Die ganze Küche war gerührt. – „Erzähl Er uns doch die Geschichte von dem armen Leutnant“, sagte Susanna. – „Von Herzen gerne“, antwortete der Korporal.

Susanna, die Köchin, Jonathan, Obadiah und Korporal Trim bildeten einen Kreis um das Feuer, und sobald die Küchenmagd die Küchentür zugemacht hatte, fing der Korporal an.

11. Kapitel

Ich will ein Türke sein, wenn ich nicht meine Mutter so völlig vergessen habe, als ob mich die Natur zusammengeflickt und am Ufer des Nils nackt ausgesetzt hätte, ohne mir eine zu geben. – Ihr gehorsamster Diener, Madame! – Ich habe Ihnen sehr viel Mühe gemacht; ich hoffe, es hat sich gelohnt. – Sie haben mir aber ein großes Loch im Rücken gelassen, und da, hier vorne, ist ein großes Stück abgefallen, und was soll ich mit diesem Fuß anfangen? Damit werde ich England niemals erreichen.

Ich meinesteils wundere mich über nichts; und mein Urteil hat mich in meinem Leben so oft mißleitet, daß ich ihm niemals recht traue, es mag richtig sein oder falsch, wenigstens bin ich selten hitzig bei kalten Gegenständen. Deswegen verehre ich die Wahrheit so aufrichtig wie nur irgend jemand; und wenn sie uns entkommen ist und ein Mann mich gelassen bei der Hand nimmt, um sie mit mir zu suchen wie eine Sache, die wir beide verloren haben und ohne die wir nicht leben können, so gehe ich mit ihm bis ans Ende der Welt. Das Disputieren aber hasse ich, und deshalb (wenn es nicht um Glaubensdinge oder solche Fragen geht, welche die Gesellschaft betreffen) werde ich fast immer lieber alles zugeben, was mir nicht im ersten Engpaß den Hals zuschnürt, als mich in einen Disput einlassen. Aber das Ersticken ist mir zuwider – und übler Gestank am meisten. Aus diesem Grund faßte ich gleich von Anbeginn den Entschluß, daß ich, wenn die Armee der Märtyrer verstärkt oder eine neue aufgestellt werden sollte, auf keine Weise etwas damit zu tun haben wollte.

12. Kapitel

Aber zurück zu meiner Mutter.

Onkel Tobys Meinung, Madame, es könne nichts Böses dabei gewesen sein, daß Cornelius Gallus, der römische Prätor, bei seiner Ehefrau gelegen habe, oder vielmehr das Wort „Weib“ (denn das war alles, was meine Mutter davon hörte) faßte sie bei der schwachen Seite des ganzen weiblichen Geschlechts. Sie dürfen mich nicht falsch verstehen, ich meine ihre Neugierde. Sie schloß daraus sofort, man spräche von ihr; und wenn Sie diese vorgefaßte Meinung bei ihr annehmen, so werden Sie leicht begreifen, daß sie jedes Wort, das mein Vater sagte, auf sich oder auf ihre häuslichen Angelegenheiten bezog.

Bitte, sagen Sie mir doch, Madame, in welcher Straße wohnt die Dame, die nicht das gleiche getan hätte?

Von der sonderbaren Art, wie Cornelius gestorben war, hatte mein Vater einen Sprung zu Sokrates' Tod getan und gab meinem Onkel Toby einen Auszug aus dessen Verteidigungsrede vor seinen Richtern. Sie war unwiderstehlich – nicht die Rede des Sokrates, sondern die Versuchung, die meinen Vater dazu trieb. Er selbst hatte ein Jahr, bevor er den Handel niederlegte, das Leben des Sokrates* geschrieben, und ich fürchte, das eben förderte seinen Entschluß, das Geschäft aufzugeben; also war niemand fähiger, mit so vollen Segeln und auf einer so hohen Woge heroischer Beredsamkeit auf die Gelegenheit loszusteuern, als mein Vater. Kein Satz in Sokrates' Rede, der mit einem kürzeren Wort schloß als „Transmigration" oder „Annihilation" oder einen geringeren Gedanken in der Mitte ausdrückte als Sein oder Nichtsein ... den Übergang zu einem neuen, unversuchten Zustand der Dinge oder zu einem langen, einem tiefen, einem ruhigen Schlaf ohne Träume, ohne Auffahren ... daß wir und unsere Kinder geboren sind, um zu sterben, aber keiner von uns zum Sklaven geboren ist – Nein, da irre ich; das war eine Stelle aus Eleazers Rede, wie sie uns Josephus *(de Bell. Judaic.)* überliefert hat. Eleazer gesteht, er habe es von den indischen Philosophen übernommen. Nach aller Wahrscheinlichkeit hat Alexander der Große bei seinem Einfall in Indien, nachdem er Persien überrannt hatte, mit den vielen gestohlenen Dingen auch diesen Gedanken gestohlen. Auf diese Weise wurde er dann, wenn nicht den ganzen Weg durch ihn allein (denn wir wissen alle, daß er zu Babylon starb), so doch wenigstens durch einige seiner Marodeure nach Griechenland gebracht, von Griechenland kam er nach Rom, von Rom nach Frankreich und von Frankreich nach England. So kommen die Sachen herum.

Zu Lande kann ich mir keinen andern Weg denken.

* Mein Vater wollte niemals darein einwilligen, dieses Buch zu veröffentlichen; es befindet sich nebst einigen anderen von seinen Abhandlungen, welche alle oder doch größtenteils zu gegebener Zeit gedruckt werden sollen, als Manuskript im Besitz der Familie.

Zu Wasser konnte der Gedanke ganz gemächlich den Ganges hinunter in den Sinus Gangeticus oder die Bucht von Bengalen und so in das Indische Meer kommen; und indem er den Handelsweg nahm (der Weg über das Kap der Guten Hoffnung war damals noch nicht entdeckt), konnte er mit andern Gewürzen und Spezereiwaren durch das Rote Meer nach Joddah, dem Hafen von Mekka, oder nach Tor oder Suez, zwei Städten am Ende des Golfs, gebracht werden; und von da mit den Karawanen nach Coptos, das nur drei Tagereisen davon entfernt liegt, dann den Nil herunter geradenwegs nach Alexandrien, wo der Gedanke unten an der Treppe der alexandrinischen Bibliothek ausgeschifft werden konnte. Und aus diesem Lagerhaus konnte er geholt werden. Bei Gott, was in den damaligen Zeiten die Gelehrten für einen Handel trieben!

13. Kapitel

Sehn Sie, mein Vater hatte eine Eigenart, die ein wenig der Hiobs ähnelte (falls jemals ein solcher Mann gelebt hat, wo nicht, so ist nichts weiter dabei.

Obgleich, nebenbei gesagt, unsere Gelehrten einige Schwierigkeiten haben, die Zeit zu bestimmen, in welcher ein so großer Mann lebte – ob zum Beispiel vor oder nach den Patriarchen usw. Allerdings deswegen einfach zu behaupten, daß er nie gelebt habe, ist ein wenig grausam. Das hieße nicht so handeln, wie sie behandelt werden möchten.) Wie dem auch sei, mein Vater, sage ich, hatte, wenn ihm etwas sehr in die Quere kam, besonders im ersten Anfall seiner Ungeduld, die Eigenart, sich zu wundern, warum er geboren sei, zu wünschen, daß er unter der Erde läge, zuweilen noch etwas Schlimmeres. Und wenn die Reizung sehr weit ging und die Betrübnis seine Lippen heftiger als gewöhnlich berührte – Herr, Sie hätten ihn kaum von Sokrates selbst unterscheiden können. Jedes Wort atmete die Empfindung einer Seele, die das Leben geringachtet und sich um alle Probleme desselben wenig bekümmert;

weswegen denn auch meiner Mutter, obgleich sie nicht sehr belesen war, der Auszug aus Sokrates' Rede, den eben mein Vater meinem Onkel Toby vorgetragen hatte, nicht ganz neu war. Sie hörte ihn mit kaltem Verstand an und hätte so bis zum Ende des Kapitels zugehört, hätte nicht mein Vater (ohne jeden Anlaß) einen Sprung zu der Stelle in der Verteidigungsrede getan, wo der große Philosoph seine Freunde, seine Verwandten und Kinder aufzählt, dabei aber den Vorteil verachtet, den er dadurch gewinnen könnte, wenn er durch diese Aufzählung die Leidenschaften seiner Richter auf seine Seite zöge. – „‚Ich habe Freunde, ich habe Anverwandte, ich habe drei verlassene Kinder', sagt Sokrates."

„So?" rief meine Mutter und machte die Tür auf. „Das ist eins mehr, Herr Shandy, als ich weiß."

„Bei Gott, ich hab eins weniger", sagte mein Vater, stand auf und verließ das Zimmer.

14. Kapitel

„Es geht um Sokrates' Kinder", sagte mein Onkel Toby. – „Der ist wohl schon hundert Jahre tot", entgegnete meine Mutter.

Mein Onkel Toby verstand sich nicht auf die Chronologie, und da er nicht den sicheren Boden verlassen wollte, legte er ganz gelassen seine Pfeife auf den Tisch, stand auf, faßte meine Mutter sehr freundlich bei der Hand, und ohne ihr noch ein weiteres Wort, weder im guten noch im bösen, zu sagen, führte er sie hinaus zu meinem Vater, damit dieser die Erklärung selbst zu Ende führen möchte.

15. Kapitel

Wäre dieses Buch ein Possenspiel, was ich, es sei denn, daß jedermanns Leben und Meinungen so gut wie die meinigen als ein Possenspiel anzusehen sind, aus keinem Grund voraussetzen darf, so hätte, mein Herr, das vorige Kapitel den ersten Akt beschlossen, und dieses Kapitel müßte dann so anfangen:

Ptr . . r . . r . . ing – twing – twang – prut – trut – es ist eine verdammt schlechte Geige. – Wissen Sie, ob meine Geige richtig gestimmt ist oder nicht? – trut – prut – es sollten reine Quinten sein. – Die Saiten sind miserabel – tr – a–e–i–o–u – twang – der Steg ist eine Meile zu hoch, und der Stimmstock liegt viel zu tief – sonst – trut – prut – hören Sie, ist der Ton so übel nicht. – Diddel, diddel, diddel, diddel, diddel, diddel, dum. Vor wahren Kennern ist gut spielen, aber dort steht ein Mann – nein –, nicht der mit dem Bündel unter dem Arm, der ernste Mann im schwarzen Rock. Nicht doch! nicht der Herr mit dem Degen! – Herr, der Calliope selbst möchte ich lieber ein Capriccio vorspielen, als vor diesem Mann meinen Bogen über die Saiten hin und her ziehen; und doch wette ich meine Cremona gegen eine Maultrommel – und das ist wohl die ungleichste musikalische Wette, die jemals abgeschlossen worden ist –, daß ich auf der Stelle dreihundertundfünfzig Meilen weit auf meiner Geige danebengreifen will, ohne daß ihm ein einziger Nerv wehe tun soll. Twaddel diddel, tweddel diddel, twiddel diddel, twoddel diddel, twuddel diddel – prut, trut – krisch – krasch – krusch. – Sie können es nicht mehr aushalten, mein Herr, doch sehen Sie, ihm tut's nicht weh. Und nähme auch Apollo selbst nach mir seine Geige, er könnte ihm nicht wohler tun.

Diddel diddel, diddel diddel, diddel diddel – hum – dum – drum.

Euer Gnaden und Hochwürden lieben die Musik, und Gott hat Ihnen allen gesunde Ohren gegeben, und einige unter Ihnen spielen selbst vortrefflich – trut – prut, prut – trut.

Oh, ich kenne jemanden, bei dem ich ganze Tage sitzen und zuhören möchte, dessen Kunst darin besteht, daß er in seinem Geigenspiel Empfindungen ausdrückt, der mich mit Freuden und Hoffnungen beseelt und die geheimsten Triebfedern meines Herzens in Bewegung setzt. Wenn Sie, mein Herr, mich um fünf Guineen anpumpen wollen – was gewöhnlich zehn Guineen mehr sind, als ich erübrigen kann – oder Sie, mein Herr Apotheker oder Schneider, gerne Ihre Rechnung bezahlt hätten, dann wäre jetzt die rechte Zeit dazu.

16. Kapitel

Das erste, was meinem Vater einfiel, nachdem die Familienangelegenheiten ein wenig in Ordnung gebracht waren und Susanna von meiner Mutter grünseidenem Schlafrock Besitz ergriffen hatte, war, sich nach dem Beispiel Xenophons ganz gelassen hinzusetzen und eine „Tristrapädie" oder Erziehungslehre für mich zu schreiben. Zu diesem Zweck sammelte er zuerst seine eigenen verstreuten Gedanken, Einfälle und Ideen und verband sie dann dergestalt, daß sie eine Erziehungsanweisung für meine Kinder- und Jünglingsjahre ergaben. Ich war meines Vaters letzter Einsatz; er hatte meinen Bruder Bobby ganz verloren, er hatte mich nach seiner eigenen Berechnung schon zu dreiviertel verloren, das heißt, er hatte bei seinen ersten drei großen Plänen für mich, meiner Zeugung, meiner Nase und meinem Namen, kein Glück gehabt; es blieb ihm nur noch diese eine Chance. Demzufolge widmete sich mein Vater dieser Aufgabe mit der gleichen Hingabe, mit der sich mein Onkel Toby der Ballistik gewidmet hatte. Der Unterschied zwischen beiden bestand darin, daß mein Onkel Toby seine ganze Weisheit von den Gesetzen der Geschoßbahnen aus dem Nicholas Tartaglia bezog. Mein Vater spann dagegen die seinige bis auf den letzten Faden aus seinem eigenen Gehirn oder haspelte und drehte das zusammen, was alle übrigen Spinner und Spinnerinnen vor ihm gesponnen hatten, so daß er beinahe ebensoviel Arbeit damit hatte.

In ungefähr drei Jahren oder etwas mehr war mein Vater mit seinem Werk schon bis zur Hälfte fertig. Gleich allen anderen Schriftstellern erlebte er Enttäuschungen. Er dachte, er werde alles, was er zu sagen hätte, so zusammenziehen können, daß, wenn alles fertig und eingebunden wäre, meine Mutter es aufgerollt in ihrem Nähtäschchen tragen könnte. Die Stoffe wachsen uns unter den Händen. Niemand sollte sagen: Na, ich will einen Duodezband schreiben.

Mein Vater indessen arbeitete daran mit äußerstem Fleiß, und er kam mit jeder Zeile schrittweise voran, mit der gleichen Vorsicht und Behutsamkeit (wenn ich auch nicht sagen kann, nach ebenso religiösen Grundsätzen), welche Johann de la Casse, der Erzbischof von Benevent, bei der Abfassung seiner „Galatea" anwendete, der Seine Eminenz von Benevent fast vierzig Jahre seines Lebens widmete; und als das Ding endlich ans Licht kam, war es nur halb so dick wie ein Taschenkalender. Wie es der heilige Mann anfing, wenn er nicht den größten Teil seiner Zeit damit zubrachte, seinen Bart zu kämmen oder mit seinem Kaplan Karten zu spielen, das könnte jeden Sterblichen, der in das Geheimnis nicht eingeweiht ist, in Verlegenheit bringen; es ist also wohl angebracht, daß man es der Welt erkläre, wäre es auch nur deshalb, um die wenigen in derselben aufzumuntern, die weniger um Brot schreiben als um Ruhm.

Ich gestehe, wäre Johann de la Casse, der Erzbischof von Benevent, für dessen Andenken (ungeachtet seiner „Galatea") ich die höchste Ehrerbietung hege, wäre er, mein Herr, ein magerer Schreiberling von stumpfem Geist, langsamen Begriffen, verstopftem Kopf und so weiter gewesen – er und seine „Galatea" hätten meinethalben bis zu Methusalems Alter miteinander weiterstolpern können, aber das Phänomen wäre keine Parenthese wert gewesen.

Aber genau das Gegenteil war die Wahrheit: Johann de la Casse war ein Genie von großen Fähigkeiten und fruchtbarer Phantasie; doch bei all diesen großen Naturgaben, welche ihn bei seiner „Galatea" hätten anspornen sollen, litt er zugleich an der Unfähigkeit, an einem langen Sommertag mehr als anderthalb Zeilen zustande bringen zu können. Dieses Unvermögen Seiner Eminenz kam von einer Meinung, mit der sie behaftet war. Besagte Meinung war nämlich diese: Sooft ein Christ ein Buch schreibe (nicht zu seinem eigenen Vergnügen, sondern) wobei seine Absicht und sein Ziel *bona fide* wären, es drucken zu lassen und zu veröffentlichen, so seien seine ersten Einfälle stets Versuchungen des Bösen. Dies sei der Fall bei gewöhnlichen Schriftstellern; wenn aber gar eine Person von ehrwürdigem Charakter und hohem Rang in der Kirche oder im Staat einmal Autor würde, dann behauptete er, daß von demselben Augenblick an, da dieser die Feder in die Hand nehme, alle Teufel in der Hölle aus ihren Löchern hervorkämen, um ihn zu verlocken. Das sei ihre Walpurgisnacht. Jeder Gedanke, der erste und der letzte, sei verfänglich, so glänzend und gut er auch sei; in welcher Gestalt oder Farbe er sich auch der Phantasie darstellen möge, es sei dennoch ein Streich des einen oder andern Teufels, der auf ihn gerichtet sei und pariert werden müsse, so daß das Leben eines Schriftstellers, er möge es nun glauben wollen oder nicht, nicht sowohl ein Zustand der Komposition als des Krieges sei; und seine Probejahre in dem letzteren entsprächen genau denen eines jeden anderen Kriegsmannes auf dieser Erde – bei beiden komme es nicht halb soviel auf den Grad des Verstandes wie auf den des Widerstandes an.

Meinem Vater behagte diese Theorie des Johann de la Casse, Erzbischofs von Benevent, außerordentlich; und (wäre nicht sein Glaube ein wenig dabei in Bedrängnis geraten) ich denke, er hätte die besten zehn Äcker der Shandyschen Güter darum gegeben, wenn er sie selbst erfunden hätte. Inwieweit mein Vater tatsächlich an den Teufel glaubte, das wird sich zeigen, wenn ich im Fortgang dieses Werkes von meines Vaters Meinungen über die Religion sprechen werde. Hier genügt es, so viel zu sagen: Da er sich mit dem buchstäblichen Sinn dieser Lehre nicht befreunden konnte, begnügte er sich mit dem allegorischen, und er pflegte oft zu sagen, besonders wenn seine Feder ein wenig störrisch war, daß unter dem Schleier der parabolischen Vorstellungen des Johann de la Casse ebensoviel Sinn, Wahrheit und Weisheit verborgen seien, wie man nur in irgendeiner poetischen Fiktion oder mystischen Erzählung des Altertums fände. – „Das Vorurteil der Erziehung“, pflegte er zu sagen, „das ist der Satan, und die vielen Vorurteile, die wir mit der Muttermilch einsaugen, sind alle nur denkbaren Teufel. Wir werden von ihnen verfolgt, Bruder Toby, bei unseren Untersuchungen und Forschungen; und wäre ein Mann dumm genug, ihrer Zudringlichkeit so geduldig nachzugeben – was würde aus seinem Buch werden? Nichts", pflegte er hinzuzusetzen, indem er seine Feder auf den Boden warf, daß es krachte, „nichts als ein Gemengsel von dem Ammenklatsch und dem Unsinn der alten Weiber (beiderlei Geschlechts) des ganzen Königreiches."

Dies ist die beste Erklärung, die ich für den langsamen Fortschritt meines Vaters bei seiner „Tristrapädie" zu geben entschlossen bin, an welcher er (wie gesagt) drei Jahre und etwas mehr unermüdlich arbeitete und die er schließlich nach seiner eigenen Berechnung kaum zur Hälfte vollendet hatte. Das Unglück dabei war, daß ich die ganze Zeit über völlig vernachlässigt und meiner Mutter überlassen wurde; und, was fast ebenso schlimm war, durch eben diesen Verzug wurde der erste Teil des Werks, an den mein Vater den meisten Fleiß verwendet hatte, gänzlich unbrauchbar. Jeden Tag wurden ein paar Seiten unnütz.

Gewiß ist es als eine Rute für den Stolz der menschlichen Weisheit so bestimmt, daß auch die weisesten unter uns allen sich so selbst täuschen und ewiglich ihre Ziele durch die unmäßige Eile, sie zu erreichen, verfehlen müssen.

Kurz, mein Vater hielt sich so lange bei seinem Widerstandleisten auf, oder, mit anderen Worten, er kam mit seinem Werk so ungemein langsam voran, und ich begann so flink zu leben und zu wachsen, daß, falls nicht ein Ereignis eingetreten wäre, das, wenn wir so weit gelangt sind und es mit Anstand berichtet werden kann, dem Leser keinen Augenblick länger verheimlicht werden soll, ich wahrhaftig glaube, ich wäre an meinem Vater vorbeigesprungen und hätte ihn eine Sonnenuhr zeichnen lassen, die bloß dazu diente, nachher in der Erde vergraben zu werden.

17. Kapitel

Es hatte nichts zu bedeuten, ich verlor keine zwei Tropfen Blut dabei, es war nicht der Mühe wert, einen Wundarzt zu rufen, selbst wenn er gleich neben uns gewohnt hätte. Tausende leiden aus freien Stücken, was ich durch Zufall litt. Doktor Slop machte zehnmal mehr Aufhebens davon, als nötig war. Gewisse Leute steigen dadurch empor, daß sie die Kunst verstehen, großes Gewicht an dünnen Draht zu hängen, und ich muß noch bis auf den heutigen Tag (den 10. August 1761) den Ruhm dieses Mannes mit bezahlen. Oh, es würde selbst einen Stein ärgern, wenn man sieht, wie es in dieser Welt zugeht! Das Stubenmädchen hatte keinen * * * * * * unter das Bett gestellt. – „Kannst du dich nicht behelfen, kleiner Mann", sagte Susanna, indem sie bei den Worten mit der einen Hand das Fallfenster aufschob und mit der andern mich ins Fenster stellte, „kannst du es nicht ausnahmsweise einmal so machen, daß du * * * * ?"

Ich war fünf Jahre alt. Susanna bedachte nicht, daß in unserer Familie nichts am rechten Haken hing, und klapps! sauste das Fallfenster wie der Blitz auf uns herab. – „Mir bleibt nichts übrig", schrie Susanna, „mir bleibt nichts übrig, als davonzulaufen!"

Onkel Tobys Haus war eine viel freundlichere Freistatt, und also floh Susanna dorthin.

18. Kapitel

Als Susanna dem Korporal den Unfall mit dem Fallfenster erzählte, nebst allen Umständen, die meine Ermordung (wie sie es nannte) begleitet hatten, wich das Blut aus seinen Wangen. Da alle, die an einem Mord beteiligt sind, Schwerverbrecher sind, sagte Trim sein Gewissen, daß er ebenso schuldig sei wie Susanna, und wenn der Satz wahr wäre, hätte mein Onkel Toby das Blutbad genauso vor Gott zu verantworten gehabt wie jeder von diesen beiden, so daß also weder Vernunft noch Instinkt, einzeln oder zusammen, Susanna unmöglich nach einem besseren Asyl hätten führen können. Dies der Phantasie des Lesers anheimzugeben wäre vergebens: um zu irgendeiner Hypothese zu gelangen, die diese Behauptungen glaubhaft erscheinen ließe, müßte er sein Gehirn wundpeitschen, andernfalls müßte er ein Gehirn haben, wie es noch kein Leser vor ihm gehabt hat. Warum sollte ich ihm eine solche Prüfung oder Tortur zumuten? Es ist meine eigene Sache, ich will es selbst erklären.

19. Kapitel

„Schade, Trim", sagte mein Onkel Toby, der seine Hand auf Trims Schulter stützte, als sie beide dastanden und ihre Festungswerke betrachteten, „daß wir nicht ein paar Feldgeschütze haben, die wir an der Rückseite dieser neuen Redoute aufstellen könnten; sie würden alle Linien dort vollständig decken und die Schlagkraft auf dieser Seite erhöhen. – Laß Er mir ein Paar gießen, Trim."

„Euer Gnaden sollen sie haben", versetzte Trim, „ehe es morgen Tag wird."

Es war Trim eine Herzensfreude, und seinem erfindungsreichen Kopf fehlte es niemals an Einfällen, meinem Onkel Toby für seine Feldzüge alles zu verschaffen, was nur immer seine Phantasie für nötig erachtete. Wäre es auch um sein letztes Kronenstück gegangen, er hätte sich hingesetzt und einen Ringkragen daraus gehämmert, um dem kleinsten Wunsch seines Herrn zuvorzukommen. Der Korporal hatte schon, indem er die Enden von Onkel Tobys Dachröhren abschnitt, die Seitenwände seiner bleiernen Dachrinnen abhackte und zurechtmeißelte, sein zinnernes Barbierbecken einschmolz und zuletzt wie Ludwig der Vierzehnte auf die Kirchtürme stieg, um das überflüssige Blei usw. zu holen, für diesen Feldzug nicht weniger als acht neue Belagerungsgeschütze und drei halbe Feldschlangen geliefert. Onkel Tobys Begehren nach zwei weiteren Kanonen für die Redoute hatte den Korporal von neuem Hand ans Werk legen lassen, und da sich nichts Besseres darbot, hatte er die beiden bleiernen Gegengewichte von den Fallfenstern im Kinderzimmer genommen; weil aber die dazugehörigen Rollen unnütz waren, nachdem die Gewichte fehlten, so hatte er sie gleichfalls mitgehen lassen, um ein Paar Räder für eine der Lafetten daraus zu machen.

Er hatte jedes Fenster in Onkel Tobys Haus lange vorher schon auf die gleiche Art geplündert, obgleich nicht immer in der gleichen Reihenfolge, denn zuweilen fehlte es ihm an Rollen und nicht an Blei; alsdann begann er mit den Rollen, und wenn dann die Rollen fort waren, so war das Blei überflüssig und mußte ebenfalls in den Schmelztiegel wandern.

Man könnte hieraus ganz leicht eine wichtige Moral ziehen, aber ich habe nicht die Zeit dazu. Genug, wenn ich sage, die Plünderung mochte anfangen, wo sie wollte, es war für das Fallfenster gleich schlimm.

20. Kapitel

Der Korporal hatte bei diesem artilleristischen Streich seine Maßnahmen nicht so schlecht getroffen, daß er nicht das Geheimnis hätte für sich behalten und Susanna das ganze Gewicht der Attacke tragen lassen können, so gut sie es vermochte; allein wahre Tapferkeit erschöpft sich nicht darin, auf diese Weise davonzukommen. Der Korporal, gleichviel ob als General oder als Trainkommissar, hatte das getan, ohne welches, wie er glaubte, das Unglück sich nicht hätte ereignen können, am allerwenigsten unter Susannas Händen. Wie hätten sich Euer Gnaden dabei benommen? Er beschloß auf der Stelle, sich nicht hinter Susanna zu verkriechen, sondern sie zu decken, und mit diesem Entschluß marschierte er geradenwegs ins Wohnzimmer, um meinem Onkel Toby das ganze Manöver darzulegen.

Mein Onkel Toby hatte eben dem Herrn Yorick eine Beschreibung der Schlacht von Steenkirchen gegeben und von dem sonderbaren Verhalten des Grafen Solms, welcher der

Infanterie befohlen hatte, haltzumachen, und der Kavallerie, dorthin zu marschieren, wo sie nicht in Aktion treten konnte, was ganz und gar gegen die Order des Königs war und den Verlust der Schlacht nach sich zog.

In manchen Familien gibt es Vorfälle, die sich so genau an das, was folgen soll, anlehnen, daß es kaum durch die Erfindung der dramatischen Schriftsteller besser herausgebracht werden konnte – die aus alten Zeiten meine ich.

Trim bemühte sich, seine Geschichte unter Zuhilfenahme seines Zeigefingers, den er flach auf den Tisch legte und auf den er mit der Handkante im rechten Winkel einschlug, so zu erzählen, daß sie Priester und Jungfrauen hätten anhören können; und als die Geschichte erzählt war, wurde der Dialog folgendermaßen fortgesetzt.

21. Kapitel

„Ich wollte mich lieber totpeitschen lassen", rief der Korporal, als er Susannas Geschichte schloß, „als dulden, daß dem Frauenzimmer deswegen ein Leid geschähe. Es war meine Schuld, Euer Gnaden, nicht ihre."

„Korporal Trim", erwiderte mein Onkel Toby, wobei er seinen Hut aufsetzte, der auf dem Tisch lag, „wenn man das eine Schuld nennen kann, was der Dienst unumgänglich notwendig macht, so bin ich es unstreitig, der einen Vorwurf verdient. Er gehorchte nur Seinem Befehl."

„Hätte der Graf Solms, Trim, es bei der Schlacht von Steenkirchen ebenso gemacht", sagte Yorick ein wenig spaßhaft zu dem Korporal, der auf dem Rückzug von einem Dragoner überritten worden war, „so hätte er Ihn gerettet." – „Gerettet!" schrie Trim und fiel ihm in die Rede. „Fünf ganze Regimenter, Hochwürden, hätte er gerettet: Da war Cutts", fuhr der Korporal fort, legte seinen Zeigefinger der rechten Hand auf den Daumen seiner Linken und zählte an den anderen Fingern weiter, „da war Cutts, Mackays, Angus', Grahams und Levens Regiment, die wurden alle in die Pfanne gehauen, und den englischen Leibgarden wär's nicht besser ergangen, wären nicht etliche Regimenter vom rechten Flügel gewesen, welche ihnen ganz beherzt zu Hilfe kamen und das feindliche Feuer zunächst auf sich zogen, bevor eine Seele von ihren eigenen Kompanien eine Muskete abfeuern konnte. Sie haben sich damit den Himmel verdient", setzte Trim hinzu. – „Trim hat recht", sagte mein Onkel Toby und nickte Yorick zu. „Er hat ganz recht." – „Was wollte er damit bezwecken, daß er die Reiterei vorrücken ließ", fuhr der Korporal fort, „wo das Terrain doch so eng war und die Franzosen eine solche Masse Hecken, Koppeln, Gräben und gefällte Bäume hatten, die kreuz und quer herumlagen und hinter denen sie Schutz suchten (wie sie's immer tun)? Graf Solms sollte uns hinkommandiert haben. Wir hätten ihnen Schuß um Schuß ganz anders eingeheizt. Die Kavallerie konnte nichts ausrichten. Als Belohnung dafür", fuhr der Korporal fort, „wurde ihm gleich im nächsten Gefecht bei Landen der Fuß abgeschossen." – „Der arme Trim bekam dort seine Wunde", sagte mein Onkel Toby. – „Das habe ich, mit Euer Gnaden Erlaubnis, nur dem Grafen Solms zu verdanken. Hätten wir sie zu Steenkirchen richtig zusammengeschossen, so hätten sie uns bei Landen nicht entgegentreten können." – „Vielleicht, vielleicht auch nicht, Trim", sagte mein Onkel Toby. „Denn wenn sie sich nur einen Wald zunutze machen können oder einen Augenblick Zeit gewinnen, um sich einzugraben, so ist's eine Nation, die einen immer wieder neckt und zwickt. Man kann nichts anderes tun, als ihnen kaltblütig auf die Haut zu rücken, ihr Feuer auszuhalten und dann über sie herzufallen." – „Piff, paff!" setzte Trim hinzu. – „Zu Fuß und zu Pferde", sagte mein Onkel Toby. – „Was hast du, was kannst du", sagte Trim. – „Von links und von rechts", rief mein Onkel Toby. – „Blut und Wunden!" schrie der Korporal. Die Schlacht war in vollem Gange, Yorick rückte der Sicherheit wegen seinen Stuhl ein wenig auf die Seite, und nach einer kleinen Pause ließ mein Onkel Toby seine Stimme um einen Ton sinken und nahm das Gespräch folgendermaßen wieder auf.

22. Kapitel

„König Wilhelm“, sagte mein Onkel Toby, wobei er sich an Yorick wendete, „war so ungehalten über Graf Solms, weil dieser seine Befehle mißachtet hatte, daß er ihn mehrere Monate lang nicht vor sich kommen lassen wollte.“ – „Ich befürchte“, antwortete Yorick, „unser Herr Shandy wird ebenso ungehalten über den Korporal sein wie der König über den Grafen. Es würde aber in diesem Fall eine ungewöhnliche Härte sein“, fuhr er fort, „wenn Korporal Trim, dessen Verhalten dem des Grafen so diametral entgegengesetzt war, das Schicksal haben sollte, mit der gleichen Ungnade belohnt zu werden. Zu oft geht's leider so in dieser Welt!“ – „Ich wollte eine Mine explodieren lassen“, rief mein Onkel Toby und stand auf, „und meine Befestigungsanlagen mitsamt meinem Haus in die Luft sprengen, und wir wollten uns lieber unter dem Schutt begraben lassen, ehe ich dabeistehen und das mitansehen wollte.“ – Trim machte einen kleinen, aber dankbaren Bückling gegen seinen Herrn, und so endigt das Kapitel.

23. Kapitel

„Wohlan, Herr Yorick“, versetzte mein Onkel Toby, „Sie und ich wollen vorangehen, und Er, Korporal, Er kann ein paar Schritte hinter uns nachfolgen.“ – „Und Susanna, wenn's Euer Gnaden erlauben, soll die Nachhut bilden“, sagte Trim. Es war eine vortreffliche Marschordnung. Und in dieser Reihenfolge, ohne klingendes Spiel und fliegende Fahnen, marschierten sie langsam von Onkel Tobys Haus nach Shandy Hall.

„Ich wollte“, sagte Trim, als sie eintraten, „ich hätte statt der Gewichte von den Fallfenstern die Enden von den Dachrinnen an der Kirche abgeschnitten, wie ich es schon einmal tun wollte.“ – „Er hat genug Dachrinnen abgeschnitten“, versetzte Yorick.

24. Kapitel

So viele Bilder auch von meinem Vater gegeben worden sind und so ähnlich sie ihm auch in seinen verschiedenen Mienen und Stellungen sein mögen, so kann doch weder eins noch alle zusammen dem Leser eine Art von Vorherwissen verschaffen, wie mein Vater bei noch nicht dagewesenen Vorfällen und Begebenheiten des Lebens denken, sprechen oder handeln würde. Die unendliche Zahl der Sonderbarkeiten in seinem Wesen und der entsprechenden Möglichkeiten, eine Sache anzupacken, mein Herr, machte einen Strich durch alle Berechnungen. Die Wahrheit zu sagen, sein Pfad lag von dem, auf dem die meisten Menschen wandeln, so weit seitwärts, daß jedes Ding, das ihm vorkam, seinem Auge in einer eigentümlichen Gestalt und Richtung erschien, ganz verschieden von der Höhe und Breite, in der es andere Menschenkinder erblickten. Mit anderen Worten, es war ein ganz andres Ding und wurde denn auch ganz anders betrachtet.

Dies ist der wahre Grund, warum meine liebe Jenny und ich sowie alle Welt um uns her so viele Streitereien um nichts haben. Sie sieht auf ihr Äußeres, und ich sehe auf ihr Inneres. Wie ist es da möglich, daß wir uns über ihren Wert einig werden sollten?

25. Kapitel

Es ist eine ausgemachte Sache – und ich führe es hier zu Konfuzius'* Trost an, der beim Erzählen einer einfachen Geschichte so schnell in Verwirrung gerät –, daß man, wofern man den Faden der Geschichte nicht ganz verliert, nach Belieben rückwärts oder vorwärts gehen kann, ohne daß es als Digression gilt.

Unter dieser Voraussetzung will ich von dem Privileg des freien Zurückgehens selbst Gebrauch machen.

* Herr Shandy meint ohne Zweifel den Herrn **** ******, Esq., Parlamentsmitglied aus der Grafschaft ****, und nicht den chinesischen Gesetzgeber.

26. Kapitel

Fünfzigtausend Körbe voll Teufel (ich meine nicht die des Erzbischofs von Benevent, sondern Rabelais' Teufel), denen die Schwänze dicht am Rumpf abgehackt worden sind, könnten kein so höllisches Geschrei darüber erhoben haben wie ich, als mich der Unfall betraf. Es rief meine Mutter unverzüglich in die Kinderstube, so daß Susanna nur gerade noch Zeit hatte, über die Hintertreppe zu entwischen, während meine Mutter die vordere Treppe heraufkam.

Nun wäre ich freilich alt genug gewesen, die Geschichte selbst zu erzählen, und jung genug, hoffe ich, es ohne Böswilligkeit zu tun, aber Susanna hatte sie, als sie an der Küche vorbeiging, aus Furcht vor Mißhelligkeiten der Köchin in Kurzform mitgeteilt; die Köchin hatte alles mit einem Kommentar dem Jonathan und Jonathan dem Obadiah erzählt, so daß, nachdem mein Vater ein halbes dutzendmal geklingelt hatte, um zu erfahren, was da oben vorginge, Obadiah bereits imstande war, ihm genaue Nachricht zu geben, was und wie es sich zugetragen habe. – „Dacht ich's mir doch!" sagte mein Vater, warf seinen Schlafrock über und stieg treppauf.

Daraus sollte man fast schließen (obgleich ich es für meinen Teil ein wenig in Zweifel ziehe), daß mein Vater schon vor dieser Zeit das merkwürdige Kapitel der „Tristrapädie" wirklich geschrieben haben müsse, das für mich das originellste und unterhaltendste im ganzen Buch ist – ich meine das Kapitel über die Fallfenster, an dessen Schluß eine bittere Strafpredigt über die Vergeßlichkeit der Stubenmädchen steht. Ich habe nur zwei Gründe, anders zu denken.

Erstlich, wäre die Sache in Erwägung gezogen worden, bevor der Unfall geschah, so würde mein Vater ein für allemal das Fallfenster zugenagelt haben, was er, wenn man bedenkt, wie sauer ihm das Bücherschreiben wurde, mit zehnmal weniger Mühe hätte tun können, als das Kapitel schreiben. Dieses Argument – das sehe ich ein – könnte auch als Beweis dafür vorgebracht werden, daß er das Kapitel auch nach dem Unfall nicht geschrieben habe; das erübrigt sich aber aus dem zweiten Grund, den ich der Welt vorzulegen die Ehre habe, um zu zeigen, daß mein Vater das Kapitel über die Fallfenster und Nachttöpfe zu der besagten Zeit nicht geschrieben haben könne, und das ist folgender Grund:

Daß ich, um die „Tristrapädie" zu vervollständigen, selbst das Kapitel geschrieben habe.

27. Kapitel

Mein Vater setzte seine Brille auf, schaute, nahm sie wieder ab, legte sie ins Futteral – alles in weniger als einer vollen Minute; und ohne die Lippen zu öffnen, drehte er sich um und stieg hastig die Treppe hinunter. Meine Mutter dachte, er sei hinuntergegangen, um Scharpie und Wundbalsam zu holen; als sie ihn aber mit ein paar Foliobänden unter dem Arm und gefolgt von Obadiah, der ein großes Lesepult trug, eintreten sah, hielt sie es für selbstverständlich, daß es ein Kräuterbuch sei, und zog ihm einen Stuhl an das Bett, damit er in Bequemlichkeit ein Heilkraut suchen könne.

„Wenn es nur recht geraten ist", sagte mein Vater und schlug den Abschnitt *de sede vel subjecto circumcisionis* auf, denn er hatte Spencers *De Legibus Hebraeorum Ritualibus* und den Maimonides heraufgebracht, um uns alle miteinander zu konfrontieren und zu examinieren.

„Wenn es nur recht geraten ist", sagte er. – „Sag uns nur", rief meine Mutter, „welche Kräuter wir nehmen sollen!" – „Wenn du das wissen willst", erwiderte mein Vater, „mußt du nach Doktor Slop schicken."

Meine Mutter ging hinunter, und mein Vater las den Abschnitt weiter, wie folgt: * * * * * * * * * * * *
* _

„Sehr gut", sagte mein Vater, *

* * * – „Ja, wenn diese Annehmlichkeit dabei ist“; und ohne sich einen Augenblick dabei aufzuhalten, ob die Juden es von den Ägyptern oder die Ägypter von den Juden übernommen hätten, stand er auf, und nachdem er sich mit der flachen Hand zwei- oder dreimal über die Stirn gefahren war – so wie wir wohl die Fußstapfen der Sorgen wegzuwischen pflegen, wenn ein Unglück nicht so hart aufgetreten ist, wie wir vermutet hatten –, schlug er das Buch zu und ging hinunter. – „Nun denn“, sagte er, und jedesmal wenn er den Fuß auf eine neue Stufe setzte, nannte er den Namen einer anderen großen Nation, „wenn die Ägypter, die Syrer, die Phönizier, die Araber, die Kappadozier, die Kolcher und die Troglodyten es taten, wenn Solon und Pythagoras es über sich ergehen ließen – wer ist Tristram? Wer bin ich, daß ich mich über die Sache einen Augenblick lang aufregen und ereifern sollte?“

28. Kapitel

„Lieber Yorick“, sagte mein Vater lächelnd (denn Yorick war aus dem Glied getreten, als er mit meinem Onkel Toby durch den engen Gang gekommen war, und kam also zuerst in das Wohnzimmer), „finden Sie nicht auch, daß unser Tristram seine liebe Not mit all diesen religiösen Zeremonien hat? Wohl niemals sind sie bei dem Kind eines Juden, Christen, Türken oder Heiden auf eine so verkehrte oder schlampige Art vollzogen worden.“ – „Ich hoffe doch, daß es nichts auf sich haben wird“, sagte Yorick. – „Es ist ganz gewiß“, fuhr mein Vater fort, „der Teufel in irgendeiner Gegend der Ekliptik losgelassen worden, als dieser Zweig aus meinem Stamm gebildet wurde.“ – „Das können Sie besser beurteilen als ich“, erwiderte Yorick. – „Die Astrologen wissen es besser als wir beide“, sagte mein Vater. „Die gedritten und gesechsten Scheine müssen übereinandergesprungen sein, oder die Gegenscheine ihrer Aszendenten haben's nicht getroffen, wie sie sollten, oder die Herren der Zeugung (wie man sie nennt) haben gerade Verstecken gespielt, oder es ist sonst etwas, entweder unten oder oben, mit uns nicht in Ordnung gewesen."

„Wohl möglich", antwortete Yorick. – „Aber", schrie mein Onkel Toby, „hat das Kind dadurch großen Schaden genommen?" – „Die Troglodyten sagen nein", versetzte mein Vater. „Und Ihre Theologen, Yorick, sagen uns ..." – „Theologisch gesprochen?" sagte Yorick. „Oder in der Sprache der Apotheker*, der Staatsmänner** oder der Waschweiber***?"

„Ich weiß es nicht gewiß", erwiderte mein Vater, „aber sie sagen uns, Bruder Toby, daß es ihm zum Vorteil gereiche." – „Vorausgesetzt", sagte Yorick, „daß Sie ihn nach Ägypten reisen lassen." – „Was das anbelangt", antwortete mein Vater, „so wird es ihm nichts schaden, wenn er die Pyramiden sieht."

„Nun, jedes Wort hiervon", sagte mein Onkel Toby, „ist für mich so gut wie Arabisch." – „Ich wünschte", sagte Yorick, „das wäre es für die halbe Welt."

„Ilus****", fuhr mein Vater fort, „beschnitt eines Morgens sein ganzes Heer." – „Doch nicht ohne Kriegsgericht?" rief mein Onkel Toby. – „Obgleich die Gelehrten", fuhr er fort, ohne auf Onkel Tobys Frage zu achten, sondern sich an Yorick wendend, „sehr uneinig darüber sind, wer dieser Ilus war. Einige sagen Saturn, andere das höchste Wesen, wieder andere behaupten, er sei nichts weiter gewesen als ein Brigadegeneral und Pharaoh-neco." – „Er mag gewesen sein, wer er will", sagte mein Onkel Toby, „ich sehe nicht, nach welchem Kriegsartikel er es rechtfertigen konnte."

„Die Kontroversisten", antwortete mein Vater, „führen zweiundzwanzig verschiedene Gründe dafür an. Freilich haben andere, die ihre Feder für die Gegenseite einsetzten,

* Χαλεπῆς νόσου καὶ δυσιάτου ἀπαλλαγή, ἣυ ἄνδρακα καλοῦσιν. Philo.

** Τὰ τεμνόμενα τῶν ἐθνῶν πολυγονώτατα εἶναι.

*** Καθαριότητος εἵνεκεν. Bochart.

**** Ὁ Ἶλος τὰ αἰδοῖα περιτέμνεται, ταὐτὸ ποιῆσαι καὶ τοὺς ἅμ' αὐτῷ συμμάχους καταναγκάσας. Sanchuniatho.

der Welt die Nichtigkeit des größten Teils derselben gezeigt. Dagegen haben unsere besten polemischen Theologen ..." – „Ich wünschte", sagte Yorick, „es gäbe keinen theologischen Polemiker im ganzen Reich. Eine Unze praktischer Religion ist mehr wert als eine ganze Schiffsladung des bunten Zeugs, das diese hochwürdigen Herren seit fünfzig Jahren einführen." – „Hören Sie doch, Herr Yorick", sagte mein Onkel Toby, „erklären Sie mir doch einmal, was ein polemischer Theologe ist?" – „Die beste Beschreibung, Herr Hauptmann Shandy, die ich je davon gelesen habe, betrifft ein Paar von ihnen", versetzte Yorick, „und ist in dem Bericht von dem Zweikampf zwischen Gymnast und dem Kapitän Tripet enthalten. Ich habe ihn in der Tasche." – „O lassen Sie mich doch hören", sagte mein Onkel Toby ernsthaft. – „Sie sollen", sagte Yorick. – „Und da doch der Korporal vor der Türe auf mich wartet und ich weiß, daß die Beschreibung eines Kampfes dem armen Kerl lieber sein wird als sein Abendessen, so will ich dich um die Erlaubnis bitten, Bruder, daß er hereinkommen darf." – „Recht gerne", sagte mein Vater. Trim kam herein, aufrecht und fröhlich wie ein Kaiser; und als er die Tür zugemacht hatte, zog Yorick ein Buch aus seiner rechten Rocktasche hervor und las, oder tat wenigstens so, wie folgt.

29. Kapitel

„... als alle anwesenden Soldaten diese Worte vernommen hatten, waren etliche so von Schrecken erfüllt, daß sie zurückwichen und Raum für den Angreifer machten. All dies bemerkte und beobachtete Gymnast sehr wohl, und deswegen tat er so, als wollte er von seinem Pferd steigen, und indem er an der linken Seite balancierte, steckte er gar behende (sein kurzes Schwert an der Hüfte tragend) den Fuß in den Steigbügel und führte den Steigriementrick aus, wodurch er sich nach der Beugung seines Körpers unterwärts plötzlich hoch in die Luft schnellte und seine beiden Füße auf den Sattel setzte, aufrecht stehend, mit dem

Rücken zum Kopf seines Pferdes. – ‚Nun‘, sagte er, ‚habe ich gewonnenes Spiel.‘ – Dann machte er plötzlich in derselben Stellung, in der er sich befand, einen Luftsprung auf einem Fuß, und indem er sich nach links wendete, gelang es ihm, seinen Körper völlig herumzudrehen, so daß er genau die gleiche Haltung wie vorher einnahm. – ‚Ha!‘ sagte Tripet, ‚das werde ich jetzt nicht tun – und nicht ohne Grund.‘ – ‚Wohlan‘, sagte Gymnast, ‚das wollte nicht gehen, ich will den Sprung rückgängig machen.‘ – Und daraufhin vollführte er, mit wunderbarer Kraft und Behendigkeit sich nach rechts wendend, abermals einen munteren Luftsprung; danach setzte er seinen rechten Daumen auf den Bogen des Sattels, hob sich empor, sprang in die Luft, wobei er sein ganzes Gewicht auf dem Muskel und Nerv des besagten Daumens balancierte und ruhen ließ, und drehte und wirbelte sich dreimal herum; beim viertenmal schwenkte er seinen Körper von oben nach unten und von vorne nach hinten, ohne anzustoßen, und brachte sich zwischen die beiden Ohren des Pferdes; dann gab er sich einen Ruck und setzte sich auf die Kruppe.“

(„Das kann man doch nicht Kampf nennen“, sagte mein Onkel Toby. Der Korporal schüttelte den Kopf. – „Nur Geduld“, sagte Yorick.)

„Nun schwang er (Tripet) sein rechtes Bein über den Sattel und setzte sich auf den Schwanz des Pferdes. – ‚Aber‘, sagte er, ‚es wäre besser für mich, wenn ich auf den Sattel gelangte.‘ – Damit setzte er die Daumen beider Hände auf die Kruppe vor ihm, lehnte sich darauf, als wären es die einzigen Stützen seines Leibes, drehte sich kopfüber in der Luft, und stracks befand er sich zwischen dem Sattelbogen in einem passablen Sitz. Nun schlug er einen Salto, wirbelte wie eine Windmühle und machte wohl hundert Sprünge, Wendungen und halbe Volten.“ – „O lieber Gott“, schrie Trim, dem die Geduld ausging, „ein einziger wackerer Stoß mit dem Bajonett ist mehr wert als alles das!“ – „Der Meinung bin ich auch“, versetzte Yorick.

„Gerade das Gegenteil ist meine Meinung“, sagte mein Vater.

30. Kapitel

„Nein, ich glaube, ich habe nichts gesagt", erwiderte mein Vater auf eine Frage, die sich Yorick die Freiheit genommen hatte ihm vorzulegen, „ich glaube, ich habe nichts gesagt in der ‚Tristrapädie', was nicht so klar ist wie irgendeine Aufgabe im Euklid. Geb Er mir das Buch, Trim, dort vom Schrank. Ich habe schon oft vorgehabt", fuhr mein Vater fort, „es Ihnen, Herr Yorick, und meinem Bruder Toby vorzulesen, und es kommt mir fast selbst ein wenig unfreundlich vor, daß ich's nicht schon längst getan habe. Wollen wir ein Kapitel oder zwei jetzt gleich vornehmen und ein paar andere später bei Gelegenheit, bis wir es ganz durch haben?" – Mein Onkel Toby und Yorick machten eine Verbeugung, wie es schicklich war, und der Korporal, obgleich er in die höfliche Aufforderung nicht mit einbegriffen war, legte die Hand auf die Brust und machte seinen Bückling. Die Gesellschaft lächelte. – „Trim", sagte mein Vater, „hat den vollen Preis bezahlt, um der Komödie bis zum Ende beizuwohnen." – „Das Spiel schien ihm nicht zu gefallen", antwortete Yorick. – „Es war auch ein dummes Hasengefecht, wenn's Hochwürden nicht übelnehmen wollen, mit dem Kapitän Tripet und dem andern Offizier, die so viele Luftsprünge machten, als sie vorrückten; die Franzosen kommen auch zuweilen so mit Hüpfen anmarschiert, aber so doch nicht."

Mein Onkel Toby hat niemals das Bewußtsein seines Daseins mit mehr Vergnügen empfunden, als es ihn die Betrachtung des Korporals und seine eigene in dem Augenblick empfinden ließen. Er zündete seine Pfeife an, Yorick rückte seinen Stuhl näher an den Tisch, Trim putzte das Licht, mein Vater schürte das Feuer, nahm das Buch, räusperte sich zweimal und begann.

31. Kapitel

„Die ersten dreißig Seiten“, sagte mein Vater, indem er blätterte, „sind ein wenig trocken; und da sie nicht so ganz zur Sache gehören, wollen wir sie vorerst überschlagen. Es ist eine vorredende Einleitung oder eine einleitende Vorrede (denn ich habe mich noch nicht entschlossen, wie ich es nennen soll) über die politische oder bürgerliche Regierung. Weil der Grund derselben in der ersten Vereinigung zwischen Mann und Weib zur Fortpflanzung der Gattung liegt, kam ich unwillkürlich darauf.“ – „Das war ganz natürlich“, sagte Yorick.

„Der Ursprung der Gesellschaft ist“, fuhr mein Vater fort, „wie Politian erzählt und ich überzeugt bin, nichts anderes als der Ehestand oder die Verbindung eines Mannes und einer Frau, wozu (nach Hesiod) der Philosoph noch einen Diener rechnet; da er aber annimmt, daß im frühesten Anfang noch keine Diener geboren waren, legt er den Grund der Gesellschaft mit einem Mann, einer Frau und einem Bullen.“ – „Ich glaube, es ist ein Ochse“, sagte Yorick und führte die Stelle an: „ἄοκον μὲν πρώτιστα, γυναῖκά τε, βοῦν τ' ἀροτῆρα. Ein Bulle hätte mehr Schaden angerichtet, als sein Kopf wert gewesen.“ – „Allein, es gibt noch einen besseren Grund“, sagte mein Vater (und tauchte seine Feder in die Tinte), „denn da der Ochse das geduldigste von allen Tieren ist und das nützlichste zum Pflügen, so war er das beste Werkzeug und zugleich Sinnbild für das neu vereinigte Paar, das ihnen die Schöpfung hätte zugesellen können.“ – „Es gibt noch einen wichtigeren Grund, der für den Ochsen spricht“, fügte mein Onkel Toby hinzu, „als all diese.“ – Mein Vater war nicht imstande, die Feder aus dem Tintenfaß zu ziehen, bis er Onkel Tobys Grund vernommen hatte. – „Denn nachdem der Acker gepflügt worden war“, sagte mein Onkel Toby, „und es sich nun der Mühe verlohnte, ihn einzuhegen, fing man an, ihn mit Gräben und Wällen zu umgeben, und das ist der Ursprung des Befestigungswesens.“ – „Wahr, wahr, lieber Toby“, rief mein Vater, strich den Bullen aus und setzte den Ochsen dafür ein.

Mein Vater gab Trim einen Wink, das Licht zu putzen, und setzte seinen Vortrag fort.

„Ich lasse mich auf diese Spekulation bloß deswegen ein", sagte mein Vater leichthin und schloß das Buch halb, als er fortfuhr, „um den Grund des natürlichen Verhältnisses zwischen einem Vater und seinem Kind zu zeigen, über welches er auf folgenden verschiedenen Wegen ein Recht und eine Jurisdiktion erhält:

1. durch Heirat,
2. durch Adoption,
3. durch Legitimation

und 4. durch Zeugung, welche Wege ich alle der Reihe nach betrachte."

„Ich halte einen davon für ziemlich unwichtig", erwiderte Yorick. „Der Zeugungsakt, besonders wenn er damit aufhört, legt nach meiner Meinung dem Kind ebensowenig eine Verbindlichkeit auf, wie er dem Vater Macht erteilt." – „Sie irren", sagte mein Vater scharf, „und zwar aus diesem einfachen Grund * * * * * * * * * * * * *
* *

Ich behaupte", fügte mein Vater hinzu, „daß die Kinder aus diesem Grund nicht so unter der Gewalt und Jurisdiktion der Mutter stehen." – „Allein der Grund", versetzte Yorick, „ist doch für sie ebenso gültig." – „Sie steht selbst unter Aufsicht", sagte mein Vater. „Und überdies", fuhr mein Vater fort, indem er den Kopf schüttelte und seinen Finger an die Nase legte, als er seinen Grund anführte, „ist sie nicht die am stärksten beteiligte Person, Yorick." – „Wobei?" sagte mein Onkel Toby, der seine Pfeife stopfte. – „Obgleich ohne allen Zweifel", setzte mein Vater hinzu (ohne darauf zu achten, was mein Onkel Toby sagte), „der Sohn ihr Ehrerbietung schuldig ist, wie Sie, mein lieber Yorick, ausführlich im ersten Buch der Institutionen des Justinian, im elften Kapitel der zehnten Abteilung, lesen können." – „Ich kann es ebensogut", versetzte Yorick, „im Katechismus lesen."

„Trim weiß ihn Wort für Wort auswendig", sagte mein Onkel Toby. – „Puh!" sagte mein Vater, der keinen Wert darauf legte, daß ihm Trim mit seinem Katechismusaufsagen in die Quere kommen sollte. – „Auf meine Ehre, er kann ihn ganz herbeten", erwiderte mein Onkel. „Fragen Sie ihn nur, Herr Yorick, was Sie wollen."

„Das fünfte Gebot, Trim?" sagte Yorick mit sanfter Stimme und einem freundlichen Kopfnicken, wie zu einem schüchternen Katechumenen. Stumm stand der Korporal. – „Sie fragen ihn nicht richtig", sagte mein Onkel Toby, erhob die Stimme und sprach schnell wie bei einem Exerzierkommando. „Das fünfte Gebot!" rief mein Onkel Toby. – „Ich muß beim ersten anfangen, mit Euer Gnaden Erlaubnis", sagte der Korporal.

Yorick konnte sich eines Lächelns nicht enthalten. – „Hochwürden bedenken nicht", sagte der Korporal, schulterte dabei seinen Stock wie ein Gewehr und marschierte mitten ins Zimmer, um seine Haltung zu erläutern, „daß es ganz genauso ist, als wenn man auf dem Exerzierplatz die Handgriffe macht."

„Präsentiert das Gewehr!" schrie der Korporal, der zugleich kommandierte und exerzierte.

„Das Gewehr über!" schrie der Korporal und spielte dabei gleichzeitig den Adjutanten und den Gemeinen.

„Das Gewehr ab! Hochwürden sehen wohl, daß ein Kommando aus dem andern folgt. Wenn der gnädige Herr nun beim ersten anfangen will."

„Das erste Gebot!" rief mein Onkel Toby und stemmte seine Hand in die Seite. – *.

„Das zweite!" rief mein Onkel Toby und schwenkte seine Tabakspfeife, wie er seinen Degen vor einem Regiment geschwenkt haben würde. Der Korporal führte seine Handgriffe exakt aus, und nachdem er seinen Vater und seine Mutter geehrt hatte, machte er eine tiefe Verbeugung und begab sich wieder nach der Seite des Zimmers.

„Jedes Ding in der Welt“, sagte mein Vater, „geht mit Kurzweil schwanger und steckt voller Witz und Belehrung, wenn wir's nur zu finden wüßten.

Hier ist das wahre Baugerüst zum Unterricht und der höchste Gipfel des Spaßes – man findet nur kein Gebäude dahinter.

Hier ist der Spiegel für die Pädagogen, Präzeptoren, Tutoren, Hofmeister, Grammatikpauker und Bärenführer, in dem sie sich in ihrer wahren Größe erblicken können.

O Yorick, mit der Gelehrsamkeit wachsen auch die Hülsen und Schalen, die ihre Ungeschicklichkeit nicht wegzuwerfen vermag.

Wissenschaften mag man durch Routine erlernen, aber Weisheit nicht.“

Yorick hielt meinen Vater für begeistert. – „Ich will auf der Stelle die Verpflichtung eingehen“, sagte mein Vater, „daß ich Dinahs ganze Erbschaft zu wohltätigen Zwecken verwenden will“ (von denen, nebenbei gesagt, mein Vater keine hohe Meinung hatte), „wenn der Korporal mit einem von all den Worten, die er hergebetet hat, einen bestimmten Begriff verbindet. – Hör Er doch, Trim“, sagte mein Vater und wendete sich nach ihm um, „was versteht Er unter: Vater und Mutter ehren?“

„Ihnen, mit Euer Gnaden Erlaubnis, die halbe Löhnung geben, wenn sie alt werden.“ – „Und tat Er das, Trim?“ sagte Yorick. – „Jawohl, das tat er“, erwiderte mein Onkel Toby. – „Nun, Trim“, sagte Yorick, wobei er von seinem Stuhl aufsprang und den Korporal bei der Hand faßte, „so ist Er der beste Ausleger dieses Teils der Zehn Gebote; und ich schätze Ihn dafür höher, mein guter Trim, als wenn Er am Talmud mitgearbeitet hätte.“

33. Kapitel

„O heilige Gesundheit!“ rief mein Vater aus, als er die Seiten bis zum nächsten Kapitel überblätterte. „Du gehst über alles Gold und alle Schätze, du stärkst die Seele und öffnest ihre Kräfte, Unterweisung zu empfangen und die Tugend zu lieben. Wer dich besitzt, hat nur noch wenig zu wünschen; und dem, der so elend ist, daß du ihm fehlst, fehlt alles mit dir.

Alles, was über diesen wichtigen Punkt gesagt werden mag“, sagte mein Vater, „habe ich auf engstem Raum zusammengedrängt; wir wollen also das ganze Kapitel durchlesen.“

Mein Vater las wie folgt:

„Weil das ganze Geheimnis der Gesundheit in dem gehörigen Ringen zwischen der radikalen Hitze und der radikalen Feuchtigkeit um die Oberhand besteht ...“ – „Diese Tatsache haben Sie, glaube ich“, sagte Yorick, „schon vorher dargetan.“ – „Hinlänglich“, versetzte mein Vater.

Als mein Vater das sagte, klappte er das Buch zu, nicht so, als ob er sich vornähme, nicht weiter darin zu lesen – denn er hielt seinen Zeigefinger in dem Kapitel –, auch nicht mit Unwillen, denn er machte das Buch langsam zu; seinen Daumen ließ er, als es schon zugemacht war, auf dem Oberdeckel liegen, während seine drei Finger den Unterdeckel hielten, ohne es im geringsten heftig zusammenzupressen.

„Die Wahrheit dieses Punktes“, sagte mein Vater, wobei er Yorick zunickte, „habe ich hinlänglich in dem vorhergehenden Kapitel bewiesen.“

Nun, könnte jemand dem Mann im Mond erzählen, daß ein Mann auf der Erde ein Kapitel geschrieben habe, um hinlänglich zu beweisen, daß das Geheimnis aller Gesundheit in dem gehörigen Ringen zwischen der radikalen Hitze und der radikalen Feuchtigkeit bestehe, und daß er die Sache so meisterlich ausgeführt habe, daß kein einziges Wort, weder ein nasses noch ein trockenes, von der radikalen

Hitze oder radikalen Feuchtigkeit in dem ganzen Kapitel oder eine einzige Silbe weder pro noch contra, mittelbar oder unmittelbar von dem Ringen zwischen diesen beiden Kräften in irgendeinem Teil der animalischen Ökonomie vorkomme –

„O du ewiger Schöpfer aller Wesen!“ würde der Mann im Mond ausrufen und mit seiner rechten Hand (wenn er eine hätte) an die Brust schlagen, „dessen Macht und Güte die Fähigkeiten deiner Geschöpfe zu dieser unendlichen Höhe von Vortrefflichkeit und Vollkommenheit erheben kann – was haben wir Mondbewohner getan?“

34. Kapitel

Mit zwei Hieben, von denen er dem Hippokrates einen und dem Lord Verulam den andern versetzte, brachte mein Vater die ganze Sache zustande.

Der Hieb nach dem Fürsten der Ärzte, womit er den Anfang machte, war weiter nichts als eine kurze Verhöhnung von dessen Jammerklage *Ars longa* und *Vita brevis.* – „Kurz ist das Leben“, rief mein Vater, „und die Heilkunst langweilig! Und wem haben wir das eine so gut wie das andere wohl zu verdanken, wenn nicht der Unwissenheit der Quacksalber selbst!? Und den Wagenladungen von chemischen Arkana und dem peripatetischen Plunder, mit dem sie von jeher der Welt erst geschmeichelt und sie zuletzt betrogen haben!

O Mylord Verulam!“ rief mein Vater, indem er den Hippokrates stehenließ und ihm, dem hauptsächlichsten Arkanumhändler und dem Geeignetsten, an dem man für alle übrigen ein Exempel statuieren könnte, den zweiten Hieb versetzte. „Was soll ich dir sagen, mein großer Lord Verulam? Was soll ich sagen von deinem inneren Geist, deinem Opium, deinem Salpeter, deinen fetten Salben, deinen täglichen Aderlässen, deinen nächtlichen Klistieren und deinen Surrogaten?“

Mein Vater war in seinem Leben nie darum verlegen,

was er irgendeinem Mann über irgendeine Materie sagen sollte, und unter allen lebenden Menschen bekümmerte er sich am wenigsten um eine Einleitung. Wie er mit der Ansicht des Lords zu Werke ging, sollen Sie sehen. Wann aber, weiß ich nicht. Erst müssen wir sehen, was des Lords Ansicht war.

35. Kapitel

„Die zwei großen Ursachen, welche sich verschworen haben, das Leben zu verkürzen", sagt Lord Verulam, „sind erstens:

Der innere Geist, der wie eine kleine Flamme den Körper verzehrt, und zweitens die äußere Luft, die den Körper zu Asche dörrt, welche beiden Feinde uns von beiden Seiten des Körpers zugleich angreifen und dadurch endlich unsere Organe zerstören und unfähig machen, die Lebensfunktionen zu erfüllen."

Wenn das zuträfe, sei der Weg zur Langlebigkeit gebahnt; es sei nichts weiter nötig, sagt Mylord, als den Verlust, den der innere Geist verursache, zu ersetzen, indem man diesen Geist dadurch zu verdicken und verdichten suche, daß man einerseits regelmäßig Opiatmittel gebrauche und andererseits seine Hitze dadurch abkühle, daß man jeden Morgen vor dem Aufstehen dreieinhalb Gran Salpeter nähme.

Nun blieb aber noch unser Körper von außen den feindseligen Anfällen der Luft ausgesetzt; doch auch dagegen könne man sich schützen durch den ständigen Gebrauch fetter Salben, welche die Poren der Haut dergestalt anfüllten, daß kein bißchen Luft hineindringen und auch keine herauskommen könne. Dies hemme nun alle Ausdünstungen, merkliche und unmerkliche, und da das die Ursache so mancher skorbutischen Krankheit sei, müsse man Klistiere anwenden, um die überschüssigen Säfte abzuführen und das System zu vervollständigen.

Was mein Vater von Mylord Verulams Opiaten, seinem

Salpeter, seinen fetten Salben und Klistieren zu sagen hatte, sollen Sie lesen, aber nicht heute, morgen auch nicht, denn die Zeit wird mir knapp. Mein Leser wird ungeduldig, aber ich muß vorwärts eilen. Sie können das Kapitel in Muße lesen, wenn Sie wollen, sobald die „Tristrapädie" im Druck erschienen ist.

Für jetzt mag es genug sein zu sagen, daß mein Vater die Hypothese dem Erdboden gleich machte, und indem er das tat, erbaute und begründete er, wie die Gelehrten wissen, seine eigene darauf.

36. Kapitel

„Weil das ganze Geheimnis der Gesundheit", sagte mein Vater und begann den Satz von neuem, „unzweifelhaft in dem gehörigen Ringen zwischen der radikalen Hitze und der radikalen Feuchtigkeit in uns besteht, so hätte die denkbar geringste Geschicklichkeit ausgereicht, diese zu erhalten, wenn es nicht die Schulgelehrten dadurch erschwert hätten, daß sie beständig (wie der berühmte Chemiker van Helmont bewiesen hat) die radikale Feuchtigkeit mit dem Talg und Fett des tierischen Körpers verwechselten.

Nun aber ist die radikale Feuchtigkeit nichts weniger als der Talg oder das Fett der Tiere, sondern eine ölige und balsamische Substanz; denn der Talg und das Fett wie auch der Schleim oder die wässerigen Teile sind kalt, während hingegen die öligen und balsamischen Teile lebendige Hitze und Geist haben, was die Bemerkung des Aristoteles erklärt: ‚*Quod omne animal post coitum est triste.*'

Demnach ist es also gewiß, daß die radikale Hitze in der radikalen Feuchtigkeit lebt; ob aber auch vice versa, läßt sich bezweifeln. Wenn sich jedoch die eine verliert, verliert sich die andere ebenfalls, und alsdann zeigt sich entweder eine unnatürliche Hitze, die einen unnatürlichen Durst verursacht, oder eine unnatürliche Feuchtigkeit, woraus Wassersucht entsteht. Wenn man also nur einem heranwachsenden Kind begreiflich machen kann, daß es weder in Feuer noch in Wasser laufen soll, weil beides sein Untergang sein kann, so ist alles geschehen, was in dieser Hinsicht zu tun ist.“

37. Kapitel

Selbst die Beschreibung der Belagerung von Jericho hätte die Aufmerksamkeit Onkel Tobys nicht mächtiger auf sich ziehen können als das vorige Kapitel. Die ganze Zeit über waren seine Augen auf meinen Vater geheftet. Sooft dieser die radikale Hitze oder radikale Feuchtigkeit erwähnte, nahm er die Pfeife aus dem Mund und schüttelte den Kopf; und sobald das Kapitel zu Ende war, winkte er dem Korporal, daß er zu ihm an den Stuhl kommen möge, und fragte ihn folgendes beiseite: „* * * * * * * * * * * * *
* *
* *
* *?“
– „Bei der Belagerung von Limerick war's, Euer Gnaden“, erwiderte der Korporal und machte seinen Bückling.

„Der arme Kerl und ich“, sagte mein Onkel Toby, wobei er sich an meinen Vater wandte, „wir waren kaum imstande, aus unseren Zelten zu kriechen, als die Belagerung von Limerick aufgehoben wurde, aus dem gleichen Grund, den du genannt hast.“ – Wenn ich doch nur wüßte, was dir in deinen kostbaren Gehirnkasten gekommen ist, mein lieber Bruder Toby, rief mein Vater im Geiste. Wahrhaftig, fuhr er bei sich selbst fort, das würde nicht einmal ein Ödipus herausbringen!

„Ich glaube, mit Euer Gnaden Erlaubnis“, sagte der Korporal, „wäre nicht der Branntwein gewesen, den wir jeden Abend anzündeten, und der rote Wein mit Zimt, den ich Euer Gnaden zurechtmachte ...“ – „Und der Wacholder, Trim“, fügte mein Onkel Toby hinzu, „der uns noch besser bekam als alles übrige.“ – „Ich glaube wirklich“, fuhr der Korporal fort, „wir hätten beide, mit Euer Gnaden Erlaubnis, unser Leben in den Laufgräben lassen müssen und wären darin begraben worden dazu!" – „Das rühmlichste Grab, Korporal", rief mein Onkel Toby mit funkelnden Augen, „in dem ein Soldat begraben zu werden nur wünschen kann." – „Aber es wäre doch ein erbärmlicher Tod gewesen, mit Euer Gnaden Erlaubnis", versetzte der Korporal.

Alles dieses war für meinen Vater ebensosehr Arabisch, wie es vorher meinem Onkel Toby die gottesdienstlichen Gebräuche der Colcher und Troglodyten gewesen waren. Mein Vater konnte nicht mit sich einig werden, ob er den Mund zum Lächeln oder die Stirne in Falten ziehen sollte.

Mein Onkel Toby, der sich an Yorick wandte, begann wieder mit der Sache von Limerick, und zwar verständlicher als beim ersten Male; also kam mein Vater auf einmal auch dahinter.

38. Kapitel

„Es war gewiß ein großes Glück für mich und den Korporal, daß uns die ganze Zeit über, da wir die fünfundzwanzig Tage im Lager die Ruhr hatten, das hitzige Fieber mit dem entsetzlichen Durst nicht verließ, sonst hätte wohl das, was mein Bruder die radikale Feuchtigkeit nennt, unvermeidlicherweise die Oberhand gewonnen." – Mein Vater sog seine Lunge so voll Luft, wie er nur konnte, und gab sie mit emporgerichteten Augen so langsam wie möglich wieder von sich.

„Es war Gottes Barmherzigkeit mit uns", fuhr mein Onkel Toby fort, „die es dem Korporal eingab, daß er das gehörige Ringen zwischen der radikalen Hitze und der radikalen Feuchtigkeit unterhalten müsse, indem er das Fieber durch den Glühwein mit Gewürz verstärkte, was er beständig tat; dadurch bewirkte der Korporal sozusagen ein unaufhörliches Feuer, so daß die radikale Hitze von Anfang bis zu Ende standhalten und der radikalen Feuchtigkeit widerstehen konnte, so fürchterlich sie auch war. Auf meine Ehre", fügte mein Onkel Toby hinzu, „du hättest das Ringen in unseren Leibern fünfzig Schritt weit hören können, Bruder Shandy.“ – „Wenn gerade nicht gefeuert wurde“, sagte Yorick.

„Gut!“ sagte mein Vater, schöpfte tief Atem und hielt ein wenig nach dem Wort inne. „Wär ich ein Richter und die Gesetze des Landes, das mich dazu gemacht hätte, erlaubten es, so verurteilte ich einige der ärgsten Übeltäter, nachdem sie von einem Priester vorbereitet worden wären, dazu ...“ – Yorick, welcher voraussah, daß die Urteile nichts weniger als barmherzig ausfallen würden, legte seine Hand auf meines Vaters Brust und bat, er möge sie noch ein paar Minuten zurückhalten, bis er dem Korporal eine Frage gestellt hätte. „Ich bitt Ihn, Trim“, sagte Yorick, ohne meines Vaters Einwilligung abzuwarten, „sag Er uns doch ganz aufrichtig, was Er eigentlich von dieser radikalen Hitze und radikalen Feuchtigkeit hält.“

„Wenn's mein gnädiger Herr erlauben will“, sagte der Korporal und machte vor meinem Onkel Toby einen Bückling. – „Er kann seine Meinung frei heraus sagen“, erwiderte mein Onkel Toby. „Der arme Kerl ist zwar mein Diener, aber nicht mein Sklave“, fügte mein Onkel Toby hinzu und wandte sich dabei an meinen Vater.

Der Korporal nahm seinen Hut unter seinen linken Arm, von dessen Handgelenk sein Stock an einem schwarzen Band, das an der Schleife ausgefranst war, herabhing, und marschierte zu der Stelle, auf der er seinen Katechismus aufgesagt hatte; darauf faßte er sich, ehe er den Mund auftat, mit den Fingern und dem Daumen der rechten Hand an sein Unterkinn und sagte seine Meinung folgendermaßen:

39. Kapitel

Eben als sich der Korporal räusperte und anfangen wollte, watschelte Doktor Slop herein. Es kommt gar nicht darauf an, der Korporal soll im nächsten Kapitel fortfahren; laß hereinkommen, wer da will.

„Nun, mein lieber Herr Doktor“, rief mein Vater scherzhaft, denn die Übergänge seiner Leidenschaften waren unbegreiflich schnell, „was sagt mein kleiner Welpe zu der Sache?“

Hätte mein Vater nach der Amputation eines Hundeschwanzes gefragt, er hätte es nicht mit mehr Gleichgültigkeit tun können. Der Plan, den sich Doktor Slop für die Behandlung gemacht hatte, gestattete eine solche Art zu fragen keineswegs. Er setzte sich.

„Sagen Sie uns doch“, fragte mein Onkel Toby auf eine Weise, die er nicht unbeantwortet lassen konnte, „wie haben Sie das Kind vorgefunden?“ – „Es wird wohl eine Phimosis werden“, versetzte Doktor Slop.

„Ich bin noch nicht klüger als zuvor“, sagte mein Onkel Toby und steckte wieder die Pfeife in den Mund. – „So laß den Korporal fortfahren“, sagte mein Vater, „und uns seine medizinische Meinung sagen.“ – Der Korporal verneigte sich vor seinem alten Freund Doktor Slop und brachte darauf sein Gutachten über die radikale Hitze und radikale Feuchtigkeit mit folgenden Worten vor:

40. Kapitel

„Die Stadt Limerick, deren Belagerung Seine Majestät König Wilhelm gleich ein Jahr, nachdem ich zur Armee gekommen war, selbst begann, liegt, mit Euer Gnaden Erlaubnis, mitten in einer verteufelt feuchten, morastigen Gegend.“ – „Der Shannon fließt beinahe rundherum“, sagte mein Onkel Toby, „und es ist durch seine natürliche Lage eine der stärksten Festungen in Irland.“

„Das ist wohl eine ganz neue Art, eine medizinische Vorlesung anzufangen“, sagte Doktor Slop. – „Es ist alles die pure Wahrheit“, antwortete Trim. – „So wünschte ich, daß die Fakultät ihre Methode übernähme“, sagte Yorick. – „Sie ist ganz durchschnitten, wenn Euer Gnaden gestatten“, sagte der Korporal, „von Gräben und Sümpfen, und dazu fiel noch während der Belagerung eine solche Menge Regen, daß sich das ganze Land über und über in einen Morast verwandelte; und davon und von sonst nichts kam die Ruhr, die beinahe den gnädigen Herrn und mich unter die Erde gebracht hätte; nur war nach den ersten zehn Tagen", fuhr der Korporal fort, „für keinen Soldaten mehr daran zu denken, daß er trocken in seinem Zelt liegen könnte, wenn er nicht einen Graben rundherum grub, der das Wasser abzog; aber das hätte für solche Herren, die sich's wie der gnädige Herr leisten konnten, noch nicht genügt, wenn sie nicht jeden Abend eine zinnerne Schüssel voll Branntwein angesteckt hätten; das vertrieb die feuchte Luft und erwärmte das Zelt so gut wie ein Ofen."

„Und was für einen Schluß, Korporal Trim", rief mein Vater, „will Er aus all diesen Voraussetzungen ziehen?"

„Ich schließe, mit Euer Gnaden Erlaubnis, daraus", versetzte Trim, „daß die radikale Feuchtigkeit in der Welt nichts anderes sein kann als Moorwasser und daß die radikale Hitze für diejenigen Offiziere, die es bezahlen können, angezündeter Branntwein ist; und die radikale Hitze und Feuchtigkeit für einen Gemeinen, Euer Gnaden, ist nichts anderes als Moorwasser und ein Schluck Wacholder. Und gibt man uns davon genug und eine Pfeif Tabak dazu, die uns Mut gibt und die Dämpfe vertreibt, so lachen wir dem Tod ins Gesicht."

„Ich kann nicht mit mir darüber einig werden, Herr Hauptmann Shandy", sagte Doktor Slop, „in welchem Zweig der Gelehrsamkeit Ihr Korporal am besten beschlagen ist: in der Physiologie oder in der Theologie." Slop hatte Trims Kommentar zu der Predigt noch nicht vergessen.

„Gerade vor einer Stunde", versetzte Yorick, „ist der Korporal in der letzteren examiniert worden und hat mit großen Ehren die Prüfung bestanden."

„Die radikale Hitze und Feuchtigkeit", sagte Doktor Slop und wandte sich dabei an meinen Vater, „müssen Sie wissen, sind der Grund und die Basis unseres Seins, wie die Wurzel eines Baumes der Grund und die Quelle seines Wachstums ist. Sie sind schon im Samen aller Tiere enthalten und können auf verschiedenen Wegen erhalten werden, nach meiner Meinung aber hauptsächlich durch Consubstantialia, Imprimentia und Occludentia. Der arme Kerl hat leider", fuhr Doktor Slop fort und zeigte auf den Korporal, „ein paar oberflächliche empirische Reden eines Quacksalbers über dieses delikate Thema aufgeschnappt." – „Das hat er", sagte mein Vater. – „Es ist gut möglich", sagte mein Onkel. – „Ich weiß es gewiß", sprach Yorick.

41. Kapitel

Da der Doktor Slop hinausgerufen wurde, um nach einem warmen Umschlag zu sehen, den er verordnet hatte, hatte mein Vater Gelegenheit, noch ein Kapitel aus der „Tristrapädie" vorzunehmen. – Frisch, Kinder, munter! Ich will euch Land weisen. Denn wenn wir erst durch dies Kapitel hindurchbugsiert sind, soll das Buch in Jahr und Tag nicht wieder aufgeschlagen werden. Hussa!

42. Kapitel

Fünf Jahre mit einem Latz unter dem Kinn.

Vier Jahre lang Reisen von Christ-Cross-Row nach Malachi.

Anderthalb Jahre seinen Namen schreiben lernen.

Sieben lange Jahre und mehr auf griechisch und lateinisch τύπτω-en.

Vier Jahre über seinen Probationen und Negationen. Und die schöne Statue steckt noch immer mitten im Marmorblock, und bisher sind nur die Werkzeuge geschärft, um sie herauszumeißeln! Es ist ein jämmerliches Zaudern! War es nicht um ein Haar so weit gekommen, daß selbst der große Julius Scaliger seine Werkzeuge nie geschärft hätte? Denn vierzig Jahre war er alt, als er sein Griechisch handhaben konnte. Und Peter Damianus, der Fürstbischof von Ostia, konnte, wie die ganze Welt weiß, noch nicht einmal lesen, als er schon ein Mann war. Und selbst Baldus, so berühmt er auch nachher geworden ist, warf sich in einem solchen Alter auf die Jurisprudenz, daß jedermann dachte, er wolle ein Advokat in der andern Welt werden. Kein Wunder, daß Eudamidas, der Sohn des Archidamas, als er den Xenokrates in seinem siebzigsten Jahre über die Weisheit disputieren hörte, ganz ernsthaft fragte: „Wenn der alte Mann jetzt noch über die Weisheit forscht und disputiert – wo will er die Zeit hernehmen, sie anzuwenden?"

Yorick hörte meinem Vater sehr aufmerksam zu; es war eine Würze von Weisheit auf unerklärliche Weise mit seinen wunderlichsten Grillen vermischt, und er hatte zuweilen mitten in seinen dunkelsten Eklipsen solche Erleuchtungen, die sie fast wieder wettmachten. Vorsicht, mein Herr, wenn Sie es ihm nachmachen!

„Ich bin überzeugt, Yorick", fuhr mein Vater, halb lesend und halb sprechend, fort, „daß es eine Nordwest-Passage nach der geistigen Welt gibt und daß die Seele des Menschen kürzere Wege weiß, auf denen sie sich Wissenschaft und Belehrung zu verschaffen vermag, als die, welche wir gewöhnlich einschlagen. Aber ach! Nicht neben jedem Feld fließt ein Fluß oder Bach einher, und nicht jedes Kind, Yorick, hat einen Vater, der ihm diesen kurzen Weg zeigen könnte.

Das Ganze", setzte mein Vater mit leiser Stimme hinzu, „hängt von den Hilfsverben ab, Herr Yorick."

Hätte Yorick auf Vergils Schlange getreten, er könnte nicht bestürzter ausgesehen haben. – „Es wundert mich gleichfalls", sagte mein Vater, der es bemerkte, „und ich rechne es unter die größten Unglücksfälle, die jemals die Gelehrtenrepublik heimsuchten, daß diejenigen, denen man die Erziehung unserer Kinder anvertraut hat und deren Aufgabe es sein sollte, ihnen den Verstand zu öffnen und diesen beizeiten mit Begriffen zu versorgen, auf welche die Phantasie Jagd machen könnte, sich dabei so wenig der Hilfsverben bedienen, wie sie es getan haben, abgesehen von Raymond Lullius und dem älteren Pelegrini, welcher letzterer es in dem Gebrauch derselben bei seinen Themen zu einer solchen Vollkommenheit brachte, daß er einen jungen Herrn in einigen wenigen Lektionen dahin bringen konnte, über jeden beliebigen Gegenstand überzeugend pro und contra zu sprechen und alles darüber zu sagen und zu schreiben, was darüber gesagt oder geschrieben werden konnte, ohne ein Wort auszustreichen, zur großen Bewunderung aller, die ihn sahn." – „Es wäre mir sehr lieb", sagte Yorick, der meinen Vater unterbrach, „wenn man mir diese Sache verständlich machen könnte." – „Soll geschehen!" sagte mein Vater.

„Der höchste Grad der Verbesserung, dessen ein einfaches Wort fähig ist, ist eine starke Metapher, wodurch nach meiner Meinung der Gedanke im allgemeinen verliert und nicht gewinnt. Doch sei dem, wie ihm wolle – wenn der Geist das erledigt hat, so hat's ein Ende; der Geist und der Gedanke ruhen, bis ein zweiter Gedanke auftritt, und so fort.

Nun besteht der Nutzen der Hilfsverben darin, der Seele unverzüglich auf die Beine zu helfen, sie zur Bearbeitung der Materialien anzuregen, so wie sie ihr gebracht werden, durch den Schwung der großen Maschine, um die sie gewickelt sind, neue Wege des Nachdenkens zu eröffnen und es dahin zu bringen, daß ein Gedanke Millionen anderer erzeugt."

„Sie reizen meine Neugierde gewaltig", sagte Yorick.

„Ich meinesteils", sagte mein Onkel Toby, „ich habe es schon längst aufgegeben." – „Die Dänen, mit Euer Gnaden Erlaubnis", sprach der Korporal, „die bei der Belagerung von Limerick auf dem linken Flügel standen, waren auch lauter Hilfstruppen." – „Und recht tapfere waren es", sagte mein Onkel Toby. „Aber die Hilfsverben, Trim, von denen mein Bruder spricht, sind etwas anderes. Soviel begreife ich."

„Wirklich?" sagte mein Vater und stand auf.

43. Kapitel

Mein Vater ging einmal quer durch das Zimmer, dann setzte er sich wieder und brachte das Kapitel zu Ende.

„Die Hilfsverben, mit denen wir's hier zu tun haben", fuhr mein Vater fort, „sind: bin, war; habe, hatte; mache, machte; leiden; soll, sollte; will, wollte; kann, konnte; muß, mußte; pflege, pflegte. Und diese können durch die Zeiten, die gegenwärtige, vergangene und zukünftige, konjugiert und mit dem Zeitwort „sehen" oder auch mit folgenden Fragen verbunden werden: Ist es? War es? Wird es sein? Würde es sein? Kann es sein? Könnte es sein? Und diese Fragen in der Verneinung: Ist es nicht? War es nicht? Müßte es nicht? Oder bejahend: Es ist; es war; es sollte sein. Oder auch chronologisch: Ist es immer gewesen? Neulich? Wie lange ist es her? Oder hypothetisch: Wenn es wäre? Wenn es nicht wäre? Was folgte dann? Wenn die Franzosen die Engländer schlügen? Wenn die Sonne aus dem Tierkreis heraustäte?

Beim richtigen Gebrauch dieser Wendungen", fuhr mein Vater fort, „in welchem das Gedächtnis eines Kindes fleißig geübt werden sollte, kann kein Gedanke in dessen Gehirn kommen – es mag so wüst und leer darin sein, wie es will –, von dem sich nicht ein ganzer Vorrat von Bildern und Schlüssen ableiten ließe. – Hat Er schon einmal einen weißen Bären gesehen?" rief mein Vater und wandte sein Gesicht Trim zu, der hinter seinem Stuhl stand. – „Nein, Euer Gnaden", antwortete der Korporal. – „Aber Er könnte doch wohl über einen sprechen, Trim", sagte mein Vater, „wenn's verlangt würde?" – „Wie ist das möglich, Bruder", sagte mein Onkel Toby, „da der Korporal niemals einen gesehen hat?" – „Das ist es eben, worauf ich hinaus will", erwiderte mein Vater, „und die Möglichkeit geht aus folgendem hervor:

Ein weißer Bär! Nun gut! Habe ich je einen gesehen? Sollte ich je einen gesehen haben? Werde ich je einen zu sehen bekommen? Müßte ich denn einen gesehen haben? Oder kann ich je einen zu sehen bekommen?

Ich wollte, ich hätte einen weißen Bären gesehen (denn wie kann ich mir ihn sonst vorstellen?).

Wenn ich einen weißen Bären sähe, was würde ich sagen? Wenn ich niemals einen weißen Bären sehen sollte, was dann?

Wenn ich niemals einen lebendigen weißen Bären sehen kann, soll, muß oder werde, habe ich je sein Fell gesehen? Habe ich jemals einen abgemalt gesehen? Beschrieben? Hat mir nie von einem geträumt?

Haben mein Vater, meine Mutter, mein Onkel, meine Tante, meine Brüder oder Schwestern jemals einen weißen Bären gesehen? Was würden sie darum geben? Wie würden sie sich dabei benehmen? Wie würde sich der weiße Bär benommen haben? Ist er wild? Zahm? Fürchterlich? Rauh? Glatt?

Ist der weiße Bär des Sehens wert?

Ist es nicht sündhaft?

Ist er besser als ein schwarzer?“

SECHSTES BUCH

1. Kapitel

Wir wollen uns keine zwei Augenblicke aufhalten, mein werter Herr, lassen Sie uns nur einmal, da wir diese fünf Bände hinter uns gebracht haben (mein Herr, setzen Sie sich doch auf einen Packen Exemplare – sie sind besser als nichts!), auf die Gegend zurückblicken, durch die wir gekommen sind.

Was war das doch für eine Wildnis! Und was für ein großes Glück, daß wir beide uns nicht darin verloren haben oder von wilden Tieren verschlungen worden sind.

Hätten Sie wohl gedacht, mein Herr, daß in der ganzen Welt eine solche Menge Esel anzutreffen sei? Wie sie uns begafften und wieder begafften, als wir dort im Grunde jenes kleinen Tales den Bach überquerten! Und als wir über den Hügel da kletterten und uns eben ihren Blicken entziehen wollten – mein Gott, was für ein Geschrei sie alle miteinander anstimmten!

Sag uns bitte, guter Schäfer, wem gehören alle diese Esel? * * *

Der Himmel beschere ihnen Disteln die Fülle! Wie, werden sie nie gestriegelt? Werden sie im Winter nicht in den Stall gebracht? Ia – ia – ia! Schreit nur lustig zu; die Welt ist sehr in eurer Schuld. Noch lauter! Das ist noch nichts! Wahrhaftig, man springt übel mit euch um. Wär ich ein Esel – das erkläre ich feierlich –, dann würde ich vom Morgen bis in die späte Nacht beständig in G-dur schreien.

2. Kapitel

Nachdem mein Vater seinen weißen Bären durch ein halbes Dutzend Seiten rückwärts und vorwärts hatte tanzen lassen, machte er endlich das Buch richtig zu, gab es mit einer Art Triumph wieder in Trims Hände und bedeutete ihm mit einem Kopfnicken, es wieder auf den Schrank zu legen, wo er es gefunden hatte. – „Tristram“, sagte er, „soll mir jedes Wort im Wörterbuch auf diese Art rückwärts und vorwärts konjugieren. Jedes Wort, Herr Yorick, wird hierdurch, wie Sie sehen, in eine These oder Hypothese verwandelt. Jede These oder Hypothese erzeugt ihre Propositionen, und jede Proposition hat ihre Folgerungen und Schlüsse, von denen jede den Geist wiederum auf unbetretene Wege der Zweifel und Untersuchungen leitet. Die Kraft dieser Maschine, den Kopf eines Kindes aufzuklären“, setzte mein Vater hinzu, „ist unglaublich.“ – „So groß, Bruder Shandy“, rief mein Onkel Toby, „daß sie ihn in tausend Splitter zerschmettern kann.“

„Ich vermute“, sagte Yorick lächelnd, „es muß daher gekommen sein (denn laß die Logiker sagen, was sie wollen, aus dem bloßen Gebrauch der zehn Prädikamente kann man es nicht hinlänglich erklären), daß der berühmte Vincenz Quirino, abgesehen von vielen anderen bewundernswerten Taten seiner Kindheit, von denen der Kardinal Bembo der Welt eine so genaue Schilderung hinterlassen hat, bereits in einem Alter von acht Jahren imstande gewesen ist, in den öffentlichen Schulen zu Rom nicht weniger als viertausendfünfhundertundfünfzig Sätze über die allerdunkelsten Punkte der allerdunkelsten Theologie vorzubringen und sie dergestalt zu verteidigen und zu behaupten, daß er seine Gegner stumm und dumm gemacht hat!“ – „Was ist das“, rief mein Vater, „gegen das, was uns von Alphonsus Tostatus erzählt wird, der sozusagen auf den Armen seiner Amme alle Wissenschaften und schönen Künste erlernte, ohne daß ihn eine einzige gelehrt wurde? Was sollen wir von dem großen Piereskius sagen?“ – „Das ist ebender Mann“, rief mein Onkel Toby, „von dem ich dir schon einmal erzählt habe, Bruder Shandy, der die fünfhundert Meilen von Paris nach Scheveningen und von Scheveningen wieder nach Paris zu Fuß zurücklegte, bloß um den fliegenden Wagen des Stevinus zu sehen. Es war ein sehr großer Mann“, setzte mein Onkel Toby hinzu (und meinte Stevinus). – „Das war er, Bruder Toby“, sagte mein Vater (und meinte Piereskius), „und er hatte seine

Ideen so schnell vermehrt und seine Wissenschaft in einem so erstaunlichen Umfang betrieben, daß, wenn wir einer Anekdote über ihn Glauben schenken dürfen, was wir doch müssen, wenn wir nicht allen Anekdotenglauben ganz und gar verwerfen wollen, sein Vater ihm, als er sieben Jahre alt war, die Sorge für die Erziehung seines jüngeren Bruders, eines Knaben von fünf Jahren, vollständig übertrug und ihn ganz allein schalten und walten ließ." – „War der Vater ebenso weise wie der Sohn?" fragte mein Onkel Toby. – „Ich glaube nicht", sagte Yorick. – „Aber was sind all die", fuhr mein Vater fort (und geriet dabei in eine Art von Enthusiasmus), „was sind all die gegen die Wunderkinder Grotius, Scioppius, Heinsius, Politian, Pascal, Joseph Scaliger, Ferdinand von Cordoba und andere, von denen einige schon im neunten Jahr oder gar noch früher ihre substantiellen Formen ablegten und ohne dieselben fortfuhren zu philosophieren? Andere lasen schon mit sieben Jahren die klassischen Autoren, schrieben mit acht Tragödien; Ferdinand von Cordoba war mit neun schon so weise, daß man dachte, er habe den Teufel im Leib, und zu Venedig gab er solche Proben von seiner Gelehrsamkeit und Güte, daß die Mönche meinten, er müsse der Antichrist sein oder gar nichts. Andere beherrschten mit zehn Jahren vierzehn Sprachen, absolvierten mit elf ihren Kursus der Rhetorik, Poetik, Logik und Ethik, verfaßten mit zwölf ihre Kommentare zu Servius und Martianus Capella und promovierten mit dreizehn in Philosophie, Rechtswissenschaft und Theologie." – „Aber Sie vergessen den großen Lipsius", sagte Yorick, „der am Tag seiner Geburt ein Werk* machte." – „Das hätten sie wegwischen sollen", sagte mein Onkel Toby, „und weiter kein Wort davon sagen."

* Nous aurions quelque intérêt, sagt Baillet, de montrer qu'il n'y a rien de ridicule, s'il était véritable, au moins dans le sens énigmatique que Nicius Erythraeus a tâché de lui donner. Cet auteur dit que pour comprendre comme Lipse a pû composer un ouvrage le premier jour de sa vie, il faut s'imaginer que ce premier jour n'est pas celui de sa naissance charnelle, mais celui auquel il a commencé d'user de la raison; il veut que ç'ait été à l'âge de *neuf* ans; et il nous veut persuader que ce fut en cet âge, que Lipse fit un poême. – Le tour est ingénieux etc. etc.

3. Kapitel

Als der warme Umschlag fertig war, hatte sich zur Unzeit ein Anstandsskrupel in Susannas Gewissen erhoben, ob sie das Licht halten dürfe, wenn Doktor Slop ihn auflegte. Slop hatte Susannas Verstimmung nicht mit linderndem Balsam behandelt, und so war ein Streit zwischen ihnen entstanden.

„Oho!" sagte Slop und warf einen unschicklich freien Blick auf Susannas Gesicht, als sie den Dienst ablehnen wollte. „Wenn Sie so will, Mamsell, so glaube ich, daß ich Sie kenne!" – „Sie mich kennen, Herr?" rief Susanna mit einem verächtlichen Blick und einer Kopfbewegung, die ganz eindeutig nicht auf seinen Beruf, sondern auf den Doktor selbst gerichtet waren. „Sie mich kennen?" rief Susanna nochmals. Doktor Slop legte sofort seinen Finger und Daumen an seine Nasenlöcher, Susannas Ärger drohte loszubrechen. – „Das ist gemein", sagte Susanna. – „Komm, komm, Jungfer Züchtig", sagte Slop, nicht wenig stolz darauf, daß er seinen letzten Stoß so gut angebracht hatte. „Wenn Sie das Licht nicht halten und zusehen will, so kann Sie es ja halten und die Augen zumachen." – „Das ist eine von Ihren papistischen Spitzen", rief Susanna. – „Die sind jedenfalls besser", sagte Slop mit einem Kopfnicken, „als gar keine Spitzen." – „Das denken Sie, mein Herr!" rief Susanna und zog dabei ihr Spitzenhemd hervor.

Es war fast unmöglich, daß sich zwei Personen bei einem chirurgischen Fall mit herzlicherem Widerwillen hätten Hilfe leisten können.

Slop ergriff den Umschlag, Susanna ergriff den Leuchter. „Das Licht näher hierher", sagte Doktor Slop. Susanna, die in die eine Richtung blickte und in der anderen hantierte, machte im selben Augenblick ein Feuerwerk aus Slops Perücke, welche ziemlich buschig und durch und durch fettig und also fast eher völlig verbrannt als angezündet war. „Du unverschämte Dirne!" schrie Slop (denn der Jähzorn ist nichts anderes als eine wilde Bestie). „Du unverschämte Dirne!" schrie Slop und richtete sich in die Höhe, den Umschlag in der Hand. – „Ich habe noch keinen Menschen um seine Nase gebracht“, sagte Susanna, „was Sie nicht von sich behaupten können.“ – „Wirklich?“ rief Slop und warf ihr den Umschlag ins Gesicht. – „Ja, wirklich“, schrie Susanna und erwiderte das Kompliment mit dem, was noch im Tiegel übriggeblieben war.

4. Kapitel

Doktor Slop und Susanna klagten sich im Wohnzimmer gegenseitig an, worauf sie sich, da nun einmal der warme Umschlag verunglückt war, in die Küche begaben, um eine Bähung für mich zu bereiten, und während das geschah, faßte mein Vater den Entschluß, welchen Sie jetzt lesen werden.

5. Kapitel

„Sie sehen, es ist hohe Zeit“, sagte mein Vater, indem er sich zugleich an meinen Onkel Toby und Herrn Yorick wendete, „daß man den Knaben den Händen der Weiber entzieht und ihn denen eines eigenen Hofmeisters übergibt. Marcus Antonius stellte auf einmal vierzehn Hofmeister an, die seinen Sohn Commodus erziehen sollten; und in sechs Wochen gab er fünfen davon den Abschied. Ich weiß recht gut“, fuhr mein Vater fort, „daß Commodus’ Mutter zu der Zeit, als sie ihn empfing, in einen Gladiator verliebt war, woraus sich viele der Grausamkeiten erklären lassen, die er beging, als er Kaiser wurde; aber ich bin doch noch immer der Meinung, daß diese fünf, welche Antonius entließ, dem Gemüt des Commodus in der kurzen Zeit mehr Schaden zufügten, als die übrigen neun in ihrem ganzen Leben gutzumachen vermochten.

Da ich nun die Person, die um meinen Sohn sein soll, als einen Spiegel ansehe, in welchem er sich von morgens bis abends betrachten und nach dem er seine Blicke, Mienen und Gebärden und vielleicht die innigsten Empfindungen seines Herzens einrichten muß, so möchte ich gerne, mein lieber Yorick, einen haben, der möglichst gründlich poliert und somit geeignet wäre, daß sich mein Kind darin spiegeln könnte." – Das ist sehr vernünftig, sagte mein Onkel Toby bei sich selbst.

„Es gibt", fuhr mein Vater fort, „einen gewissen Anstand und eine gewisse Bewegung des Körpers und aller seiner Glieder, sowohl im Handeln wie im Reden, welche von der inneren Güte eines Menschen zeugen; und es wundert mich keineswegs, daß Gregorius von Nazianz, als er bei Julian die schnellen und unsteten Gebärden wahrnahm, voraussagte, daß dieser eines Tages abtrünnig werden würde, oder daß Sankt Ambrosius seinen Amanuensis wegen einer unanständigen Bewegung mit dem Kopf, der wie ein Dreschflegel hin und her ging, wegjagte, oder daß Demokrit gleich merkte, daß Protagoras ein Gelehrter sei, weil er ihn ein Bündel Reisigholz binden und die dünnsten Reiser in die Mitte legen sah. – Es gibt tausend unbemerkte Öffnungen", fuhr mein Vater fort, „durch die ein scharfes Auge sofort die Seele entdecken kann; und ich behaupte", fügte er hinzu, „daß ein Mann von Geist nicht seinen Hut hinlegen kann, wenn er in ein Zimmer kommt, oder aufnehmen, wenn er hinausgeht, ohne daß ihm etwas entwischt, was ihn als solchen verrät. Aus diesen Gründen", fuhr mein Vater fort, „darf der Hofmeister, den ich erwählen werde, weder lispeln* noch schielen oder blinzeln oder laut reden oder wild oder töricht aussehen oder sich die Lippen beißen oder mit den Zähnen knirschen oder durch die Nase sprechen oder darin bohren oder sie mit den Fingern schneuzen.

Er soll weder schnell gehen noch langsam, nicht die Arme verschränken, denn das ist Faulheit, noch sie herabbaumeln lassen, denn das ist tölpisch, noch die Hände in den Taschen verstecken, denn das ist abgeschmackt.

Er soll auch nicht schlagen, nicht kneifen, nicht kitzeln, nicht beißen, sich nicht die Nägel schneiden, keinen Schleim

* *Vide* Pellegrina.

aufwürgen, nicht spucken, nicht schnupfen, nicht mit Füßen oder Fingern trommeln, wenn er in Gesellschaft ist, oder (nach Erasmus) mit jemandem sprechen, wenn er das Wasser läßt. Er soll auch nicht auf Aas oder Exkremente mit den Fingern weisen." – Nun, das ist auch wieder alles Unsinn, sagte mein Onkel Toby bei sich selbst.

„Ich will ihn", fuhr mein Vater fort, „freundlich haben, munter, aufgeweckt und dabei klug, aufmerksam bei der Sache, wachsam, scharfsinnig, schlagfertig, erfinderisch, schnell in der Lösung von Zweifeln und spekulativen Fragen; weise soll er sein, vernünftig und gelehrt." – „Und warum nicht auch bescheiden und mäßig und sanftmütig und gut?" sagte Yorick. – „Und warum nicht auch", schrie mein Onkel Toby, „freimütig und großzügig und wohltätig und tapfer?" – „Das soll er auch sein, mein lieber Toby", versetzte mein Vater, indem er aufstand und ihm die Hand schüttelte. – „Dann, Bruder Shandy", antwortete mein Onkel Toby, der gleichfalls von seinem Stuhl aufstand, seine Pfeife niederlegte, um meines Vaters andere Hand zu fassen, „bitte ich dich ergebenst, daß ich dir den Sohn des armen Le Fever empfehlen dürfe!" Eine Freudenträne blinkte wie der reinste Edelstein in Onkel Tobys Auge und eine zweite, die das Paar voll machte, im Auge des Korporals, als dieser Vorschlag gemacht wurde. Sie werden schon sehen warum, wenn Sie Le Fevers Geschichte lesen. Warum war ich so dumm! Ich kann mich nicht mehr besinnen (vielleicht Sie auch nicht), ohne die Stelle wieder nachzuschlagen, was mich daran hinderte, sie den Korporal mit seinen eigenen Worten erzählen zu lassen. Aber die Gelegenheit ist verpaßt; ich muß sie nun wohl mit meinen eigenen erzählen.

6. Kapitel

LE FEVERS GESCHICHTE

Es war im Sommer des Jahres, in welchem Dendermonde von den Alliierten eingenommen wurde – das war ungefähr sieben Jahre, bevor mein Vater aufs Land zog, und ungefähr ebenso lange nach der Zeit, da mein Onkel Toby und Trim heimlich aus meines Vaters Haus in der Stadt entwischt waren, um eine der schönsten Belagerungen vor einer der schönsten befestigten Städte in Europa zu eröffnen –, als mein Onkel Toby eines Abends sein Essen einnahm und Trim hinter ihm an einem kleinen Büfett saß – ich sage „saß", denn wegen des Korporals lahmen Knies (das ihn zuweilen sehr schmerzte) wollte mein Onkel Toby, wenn er abends oder mittags allein aß, dem Korporal niemals erlauben zu stehen, aber die Verehrung des guten Kerls für seinen Herrn war so groß, daß mein Onkel Toby mit der erforderlichen Artillerie viel leichter Dendermonde hätte einnehmen können, als den Korporal dazu bewegen; denn sehr oft, wenn mein Onkel Toby dachte, der Korporal lasse sein Bein ruhen, und er sich umsah, ertappte er ihn, wie er mit der größten Ehrerbietung hinter seinem Stuhl stand und aufpaßte. Dies erzeugte mehr kleine Streitereien zwischen ihnen als alle anderen Ursachen in fünfundzwanzig Jahren. – Aber was soll das hier? Warum erzähle ich das? Das mag meine Feder wissen; sie beherrscht mich, nicht ich sie!

Auf diese Weise saß er eines Abends bei seinem Essen, als der Wirt einer kleinen Schenke im Dorf mit einer leeren Flasche in der Hand in das Eßzimmer trat und um ein paar Glas Sekt bat. „Es ist für einen armen Herrn – ich glaube, von der Armee", sagte der Wirt, „der vor vier Tagen krank in mein Haus gekommen ist und seit der Zeit nicht das Bett verlassen hat, auch nicht die geringste Lust verspürte, etwas zu genießen, bis es ihn gerade jetzt nach einem Glas Sekt und einer Scheibe geröstetem Brot gelüstet. ‚Ich glaube', sagte er und nahm die Hand von der Stirn weg, ‚das würde mich stärken.'

Wenn ich nun den Sekt nicht erbitten, borgen oder kaufen könnte", fügte der Wirt hinzu, „würde ich ihn fast für den armen Herrn stehlen, denn er ist so krank. Ich hoffe zu Gott, daß es ihm wieder besser gehen wird", fuhr er fort, „wir sind alle um ihn besorgt."

„Er ist eine gute Seele, dafür will ich Bürge sein", rief mein Onkel Toby, „und Er soll selbst ein Glas Sekt auf des armen Herrn Gesundheit trinken und ein paar Flaschen mit meiner Empfehlung mitnehmen und ihm sagen, daß sie ihm herzlich gern gegönnt sind und daß er noch ein weiteres Dutzend holen kann, wenn es ihm guttut."

„Ich glaube", sagte mein Onkel Toby, als der Wirt die Tür hinter sich zugemacht hatte, „daß es ein gutherziger Kerl ist, Trim, aber ich kann mir nicht helfen, ich muß eine hohe Meinung auch von seinem Gast haben; er muß etwas Ungewöhnliches an sich haben, weil er sich in so kurzer Zeit bei seinem Wirt so beliebt gemacht hat." – „Und bei dessen ganzer Familie", setzte der Korporal hinzu, „denn sie sind alle um ihn besorgt." – „Geh Er ihm nach", sagte mein Onkel Toby, „geh Er, Trim, und frage Er, ob der Wirt seinen Namen weiß."

„Ich hab ihn wahrhaftig ganz vergessen", sagte der Wirt, der wieder mit dem Korporal ins Zimmer trat, „aber ich kann seinen Sohn nochmals danach fragen." – „Hat er denn einen Sohn bei sich?" sagte mein Onkel Toby. – „Einen Jungen", versetzte der Wirt, „von ungefähr elf bis zwölf Jahren. Aber das arme Wesen hat fast ebensowenig zu sich genommen wie sein Vater; er tut Tag und Nacht nichts anderes, als um seinen Vater sich grämen und weinen. Er ist die letzten zwei Tage nicht von seinem Bett weggekommen."

Mein Onkel Toby legte Messer und Gabel nieder und schob den Teller von sich weg, als ihm der Wirt diesen Bericht gab; und Trim deckte unaufgefordert ab, ohne ein Wort zu sagen, und brachte ihm ein paar Minuten später seine Pfeife und seinen Tabak.

„Geh Er noch nicht weg", sagte mein Onkel Toby.

„Trim!" sagte mein Onkel Toby, nachdem er seine Pfeife

angezündet und ungefähr ein Dutzend Züge getan hatte. Trim trat vor seinen Herrn und machte einen Bückling; mein Onkel Toby schmauchte fort und sagte weiter nichts. – „Korporal!“ sagte mein Onkel Toby. Der Korporal machte seinen Bückling. Mein Onkel Toby fuhr nicht weiter fort, sondern schmauchte seine Pfeife zu Ende.

„Trim!“ sagte mein Onkel Toby, „ich habe einen Plan im Kopf; es ist schlechtes Wetter heute abend, und ich will mich ganz warm in meinen Überrock wickeln und diesen armen Herrn besuchen.“ – „Euer Gnaden Überrock“, erwiderte der Korporal, „ist nicht mehr getragen worden seit der Nacht vor dem Tage, da Euer Gnaden die Wunde abbekamen, als wir in den Gräben vor dem Nicolas-Tor auf Wache zogen; und noch dazu ist der Abend so kalt und so regnerisch, daß Euer Gnaden sich bei dem feuchten Wetter selbst im Überrock den Tod holen und wieder Schmerzen im Latzbein kriegen könnten.“ – „Ja, das fürchte ich auch“, versetzte mein Onkel Toby. „Aber ich kann innerlich keine Ruhe finden, Trim, nachdem ich das von dem Wirt gehört habe. Ich wünschte, ich hätte nicht soviel von der Sache erfahren“, setzte mein Onkel Toby hinzu, „oder, daß ich mehr davon erfahren hätte! – Wie sollen wir es anfangen?“ – „Euer Gnaden überlassen das ruhig mir“, sagte der Korporal. „Ich will meinen Hut und Stock nehmen und zu dem Hause gehen und rekognoszieren und sehen, was zu tun ist, und ich will Euer Gnaden in einer Stunde einen vollständigen Rapport bringen.“ – „Er soll hingehen, Trim“, sagte mein Onkel Toby, „und da hat Er einen Schilling, den kann Er mit seinem Bedienten vertrinken.“ – „Ich werde schon alles aus ihm herausbringen“, sagte der Korporal, als er die Tür zumachte.

Mein Onkel Toby stopfte sich die zweite Pfeife, und wenn er nicht hin und wieder von der Sache abgelenkt worden wäre, um zu überlegen, ob es nicht ebensogut wäre, die Kurtine der Tenaille geradlinig wie krummlinig anzulegen, so hätte man sagen können, er habe die ganze Zeit über beim Rauchen an nichts anderes gedacht als an Le Fever und dessen Sohn.

7. Kapitel

DIE FORTSETZUNG VON LE FEVERS GESCHICHTE

Erst als mein Onkel Toby die Asche seiner dritten Pfeife ausgeklopft hatte, kam der Korporal aus dem Wirtshaus zurück und erstattete ihm folgenden Bericht.

„Ich verzweifelte anfangs daran“, sagte der Korporal, „daß ich Euer Gnaden überhaupt eine Nachricht von dem armen kranken Leutnant überbringen könnte.“ – „So ist er also Offizier?“ sagte mein Onkel Toby. – „Das ist er“, sagte der Korporal. – „Und in welchem Regiment?“ sagte mein Onkel Toby. – „Euer Gnaden werden alles der Reihe nach hören“, erwiderte der Korporal, „wie ich es erfahren habe.“ – „Gut, Trim, dann will ich mir noch eine Pfeife stopfen“, sagte mein Onkel Toby, „und Ihm nicht ins Wort fallen, bis Er fertig ist. Setz Er sich bequem dort auf die Fensterbank, Trim, und fang Er Seine Geschichte noch einmal an.“ – Der Korporal machte seinen gewohnten Bückling, der gewöhnlich so deutlich, wie ein Bückling es vermag, ausdrückte: Euer Gnaden sind sehr gütig. Und nachdem er das getan hatte, setzte er sich nieder, wie ihm befohlen war, und fing die Geschichte vor meinem Onkel Toby wieder von vorne an, so ungefähr mit folgenden Worten:

„Ich verzweifelte anfangs daran“, sagte der Korporal, „daß ich Euer Gnaden überhaupt eine Nachricht von dem armen Leutnant und seinem Sohn würde überbringen können, denn als ich fragte, wo sein Bedienter wäre, von dem ich alles zu erfahren hoffte, wonach es sich schicken würde zu fragen ...“ – „Das ist eine richtige Unterscheidung, Trim“, sagte mein Onkel Toby. – „Da antworteten sie mir, mit Euer Gnaden Erlaubnis, daß er keinen Bedienten bei sich habe, daß er mit Mietpferden zum Wirtshaus gekommen sei, und da er gespürt habe, daß er nicht weiterkommen könne (ich glaube, um zu seinem Regiment zu stoßen), so habe er sie am andern Morgen wieder zurückgeschickt. – ‚Wenn ich mich wieder besser fühle, mein Lieber‘, sagte er, als er seinem Sohn den Beutel gab, damit dieser den Fuhrmann bezahle, ‚können wir hier Pferde mieten.' – ‚Aber ach, der arme Herr wird nicht mehr von hier wegkommen', sagte der Wirt zu mir, ‚denn ich habe die ganze Nacht über in der Wand die Totenuhr ticken hören; und wenn er stirbt, so stirbt der arme Junge, sein Sohn, gewiß auch, denn er ist schon ganz gebrochen.'

Als ich das hörte", fuhr der Korporal fort, „kam gerade der junge Mann in die Küche, um die dünne Scheibe geröstetes Brot zu bestellen, von welcher der Wirt sprach. – ‚Aber ich will's meinem Vater selbst zurechtmachen', sagte der junge Mann. – ‚Oh, junger Herr', sagte ich, ‚lassen Sie mich Ihnen die Mühe abnehmen', holte eine Gabel und bot ihm einen Stuhl an, damit er sich unterdessen beim Feuer niedersetzen sollte. – ‚Ich glaube, Herr', sagte er ganz bescheiden zu mir, ‚ich kann's ihm am besten nach seinem Geschmack machen.' – ‚Ich bin überzeugt', sagte ich, ‚Seiner Gnaden wird die Toastscheibe nicht schlechter schmecken, wenn sie ein alter Soldat geröstet hat.' – Der junge Mensch nahm mich bei der Hand und brach im selben Augenblick in Tränen aus." – „Der arme Junge!" sagte mein Onkel Toby. „Er ist von Kindesbeinen an in der Armee erzogen worden, und der Name eines Soldaten klang in seinen Ohren wie der Name eines Freundes. Ich wollte, ich hätte ihn hier."

„Nach meinem längsten Marsch", sagte der Korporal, „habe ich nicht so großen Appetit gehabt, als ich jetzt Lust hatte, zur Gesellschaft mit ihm zu weinen. Was mochte mir wohl fehlen, Euer Gnaden?" – „Nichts in der Welt, Trim", sagte mein Onkel Toby und schneuzte sich, „als daß Er ein gutmütiger Kerl ist."

„Als ich ihm die Toastscheibe gab", fuhr der Korporal fort, „hielt ich es für angebracht, ihm zu sagen, daß ich Hauptmann Shandys Bedienter sei und daß Euer Gnaden (obschon nur ein Fremder) äußerst besorgt um seinen Vater seien, und alles, was Euer Gnaden im Haus oder Keller hätten" („Meinen Beutel hätte Er auch ruhig nennen können, Trim", sagte mein Onkel Toby), „stehe ihm herzlich gern zu Diensten. Er machte eine tiefe Verbeugung (die galt Euer Gnaden), aber sagte nichts, denn sein Herz war voll, und dann ging er mit dem Brot die Treppe hinauf. – ‚Nun, lieber junger Herr', sagte ich, als ich ihm die Küchentür aufmachte, ‚nur guten Mut, der Herr Vater wird ganz gewiß wieder gesund werden.' – Herrn Yoricks Kurat saß beim Küchenfeuer, schmauchte seine Pfeife und sagte kein Wort, weder im Guten noch im Bösen, um den Jungen zu trösten. Das hielt ich für Unrecht", setzte der Korporal hinzu. – „Das denk ich auch", sagte mein Onkel Toby.

„Als der Leutnant seine Toastscheibe genossen und ein Glas Sekt getrunken hatte, fühlte er sich ein bißchen besser und schickte hinunter in die Küche und ließ mir sagen, er würde sich freuen, wenn ich in zehn Minuten zu ihm heraufkommen wollte. – ‚Ich glaube', sagte der Wirt, ‚er wird nun erst beten; denn es lag ein Buch auf dem Stuhl neben dem Bett, und als ich aus der Tür ging, sah ich, daß der Sohn ein Kissen aufnahm.'

‚Ich dachte, Herr Korporal Trim', sagte der Kurat, ‚ihr Herren von der Armee würdet nie beten.' – ‚Ich hörte den armen Herrn', sagte die Wirtin, ‚gestern abend sehr andächtig beten, und zwar mit meinen eigenen Ohren, denn sonst hätte ich's nicht geglaubt.' – ‚Weiß Sie das gewiß?', sagte der Kurat. – ‚Ein Soldat, Hochwürden', sagte ich, ‚betet ebensooft (aus freien Stücken) wie ein Pastor, und wenn er für seinen König und für sein eigenes Leben und auch für seine Ehre ins Feuer geht, so hat er mehr Grund, zum lieben Gott zu beten, als jeder andere in der ganzen Welt.'" – „Das hat Er ganz richtig gesagt, Trim", sagte mein Onkel Toby. – „‚Wenn aber ein Soldat', sagte ich, ‚mit Euer Hochwürden Erlaubnis, seine zwölf Stunden in den Gräben bis zu den Knien im kalten Wasser gestanden hat oder monatelang', sagte ich, ‚weite und gefahrvolle Märsche zurücklegt, heute vielleicht vom Feind in der Nachhut gestört, morgen ihn wieder störend, hierhin abkommandiert, dorthin zurückberufen, diese Nacht unter Waffen, die folgende im Hemd herausgetrommelt, die Glieder erstarrt, vielleicht ohne genügend Stroh im Zelt, um darauf zu knien, so muß er wohl beten, wie und wann er kann.

Ich glaube', sagte ich, denn es verdroß mich", sagte der Korporal, „wegen der Ehre der Armee, ‚ich glaube, wenn es Hochwürden nicht übelnehmen, daß ein Soldat, wenn er Zeit zum Beten finden kann, wohl ebenso innig betet wie ein Pastor, wenn auch nicht mit soviel Theater und Heuchelei.'" – „Das hätt Er nicht sagen sollen, Trim", sagte mein Onkel Toby, „denn nur Gott allein weiß, wer es andächtig meint und wer nicht. Und an dem großen Tag der allgemeinen Musterung, Korporal, am Tag des Jüngsten Gerichts (und nicht eher) wird man sehen, wer seine Schuldigkeit in der Welt getan hat und wer nicht; und danach, Trim, werden wir befördert werden." – „Das hoffe ich sehr", sagte Trim. – „Es steht in der Schrift", sagte mein Onkel Toby, „und ich will's Ihm morgen zeigen. Unterdessen, Trim, können wir uns zu unserem Trost darauf verlassen", sagte mein Onkel Toby, „daß der allmächtige Gott ein so guter und gerechter Herr der ganzen Welt ist, daß er, wenn wir sonst unsere Schuldigkeit getan haben, nicht danach fragen wird, ob es in einem roten oder schwarzen Rock geschehen ist." – „Das hoffe ich auch nicht", sagte der Korporal. – „Aber fahr Er fort, Trim", sagte mein Onkel Toby, „mit seiner Erzählung."

„Als ich hinaufging", fuhr der Korporal fort, „in des Leutnants Kammer, was ich erst tat, als die zehn Minuten vergangen waren, fand ich ihn in seinem Bett liegen, den Kopf in die Hand gestützt, den Ellenbogen auf dem Kopfkissen und ein reines weißes Batisttaschentuch daneben; der junge Mann bückte sich eben, um das Kissen aufzuheben, auf dem er nach meiner Meinung gekniet haben mußte. Das Buch lag auf dem Bett; und als der Junge sich aufrichtete und das Kissen mit einer Hand aufhob, streckte er zugleich die andere Hand aus, um es wegzunehmen. – ‚Laß es nur da liegen, mein Sohn', sagte der Leutnant.

Er sprach mich nicht eher an, als bis ich ganz dicht an sein Bett gekommen war. ‚Wenn Er Hauptmann Shandys Bedienter ist, so sei Er so gut und sag Er seinem Herrn meinen und meines Sohnes ergebensten Dank für die Freundlichkeit, die er mir erwiesen. Wenn er im Levenschen Regiment gedient hat ...‘ – Ich sagte ihm, daß Euer Gnaden darin gedient hätten. – ‚Dann‘, sagte er, ‚habe ich drei Feldzüge in Flandern mit ihm gemacht und erinnere mich an ihn; aber mich wird er wohl nicht kennen, da ich nicht die Ehre gehabt habe, näheren Umgang mit ihm zu pflegen. Aber sag Er ihm doch, daß der Mann, der seinem guten Herzen verpflichtet ist, ein gewisser Le Fever, Leutnant im Regiment Angus, ist. Doch er kennt mich nicht‘, sagte er nachdenklich zum zweitenmal. ‚Vielleicht hat er aber von meiner Geschichte gehört‘, setzte er hinzu. ‚Sei Er so gut und sag Er dem Herrn Hauptmann, ich sei der Fähnrich, dessen Frau bei Breda so unglücklicherweise durch eine Flintenkugel erschossen worden ist, als sie bei ihm im Zelt in seinen Armen lag.‘ – ‚Ich erinnere mich, mit Euer Gnaden Erlaubnis‘, sagte ich, ‚der Geschichte noch sehr wohl.‘ – ‚Wirklich?‘ sagte er und wischte sich die Augen mit dem Taschentuch. ‚So ist's kein Wunder, wenn ich sie nicht vergessen kann.‘ Als er dies sagte, langte er einen kleinen Ring aus seinem Busen, welcher an einem schwarzen Band um seinen Hals zu hängen schien, und küßte ihn zweimal. ‚Da, Billy!‘ sagte er. Der Bursche stürzte durch die Kammer an das Bett, fiel nieder auf seine Knie, nahm den Ring in die Hand und küßte ihn ebenfalls, küßte darauf seinen Vater und setzte sich auf das Bett und weinte.“

„Ich wünschte“, sagte mein Onkel Toby mit einem kleinen Seufzer, „ich wünschte, Trim, daß ich schliefe.“

„Euer Gnaden“, versetzte der Korporal, „nehmen es sich zu sehr zu Herzen. Soll ich Euer Gnaden ein Glas Sekt zur Pfeife einschenken?“ – „Tu Er das, Trim“, sagte mein Onkel Toby.

„Ich erinnere mich“, sagte mein Onkel Toby und seufzte abermals, „der Geschichte des Fähnrichs und seiner Frau sowie eines Umstandes, den seine Bescheidenheit weggelassen hat, und besonders gut erinnere ich mich daran, daß sowohl er als auch sie aus irgendeinem Grund (ich habe vergessen, was es war) vom ganzen Regiment sehr bedauert wurden. – Aber erzähl Er zu Ende, was Er noch weiß.“ – „Ich habe schon zu Ende erzählt“, sagte der Korporal,

„denn ich konnte nicht länger dortbleiben. Ich sagte ihm also gute Nacht, der junge Le Fever stand vom Bett auf und begleitete mich bis unten an die Treppe und erzählte mir beim Hinuntergehen, sie kämen von Irland und seien auf dem Weg zum Regiment in Flandern. Aber, ach", sagte der Korporal, „der Leutnant hat seinen letzten Tagesmarsch hinter sich." – „Was soll denn aus seinem armen Sohn werden?" rief mein Onkel.

8. Kapitel

DIE FORTSETZUNG VON LE FEVERS GESCHICHTE

Es gereichte meinem Onkel Toby zur ewigen Ehre – obgleich ich es nur derjenigen halber sage, welche, wenn sie zwischen einem natürlichen und einem positiven Gesetz in der Klemme sind, sich weder zu raten noch zu helfen wissen, was in der weiten Welt sie nun tun sollen –, daß er, so eifrig er auch mit der Belagerung von Dendermonde beschäftigt war, und zwar im gleichen Tempo wie die Alliierten, die ihm, wenn er nicht zurückbleiben wollte, kaum Zeit ließen, sein Mittagessen einzunehmen, dennoch Dendermonde Dendermonde sein ließ, obgleich er bereits auf der Contreescarpe Fuß gefaßt hatte, und alle seine Gedanken auf das private Elend im Wirtshaus richtete; und abgesehen von seinem Befehl, die Gartentür zuzuriegeln, so daß man hätte sagen können, er habe die Belagerung von Dendermonde in eine Blockade verwandelt, überließ er Dendermonde seinem Schicksal, ohne sich darum zu kümmern, ob der König von Frankreich der Stadt zu Hilfe kommen wollte oder nicht, und dachte nur darüber nach, wie er dem Leutnant und seinem Sohn zu Hilfe eilen könnte.

Jenes gütige Wesen, das dem Freundlosen ein Freund ist, wird dich dafür belohnen.

„Er hat's doch noch nicht so ganz nach meinem Sinn gemacht", sagte mein Onkel Toby zu Korporal Trim, als dieser ihn zu Bett brachte, „und ich will Ihm sagen, Trim, wieso. Erstlich: als Er Le Fever meine Dienste anbot – sieht Er, Krankheiten und Reisen kosten Geld, und Er weiß, er ist nur ein armer Leutnant, der mit seinem Sohn von seinem Sold leben muß –, da hätte Er ihm meinen Beutel anbieten sollen, denn hätte er ihn gebraucht – das weiß Er, Trim –, so wäre er ebensogut für ihn offen gewesen wie für mich selbst.“ – „Euer Gnaden wissen doch“, sagte der Korporal, „ich hatte keine Order.“ – „Richtig“, sagte mein Onkel Toby. „Er handelte ganz recht, Trim, als Soldat, aber gewiß ganz unrecht als Mensch.

Zum zweiten, wobei Er allerdings die gleiche Entschuldigung vorbringen kann“, fuhr mein Onkel Toby fort, „als Er ihm alles anbot, was in meinem Hause ist, hätt Er ihm auch mein Haus anbieten sollen. Ein kranker Kamerad von Offizier sollte das beste Quartier haben, Trim, wenn wir ihn bei uns hätten. Er ist ein vortrefflicher Krankenpfleger, Trim, und durch Seine Pflege und die Pflege der alten Frau und seines Sohnes und meine dazu könnten wir ihn alsbald wieder gesund machen und auf die Beine bringen.

In vierzehn Tagen oder drei Wochen“, setzte mein Onkel Toby lächelnd hinzu, „könnte er wieder marschieren.“ – „Marschieren wird er wohl, mit Euer Gnaden Erlaubnis, in dieser Welt nicht wieder“, sagte der Korporal. – „Er soll marschieren“, sagte mein Onkel Toby und erhob sich von der Bettkante, nachdem er schon einen Schuh ausgezogen hatte. – „Verzeihung, Euer Gnaden“, sagte der Korporal, „er wird keinen andern Marsch mehr tun als den zum Grab.“ – „Er soll marschieren“, rief mein Onkel Toby und marschierte mit dem noch beschuhten Fuß, ohne jedoch einen Zoll vorwärts zu kommen, „er soll zu seinem Regiment marschieren.“ – „Er bringt es nicht fertig“, sagte der Korporal. – „So wird er gestützt“, sagte mein Onkel Toby. – „Er wird doch zuletzt niedersinken“, sagte der Korporal. „Und was soll aus seinem Sohn werden?“ – „Er soll nicht niedersinken“, sagte mein Onkel Toby ganz entschlossen. – „Du meine Güte! Wir mögen mit ihm tun, was wir können“, sagte Trim, der auf seinem Standpunkt beharrte, „der arme

Mann wird doch sterben." – „Er soll aber nicht sterben, hol mich der Teufel!" schrie mein Onkel Toby.

Der anklagende Geist, der mit diesem Schwur zur Kanzlei des Himmels flog, errötete, als er ihn abgab, und der protokollierende Engel, da er ihn eintrug, ließ eine Träne auf den Fluch niederfallen und tilgte ihn für immer aus dem Register.

9. Kapitel

Mein Onkel Toby ging zu seinem Schreibpult, steckte seinen Geldbeutel in die Hosentasche, und nachdem er dem Korporal befohlen hatte, des Morgens früh einen Doktor zu holen, ging er zu Bett und schlief ein.

10. Kapitel

DAS ENDE VON LE FEVERS GESCHICHTE

Am folgenden Morgen schien für jedermann im Dorf die Sonne hell und heiter, nur nicht für Le Fever und seinen betrübten Sohn. Auf seinen Augenlidern lag die schwere Hand des Todes, und mit Mühe drehte sich das Rad am Brunnen um seine Welle, als mein Onkel Toby, der eine Stunde vor seiner gewohnten Zeit aufgestanden war, in des Leutnants Kammer trat und ohne Vorrede oder Entschuldigung sich auf den Stuhl am Bett setzte und unter Hintansetzung aller Moden und Gebräuche die Gardinen aufzog, auf die Art, wie es ein alter Freund und Kamerad getan haben würde, und ihn fragte, wie er sich fühle, wie er die Nacht geschlafen habe, worüber er klage, wo es ihn schmerze und was er für ihn tun könne. Und ohne ihm Zeit zu lassen, auf eine von seinen Fragen zu antworten, fuhr er fort und unterrichtete ihn von dem kleinen Plan, den er am Abend vorher mit dem Korporal für ihn entworfen hatte.

„Sie sollen gleich mit mir in mein Haus kommen, Le

Fever“, sagte mein Onkel Toby, „und wir wollen einen Doktor rufen, der nachsehen soll, wie die Sachen stehen, und dann wollen wir einen Apotheker kommen lassen, und der Korporal soll Sie pflegen, und ich will Ihnen aufwarten, Le Fever.“

Es war eine Offenherzigkeit in meinem Onkel Toby – nicht die Wirkung der Vertraulichkeit, sondern die Veranlassung dazu –, welche einen sogleich mit seiner Seele bekannt machte und die Güte seines Herzens verriet; zu dieser kam noch als Zugabe ein gewisses Etwas in seinem Blick, seiner Stimme und Haltung, das unaufhörlich dem Unglücklichen zuwinkte, zu ihm zu kommen und Schutz bei ihm zu suchen, so daß mein Onkel Toby die gütigen Vorschläge dem Vater noch nicht halb mitgeteilt hatte, als der Sohn sich schon an seine Knie drängte, seine Rockbrust ergriff und an sich zog. Das Blut und die Lebensgeister Le Fevers, die schon erstarben und langsamer flossen und sich in ihre letzte Zitadelle, das Herz, zurückzogen, kehrten noch einmal wieder, der Schleier verschwand für einen Moment von seinen Augen. Er sah meinem Onkel Toby sehnsuchtsvoll ins Angesicht, dann warf er einen Blick auf seinen Sohn, und diese Bindung, so fein sie auch war, wurde nie zerrissen.

Gleich darauf verebbte die Natur wieder, der Schleier kehrte an seinen Platz zurück, der Puls ließ nach – stand still – erholte sich wieder – schlug heftig – stockte abermals – schlug noch einmal – stockte. Soll ich noch mehr sagen? – Nein.

11. Kapitel

Ich bin so voller Ungeduld, wieder zu meiner eigenen Geschichte zu kommen, daß alles, was von der des jungen Le Fever noch übrig ist, das heißt von diesem Glückswechsel an bis zu der Zeit, da ihn mein Onkel Toby als Hofmeister für mich empfahl, im nächsten Kapitel mit kurzen Worten erzählt werden soll. Alles, was noch diesem Kapitel hinzugefügt werden muß, ist folgendes:

Daß mein Onkel und der junge Le Fever an seiner Hand den armen Leutnant als Hauptleidtragende zu seinem Grab begleiteten.

Daß der Gouverneur von Dendermonde dem Leichenbegängnis alle militärischen Ehren erwies und daß Yorick, der nicht zurückstehen wollte, ihm alle kirchlichen erwies, denn er begrub ihn in seinem Chor. Und es ist bezeugt, daß er ihm auch eine Leichenpredigt gehalten hat. Ich sage „es ist bezeugt", denn es war Yoricks Gewohnheit, die wohl bei allen seinen Amtsbrüdern besteht, auf das erste Blatt jeder von ihm verfaßten Predigt die Zeit, den Ort und die Gelegenheit, bei der sie gehalten wurde, anzumerken; außerdem war er es gewohnt, eine kurze Erläuterung oder kritische Bemerkung über die Predigt selbst beizufügen, die nun freilich selten zu ihrem Lob war. Zum Beispiel: „Die Predigt über das mosaische Gesetz gefällt mir nicht, obwohl ich gestehe, daß eine Menge wasserländischer Gelehrsamkeit darin steckt, aber es ist doch alles banal und banal zusammengestoppelt. Es ist nichts weiter als ein seichtes Machwerk! Was hatte ich nur im Kopf, als ich sie machte?"

„N. B. Die Vortrefflichkeit dieses Textes liegt darin, daß er zu jeder Predigt paßt, und die Vortrefflichkeit dieser Predigt, daß sie auf alle Texte paßt!"

„Diese Predigt kann mich an den Galgen bringen, denn ich habe sie zum größten Teil gestohlen. Doktor Paidagunes hat mich ertappt. ☞ Wollt ihr einen Dieb fangen, so nehmt einen Dieb dazu!"

Auf der Rückseite von einem halben Dutzend finde ich geschrieben: „Soso!" und weiter nichts, und auf zwei anderen: „Moderato." In beiden Fällen wollte er, wie man aus dem italienischen Wörterbuch von Altieri, noch mehr aber aus dem grünen Bindfaden, der aus Yoricks aufgedrehter Peitschenschnur zu stammen scheint und mit dem er die beiden Predigten mit der Aufschrift „Moderato" und das halbe Dutzend mit „Soso!" zu einem festen Bündel zusammengeschnürt hat, schließen darf, wohl ungefähr dasselbe sagen.

Eine einzige Schwierigkeit steht dieser Mutmaßung im

Wege, und zwar diese, daß die „Moderatos" fünfmal besser sind als die „Sosos", zehnmal mehr Kenntnis des menschlichen Herzens bekunden, siebzigmal mehr Witz und Feuer haben und (um mich gehörig zu steigern) tausendmal mehr Genie verraten und, um dem Ganzen die Krone aufzusetzen, unendlich unterhaltsamer sind als die anderen, die mit ihnen zusammengebunden sind. Aus diesem Grund werde ich, wenn Yoricks dramatische Predigten der Welt vorgelegt werden, aus der ganzen Zahl der „Sosos" höchstens nur eine aufzunehmen wagen, die beiden „Moderatos" aber werde ich ohne die geringsten Bedenken abdrucken lassen.

Was Yorick mit den Worten „Lentamente", „Tenute", „Grave" und zuweilen „Adagio", die er bei theologischen Aufsätzen gebraucht und durch die er einige dieser Predigten charakterisiert, hat sagen wollen, wage ich nicht zu entscheiden. Noch weniger weiß ich, was ich daraus machen soll, wenn ich „a l'octavia alta!" auf der einen finde, „con strepito" auf der Rückseite einer andern, „Siciliana" auf einer dritten, auf einer vierten „alla capella", auf dieser „con l'arco", „senza l'arco" auf jener. Ich weiß nur so viel, daß es musikalische Begriffe sind und daß sie ihre Bedeutung haben; und da er musikalisch war, zweifle ich nicht, daß durch irgendeine eigenartige Anwendung solcher Metaphern auf seine eigenen Aufsätze diese Wörter sehr deutliche Vorstellungen von ihrem jeweiligen Charakter seiner Phantasie eingeprägt haben können, gleichgültig wie sie auf die Phantasie anderer Leute wirken mögen.

Unter diesen Predigten befindet sich jene besondere, welche mich unerklärlicherweise auf diese Digression gebracht hat, nämlich des armen Le Fevers Leichenpredigt, wie von einem flüchtigen Konzept sauber abgeschrieben. Ich erwähne sie um so lieber, weil sie seine liebste Arbeit gewesen zu sein scheint. Sie handelt von der Sterblichkeit und ist kreuzweise mit Wollgarn umwunden, aufgerollt und mit einem halben Bogen schmutzigen blauen Papiers umwickelt, welches ehedem der Umschlag einer kritischen Zeitschrift gewesen zu sein scheint und noch bis auf diesen Tag abscheulich nach Roßarznei stinkt. Ob diese Zeichen der

Erniedrigung beabsichtigt sind, bezweifle ich fast, weil er am Ende der Predigt (und nicht am Anfang derselben) – ganz verschieden von der Art, wie er mit den anderen verfuhr – geschrieben hat:

„Bravo!"

Allerdings nicht sehr in die Augen fallend, denn das Wort steht wenigstens zwei und einen halben Zoll tief unter der Schlußzeile, ganz am Rande der Seite und in der rechten Ecke, welche man gewöhnlich mit dem Daumen bedeckt, und es ist, um ihm kein Unrecht zu tun, mit einer Rabenfeder und in so feiner italienischer Schrift geschrieben, daß es die Augen kaum auf die Stelle zieht, man mag den Daumen darauf haben oder nicht. Durch die Art und Weise, wie es geschrieben steht, ist es also schon halb entschuldigt, und da es noch zudem mit sehr blasser und ganz verwässerter Tinte geschrieben ist, gleicht es mehr einem *ritratto* von einem Schatten der Eitelkeit als der Eitelkeit selbst; es hat mehr das Aussehen eines leichten Gedankens von aufwallendem Beifall, der sich heimlich in der Brust des Verfassers geregt hat, als eines plumpen Zeichens desselben, das der Welt faustdick aufgedrängt wird.

Bei allen diesen Abschwächungen merke ich doch wohl, daß ich dadurch, daß ich dieses bekanntmache, Yoricks Ruf, ein bescheidener Mann zu sein, keinen Dienst erweise – aber jeder Mensch hat seine Fehler! Und was diesen noch mehr verringert, ja fast ganz abwischt, ist der Umstand, daß das Wort nach einiger Zeit (wie aus der verschiedenen Schwärze der Tinte hervorgeht), mit einer Linie durchgestrichen wurde, wie hier ~~BRAVO~~, als ob er die Meinung, die er darüber gehegt hatte, zurückgenommen oder sich ihrer geschämt hätte.

Diese kurzen Charakterisierungen seiner Predigten waren stets, diesen einzigen Fall ausgenommen, auf das erste Blatt seiner Predigt, das als Umschlag diente, und gewöhnlich auf die inwendige Seite, dem Text gegenüber, geschrieben. Aber am Ende seiner Rede, wo zuweilen fünf oder sechs Seiten frei blieben oder wo ihm wohl gar zwanzig leere Blätter zur Verfügung standen, holte er weiter aus und ging in der Tat noch mutiger zu Werke, als ob er die Gelegenheit ergriffe, dem Laster noch einige weitere ausgelassene Hiebe zu versetzen, die ihm die Enge der Kanzel nicht gestattete. Diese schwärmen zwar husarenmäßig und ohne jede Ordnung aus, kommen aber immer der Sache der Tugend zu Hilfe. – Sagen Sie mir also, Mynheer van der Blonederdondergewdenstronke, warum sollten sie nicht auch gedruckt werden?

12. Kapitel

Als mein Onkel alles zu Geld gemacht und alle Rechnungen zwischen dem Regimentsquartiermeister und Le Fever und zwischen Le Fever und allen Menschen beglichen hatte, behielt er nichts weiter in den Händen als eine alte Regimentsuniform und einen Degen, so daß also mein Onkel Toby wenig oder gar keinen Widerspruch gegen den Antritt der Erbschaft von der Welt erfuhr. Die Uniform gab er dem Korporal. „Trag Er sie, Trim“, sagte mein Onkel Toby, „solange sie nur halten will, in Erinnerung an den armen Leutnant. Und diesen“, sagte mein Onkel Toby, indem er den Degen in die Hand nahm und ihn bei diesen Worten aus der Scheide zog, „und diesen, Le Fever, hebe ich für dich auf. Es ist alles“, fuhr mein Onkel Toby fort, indem er den Degen an einen Haken hängte und mit der Hand darauf zeigte, „es ist alles, was Gott dir beschert hat; wenn er dir aber ein Herz gegeben hat, dich damit durch die Welt zu fechten, und du tust es als ein ehrenhafter Mann, so ist es schon genug für uns.“

Sobald als mein Onkel Toby ihm einige Grundlagen beigebracht und ihn gelehrt hatte, ein regelmäßiges Viereck in einen Kreis zu beschreiben, schickte er ihn auf eine öffentliche Schule, wo er, außer in den Pfingst- und Weihnachtsferien, zu welchen Zeiten der Korporal ihn jedesmal nach Hause holte, bis zum Frühling des Jahres siebzehn blieb. Damals entzündete die Nachricht, daß der Kaiser seine Armee nach Ungarn gegen die Türken marschieren lasse, einen Funken in seiner Brust, so daß er ohne Urlaub sein Griechisch und Latein aufgab, sich vor meinem Onkel Toby auf die Knie warf, um seines Vaters Degen und gleichfalls um Onkel Tobys Einwilligung bat, ausziehen und sein Glück unter Prinz Eugen versuchen zu dürfen. Zweimal vergaß mein Onkel Toby seine Wunde und rief aus: „Le Fever! Ich will mit dir ziehen, und du sollst an meiner Seite kämpfen." Und zweimal legte er die Hand auf sein Latzbein und ließ betrübt und traurig den Kopf sinken.

Mein Onkel Toby nahm den Degen von dem Haken, an dem er seit dem Tod des Leutnants beständig unberührt gehangen hatte, und gab ihn dem Korporal, damit dieser ihn putze; und nachdem er Le Fever bloß vierzehn Tage lang aufgehalten hatte, um ihn auszurüsten und für ihn einen Platz auf einem Schiff nach Livorno zu beschaffen, gab er ihm den Degen in die Hand. „Wenn du tapfer bist, Le Fever", sagte mein Onkel Toby, „wird dich dieser nicht im Stich lassen. Das Glück aber", sagte er und bedachte sich ein wenig, „das Glück kann es; und sollte es das tun", fügte mein Onkel Toby hinzu, wobei er ihn umarmte, „so komm wieder zu mir, Le Fever, und wir wollen dir eine andere Bahn bereiten."

Der größte Schimpf hätte dem jungen Le Fever das Herz nicht mehr bedrücken können als Onkel Tobys väterliches Wohlwollen. Er schied von meinem Onkel Toby wie der beste Sohn von dem besten der Väter. Beide vergossen Tränen, und als ihm mein Onkel Toby den letzten Abschiedskuß gab, drückte er ihm sechzig Guineen in einem alten Beutel, der seinem Vater gehört hatte und in dem seiner Mutter Ring war, in die Hand und wünschte ihm Gottes Segen auf den Weg.

13. Kapitel

Le Fever traf bei der kaiserlichen Armee noch zeitig genug ein, um bei der Niederlage der Türken vor Belgrad zu versuchen, aus welchem Stahl sein Degen war. Aber eine

Reihe von unverdienten Widerwärtigkeiten verfolgte ihn von diesem Augenblick an und wich ihm volle vier Jahre hindurch nicht von der Ferse. Er hatte sich diesen Schicksalsschlägen mit äußerster Standhaftigkeit widersetzt, bis ihn schließlich zu Marseille eine Krankheit überwältigte; von dort gab er meinem Onkel Toby Nachricht, daß er seine Zeit, seine Stelle, seine Gesundheit, kurz alles, nur nicht seinen Degen, verloren habe und daß er auf die erste Schiffsgelegenheit wartete, um wieder zu ihm zu kommen.

Da er diesen Brief ungefähr sechs Wochen vor Susannas Mißgeschick erhielt, wurde Le Fever stündlich erwartet, und dieser schwebte meinem Onkel Toby die ganze Zeit über vor, während mein Vater ihm und Herrn Yorick beschrieb, was für eine Art Person er als Hofmeister für mich haben wollte. Da aber anfangs mein Vater meinem Onkel Toby hinsichtlich der geforderten Eigenschaften ein wenig zu begehrlich schien, enthielt er sich, Le Fevers Namen zu nennen; als aber schließlich auf Yoricks Dazwischenkunft hin die Charakterbeschreibung unvermutet darauf hinauslief, daß er sanftmütig, großzügig und gutherzig sein müsse, rückte meinem Onkel Toby Le Fevers Bild wieder näher vor die Seele und legte ihm dessen Wohl so innig ans Herz, daß er augenblicklich vom Stuhl aufstand und seine Pfeife niederlegte, um meines Vaters beide Hände zu fassen. „Ich bitte dich, Bruder Shandy“, sagte mein Onkel Toby, „laß mich dir Le Fevers Sohn dazu empfehlen.“ – „Ich bitte gleichfalls darum“, fügte Yorick hinzu. – „Er hat ein gutes Herz“, sagte mein Onkel Toby. – „Und ein tapferes dazu, mit Euer Gnaden Erlaubnis“, sagte der Korporal.

„Die besten Herzen, Trim, sind immer die tapfersten“, versetzte mein Onkel Toby. – „Und die größten Memmen, mit Euer Gnaden Erlaubnis, in unserem Regiment, waren die größten Schurken. Da war der Sergeant Kumber und der Fähnrich . . .“

„Von denen wollen wir“, sagte mein Vater, „ein andermal sprechen.“

Was für eine fröhliche, lustige Welt könnte dies sein, Euer Gnaden, wäre nicht das undurchdringliche Labyrinth von Schulden, Sorgen, Jammer, Mangel, Kummer, Mißvergnügen, Not, Melancholie, großen Leibgedingen, Betrügereien und Lügen!

Doktor Slop, dieser Sohn einer H . . ., wie ihn mein Vater deswegen schalt, erniedrigte mich zutiefst, um sich zu heben, und machte zehntausendmal mehr aus Susannas Begebenheit, als wirklich daran war, so daß ich in weniger Zeit als einer Woche in aller Leute Mund war. „Dem armen kleinen Shandy * * * * * * * * * * ganz weg." – Und die Fama, die gerne alles verdoppelt, hatte, ehe noch drei Tage darüber vergangen waren, geschworen, sie hätte es gesehen, und die ganze Welt glaubte wie gewöhnlich ihrer Aussage, „daß das Fallfenster der Kinderstube nicht allein * * * * * * * * * * * * * * * *, sondern daß * * * * * * * * * * * * * * * * * * ebenfalls".

Hätte man die Welt vor Gericht verklagen können wie eine Körperschaft, mein Vater hätte ihr einen Prozeß an den Hals geworfen und sie tüchtig hernehmen lassen; aber mit jedem einzelnen Menschen deswegen anzubinden – da jede Christenseele, die von der Sache gesprochen hatte, es mit dem größten erdenklichen Mitleid getan hatte –, das hätte seine besten Freunde ins Gesicht schlagen geheißen. Und doch: das Gerücht so stillschweigend hingehen lassen hieß es öffentlich bestätigen, wenigstens in der Meinung der einen Hälfte der Welt; und hingegen wiederum einen Lärm machen, um ihm zu widersprechen, hieß es in der Meinung der andern Hälfte ebenso stark bejahen.

„Hat sich wohl jemals ein armer Schlucker von Landjunker in einer solchen Verlegenheit befunden?" sagte mein Vater.

„Ich würde ihn öffentlich", sagte mein Onkel Toby, „auf dem Marktplatz zeigen."

„Das wird nichts nützen", sagte mein Vater.

15. Kapitel

„Ich will ihn doch in Hosen stecken", sagte mein Vater, „laß die Leute sagen, was sie wollen."

16. Kapitel

Es gibt tausend Entschließungen, mein Herr, sowohl in der Kirche wie im Staat als auch, Madame, in Dingen von privaterer Art, welche, sosehr sie auch in der Welt den Anschein gehabt haben mögen, in höchster Eile, Hitze und Unbedachtsamkeit gefaßt und ausgeführt worden zu sein, dennoch (und sollten Sie oder ich nur in das Kabinett gekommen sein und hinter dem Vorhang gestanden haben, so hätten wir gefunden, daß es nicht anders zugeht) überlegt, überdacht, beratschlagt, besprochen, durchgearbeitet und von allen Seiten und mit so großer Kälte untersucht worden sind, daß die Göttin der Kälte selbst (ich kann es nicht auf mich nehmen, zu beweisen, daß eine solche Göttin existiert) es nicht hätte besser wünschen oder tun können.

Zu dieser Zahl gehörte meines Vaters Entschluß, mich in Hosen zu stecken, welcher, obgleich er plötzlich in einer Art von Ruck und aller Welt zum Trotz gefaßt wurde, nichtsdestoweniger zwischen ihm und meiner Mutter oft hin und her überlegt und vernünftig besprochen worden war, und zwar schon einen Monat vorher in zwei verschiedenen „Gerichtsbetten"*, welche mein Vater zu diesem Zweck gehalten hatte. Ich will die Natur und Beschaffenheit dieser Gerichtsbetten in meinem nächsten Kapitel beschreiben, und in dem darauffolgenden, Madame, sollen Sie ein wenig mit mir hinter den Vorhang treten, bloß um zu hören, wie mein Vater und meine Mutter über diese Hosensache miteinander beratschlagen, wobei Sie sich einen Begriff machen können, wie sie alle geringeren Angelegenheiten diskutierten.

* Wortspiel Sternes mit dem französischen Begriff *Lit de Justice*, der den großen Gerichtstag des Königs im französischen Parlament bezeichnete (Anmerkung des Übersetzers).

17. Kapitel

Die alten Goten in Deutschland, welche (der gelehrte Cluverus weiß es gewiß) erst das Land zwischen der Weichsel und Oder bewohnten und welche nachher die Heruler, die Bugier und andere vandalische Völkerschaften mit sich vereinigten, hatten allesamt den weisen Brauch, alle ihre wichtigen Staatsangelegenheiten zweimal zu beraten, nämlich einmal betrunken und einmal nüchtern. Betrunken, damit es ihren Beratschlagungen nicht an Feuer und Nachdruck, und nüchtern, damit es ihnen nicht an Klugheit gebrechen möchte.

Mein Vater, der stets nur Wasser trank, sann sich eine lange Zeit fast zu Tode, wie er es anfangen sollte, sich diesen Umstand ebenso zunutze zu machen, wie er es mit allem anderen machte, was die Alten gesagt oder getan haben; und erst im siebten Jahr seines Ehestandes, nach tausend vergeblichen Einfällen und Versuchen, verfiel er auf ein Mittel, das seiner Absicht entsprach, und das war folgendes: Wenn ein wichtiger und schwieriger Punkt in der Familie zu behandeln war, der viel Nüchternheit und viel Mut zur Entscheidung erforderte, setzte er den Abend des ersten Sonntags im Monat und den Abend des unmittelbar vorhergehenden Sonnabends dazu an, die Sache mit meiner Mutter im Bett zu überlegen. Vermöge dieses Kunstgriffs, wenn Sie bedenken, mein Herr, daß *.

Dieses nannte mein Vater recht humorvoll seine „Gerichtsbetten“, denn aus den zwei verschiedenen Beschlüssen in diesen zwei verschiedenen Gemütsverfassungen wurde gewöhnlich ein mittlerer herausgefunden, der den Weisheitspunkt ebenso richtig traf, als ob er sich hundertmal betrunken hätte und wieder nüchtern geworden wäre.

Man braucht daraus vor der Welt kein Geheimnis zu machen, daß dies ebensogut bei literarischen Diskussionen angeht wie bei militärischen oder ehelichen; aber nicht jeder Autor kann den Versuch so anstellen, wie es die Goten und Vandalen taten, und wenn er es kann, so möge es seiner Gesundheit wohl bekommen; und es zu machen wie mein Vater, das würde seiner Seele sicher ganz wohltun.

Meine Methode ist diese:

Bei allen schweren und kitzligen Untersuchungen (deren, wie der Himmel weiß, nur zu viele in meinem Buch vorkommen), wo ich finde, daß ich keinen Schritt tun kann, ohne Gefahr zu laufen, entweder Ihro Hochwohlgeboren oder Ihro Hochwürden auf den Hals zu bekommen, schreibe ich die eine Hälfte mit vollem Magen und die andere fastend, oder ich schreibe alles mit vollem Magen und korrigiere es fastend, oder ich schreibe es fastend und korrigiere es mit vollem Magen, denn alles das läuft auf eins hinaus. Mit geringerer Abweichung von meines Vaters Plan, als der seinige von dem Plan der Goten abwich, finde ich mich ihm selbst so ziemlich gleich in seinem ersten Gerichtsbett und gebe ihm keineswegs etwas nach in seinem zweiten. Diese verschiedenen und fast unvereinbaren Wirkungen fließen ganz einheitlich aus dem weisen und bewundernswürdigen Mechanismus der Natur, wofür ihr die Ehre gebührt. Alles, was wir tun können, ist, daß wir die Maschine zu größerem Nutzen und besserer Bearbeitung der Künste und Wissenschaften brauchen und anwenden.

Sobald ich nun schreibe, wenn ich satt bin, schreibe ich so, als ob ich in meinem Leben nie wieder mit leerem Magen schreiben müßte, das heißt, ich schreibe frei von allen Sorgen und allen Schrecken der Welt. Ich zähle nicht, wie viele Wunden ich habe, meine Einbildung verliert sich auch nicht in den dunklen Gängen und Winkeln, um die mir zugedachten Meuchelstiche im voraus zu empfangen. Mit einem Wort, meine Feder geht ihren Gang, und ich schreibe ebensogut aus der Fülle meines Herzens wie aus der Fülle meines Magens.

Aber, Euer Gnaden, wenn ich mit leerem Magen schreibe, so klingt es ganz anders. Dann erweise ich der Welt alle mögliche Aufmerksamkeit und allen gehörigen Respekt und besitze einen ebenso großen Vorrat (solange er währt) von der Lakaientugend der Behutsamkeit wie nur einer von

Ihnen, so daß ich zwischen beiden ein so sorgenfreies Ding von einem höflichen, unsinnigen, gutgelaunten Shandyschen Buch schreibe, daß es Ihrem Herzen wohltun wird.

Und Ihren Köpfen auch – vorausgesetzt nur, daß Sie es verstehen.

18. Kapitel

„Wir sollten wohl einmal", sagte mein Vater, der sich dabei halb im Bett umdrehte und sein Kopfkissen ein wenig näher zu meiner Mutter hinschob, als er die Debatte eröffnete, „wir sollten wohl einmal daran denken, Frau, den Jungen in Hosen zu stecken."

„Das sollten wir wohl", sagte meine Mutter. – „Wir schieben das, meine Liebe", sagte mein Vater, „schändlicherweise hinaus."

„Das tun wir freilich, mein lieber Shandy", sagte meine Mutter.

„Nicht als ob das Kind nicht sehr hübsch aussähe", sagte mein Vater, „in seinen Westen und Röckchen."

„O ja! Er sieht sehr hübsch darin aus", versetzte meine Mutter.

„Und deswegen ist es fast schade", fügte mein Vater hinzu, „daß man sie ihm ausziehen soll."

„Das wäre es", sagte meine Mutter. – „Aber er wächst doch auch zu einem großen Burschen heran", fuhr mein Vater wieder fort.

„Er ist für sein Alter freilich sehr gewachsen", sagte meine Mutter.

„Ich begreife einfach nicht" (der Hiatus zwischen den beiden E war deutlich zu hören), sagte mein Vater, „wem in aller Welt er nacharten mag."

„Ja, ich kann's auch nicht begreifen", sagte meine Mutter.

„Hm!" sagte mein Vater.

(Der Dialog hielt einen Augenblick lang inne.)

„Ich bin selbst sehr klein von Statur", fuhr mein Vater ganz ernsthaft fort.

„Ja, du bist klein von Statur, mein lieber Shandy", sagte meine Mutter.

„Hm!" sagte mein Vater zum zweitenmal leise zu sich selbst; als er das murmelte, zog er sein Kissen ein wenig von meiner Mutter weg, und indem er sich wieder umwendete, war es mit der Beratung auf dreieinhalb Minuten vorbei.

„Wenn man ihm die Hosen machen läßt", rief mein Vater mit lauter Stimme, „wird er darin so dumm aussehen wie ein Vieh."

„Er wird am Anfang recht täppisch darin aussehen", versetzte meine Mutter.

„Und es würde ein großes Glück sein, wenn das das Ärgste wäre", fügte mein Vater hinzu.

„Das würde ein großes Glück sein!" antwortete meine Mutter.

„Ich meine", erwiderte mein Vater, nachdem er zuerst eine kleine Pause gemacht hatte, „er würde ebenso aussehen wie anderer Leute Kinder."

„Ebenso!" sagte meine Mutter.

„Obgleich mir das leid tun sollte", setzte mein Vater hinzu, und damit geriet die Beratung abermals ins Stocken.

„Es müssen wohl lederne sein", sagte mein Vater, der sich wieder umwendete.

„Die halten am längsten", sagte meine Mutter.

„Aber die können nicht gefüttert werden", versetzte mein Vater.

„Nein, das geht nicht", sagte meine Mutter.

„Es ist wohl besser, daß man sie aus Barchent machen läßt", sagte mein Vater.

„Das ist wohl das Beste", erwiderte meine Mutter.

„Ausgenommen Köperbaumwolle", versetzte mein Vater. – „Ja, das ist das Allerbeste", sagte meine Mutter.

„Es darf nicht so dünnn sein wie ein Leintuch", unterbrach sie mein Vater.

„Ja nicht!" sagte meine Mutter, und damit stand der Dialog abermals still.

„Doch ich will nicht", sagte mein Vater, der zum viertenmal das Stillschweigen brach, „daß er Taschen bekommt."

„Er braucht auch keine", sagte meine Mutter.

„Ich meine in seinem Rock und Kamisol", rief mein Vater.

„Das meine ich auch", versetzte meine Mutter.

„Und doch, wenn er einmal einen Ball oder Kreisel bekommt – die armen Kleinen freuen sich so darüber wie über Zepter und Krone –, so sollte er sie doch irgendwo lassen können."

„Bestell du alles, wie du's haben willst, lieber Shandy", versetzte meine Mutter.

„Aber hältst du es nicht für richtig?" fügte mein Vater hinzu und legte ihr die Frage näher ans Herz.

„Vollkommen", sagte meine Mutter, „wenn's dir so gefällt, lieber Shandy."

„Da haben wir's!" rief mein Vater auffahrend. „Wenn's mir gefällt! Du erkennst doch nie den Unterschied, Frau – ich mag so viel darüber predigen, wie ich will –, zwischen dem Angenehmen und dem Schicklichen!" – Dies war an einem Sonntagabend – und weiter sagt dieses Kapitel nichts.

19. Kapitel

Nachdem mein Vater die Hosensache mit meiner Mutter durchgesprochen hatte, konsultierte er den Albertus Rubenius darüber; und Albertus Rubenius sprang bei der Konsultation zehnmal ärger mit meinem Vater um (wenn das möglich wäre), als selbst mein Vater mit meiner Mutter umgesprungen war. Denn da Rubenius ausdrücklich einen Quartband *De re Vestiaria Veterum* geschrieben hatte, wäre es Rubenius' Sache gewesen, meinem Vater einige Aufklärung zu geben. Aber ganz im Gegenteil! Mein Vater hätte es sich ebensogut einfallen lassen können, die sieben Haupttugenden aus einem langen Bart zu extrahieren, wie aus dem Rubenius ein einziges Wort über die vorliegende Sache herauszubringen.

Über jeden andern Teil der alten Trachten war Rubenius sehr mitteilsam gegenüber meinem Vater; er gab ihm eine vollständige und hinlängliche Beschreibung von

der Toga oder dem weiten Obergewand,
der Chlamys,
der Ephode,
der Tunika oder Jacke,
der Synthesis,
der Paenula,
der Lacema mit ihrem Cucullus,
dem Paludamentum,
der Praetexta,
dem Sagum oder Soldatenkittel,
der Trabea, von der es nach Sueton drei Arten gab.

„Aber was haben diese alle mit den Hosen zu tun?" sagte mein Vater.

Rubenius warf ihm darauf alle Arten von Schuhen auf den Ladentisch, die bei den Römern Mode gewesen waren.

Da waren:
der offene Schuh,
der geschlossene Schuh,
der Schleifschuh,
der hölzerne Schuh,
der Socken,
der Halbstiefel
und der Soldatenschuh, mit Nägeln beschlagen, den Juvenal erwähnt.

Da waren
die Holzkloben,
die Pantinen,
die Pantoffeln,
die Arbeitsschuhe,
die Sandalen mit Riemen.

Da waren ferner
der Filzschuh,
der Leinenschuh,

der geflochtene Schuh,
der bestickte Schuh,
der calceus incisus
und der calceus rostratus.

Rubenius zeigte meinem Vater, wie gut sie alle paßten, auf welche Art sie geschnürt wurden, mit was für Riemen, Nesteln, Gürteln, Bändern, Schnüren, Schnallen und Strippen.

„Aber ich möchte über Hosen unterrichtet werden“, sagte mein Vater.

Albertus Rubenius unterrichtete meinen Vater, daß die Römer mancherlei Arten von Stoffen fabrizierten, einige schlicht, einige gestreift, einige ganz und gar mit Seide und Gold durchwirkt. Daß die Leinwand nicht eher allgemein in Gebrauch kam als gegen das Ende des Reiches, da die Ägypter, welche sich bei ihnen niederließen, sie in Mode brachten.

Daß Personen von Stand und Vermögen sich durch die Feinheit und das Weiß ihrer Kleidung auszeichneten, welche Farbe (nach der Purpurfarbe, die nur hohen Ehrenämtern vorbehalten war) sie sehr liebten und an ihren Geburtstagen und anderen öffentlichen Freudenfesten trugen. Daß es aus den besten Geschichtsschreibern dieser Zeiten erhellt, daß sie ihre Kleider regelmäßig zum Walker brachten, um sie waschen und bleichen zu lassen; daß aber das einfachere Volk, um diese Ausgaben zu sparen, gewöhnlich braune Kleider aus gröberem Gewebe trug, bis zu Anfang der Regierung des Augustus, da die Sklaven sich kleideten wie ihre Herren und fast alle Unterschiede in der Kleidung aufhörten, ausgenommen der Latus Clavus.

„Und was war der Latus Clavus?“ sagte mein Vater.

Rubenius sagte ihm, daß diese Frage unter den Gelehrten noch umstritten sei. Daß Egnatius, Sigonius, Bossius Ticinensis, Bayfius, Budaeus, Salmasius, Lipsius, Lazius, Isaac Causanbon und Joseph Scaliger alle verschiedener Meinung seien. Daß einige die Knöpfe darunter verstanden, einige das Gewand selbst, andere bloß seine Farbe. Daß der große Bayfius in seiner „Garderobe der Alten“, Kap. 12, ganz treuherzig bekannte, er wisse nicht, was es gewesen sei, ob eine Tibula, eine Verbrämung, ein Knopf, eine Schleife, eine Schnalle oder eine Spange.

Mein Vater verlor das Pferd, aber nicht den Sattel. „Es sind Haken und Ösen“, sagte mein Vater, und mit Haken und Ösen, so befahl er, sollten meine Hosen gemacht werden.

20. Kapitel

Wir stehen nunmehr im Begriff, einen neuen Schauplatz zu betreten.

Verlassen wir also die Hosen in den Händen des Schneiders und auch meinen Vater, der mit seinem Stock neben ihm steht und ihm, während er an seiner Arbeit sitzt, eine Vorlesung über den Latus Clavus hält und ihm genau die Stelle im Hosengürtel zeigt, wo er es hingenäht haben will.

Verlassen wir meine Mutter (die leibhaftigste Poco Curante ihres Geschlechts!), die sich ebensosehr darum bekümmert wie um alles andere in der Welt, das heißt, es bekümmert sie gar nicht, ob eine Sache so oder so geschieht – wenn sie nur überhaupt geschieht.

Verlassen wir auch Slop mit all seinen Vorteilen, die er aus meiner Schande zieht.

Lassen wir den armen Le Fever genesen und, so gut er kann, von Marseille nach Hause kommen. Und zuletzt, weil es das Schwerste von allem ist,

laßt uns, wenn möglich, mich selbst verlassen. Aber das geht nicht. Ich muß mit Ihnen gehen bis ans Ende des Werkes.

21. Kapitel

Wenn der Leser keine klare Vorstellung von den anderthalb Ruten Land hat, die am Ende von Onkel Tobys Küchengarten liegen und die Szene so mancher seiner süßen

Stunden waren, so liegt die Schuld nicht an mir, sondern an seiner Phantasie, denn ich habe es ihm doch wahrhaftig so genau beschrieben, daß ich mich fast selbst schäme.

Als die Schicksalsgöttin eines Nachmittags einen Vorausblick in die großen Begebenheiten der Zukunft tat und darüber nachsann, zu welchem Zweck dieses kleine Stück Erde durch ein in eiserne Tafeln gegrabenes Dekret bestimmt sei, gab sie der Natur einen Wink – das genügte. Die Natur warf eine halbe Schaufel voll ihrer besten Erdmischung darauf, die geradesoviel zähen Ton enthielt, wie nötig war, um die Formen von Winkeln und Einschnitten anzunehmen, und dabei so wenig, daß er nicht am Spaten klebte und daß bei schlechtem Wetter die Werke von solcher Herrlichkeit nicht verdorben würden.

Mein Onkel kam herunter, wie der Leser bereits erfahren hat, und hatte die Grundrisse von fast allen befestigten Städten in Italien und Flandern bei sich; der Herzog von Marlborough oder die Alliierten mochten also jede Stadt belagern, die sie wollten – mein Onkel Toby war darauf vorbereitet.

Sein Vorgehen, das natürlichste in der Welt, war folgendes: Sobald nur eine Festung eingeschlossen war (und noch früher, wenn die Absicht bekannt war), nahm er den Grundriß derselben zur Hand (die Stadt mochte sein, welche sie wollte) und vergrößerte den Maßstab nach dem genauen Umfang seines Rasenplatzes; dann übertrug er mittelst einer großen Rolle Bindfaden und einer Anzahl kleiner Pflöcke, die er an den verschiedenen Ecken und Winkeln in die Erde schlagen ließ, alle Linien von seinem Papier auf die Fläche dieses Platzes. Wenn er darauf das Profil des Platzes mit seinen Anlagen festgelegt hatte, um die Breite und Tiefe der Gräben, die Abschüssigkeit des Glacis und die genaue Höhe der verschiedenen Wälle, Brustwehren usw. zu bestimmen, setzte er den Korporal ans Werk, und dann ging es recht hübsch vonstatten! Die Beschaffenheit des Bodens und vornehmlich die Gutmütigkeit meines Onkels Toby, der vom Morgen bis zum Abend dabeisaß und mit dem Korporal freundlich von ihren vergangenen Taten plauderte, ließen der Arbeit weiter nichts als die Zeremonie des Namens.

Wenn auf diese Weise die Festung vollendet und in den rechten Verteidigungsstand versetzt worden war, wurde sie eingeschlossen, und mein Onkel Toby und der Korporal fingen an die erste Parallele zu ziehen. – Ich bitte, mich in meiner Geschichte nicht durch den Einwand zu stören, die erste Parallele solle wenigstens dreihundert Ruten von der Festung entfernt sein und ich hätte nicht einen einzigen Zoll dazu frei gelassen; denn mein Onkel Toby nahm sich die Freiheit, auf seinen Küchengarten überzugreifen, um die Werke auf dem Rasenplatz desto größer machen zu können, und aus diesem Grund führte er gewöhnlich seine erste und zweite Parallele zwischen zwei Reihen seines Weißkohls und Blumenkohls hindurch. Die Annehmlichkeiten und Unannehmlichkeiten hierbei sollen ausführlich in der Geschichte von Onkel Tobys und des Korporals Feldzügen erörtert werden, von der das, was ich jetzt schreibe, nur eine Skizze ist und, wenn ich recht mutmaße (aber wie es so mit dem Mutmaßen geht!), mit drei Seiten abgetan sein wird. Die Feldzüge selbst werden ebenso viele Bücher ausmachen, und deswegen befürchte ich, man würde ein zu großes Gewicht von einer einzigen Stoffart an ein so lockeres Werk wie dieses hängen, wenn ich diese, wie ich einst vorhatte, fragmentweise hier einschaltete. Nein, es ist besser, ich lasse sie gesondert drucken. Wir wollen es überlegen! Nehmen Sie einstweilen mit folgender Skizze fürlieb.

22. Kapitel

Wenn die Stadt mit ihren Festungswerken vollendet war, fingen mein Onkel Toby und der Korporal an, ihre erste Parallele zu ziehen – nicht aufs Geratewohl oder so, sondern von den gleichen Punkten aus und in den gleichen Distanzen, wie die Alliierten die ihren begonnen hatten. Sie richteten ihre Annäherungen und Attacken genau nach den Berichten ein, die mein Onkel Toby durch die Zeitungen erhielt, und auf diese Weise führten sie die ganze Belagerung durch, Schritt für Schritt mit den Alliierten.

Baute der Herzog von Marlborough eine Schanze, so baute mein Onkel Toby ebenfalls eine Schanze. Und wenn die Face einer Bastei zusammengeschossen oder ein Außenwerk zerstört wurde, nahm der Korporal seine Hacke und tat desgleichen, und so fort; so gewannen sie Terrain und bemächtigten sich eines Werkes nach dem andern, bis die Stadt in ihre Hände fiel.

Für jemanden, der an anderer Leute Glückseligkeit Vergnügen findet, konnte es in der Welt keinen herrlicheren Anblick geben, als am Morgen eines Posttages, da die Nachricht kam, daß der Herzog von Marlborough eine brauchbare Bresche in den Hauptwall der Stadt geschlagen habe, hinter der Taxushecke zu stehen und den Eifer zu beobachten, mit dem mein Onkel Toby und der Korporal hinter ihm anrückten, der eine mit der Zeitung in der Hand, der andere mit einem Spaten auf der Schulter, um den Inhalt ins Werk zu setzen. Welch ehrlicher Triumph leuchtete aus Onkel Tobys Blicken, als er auf den Wall marschierte! Welch inniges Vergnügen schwamm in seinen Augen, als er vor dem Korporal stand und ihm den Zeitungsartikel bei der Arbeit zehnmal vorlas, damit er nicht aus Versehen die Bresche einen Zoll zu breit machte oder einen Zoll zu eng ließ. Als aber die Chamade geschlagen wurde und der Korporal ihm hinaufhalf und ihm mit der Fahne in der Hand folgte, um sie auf den Wall zu pflanzen – Himmel! Erde! Meer! – Aber was sollen diese Ausrufe? Aus allen Elementen, naß oder trocken, ist noch niemals ein so berauschender Trank gemischt worden.

Auf dieser Bahn des Glücks wandelten sie ununterbrochen viele Jahre, ausgenommen wenn zuweilen der Wind acht oder zehn Tage lang nacheinander von Westen blies, das niederländische Postschiff aufhielt und sie so lange auf die Folter spannte. Aber auch das war nur die Folter glücklicher Leute. Auf dieser Bahn, sagte ich, wandelten mein Onkel Toby und Trim viele Jahre einher, und jedes Jahr und zuweilen jeder Monat bescherte, je nach den Einfällen des

einen oder andern von beiden, ihren Operationen eine neue Idee oder sinnreiche Verbesserung, welche ihnen bei der Ausführung derselben jedesmal neue Quellen des Vergnügens eröffnete.

Die Kampagne des ersten Jahres wurde vom Anfang bis zum Ende in der einfachen, ungekünstelten Art durchgeführt, die ich beschrieben habe.

Im zweiten Jahr, in dem mein Onkel Toby Lüttich und Roermond einnahm, dachte er, er könne sich wohl die Ausgaben für vier hübsche Zugbrücken leisten; von einem Paar derselben habe ich bereits im voraufgehenden Teil dieses Werkes eine genaue Beschreibung gegeben.

Gegen das Ende desselben Jahres fügte er ein paar Tore mit Fallgattern hinzu. Die letzteren aber wurden nachher als Orgelstücke besser genutzt; und im Winter desselben Jahres spendierte sich mein Onkel Toby statt eines neuen Anzugs, den er sich sonst jedesmal zu Weihnachten machen ließ, ein schönes Schilderhaus, das er in die Ecke des Rasenplatzes stellte, und zwischen demselben und dem Fuß des Glacis ließ er eine kleine Art von Esplanade frei, auf welcher er und der Korporal konferieren und Kriegsrat halten konnten.

Das Schilderhaus war für die Regentage.

Alles wurde im folgenden Frühling dreimal weiß übermalt, so daß mein Onkel Toby mit großer Pracht ins Feld rücken konnte.

Mein Vater pflegte oft zu Yorick zu sagen, wenn irgendein anderer Sterblicher in der ganzen Welt als sein Bruder Toby so etwas getan hätte, so würde es jedermann angesehen haben als eine höchst kunstvolle Satire auf die prunkvolle und prachtliebende Weise, mit welcher Ludwig XIV. vom Anfang des Krieges an, besonders aber ebendieses Jahr, ins Feld gerückt war. – „Aber meinem Bruder Toby“, pflegte mein Vater hinzuzusetzen, „der guten Seele, kommt es nie in den Sinn, jemanden zu beleidigen.“

Aber laßt uns fortfahren.

23. Kapitel

Ich muß anmerken, daß, obgleich bei dem Feldzug des ersten Jahres das Wort Stadt oft vorkommt, dennoch damals noch keine Stadt in dem Polygon bestand; dieser Zusatz erfolgte erst in dem Sommer, der auf den Frühling folgte, in dem die Brücken und das Schilderhaus angemalt wurden, also im dritten Jahr der Feldzüge meines Onkels Toby, als, nachdem Amberg, Bonn, Rheinsberg, Huy und Limburg nacheinander von ihnen eingenommen worden, dem Korporal der Gedanke kam: von der Einnahme so vieler Städte zu sprechen, ohne eine einzige Stadt aufweisen zu können, sei eine dumme Art, zu Werke zu gehen; und also schlug er meinem Onkel Toby vor, daß sie sich ein kleines Modell einer Stadt bauen lassen müßten; sie brauche nur aus Tannenlatten zusammengefügt und dann ausgemalt und in das Polygon hineingesetzt zu werden und sei für alle Städte verwendbar.

Mein Onkel Toby erkannte augenblicklich das Gute an diesem Projekt und genehmigte es auf der Stelle, allerdings nur mit dem Zusatz von zwei einzigartigen Verbesserungen, auf die er sich fast ebensoviel einbildete, als ob er der eigentliche Erfinder des Projektes selbst gewesen wäre.

Die eine bestand darin, daß die Stadt ganz genau in dem Stil derjenigen gebaut werden sollte, die sie sehr wahrscheinlich würde vorstellen müssen: mit vergitterten Fenstern und den hohen Giebeln der Häuser zur Straße usw. usw., wie in Gent und Brügge und den übrigen brabantischen und flandrischen Städten.

Die andere bestand darin, daß die Häuser nicht eins ins andere gebaut werden sollten, wie der Korporal vorschlug, sondern daß jedes Haus für sich stehen sollte, so daß man sie an- oder abhaken und in den Grundriß jeder beliebigen Stadt einbauen könne. Dieser Plan wurde sofort in Angriff genommen, und viele, viele glückwünschende Blicke wurden zwischen meinem Onkel Toby und dem Korporal Trim gewechselt, während der Zimmermann am Werke war.

Die Stadt leistete ihnen außerordentliche Dienste im nächsten Sommer; sie war ein wahrer Proteus. Sie war Landen und Trarbach und Santvliet und Drusen und Hagenau, und dann war sie wieder Ostende und Menin und Aeth und Dendermonde.

Fürwahr, seit Sodom und Gomorrha hat noch keine Stadt so viele Rollen gespielt wie die meines Onkels Toby.

Im vierten Jahr dachte mein Onkel Toby, eine Stadt ohne eine Kirche sehe dumm aus, und so fügte er eine recht hübsche Kirche mit einem Glockenturm hinzu. Trim hätte auch gerne Glocken darin gehabt, mein Onkel Toby aber sagte, das Metall könne besser zu Kanonen vergossen werden.

Dies führte beim nächsten Feldzug zu einem halben Dutzend messingener Feldgeschütze, die zu je dreien an jeder Seite von Onkel Tobys Schilderhaus aufgestellt wurden, und in kurzer Zeit führten diese zu einem etwas größeren Artillerietrain, und so immer weiter (wie es stets bei steckenpferdischen Geschichten zugehen muß), von Kanonen von halbzölligem Kaliber schließlich zu meines Vaters Reitstiefeln ansteigend.

Im Jahr darauf, in dem Lille belagert wurde und an dessen Ende Gent und Brügge in unsere Hände fielen, hatte mein Onkel Toby sehr großen Mangel an geeigneter Munition; ich sage „geeignete Munition", weil sein Geschütz kein Pulver vertragen konnte. Und das war ein Glück für die Familie Shandy, denn so voll waren die Zeitungen vom Anfang bis zum Ende der Belagerung von dem unaufhörlichen Feuer, das die Belagerer unterhielten, und so erhitzt war Onkel Tobys Phantasie von den Nachrichten darüber, daß er sonst gewiß sein ganzes Hab und Gut verschossen hätte.

Es war also ein Ersatz nötig, zumal bei einigen der heftigsten Paroxysmen der Belagerung, um etwas in der Einbildung einem beständigen Feuer Ähnliches zu unterhalten, und diesen Ersatz beschaffte der Korporal, dessen besondere Stärke im Erfinden bestand, durch ein von ihm ganz neu erdachtes Batteriefeuer, ohne welches die militärischen Kritiker ewig an Onkel Tobys Anlage auszusetzen gefunden hätten, daß ihr einer der notwendigsten Bestandteile fehle.

Dies wird nicht schlechter erklärt werden, wenn ich, wie ich es gewöhnlich tue, ein wenig von der Sache abschweife.

24. Kapitel

Unter zwei oder drei anderen Lappalien, die an sich selbst nichts bedeuteten, aber dadurch einen großen Wert bekamen, daß sie der arme Tom, des Korporals unglücklicher Bruder, mit der Nachricht von seiner Verheiratung mit der Judenwitwe übersandt hatte, befanden sich:

Eine Reitmütze und zwei türkische Tabakspfeifen.

Die Reitmütze will ich gelegentlich beschreiben. Die türkischen Tabakspfeifen hatten nichts Besonderes an sich; sie waren gemacht und geziert wie alle übrigen, mit biegsamen Röhren aus Saffian und Golddraht; die eine hatte ein Mundstück aus Elfenbein und die andere eines aus schwarzem Ebenholz, das mit Silber eingefaßt war.

Mein Vater, der alle Dinge von einem anderen Standpunkt ansah als die übrigen Menschen, wollte dem Korporal sagen, er habe diese beiden Geschenke mehr als ein Zeichen der Heikelkeit als der Gewogenheit seines Bruders zu betrachten. – „Seinem Bruder Tom ekelte davor, Trim", sagte er, „eine Mütze aufzusetzen, die ein Jude getragen, oder aus einer Pfeife zu rauchen, die ein Jude im Mund gehabt hatte." – „Gott segne Euer Gnaden", erwiderte der Korporal (und führte einen wichtigen Grund für das Gegenteil an), „wie reimt sich das zusammen?"

Die Reitmütze war scharlachfarben, von dem feinsten spanischen Tuch, in der Wolle gefärbt, rundum mit Rauchwerk besetzt, ausgenommen eine vier Finger breite Klappe von hellblauem, ein wenig besticktem Tuch, und schien einem portugiesischen Quartiermeister – nicht zu Fuß, sondern zu Pferd, wie der Name schon andeutet – gehört zu haben.

Der Korporal war nicht wenig stolz auf sie, sowohl wegen ihres eigenen Wertes als auch wegen des Gebers, und

setzte sie deswegen selten oder niemals auf, außer an Festtagen; und dennoch wurde wohl niemals eine Reitmütze zu so mancherlei Zwecken gebraucht, denn bei allen strittigen Punkten im Kriegs- oder Küchenwesen, wenn nur der Korporal genau wußte, daß er recht hatte, brauchte er sie als Wette, als Beteuerung oder als Geschenk.

Im gegenwärtigen Fall diente sie ihm als Geschenk.

Ich will mich verpflichten, sagte der Korporal, der mit sich selber sprach, dem ersten besten Bettler, der an die Türe kommt, meine Reitmütze zu schenken, wenn ich die Sache nicht so mache, daß der gnädige Herr seine Freude dran haben soll.

Die Ausführung wurde nicht weiter hinausgeschoben als bis zum folgenden Morgen, was ebender Morgen war, da auf die Contreescarpe zwischen der unteren Deule und dem Andreas-Tor zur Rechten und zur Linken zwischen dem Magdalenen-Tor und dem Fluß Sturm gelaufen wurde.

Da dieses die denkwürdigste Attacke im ganzen Krieg war, die tapferste und hartnäckigste auf beiden Seiten, und ich muß hinzusetzen, die blutigste dazu, denn es kostete die Alliierten diesen Morgen über elfhundert Mann, so bereitete sich mein Onkel Toby mit mehr als gewöhnlicher Feierlichkeit darauf vor.

Als am Abend vorher mein Onkel Toby zu Bett ging, befahl er, seine dreiknotige Perücke, welche manches Jahr, die Haarseite nach innen gekehrt, im Winkel einer alten Feldkiste neben dem Bett gelegen hatte, hervorzusuchen und für morgen früh auf den Deckel bereitzulegen. Und das erste, was er des Morgens noch im bloßen Hemd tat, als er aus dem Bett gestiegen war, nachdem er die rauhe Seite nach außen gekehrt hatte, war, daß er sie aufsetzte. Als das geschehen war, zog er die Hose an, und sobald er den Gürtel zugeknöpft hatte, schnallte er auch das Degengehenk um, und er hatte schon den Degen halb hineingesteckt, als er merkte, daß er sich den Bart abnehmen lassen müsse und daß sich das mit dem Degen an der Seite nicht schicke; er legte ihn also ab. Als er die Weste und den Uniformrock anlegen wollte, fand mein Onkel dasselbe Hindernis an der

Perücke; also kam die auch herunter, so daß durch ein Hindernis hier und durch ein Hindernis dort, wie es immer geht, wenn ein Mensch in der größten Eile ist, die Uhr zehn schlug – also eine halbe Stunde später als gewöhnlich –, ehe mein Onkel ausrückte.

25. Kapitel

Mein Onkel Toby war kaum um die Ecke seiner Taxushecke gebogen, die seinen Küchengarten von dem Rasenplatz trennte, als er gewahr wurde, daß der Korporal die Attacke bereits ohne ihn angefangen hatte.

Lassen Sie mich hier ein wenig verweilen und Ihnen ein Bild von den Anstalten des Korporals und von dem Korporal selbst auf dem Höhepunkt dieser Attacke geben, gerade so, wie es meinem Onkel Toby in die Augen fiel, als er auf das Schilderhaus losging, wo der Korporal bei der Arbeit war; denn in der ganzen Natur gibt es nicht mehr dergleichen, und aus allem, was in ihren Werken Groteskes und Seltsames zu finden ist, läßt sich nichts Ähnliches zusammenbringen.

Der Korporal –

Tretet leise auf seinen Staub, ihr Männer von Genie, denn euch war er verwandt!

Haltet sein Grab von Unkraut rein, ihr Männer von gutem Herzen, denn er war euer Bruder. – O Korporal! hätte ich dich doch jetzt – jetzt, da ich imstande bin, dir eine Mahlzeit und Schutz zu geben –, wie würde ich dich hegen und pflegen! Deine liebe Reitmütze solltest du jede Stunde des Tages und jeden Tag der Woche tragen, und wäre sie abgetragen, so würde ich dir ein paar andere ebenso gute kaufen. Aber ach, ach, ach! Jetzt da ich das kann, trotz Ihro Hochwürden, ist die Gelegenheit vorbei, denn du bist dahin; dein Genius flog zu den Sternen, von woher er kam, und dieses dein warmes Herz mit allen seinen großmütigen, offenen Gefäßen ist zu einem Erdenkloß des Jammertales zerdrückt!

Doch was – was ist das gegen jenes künftige gefürchtete Blatt, wo ich das samtene Leichentuch betrachte, verziert mit den militärischen Ehrenzeichen deines Herrn, des ersten, des besten der geschaffenen Wesen; wo ich dich erblicken werde, du getreuer Diener, wie du seinen Degen und die Scheide mit zitternder Hand kreuzweis auf seinen Sarg legst und dann aschenbleich zur Tür hinaustrittst, um sein Trauerpferd beim Zaum zu fassen und hinter seiner Bahre herzuführen, wie er es dir auftrug; wo alle Systeme meines Vaters vor seinem Kummer dahinschwinden und ich ihn sehen werde, wie er trotz seiner Philosophie das lackierte Wappenschild betrachtet, zweimal die Brille von der Nase nimmt, um den Tau wegzuwischen, den die Natur darauf ergoß, wenn ich ihn sehe, wie er den Rosmarinzweig mit stummem Jammer, der durch mein Ohr erschallt, auf das Grab wirft – o Toby, in welchem Winkel der Erde soll ich den suchen, der dir gliche?

Gütige Mächte, die ihr einst die Lippen des Stummen geöffnet und die Zunge des Stammelnden richtig sprechen gelehrt habt – wenn ich zu diesem trauervollen Blatt komme, dann, o dann rührt mich an mit allgewaltiger Hand!

26. Kapitel

Der Korporal, der am Abend vorher beschlossen hatte, dem Mangel des erwünschten Ersatzes, der ein ununterbrochenes Feuer auf den Feind während der Hitze der Attacke vorstellen könnte, abzuhelfen, war auf den Gedanken gekommen, aus einem der sechs Feldgeschütze Onkel Tobys, die zu beiden Seiten seines Schilderhauses aufgestellt waren, Tabaksrauch gegen die Stadt zu dampfen; da ihm nun zugleich die Mittel einfielen, wie er es bewerkstelligen könnte, hatte er zwar seine Reitmütze verpfändet, glaubte sie aber in gar keiner Gefahr, weil er vom Gelingen seines Plans überzeugt war.

Nachdem er alles hin und her überlegt hatte, machte er bald ausfindig, daß er mittels seiner zwei türkischen

Tabakspfeifen, unter Zuhilfenahme von drei kleinen Röhren aus Waschleder an jedem unteren Ende, an welchen ebenso viele zinnerne Pfeifen befestigt werden sollten, die auf die Zündlöcher paßten und die mit Lehm an die Kanone geklebt und dann an den Stellen, wo sie in die Saffianröhre führten, mit gewachster Seide hermetisch verschlossen würden, alle sechs Feldgeschütze auf einmal abbrennen könne, und zwar ebenso einfach, als ob es nur eines wäre.

Sage doch niemand mehr, es gebe solche Haken und Zakken, aus denen man nicht Hinweise zur Erweiterung des menschlichen Wissens ableiten könne! Und kein Mensch, der meines Vaters erstes und zweites „Gerichtsbett“ gelesen hat, darf aufstehen und erklären, aus welcher Art von zusammenstoßenden Körpern ein Funke zur Vervollkommnung der Künste und Wissenschaften geschlagen oder nicht geschlagen werden kann. Himmel! du weißt, wie sehr ich die letzteren liebe, du kennst die Geheimnisse meines Herzens, und daß ich in diesem Augenblick mein Hemd hingäbe ... Du bist ein Narr, Shandy, sagte Eugenius, denn du hast ja nur ein Dutzend davon, und dann wäre das Dutzend nicht mehr voll.

Macht nichts, Eugenius! Das Hemd vom Leibe gäbe ich hin und ließe es zu Zunder verbrennen, wenn es darum ginge, einen eifrigen Forscher zu unterstützen, der feststellen will, wie viele Funken auf einen guten Schlag ein guter Stahl und Stein in sein Hinterteil schlagen kann. – Glauben Sie nicht, daß er bei diesem Hineinschlagen vielleicht auch etwas herausschlagen könnte? – So gewiß wie bei einer Kanone.

Doch dieses Projekt nur nebenbei.

Der Korporal brachte den größten Teil der Nacht damit zu, das seinige zustande zu bringen, und nachdem er einen befriedigenden Versuch mit seinem Geschütz angestellt hatte, indem er es mit Tabak bis an die Mündung vollgeladen hatte, ging er vergnügt zu Bett.

27. Kapitel

Der Korporal hatte sich ungefähr zehn Minuten vor meinem Onkel Toby hinausgeschlichen, um seine Geräte in Ordnung zu bringen und auf den Feind nur eine oder zwei Salven abzufeuern, ehe mein Onkel Toby käme.

Zu diesem Zweck hatte er die sechs Feldgeschütze dicht beieinander vor Onkel Tobys Schilderhaus aufgestellt und nur anderthalb Ellen Platz zwischen den dreien rechter Hand und den dreien linker Hand gelassen, um Raum zum Laden usw. zu behalten, und vielleicht auch, um zwei Batterien zu haben, die ihm doppelt soviel Ehre einbringen könnten.

Im Hintergrund und dieser Öffnung gegenüber, den Rükken zur Tür des Schilderhauses gekehrt, hatte der Korporal wohlweislich, damit seine Flanke nicht ungedeckt bliebe, seinen Posten bezogen. Er hielt die Elfenbeinröhre, die zur Batterie rechter Hand gehörte, zwischen Zeigefinger und Daumen seiner Rechten, die mit Silber eingelegte Ebenholzröhre, die zur Batterie linker Hand gehörte, zwischen Daumen und Zeigefinger der andern, und, das rechte Knie fest auf den Boden gestemmt, als ob er im ersten Glied im Anschlag läge, feuerte der Korporal, der seine Reitmütze trug, seine beiden Kreuzbatterien zugleich gar gewaltig auf die Contregarde ab, welche die Contreescarpe deckte, wo an diesem Morgen die Attacke erfolgen sollte. Er hatte zunächst, wie gesagt, die Absicht gehabt, dem Feind nur einen oder zwei Püffe zu geben, aber das Vergnügen sowohl an den Püffen als auch am Puffen hatte sich unversehens des Korporals bemächtigt und ihn zu der Zeit, da mein Onkel Toby zu ihm stieß, von Puff zu Puff bis zur vollen Attacke geführt.

Es war ein Glück für meinen Vater, daß mein Onkel Toby nicht an diesem Tag sein Testament machte.

28. Kapitel

Mein Onkel Toby nahm das Elfenbeinröhrchen aus der Hand des Korporals, besah es eine halbe Minute und gab es ihm wieder.

In weniger als zwei Minuten nahm mein Onkel Toby das Rohr wieder dem Korporal ab und führte es auf halbem Weg zum Mund; dann gab er es zum zweitenmal hastig zurück.

Der Korporal verdoppelte den Angriff. Mein Onkel Toby lächelte, dann sah er finster drein, lächelte wieder für einen Augenblick, und dann machte er wieder lange Zeit ein ernstes Gesicht. – „Geb Er mir das Elfenbeinröhrchen, Trim", sagte mein Onkel Toby. Mein Onkel Toby brachte es bis an die Lippen, zog es gleich wieder zurück, warf einen Blick über die Weißbuchenhecke; in seinem ganzen Leben hatte meinem Onkel Toby noch nie der Mund so nach einer Pfeife gewässert. Mein Onkel Toby zog sich mit der Pfeife in der Hand in sein Schilderhaus zurück.

Lieber Onkel Toby, geh doch nicht mit der Pfeife ins Schilderhaus, denn einem Menschen mit solch einem Ding in solch einem Winkel ist nicht zu trauen!

29. Kapitel

Ich bitte den Leser, mir dabei zu helfen, Onkel Tobys grobes Geschütz hinter die Szene zu fahren, sein Schilderhaus abzubrechen und die Bühne, wenn es möglich ist, von den Hornwerken und Halbmonden zu räumen und das übrige Kriegsgerät aus dem Weg zu schaffen. Wenn das geschehen ist, mein lieber Freund Garrick, wollen wir die Lichter putzen, die Bühne mit einem neuen Besen fegen, den Vorhang aufziehen und meinen Onkel Toby in einer neuen Rolle auftreten lassen, von der die Welt keine Idee haben kann, wie er sie spielen wird. Und dennoch, wenn Mitleid mit der Liebe verschwistert ist und Tapferkeit mit ihr nicht in Feindschaft lebt, so haben Sie in diesen Stücken schon genug von meinem Onkel Toby gesehen, um diese Familienähnlichkeit zwischen den beiden Leidenschaften (falls eine solche besteht) nach Herzenslust zu beobachten.

Eitle Wissenschaft, du kommst uns in keinem Fall dieser Art zustatten, und in jedem andern bringst du uns nur Verwirrung!

Mein Onkel Toby, Madame, besaß eine edle Einfalt des Herzens, welche ihn so weit von den krummen Wegen, auf dem Dinge dieser Art zu wandern pflegen, ableitete, daß Sie – daß Sie es sich nicht vorstellen können! Dazu kam eine so schlichte, treuherzige Art zu denken und eine so arglose Unwissenheit in bezug auf die Windungen und Falten des weiblichen Herzens, und so nackt und wehrlos stand er vor Ihnen (wenn er nicht eben mit einer Belagerung beschäftigt war), daß Sie hinter dem ersten besten Ihrer krummen Wege hätten stehen und meinen Onkel Toby zehnmal an einem Tag durch seine Leber schießen können, wenn Sie mit neunmal an einem Tag noch nicht genug gehabt hätten, Madame.

Bei all dem, Madame – und was auf der andern Seite wieder ebensoviel verdarb –, besaß mein Onkel Toby jene unvergleichliche Züchtigkeit der Natur, von der ich Ihnen schon erzählt habe und die, beiläufig gesagt, ständig vor seinen Empfindungen Wache stand, daß Sie ebenso leicht – aber wo gerate ich hin? Diese Betrachtungen strömen mir wenigstens zehn Seiten zu früh zu und nehmen die Zeit weg, die ich auf Tatsachen verwenden sollte.

30. Kapitel

Von den wenigen echten Söhnen Adams, deren Brust niemals den Stachel der Liebe empfunden hat (wobei es als ausgemacht gilt, daß alle Weiberhasser Bastarde sind), haben die größten Helden der älteren und neueren Geschichte schon neun Zehntel der Ehre für sich in Anspruch genommen, und um dieser Helden willen wollte ich, daß ich den Schlüssel zu meinem Studierzimmer nur auf fünf Minuten wieder aus meinem Ziehbrunnen heraufgeholt hätte, um Ihnen ihre Namen nennen zu können. Aus dem Kopf weiß ich sie nicht. Begnügen Sie sich also vorerst mit diesen:

Da waren der große König Aldrovandus und Bosphorus und Cappadocius und Dardanus und Pontus und Asius, ganz zu schweigen von dem eisenherzigen Karl XII., mit dem selbst die Gräfin K*** nichts anfangen konnte. Da waren Babylonicus und Mediterraneus und Polixenes und Persicus und Prusicus, von denen nicht einer (ausgenommen Cappadocius und Pontus, die beide ein wenig verdächtig sind) seine Brust der Göttin zuneigte. Die Wahrheit zu sagen, sie hatten alle etwas anderes zu tun, und so war es auch bei meinem Onkel Toby – bis das Schicksal, bis also das Schicksal, das ihn um den Ruhm beneidete, daß sein Name mit dem des Aldrovandus und der übrigen der Nachwelt überliefert werden sollte, hämischerweise den Frieden von Utrecht ausheckte.

Glauben Sie mir, meine Herren, das war die heimtückischste Tat, die es in diesem Jahr beging.

31. Kapitel

Unter den vielen schlimmen Folgen des Utrechter Vertrages war auch diese, daß er meinem Onkel Toby beinahe einen Ekel vor Belagerungen einflößte, und obgleich seine Belagerungslust später wiederkam, so hinterließ doch selbst Calais keine tiefere Narbe im Herzen der Königin Maria als Utrecht im Herzen Onkel Tobys. Bis an sein seliges Ende konnte er das Wort Utrecht bei keiner Gelegenheit nennen hören, nicht einmal einen Artikel lesen, der aus der „Utrechter Zeitung“ stammte, ohne einen solchen Seufzer auszustoßen, als ob ihm das Herz zerspringen wollte.

Mein Vater, der ein großer Ursachenkrämer war und folglich eine äußerst gefährliche Person für einen Mann, der in seiner Gegenwart lachte oder weinte – denn gewöhnlich wußte er den Grund, warum Sie das eine oder andere taten, weit besser als Sie selbst –, suchte meinen

Onkel Toby bei solchen Gelegenheiten stets zu trösten, und zwar auf eine Art, welche deutlich verriet, daß er glaubte, meinem Onkel Toby gehe bei der ganzen Sache nichts so sehr zu Herzen, wie sein liebes Steckenpferd. – „Laß nur gut sein, Bruder Toby", pflegte er zu sagen, „mit Gottes Segen werden wir bald wieder einen neuen Krieg haben; und wenn der losgeht, können uns die kriegführenden Mächte doch nicht aus dem Spiel lassen, selbst wenn sie sich auf den Kopf stellten. – Ich möchte doch sehen, mein lieber Toby", pflegte er hinzuzusetzen, „ob sie Länder erobern können ohne Städte und Städte ohne Belagerungen."

Mein Onkel Toby konnte diesen hinterhältigen Hieb nach seinem Steckenpferd niemals freundlich hinnehmen. Er hielt den Hieb für unedel, zumal dieser nicht nur das Pferd, sondern auch den Reiter traf, und zwar an der schimpflichsten Stelle, die ein Hieb treffen kann; deshalb legte er bei solchen Gelegenheiten jedesmal die Pfeife mit mehr Feuer als gewöhnlich auf den Tisch, um sich zu verteidigen.

Heute vor zwei Jahren habe ich dem Leser berichtet, daß mein Onkel Toby nicht beredt gewesen sei, und führte auf derselben Seite ein Beispiel für das Gegenteil an. Ich wiederhole die Bemerkung und bringe eine Tatsache bei, die ihr abermals widerspricht. Er war nicht beredt; es fiel meinem Onkel Toby schwer, lange Reden zu halten, und die blumenreichen haßte er; es gab aber Gelegenheiten, bei denen der Strom den Mann mit fortriß und so gegen seinen gewöhnlichen Lauf ging, daß mein Onkel Toby zeitweilig an einigen Stellen dem Tertull gleichkam, ihn an anderen aber nach meiner Meinung unendlich weit übertraf.

Mein Vater fand an einer von diesen Verteidigungsreden Onkel Tobys, die dieser eines Abends vor ihm und Yorick gehalten hatte, ein so außerordentliches Gefallen, daß er sie aufschrieb, ehe er zu Bett ging.

Ich habe das Glück gehabt, sie unter meines Vaters Papieren zu finden; hin und wieder hat er etwas Eigenes zwischen zwei Klammern [ ] eingeschoben, und sie ist überschrieben:

MEINES BRUDERS TOBY RECHTFERTIGUNG SEINER GRUNDSÄTZE UND SEINES VERHALTENS, WENN ER DIE FORTSETZUNG DES KRIEGES WÜNSCHT

Ich darf wohl sagen, ich habe diese apologetische Rede Onkel Tobys hundertmal gelesen und halte sie für ein so schönes Muster einer Verteidigung, und sie zeugt von einer so harmonischen Mischung von Tapferkeit und Rechtschaffenheit in seiner Seele, daß ich sie der Welt Wort für Wort (mit Einschiebseln und allem) so, wie ich sie gefunden habe, vorlege.

32. Kapitel

ONKEL TOBYS VERTEIDIGUNGSREDE

Ich weiß wohl, Bruder Shandy, daß es der Welt verdächtig vorkommt, wenn ein Mann, dessen Beruf das Waffenhandwerk ist, Krieg wünscht, wie ich es getan habe, und daß es ihn nicht recht kleidet – seine Motive und Absichten mögen noch so gerecht und löblich sein –, wenn er auftritt, um sich wegen eigennütziger Absichten dabei zu verteidigen.

Wenn also ein Soldat ein vorsichtiger Mann ist – und das kann er sein, ohne daß dadurch seinem Mut ein Jota abgeht –, so wird er sich hüten, seinen Wunsch auszusprechen, wenn ihn ein Feind hören kann. Denn er mag sagen, was er will, ein Feind wird ihm nicht glauben. Er wird sich sogar hüten, es vor einem Freund zu tun, aus Furcht, er möchte dessen Hochachtung verlieren. Aber wenn sein Herz davon voll ist und ein geheimer Wunsch nach Krieg sich Luft machen will, wird er ihn aufheben für das Ohr eines Bruders, der sein Herz bis auf den Grund kennt und weiß, wie er denkt, wie er gesinnt ist und welche Auffassung von der Ehre er hat. Was ich, wie ich hoffe, in all diesen Punkten gewesen bin, Bruder Shandy, das zu sagen würde sich für mich nicht schicken. Ich weiß, ich bin schlechter gewesen, als ich sollte, und noch etwas schlechter vielleicht, als ich denke. Aber so wie ich bin, mein lieber Bruder Shandy – du hast an derselben Brust wie ich gesogen, und mit dir bin ich von meiner Wiege an auferzogen worden, und vor dir habe ich von der ersten Stunde unserer kindlichen Spiele bis zu diesem Augenblick keine Handlung meines Lebens und kaum einen Gedanken verhehlt –, so wie ich bin, Bruder, mußt du mich jetzt doch kennen, mit allen meinen Fehlern und meinen Schwachheiten dazu, ob sie nun von meinem Alter, von meiner Gemütsart, von meinen Leidenschaften oder von meinem Verstand kommen.

Sage mir also, mein lieber Bruder Shandy: woran liegt es, daß du denken kannst, wenn ich den Frieden von Utrecht tadle und es bedaure, daß der Krieg nicht noch ein wenig länger mit Nachdruck fortgesetzt worden ist, daß dein Bruder dies aus unedlen Absichten tue oder daß er, wenn er Krieg wünscht, so bösartig sei, zu wünschen, daß noch mehr seiner Mitmenschen erschlagen, noch mehr zu Sklaven gemacht, noch mehr Familien aus ihren friedlichen Wohnungen vertrieben werden sollen – bloß damit er sein Vergnügen daran habe? Sage mir doch, Bruder Shandy: was habe ich mir zuschulden kommen lassen, daß du dich darauf berufen kannst? [Was zum Teufel weiß ich davon, guter Toby, ob du Schulden hast? Ich weiß nur, daß ich dir hundert Pfund geliehen habe, damit du deine verdammten Belagerungen fortsetzen konntest.]

Wenn ich schon als ein Schulknabe keine Trommel schlagen hören konnte, ohne daß mir das Herz im Leibe schlug – war das meine Schuld? Pflanzte ich mir diese Neigung ein? War ich es, der Alarm in mir schlug, oder war es die Natur?

Wenn Graf Guy von Warwick und Parismus und Parismenus, Valentine und Orson und die sieben Haimonskinder in unserer Schule von Hand zu Hand gingen – waren sie nicht alle von meinem eigenen Taschengeld gekauft? War das eigennützig, Bruder Shandy? Wenn wir von der Belagerung von Troja lasen, die zehn Jahre und acht Monate dauerte – obgleich gegen einen solchen Artillerietrain, wie wir ihn vor Namur hatten, die Stadt sich keine Woche hätte halten können –, ging mir da die Vernichtung der Griechen und Trojaner nicht ebenso nahe wie nur irgendeinem anderen Knaben in der ganzen Schule? Bekam ich nicht deswegen drei Streiche mit der Rute, zwei in meine rechte und einen in meine linke Hand, weil ich die Helena eine Petze geheißen hatte? Hat wohl einer von euch allen mehr Tränen um Hektor vergossen? Und als König Priamus ins Lager kam, um Hektors Leichnam bat und ihn dann nicht bekam und weinend nach Troja zurückkehrte – du weißt es, Bruder, daß ich dann des Mittags nichts essen konnte.

War das ein Zeichen von Grausamkeit? Oder, lieber Bruder Shandy, weil mein Blut nach dem Lager kochte und mein Herz nach Krieg pochte – war das ein Beweis, daß es nicht das Elend des Krieges auch empfinden könnte?

O Bruder! Ein anderes ist es für einen Soldaten, Lorbeeren zu sammeln, und wieder ein anderes, Zypressen zu streuen. [Wer hat dir gesagt, mein lieber Toby, daß die Alten Zypressen bei Trauerfällen brauchten?]

Es ist ein Unterschied, Bruder Shandy, ob ein Soldat sein eigenes Leben wagt und als erster in den Laufgraben springt, wenn er gewiß weiß, daß er in Stücke gehauen wird – es ist ein Unterschied, ob er aus Liebe zum Vaterland oder Durst nach Ehre als erster in die Bresche eindringt, im ersten Glied steht, mit Trommeln und Trompeten und fliegenden Fahnen tapfer auf den Feind losmarschiert – es ist ein Unterschied, sage ich, Bruder Shandy, ob man das tut oder ob man über das Elend des Krieges nachdenkt, die Verwüstung ganzer Länder betrachtet und die unerträglichen Beschwerden und Lasten erwägt, welche der gemeine Soldat, das Werkzeug dieser Verwüstungen, (für sechs Pence am Tag, wenn er sie überhaupt bekommt) auszustehen gezwungen ist.

Brauchte man es mir zu sagen, lieber Herr Yorick, wie Sie es in der Leichenpredigt für Le Fever getan haben, daß ein so mildes und sanftes Geschöpf wie der Mensch, geboren zur Liebe, zum Mitleiden und zum Erbarmen, dazu nicht geschaffen sei? Warum aber fügten Sie nicht hinzu, lieber Yorick, daß er zwar nicht von der Natur, aber durch die Notwendigkeit dazu gezwungen werde? Denn was ist der Krieg? Was ist er, Herr Yorick, wenn er wie der unsrige aus Grundsätzen der Freiheit und aus Grundsätzen der Ehre geführt wird? Was ist er anders als der Zusammenschluß ruhiger, friedsamer Menschen, die ihre Waffen aufnehmen, um den Ehrgeizigen und Friedensstörer in Schranken zu halten? Und der Himmel ist mein Zeuge, Bruder Shandy, daß die Lust, die ich an diesen Dingen gefunden habe, und das unendliche Vergnügen, das insbesondere meine Belagerungen auf meinem Rasenplatz begleitet, bei mir – und ich hoffe, auch bei dem Korporal – aus unserer gemeinsamen Überzeugung entstanden ist, daß wir bei ihrer Ausführung den großen Zweck erfüllten, zu dem wir erschaffen wurden.

33. Kapitel

Ich erzählte dem christlichen Leser – ich sage „christlichen“, weil ich hoffe, daß er das ist; und wenn er es nicht ist, so tut es mir leid, und ich bitte ihn nur, die Sache bei sich zu überlegen und nicht die Schuld so ganz auf dieses Buch zu schieben.

Ich erzählte ihm, mein Herr – denn, wahrhaftig, wenn ein Mensch seine Geschichte auf eine so seltsame Art erzählt wie ich die meinige, so muß er wohl alle Augenblicke zurück oder vorwärts gehen, um in des Lesers Gedächtnis alles hübsch zusammenzuhalten, und wenn ich es jetzt nicht noch mehr und fleißiger täte als vorher, so kämen so viele unbestimmte und zweideutige Dinge mit so vielen Lücken und Brüchen zum Vorschein, und die Sterne, die ich in einigen der dunkelsten Gänge aufhänge, weil ich weiß, daß sich die Welt bei allem Licht, das ihr die Sonne selbst am hellsten Mittag gibt, so leicht verirren kann, leisten so wenig Dienste, daß – und jetzt, sehen Sie, habe ich mich selbst verirrt!

Aber es ist meines Vaters Schuld, und wenn einmal mein Gehirn seziert wird, so werden Sie ohne Brille sehen können, daß er einen groben, ungleichmäßigen Faden hat mit durchgehen lassen, wie er zuweilen in einem unverkäuflichen Stück Leinwand das ganze Gewebe durchläuft und es so unansehnlich macht, daß man nicht einmal eine * * (hier hänge ich schon wieder ein paar Lichter auf) oder eine Aderlaßbinde oder einen Däumling daraus schneiden kann.

Quanto id diligentius in liberis procreandis cavendum, sagte Cardan. Wenn man das alles wohl überlegt, sehen Sie, daß es mir moralisch unmöglich ist, dies hier wieder bis zu der Stelle zurückzudrehen, von der ich ausgegangen bin.

34. Kapitel

Ich erzählte dem christlichen Leser zu Beginn des Kapitels, das Onkel Tobys Verteidigungsrede vorausgeht – wenn auch mit einer andern Stilfigur als der, welcher ich mich jetzt bedienen werde –, daß der Frieden von Utrecht um ein Haar eine ebenso große Entfremdung zwischen meinem Onkel Toby und seinem Steckenpferd hervorgebracht hätte, wie er zwischen der Königin und den übrigen verbündeten Mächten bewirkte.

Es gibt eine verächtliche Art, wie ein Mann zuweilen von seinem Pferd absitzt, die etwa besagen soll: Lieber will ich mein Leben lang zu Fuß gehen, Bestie, als noch einmal eine Meile auf dir reiten. Nun konnte man von meinem Onkel Toby nicht sagen, daß er auf diese Art abgesessen sei, und nach dem strengen Sprachgebrauch konnte man gar nicht einmal sagen, er sei abgesessen, sondern vielmehr, er sei vom Pferde abgeworfen worden, und zwar ein wenig heimtückisch, was zur Folge hatte, daß mein Onkel Toby es noch zehnmal mehr übelnahm. Aber laß die staatlichen Reitknechte das unter sich abmachen, wie sie wollen. Es brachte, sagte ich, eine Art Entfremdung zwischen meinem Onkel Toby und seinem Steckenpferd hervor. Vom Monat März bis November, also in dem Sommer nach dem Friedensschluß, brauchte er es fast gar nicht, auch wenn er hin und wieder einmal einen ganz kurzen Ritt unternahm, um eben nur nachzusehen, ob die Befestigungsanlagen und der Hafen von Dünkirchen geschleift wären, wie es der Vertrag verlangte.

Die Franzosen ließen sich den ganzen Sommer bei dieser Sache sehr viel Zeit, und Monsieur Tugghe, der Deputierte des Magistrats von Dünkirchen, übergab der Königin viele rührende Bittschriften, in denen er Ihre Majestät anflehte, doch ihre Donnerkeile auf die anderen Werke fallen zu lassen, die sich ihre Ungnade könnten zugezogen haben, und um Schonung – um Schonung der Mole um der Mole selbst willen bat, da diese in ihrer schutzlosen Lage nichts weiter sein könne als ein Gegenstand des Mitleids. Und da die Königin (die auch nur eine Frau war) milde gestimmt war – und ihre Minister gleichfalls –, konnte sie es nicht übers Herz bringen, daß die Stadt so entblößt werde, und zwar aus dem besonderen Grund, * * * * * * * * * * * * * * * * *.

* *; so daß es also im ganzen meinem Onkel Toby sehr sauer gemacht wurde, um so mehr, da noch drei volle Monate vergingen, nachdem er und der Korporal die Stadt aufgebaut und zur Zerstörung vorbereitet hatten, ehe es ihm die verschiedenen Kommandanten, Kommissare, Deputierten, Unterhändler und Intendanten erlaubten, sich daranzumachen. Schlimme Zeit der Untätigkeit!

Der Korporal war dafür, die Schleifung damit anzufangen, daß sie eine Bresche in den Wall oder die Hauptfestung der Stadt schlugen. – „Nein, Korporal, das geht nicht", sagte mein Onkel Toby, „denn wenn wir so mit der Stadt zu Werke gehen, wird die englische Garnison keinen Augenblick darin sicher sein, weil, wenn die Franzosen falsch sind ..." – „Sie sind, mit Euer Gnaden Erlaubnis, so falsch wie der Satan", sagte der Korporal. – „Es tut mir jedesmal leid, wenn ich's höre, Trim", sagte mein Onkel Toby, „denn es fehlt ihnen nicht an persönlichem Mut; und wenn eine Bresche in dem Wall ist, können sie eindringen und sich der Stadt bemächtigen, wenn sie nur wollen." – „Laßt sie nur eindringen", sagte der Korporal und hob seinen Pionierspaten mit beiden Händen in die Höhe, als ob er um sich hauen wollte, „laßt sie eindringen, Euer Gnaden, wenn sie's sich unterstehen." – „In einem Fall wie diesem,

Korporal“, sagte mein Onkel Toby, wobei er die Hand bis zur Mitte seines Stockes hinuntergleiten ließ und ihn darauf wie einen Kommandostab mit ausgestrecktem Zeigefinger faßte, „darf sich der Kommandant nicht darum bekümmern, was sich der Feind unterstehen oder nicht unterstehen möchte; er muß auf seiner Hut sein. Wir wollen mit den Außenwerken anfangen, sowohl zur See- wie zur Landseite, und Fort Louis soll das erste sein; das ist am weitesten entlegen und soll zuerst demoliert werden; und dann die übrigen alle, eins nach dem andern, links und rechts, während wir uns in die Stadt zurückziehen. Dann wollen wir die Mole zerstören, danach den Hafen auffüllen, darauf uns in die Zitadelle zurückziehen und sie in die Luft sprengen. Und wenn wir das getan haben, Korporal, dann zu Schiff und nach England!“ – „Da sind wir schon“, sagte der Korporal, der zur Besinnung kam. – „Sehr wahr!“ sagte mein Onkel Toby und sah zur Kirche hinüber.

35. Kapitel

Ein paar dieser illusorischen, köstlichen Beratungen zwischen meinem Onkel Toby und Trim über die Schleifung von Dünkirchen brachten einen Augenblick lang die Ideen von den Vergnügungen, welche ihm eben entwischen wollten, wieder in Reih und Glied. Aber alles ging nur langsam vonstatten. Der Zauber schwächte das Gemüt nur noch mehr. Die Göttin des Schlafs kam mit ihrem stummen Gefolge ins einsame Wohnzimmer geschlichen und hüllte Onkel Tobys Kopf in ihren flornen Mantel, und die Verdrossenheit mit ihren schlaffen Zügen und ihrem unsteten Blick setzte sich ruhig neben ihn in seinen Lehnstuhl. Amberg und Rheinsberg und Limburg und Huy und Bonn versetzten nicht mehr in diesem Jahr und die Prospekte von Landen und Trarbach und Drusen und Dendermonde versetzten nicht mehr im anderen Jahr sein Blut in Wallung; die Sappen, Minen, Blenden, Schanzkörbe und Palisaden wehrten diesen schönen Feind der Ruhe des Menschen nicht länger ab. Nicht mehr konnte mein Onkel Toby, wenn er bei seinem gekochten Ei zum Abendessen die französischen Linien passierte, tiefer hinein ins Herz von Frankreich vordringen, über die Oise setzen, durch die ganze Pikardie bis vor die Tore von Paris marschieren und mit lauter Bildern von Ehre und Ruhm einschlafen. Nicht mehr sollte er träumen, er habe das britische Panier auf den Turm der Bastille gepflanzt, und erwachen, da es ihm noch im Kopf flatterte.

Liebreichere Erscheinungen, sanftere Regungen stahlen sich unbemerkt in seinen Schlummer; die Trompete des Krieges entfiel seiner Hand, er ergriff dafür die Laute, das liebliche Instrument, unter allen anderen das feinste und schwierigste. Wie wirst du sie spielen, mein lieber Onkel Toby?

36. Kapitel

Nun, freilich habe ich ein paarmal in meiner unbedachtsamen Art geäußert, ich sei überzeugt, daß die folgenden Erinnerungen an die Liebesabenteuer Onkel Tobys mit der Witwe Wadman, sobald ich nur Zeit gewönne, sie zu schreiben, eines der vollständigsten Systeme hinsichtlich des elementarsten und auch des praktischen Teils der Liebe und des Liebens enthalten würden, die nur jemals der Welt vorgelegt worden seien – aber müssen Sie sich deswegen nun gleich einbilden, ich würde mit meiner Beschreibung der Liebe anfangen? Ob sie halb göttlich ist und halb teuflisch, wie Plotin behauptet.

Oder bilden Sie sich ein, ich würde nach einer kritischeren Gleichung, wobei das Ganze der Liebe durch zehn Einheiten ausgedrückt wird, mit Ficinus bestimmen, wie viele von diesen Einheiten zum ersten und wie viele zum zweiten gehören oder ob die Liebe ganz und gar, vom Anfang bis zum Ende, ein großer Teufel ist, wie Plato sich unterstanden hat zu entscheiden; über diesen platonischen Einfall will ich meine Meinung nicht äußern, aber meine Meinung über Plato ist diese, daß er in diesem Beispiel sich als ein

Mann zeigt, der in seiner Gemütsart und Philosophie sehr viel Ähnlichkeit mit Doktor Baynyard hat, welcher wiederum ein großer Feind von spanischen Fliegen war und sich einbildete, ein halbes Dutzend auf einmal würde einen Menschen ebenso sicher dem Grab zuführen wie ein von sechs Pferden gezogener Leichenwagen, und daher den übereilten Schluß zog, der Teufel selbst sei in der Welt nichts anderes als eine große spanische Brummfliege.

Ich habe Leuten, die sich eine so ungeheure Freiheit im Schlußfolgern erlauben, nichts anderes zu sagen, als was Nazianzen dem Philagrius (polemischerweise nämlich) zurief:

„Εὖγε!“ O schön! Das ist eine hübsche Begründung, mein Herr, wahrhaftig! „ὅτι φιλοσοφεῖς ἐν Πάθεσι“ – und sehr unparteiisch trachten Sie nach der Wahrheit, wenn Sie in solcher Stimmung und Leidenschaft darüber philosophieren.

Aus diesem Grund soll man sich nicht einbilden, daß ich mich bei der Untersuchung aufhalten werde, ob die Liebe eine Krankheit sei, oder daß ich mich deswegen mit Rhasis oder Dioscorides überwerfe, ob sie ihren Sitz im Gehirn oder in der Leber habe; denn das würde mich zu einer Untersuchung der beiden entgegengesetzten Methoden führen, nach welchen Patienten behandelt worden sind – die eine von Aätius, der jedesmal seine Kur mit einem kühlenden Klistier von Hanfsamen und gestoßenen Gurken begann und nachher mit einem dünnen Trank von Wasserlilien und Purzelkraut fortsetzte, dem er noch eine Messerspitze Schnupftabak aus Haneakraut und da, wo Aätius es wagen durfte, seinen Topasring hinzufügte.

Die andere von Gordonius, welcher (in seinem 15. Kap. *de Amore*) die Anweisung gibt, man soll sie verdreschen *ad putorem usque* – bis sie stinken.

Das sind solche Untersuchungen, mit denen mein Vater, der sich einen großen Vorrat von dergleichen Wissenschaft angelegt hatte, im weiteren Verlauf von Onkel Tobys Liebeshandel sehr beschäftigt sein wird. So viel muß ich vorwegnehmen, daß er von seiner Theorie der Liebe (mit der er, nebenbei gesagt, Onkel Tobys Gemüt ebensosehr zu kreuzigen wußte, wie es die Liebe selbst tat) nur einen Schritt in die Praxis tat, und mittels eines mit Kampfer getränkten Wachstuchs, das er dem Schneider statt Zwillich anzudrehen verstand, als dieser gerade meinem Onkel Toby ein Paar neue Hosen machte, erzielte er bei meinem Onkel Toby die von Gordonius beschriebene Wirkung auch ohne die unehrenhafte Behandlung.

Was dies für Veränderungen hervorbrachte, wird man an geeigneter Stelle lesen; alles, was der Anekdote hinzugefügt werden muß, ist folgendes: welche Wirkung es auch auf meinen Onkel Toby haben mochte, es hatte eine häßliche Wirkung auf das Haus, und hätte es mein Onkel nicht, so wie er tat, ganz gelassen niedergeschmaucht – es hätte auch auf meinen Vater eine häßliche Wirkung ausüben können.

37. Kapitel

Es wird sich bei Gelegenheit schon von selbst finden. – Alles, was ich hier verfechte, ist, daß ich nicht notwendig mit einer Definition der Liebe anfangen muß, und solange ich meine Geschichte verständlich erzählen und mich dabei des Wortes selbst bedienen kann, ohne einen andern Begriff damit zu verknüpfen als den, welchen ich mit allen Leuten gemein habe, warum sollte ich einen Augenblick vor der Zeit davon abgehen? Wenn ich nicht mehr weiterkann und mich erst von allen Seiten in diesem mystischen Labyrinth verwickelt sehe, wird meine Meinung von selbst ans Licht kommen und mich hinausführen.

Gegenwärtig, so hoffe ich, wird man mich hinlänglich verstehen, wenn ich dem Leser sage, daß mein Onkel Toby sich verliebte.

Ich kann nicht sagen, daß mir die Redensart gefiele; denn wenn man sagt, ein Mann sei verliebt, oder, er sei heftig verliebt, oder gar, er sei rasend verliebt, oder noch ärger, er sei bis über die Ohren verliebt, so wollen diese gängigen Redensarten andeuten, daß der Zustand eines

Menschen, welcher liebt, unnatürlich und gefährlich sei; damit kehrt man aber zu der Meinung des Plato zurück, welche ich, trotz all seiner Göttlichkeit, für verdammenswert und ketzerisch halte – und damit genug davon.

Die Liebe mag also sein, was sie will – mein Onkel verfiel ihr.

Und vermutlich, gütiger Leser, würdest du ihr bei einer solchen Versuchung ebenso verfallen; denn nie sahen deine Augen oder begehrten deine Begierden etwas auf dieser weiten Welt, was begehrenswerter gewesen wäre als die Witwe Wadman.

38. Kapitel

Um es recht zu erfassen, verlangen Sie Tinte und Feder. – Hier ist ein Bogen Papier für Sie. – Setzen Sie sich, Herr, malen Sie sie so, wie es Ihnen gefällt, Ihrer Geliebten so ähnlich, wie Sie können, Ihrer Frau so unähnlich, wie es Ihnen Ihr Gewissen erlauben will – mir ist es ganz gleich, wenn nur Ihre Phantasie auf ihre Kosten kommt.

Hat es jemals in der ganzen Schöpfung etwas Liebreizenderes und Vollkommeneres gegeben?

Nun, lieber Herr, nimmt es Sie wunder, daß mein Onkel Toby nicht widerstehen konnte?

O dreimal glückseliges Buch! Du hast doch wenigstens eine Seite zwischen deinen Einbanddecken, welche die Bosheit nicht anschwärzen und die Dummheit nicht mißdeuten kann.

39. Kapitel

Da Susanna durch einen Eilboten von Jungfer Bridget Nachricht erhielt, daß mein Onkel Toby sich in ihre Herrschaft verliebt habe, und zwar schon fünfzehn Tage bevor es sich zutrug, und da Susanna den Inhalt dieser eiligen Nachricht am folgenden Tag gleich meiner Mutter mitteilte, so hat mir das Gelegenheit gegeben, vierzehn Tage früher von Onkel Tobys Liebesangelegenheiten zu schreiben, als er sie wirklich erlebte.

„Ich habe dir etwas Neues mitzuteilen, lieber Shandy", sagte meine Mutter, „worüber du sehr staunen wirst."

Nun hielt mein Vater gerade eines von seinen zweiten „Gerichtsbetten" und überdachte die Beschwerlichkeiten des Ehestandes, als meine Mutter das Stillschweigen brach. „Mein Schwager Toby", sagte sie, „wird Frau Wadman heiraten."

„Nun, dann wird er in seinem Leben nie wieder diagonal im Bett liegen können", sagte mein Vater.

Meinem Vater war es ein nagender Verdruß, daß meine Mutter ihn niemals fragte, wenn er etwas sagte, was sie nicht verstand.

„Daß sie keine gelehrte Frau ist", pflegte mein Vater zu sagen, „das ist ihr Unglück und nicht ihre Schuld – aber fragen könnte sie doch."

Meine Mutter tat das niemals. Kurz, sie ging schließlich aus der Welt, ohne zu wissen, ob die Welt sich drehte oder ob sie stillstände. Mein Vater hatte ihr ganz bereitwillig wohl tausendmal gesagt, wie es sich damit verhielt, aber sie konnte es nicht behalten.

Aus diesem Grund ging ein Gespräch zwischen ihnen selten weiter als bis zur Proposition, Replik und Duplik; danach holte es gewöhnlich auf ein paar Minuten Atem (wie bei der Hosengeschichte) und schlenderte dann weiter.

„Wenn er sich verheiratet“, sagte meine Mutter, „so verlieren wir doch immer dabei.“

„Nicht einen Kirschkern“, sagte mein Vater. „Er mag das Seinige ebenso gern auf diese Art wie auf irgendeine andere verpulvern.“

„Das ist wohl wahr“, sagte meine Mutter, und hiermit endeten die Proposition, die Replik und die Duplik, von denen ich Ihnen erzählte.

„So hat er doch wenigstens einigen Zeitvertreib“, sagte mein Vater.

„Einen sehr angenehmen“, antwortete meine Mutter, „wenn er Kinder bekommen sollte.“

Gott verzeih mir meine Sünden! sagte mein Vater bei sich selbst, * * * * * * * * * * * * * * * * * * *
* *
* *
* *
* *
* *.

40. Kapitel

Ich fange jetzt an, recht in mein Werk hineinzukommen, und wenn ich mich an vegetarische Kost halte und ein wenig von den kühlenden Samen nehme, so werde ich gewiß in der Lage sein, Onkel Tobys Geschichte und meine eigene in einer einigermaßen geraden Linie fortzusetzen.

Sehn Sie einmal!

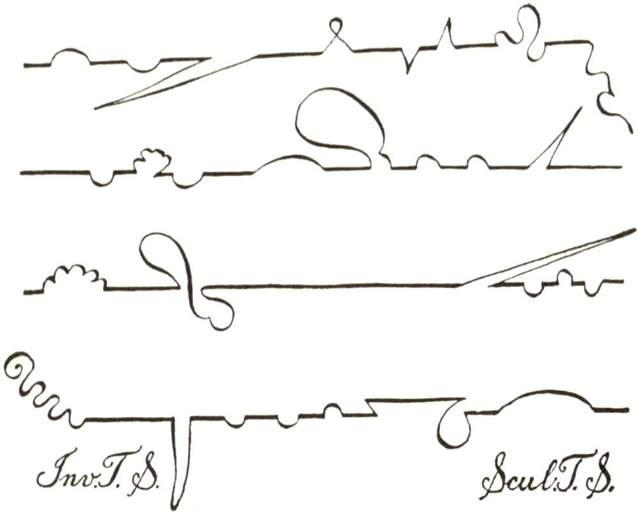

Das waren die vier Linien, auf denen ich mich durch meinen ersten, zweiten, dritten und vierten Band bewegte. Im fünften Band habe ich mich sehr gut aufgeführt. Die genaue Linie, die ich in demselben beschrieben habe, sieht so aus:

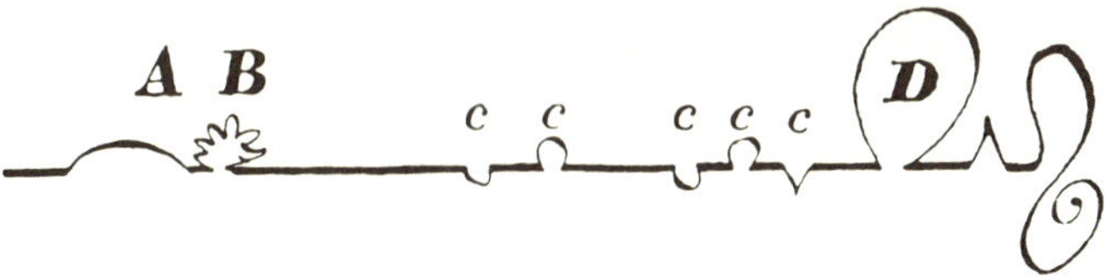

Daraus geht hervor, daß ich, abgesehen von dem Bogen A, wo ich einen kleinen Abstecher nach Navarra machte, und von der gezähnten Kurve B, die den kleinen Spazierritt andeutet, den ich mit Mademoiselle de Baussiere und ihrem Pagen unternahm, nicht den geringsten Sprung von einer Digression getan habe, bis mich John de la Casses Teufel in dem Kreis herumführten, den Sie hier mit D bezeichnet finden; denn was die kleinen c c c c anbetrifft, so sind das bloße Parenthesen, nichts weiter als die gewöhnlichen Stufen aufwärts und niederwärts, die in dem Leben des größten Staatsministers vorzukommen pflegen; und wenn man sie mit den Ausschweifungen anderer Leute oder auch mit meinen eigenen bei A, B und D vergleicht, so schwinden sie zu nichts.

In diesem sechsten und letzten Bande bin ich noch artiger gewesen. Vom Ende der eingeschalteten Geschichte Le Fevers bis zum Beginn von Onkel Tobys Feldzügen bin ich kaum eine Elle von meinem Weg abgewichen.

Wenn ich mich so immerfort bessere, so ist es nicht unmöglich, falls es die Teufel Seiner Gnaden des Bischofs von Benevent gestatten, daß ich noch eine solche Vollkommenheit erlange, um folgendermaßen fortzufahren:

---

welches eine so gerade Linie ist, wie ich sie mit dem besten Lineal eines Schreibmeisters (das ich zu dem Zweck geborgt) habe ziehen können und die weder zur Linken noch zur Rechten abweicht.

Diese gerade Linie – der Pfad, auf dem ein Christ einherwandeln sollte, sagen die Theologen.

Das Sinnbild moralischer Rechtschaffenheit, sagt Cicero.

Die beste Linie, sagen die Kohlpflanzer – ist die kürzeste Linie, sagt Archimedes, die man von einem gegebenen Punkt zu einem andern ziehen kann.

Ich wünschte, meine gnädigen Damen, Sie würden diese Sache ein wenig bei Ihrem nächsten Geburtstagskleid beherzigen.

Wie muß die arme Linie da reisen!

Übrigens, können Sie mir nicht sagen – aber ohne Ärger, ehe ich mein Kapitel über gerade Linien schreibe –, durch welches Mißverständnis, auf wessen Ausspruch hin oder auf welche Weise es dazu kam, daß Leute von Geist und Genie beständig diese Linie mit der schwerfälligen Gravitationslinie verwechselt haben?

SIEBTES BUCH

Non enim excursus hic ejus, sed opus ipsum est.

Plin. Lib. quintus Epistola sexta

1. Kapitel

Nein – ich glaube, ich habe gesagt, daß ich jedes Jahr zwei Bände schreiben wollte, falls der böse Husten, der mich damals quälte und vor dem mir bis zur Stunde noch ärger graut als vor dem Teufel, es mir gestatten würde, und an einer andern Stelle (wo aber, darauf kann ich mich jetzt nicht besinnen), da ich von meinem Buch als von einer Maschine redete und meine Feder und mein Lineal zur Beschäftigung kreuzweise auf den Tisch legte, schwur ich, sie werde in den nächsten vierzig Jahren im gleichen Tempo weiterlaufen, wenn es der Quelle des Lebens gefiele, mich so lange mit Gesundheit und guter Laune zu segnen.

Was nun meine gute Laune anbetrifft, so kann ich mich über sie nicht sonderlich beschweren, ja so wenig (ich müßte ihr denn zur Last legen, daß sie mich zuweilen auf einen langen Stock aufsteigen und neunzehn Stunden von vierundzwanzig den Narren spielen läßt), daß ich ihr im Gegenteil vieles, vieles zu danken habe. Du hast mich ganz wohlgemut den Pfad des Lebens mit allen seinen Beschwerden auf dem Rücken (seine Sorgen ausgenommen) wandeln lassen; in keinem Augenblick meines Daseins, soviel ich mich erinnere, hast du mich verlassen oder mir die Dinge, die mir in den Weg kamen, schwarz oder krankhaft grün gefärbt; in Gefahren vergoldetest du meinen Horizont mit Hoffnung, und als der Tod selbst an meine Tür pochte, sagtest du zu ihm, er möge ein andermal wiederkommen, und in einem so lustigen Ton von sorgloser Gleichgültigkeit sagtest du das, daß er an seinem Auftrag zweifelte.

„Hier liegt gewiß ein Irrtum vor“, sagte er.

Sehen Sie, ich kann in der Welt nichts weniger ausstehen, als wenn man mich in einer Geschichte unterbricht, und eben erzählte ich dem Eugenius auf meine Art eine recht umständliche von einer Nonne, die sich einbildete, ein Schellfisch zu sein, und von einem Mönch, der verdammt worden war, weil er Fleisch gegessen hatte, und ich war gerade dabei, ihm die Gründe und die Berechtigung des Verfahrens zu zeigen.

„Ist wohl jemals eine so ernsthafte Person in solche Schwierigkeiten geraten?“ sagte der Tod. – „Mit knapper Not bist du noch durchgekommen, Tristram“, sagte Eugenius und faßte mich bei der Hand, als ich meine Erzählung beendete.

„Aber auf diese Art ist hier nicht gut leben, Eugenius“, sagte ich, „denn da dieser Hurensohn meine Wohnung ausgespürt hat ...“

„Du gibst ihm den rechten Namen“, sagte Eugenius, „denn angeblich ist er durch die Sünde auf die Welt gekommen.“ – „Was geht's mich an, wie er auf die Welt kam“, sagte ich, „wenn er sich nur nicht so beeilte, mich hinauszuholen; denn ich habe vierzig Bände zu schreiben und vierzigtausend Dinge zu sagen und zu tun, die kein Mensch in der Welt für mich sagen oder tun will außer dir; und da du siehst, daß er mich schon bei der Gurgel hat“ (denn Eugenius konnte mich kaum über den Tisch hinweg hören) „und daß ich ihm auf freiem Feld nicht gewachsen bin, würde ich da nicht besser, solange mir noch diese wenigen zerrütteten Geisteskräfte verbleiben und mich dieses Paar Spinnenbeine“ (ich streckte ihm eins davon hin) „noch tragen können – würde ich da nicht besser, Eugenius, mein Leben durch die Flucht retten?“ – „Das wäre mein Rat, mein lieber Tristram“, sagte Eugenius. – „Nun, beim Himmel, ich will ihn so hinter mir her tanzen lassen, daß er sich wundern wird, denn“, sagte ich, „ohne mich einmal umzusehen, will ich bis an die Ufer der Garonne galoppieren; und höre ich ihn mir auf den Fersen klappern, so laufe ich weg zum Vesuv, von da nach Joppe und von Joppe bis ans Ende der Welt; und folgt er mir noch dahin, so bitte ich Gott, daß er ihm den Hals breche.“

„Da gerät er in größere Gefahr“, sagte Eugenius, „als du.“

Eugenius' Geist und Zuneigung brachten wieder Blut in die Wangen, aus denen es seit einigen Monaten verbannt gewesen war. Es war ein schlechter Augenblick zum Ab-

schiednehmen; er brachte mich zu meiner Chaise. – „Allons!" sagte ich. Der Postillion knallte mit der Peitsche – los ging ich wie eine Kanone, und mit einem halben Dutzend Sprüngen war ich in Dover.

2. Kapitel

„Zum Henker!" sagte ich, als ich zur französischen Küste hinübersah, „ein Mensch sollte doch erst ein wenig von seinem eigenen Land wissen, ehe er ins Ausland geht, und ich habe nicht einmal in die Kirche von Rochester hineingeschaut oder das Dock von Chatham besichtigt oder St. Thomas in Canterbury besucht, und sie lagen doch alle drei auf meinem Weg!"

Mein Fall ist freilich von besonderer Art.

Also ohne die Sache weiter mit Thomas Becket oder mit sonst jemandem zu diskutieren, schiffte ich mich ein, und in fünf Minuten waren wir unter Segel und sausten davon wie der Wind.

„Lieber Kapitän", sagte ich, als ich in die Kajüte trat, „kann einen bei dieser Überfahrt wohl der Tod einholen?"

„Na, man hat doch nicht einmal so viel Zeit, krank zu werden", versetzte er. Welch ein verdammter Lügner! – „Hundekrank", sagte ich, „bin ich schon! Mein armes Gehirn! alles durcheinander! Ach weh! die Zellen darin sind alle zerrissen, und das Blut und die Lymphe und der Nervensaft und die festen und flüchtigen Salze sind alle zu einem Brei verrührt. Guter Gott! alles dreht sich darin herum wie tausend Strudel! Einen Schilling gäb ich drum, zu wissen, ob ich danach nicht desto klarer schreiben werde."

Krank! krank! krank! krank!

„Wann kommen wir an Land, lieber Kapitän? Die Leute haben Herzen von Stein. Oh, ich bin todkrank! – Reich mir das Ding da, Junge! – Das ist die scheußlichste Krankheit von der Welt. Ich wünschte, ich wär auf dem Grund des Meeres. – Madame, wie geht es Ihnen? – Aus! Aus! Aus! O Herr! aus! – Was, zum erstenmal? Nein, schon zum zweiten, dritten, sechsten, zehnten Male. Ojemine! Was für ein Getrampel da oben? Holla! Kajütenjunge! Was ist da los?"

„Der Wind ist umgesprungen!" – „Zum Teufel! Dann lauf ich dem Tod grad in den Rachen."

„Was für ein Glück! Herr, er ist wieder umgesprungen!" – „Oh, der Teufel springe um!"

„Kapitän", sagte sie, „um Himmels willen, bringen Sie uns an Land!"

3. Kapitel

Für einen Mann, der Eile hat, ist es sehr unpraktisch, daß es zwischen Calais und Paris drei verschiedene Wege gibt, welche die Deputierten der verschiedenen Städte, die an denselben liegen, so herauszustreichen wissen, daß leicht ein halber Tag vergeht, ehe man mit sich einig werden kann, welchen man einschlagen soll.

Erstens der Weg über Lille und Arras, welcher der größte Umweg ist – man bekommt aber auf ihm am meisten zu sehen und zu hören.

Der zweite über Amiens, den Sie nehmen können, wenn Sie Chantilly sehen wollen.

Dann der über Beauvais, den Sie gehen können, wenn Sie wollen.

Aus diesem Grund gehen sehr viele über Beauvais.

4. Kapitel

Ehe ich Calais verlasse, würde ein Reiseschriftsteller sagen, wird es nicht unangebracht sein, über diese Stadt einiges zu berichten. – Ich aber halte es für sehr unangebracht, daß ein Mann nicht still durch eine Stadt gehen und sie in Ruhe lassen kann, wenn sie ihm nichts in den Weg legt, sondern allenthalben umhergaffen und bei jeder Gosse, über die er schreitet, seine Feder ziehen muß, bloß, wahrhaftig, um seine Feder zu ziehen; denn wenn wir nach dem urteilen dürfen, was über diese Dinge von all jenen geschrieben worden ist, welche geschrieben und galoppiert oder welche galoppiert und geschrieben haben, was etwas ganz anderes ist, oder welche, um die anderen an Geschwindigkeit zu übertreffen, im Galoppieren geschrieben haben, so wie ich es eben jetzt mache, so gibt es vom großen Addison an, der es tat, während sein Ranzen mit den Schulbüchern ihm auf dem A . . . hing und seinem armen Tier bei jedem Schritt auf die Kruppe schlug, kein Galoppreiter in unserer ganzen Zunft, der nicht lieber auf seinem eigenen Grund und Boden (falls er welchen hat) ruhig einhergehen und alles trockenen Fußes schreiben würde, was er zu schreiben hat.

Ich für mein Teil – wie der Himmel mein Richter ist, an den ich immer meinen letzten Appell richte –, ich weiß (außer dem wenigen, was mir mein Barbier davon erzählte, während er sein Messer wetzte) so wenig von Calais, wie ich in diesem Augenblick von Groß-Kairo weiß; denn an dem Abend, als ich ans Land stieg, war es trüb und an dem Morgen, da ich weiterreiste, noch stockfinster. Aber wenn ich nur ein wenig Bescheid wüßte, dieses von jenem in einem Teil der Stadt ableitete und in dem anderen mir dieses und jenes zusammenreimte, so will ich wetten, was ein Reisender wetten kann, daß ich damit hier auf der Stelle ein Kapitel über Calais schreiben könnte, das so lang sein würde wie mein Arm; und in ihm würde jede Einzelheit, die für einen Fremden in der Stadt sehenswert ist, so klar und zufriedenstellend behandelt, daß Sie mich für den Stadtschreiber von Calais selbst halten sollten. – Und was für ein Wunder, mein Herr, wäre denn auch dabei? War nicht Demokrit, der zehnmal mehr lachte als ich, Stadtschreiber in Abdera? Und war nicht der (ich habe seinen Namen vergessen), der mehr Klugheit besaß als wir beide, Stadtschreiber von Ephesus? – Und darüber hinaus, mein Herr, sollte es mit so viel Gelehrsamkeit und Verständnis und Wahrheit und Exaktheit geschrieben sein . . .

Nun, wenn Sie mir nicht glauben wollen, so lesen Sie zur Strafe das folgende Kapitel.

CALAIS, Calatium, Calusium, Calesium.

Diese Stadt, wenn wir ihren Archiven trauen dürfen, deren Autorität in Zweifel zu ziehen ich hier keinen Grund sehe, war ehemals nichts weiter als ein kleines Dorf, das einem der ersten Grafen de Guines gehörte; und da sie sich gegenwärtig nicht weniger als vierzehntausend Einwohner, abgesehen von den vierhundertundzwanzig verschiedenen Familien in der *basse ville* oder unteren Stadt, rühmen kann, so sind wir berechtigt anzunehmen, daß sie allmählich bis zu ihrer jetzigen Größe herangewachsen sein muß.

Obwohl vier Klöster vorhanden sind, findet man nur eine einzige Pfarrkirche in der ganzen Stadt. Ich hatte keine Gelegenheit, die genauen Maße der Kirche festzustellen, doch es ist nicht schwer, sie ziemlich genau zu schätzen; denn da in der Stadt vierzehntausend Einwohner leben, muß die Kirche recht groß sein, wenn sie alle fassen will; und faßt sie sie nicht, so ist es sehr schade, daß sie keine andere haben. Die Kirche ist in Form eines Kreuzes erbaut und der heiligen Jungfrau Maria geweiht; ihr Turm, der eine Spitze hat, erhebt sich mitten über der Kirche auf vier zierlichen und fast schmächtigen Pfeilern, die jedoch zugleich stark genug sind. Sie ist mit elf Altären ausgestattet, von denen allerdings die meisten mehr Schmuck als Schönheit aufweisen. Der Hauptaltar ist ein Meisterwerk in seiner Art; er besteht aus weißem Marmor und ist angeblich beinahe sechzig Fuß hoch. Wäre er viel höher, so wäre er so hoch wie der Kalvarienberg selbst. Deshalb würde es ungerecht sein zu sagen, er sei nicht hoch genug.

Nichts fesselte meine Aufmerksamkeit mehr als der große viereckige Platz, obwohl ich nicht sagen kann, daß er schön gepflastert oder schön angelegt sei. Aber er liegt im Herzen der Stadt, und die meisten Straßen, hauptsächlich aber die Straßen dieses Viertels, laufen auf ihm zusammen. Wenn in ganz Calais ein Brunnen hätte errichtet werden können, was nicht möglich gewesen zu sein scheint, so besteht wohl kein Zweifel, da ein solches Werk eine herrliche

Zierde gewesen sein würde, daß die Einwohner ihn in die Mitte des Vierecks würden haben setzen lassen. Wenn ich Viereck sage, darf man dabei nicht denken, daß es ein richtiges Quadrat sei, denn es ist von Osten nach Westen vierzig Fuß länger als von Süden nach Norden, weswegen denn auch die Franzosen im allgemeinen mehr Gründe für sich haben, wenn sie dergleichen Plätze *Places* nennen, als die Engländer, welche Viereck oder *Square* sagen, was eigentlich nicht zutrifft.

Das Rathaus scheint ein kümmerliches Gebäude und auch nicht im besten Zustand zu sein; sonst könnte es eine zweite große Zierde dieses Platzes sein; es entspricht allerdings völlig seiner ursprünglichen Bestimmung und erfüllt sehr gut seinen Zweck als Treffpunkt des Magistrats, der sich in ihm von Zeit zu Zeit versammelt, so daß man annehmen darf, daß die Gerechtigkeit hier ordentlich gepflegt wird.

Ich hatte zwar vorher viel von dem Courgain erzählen hören, kann aber gar nichts Besonderes an ihm finden. Es ist ein abgesondertes Viertel der Stadt, das nur von Fischern und Matrosen bewohnt ist. Es besteht aus einer Anzahl enger Gassen, deren Häuser ganz hübsch und meistenteils aus Ziegelsteinen erbaut sind; es ist sehr dicht bevölkert; weil sich aber diese Erscheinung aus den Grundsätzen ihrer Diät erklären läßt, so ist auch daran nichts Merkwürdiges. Ein Reisender mag es sich vielleicht ansehen, um sein Gewissen zu beruhigen, aber er darf auf keinen Fall La Tour de Guet vergessen. Dieser Turm hat den Namen von seiner eigentümlichen Bestimmung, weil er zu Kriegszeiten dazu dient, den Feind, der zur See oder zu Land sich der Stadt nähern möchte, zu entdecken und zu melden; er ist aber ungeheuerlich hoch und fällt einem dergestalt ständig in die Augen, daß man ihn nicht übersehen kann, selbst wenn man wollte.

Ich muß es sehr bedauern, daß ich nicht die Erlaubnis erhalten konnte, einen genaueren Überblick über die Festungswerke zu gewinnen, welche die stärksten in der Welt sind und welche vom Anfang bis zum Ende, das heißt von der Zeit an, da Philipp von Frankreich, Graf von Boulogne, den Grund dazu legte, bis zum gegenwärtigen Krieg, in dem viele Reparaturen vorgenommen worden sind, mehr als hundert Millionen Livres gekostet haben (wie ich nachher von einem Ingenieur in der Gascogne erfahren habe). Es ist sehr merkwürdig, daß man an der Tête de Gravalenes, also da, wo die Stadt von Natur aus am schwächsten ist, den meisten Aufwand getrieben hat, indem sich dort die Außenwerke weit landeinwärts erstrecken und folglich einen großen Teil des Ackerlandes einnehmen. Trotzdem muß man nach allem, was gesagt und getan wird, anerkennen, daß Calais an und für sich niemals so wichtig gewesen ist, wie es durch seine Lage und hauptsächlich dadurch war, daß es unseren Vorfahren bei allen Gelegenheiten als ein Schlüssel zu Frankreich diente. Es hatte gleichwohl seine Schattenseiten, indem es damals den Engländern ebenso hinderlich war, wie es uns in unseren Tagen Dünkirchen geworden ist, und wurde daher mit Recht als ein Schlüssel zu beiden Reichen betrachtet, was zweifellos der Grund dafür war, daß so oft darüber gestritten wurde, wer von beiden es besitzen sollte. Unter allen diesen Streitigkeiten ist die Belagerung von Calais oder vielmehr die Blockade (denn es war sowohl zu Land als auch zur See eingeschlossen) am denkwürdigsten, weil es Eduard dem Dritten ein ganzes Jahr Widerstand leistete, und am Ende doch nur durch Hunger und äußerste Not zur Übergabe gezwungen wurde. Die Tapferkeit des Eustace de Saint Pierre, der sich als erster anbot, sich für seine Mitbürger aufzuopfern, hat seinen Namen in das Buch der unsterblichen Helden eingehen lassen. Da diese Geschichte nicht mehr als fünfzig Seiten einnehmen kann, so wäre es ungerecht gegenüber dem Leser, ihm die genaue Beschreibung dieser romantischen Tat und auch der Belagerung selbst vorzuenthalten, und zwar in Rapins eigenen Worten:

6. Kapitel

Aber nur getrost, lieber Leser! Ich lasse es bleiben – mir genügt es schon, daß ich dich in meiner Gewalt habe; mich aber des Vorteils zu bedienen, den jetzt das Glück der Feder über dich gewonnen hat, das wäre zu arg! Nein! Bei dem allmächtigen Feuer, welches das visionäre Gehirn erwärmt und den Gespenstern durch überweltliche Bezirke leuchtet! Ehe ich ein wehrloses Geschöpf zu dieser Sklavenarbeit zwänge und dir, du arme Seele, für fünfzig Seiten Geld abnähme, die ich dir zu verkaufen kein Recht habe, würde ich lieber, so nackt ich bin, auf den Bergen grasen und dazu lächeln, daß mir der Nordwind weder mein Zelt noch mein Abendessen bringt.

Fahr also nur zu, guter Schwager, auf dem kürzesten Weg nach Boulogne.

7. Kapitel

Boulogne! Ha! Hier wären wir also alle beisammen, Sünder und Schuldner vor Gott; eine lustige Gesellschaft ist das. Aber ich kann hier nicht verweilen und lange mit euch schwatzen; ich werde verfolgt wie hundert Teufel und fürchte, daß man mich einholt, ehe ich noch die Pferde gewechselt habe. – „Um Gottes willen, macht doch schnell!" – „Es ist wegen Hochverrats", sagte ein sehr kleiner Mann, der es einem sehr großen Mann, der neben ihm stand, so leise zuflüsterte, wie er konnte. – „Vielleicht auch wegen Mordes", sagte der große Mann. – „Gut geworfen, Sechs-As!" sagte ich. – „Nein", sagte ein Dritter, „der Herr wird wohl so ein Verbrechen der ..."

„Ah! Ma chère fille!" sagte ich, als sie, aus der Frühmesse kommend, vorbeitrippelte. „Sie sehen so rosig aus wie der Morgen" (denn die Sonne ging eben auf und ließ das Kompliment um so anmutiger erscheinen). – „Nein, das kann's nicht sein", sagte ein Vierter (sie machte einen Knicks vor mir, ich warf ihr eine Kußhand zu). „Es ist wegen seiner

Schulden", fuhr er fort. – „Ganz richtig, es sind die Schulden", sagte ein Fünfter. „Ich wollte des Herrn Schulden", sagte As, „nicht für tausend Pfund bezahlen." – „Und ich nicht", sagte Sechs, „für sechsmal soviel." – „Gut geworfen abermals, Sechs-As!" sagte ich. „Aber ich habe keine andere Schuld zu bezahlen als die Schuld der Natur, und ich verlange nur Geduld von ihr, und sie soll keinen Heller an mir verlieren. – Wie können Sie so hartherzig sein, Madame, einen armen Reisenden zu arretieren, der seinen rechtmäßigen Geschäften nachgeht, ohne jemanden zu belästigen? Halten Sie doch den griesgrämigen, langbeinigen Schuft von Sündenscheucher auf, der hinter mir her ist. Er würde mir nicht folgen, wenn er nicht den Auftrag von Ihnen hätte. Wenn's auch nur ein paar Stationen sind, so daß ich ihm einen Vorsprung abgewinne, ich bitte Sie, Madame, tun Sie es doch!"

„Nun, meiner Seel, es ist doch ein Jammer", sagte mein irischer Gastwirt, „daß alle diese süßen Worte in den Wind gesprochen sind; denn die junge Dame ist weggegangen und konnte sie nicht hören."

„Dummbart!" sagte ich. „Sonst haben Sie also nichts in Boulogne, was sehenswert wäre?"

„Jessas! Dort ist das schönste Seminar für klassische Literatur."

„Ein schöneres gibt's nicht", sagte ich.

8. Kapitel

Wenn die ungestümen Wünsche eines Mannes seine Gedanken neunzigmal schneller forttragen als das Fuhrwerk, mit dem er reist – dann wehe der Wahrheit und wehe dem Wagen und dem Geschirr (es sei aus einem Stoff gemacht, aus dem es will), an denen er den Ärger seiner Seele ausläßt!

Da ich niemals, wenn ich aufgebracht bin, ein allgemeines Urteil über Menschen oder Dinge fälle, so war „je größer die Eile, um so länger die Weile" alles, was ich dazu sagte, als es mir zum ersten Male passierte; beim zweiten-, dritten-, vierten- und fünftenmal schränkte ich es noch auf jedes einzelne Mal ein und gab also nur dem zweiten, dritten, vierten und fünften Postillion die Schuld, ohne weitere Betrachtungen anzustellen. Da mich aber dasselbe Mißgeschick das sechste-, siebte-, achte-, neunte- und zehntemal ständig und ohne eine einzige Ausnahme traf, konnte ich es mir nicht versagen, eine Bemerkung über die ganze Nation zu machen, was ich mit diesen Worten tat:

Daß schon beim Abfahren an einer französischen Postchaise stets dieses oder jenes fehlt.

Oder der Satz könnte auch so lauten:

Ein französischer Postillion muß immer absteigen, ehe er dreihundert Schritt von der Stadt entfernt ist.

Was fehlt denn jetzt schon wieder? – Diable! Ein Strick ist gerissen! Ein Knoten ist aufgegangen! Eine Klammer hat sich gelöst! Ein Bolzen muß verkürzt werden! Eine Felge, ein Nagel, ein Stift, ein Riemen, eine Schnalle, eine Schnallenzunge muß repariert werden.

So wahr auch alles das ist, so halte ich mich doch nicht für berechtigt, deswegen die Postchaise oder den Kutscher zum Teufel zu wünschen. Es fällt mir auch nicht einmal ein, beim lebendigen Gott zu schwören, daß ich zehntausendmal lieber zu Fuß ginge oder daß ich verdammt sein wolle, wenn ich mich wieder in eine andere setze; vielmehr betrachte ich die Sache kaltblütig und bedenke, daß stets eine Felge oder ein Nagel oder ein Stift oder ein Riemen oder eine Schnalle oder Schnallenzunge fehlen wird oder repariert werden muß, ich mag reisen, wo ich will; also entrüste ich mich niemals, sondern nehme das Böse mit dem Guten, wie es gerade kommt, und fahre weiter. – „Nur zu, Kutscher!“ sagte ich; er hatte schon fünf Minuten damit vertändelt, daß er abgestiegen war, um ein Stück Schwarzbrot, das er in den Sitzkasten gestopft hatte, zum Frühstück zu verzehren, und war nun wieder aufgesessen und fuhr langsam weiter, um es besser verdauen zu können. – „Fahr zu, Kutscher!“ sagte ich forsch, aber im denkbar schmeichlerischsten Ton; denn ich klimperte mit einem Vierundzwanzigsoustück gegen die Scheibe und hielt ihm mit Fleiß die breite Seite hin, als er sich umsah. Der Bursche riß bei seinem verständnisinnigen Grinsen das Maul bis an beide Ohren auf und zeigte mir hinter seiner schmutzigen Schnauze eine solche Perlenreihe von Zähnen, daß ein König seine Kleinodien dafür verpfändet hätte.

Gütiger Himmel, { was für Brot!
was für Beißer!

Und damit, als er eben den letzten Happen verschlungen hatte, fuhren wir in Montreuil ein.

9. Kapitel

Nach meiner Meinung sieht in ganz Frankreich keine Stadt auf der Landkarte besser aus als Montreuil. Ich gestehe, im Buch der Postwege sieht sie nicht mehr so hübsch aus, kommt man ihr aber so nahe, daß man sie sehen kann, so wirkt sie ganz erbärmlich.

Indessen findet man jetzt etwas in ihr, was sehr hübsch ist – und das ist des Gastwirts Tochter. Sie ist achtzehn Monate in Amiens und sechs in Paris gewesen und hat dort die Schule besucht; sie versteht sich also sehr gut aufs Stricken, Nähen, Tanzen und auf die kleinen weiblichen Koketterien.

Das Luder! Da ich hier so fünf Minuten stehe und ihrem koketten Spiel zusehe, hat sie wenigstens ein Dutzend Maschen in einem weißen gezwirnten Strumpf fallen lassen! – Ja, ja, ich sehe es wohl, du raffiniertes Biest! Er ist lang und rund – du brauchst ihn nicht aufs Knie zu halten – man sieht auch so, daß es dein eigener ist und daß er dir prall anliegen muß.

Sollte die Natur wohl diesem Geschöpf von dem Daumen einer Statue etwas ins Ohr gezischelt haben?

Doch da dieses Muster soviel wert ist wie alle Daumen und ich zudem noch ihre Daumen und Finger habe, wofern mir diese einige Anleitung geben können, und da überdies Janatone (denn das ist ihr Name) so geduldig ihrem Zeichner sitzt, so will ich in meinem Leben keine Zeichnung mehr machen oder vielmehr jeden Tag meines Lebens eine Zeichnung von der häßlichsten alten Vettel machen, wenn ich sie nicht mit allen ihren Proportionen zeichne, und zwar mit ebenso sicherer Hand, als ob sie im nassesten Gewand vor mir säße.

Aber Euer Gnaden wollen sicher lieber, daß ich Ihnen die Länge, Breite und Höhe der großen Pfarrkirche oder eine Zeichnung von der Fassade der Abtei St. Austreberte gebe, welche von Artois hierhergeschafft worden ist. Alles ist noch so, glaube ich, wie es die Maurer und Zimmerleute hinterlassen haben, und wenn die christliche Religion noch so lange Bestand hat, wird es auch wenigstens noch seine fünfzig Jahre so bleiben. Also können Euer Gnaden und Hochwürden sie selbst in Muße ausmessen. Wer aber dich ausmessen will, Janatone, muß es jetzt tun. Du trägst die Ursache der Veränderung in deinem Körper, und angesichts der Wechselfälle dieses dahineilenden Lebens möchte ich keinen Augenblick für dich einstehen; denn ehe noch zweimal zwölf Monate vergangen sind, kannst du schon in die Breite gegangen sein wie ein Kürbis und deinen schönen Wuchs verloren haben, oder du kannst wie eine Blume verblühen und deine Schönheit verlieren, ja, vielleicht wirst du verblühen wie eine törichte Jungfrau und dich selbst verlieren. Nicht einmal für meine Tante Dinah möchte ich einstehen, wenn sie noch lebte – wahrhaftig, kaum für ihr Porträt, selbst wenn Reynolds es gemalt hätte.

Aber wenn ich mit meiner Zeichnung fortfahre, nachdem ich diesen Sohn Apollos genannt habe, will ich mich totschießen lassen.

Sie müssen sich also mit dem Original begnügen; und das werden Sie, falls Sie an einem schönen Abend durch Montreuil kommen, an Ihrer Chaisentür sehen, während Sie die Pferde wechseln. Doch wenn Sie nicht einen so schlimmen Grund zur Eile haben wie ich, so übernachten Sie am besten hier. Sie hat etwas von einer Frömmlerin; aber das, mein Herr, ist eine Neun in Ihrer Hand gegen eine Drei in der Hand des Mädchens.

Leider Gottes konnte ich keinen einzigen Stich machen; ich wurde immer wieder übertrumpft und dann zum Teufel gejagt.

10. Kapitel

Wenn ich alles das wohl überlege, und noch dazu, daß der Tod mir näher sein könnte, als ich denke, so möchte ich in Abbeville sein, sagte ich mir, wär's auch nur deshalb, um zu sehen, wie sie dort die Wolle krempeln und spinnen – also fuhren wir ab.

De Montreuil à Nampont – poste et demi.

De Nampont à Bernay – poste.

De Bernay à Nouvion – poste.

*De Nouvion à Abbeville – poste.**

Aber die Spinner und Krempler waren alle zu Bett gegangen.

11. Kapitel

Wie großen Nutzen bringt doch das Reisen! Nur daß es einen erhitzt; aber dagegen gibt es ein Mittel, das Sie im nächsten Kapitel finden können.

12. Kapitel

Wäre ich in der Lage, daß ich mit dem Tod ebenso verhandeln könnte, wie ich in diesem Augenblick mit dem Apotheker darüber verhandle, wann und wie ich sein Klistier verabreicht haben will, so erklärte ich ganz gewiß, daß ich mich ihm im Beisein meiner Freunde nicht ergeben würde; und deshalb denke ich niemals ernsthaft über die Art und

* Siehe das Buch der französischen Postrouten, Seite 36. Ausgabe von 1762.

Weise dieser großen Katastrophe nach, welche gewöhnlich meinen Gedanken ebensoviel zusetzen und zu schaffen machen wie die Katastrophe selbst, ohne daß ich stets einen Vorhang darüber ziehe mit dem Wunsch, der Lenker aller Dinge möge es so fügen, daß sie mich nicht in meinem eigenen Haus, sondern lieber in einem ehrbaren Wirtshaus überkommen möge. Zu Hause, das weiß ich, werden mir die Betrübnis meiner Freunde und die geringsten Hilfeleistungen, nämlich das Abwischen meiner Stirn und das Glätten meines Kopfkissens, welche mir die zitternde Hand der blassen Liebe erweist, dergestalt die Seele martern, daß ich an einer Krankheit sterben werde, die mein Arzt nicht vermutet hat. In einem Wirtshaus hingegen kann ich die wenigen kalten Dienste, deren ich bedarf, mit ein paar Guineen bezahlen, und sie werden mir ungerührt, aber mit pünktlicher Aufmerksamkeit geleistet. Allerdings dürfte dieses Wirtshaus nicht das Wirtshaus in Abbeville sein, und gäbe es auch kein anderes Wirtshaus in der Welt, so würde ich doch dieses aus dem Vertrag streichen. Also:

„Sorge dafür, daß morgen früh, Punkt vier, die Pferde vor der Chaise sind!" – „Sehr wohl, mein Herr, um vier!" – „Bei der heiligen Genoveva, ich mache sonst einen Lärm im Haus, daß die Toten davon aufwachen sollen."

13. Kapitel

„Mache sie gleich einem Rad", ist ein bitterer Hohn, wie alle Gelehrten wissen, auf die Grand Tour und auf den unruhigen Geist, der uns dazu antreibt und der, wie David prophetisch voraussah, die Menschenkinder in den letzten Tagen der Welt heimsuchen wird; und deswegen ist es, wie der große Bischof Hall meint, einer der heftigsten Verwünschungen, die David jemals gegen die Feinde des Herrn ausgestoßen hat – als ob er gleichsam gesagt hätte: Ich wünsche ihnen nichts Ärgeres, als daß sie beständig herumgerollt werden. Viel Bewegung, fährt er fort (denn er war sehr beleibt), bedeutet ebensoviel Unruhe; und viel Ruhe bedeutet nach derselben Analogie ebensoviel Himmel.

Ich aber (weil ich sehr mager bin) denke ganz anders, und zwar, daß viel Bewegung ebensoviel Leben und Freude, Stillstand aber oder Langsamfahren Hölle und Tod sei.

„Holla! He! Alles schläft noch auf beiden Ohren! Angespannt! Die Räder geschmiert! Die Koffer aufgebunden! Schlag einen Nagel in diese Schiene! Ich will keinen Augenblick verlieren."

Nun aber muß das Rad, von dem wir reden und *zu dem* (nicht *auf das*, denn sonst würde ja ein Ixionsrad* daraus) er seine Feinde verwünschte, entsprechend dem Leibesumfang des Bischofs unbedingt ein Postwagenrad gewesen sein, es mochte dazumal in Palästina schon aufgekommen sein oder nicht; und das meinige müßte ebenso gewiß, aus dem entgegengesetzten Grund, ein schweres Karrenrad sein, das eine Ewigkeit braucht, um sich einmal knarrend um seine Achse zu drehen, und von dem ich ohne Skrupel behaupten möchte, wenn ich mich mit dem Kommentieren abgeben müßte, daß es in einem so bergigen Land genug von dieser Art gegeben haben muß.

Ich liebe die Pythagoräer (weit mehr, als ich meiner teuren Jenny verraten darf) wegen ihres χωϱισμὸϱ ἀπὸ τοῦ Σώματος εἰς τὸ καλῶς φιλοσοφεῖν – wegen ihres „sich aus dem Körper begeben, um gut zu denken". Kein Mensch denkt richtig, solange er darin ist, weil er sich durch die ihm eigenen Launen verblenden läßt und weil er, wie hier der Bischof und ich, von zu schlaffen oder zu sehr gespannten Fasern nach verschiedenen Seiten gezogen wird. Die Vernunft besteht zur Hälfte aus Sinneswahrnehmungen; und selbst den Himmel denken wir uns so oder so, je nachdem wir gut oder schlecht verdauen.

* Ixion, der mythische König der Lapithen, wurde, weil er sich seiner Beziehung zu Hera rühmte, von Zeus dazu verurteilt, an ein glühendes Rad gefesselt durch die Luft zu wirbeln (Anmerkung des Übersetzers).

Wer aber von uns beiden hat im gegenwärtigen Fall nach Ihrer Ansicht am meisten unrecht?

„Natürlich Sie!" antwortete sie. „So früh am Morgen ein ganzes Haus aus dem Schlaf zu wecken!"

14. Kapitel

Sie wußte aber nicht, daß ich ein Gelübde abgelegt hatte, mir erst in Paris meinen Bart scheren zu lassen; doch es liegt mir nicht, aus einem Nichts ein Geheimnis zu machen.

Das wäre die kalte Vorsicht einer jener kleinen Seelen, bei denen Lessius (*Lib. 13. de moribus divinis, cap. 24.*) seine Berechnung angestellt hat, in der er herausbringt, daß eine einzige deutsche Meile, kubisch mit sich selbst multipliziert, mehr als genug Raum für achthunderttausend Millionen biete, was nach seiner Meinung eine so große Anzahl Seelen ist, wie möglicherweise (vom Fall Adams an gerechnet) bis zum Jüngsten Tag verdammt werden können.

Worauf er diese zweite Berechnung gründet – wenn nicht auf die väterliche Güte Gottes –, weiß ich nicht. Noch weit weniger weiß oder begreife ich, was Franciscus Ribbera im Kopf gehabt haben muß, als er behauptete, daß nicht weniger als ein Raum von zweihundert italienischen Meilen, mit sich selbst multipliziert, erforderlich sei, um die gleiche Anzahl zu fassen. Er hat ganz gewiß an eine von den alten römischen Seelen gedacht, von denen er gelesen hatte, ohne zu überlegen, wie sehr diese durch eine allmähliche schwindsüchtige Auszehrung im Laufe von achtzehnhundert Jahren notwendigerweise zusammenschrumpften, so daß sie zu der Zeit, da er schrieb, fast zu nichts geworden waren.

Zur Zeit des Lessius, der ein nüchterner Mann zu sein scheint, waren sie so klein, wie man es sich nur vorstellen kann.

Wir finden sie jetzt noch kleiner –

Und im nächsten Winter werden wir sie abermals kleiner finden, so daß ich, wenn wir vom Kleinen zum Kleineren und vom Kleineren zum Nichts fortschreiten, keinen Augenblick zögere zu behaupten, daß wir bei diesem Tempo in einem halben Jahrhundert überhaupt keine Seelen mehr haben werden. Da nun dies der Zeitpunkt ist, zu dem nach meiner Ansicht die christliche Religion aufhören wird zu bestehen, so wird doch der eine Vorteil dabei sein, daß beide genau zur selben Zeit verbraucht sein werden.

Heil dir, Jupiter, und Heil allen heidnischen Göttern und Göttinnen! Denn nun werdet ihr alle wieder eure Häupter erheben, und auch Priap wird nicht fehlen! Welch lustige Zeiten! – Aber wo bin ich? Und in was für ein reizendes Durcheinander habe ich mich gestürzt? Ich – ich, der ich in der Blüte meiner Jahre abgemäht werden soll und nichts weiter davon kosten werde, als was ich von meiner Einbildung borge! – Friede sei mit dir, großmütiger Tor, und laß mich weitersprechen.

15. Kapitel

Weil es, sagte ich, mir nicht liegt, aus nichts ein Geheimnis zu machen, vertraute ich es dem Postillion an, sobald wir das Steinpflaster hinter uns hatten. Er knallte mit der Peitsche, um das Kompliment zu erwidern, und während das Sattelpferd trabte und das andere nebenher stolperte, tanzten wir dahin nach Ailly aux clochers, das in alten Zeiten wegen des schönsten Glockenspiels von der Welt berühmt war; wir tanzten aber ohne Musik hindurch, denn das Glockenspiel war in großer Unordnung (wie ich denn das in ganz Frankreich so gefunden habe).

Also kam ich in aller erdenklichen Eile von Ailly aux clochers nach Hixcourt,

von Hixcourt kam ich nach Pequignay,

und von Pequignay kam ich nach Amiens,

über welche Stadt ich Ihnen nichts mitzuteilen weiß als das, was ich Ihnen schon vorher mitgeteilt habe – nämlich daß Janatone hier in die Schule gegangen ist.

16. Kapitel

In dem ganzen Katalog der heimtückischen Ärgernisse, die einem Mann von der falschen Seite in die Segel blasen, ist keines unangenehmer und quälender als das, welches ich Ihnen hier beschreiben will und gegen das (es sei denn, daß Sie immer einen Kurier vorausschicken, was viele tun, um ihm vorzubeugen) es kein Mittel gibt, und dieses Ärgernis ist folgendes:

Sie mögen noch so gut aufgelegt sein zu schlafen – obgleich Sie vielleicht gerade durch eine der schönsten Gegenden fahren, auf dem ebensten Wege und in dem bequemsten Schlafwagen von der Welt –, ja, Sie wären sicher, Sie könnten fünfzig Meilen weit ununterbrochen schlafen, ohne nur einmal die Augen aufzutun, ja, Sie wären sogar ebenso mathematisch gewiß davon überzeugt wie von einem Satz des Euklid, daß Sie in jeder Hinsicht genauso gut, vielleicht gar besser daran wären, wenn Sie schliefen, als wenn Sie wachten, so kommt das ewige Geldausgeben für die Pferde bei jeder Station, wobei Sie gezwungen sind, mit der Hand in die Tasche zu fahren und daraus drei Livres und fünfzehn Sous (Sou für Sou) hinzuzählen; dadurch wird dann Ihr Vorhaben so sehr vereitelt, daß Sie nicht mehr als sechs Meilen (und wenn es anderthalb Poststationen sind, so sind es auch nur neun Meilen) schlafen können, selbst wenn Sie durch den Schlaf Ihre Seele vor dem Verderben retten müßten.

Ich will schon mit ihnen ins reine kommen, sagte ich mir. Ich will das Geld richtig abzählen, in ein Stück Papier wickeln und es den ganzen Weg über in der Hand bereithalten. „Nun brauche ich weiter nichts zu tun“, sagte ich (und rückte mich zum Schlafen zurecht), „als es sanft in des Postillions Hut fallen zu lassen, ohne ein Wort zu sagen.“ Ja, aber da fordert der Kerl noch ein paar Sous Trinkgeld, oder da ist ein Zwölfsoustück von Ludwig dem Vierzehnten, das nicht mehr gültig ist, oder da sind noch ein Livre und etliche Liards von der vorigen Station zu berechnen, die Monsieur vergessen hat; diese Wortgefechte (da doch ein Mensch nicht gut im Schlaf disputieren kann) wecken ihn auf. Noch wäre der süße Schlaf wieder zu haschen, und noch möchte das Fleisch den Geist überwältigen und sich von diesen Streichen erholen – aber dann, ja wahrhaftig! Sie haben nur für eine einfache Station bezahlt, und es sind doch anderthalb; nun wollen Sie es genau wissen und müssen deshalb Ihr Buch der Postrouten hervorholen und nachsehen, und der Druck darin ist so klein, daß Sie die Augen aufsperren müssen, ob Sie wollen oder nicht; dann bietet Ihnen Monsieur le Curé eine Prise Schnupftabak an, ein armer Soldat zeigt Ihnen sein Holzbein oder ein Bettelmönch seine Büchse, oder die Priesterin der Zisterne will Ihre Räder waschen, die es nicht nötig haben; aber sie dreht Ihnen das Wort im Munde um und schwört bei ihrem Priestertum, daß sie es nötig haben. Da müssen Sie nun alle diese Punkte erledigen und überlegen, und wenn Sie das tun, wird Ihr Geist hellwach. Sehen Sie zu, wie Sie wieder einschlafen können!

Wenn nicht einer von diesen Unfällen geschehen wäre, so wäre ich glatt an den Marställen von Chantilly vorbeigefahren.

Da aber der Postillion erst vorgab und es mir nachher ins Gesicht behauptete, das Zweisoustück sei so abgegriffen, daß kein Stempel darauf zu sehen sei, tat ich meine Augen auf, um mich zu überzeugen, und da ich den Stempel so deutlich darauf sah wie meine Nase, sprang ich vor Ärger aus der Chaise und sah mich wider Willen in Chantilly um. Ich versuchte das nur auf dreieinhalb Stationen, aber glauben Sie mir, es ist die beste Methode, schnell zu reisen. Denn da Ihnen in dieser Gemütsverfassung nur wenige Dinge sehr einladend erscheinen, hält Sie wenig oder nichts auf. Auf diese Art kam ich durch St. Denis, ohne mir einmal Mühe zu geben, den Kopf nach der Abtei umzuwenden.

Reich soll ihr Schatz sein! Alles Unsinn! Die Juwelen abgerechnet, die auch noch alle unecht sind, möchte ich für kein Ding, das er enthält, drei Sous geben, abgesehen von Jaidas' Leuchte – und auch für diese nur, wenn es finster wird und ich sie brauchen kann.

Klatsch, klatsch – klatsch, klatsch – klatsch, klatsch! „Das ist also Paris!" sagte ich (noch immer in derselben Gemütsverfassung), „und das ist Paris! – Hm! – Paris!" rief ich und wiederholte den Namen zum drittenmal.

Die Erste, die Schönste, die Prächtigste. –

Die Straßen sind aber schmutzig.

Aber es sieht vielleicht besser aus als es riecht. Klatsch, klatsch – klatsch, klatsch! – Was macht Er für einen Lärm! Als ob die Leute sich dafür interessierten, daß ein Mann mit blassem Gesicht und in einem schwarzen Rock die Ehre hat, um neun Uhr des Abends von einem Postillion in einer verschossenen gelben Jacke mit roten Kalmankaufschlägen nach Paris hineingefahren zu werden! Klatsch, klatsch – klatsch, klatsch – klatsch, klatsch! Daß du mit deiner Peitsche . . .!

Aber das ist ja der Geist deiner Nation – also klatsche und knalle nur zu!

Ha! Niemand läßt uns an den Hauswänden entlanggehen! Aber wenn in dieser Schule der Urbanität alle Hauswände besch . . . sind – wie kann es da anders sein?

Sag mir doch, wann werden die Laternen angezündet? Was? In den Sommermonaten gar nicht! – Ja! Es ist die Salatzeit! – Herrlich! Salat und Suppe – Suppe und Salat – Salat und Suppe, *encore!*

Das ist zuviel für einen armen Sünder.

Nein, es ist zu barbarisch, ich ertrage es nicht. Wie kann der gewissenlose Kutscher dem mageren Pferd solche Zoten vorsagen? Sieht Er denn nicht, Freund, daß die Straßen so jämmerlich eng sind, daß in ganz Paris nicht genug Platz ist, um eine Schubkarre zu wenden? In der größten Stadt der ganzen Welt wäre es doch wohl nicht schlimm gewesen, wenn man sie ein bißchen breiter angelegt hätte; ja wäre es in jeder Stadt nur so viel gewesen, daß ein Mensch erkennen könnte (und zuweilen möchte man das gerne wissen), auf welcher Straßenseite er gerade geht.

Eins – zwei – drei – vier – fünf – sechs – sieben –

acht – neun – zehn. Zehn Garküchen! Und doppelt so viele Barbierläden, und alle in drei Minuten Weges! Man sollte glauben, alle Köche der Welt hätten bei einem lustigen Gelage mit den Barbieren eine Verabredung getroffen und gesagt: Kommt, laßt uns alle nach Paris ziehen! Die Franzosen lieben gutes Essen; sie sind alle Gourmands. Wir werden zu Ansehen gelangen; wenn ihr Bauch ihr Gott ist, müssen ihre Köche Herren sein; und da die Perücke den Mann macht und der Perückenmacher die Perücke macht – ergo, sagten wohl die Barbiere, werden wir in noch höherem Ansehen stehen; wir werden vornehmer als ihr alle, wir werden mindestens Capitouls*, *pardi!* wir werden alle Degen tragen!

Und so, möchte man schwören (bei Kerzenlicht nämlich, aber darauf kann man sich nicht verlassen), machen sie es noch bis auf den heutigen Tag.

18. Kapitel

Man versteht die Franzosen gewiß nicht recht; ob es aber ihre Schuld ist, weil sie sich nicht deutlich genug erklären oder weil sie nicht so bestimmt und präzis sprechen, wie man es bei einem so wichtigen Punkt, den wir noch dazu so gerne bestreiten möchten, wohl erwarten dürfte, oder ob nicht der Fehler gänzlich auf unserer Seite liegt, indem wir vielleicht ihre Sprache nicht gründlich genug verstehen, um zu wissen, was sie eigentlich wollen – das will ich nicht entscheiden; aber so viel ist mir klar: wenn sie behaupten: „Wer Paris gesehen hat, der hat alles gesehen", so müssen sie von jenen sprechen, die es bei Tageslicht gesehen haben.

Was das Kerzenlicht betrifft, so gebe ich es auf. Ich habe vorhin gesagt, daß man sich darauf nicht verlassen könne, und ich wiederhole es noch einmal. Aber nicht deswegen, weil die Lichter und Schatten zu hart oder die Tinten zu

* Die vornehmsten Magistratspersonen in Toulouse usw. usw. usw.

verschwommen wären oder weil man weder Schönheit noch Haltung fände usw., denn das wäre nicht wahr; vielmehr ist es deswegen ein unsicheres Licht, weil unter all den fünfhundert großen Häusern, die man Ihnen in Paris aufzuzählen weiß, und unter all den fünfhundert schönen Dingen, nach einer sehr bescheidenen Berechnung (denn sie billigt jedem großen Haus nur eins zu), die am besten bei Kerzenlich zu sehen, zu fühlen, zu hören und zu verstehen sind (das ist übrigens ein Zitat aus Lilly), keines ist, in das ein armer Teufel unter fünfzig von uns seine Nase hineinstekken darf.

Dies hat aber mit der französischen Berechnung nichts zu tun; es ist einfach so:

Daß nach der letzten Zählung aus dem Jahr siebzehnhundertundsechzehn, seit welcher Zeit sehr viel angebaut worden ist, Paris neunhundert Straßen hat, nämlich:

In dem Viertel, das man Cité nennt, gibt es dreiundfünfzig Straßen.

In St. Jacques de la Boucherie fünfundfünfzig Straßen.

In St. Oportune vierunddreißig Straßen.

Im Quartier du Louvre fünfundzwanzig Straßen.

Im du Palace Royal oder St. Honoré neunundvierzig Straßen.

Im Quartier Montmartre einundvierzig Straßen.

In St. Eustache neunundzwanzig Straßen.

Im Quartier des Halles siebenundzwanzig Straßen.

In St. Denis fünfundfünfzig Straßen.

In St. Martin vierundfünfzig Straßen.

In St. Paul oder der Mortellerie siebenundzwanzig Straßen.

In la Grève achtunddreißig Straßen.

In St. Avoy oder der Verrerie neunzehn Straßen.

Im Quartier du Marais oder du Temple zweiundfünfzig Straßen.

In St. Antoine achtundsechzig Straßen.

In der Place Maubert einundachtzig Straßen.

Im Quartier de St. Benoit sechzig Straßen.

In St. André des Arcs einundfünfzig Straßen.

Im Quartier du Luxembourg zweiundsechzig Straßen.

Und im Quartier St. Germain fünfundfünfzig Straßen, in welchen allen Sie spazierengehen können; und wenn Sie sie mit allem, was dazugehört, nämlich ihren Toren, Brücken, Plätzen, Statuen, bei Tage richtig gesehen und alle ihre Pfarrkirchen – St. Roche und St. Sulpice dürfen Sie auf keinen Fall vergessen – durchstreift und, um das Werk zu krönen, einen Spaziergang nach den vier Palästen gemacht haben, die Sie mit oder ohne Statuen und Gemälde besichtigen können, wie Sie gerade Lust haben, so haben Sie gesehen ...

Aber das braucht Ihnen niemand zu sagen, denn Sie können es selbst auf dem Portiko des Louvre in diesen Worten lesen:

*Die Erde hat kein solches Volk, kein Volk hat eine solche Stadt wie Paris! Singt Derry derry dong!**

Die Franzosen behandeln auf eine lustige Art alles, was groß ist; das ist alles, was man dazu sagen kann.

19. Kapitel

Bei dem Wort „lustig" (wie es am Schluß des vorigen Kapitels steht) wird einer (nämlich ein Schriftsteller) an das Wort „Spleen" erinnert, besonders wenn er ein Liedlein davon zu singen weiß. Ich will damit nicht sagen, daß sich aus einer Analyse oder einer Zinstabelle oder Stammtafel ein größerer Grund der Verbindung zwischen beiden zu ergeben scheint als zwischen Licht und Finsternis oder zwei anderen sehr feindlichen Gegensätzen in der Natur – es ist vielmehr nur ein schriftstellerischer Kunstgriff, ein gutes Einvernehmen zwischen den Wörtern zu erhalten, wie es die Staatsmänner unter den Menschen tun, weil sie oft nicht wissen, welche Not sie vielleicht zwingen wird, sie nebeneinanderzustellen. Da nun dieser Punkt geklärt ist und ich

* Non Orbis gentem, non urbem gens habet ullam
———— ulla parem.

meine Wörter setzen kann, wie es mir gefällt, schreibe ich hier nieder:

SPLEEN.

Dies, so sagte ich, als ich Chantilly verließ, sei der beste Grundsatz von der Welt, schnell zu reisen; doch ich führte es bloß als eine Meinung an. Ich bleibe auch weiterhin dabei; ich hatte damals nur noch nicht genug Erfahrung über die Wirkung des Grundsatzes, um hinzufügen zu können, daß Sie, obgleich Sie im halsbrecherischen Tempo von der Stelle kommen, doch keine sonderliche Freude an Ihrem Fortkommen haben. Aus diesem Grunde entsage ich hier dem Prinzip völlig und auf ewig, und es steht jedem, der es haben will, gern zu Diensten. Es hat mir die Verdauung eines guten Abendessens verdorben und mir eine gallige Diarrhöe beschert, die mich wieder zu meinem ersten Grundsatz zurückgeführt hat, nach dem ich mich auf die Reise machte und nach dem ich nunmehr bis an die Ufer der Garonne forteilen werde.

Nein, ich kann mich keinen Augenblick dabei aufhalten, Ihnen eine Beschreibung zu geben von den Leuten, ihrer Denkart, ihren Sitten, ihren Gebräuchen, ihren Gesetzen, ihrer Religion, ihrer Regierungsform, ihren Fabriken, ihrem Handel, ihren Finanzen und all den Hilfsmitteln und verborgenen Quellen, die sie speisen, so gut ich auch dazu imstande sein mag, nachdem ich drei ganze Tage und zwei Nächte bei ihnen verbracht und diese ganze Zeit über nichts anderes getan habe, als mich nach diesen Dingen zu erkundigen und über sie nachzudenken.

Doch – doch ich muß weiter – die Heerstraßen sind gepflastert – die Poststrecken sind kurz – die Tage sind lang – es ist kaum erst Mittag – ich werde noch eher nach Fontainebleau kommen als der König.

Wollte er denn dahin? – Daß ich nicht wüßte.

Ich kann es nicht leiden, wenn sich jemand, besonders ein Reisender, beklagt, daß man in Frankreich nicht so schnell vorwärts komme wie in England, da man doch, *consideratis considerandis*, viel schneller vorwärts kommt, womit ich folgendes sagen möchte: Wenn Sie ihre Fuhrwerke mit Bergen von Gepäck hinten und vorne beladen und dann die schwachen Pferde bedenken, und wie wenig sie ihnen geben, so ist es ein Wunder, daß man überhaupt von der Stelle kommt. Ihr Leiden ist ganz unchristlich, und ich bin überzeugt, ein französisches Postpferd würde nicht wissen, was es auf der Welt tun sollte, wenn nicht die beiden Wörter * * * * * * und * * * * * * wären, in denen ebensoviel Kraft steckt, als wenn man ihnen eine Metze Hafer gäbe. Da nun diese Wörter nichts kosten, so gelüstet es mich in der Seele, dem Leser zu sagen, um welche es sich handelt; aber hier steckt der Knoten – man muß sie ihm geradeheraus und mit der deutlichsten Aussprache sagen, denn sonst erfüllen sie nicht ihren Zweck; aber wenn man sie so einfach ausspricht – obgleich Hochwürden in Ihrem Schlafzimmer darüber lachen werden –, so weiß ich doch sehr gut, daß Sie im Wohnzimmer mächtig dagegen eifern würden. Aus diesem Grund habe ich schon einige Zeit, wenn auch vergebens, hin und her überlegt, durch was für eine zierliche Wendung oder witzige Verdrehung ich sie so umformen könnte, daß ich, derweil ich das Ohr, das der Leser mir zu leihen beliebt, befriedige, das andere nicht beleidige, welches er für sich behalten will.

Meine Tinte verbrennt mir die Finger, es zu versuchen – und habe ich es getan, so wird es noch ärger werden, denn sie wird (fürchte ich) mein Papier verbrennen.

Nein, ich riskiere es nicht.

Aber wenn Sie wissen wollen, wie sich die Äbtissin von Andouillets und eine Novizin ihres Klosters aus der Schwierigkeit halfen (nur müssen Sie mir zuvor allen erdenklichen Erfolg wünschen), so will ich Ihnen das ohne die geringsten Bedenken erzählen.

21. Kapitel

Die Äbtissin von Andouillets – eine Abtei, die Sie, wenn Sie in der großen Serie von Provinzialkarten, die jetzt in Paris herauskommt, nachsehen, in den Bergen, die Burgund von Savoyen scheiden, finden werden – war in Gefahr, eine Anchylosis oder ein steifes Gelenk zu bekommen (die Sinovia ihres Knies verhärtete sich infolge der langen Messen), und hatte alle Mittel versucht – zuerst Fürbitte und Danksagung; darauf die wahllose Anrufung aller Heiligen im Himmel, dann jedes einzelnen Heiligen, der jemals ein steifes Gelenk vor ihr gehabt hatte; dann die Berührung mit allen Reliquien des Klosters, hauptsächlich mit dem Hüftbein des Mannes von Lystra, der von Kindesbeinen an impotent gewesen war; darauf wickelte sie es in ihren Schleier, wenn sie zu Bett ging, dann kreuzweise in ihren Rosenkranz; darauf nahm sie den weltlichen Arm zu Hilfe und salbte es mit Öl und heißem Tierfett, legte erweichende und auflösende Umschläge darauf, dann Kräuterpflaster von Eibischpaste, Malven, Gutem Heinrich, weißen Lilien und griechischem Heu; dann nahm sie Holz, das heißt Holzrauch, indem sie ihr Skapulier quer über ihren Schoß legte; alsdann Dekokte aus wilder Zichorie, Wasserkresse, Kerbel, Süßdolde und Löffelkraut. Da aber alles das nichts helfen wollte, sah sie sich endlich genötigt, die heißen Bäder zu Bourbon zu gebrauchen. Nachdem sie von dem Generalvisitator die Erlaubnis erhalten hatte, für ihre Gesundheit zu sorgen, befahl sie, alles für die Reise vorzubereiten. Eine Novizin des Konvents von ungefähr siebzehn Jahren, die von einem Wurm an ihrem Mittelfinger geplagt gewesen war, hatte sich dadurch bei der Äbtissin in große Gunst gesetzt, daß sie den Finger ständig in die weggeworfenen Kräuterpflaster usw. der Äbtissin gesteckt hatte; eine alte gichtbrüchige Nonne, der die heißen Bäder von Bourbon die Gesundheit hätten wiedergeben können, mußte daher zurückstehen, und Margarita, die kleine Novizin, wurde zur Reisebegleiterin erwählt.

Eine alte Kalesche, die der Äbtissin gehörte und mit grünem Fries ausgeschlagen war, wurde auf Befehl in die Sonne hinausgeschoben; der Klostergärtner, der zum Maultiertreiber erkoren worden war, holte die beiden alten Maultiere aus dem Stall, um ihnen die Haare an den Schwanzstummeln abzuschneiden, während ein paar Laienschwestern damit beschäftigt waren, den grünen Fries in der Kalesche zu flicken und die gelbe Schnur wieder anzunähen, die der Zahn der Zeit abgenagt hatte. Der Untergärtner nahm heiße Weinhefe und färbte mit ihr den Hut des Maultiertreibers auf. Ein Schneider sorgte in seiner Bude, dem Kloster gegenüber, für die Musik, indem er vier Dutzend Schellen an dem Geschirr anbrachte und, sooft er eine Schelle mit einem Riemen befestigte, sich eins dazu pfiff.

Der Zimmermann und der Schmied in Andouillets beratschlagten wegen der Räder, und um sieben Uhr des andern Morgens sah alles blitzblank aus und stand vor der Klosterpforte, bereit zur Reise zu den heißen Bädern von Bourbon; zwei Reihen Notleidender hatten sich schon eine Stunde vorher dort aufgestellt.

Die Äbtissin von Andouillets ging, auf den Arm der Novizin Margarita gestützt, langsam zum Wagen; beide waren in Weiß gekleidet, und schwarze Rosenkränze hingen auf ihrer Brust.

In diesem Gegensatz lag eine schlichte Feierlichkeit. Sie stiegen in die Kalesche. Die Nonnen, in der gleichen Tracht, ein liebliches Sinnbild der Unschuld, standen alle an ihren Fenstern, und als die Äbtissin und Margarita hinaufsahen, ließ jede (die arme gichtbrüchige Nonne ausgenommen) den Zipfel ihres Schleiers in der Luft wehen und küßte dann die Lilienhand, die ihn hielt. Die gute Äbtissin und Margarita legten die Hände wie Heilige auf die Brust, blickten auf zum Himmel, dann zu ihnen hinüber und sagten mit ihrem Blick: Gott segne euch, liebe Schwestern!

Ich versichere, ich nehme viel Anteil an der Geschichte, und wünschte, ich wäre dabeigewesen.

Der Gärtner, den ich von jetzt an lieber den Maultiertreiber nennen will, war ein kleiner, derber, breitschultriger, gutherziger, schwatzhafter, trinklustiger Kerl, der sich wenig um das Wie und Wann des Lebens bekümmerte; er hatte einen Monat seines Klosterlohns für einen Borrachio oder ledernen Weinschlauch verpfändet, den er hinten auf der Kalesche befestigt und mit einem braunroten Reitmantel bedeckt hatte, um ihn vor der Sonne zu schützen; und da das Wetter heiß und er kein fauler Kerl war, sondern zehnmal mehr zu Fuß ging als ritt, fand er öfter Gelegenheit, als die Natur erheischte, sich hinter seinem Fuhrwerk aufzuhalten, bis durch das öftere Kommen und Gehen es so weit kam, daß all sein Wein aus dem rechtmäßigen Spundloch des Schlauches hinausgeflossen war, noch ehe die Reise halb zurückgelegt worden war.

Der Mensch ist ein Geschöpf, das sich von der Gewohnheit regieren läßt. Der Tag war schwül gewesen, der Abend war angenehm, der Wein war kräftig, der burgundische Hügel, auf dem er wuchs, war steil. Ein kleiner verführerischer Kranz hing über der Tür einer kühlen Hütte am Fuße desselben und schwankte in Harmonie mit seiner Leidenschaft hin und her; ein mildes Lüftchen säuselte ganz deutlich durch die Blätter: „Komm, komm, durstiger Maultiertreiber, komm herein!“

Der Maultiertreiber war ein Sohn Adams, weiter brauche ich kein Wort zu sagen. Er gab jedem der Maultiere einen derben Hieb und sah dabei der Äbtissin und Margarita ins Gesicht, als wollte er sagen: Hier bin ich. Darauf knallte er noch einmal lustig mit der Peitsche, als ob er damit zu den Mauleseln sagen wollte: Vorwärts! – und damit schlich er hintenherum in das kleine Wirtshaus am Fuße des Hügels.

Der Maultiertreiber war, wie ich schon gesagt habe, ein kleiner, lustiger, schwatzhafter Kerl, der nicht an morgen dachte, noch an das, was vorhergegangen war oder folgen würde, wenn er nur seinen Schoppen Burgunder hatte und ein bißchen dabei plaudern konnte. Er geriet also bald in ein langes Gespräch darüber, daß er der Obergärtner des Klosters zu Andouillets sei usw. usw., und aus Freundschaft für die Äbtissin und Mademoiselle Margarita, die noch im Noviziat sei, sei er mit ihnen von der savoyischen Grenze heraufgereist usw. usw., und wie sie sich infolge ihrer

Andachtsübungen eine weiße Geschwulst zugezogen habe und was für einen Haufen Kräuter er herbeigeschafft habe, um die Schwellung zu vertreiben usw. usw., und daß sie, wenn die Bäder zu Bourbon ihr Bein nicht heilten, möglicherweise an beiden Beinen gelähmt werden könne usw. usw. Er wußte seine Geschichte so zu erzählen, daß er die Heldin derselben völlig vergaß und mit ihr die kleine Novizin und sogar, was noch peinlicher zu vergessen war als diese beiden, die zwei Maultiere; da dies Geschöpfe sind, die gerne die Welt hintergehen, um so mehr als ihre Eltern sie hintergangen haben, und da sie nicht (wie Männer, Frauen und Tiere) imstande sind, diese Verbindlichkeiten in absteigender Linie zu erfüllen, so tun sie es seitwärts und rückwärts, bergauf und bergab, wo sie können. Die Philosophen haben dies trotz all ihrer Ethik noch nie richtig erwogen – wie sollte es dann der Maultiertreiber mit der Nase im Glas erwägen? Er tat es nicht im geringsten; somit wird es Zeit, daß wir es tun. Lassen wir ihn also im Wirbel seines Elements als den glücklichsten und gedankenlosesten Sterblichen zurück und kümmern wir uns einen Augenblick lang um die Maultiere, die Äbtissin und Margarita.

Die beiden letzten Hiebe des Maultiertreibers hatten so gut gewirkt, daß die Maultiere ruhig weitergingen und nach bestem Wissen und Gewissen den Hügel emporklommen, bis sie ihn zur Hälfte erstiegen hatten; da warf das ältere von beiden, ein alter listiger, heimtückischer Teufel, an einer Kurve einen Blick zur Seite, und da er keinen Treiber erblickte . . .

„Bei meiner Feige!“ fluchte es, „ich gehe nicht weiter.“ – „Und wenn ich's tue“, versetzte das andere, „so sollen sie aus meinem Balg eine Trommel machen!“

Und damit standen sie einmütig still.

22. Kapitel

„Vorwärts mit euch!“ sagte die Äbtissin.

„Ho – tt – ott!“ rief Margarita.

„He – he – hepp!“ heppte die Äbtissin.

„Hu – ruh – ho – huh!“ huhte Margarita und spitzte ihre süßen Lippen halb zum Rufen und halb zum Pfeifen.

„Stupp – stupp – stupp!“
stuppte die Äbtissin von Andouillets mit ihrem goldbeschlagenen Spazierstock auf den Boden der Kalesche.

Das alte Maultier ließ einen F ...

23. Kapitel

„Wir sind verloren, mein Kind, wir sind des Todes“, sagte die Äbtissin zu Margarita. „Wir müssen hier die ganze Nacht halten; sie werden uns ausplündern, sie werden uns schänden!“

„Sie werden uns schänden“, sagte Margarita, „das steht fest!“

„Sancta Maria!“ schrie die Äbtissin (und vergaß das O). „Warum ließ ich mich durch das gottlose steife Gelenk verleiten? Warum habe ich mein Kloster zu Andouillets verlassen? Ach, warum ließest du deine Magd nicht unbefleckt in die Grube fahren?“

„O mein Finger, mein Finger!“ schrie die Novizin, die bei dem Wort „Magd“ Feuer fing. „Ach, hätte ich ihn doch lieber hierhin oder dorthin gesteckt, als daß ich ihn ins warme Bad stecke und darüber hier in die Klemme gerate!“

„Klemme!“ sagte die Äbtissin.

„Klemme“, sagte die Novizin; denn der Schrecken hatte beiden den Verstand betäubt – die eine wußte nicht, was sie sagte, und die andere nicht, was sie antwortete.

„O meine Keuschheit! Keuschheit!“ schrie die Äbtissin.

„–euschheit! –euschheit!“ sagte die Novizin schluchzend.

„Teuerste Mutter“, sagte die Novizin, als sie ein wenig zu sich kam, „es gibt zwei gewisse Wörter, welche, wie man mir gesagt hat, alle Pferde, Esel und Maultiere zwingen, einen Berg hinaufzugehen, ob sie wollen oder nicht; wenn sie auch noch so widerspenstig oder störrisch sind – in dem Augenblick, da sie diese Worte aussprechen hören, sind sie gehorsam.“ – „Das sind Zauberworte!“ schrie die Äbtissin in höchstem Entsetzen. – „Nein“, antwortete Margarita gelassen, „aber es sind sündhafte Worte.“ – „Was sind sie?“ sagte die Äbtissin, die ihr in die Rede fiel. – „Es sind sündhafte Worte ersten Grades“, antwortete Margarita, „sie sind todsündhaft, und wenn wir geschändet werden und sterben, ehe wir davon absolviert worden sind, so werden wir beide ...“ – „Vor mir kannst du sie aussprechen“, sagte die Äbtissin von Andouillets. – „Sie können, liebste Mutter“, sagte die Novizin, „gar nicht ausgesprochen werden; sie würden einem das Blut aus allen Adern ins Gesicht treiben.“ – „Aber ins Ohr kannst du sie mir doch flüstern“, sagte die Äbtissin.

Himmel, hattest du keinen Schutzengel, den du in das Wirtshaus am Fuße des Hügels hättest senden können? War gerade kein großmütiger und freundlicher Geist ohne Beschäftigung, gab es keinen Boten in der Natur, der mit einem mahnenden Schauder, der durch die zum Herzen führenden Adern kriecht, den Maultiertreiber von seinem Gelage fortgetrieben hätte? Keine liebliche Musik, die ihm den angenehmen Gedanken an die Äbtissin und Margarita mit ihren schwarzen Rosenkränzen ins Gedächtnis zurückgerufen hätte?

Weckt ihn! Weckt ihn! Doch es ist zu spät – die schrecklichen Worte sind in diesem Augenblick schon ausgesprochen.

Und wie soll ich sie sagen? – Ihr, die ihr über alle existierenden Dinge mit unbefleckten Lippen reden könnt, lehrt mich, führt mich!

„Alle Sünden insgesamt“, sagte die Äbtissin, welche die Not, in der die beiden steckten, zur Kasuistin machte, „werden vom Beichvater unseres Klosters in Todsünden und läßliche Sünden eingeteilt. Mehr Unterteilungen gibt es nicht. Nun aber ist eine läßliche Sünde die leichteste und geringste von allen Sünden; wenn sie halbiert wird, indem man nur eine Hälfte aufnimmt und die andere liegenläßt, oder wenn man sie ganz aufnimmt und sie mit einer andern Person freundschaftlich teilt, dann wird sie dadurch so klein, daß sie fast gar keine Sünde mehr ist.

Nun sehe ich keine Sünde darin, wenn man hundertmal *bou, bou, bou, bou, bou* sagt; ebensowenig kann es ein Zeichen von Verkommenheit sein, wenn man von der Frühmesse bis zur Vesper die Silbe *gre, gre, gre, gre, gre** wiederholt. Also, meine liebe Tochter“, fuhr die Äbtissin von Andouillets fort, „will ich *bou* sagen, und du sagst *gre.* Und weil *fou* ebensowenig sündhaft ist wie *bou,* sollst du dann zur Abwechslung *fou* sagen, und ich will (wie fa, sol, la, re, mi, ut in unserer Komplet) mit *tre* einfallen.“ Und also fing die Äbtissin, die den Ton angab, folgendermaßen an:

Äbtissin } „Bou — — bou — — bou — —“
Margarita } „— — gre — — gre — — gre.“
Äbtissin } „Fou — — fou — — — — — fou — —“
Margarita } „— — tre — — tre — — tre.“

Die beiden Maultiere zeigten durch einen gegenseitigen Schlag mit dem Schweif an, daß ihnen die Noten bekannt waren; aber weiter ging es nicht. – „Nach und nach wird es schon wirken“, sagte die Novizin.

Äbtissin } „Bou— bou— bou— bou— bou— bou—“
Margarita } „—gre, —gre, —gre, —gre, —gre, —gre.“

„Noch schneller!“ rief Margarita.

„Fou, fou, fou, fou, fou, fou, fou, fou, fou. “

* Das Original hat *ger* bzw. *ter* (Anmerkung des Übersetzers).

„Noch schneller!" rief Margarita.

„Bou, bou, bou, bou, bou, bou, bou, bou, bou."

„Noch schneller!" – „Gott behüte mich!" sagte die Äbtissin. – „Sie verstehen uns nicht", rief Margarita. – „Aber der Teufel versteht's", sagte die Äbtissin von Andouillets.

26. Kapitel

Was für ein Stück Land habe ich durcheilt! Und um wie viele Grade habe ich mich der warmen Sonne genähert, und wie viele schöne und bedeutende Städte habe ich gesehen, während Sie diese Geschichte gelesen und über sie nachgedacht haben, Madame! Da ist Fontainebleau und Sens und Joigny und Auxerre und Dijon, die Hauptstadt von Burgund, und Chalon und Mâcon, die Hauptstadt des Mâconnais, und ein Schock anderer mehr auf dem Weg nach Lyon. Und nun, nachdem ich sie durcheilt habe, könnte ich Ihnen ebensogut etwas von ebenso vielen Marktflecken im Mond erzählen wie Ihnen ein einziges Wort über sie sagen. Ich mag es anfangen, wie ich will – es wird wenigstens dieses Kapitel, wenn nicht auch noch das nächstfolgende, gänzlich verlorengehen.

Ei, das ist eine seltsame Geschichte, Tristram!

– – – – – – Ach ja, Madame; wäre es eine traurige Vorlesung über das Kreuz, über den Frieden der Demütigen oder die Zufriedenheit der Selbstverleugnung gewesen, ich wäre unbemerkt durchgeschlichen; oder wäre es mir eingefallen, etwas über die reinen Abstraktionen der Seele und die Nahrung der Weisheit, der Heiligkeit und der Meditation zu schreiben, von welcher der Geist des Menschen (wenn er von dem Körper getrennt ist) auf ewig lebt – Sie würden sich einen größeren Appetit bewahrt haben.

Ich wünschte, daß ich es niemals geschrieben hätte; aber da ich nie etwas ausstreiche, so lassen Sie uns auf ein anständiges Mittel sinnen, um es uns sogleich wieder aus dem Kopf zu bringen.

Seien Sie so gut und reichen Sie mir meine Narrenkappe.

Ich fürchte, Sie sitzen darauf, Madame. Sie liegt unter dem Kissen, ich will sie aufsetzen.

Bewahre mich! Sie haben sie schon seit einer halben Stunde auf dem Kopf. – Nun, so laß sie dort bleiben, und

Fa-ra diddel di
und fari diddel d
und hei–dum–diddel dum
fiddel dum – C.

Und nun, Madame, können wir es hoffentlich wagen, ein wenig fortzufahren.

27. Kapitel

Über Fontainebleau brauchen Sie weiter nichts zu sagen (wenn man Sie fragen sollte), als daß es ungefähr vierzig Meilen (etwas südwärts) von Paris mitten in einem großen Wald liegt, daß etwas Großes darin ist, daß der König alle zwei oder drei Jahre einmal mit seinem ganzen Hof dorthin geht, um das Vergnügen der Jagd zu genießen, und daß während dieses Jagdkarnevals jeder englische Herr von Stand (Sie brauchen sich selbst nicht zu vergessen) mit ein paar Kleppern versehen wird, um an der Jagd teilzunehmen, wobei er nur aufpassen muß, daß er nicht schneller galoppiert als der König.

Sie brauchen aber das aus zwei Gründen nicht jedermann laut zu sagen.

Erstlich, weil sonst die besagten Klepper schwerer zu bekommen sein werden, und

Zweitens, weil kein wahres Wort daran ist.

Was Sens betrifft, so können Sie es mit einem Wort abfertigen: Es ist Sitz eines Erzbischofs.

Joigny: Je weniger darüber gesagt wird, denk ich, desto besser.

Aber Auxerre – jahrelang könnte ich davon sprechen! Denn auf meiner großen Reise durch Europa, auf der mich mein Vater (der mich nicht gern jemand anders anvertrauen wollte) mit meinem Onkel Toby und Trim und Obadiah und fast mit der ganzen Familie begleitete, meine Mutter ausgenommen, die gerade damit beschäftigt war, meinem Vater eine große wollene Strumpfhose zu stricken (etwas sehr Praktisches); und weil sie sich in ihrem Vorhaben nicht gerne stören lassen wollte, blieb sie daheim in Shandy Hall, um während der Reise das Haus zu hüten. Auf dieser Reise ließ uns also mein Vater zwei Tage in Auxerre verweilen; und da seine Nachforschungen stets von der Art waren, daß sie selbst in einer Wüste Früchte getragen hätten, hat er mir genug Gelegenheit gegeben, über Auxerre zu sprechen. Kurz, mein Vater mochte hinkommen, wohin er wollte – auf dieser Reise durch Frankreich und Italien trat dies noch deutlicher zutage als in allen anderen Etappen seines Lebens –, überall schien sein Weg sehr weit ab von dem Weg zu liegen, den die übrigen Reisenden vor ihm eingeschlagen hatten. Er sah Könige und Höfe und seidene Stoffe aller Farben in so seltsamer Beleuchtung, und seine Bemerkungen und Betrachtungen über die Charaktere, die Sitten und die Gebräuche der Länder, durch die wir kamen, waren den Bemerkungen und Betrachtungen aller übrigen sterblichen Menschen so entgegengesetzt, besonders aber denen von Onkel Toby und Trim (von mir selbst ganz zu schweigen), und um dem Ganzen die Krone aufzusetzen, waren die angenehmen und unangenehmen Zufälle, die uns infolge seines Systems und Eigensinns unablässig trafen, von einer so wundersamen, gemischten und tragikomischen Art, daß das Ganze eine Schattierung und Färbung aufweist, die so verschieden ist von allen anderen Reisen durch Europa, die jemals unternommen worden sind, daß ich zu behaupten wage: die Schuld muß bei mir, und zwar bei mir allein liegen, wenn die Reisenden und Reisebeschreibungsleser es nicht so lange lesen werden, bis es keine Reisen mehr gibt oder, was auf eins hinausläuft, bis die Welt es sich endlich in den Kopf setzt, stillzustehen.

Allein dieser reiche Ballen darf jetzt noch nicht geöffnet werden; nur ein paar Fäden sollen herausgezupft werden, nur um das Geheimnis von meines Vaters Aufenthalt in Auxerre zu entwirren.

Da ich es nun einmal erwähnt habe, hat es keinen Zweck, diese unbedeutende Angelegenheit offenzulassen; aber wenn sie eingewebt ist, so ist die Sache erledigt.

„Wir wollen, Bruder Toby", sagte mein Vater, „solange das Essen auf dem Feuer schmort, zur Abtei Saint Germain gehen, wenn wir auch weiter nichts sehen als die Leichen, die Monsieur Sequier so sehr rühmt." – „Ich will mir gerne die Beerdigung ansehen", sagte mein Onkel Toby, denn er war auf der ganzen Reise die reinste Gefälligkeit. – „Ich meine keine Leichenbestattung", sagte mein Vater, „sondern Leichen – es sind lauter Mumien." – „So brauchen wir uns wohl nicht vorher zu rasieren", sagte mein Onkel Toby. – „Rasieren? Nein!" rief mein Vater. „Es sieht mehr nach einem Verwandtschaftsbesuch aus, wenn wir mit den Bärten hingehen." – Und damit marschierten wir, wobei der Korporal seinem Herrn den Arm reichte und den Zug beschloß, zur Abtei Saint Germain.

„Alles ist sehr schön, sehr reich, sehr kostbar und sehr prächtig", sagte mein Vater zu dem Sakristan, einem jungen Benediktinerbruder, „aber uns hat die Neugierde hergeführt, die Leichen zu besehen, von denen Monsieur Sequier der Welt eine so genaue Beschreibung gegeben hat." – Der Sakristan machte eine Verbeugung, und nachdem er eine Fackel angezündet hatte, die er zu diesem Zweck stets in der Sakristei bereithielt, führte er uns an das Grab des heiligen Heribald. – „Dieser", sagte der Sakristan, wobei er seine Hand auf das Grab legte, „war ein berühmter Prinz aus dem bayerischen Hause, der unter den verschiedenen Regierungen Karls des Großen, Ludwigs des Frommen und Karls des Kahlen großen Einfluß hatte und sehr viel dazu beitrug, daß Ordnung und Disziplin wiederhergestellt wurden."

„So ist er also ebenso groß im Felde gewesen", sagte mein Onkel Toby, „wie im Kabinett. Er ist gewiß ein tapferer Soldat gewesen, nicht wahr?" – „Er war ein Mönch", sagte der Sakristan.

Mein Onkel Toby und Trim suchten einer in des andern Gesicht Trost, fanden ihn aber nicht; mein Vater schlug mit beiden Händen auf seinen Hosenlatz, was er stets tat, wenn ihn etwas sehr kitzelte; denn obgleich er die Mönche, ja den bloßen Geruch eines Mönches mehr haßte als alle Teufel zusammen, war es doch ein gewisser Triumph für ihn, daß der Schlag meinen Onkel Toby und Trim härter traf als ihn selbst; und das versetzte ihn in die heiterste Stimmung von der Welt.

„Sagen Sie mir doch, wie nennen Sie diesen Herrn?" sagte mein Vater ein wenig scherzhaft. – „Dieses Grab", sagte der junge Benediktiner, wobei er zur Erde sah, „enthält die Gebeine der heiligen Maxima, die aus Ravenna hierherkam, um den Körper des ..."

„... des heiligen Maximus zu berühren", sagte mein Vater und platzte mit seinem Heiligen herein, ehe der andere noch ausgesprochen hatte. „Es waren zwei der größten Heiligen aus dem ganzen Verzeichnis der Märtyrer", setzte mein Vater hinzu. – „Verzeihen Sie", sagte der Sakristan, „sie kam hierher, um die Gebeine des heiligen Germain, des Erbauers der Abtei, zu berühren." – „Und was hatte sie davon?" sagte mein Onkel Toby. – „Nun, was haben die Weiber schon davon?" sagte mein Vater. – „Das Martyrium", erwiderte der junge Benediktiner, verbeugte sich dabei tief bis zur Erde und sprach das Wort mit einem so demütigen, aber zugleich so entschiedenen Ton aus, daß es meinen Vater einen Augenblick lang entwaffnete. „Man nimmt an", fuhr der junge Benediktiner fort, „daß die heilige Maxima schon seit vierhundert Jahren in diesem Grab liegt und zweihundert Jahre vor ihrer Heiligsprechung darin gelegen hat." – „Die Beförderungen erfolgen in dieser Armee der Märtyrer ziemlich langsam, Bruder Toby", sagte mein Vater. – „Gar herzlich langsam, Euer Gnaden", sagte Trim, „wenn man sie nicht kaufen konnte." – „Lieber verkaufte ich mich ganz und gar", sagte mein Onkel Toby. – „Ich bin ganz deiner Meinung, Bruder Toby", sagte mein Vater.

„Arme Sankt Maxima!" sagte mein Onkel Toby leise zu sich, als wir von ihrem Grab weggingen. – „Sie war eine der schönsten und liebenswürdigsten Damen in Frankreich und in Italien“, fuhr der Sakristan fort. – „Aber wer zum Teufel ist denn das, den man hier neben sie gelegt hat?“ sagte mein Vater und zeigte mit seinem Stock auf ein großes Grab, als wir daran vorbeikamen. – „Das ist Sankt Optat, mein Herr“, antwortete der Sakristan. – „Sankt Optat liegt da recht gut, das muß ich sagen!“ sagte mein Vater. „Und was ist von Sankt Optat zu berichten?“ fuhr er fort. – „Sankt Optat“, versetzte der Sakristan, „war ein Bischof ...“

„Dacht ich's mir doch, wahrhaftig!“ rief mein Vater, der ihm ins Wort fiel. „Sankt Optat! Es konnte bei Sankt *Optat* gar nicht anders sein!“ Damit riß er sein Taschenbuch heraus, und während ihm der junge Benediktiner mit seiner Fackel leuchtete, schrieb er es auf als eine neue Stütze für sein System der Taufnamen; und ich wage zu behaupten, er war so uneigennützig auf seiner Suche nach der Wahrheit, daß, wenn er in Sankt Optats Grab einen Schatz gefunden hätte, es ihn nicht halb so reich gemacht hätte. Es war ein so glücklicher kurzer Besuch, wie er nur jemals den Toten abgestattet worden ist; und so erfreut war er in seinem Gemüt über alles, was dabei geschehen war, daß er sogleich beschloß, noch einen Tag länger in Auxerre zu bleiben.

„Morgen will ich die übrigen von diesen guten Leuten besuchen“, sagte mein Vater, als wir den Marktplatz überquerten. – „Und während du diesen Besuch machst, Bruder Shandy“, sagte mein Onkel Toby, „will ich mit dem Korporal den Wall besteigen.“

28. Kapitel

Nun aber ist hier der allerverworrenste Knäuel, denn in diesem letzten Kapitel, insofern wenigstens, als es mir durch Auxerre geholfen hat, bin ich auf zwei verschiedenen Reisen zugleich weitergekommen, und zwar mit einem einzigen Federstrich; denn auf der Reise, die ich jetzt beschreibe, bin ich ganz aus Auxerre hinausgekommen, und auf der, die ich nach dieser beschreiben werde, bin ich erst zur Hälfte aus Auxerre hinaus. Es gibt in allen Dingen nur einen gewissen Grad der Vollkommenheit, und da ich es ein wenig darüber hinaus treiben wollte, habe ich mich in eine Lage versetzt, in der sich wohl noch kein Reisender vor mir befunden hat; denn in diesem Augenblick gehe ich mit meinem Vater und Onkel Toby über den Marktplatz zu dem Gasthof, um dort zu Mittag zu essen, und im selben Augenblick komme ich in Lyon mit einer in tausend Stücke zerbrochenen Postchaise an und bin, was noch mehr ist, in diesem Augenblick ebenfalls in einem schönen Pavillon am Ufer der Garonne, den Pringello* gebaut und den mir Monsieur Sligniac geliehen hat und wo ich jetzt sitze und alle diese Sachen zusammenbacke.

Lassen Sie mich erst zur Besinnung kommen, und dann will ich weiterreisen.

29. Kapitel

Es ist mir lieb, sagte ich, als ich die Sache bei mir erwog, während ich in Lyon hineinging – meine Chaise war mit meinem Gepäck wie Kraut und Rüben durcheinander auf einen Karren geworfen worden, der langsam vor mir herfuhr –, es ist mir sehr lieb, sagte ich, daß alles in Stücke gegangen ist; denn nun kann ich mich gradeswegs zu Wasser nach Avignon begeben, was mich hundertzwanzig Meilen auf meiner Reise weiterbringen und nicht mehr als sieben Livres kosten wird; und dort, fuhr ich in meiner Berechnung fort, kann ich ein Paar Maultiere mieten oder Esel, wenn ich Lust habe (denn niemand kennt mich), und die Ebene des Languedoc fast umsonst durchreisen. Der Unfall wird mir vierhundert Livres im Beutel ersparen und Vergnügen bringen, das noch einmal soviel wert ist. In welchem Tempo, fuhr ich fort und schlug meine beiden Hände zu-

* Jener berühmte spanische Architekt Pringello, den mein Vetter Antony so lobend in der Erzählung erwähnt hat, die seinem Namen zugeeignet ist. – Siehe S. 129 der kleinen Ausgabe.

sammen, werde ich die schnelle Rhone hinunterfahren, das Vivarais zu meiner Rechten und das Dauphiné zu meiner Linken; ich werde kaum die alten Städte Vienne, Valence und Viviers zu Gesicht bekommen! Was für eine Flamme wird es in der Lampe anzünden, wenn ich so eine rote Traube von der Hermitage oder Côte-Rôtie abreiße, während ich am Fuß der Weinberge vorbeischieße! Und welche neue Kraft wird in mein Blut dringen, wenn ich an den Ufern die romantischen Schlösser bald näherkommen, bald sich entfernen sehe, jene Schlösser, aus denen die edlen Ritter einst die unglücklichen Gefangenen befreiten, und wenn ich mit schwindelnden Augen die Felsen, Gebirge, Katarakte und all das Gewühl sehe, das die Natur mit ihren großen Werken erfüllte!

Als ich so einherwanderte, schien mir mein Reisewagen, dessen Wrack mir anfangs noch recht stattlich vorkam, nach und nach immer kleiner zu werden; seine frische Farbe verschwand, die Vergoldung verlor ihren Glanz, und der ganze Kram erschien mir so armselig, so bettelhaft, so verächtlich und, mit einem Worte, so viel schlechter als selbst die Kalesche der Äbtissin von Andouillets, daß ich eben den Mund auftun wollte, um ihn dem Teufel zu übergeben, als ein schlauer Wagenbauer über die Straße eilte und fragte, ob Monsieur seinen Reisewagen reparieren lassen wolle. – „Nein, nein“, sagte ich und schüttelte meinen Kopf seitwärts. – „Möchte Monsieur ihn vielleicht verkaufen?“ versetzte der Wagenbauer. – „Von Herzen gern“, sagte ich. „Das Eisenwerk ist seine vierzig Livres wert, das Glas ebensoviel, und das Leder schenke ich Ihnen.“

Was für eine reiche Fundgrube, sagte ich mir, als er das Geld abzählte, ist doch diese Postchaise! Und das ist so meine gewöhnliche Art der Buchführung, wenigstens bei den Unglücksfällen des Lebens: jeder, der mich betrifft, bringt mir etwas ein.

„Komm, meine liebe Jenny, sage der Welt an meiner Statt, wie ich mich bei einem der schwersten Mißgeschicke verhalten habe, das mich als Mann treffen konnte, der, wie es sich gehört, auf seine Mannheit stolz ist.“

„Es ist genug", sagtest du, und kamst näher zu mir, als ich mit meinen Strumpfbändern dastand und darüber nachsann, was *nicht* geschehen war. – „Es ist genug, Tristram, und ich bin zufrieden", sagtest du und flüstertest mir diese Worte ins Ohr: „* * * * * * * * * * * * * * *." – Jeder andere Mann wäre darüber in den Erdboden versunken.

„Es gibt nichts auf der Welt, das nicht zu etwas gut ist", sagte ich.

„Ich will für sechs Wochen nach Wales gehen und Ziegenmolke trinken, und ich werde infolge des Unfalls sieben Jahre länger leben." Aus diesem Grund halte ich es für unverzeihlich, daß ich Fortuna so oft deswegen ausgescholten habe, weil sie mich wie eine ungnädige Fürstin, wie ich sie nannte, mein ganzes Leben lang mit so vielen kleinen Übeln geplagt hat. Wenn ich wirklich allen Grund habe, ihr böse zu sein, so nur deswegen, weil sie mir keine großen geschickt hat. Ein Schock tüchtiger, verdammt großer Verluste wäre mir so gut bekommen wie eine Pension.

Eine Pension von ungefähr hundert Pfund jährlich ist alles, was ich mir wünsche; von einer größeren müßte ich nur Steuern bezahlen, und den Ärger möchte ich nicht gerne haben.

30. Kapitel

Für denjenigen, der Ärger Ärger nennt und weiß, worin er besteht, könnte kein größerer erdacht werden, als einen ganzen Tag in Lyon zu sein, der wohlhabendsten und blühendsten Stadt in Frankreich, welche die meisten Reste aus dem Altertum besitzt, und nicht dazu kommen zu können, sie zu besichtigen. Durch irgend etwas davon abgehalten zu werden, müßte schon ein Ärger sein, aber durch einen Ärger abgehalten zu werden – das ist gewiß, was die Philosophen mit Recht

ÄRGER
über
ÄRGER

nennen.

Ich hatte meine zwei Schalen Milchkaffee getrunken (was nebenbei gesagt, ein vortreffliches Mittel gegen die Schwindsucht ist; aber man muß den Kaffee mit der Milch zusammen kochen lassen, sonst ist es nur Kaffee mit Milch), und da es noch nicht später war als acht Uhr morgens und da das Boot erst mittags abging, hatte ich genügend Zeit, so viel von Lyon zu sehen, daß ich die Geduld aller Freunde, die ich in der Welt hatte, hätte erschöpfen können. Ich will einen Spaziergang zur Kathedrale machen, sagte ich, indem ich mein Verzeichnis ansah, und vor allem den wunderbaren Mechanismus der großen Uhr des Lippius von Basel in Augenschein nehmen.

Nun verstehe ich von allen Dingen unter der Sonne von der Mechanik am allerwenigsten. Ich habe dafür weder Begabung noch Geschmack noch Lust, und mein Kopf ist für derartige Dinge so ungeeignet, daß ich feierlich bekenne, ich bin noch nie fähig gewesen, die mechanischen Grundsätze zu begreifen, nach denen sich ein Eichhörnchenkäfig oder ein gewöhnliches Scherenschleiferrad dreht, obgleich ich manche schöne Stunde den einen ganz andächtig betrachtet und dem andern mit aller erdenklichen christlichen Geduld zugesehen habe.

Das erste, was ich tun werde, sagte ich, soll die Besichtigung der erstaunlichen Bewegungen dieser großen Uhr sein; und dann will ich der großen Bibliothek der Jesuiten einen Besuch abstatten und versuchen, daß ich womöglich die dreißig Bände der allgemeinen Geschichte von China zu sehen bekomme, die (nicht in tatarischer, sondern) in chinesischer Sprache und mit chinesischen Buchstaben geschrieben ist.

Da ich nun fast ebensowenig von der chinesischen Sprache verstehe wie von dem Mechanismus des Uhrwerks vom Lippius, so überlasse ich es dem neugierigen Leser als ein Problem der Natur, warum gerade diese beiden Punkte zuerst in mein Verzeichnis geraten sind. Ich gestehe, es sieht aus, als wäre es einer von den krummen Schlichen der Dame Natur; und denjenigen, die ihr den Hof machen, ist ebensoviel daran gelegen, ihre Launen herauszufinden, wie mir selbst.

„Wenn ich diese Merkwürdigkeiten gesehen habe", sagte ich halb zu mir selbst und halb zu meinem *valet de place*, der hinter mir stand, „so kann's nicht schaden, wenn wir nach der Kirche des heiligen Irenäus gehen und den Pfeiler anschauen, an den Christus gebunden worden ist, und nachher zu dem Haus, in dem Pontius Pilatus gewohnt hat." – „Das ist in der nächsten Stadt", sagte der *valet de place*, „in Vienne." – „Desto besser", sagte ich, indem ich plötzlich vom Stuhl aufstand und mit doppelt so großen Schritten als gewöhnlich durch das Zimmer ging, „um so eher komme ich zum Grab der beiden Liebenden."

Was der Grund dieser Aufwallung war und warum ich so große Schritte machte, als ich das sagte, das könnte ich dem neugierigen Leser gleichfalls anheimstellen; da jedoch keine Grundsätze der Uhrmacherkunst dabei vorkommen, wird es für den Leser wohl ebensogut sein, wenn ich es selbst erkläre.

31. Kapitel

Oh, es ist eine glückselige Zeit im menschlichen Leben, in der man (das Gehirn ist dann noch zart und weichfaserig und einem Brei ähnlicher als sonst etwas) die Geschichte gelesen hat von zwei zärtlichen Liebenden, getrennt durch grausame Eltern und durch das noch grausamere Geschick –

Amandus – Er,
Amanda – Sie,

keiner vom Weg des andern etwas wissend,

Er – ostwärts,
Sie – westwärts;

Amandus wird von den Türken gefangen und an den Hof des Kaisers von Marokko geschleppt, wo ihn die Prinzessin von Marokko, die sich in ihn verliebt, wegen der Liebe zu seiner Amanda zwanzig Jahre im Gefängnis hält.

Sie (Amanda) wandert die ganze Zeit hindurch barfuß und mit aufgelöstem Haar über Berge und Felsen und forscht nach Amandus – Amandus! – Amandus! – und läßt von jedem Hügel und in jedem Tal das Echo seines Namens widerschallen.

„Amandus! Amandus!“

Vor jeder Stadt, vor jedem Städtchen setzt sie sich verlassen hin. „Ist Amandus, ist mein Amandus hierhergekommen?“ Bis sie, nachdem sie die Welt kreuz und quer durcheilt haben, der Zufall eines Abends im selben Augenblick, obwohl auf verschiedenen Wegen, unverhofft vor dem Tor von Lyon, ihrer Vaterstadt, zusammenführt, und die beiden, die mit wohlbekannter Stimme laut ausrufen:

„Ist Amandus } noch am Leben?“
„Ist meine Amanda }

einander in die Arme fliegen und vor Freude tot zur Erde fallen.

Es gibt eine glückliche Zeit im Leben eines jeden gutherzigen Sterblichen, in der eine solche Geschichte dem Gehirn ein besseres Futter bietet als alle Brocken, Krümchen und Reste aus der Antike, die ihm die Reisenden zusammenkochen mögen.

Das war von dem, was Spon und andere in ihren Berichten über Lyon in das Sieb meines Gehirns gepreßt hatten, noch an der rechten Seite desselben hängengeblieben; außerdem habe ich in einer anderen Reisebeschreibung – der Himmel weiß, in welcher – gefunden, daß vor den Toren der Stadt ein der Treue des Amandus und der Amanda geweihtes Grabmal errichtet worden sei, wo noch bis auf diese Stunde die Verliebten dieses Paar zu Zeugen ihres Treueversprechens anriefen. Und niemals in meinem Leben konnte ich in einen Handel dieser Art verwickelt werden, ohne daß sich dieses Grabmal der Liebenden am Ende auf die eine oder andere Weise einmischte. Ja, es hatte eine solche Gewalt über mich erlangt, daß ich niemals an Lyon denken oder davon sprechen und zuweilen nicht einmal eine Lyoner Weste ansehen konnte, ohne daß dieses Überbleibsel des Altertums in meiner Phantasie auftauchte; und oft habe ich in meiner hemmungslosen Art gesagt – allerdings, wie ich befürchte, mit zu wenig Ehrerbietung –, daß ich dieses Grabmal (so vernachlässigt es auch war) für ebenso heilig hielte wie das zu Mekka und daß es, abgesehen von den Schätzen, selbst hinter der Santa Casa zu Loreto so wenig zurückstehe, daß ich noch einmal eine Wallfahrt dahin machen wollte (selbst wenn ich nichts anderes in Lyon zu tun hätte), bloß um es zu besuchen.

In meinem Verzeichnis der Sehenswürdigkeiten von Lyon war dieses, wie Sie sehen, zwar die letzte, aber nicht die geringste. Nachdem ich also noch ein paar Dutzend größere Schritte als gewöhnlich in meinem Zimmer getan hatte, gerade als mir dies durch den Kopf ging, stieg ich ruhig hinunter in den Hofraum, um mich auf den Weg zu machen; und nachdem ich meine Rechnung verlangt und, weil ich nicht wußte, ob ich noch einmal in den Gasthof zurückkehren würde, wenn ich diese bezahlt hätte, dem Zimmermädchen zehn Sous gegeben hatte, empfing ich eben die letzten Wünsche von Monsieur le Blanc für eine glückliche Fahrt auf der Rhone, als ich in der Tür aufgehalten wurde.

32. Kapitel

Es war ein armer Esel, der mit ein paar großen Körben auf dem Rücken hereintrat, um ein Almosen von Rübenköpfen und Kohlblättern einzusammeln; er stand unschlüssig mit seinen beiden Vorderfüßen diesseits der Schwelle und mit seinen beiden Hinterfüßen straßenwärts, als ob er nicht recht wüßte, ob er hineingehen solle oder nicht.

Nun ist dies ein Tier, das zu schlagen ich (in welcher Hast ich auch sein mag) nicht übers Herz bringen kann. Ein geduldiges Tragen aller Leiden steht ihm so natürlich in Blick und Gebaren geschrieben, daß es mich jedesmal entwaffnet, und zwar in einem Maße, daß ich es nicht einmal unfreundlich anreden möchte. Im Gegenteil, ich mag einen Esel antreffen, wo ich will, in der Stadt oder auf dem Lande, vor einen Karren gespannt oder mit Körben beladen, in Freiheit oder in Sklaverei – ich habe stets ein freundliches Wort für ihn; und wie dann ein Wort das andere gibt (wenn er ebensowenig zu tun hat wie ich), gerate ich gewöhnlich mit ihm in ein Gespräch; und fürwahr, meine Phantasie ist niemals so beschäftigt, wie wenn sie seine Antworten aus den Zügen seiner Miene zusammensetzt. Und wenn mich diese noch nicht tief genug führen, versetze ich mich flugs von meinem Herzen in das seinige und erfahre, was ein Esel ebenso wie ein Mensch bei dieser Gelegenheit denkt. Er ist wirklich das einzige Geschöpf aus allen Klassen der Wesen unter mir, mit dem ich das tun kann; denn mit Papageien, Dohlen usw. wechsle ich niemals ein Wort, auch nicht mit Affen usw., und zwar aus ungefähr dem gleichen Grund: Diese machen nach, was sie gesehen, wie die anderen nachsprechen, was sie gehört haben, und so lassen sie mich verstummen; ja sogar mein Hund und meine Katze, obgleich ich viel von beiden halte (und mein Hund würde sprechen, wenn er könnte), haben, ich weiß nicht, wie es kommt, beide nicht die Gabe der Unterhaltung. In einem Gespräch mit ihnen komme ich niemals weiter als bis zur Proposition, Replik und Duplik, woraus das Gespräch meines Vaters und meiner Mutter in seinen „Gerichtsbetten" bestand; sind diese vorgebracht worden, so hat der Dialog ein Ende.

Aber mit einem Esel könnte ich mich tagelang unterhalten.

„Komm, guter Kerl!" sagte ich, weil ich sah, daß es nicht möglich war, zwischen ihm und der Tür durchzukommen. „Willst du herein oder hinaus?"

Der Esel drehte seinen Kopf herum und sah die Straße hinauf.

„Gut", versetzte ich, „wir wollen eine Minute warten, bis dein Treiber kommt."

Er wendete tiefsinnig den Kopf und blickte sehnsüchtig in die andere Richtung.

„Ich verstehe dich vollkommen", antwortete ich. „Wenn du hier einen Fehltritt tust, wird er dich zu Tode prügeln." – Nun, eine Minute ist nur eine Minute, und wenn sie einem Mitgeschöpf eine Tracht Prügel ersparen kann, soll sie nicht als verloren eingetragen werden.

Während dieser Unterredung fraß er an einem Artischokkenstengel und hatte diesen bei dem kleinen dummen Streit der Natur zwischen Hunger und Unschmackhaftigkeit ein halb dutzendmal aus dem Maul fallen lassen und wieder aufgenommen. – „Gott helfe dir, Hans", sagte ich, „du hast da ein bitteres Frühstück und manches bittere Tagwerk und manchen bitteren Schlag, fürchte ich, als Tagelohn. Bitter, ganz bitter ist dein Leben, was es auch für andere sein mag. Und dein Maul ist, wenn man es nur recht zu erkennen wüßte, so bitter, wage ich zu sagen, wie Ofenruß" (denn er hatte den Stengel weggeschleudert), „und du hast wohl nicht einmal in der ganzen Welt einen Freund, der dir eine Makrone gäbe." Damit zog ich eine Tüte voll Makronen hervor, die ich eben gekauft hatte, und gab ihm eine. Und noch in diesem Augenblick, da ich das erzähle, tut es mir von Herzen leid, daß ich mehr Vergnügen daran hatte, einen Esel eine Makrone fressen zu sehen, als daran, daß ich aus Wohltätigkeit handelte, indem ich ihm diese gab.

Als der Esel seine Makrone verzehrt hatte, nötigte ich ihn hereinzukommen. Das arme Tier war schwer beladen, seine Beine schienen unter ihm zu zittern, er hing ziemlich nach hinten, und als ich ihn am Halfter zog, zerriß mir dieser in der Hand. Er sah mir nachdenklich ins Gesicht. – „Schlage mich nicht damit! Wenn du es aber tun willst, dann tu es nur!" – „Wenn ich's tue, so will ich verd–"

Das Wort war erst halb ausgesprochen – wie bei der Äbtissin von Andouillets (es war also keine Sünde dabei) –, als eine Person hereinkam und ein Gewitter von Prügeln auf die Kruppe des armen Teufels regnen ließ, das den Komplimenten ein Ende machte.

„Pfui!"

schrie ich, doch der Ausruf war doppelsinnig und, glaube ich, an der falschen Stelle erfolgt, denn das Ende einer Weidengerte hatte sich aus dem Korbgeflecht, das der Esel trug, gelöst und hatte, als er an mir vorbei hereinstürzte, meine Hosentasche erfaßt und diese in der unglücklichsten Richtung, die Sie sich denken können, zerrissen, daß also das

Pfui! nach meiner Meinung hier hätte kommen sollen. Doch die Entscheidung darüber haben

DIE
REZENSENTEN
MEINER HOSE,

die ich zu diesem Zweck eigens wieder mit nach Hause gebracht habe.

33. Kapitel

Als wieder alles in Ordnung war, stieg ich abermals mit meinem *valet de place* die Treppe hinunter in den Hof, um mich auf den Weg zum Grabmal der Liebenden usw. zu machen, und wurde zum zweitenmal an der Tür aufgehalten – nicht von dem Esel, sondern von der Person, die ihn geschlagen hatte und die in der Zwischenzeit (wie es nicht ungewöhnlich ist, wenn der Feind geschlagen ist) von dem Platz Besitz genommen hatte, auf dem der Esel gestanden hatte.

Es war ein Kommissar, den das Postamt mit einem Reskript in der Hand, demzufolge ich sechs Livres und einige Sous bezahlen sollte, zu mir geschickt hatte.

„Wofür soll das sein?" sagte ich. – „Für den König ist's", versetzte der Kommissar und zog beide Achseln in die Höhe.

„Mein guter Freund", sagte ich, „so gewiß ich ich bin und Sie Sie sind ..."

„Und wer sind Sie?" sagte er. – „Machen Sie mich nicht irre", sagte ich.

34. Kapitel

„Aber es ist eine unbezweifelbare Wahrheit", fuhr ich, zu dem Kommissar gewandt, fort, indem ich nur die Form meiner Beteuerung änderte, „daß ich dem König von Frankreich nichts schuldig bin als meinen guten Willen; denn er ist ein sehr guter Herr, und ich wünsche ihm alle mögliche Gesundheit und jeden Zeitvertreib von der Welt."

„*Pardonnez-moi*", erwiderte der Kommissar, „Sie sind ihm sechs Livres und vier Sous schuldig, für die nächste Station von hier nach St. Fons auf Ihrem Weg nach Avignon, wofür Sie Pferde und Postillion doppelt bezahlen müssen, weil es eine königliche Post ist; sonst würde es nicht mehr kosten als drei Livres und zwei Sous."

„Ich reise aber nicht zu Lande", sagte ich.

„Sie können aber, wenn's Ihnen beliebt", versetzte der Kommissar.

„Ihr gehorsamster Diener", sagte ich und machte ihm eine tiefe Verbeugung.

Der Kommissar machte mir mit aller Treuherzigkeit einer steifen guten Lebensart eine ebenso tiefe. In meinem ganzen Leben hat mich keine Verbeugung mehr aus der Fassung gebracht.

„Hol der Teufel das ernsthafte Wesen dieser Leute!" sagte ich (beiseite). „Sie verstehen ebensowenig von der Ironie wie dieser ..."

Das Vergleichsobjekt stand mit seinen Tragkörben dicht daneben, aber irgend etwas verschloß mir den Mund – ich konnte den Namen nicht aussprechen.

„Monsieur", sagte ich, indem ich mich wieder faßte, „ich bin nicht gesonnen, die Post zu nehmen."

„Aber Sie können es", sagte er, bei seiner vorigen Antwort beharrend, „Sie können die Post nehmen, wenn's Ihnen beliebt."

„Und ich kann meinen Pickelhering in Salz tunken", sagte ich, „wenn's mir beliebt. Aber es beliebt mir nicht."

„Sie müssen es aber bezahlen, es mag Ihnen belieben oder nicht."

„Ja, das Salz", sagte ich, „das weiß ich."

„Und die Post ebenfalls", setzte er hinzu. – „Gott bewahre!" rief ich. „Ich reise zu Wasser und fahre noch heute nachmittag die Rhone hinunter. Mein Gepäck ist schon auf dem Boot, und ich habe auch schon neun Livres Fahrgeld bezahlt."

„*C'est tout égal* – das ist ganz gleich", sagte er.

„*Bon dieu!* Soll ich für den Weg bezahlen, den ich gehe, und für den Weg, den ich nicht gehe?"

„*C'est tout égal*", erwiderte der Kommissar.

„Den Teufel ist's!" sagte ich. „Lieber will ich zehntausendmal in die Bastille gehen. –

O England! England! du Land der Freiheit und Klima des gesunden Menschenverstandes, du zärtlichste Mutter und liebreichste der Ammen!" rief ich und ließ mich auf ein Knie nieder, als ich meine Apostrophe begann.

In diesem Augenblick trat der Gewissensrat der Madame le Blanc herein, und als er einen schwarzgekleideten Mann mit aschbleichem Gesicht und in einer andächtigen Stellung erblickte, der durch den Gegensatz und jämmerlichen Zustand seiner Kleidung noch bleicher aussah, fragte er, ob ich des Beistandes der Kirche bedürfe.

„Ich geh zu Wasser", sagte ich, „und da ist noch einer, der mich auch noch für Öl bezahlen lassen will."

35. Kapitel

Als ich merkte, daß der Kommissar vom Postamt ein für allemal seine sechs Livres und vier Sous haben wollte, blieb mir nichts anderes übrig, als bei dieser Gelegenheit einige beißende Bemerkungen zu machen, die das Geld wert waren.

Und also fing ich folgendermaßen an:

„Sagen Sie mir doch, Herr Kommissar, nach welchem Gesetz der Höflichkeit wird ein schutzloser Fremder gerade umgekehrt behandelt, wie Sie einen Franzosen in einem solchen Fall zu behandeln pflegen?"

„Keineswegs", sagte er.

„Verzeihen Sie", sagte ich, „denn Sie haben damit angefangen, mir die Hose vom Leib zu reißen, und nun wollen Sie auch noch meine Taschen haben.

Doch hätten Sie zuerst meine Taschen geleert, wie Sie's mit Ihren eigenen Leuten machen, und hätten mich dann mit bloßem A . . . h stehen lassen, so wäre ich ein Vieh gewesen, wenn ich mich beklagt hätte.

Jetzt aber ist es –
gegen das Naturgesetz,
gegen die Vernunft,
gegen das Evangelium."

„Aber nicht gegen dies", sagte er und gab mir ein gedrucktes Blatt in die Hand.

PAR LE ROY.

„Die Einleitung ist gesalzen", sagte ich und las weiter
– – – – – – – – – – – – – – – – – – – –
– – – – – – – – – – – – – – – – – – – –
– – – – – – – – – – – – – – – – – – – –
– – – – – – – – – – – – – – – – – – – –
– – – – – – – – – – – – – – – – – – – –

„Aus alledem geht hervor", sagte ich, nachdem ich es ein wenig zu schnell überlesen hatte, „daß ein Mann, der einmal mit einem Postwagen Paris verläßt, sein ganzes Leben hindurch mit der Post fahren oder dafür bezahlen muß."

„Bitte um Verzeihung", sagte der Kommissar, „der Sinn der Verordnung ist dieser, daß, wenn Sie vorhaben, mit der Post von Paris nach Avignon usw. zu reisen, so sollen Sie dieses Vorhaben oder die Art und Weise der Reise nicht ändern, ehe Sie nicht die Posthalter für zwei Stationen über den Ort hinaus bezahlt haben, an dem Sie es sich anders überlegen, und das gründet sich darauf", fuhr er fort, „daß die Einkünfte nicht durch Ihren Wankelmut geschmälert werden dürfen."

„Oh, beim Himmel!" rief ich. „Wenn Wankelmut in Frankreich steuerbar ist, so bleibt uns nichts anderes übrig, als mit euch Frieden zu schließen, so gut wir können."

Und so wurde der Friede geschlossen.

Und wenn der Friede nichts taugt, so hat, da Tristram Shandy den Grundstein dazu legte, kein anderer Mensch damit den Strang verdient als Tristram Shandy.

36. Kapitel

Obgleich ich fühlte, daß ich dem Kommissar für sechs Livres und vier Sous genug geistreiche Dinge gesagt hatte, war ich dennoch entschlossen, diese Prellerei erst in meine Bemerkungen einzutragen, ehe ich die Stadt verließ. Ich fuhr also mit der Hand in die Rocktasche nach meinen Bemerkungen (das soll übrigens den Reisenden eine Warnung sein, künftig ein bißchen mehr acht auf ihre Bemerkungen zu haben) – meine Bemerkungen waren gestohlen! – Niemals hat ein armer Reisender solch ein Gezeter und Geschrei wegen seiner Bemerkungen gemacht wie ich wegen der meinigen.

„Himmel! Erde! Meer und Feuer!" schrie ich und rief damit alles zu Hilfe, nur nicht das, was ich zu Hilfe hätte rufen sollen. „Meine Bemerkungen sind mir gestohlen worden! Was soll ich anfangen? Herr Kommissar, habe ich vielleicht irgendwelche Bemerkungen fallen lassen, seit ich hier bei Ihnen stehe?"

„Sie haben manche sonderbare Bemerkung fallen lassen", sagte er. – „Pah!" sagte ich, „das waren nur wenige, nicht mehr wert als sechs Livres und vier Sous; aber die anderen sind ein ganzes Bündel." – Er schüttelte den Kopf. – „Monsieur le Blanc! Madame le Blanc! Haben Sie keine Papiere gefunden, die mir gehören? – He, Zimmermädchen! Lauf Sie in mein Zimmer! – François, lauf Er ihr nach!

Ich muß meine Bemerkungen wiederhaben! Es waren die schönsten Bemerkungen", schrie ich, „die jemals gemacht worden sind – die klügsten, die witzigsten! Was soll ich anfangen? Wohin soll ich mich wenden?"

Sancho Pansa führte keine herberen Klagen, als er das Geschirr seines Esels verlor.

37. Kapitel

Als die erste Erregung vorbei war und die Register des Gehirns wieder anfingen, sich ein wenig aus der Verwirrung zu befreien, in die sie durch dieses Durcheinander von Widerwärtigkeiten geraten waren, fiel es mir plötzlich ein, daß ich meine Bemerkungen in der Seitentasche meines Reisewagens gelassen und daß ich also dem Wagenhändler meine Bemerkungen mit dem Wagen verkauft hatte.

Ich lasse diesen leeren Raum, damit der Leser den Fluch hineinsetzen oder -denken kann, den er sich am meisten angewöhnt hat. Ich meinesteils, wenn ich jemals einen saftigen Fluch in eine Lücke meines Lebens hineingeflucht habe, so war's in diese – „*** ***** **“, sagte ich. Und so habe ich meine Bemerkungen über Frankreich, die so voller Witz waren wie ein Ei voller Nahrung und ebensogut vierhundert Guineen wert waren, wie besagtes Ei einen Dreier wert ist, dem Wagenhändler verkauft – für vier Louisdore, und dazu einen Reisewagen, der (beim Himmel!) seine sechs wert war. Wäre es wenigstens Dodsley oder Becket oder sonst ein achtbarer Buchhändler gewesen, der vielleicht das Geschäft aufgeben wollte und sich nun eine Equipage anschaffen müßte, oder ein anderer, der eins anfangen wollte und dem meine Bemerkungen und einige Guineen hätten aufhelfen können, so möchte es noch hingegangen sein. Aber an einen Wagenhändler! – „Führ Er mich augenblicklich hin, François!“ sagte ich. Der *valet de place* setzte seinen Hut auf und zeigte mir den Weg; ich zog meinen ab, als ich an dem Kommissar vorbeiging, und folgte ihm.

38. Kapitel

Als wir vor des Wagenhändlers Haus ankamen, waren das Haus und der Laden verschlossen; es war der achte September, das Geburtsfest der heiligen Jungfrau Maria, Mutter Gottes ... –

Tantara-ra tan-tivi! die ganze Welt vergnügte sich unter dem Maibaum, hüpfte hier, sprang dort! Kein Mensch kümmerte sich einen Pfifferling um mich oder meine Bemerkungen. Ich setzte mich also auf eine Bank neben der Tür und spintisierte über meine Lage. Durch ein besseres Schicksal, als mir gewöhnlich beschieden ist, hatte ich noch keine halbe Stunde gewartet, als die Frau des Hauses heimkam, um die Papilloten aus ihren Haaren zu entfernen, ehe sie zum Maibaum ging.

Die französischen Frauen, nebenbei gesagt, lieben die Maibäume *à la folie*, das heißt ebensosehr wie ihre Frühmessen; man gebe ihnen nur einen Maibaum, es sei im Mai, Juni, Juli oder September – auf die Zeit kommt es ihnen gar nicht an –, so ist alles gut. Er ist ihnen Speise, Trank, Wäsche und Wohnung – und wären wir nur, mit Eurer Exzellenzen Erlaubnis, so schlau (da doch das Holz in Frankreich ziemlich rar ist), ihnen genügend Maibäume zu schicken!

Die Frauen würden sie aufrichten und dann darum herumtanzen (und die Männer zur Gesellschaft ebenfalls), bis sie alle blind wären.

Die Frau des Wagenhändlers kam nach Hause, wie ich Ihnen sagte, um die Papilloten aus ihrem Haar zu nehmen; da eine solche Toilette vor niemandem haltmacht, riß sie also schon beim Öffnen der Tür ihre Haube herunter; und damit fiel eine der Papilloten auf die Erde. Ich sah sofort, daß es mein Geschreibsel war.

„O Seigneur!“ rief ich. „Sie haben alle meine Bemerkungen auf Ihrem Kopf, Madame!“ – *„J'en suis bien mortifiée“*, sagte sie. – Es ist nur gut, dachte ich, daß sie da gesteckt haben; denn wären sie tiefer gegangen, hätten sie eine solche Verwirrung in einem französischen Weiberköpfchen angerichtet, daß es besser für sie gewesen wäre, wenn sie bis in alle Ewigkeit mit ungekräuseltem Haar gegangen wäre.

„Tenez“, sagte sie, und damit, ohne die geringste Vorstellung von der Natur meiner Leiden zu haben, löste sie die Papilloten aus ihren Locken und warf sie mir ganz

feierlich Stück für Stück in meinen Hut; die eine war links gedreht, die andere rechts. – „Ach, bei meiner Treue, wenn sie veröffentlicht werden“, sagte ich, –

„Dann werden sie noch ärger verdreht werden.“

39. Kapitel

„Und nun zu Lippius' Uhr!“ sagte ich mit der Miene eines Menschen, der alle Schwierigkeiten überwunden hat. „Nichts kann uns mehr hindern, sie zu sehen, und dann die chinesische Geschichte, und so weiter ...“ – „Außer die Kürze der Zeit“, sagte François, „denn es ist beinahe elf Uhr.“ – „Dann müssen wir uns desto mehr beeilen“, sagte ich und strebte mit großen Schritten der Kathedrale zu.

Ich kann nicht sagen, daß es mir im geringsten leid getan hätte, als mir einer von den Vikaren beim Eintritt in die westliche Tür sagte, Lippius' Uhrwerk sei ganz kaputt und gehe seit einigen Jahren nicht mehr. Dadurch habe ich um so mehr Zeit, dachte ich, in der chinesischen Geschichte zu lesen; und überdies werde ich in der Lage sein, der Welt einen besseren Bericht über dieses Uhrwerk in seinem Verfall zu geben, als ich es bei seinem normalen Zustand hätte tun können.

Und so eilte ich zum Jesuitenkolleg.

Nun ist es mit dem Plan, einen Blick in die chinesische Geschichte in chinesischer Schrift zu werfen, wie mit vielen anderen, die ich nennen könnte und die aus der Ferne die Phantasie erregen; denn sowie ich der Sache näher und näher kam, kühlte sich mein Blut ab. Das Gelüste nahm immer mehr ab, bis ich zuletzt keinen Kirschkern mehr darum gegeben hätte, es zu befriedigen. Eigentlich lag es wohl daran, daß meine Zeit knapp war und ich mit dem Herzen bei dem Grabmal der Liebenden weilte. „Wolle Gott“, sagte ich, als ich den Türklopfer anfaßte, „daß der Schlüssel zur Bibliothek verlegt ist.“ Es traf sich fast so gut.

Denn alle Jesuiten hatten Bauchgrimmen bekommen, und zwar so heftig, daß sich der älteste Arzt keiner ähnlichen erinnern konnte.

40. Kapitel

Da ich die Geographie des Grabmals der Liebenden so gut kannte, als ob ich zwanzig Jahre in Lyon gewohnt hätte, nämlich, daß es zu meiner rechten Hand gerade vor dem Tor zur Vorstadt Vaise lag, schickte sich François zum Boot, damit ich dem Grab den so lange schuldigen Tribut ohne einen Zeugen meiner Schwachheit bezahlen könnte. Ich wanderte mit aller erdenklichen Freude auf den Ort zu; als ich die Pforte erblickte, hinter der das Grabmal liegt, glühte mir das Herz im Leibe.

„Zärtliche und treue Seelen", rief ich aus und richtete meinen Ausruf an Amandus und Amanda, „lange, lange habe ich mich danach gesehnt, diese Träne auf euer Grab fallen zu lassen. Ich komme, ich komme."

Als ich kam, war kein Grabmal da, auf das ich sie fallen lassen konnte.

Was hätte ich darum gegeben, wenn mein Onkel Toby dagewesen wäre und seinen „Lillibullero" gepfiffen hätte.

41. Kapitel

Gleichviel wie oder in welcher Stimmung – kurz, ich entfloh dem Grabmal der Liebenden – oder vielmehr, ich entfloh ihm nicht (denn es war nichts Derartiges vorhanden) und kam gerade noch rechtzeitig beim Boot an, um mein Fahrgeld nicht zu verlieren; und bevor ich hundert Ellen weit gesegelt war, flossen die Rhone und die Saône zusammen und führten mich lustig mit sich fort.

Doch diese Reise auf der Rhone habe ich schon beschrieben, ehe ich sie noch gemacht habe.

Da bin ich also schon in Avignon, und da hier nichts zu

sehen ist als das alte Haus, in dem der Herzog von Ormond residierte, und mich nichts aufhalten kann als eine kurze Bemerkung über den Ort, werden Sie mich in drei Minuten auf einem Maultier über die Brücke reiten sehen, gefolgt von François, der zu Pferde sitzt und meinen Mantelsack hinten aufgeschnallt hat, während der Besitzer beider Tiere vor mir herschreitet, eine lange Flinte auf der Schulter und einen Degen unter dem Arm, damit wir nicht etwa mit seinem Vieh durchgehen können. Hätten Sie meine Hose gesehen, als ich nach Avignon kam – obwohl ich glaube, Sie hätten sie noch besser sehen können, als ich auf das Maultier stieg –, so würden Sie diese Vorsichtsmaßnahme nicht für überflüssig gehalten oder es dem Mann in Ihrem Herzen übelgenommen haben. Ich meinesteils nahm es ganz gut auf und beschloß, ihm meine Hose zum Geschenk zu machen, wenn wir ans Ende unserer Reise gekommen wären, um ihn für die Mühe zu entschädigen, die es ihm verursacht hatte, sich ihretwegen so schwer zu bewaffnen.

Ehe ich weitergehe, lassen Sie mich zuerst meine Bemerkung über Avignon an den Mann bringen, und zwar folgende: Ich halte es für ein Unrecht, daß ein Mensch, bloß weil ihm von ungefähr am ersten Abend in Avignon der Hut abgeweht wird, deswegen sagt: „Avignon ist heftigen Winden mehr ausgesetzt als irgendeine andere Stadt in Frankreich." Aus diesem Grund machte ich auch nicht viel Wesens aus dem Unfall, bis ich mich bei dem Gastwirt danach erkundigt hatte und dieser mir ganz ernsthaft sagte, es verhalte sich so, und ich noch dazu nachher hörte, daß die Windigkeit von Avignon im Lande sprichwörtlich sei. Ich schreibe es bloß nieder, um die Gelehrten zu fragen, was die Ursache hiervon sein mag – die Wirkung habe ich gesehen. Denn hier gibt es lauter Herzöge, Marquis und Grafen; ein Baron ist in ganz Avignon verflixt schwer zu finden, so daß man an einem windigen Tag kaum jemanden sprechen kann.

„Guter Freund", sagte ich, „halt Er mein Maultier einen Augenblick", denn ich wollte einen von meinen Reitstiefeln ausziehen, der mich an der Ferse drückte. Der Mann stand ganz müßig an der Tür des Wirtshauses, und da ich mir einbildete, er müsse den Dienst im Haus oder auch im Stall versehen, gab ich ihm den Zügel zu halten und fing an, meinen Stiefel auszuziehen. Als ich das erledigt hatte, drehte ich mich um, um dem Mann das Maultier abzunehmen und ihm zu danken.

Aber Monsieur le Marquis war ins Haus gegangen.

42. Kapitel

Ich hatte nunmehr das ganze südliche Frankreich von den Ufern der Rhone bis an die Ufer der Garonne vor mir, um es ganz gemächlich auf meinem Maultier zu durchstreifen – ganz gemächlich, denn ich hatte den Tod, Gott allein weiß wie weit, hinter mir gelassen. – „Ich habe manchem Menschen in Frankreich nachgesetzt", sagte er, „aber so viel hat mir noch keiner zu schaffen gemacht!" – Er folgte mir noch immer, und ich floh ihn noch immer, aber ich floh guten Mutes; er setzte mir noch immer nach, aber gleich einem, der die Hoffnung aufgegeben hat, seine Beute zu erhaschen. Da er zurückblieb, besänftigte jeder Schritt, den er verlor, seine Erscheinung. Warum sollte ich also in diesem Tempo vor ihm davonlaufen?

Also ungeachtet dessen, was der Kommissar vom Postamt gesagt hatte, änderte ich abermals die Art und Weise meiner Reise, und nach der überstürzten, rasenden Jagd, die ich hinter mir hatte, schmeichelte ich jetzt meiner Einbildung mit dem Gedanken an mein Maultier und damit, daß ich auf seinem Rücken die fruchtbaren Ebenen des Languedoc so langsam durchziehen würde, wie nur ein Fuß nach dem andern niedergesetzt werden könnte.

Nichts ist einem Reisenden angenehmer oder einem Reiseschriftsteller fürchterlicher als eine weite, fruchtbare Ebene, besonders wenn in ihr keine großen Flüsse oder Brücken zu finden sind und sie dem Auge nichts bietet als ein gleichförmiges Bild des Überflusses; denn nachdem er dem Leser einmal gesagt hat, sie sei köstlich oder entzückend (wie es gerade zutrifft), der Boden sei ergiebig und die Natur schütte hier ihr Füllhorn aus, usw., so hat er nachher nur noch eine weite Ebene vor sich, mit der er nichts anzufangen weiß und die ihm zu wenigem oder zu nichts nutz ist, als ihn zu irgendeiner Stadt zu führen, und diese Stadt vielleicht zu nichts anderem als zu einem neuen Ort, von dem er in die nächste Ebene kommt, und so weiter.

Das ist eine entsetzliche Arbeit; urteilen Sie selbst, ob ich meine Ebenen besser zu handhaben weiß.

43. Kapitel

Ich war noch keine anderthalb Meilen weit gekommen, als der Mann mit der Flinte schon Pulver auf die Pfanne schüttete.

Ich war schon dreimal fürchterlich zurückgeblieben, jedesmal wenigstens eine halbe Meile. Einmal im tiefen Gespräch mit einem Trommelmacher, der Trommeln für die Jahrmärkte von Beaucaire und Tarascon verfertigte. Ich verstand von seinem Handel nichts.

Das zweite Mal kann ich eigentlich nicht sagen, daß ich mich aufhielt, denn als ich ein paar Franziskanern begegnete, die größere Eile hatten als ich und nicht recht begreifen konnten, was ich sagen wollte, war ich mit ihnen umgekehrt.

Das dritte Mal war es ein Handel mit einer Obstfrau wegen eines Körbchens provenzalischer Feigen für vier Sous. Der Handel wäre sofort abgeschlossen gewesen, wenn nicht am Ende ein Gewissensfall hinzugekommen wäre; denn als die Feigen bezahlt waren, stellte sich heraus, daß unten im Körbchen zwei Dutzend Eier lagen, die mit Weinlaub bedeckt waren. Da ich nicht die Absicht hatte, Eier zu kaufen, erhob ich keinerlei Ansprüche darauf; und was den Raum betraf, den sie eingenommen hatten – was machte das schon aus? Ich hatte für mein Geld Feigen genug.

Aber es war meine Absicht, das Körbchen zu bekommen; die Absicht der Obstfrau war, es zu behalten, denn ohne es konnte sie mit ihren Eiern nichts anfangen; und wenn ich das Körbchen nicht bekam, wußte ich ebensowenig, wo ich mit meinen Feigen hinsollte, die schon überreif und meistenteils an den Seiten geplatzt waren. Daraus entstand ein kurzer Wortstreit, der mit verschiedenen Vorschlägen endete, was wir beide tun sollten.

Wie wir es mit unseren Eiern und Feigen machten, darüber sollen Sie und der Teufel persönlich, wenn er nicht ohnehin dabeigewesen wäre (was er aber gewiß war), die am wenigsten wahrscheinliche Mutmaßung anstellen. Sie werden alles darüber zu lesen bekommen – nicht in diesem Jahr, denn ich eile zu meines Onkels Liebesgeschichten, aber Sie werden es lesen in der Sammlung der Geschichten, die aus der Reise durch diese Ebene entsprungen sind und die ich daher bezeichne als meine

FLACHEN GESCHICHTEN.

Wie arbeitsam meine Feder gleich den Federn anderer Reisender auf dieser Reise durch eine so trostlose Gegend gewesen ist, muß die Welt beurteilen; die Spuren derselben aber, die in diesem Augenblick alle zusammen in Schwingung geraten, sagen mir, daß es die fruchtbarste und tätigste Zeit meines Lebens gewesen ist; denn da ich mit meinem Flintenmann keinen Vertrag hinsichtlich der Zeit geschlossen hatte, verwandelte ich dadurch, daß ich bei jedermann, der mir begegnete und nicht in schnellem Trab reiste, stillhielt und mit ihm sprach, mich jeder Gesellschaft vor mir anschloß, bei jedem, der hinter mir herkam, mich aufhielt, alle, die auf Seitenwegen daherkamen, begrüßte, alle möglichen Bettler, Pilger, Spielleute, Mönche anhielt, an keiner Frau auf einem Maulbeerbaum vorbeiritt, ohne ihre Beine zu loben und sie durch eine Prise Schnupftabak zu einer Unterhaltung zu verlocken, kurz, jede Handhabe ergriff, von welcher Größe oder Beschaffenheit sie sein mochte, die mir der Zufall auf dieser Reise entgegenhielt, meine Ebene in eine große Stadt. Ich war ständig in Gesellschaft, und dazu in einer sehr abwechslungsreichen; und da mein Maultier ebenso gesellig war wie ich selbst und stets jedem Tier, das ihm begegnete, seinerseits etwas zu sagen hatte, so bin ich gewiß, wir hätten einen ganzen Monat lang durch Pall-Mall oder die St. James Street wandeln können und hätten weniger Abenteuer erlebt und weniger von der menschlichen Natur gesehen.

Oh, da ist jene lebhafte Offenherzigkeit, die sogleich jede Falte in der Kleidung der Bewohner des Languedoc öffnet, so daß alles, was darunter verborgen ist, der Einfalt, von der die Dichter besserer Zeiten singen, so ähnlich sieht, daß ich meine Phantasie täuschen und glauben will, es sei so.

Es war auf der Straße zwischen Nîmes und Lunel, wo der beste Muskatwein in ganz Frankreich wächst, der, nebenbei gesagt, den ehrenwerten Domherren von Montpellier gehört – und Schande über den Mann, der davon an ihrer Tafel getrunken hat und ihnen nicht jeden Tropfen gerne gönnt.

Die Sonne war untergegangen, alle hatten ihre Arbeit getan; die Nymphen hatten ihr Haar frisch aufgebunden, und die Freier bereiteten sich auf ein Trinkgelage vor. Mein Maultier wollte nicht vom Fleck. – „Es sind nur Pfeife und Tambourin“, sagte ich. – „Ich bin zu Tode erschrocken“, versetzte es. – „Sie spielen zum Reigen auf“, sagte ich und gab ihm die Sporen. – „Bei Sankt Bugar und allen Heiligen hinter der Tür des Fegefeuers“, sagte es (und faßte dabei den gleichen Entschluß wie die Maulesel der Äbtissin von Andouillets), „ich gehe keinen Schritt weiter!“ – „Nun, nun, mein Guter!“ sagte ich. „Ich will, solange ich lebe, mit keinem von deiner Familie über irgend etwas streiten.“ Damit sprang ich ab, schleuderte einen Stiefel in diesen Graben und den andern in jenen. „Ich will ein Tänzchen mitmachen“, sagte ich. „Also bleib du hier stehen!“

Eine sonnengebräunte Tochter der Arbeit eilte mir aus der Gruppe entgegen, als ich darauf zuging; ihr Haar von dunkler Kastanienfarbe, die mehr ins Schwärzliche spielte, war, bis auf eine Flechte, in einen Knoten gebunden.

„Uns fehlt ein Kavalier“, sagte sie und streckte beide Hände aus, ols ob sie sie mir darböte. – „Den Kavalier sollt ihr haben“, sagte ich und faßte sie beide.

Wärest du, Nanette, geschmückt gewesen wie eine Prinzessin! Nur der verdammte Schlitz in deinem Rock!

Nanette machte sich nichts daraus.

„Wir hätten ohne Sie nicht zurechtkommen können", sagte sie und ließ aus selbsterlernter Höflichkeit eine Hand fahren, indem sie mich an der andern führte.

Ein lahmer Jüngling, den Apoll mit einer Pfeife belohnt hatte, zu der er aus eigenem Antrieb ein Tambourin hinzufügte, pfiff ein liebliches Präludium, als er sich auf den Rasen setzte. – „Binden Sie mir zuerst die Flechte auf!" sagte Nanette und gab mir ein Endchen Schnur in die Hand. Das lehrte mich vergessen, daß ich ein Fremder war. Der ganze Knoten fiel herunter – wir waren schon seit sieben Jahren miteinander bekannt.

Der Jüngling begann mit seinem Tambourin, seine Pfeife folgte, und wir tanzten dahin. Der Henker hole diesen Schlitz!

Die Schwester des Jünglings, die ihre Stimme dem Himmel gestohlen hatte, sang wechselweise mit ihrem Bruder. Es war ein Rundgesang aus der Gascogne.

VIVA LA JOIA!

FIDON LA TRISTESSA!

Die Nymphen fielen einstimmig ein und die Burschen eine Oktave tiefer.

Eine Krone hätte ich darum gegeben, wenn er zugenäht gewesen wäre. Nanette hätte keinen Sou darum gegeben. „*Viva la joia!*" war auf ihren Lippen – „*Viva la joia!*" war in ihren Augen. Ein flüchtiger Funke von Freundschaft schoß durch den Raum, der uns trennte. Sie sah so liebreich aus! Warum konnte ich nicht so leben und meine Tage beschließen? „Gerechter Verteiler unserer Freuden und Leiden", rief ich, „warum kann ein Mensch sich nicht hier im Schoß der Zufriedenheit niederlassen und tanzen und singen und beten und mit diesem nußbraunen Mädchen zum Himmel fahren?" Kokett drehte sie den Kopf zur Seite und tanzte schalkhaft weiter. „Nun ist es Zeit fortzutanzen", sagte ich; und indem ich nur die Tänzerin und die Melodie wechselte, tanzte ich fort von Lunel nach Montpellier, von dort nach Pézenas und Béziers; ich tanzte weiter durch Narbonne, Carcassonne und Castelnaudary, bis ich endlich in Pedrillos Pavillon hineintanzte, wo ich mir ein liniertes Blatt Papier vornahm, damit ich Onkel Tobys Liebesabenteuer in gerader Linie und ohne Digressionen oder Parenthesen aufzeichnen könnte.

Ich fing folgendermaßen an:

ACHTES BUCH

1. Kapitel

Aber gemach! Denn in dieser lustigen Ebene und unter dieser freundlichen Sonne, wo gerade jetzt alles Fleisch pfeifend, geigend und tanzend zu den Weinbergen rennt und wo bei jedem Schritt, den man tut, der Verstand durch die Phantasie überrascht wird, fordere ich – ungeachtet alles dessen, was auf manchen Seiten dieses Buches über gerade Linien* gesagt worden ist –, fordere ich den besten Kohlpflanzer auf, der jemals gelebt hat – ob er nun rückwärts oder vorwärts pflanzt, das macht wenig aus (ausgenommen, daß er in dem einen Fall mehr zu verantworten haben wird als in dem anderen) –, ich fordere ihn auf, daß er kühl, kritisch und systematisch fortfahre und seine Kohlpflanzen eine nach der andern in gerader Linie und in stoischen Abständen einpflanze, zumal wenn die Schlitze in den Unterröcken nicht zugenäht sind, ohne hin und wieder von der Bahn abzuweichen oder in die eine oder andere verwünschte Digression zu geraten. In Frierland, in Nebelland und in einigen anderen Ländern, die ich kenne, mag das angehen –

Aber in diesem hellen Land der Phantasie und Perspiration, wo jede vernünftige und unvernünftige Idee frei ausdünsten kann – in diesem Land, mein lieber Eugenius, in diesem fruchtbaren Land ritterlicher Taten und Abenteuer, wo ich jetzt sitze, mein Tintenfaß aufschraube, um Onkel Tobys Liebesgeschichte zu schreiben, und alle die verschlungenen Wege, auf denen Julia ihrem Diego nachreiste, vor dem Fenster meines Studierzimmers liegen sehe – wenn du nicht kommst und mich bei der Hand nimmst –

Was für ein Werk wird dann daraus werden?!

Laßt uns damit beginnen!

* Siehe Seite 475–476.

Mit der Liebe geht es wie mit der Hahnreischaft.

Aber da ich eben davon spreche, ein Buch zu beginnen, und schon seit langem eine Sache auf dem Herzen habe, die ich dem Leser mitteilen möchte und die, wenn ich sie ihm nicht jetzt mitteile, niemals, solange ich lebe, mitgeteilt werden kann (während ihm der obige Vergleich zu jeder Stunde des Tages mitgeteilt werden mag), so will ich es nur eben erwähnen und dann allen Ernstes anfangen.

Die Sache ist diese:

Daß von den verschiedenen Arten, ein Buch anzufangen, welche heutzutage in der bekannten Welt gang und gäbe sind, die meine – davon bin ich überzeugt – die beste und die frömmste ist; denn ich beginne damit, daß ich den ersten Satz hinschreibe und mich wegen des zweiten auf den allmächtigen Gott verlasse.

Es müßte einem Schriftsteller das närrische Getue auf Lebenszeit verleiden, mit dem er seine Haustüre weit aufsperrt und seine Nachbarn und Freunde und Verwandten sowie den Teufel und all seine Kleinen mit ihren Hämmern und Maschinen usw. herbeiruft, wenn er nur einmal sähe, wie bei mir ein Satz auf den anderen folgt und wie der Plan sich nach dem Ganzen richtet.

Ich wünschte, Sie sähen, wie ich halb von meinem Stuhl aufspringe, mit welcher Zuversicht ich mich auf die Lehne stemme, aufblicke – und die Idee erhasche, zuweilen noch eher, als sie mich halb erreicht hat.

Auf mein Gewissen, ich glaube, ich fange manchen Gedanken auf, den der Himmel für einen andern Mann bestimmte.

Pope und sein Porträt* sind nur Narren gegen mich. Kein Märtyrer war jemals so voll von Glauben oder Feuer – ich wünschte, ich könnte hinzusetzen: und von guten Werken. Doch ich habe keinen

Eifer oder Zorn – noch
Zorn oder Eifer.

* *Vide* Popes Porträt.

Und bis Götter und Menschen sich darüber einig werden, es beim selben Namen zu nennen, soll der verbohrteste Tartüff in den Wissenschaften, in der Politik oder in der Religion niemals einen Funken in mir entzünden oder ein böseres Wort oder einen unhöflicheren Gruß von mir hören, als er im nächsten Kapitel lesen wird.

3. Kapitel

Bonjour! – Guten Morgen! – Sie haben ja Ihren Mantel schon sehr früh angezogen! Aber es ist ein kalter Morgen, und Sie tun ganz recht. Es ist besser, gut zu Pferde zu sein, als zu Fuß zu gehen; und eine Verstopfung in den Drüsen ist gefährlich. Und wie geht's Ihrer Konkubine, Ihrer Frau Gemahlin und Ihren Kleinen von beiden Seiten? Haben Sie kürzlich Nachricht erhalten vom Herrn Papa und der Frau Mama, von der Schwester, der Tante, dem Onkel und den Cousins? Ich hoffe, sie sind auf dem Weg der Besserung nach ihren Schnupfen, Husten, Trippern, Zahnschmerzen, Fiebern, Harnbeschwerden, Gichten, Geschwulsten und Triefaugen.

Welch ein Teufel von Barbier! So viel Blut auf einmal abzuzapfen! Und der Apotheker! Solche ekelhaften Abführmittel, Brechmittel, Bähungen, Pflaster, Nachttränke, Klistiere und spanische Fliegen zu geben! Warum so viele Kalomelkörner? Sancta Maria! und solch eine Portion Opium, die Ihre ganze Familie, von Kopf bis Fuß, *pardi!* in Gefahr bringt! Bei der alten schwarzen Samtmaske meiner Großtante Dinah! ich glaube, es wäre nicht nötig gewesen.

Da nun aber diese Maske durch das häufige Aufsetzen und Abnehmen, noch bevor Dinah von dem Kutscher gesegneten Leibes ward, in der Gegend des Kinnes ein wenig kahl geworden war, wollte sie keiner von unserer ganzen Familie nachher mehr tragen. Die Maske von neuem überziehen zu lassen, das war die Maske nicht mehr wert, und eine Maske zu tragen, die schon kahl war und durch die man halb hindurchsehen konnte, das war ebenso schlimm, wie gar keine Maske haben.

Dies ist, mit Euer Gnaden Erlaubnis, der Grund dafür, daß wir in unserer ganzen zahlreichen Familie seit den letzten vier Generationen nicht mehr als nur einen Bischof, einen Landrichter, etwa drei oder vier Ratsherren und einen einzigen Marktschreier aufzuweisen haben.

Im sechzehnten Jahrhundert prangen wir mit nicht weniger als einem Dutzend Alchimisten.

4. Kapitel

Mit der Liebe geht es wie mit der Hahnreischaft. – Der leidende Teil ist wenigstens der dritte, gewöhnlich aber der letzte im Haus, der das geringste von der Sache erfährt. Das kommt, wie die ganze Welt weiß, daher, daß wir ein halbes Dutzend Wörter für eine Sache haben; und solange das, was in diesem Gefäß des menschlichen Körpers Liebe ist, in jenem Haß sein kann, eine halbe Elle höher Empfindsamkeit und Unsinn – nein, Madame, nicht da, ich meine da, wo ich jetzt mit dem Zeigefinger hintupfe –, wie sollen wir uns da helfen?

Von allen sterblichen und auch unsterblichen Menschen, wenn Sie gestatten, welche jemals über dieses mystische Thema Selbstgespräche geführt haben, war mein Onkel Toby am wenigsten befähigt, seine Untersuchungen durch einen solchen Widerstreit der Gefühle voranzutreiben; und er hätte sie ganz gewiß alle ihren Gang gehen lassen, wie wir es wohl mit schlimmeren Dingen machen, um zu sehen, worauf sie endlich hinauswollten, hätten nicht Bridgets Vorherverkündigungen derselben an Susanna und Susannas wiederholte Nachrichten davon an die ganze Welt es meinem Onkel Toby zur Notwendigkeit gemacht, sich mit der Sache näher zu befassen.

Warum die Weber, die Gärtner und Gladiatoren oder ein Mann mit einem verkümmerten Bein (das von einem Fußleiden herrührt) immer die eine oder andere zarte Nymphe gehabt haben, die sich ihretwegen insgeheim das Herz abhärmt – das sind Dinge, die schon von alten und neuen Physiologen hinlänglich erklärt und gedeutet worden sind.

Ein Wassertrinker, der es aber öffentlich und ohne Betrug und Arglist sein muß, befindet sich genau in derselben Lage. Ich will damit nicht sagen, daß auf den ersten Blick irgendeine Folgerichtigkeit oder eine Spur von Logik darin stecke, wenn ich behaupte, daß ein Bächlein kalten Wassers, das durch mein Eingeweide rinnt, notwendig eine Flamme im Inneren meiner Jenny entfachen müsse.

Dieser Satz ist nicht gerade überzeugend; er scheint vielmehr dem gewöhnlichen Gang der Ursachen und Wirkungen entgegenzulaufen.

Aber er zeigt die Schwäche und Schwerfälligkeit der menschlichen Vernunft.

Und Sie sind dabei vollkommen gesund?

So vollkommen, Madame, wie es die Freundschaft selbst wünschen könnte.

Und Sie trinken nichts – nichts als Wasser?

Reißende Flüssigkeit, sobald du nur gegen die Schleusentore des Gehirns drängst – siehe da, wie sie aufspringen!

Herein schwimmt die Neugierde und winkt ihren Zofen, ihr zu folgen; sie tauchen mitten in den Strom.

Die Phantasie sitzt gedankenvoll am Ufer, folgt mit ihren Augen dem Strom und verwandelt Stroh- und Binsenhalme in Maste und Bugspriete. – Und die Begierde steht im Wasser, hält ihr Gewand mit einer Hand bis an die Knie in die Höhe und hascht nach ihnen mit der andern, wie sie vorbeischwimmen.

O ihr Wassertrinker! Bewirkt denn wirklich dieses trügerische Brünnlein, daß ihr so oft diese Welt regiert und herumgetrieben habt wie ein Mühlenrad, die Gesichter der

Schwachen zermahlen, ihre Rippen gepudert, ihre Nasen gepfeffert und zuweilen selbst den Bau und das Antlitz der Natur verwandelt habt?

„Wenn ich du wäre“, sagte Yorick, „würde ich mehr Wasser trinken, Eugenius.“

„Und wenn ich du wäre, Yorick“, versetzte Eugenius, „tät ich's auch.“

Was beweist, daß sie beide den Longinus gelesen hatten.

Ich meinesteils bin entschlossen, kein anderes Buch zu lesen als mein eigenes, solange ich lebe.

6. Kapitel

Ich wünschte, mein Onkel Toby wäre ein Wassertrinker gewesen; denn alsdann hätte es sich erklären lassen, warum die Witwe Wadman gleich im ersten Augenblick, da sie ihn sah, etwas zu seinen Gunsten sich in ihr regen fühlte. Etwas! – Etwas.

Etwas – mehr vielleicht als Freundschaft, weniger als Liebe. Etwas – gleichviel was, gleichviel wo. Ich gäbe kein Haar aus meines Maulesels Schweif dafür, wenn ich es selbst ausreißen sollte (die Wahrheit zu sagen, die Bestie hat eben nicht viel Haare übrig und ist noch dazu ein wenig heimtückisch), daß Euer Gnaden mich in das Geheimnis einweihten.

Es ist aber ausgemacht, daß mein Onkel Toby kein Wassertrinker war; er trank es weder pur noch vermischt noch auf irgendeine andere Art noch irgendwo, ausgenommen wenn er zufällig auf einem Vorposten stand, wo kein besseres Getränk zu haben war, oder während seiner Kur, als ihm der Wundarzt sagte, es dehne die Fibern aus und bringe sie eher zusammen. Mein Onkel Toby trank es, um seine Ruhe zu haben.

Da nun der ganzen Welt bekannt ist, daß in der Natur keine Wirkung ohne Ursache hervorgebracht wird, und da es ebenso bekannt ist, daß mein Onkel Toby weder ein Weber, Gärtner noch Gladiator war – ausgenommen wenn

Sie meinen, als Hauptmann müsse er einer sein (aber er war ja nur ein Hauptman zu Fuß, und überdies steckt in dem Ganzen ein Doppelsinn) –, so bleibt uns nichts übrig, worauf wir fußen könnten, als Onkel Tobys Bein. Aber auch das wird uns bei der gegenwärtigen Hypothese wenig zustatten kommen, es müßte denn aus einem Fußleiden entstanden sein; doch Onkel Tobys Bein war durch gar kein Fußleiden dürr geworden, denn Onkel Tobys Bein war überhaupt nicht dürr. Es war ein wenig steif und ungelenk, weil er es in den drei Jahren, da er nicht aus meines Vaters Haus in London kam, ganz und gar nicht gebraucht hatte. Es war vielmehr prall und muskulös und in jeder anderen Hinsicht ein so gutes und vielversprechendes Bein wie das andere.

Ich bezeuge, daß ich mich keiner einzigen Meinung oder Begebenheit in meinem Leben zu erinnern weiß, wo mein Verstand in größerer Verlegenheit gewesen wäre, wie er die Enden der Fäden zusammenbringen und das Kapitel so dehnen und recken solle, um es dem folgenden Kapitel anzupassen, als in dem gegenwärtigen Fall. Man sollte denken, ich hätte mein Vergnügen daran, mich in Schwierigkeiten dieser Art zu bringen, bloß um neue Versuche anzustellen, aus ihnen herauszukommen. Was für eine unbesonnene Seele du bist! Sind nicht der unvermeidlichen Widerwärtigkeiten, die dich als Autor und als Mensch auf allen Seiten hemmen – sind ihrer noch nicht genug, Tristram, daß du dich selbst noch mehr verheddern mußt?!

Ist es noch nicht genug, daß du in Schulden steckst und noch zehn unverkaufte Wagenladungen von deinem fünften und sechsten Band daliegen hast und keinen Ausweg ersinnen kannst, wie du sie an den Mann bringen sollst?

Bist du nicht bis auf diese Stunde von dem häßlichen Asthma geplagt, das du dir in Flandern geholt hast, als du auf Schlittschuhen gegen den Wind liefst? Und ist es nicht erst zwei Monate her, daß dir durch einen Lachanfall, als du sahst, wie ein Kardinal gleich einem alten Chorsänger Wasser ließ (mit beiden Händen), eine Ader in der Lunge platzte und du dadurch in zwei Stunden ebenso viele Quart Blut verlorst? Und hättest du noch einmal soviel verloren, so würde es, wie dir die gelehrten Doktoren sagten, eine ganze Gallone ausgemacht haben.

7. Kapitel

Aber um Himmels willen, laßt uns nicht von Quarten und Gallonen sprechen! Laßt uns bei der vorliegenden Geschichte bleiben; sie ist so zart und so verwickelt, daß sie kaum die Versetzung eines einzigen Tüttels vertragen kann; und der Himmel weiß, wie es zugeht, Sie haben mich fast ganz in die Mitte hineingeworfen.

Ich bitte, daß wir künftig besser achtgeben.

8. Kapitel

Mein Onkel Toby und der Korporal kamen mit solcher Hitze und Übereilung angereist, um das Stück Land in Besitz zu nehmen, von dem wir so oft gesprochen haben, damit sie ihren Feldzug ebenso früh eröffnen könnten wie die übrigen Alliierten, daß sie darüber einen der allerunentbehrlichsten Gegenstände der ganzen Sache vergessen hatten. Es war weder ein Pionierspaten noch eine Spitzhacke noch eine Schaufel.

Es war ein Schlafbett: also, da Shandy Hall noch nicht eingerichtet und das kleine Wirtshaus, in dem der arme Le Fever starb, noch nicht gebaut war, war mein Onkel Toby genötigt, für ein paar Nächte mit einem Bett in Madame Wadmans Haus vorliebzunehmen, bis Korporal Trim (der zu den Eigenschaften eines vortrefflichen Bedienten, Stallknechts, Kochs, Schneiders, Baders und Ingenieurs auch noch die Eigenschaften eines vortrefflichen Polsterers hinzufügte) mit der Hilfe eines Schreiners und einiger Schneider in Onkel Tobys Haus selbst ein Bett zustande brachte.

Eine Tochter Evas – denn das war Witwe Wadman, und der einzige Charakter, den ich ihr zuzugestehen willens bin, ist:

Sie war eine vollkommene Frau –

hätte besser daran getan, wenn sie fünfzig Meilen weit weg oder auch in ihrem warmen Bett gewesen wäre oder wenn sie mit ihrem Taschenmesser gespielt hätte oder womit Sie sonst wollen, als einem Mann ihre Aufmerksamkeit zu schenken, wenn das Haus mit der gesamten Einrichtung ihr Eigentum ist.

Wenn eine Frau außer dem Hause und bei hellem Tageslicht es in ihrer Gewalt hat, physikalisch gesprochen, einen Mann in verschiedenem Licht zu betrachten, so hat es nichts zu bedeuten – aber hier kann sie ihn beim besten Willen in keinerlei Licht sehen, ohne ihn beständig mit etwas in Verbindung zu bringen, was zu ihrem eigenen Hab und Gut gehört, bis sie ihn schließlich so lange und so oft in dieser Verbindung erblickt, daß er selbst ein Bestandteil ihres Inventars wird.

Und dann gute Nacht!

Doch das ist keine Frage des Systems – das habe ich schon oben dargelegt –, auch keine Frage des Katechismus, denn ich lege für niemanden ein Glaubensbekenntnis ab außer für mich selbst. Es ist auch keine Tatsache, wenigstens nicht, soviel ich wüßte, sondern es ist eine zum folgenden kopulative und introduktorische Sache.

9. Kapitel

Ich spreche nicht von der Grobheit des Gewebes noch von der Sauberkeit oder von der Stärke der Zwickel – aber sagen Sie nur, sind nicht die Nachthemden von den Taghemden in dieser Hinsicht ebensosehr verschieden wie in jeder anderen Hinsicht in der Welt, daß sie nämlich diese so sehr in der Länge übertreffen, daß, wenn Sie sich darin niedergelegt haben, sie ebensoweit über die Füße reichen, wie die Füße aus den Taghemden hervorragen?

Die Nachthemden der Witwe Wadman (ich glaube, es war unter der Regierung des Königs Wilhelm und der Königin Anna so die Mode) waren jedenfalls dergestalt zugeschnitten. Und wenn die Mode sich geändert hat (denn in Italien sind die Nachthemden ganz verschwunden) – desto schlimmer für das Publikum. Sie waren zweieinhalb flämische Ellen lang; wenn man also auf eine mittelgroße Frau zwei Ellen rechnet, hatte sie eine halbe Elle übrig, mit der sie machen konnte, was sie wollte.

Nun war es von einem kleinen Nachgeben zum anderen in den schaurigen und dezemberlichen Nächten während eines siebenjährigen Witwenstandes unbemerkt so weit gekommen und zu einer der Regeln der Schlafkammer geworden, daß, sobald Madame Wadman zu Bett gebracht worden war und ihre Füße ganz ausgestreckt hatte, wovon sie Bridget jedesmal durch ein Zeichen verständigte, Bridget mit allem gehörigen Anstand, nachdem sie zuerst die Bettlaken an den Füßen auseinandergeschlagen hatte, die halbe Elle Leinwand, von der hier die Rede ist, faßte und, wenn sie diese behutsam und mit beiden Händen so weit wie möglich heruntergezogen und der Länge nach in vier oder fünf glatte Falten gelegt hatte, eine große Stecknadel aus ihrem Ärmel zog, mit der sie dann, die Spitze gegen sich gerichtet, diese Falten ein wenig über dem Saum fest zusammensteckte; wenn das geschehen war, deckte sie die Füße wieder hübsch warm zu und wünschte ihrer Herrin eine gute Nacht.

Dies war ein feststehender Brauch, der keine andere Veränderung erfuhr als diese, daß in frostigen und stürmischen Nächten, wenn Bridget das Bettzeug an den Füßen hochhob usw., um diese ihre Pflicht zu erfüllen, sie kein anderes Thermometer als ihr eigenes Gefühl zu Rate zog; und so verrichtete sie ihre Arbeit stehend, kniend oder kauernd, je nach den verschiedenen Graden ihres Glaubens, ihrer Liebe oder Hoffnung, die sie an dem jeweiligen Abend ihrer Herrschaft gegenüber empfand. In jeder anderen Beziehung war die Etikette heilig und konnte sich mit der allermechanischsten in jedem Schlafzimmer der Christenheit messen. Sobald der Korporal am ersten Abend meinen Onkel Toby in sein Schlafzimmer hinaufgeleitet hatte – das war etwa um zehn Uhr –, warf sich Madame Wadman in ihren Lehnstuhl, und indem sie ihr rechtes Bein über das linke schlug, um ihrem Ellenbogen einen Halt zu geben, legte sie den Kopf in die Hand, beugte sich vor und dachte bis Mitternacht über die beiden Seiten der Frage nach.

Am zweiten Abend ging sie zu ihrem Schreibpult, und nachdem sie Bridget befohlen hatte, ein paar neue Kerzen zu bringen und auf den Tisch zu stellen, suchte sie ihren Ehekontrakt hervor und las ihn sehr andächtig durch; und am dritten Abend (welcher der letzte von Onkel Tobys Aufenthalt war), als Bridget das Nachthemd heruntergezogen hatte und dabei war, die Nadel einzustecken –

stieß sie mit einem Stoß beider Fersen zugleich – der jedoch in ihrer Lage der natürlichste Stoß war, denn angenommen, daß * * * * * * * * die Sonne im Meridian war, so verlief der Stoß nordöstlich – ihr die Stecknadel aus der Hand und die Etikette, welche daran hing, herunter; sie fiel zu Boden und zersplitterte in tausend Atome.

Aus all diesem geht ganz deutlich hervor, daß die Witwe Wadman in meinen Onkel Toby verliebt war.

10. Kapitel

Onkel Toby hatte damals seinen Kopf voll von anderen Dingen, so daß er erst nach der Schleifung von Dünkirchen, als alle anderen Höflichkeiten in Europa abgemacht worden waren, Muße fand, diese Höflichkeit zu erwidern.

Dies ergab einen Waffenstillstand (das heißt in bezug auf meinen Onkel Toby – im Hinblick auf Witwe Wadman war es eine Vakanz) von fast elf Jahren. Da es aber in allen Fällen dieser Art der zweite Schlag ist – er erfolge so spät er wolle –, welcher den Krieg zum Krieg macht, so möchte ich diese Liebesgeschichte lieber die Liebeshändel Onkel Tobys mit Madame Wadman als die Liebeshändel der Madame Wadman mit meinem Onkel Toby nennen.

In dieser Unterscheidung liegt ein feiner Unterschied.

Es ist nicht wie in der Geschichte von dem alten umgestülpten Hut und dem umgestülpten alten Hut, über den Euer

Hochwürden sich so oft in den Haaren gelegen haben, sondern hier besteht ein Unterschied in der Natur der Dinge.

Und zwar – lassen Sie mich Ihnen das sagen, meine verehrten Herren – ein sehr großer.

11. Kapitel

Da nun die Witwe Wadman meinen Onkel Toby liebte und mein Onkel Toby die Witwe Wadman nicht liebte, konnte die Witwe Wadman nichts anderes tun, als fortfahren, meinen Onkel Toby zu lieben – oder es bleiben lassen.

Die Witwe Wadman wollte weder das eine noch das andere tun.

Gütiger Himmel! Ich vergesse ganz, daß ich selbst ein bißchen von ihrer Gemütsart habe; denn so oft es sich begibt, wie es wohl zuweilen zur Zeit der Tagundnachtgleiche geschieht, daß eine irdische Göttin bald dies, bald das und bald jenes ist, so daß ich ihretwegen mein Frühstück nicht verzehren kann, und sie sich keinen Pfifferling darum kümmert, ob ich mein Frühstück verzehre oder nicht...

Verflucht sei sie! Und damit schicke ich sie in die Tatarei und von der Tatarei nach Feuerland und so weiter zum Teufel; kurz, es gibt keinen Höllenwinkel, in den ich nicht Ihre Göttlichkeit hineinstecke.

Doch weil das Herz zärtlich ist und auf diesem Strom der Leidenschaften zehnmal in einer Minute die Ebbe und Flut eintritt, hole ich sie sofort wieder zurück; und da ich in allen Dingen bis zum äußersten gehe, versetze ich sie mitten in die Milchstraße.

Strahlendster der Sterne! ergieße deinen Einfluß auf ihn, der...

Hol sie der Henker mitsamt ihrem Einfluß! Denn bei diesem Wort reißt mir die Geduld. Wohl bekomm's ihm! Bei allem, was zottig und geschlitzt ist, rufe ich, indem ich meine Pelzmütze abnehme und sie um meinen Finger drehe, keine sechs Pence gäb ich für ein Dutzend von dieser Sorte.

Es ist gleichwohl eine vortreffliche Mütze (ich setze sie wieder auf und drücke sie fest auf die Ohren), und sie ist warm und weich, besonders wenn man sie mit dem Haar streichelt – aber leider, so gut wird es mir niemals gelingen (und damit leidet meine Philosophie abermals Schiffbruch).

Nein, in diese Pastete werde ich wohl keinen Finger stecken (hier breche ich meine Metapher ab).

Rinde und Krume,
Gefüllsel und Rand,
Deckel und Boden – ich verabscheue es, hasse es, verwerfe es – mir ekelt schon vor dem Anblick.

Es ist nichts als Pfeffer,
Knoblauch,
Senf,
Salz und
Teufelsdreck – beim großen Erzkoch aller Köche, der wohl vom Morgen bis zum Abend nichts anderes tut, als daß er am Feuer sitzt und erhitzende Gerichte für uns aussinnt – ich rühre es nicht an, nicht um die Welt!

„O Tristram! Tristram!" rief Jenny.

„O Jenny! Jenny!" versetzte ich, und also fuhr ich fort mit dem zwölften Kapitel.

12. Kapitel

„Rühre es nicht an, nicht um die Welt", sagte ich.

Mein Gott, wie habe ich meine Phantasie bei dieser Metapher erhitzt!

13. Kapitel

Was beweist, Euer Hochwürden und Wohlgeboren mögen dazu sagen, was Sie wollen (denn was das Denken betrifft – alle Menschen, die denken können, denken hierüber und über andere Dinge so ziemlich gleich), daß die Liebe, zum wenigsten alphabetisch gesprochen, eins der

A ufregendsten,
B ezauberndsten,
C onfusesten,
D ämlichsten Dinge im Leben ist – die
E xtravaganteste,
F lüchtigste,
G rillenhafteste,
H asenfüßigste,
J ähzornigste (bei K ist nichts) und
L yrischste aller menschlichen Leidenschaften; zugleich die
M ißlichste,
N ärrischste,
O bstipierendste,
P ragmatischste,
S chnurrigste,
R idikülste – das R hätte allerdings zuerst kommen sollen. Kurzum, sie ist von solcher Art, wie sie mein Vater einst meinem Onkel Toby am Ende einer langen Abhandlung über dieses Thema darstellte: „Schwerlich, schwerlich", sagte er, „kannst du zwei Ideen darüber verbinden, Bruder Toby, ohne eine Hypallage." – „Was ist denn das?" rief mein Onkel Toby.

„Der Karren vor dem Pferd", versetzte mein Vater.

„Und was tut das Pferd hinter dem Karren?" rief mein Onkel Toby.

„Nichts", erwiderte mein Vater, „als sich einspannen zu lassen – oder draußen zu bleiben."

Nun wollte aber die Witwe Wadman, wie ich schon vorher gesagt habe, weder das eine noch das andere tun.

Sie hielt sich jedoch geschirrt und gesattelt, um auf alle Fälle vorbereitet zu sein.

14. Kapitel

Die Schicksalsgöttinnen, denen ganz gewiß alles über diese Liebesgeschichte der Witwe Wadman mit meinem Onkel Toby im voraus bekannt war, hatten von der ersten Schöpfung der Materie und Bewegung an (und zwar mit mehr Wohlwollen, als sie bei Dingen dieser Art sonst aufbringen) einen Strang von Ursachen und Wirkungen gesponnen, die so fest aneinanderhingen, daß es meinem Onkel kaum möglich gewesen wäre, in irgendeinem andern Haus auf der Welt zu wohnen oder einen andern Garten in der Christenheit zu besitzen als gerade das Haus und den Garten, welche dicht neben dem Haus und Garten der Witwe Wadman lagen; dieser Umstand sowie eine vorteilhafte dichte Laube in Madame Wadmans Garten, die aber in Onkel Tobys Hecke hineinragte, gaben ihr alle die Gelegenheiten an die Hand, deren die Kriegskunst der Liebe bedurfte. Sie konnte Onkel Tobys Bewegungen beobachten und erfuhr zugleich alle seine Entschlüsse im Kriegsrat; und da sein argloses Herz dem Korporal auf Bridgets Vermittlung hin die Erlaubnis erteilt hatte, ihr ein Heckenpförtchen zu machen, damit sie desto mehr Platz zum Spazieren habe, war sie dadurch imstande, ihre Approchen sogar bis an die Tür des Schilderhauses zu führen und zuweilen, gleichsam aus Dankbarkeit, eine Attacke vorzutragen und zu versuchen, meinen Onkel in seinem eigenen Schilderhaus in die Luft zu sprengen.

15. Kapitel

Es ist sehr schade, aber andererseits aus einer täglichen Beobachtung des Menschen gewiß, daß er wie eine Kerze an beiden Enden angezündet werden kann, wofern nur der Docht weit genug herausragt. Ist keiner da, so geht es nicht; ist aber einer vorhanden und wird er unten angezündet, so geht's ebenfalls nicht, weil in diesem Fall die Flamme gewöhnlich das Unglück hat, sich selbst auszulöschen.

Was mich anbelangt, so könnte ich es immer selbst einrichten, an welchem Ende ich brennen wollte, denn ich kann den Gedanken nicht ertragen, wie ein Stück Vieh zu verbrennen. Also sollte mich eine Hausfrau stets an der Spitze anzünden; denn alsdann könnte ich allmählich und mit Ehren bis zur Hälfte herunterbrennen, das heißt: von meinem Kopf bis zu meinem Herzen, von meiner Leber bis zu meinen Eingeweiden und so weiter über die mesenterischen Venen und Arterien, durch alle Windungen und Seitenschnitte der Därme und ihrer Häute, bis hinunter zum Blinddarm.

„Ich bitte Sie, Herr Doktor Slop“, sagte mein Onkel Toby und fiel ihm in die Rede, als dieser in einem Gespräch an dem Abend, da meine Mutter von mir entbunden wurde, den Blinddarm erwähnte. „Ich bitte Sie“, sagte mein Onkel Toby, „sagen Sie mir doch, was der Blinddarm ist, denn ich versichere Sie, daß ich trotz meinem Alter bis jetzt noch nicht weiß, wo er liegt.“

„Der Blinddarm“, antwortete Doktor Slop, „liegt zwischen dem Illion und dem Colon.“

„Bei einem Manne?“ sagte mein Vater.

„Es ist genauso bei den Frauen“, rief Doktor Slop.

„Das ist mehr, als ich weiß“, sagte mein Vater.

16. Kapitel

Und so, um mit beiden Methoden sicherzugehen, beschloß die Witwe Wadman, meinen Onkel Toby weder an dem einen noch an dem andern Ende anzuzünden, sondern, wie das Licht eines Verschwenders, möglichst an beiden Enden zugleich.

Nun hätte Madame Wadman sieben Jahre lang alle militärischen Rumpelkammern sowohl der Infanterie wie der Kavallerie, vom großen Arsenal in Venedig bis zum Tower in London (exklusive), durchwühlen und ihre Bridget zur Hilfe nehmen mögen, und sie hätte doch keine zu ihrem Zweck geeignetere Blende oder Wehr finden können als die, welche ihr Onkel Tobys großartige Anlagen fix und fertig in die Hand gaben.

Ich glaube, ich habe Ihnen noch nicht gesagt – ich weiß es jedoch nicht, es kann wohl sein, doch wie dem auch sei, es ist eins von den vielen Dingen, die ein Mann nicht lange diskutieren, sondern lieber noch einmal wiederholen sollte –, daß mein Onkel Toby für jede Stadt oder Festung, die der Korporal während ihres Feldzuges gerade in Arbeit hatte, stets einen Grundriß der betreffenden Gegend in seinem Schilderhaus, nämlich zur linken Hand, aufhängte, oben am Rand mit zwei oder drei Nadeln festgesteckt, unten aber lose, damit man ihn bequem näher vor die Augen bringen könnte usw., wie es die Gelegenheit erforderte, so daß Madame Wadman, wenn sie eine Attacke beschlossen hatte, nichts weiter zu tun brauchte, nachdem sie bis an die Tür des Schilderhauses vorgerückt war, als ihre rechte Hand auszustrecken und, indem sie mit derselben Bewegung ihren linken Fuß hineinzwängte, die Karte, den Grundriß, die Zeichnung, oder was es sonst war, zu ergreifen, dem Blatt mit ausgestrecktem Hals auf halbem Weg entgegenzukommen und es an sich zu ziehen; dadurch fingen Onkel Tobys Leidenschaften unfehlbar Feuer, denn er faßte stets den andern Zipfel der Karte mit seiner linken Hand und begann, den Stiel seiner Tabakspfeife in der andern, eine Erklärung.

Wenn die Attacke bis zu diesem Punkt gediehen war, wird die Welt natürlich die Gründe für die folgende Kriegslist der Madame Wadman billigen, welche darin bestand, daß sie so bald als möglich meinem Onkel Toby die Tabakspfeife aus der Hand nahm, was sie unter diesem oder jenem Vorwand, gewöhnlich aber unter dem, daß sie auf eine Redoute oder Brustwehr auf dem Plan deutlicher hinweisen wollte, zu bewerkstelligen wußte, ehe noch mein Onkel Toby (die arme Seele!) ein halbes Dutzend Ruten damit marschiert war.

Das zwang meinen Onkel Toby, seinen Zeigefinger zu gebrauchen.

Die Veränderung, die das in der Attacke bewirkte, war folgende: Wenn in dem ersten Fall Madame Wadman mit der Spitze ihres Zeigefingers an dem Stiel von Onkel Tobys Tabakspfeife herumfuhr, dann hätte sie auf den Linien von Dan nach Berseba herumreisen können – falls sich Onkel Tobys Linien so weit erstreckt hätten –, ohne daß es die geringste Wirkung getan hätte. Denn da sich in dem Stiel der Tabakspfeife keine arterielle oder lebendige Wärme befand, konnte der Finger keine Empfindung erregen. Er konnte weder durch Pulsation Feuer geben noch durch Sympathie welches fangen – es war bloß Rauch.

Dahingegen, wenn sie Onkel Tobys Zeigefinger durch alle Windungen und Vertiefungen seiner Werke mit dem ihrigen dicht folgte, seinen Finger zuweilen an der Seite drückte, dann mit ihrem Finger auf seinen Nagel trat, dann dort über seinen Finger stolperte, ihn bald hier tippte, bald da, und so fort, so setzte das wenigstens etwas in Bewegung.

Dies waren zwar nur leichte Scharmützel, und sie ereigneten sich in einiger Entfernung vom Hauptcorp zogen aber das andere nach. Denn da jetzt gewöhnlich die Karte wieder an die Wand des Schilderhauses zurückfiel, pflegte mein Onkel Toby mit der größten Treuherzigkeit seine flache Hand daraufzulegen, um dann mit seiner Erklärung fortzufahren; und Madame Wadman legte in einem blitzschnellen Manöver sogleich ihre Hand dicht neben die seinige; dies eröffnete auf einmal eine Verbindung, die weit genug war, um jede Empfindung ein- und ausgehen zu lassen, so wie es eine Person, die im elementaren und praktischen Teil der Liebeskunst bewandert ist, sich nur wünschen kann.

Während sie ihren Zeigefinger (wie vorher) mit dem Zeigefinger Onkel Tobys in eine Parallele brachte, trat ganz unvermeidlich auch der Daumen in Aktion; und als der Zeigefinger und Daumen einmal im Treffen waren, zogen sie ebenso selbstverständlich die ganze Hand ins Gemenge. Deine, liebster Onkel Toby, war nun niemals mehr auf der rechten Stelle! Madame Wadman mußte sie immer wieder aufheben oder sie mit dem sanftesten Druck, Stoß oder zweideutigen Pressen, das eine zu bewegende Hand nur immer leiden mag, ein Haarbreit aus dem Weg schieben.

Wie hätte sie, während dies geschah, vergessen können,

ihn empfinden zu lassen, daß es ihr eigenes (und keines andern Menschen) Bein sei, das sich unten im Schilderhaus sanft an seine Wade drückte? Da also mein Onkel Toby auf diese Weise attackiert und ihm auf beiden Flügeln hart zugesetzt wurde, war es da ein Wunder, wenn dadurch zuweilen sein Zentrum in Unordnung geriet?

„Hol es der Henker!" sagte mein Onkel Toby.

17. Kapitel

Diese Attacken der Madame Wadman waren, wie Sie sich leicht denken können, von verschiedener Art, so voneinander unterschieden wie die Attacken, von denen die Geschichte voll ist, und zwar aus den gleichen Gründen. Ein normaler Zuschauer würde ihnen den Namen Attacken kaum zugestehen, und täte er es, so würde er sie doch alle über einen Kamm scheren. Aber für solche Leute schreibe ich nicht. Ich werde Zeit genug haben, sie genauer zu schildern, wenn ich erst zu ihnen komme, was allerdings erst nach einigen Kapiteln der Fall sein wird. Hier habe ich weiter nichts hinzuzufügen, als daß in meinem Bündel von Originalpapieren und Zeichnungen, die mein Vater sorgfältig einzeln zusammengerollt hat, sich ein Grundriß von Bouchain befindet, der ausgezeichnet erhalten ist (und es bleiben soll, solange ich imstande bin, etwas zu erhalten) und auf dessen unterem Rand, an der rechten Seite, noch die Flecken von Finger und Daumen zu erkennen sind, mit denen Schnupftabak genommen wurde, und man hat allen Grund von der Welt zu mutmaßen, daß es Madame Wadmans Finger waren. Denn die Seite des gegenüberliegenden Randes, die nach meiner Vermutung die Seite Onkel Tobys war, ist ganz sauber. Dies scheint ein authentischer Zeuge von einer dieser Attacken zu sein, denn man sieht noch die Spuren von zwei Nadelstichen, die zwar schon halb wieder geschlossen, aber dennoch an der oberen Seite der Karte sichtbar und ohne Zweifel die leibhaftigen Löcher sind, durch die sie im Schilderhaus angesteckt gewesen ist.

Bei allem, was priesterlich heißt! ich schätze diese kostbare Reliquie mit ihren Stigmen und Stichen höher als alle Reliquien der römischen Kirche zusammen, allerdings stets ausgenommen, wenn ich über dieses Thema schreibe, die Stiche, die Sancta Radagunda in der Wüste in ihr Fleisch bekam und die Ihnen auf Ihrer Reise von Fesse nach Cluny die Nonnen dieses Namens aus christlicher Milde zeigen werden.

18. Kapitel

„Ich glaube, mit Euer Gnaden Erlaubnis“, sagte Korporal Trim, „die Befestigungen sind hinreichend zerstört, und der Hafen ist nun bis zur Höhe der Mole ausgefüllt.“ – „Ich denke es auch“, erwiderte mein Onkel Toby mit einem halb unterdrückten Seufzer. „Aber geh Er ins Wohnzimmer, Trim, und hol Er die Verträge – sie liegen auf dem Tisch.“

„Sie haben da sechs Wochen lang gelegen“, versetzte der Korporal, „bis heute morgen, da hat die alte Frau das Feuer damit angemacht.“

„Nun“, sagte mein Onkel Toby, „so hat unser Dienst ein Ende.“ – „Das ist sehr schade“, sagte Korporal Trim, „mit Euer Gnaden Erlaubnis.“ Mit diesen Worten warf er seinen Spaten in den Schubkarren, der neben ihm stand, und zwar mit einer Miene, welche die größte Trostlosigkeit ausdrückte, die man sich nur denken kann, und wendete sich bedrückt seiner Spitzhacke, seinem Pionierspaten, den Steckpflöcken und dem anderen kleinen Kriegsgerät zu, um alles vom Schlachtfeld zu schaffen, als ein tiefes „Ach!“ aus dem Schilderhaus, das aus dünnen Schalbrettern bestand und also den Ton um so trauriger widerhallen ließ, ihn daran hinderte.

Nein, sagte der Korporal bei sich selbst, ich will's morgen früh tun, ehe der Herr aufsteht; damit nahm er seinen Spaten mit ein wenig Erde darauf wieder aus dem Schubkarren hervor, als ob er eine Stelle am Fuß des Glacis damit einebnen wollte; in Wirklichkeit aber war es seine Absicht, sich seinem Herrn zu nähern, um ihm die Grillen zu vertreiben. Er lockerte ein paar Rasenstücke, stutzte die Ecken mit seinem Spaten, und nachdem er mit der Fläche einige Male leise darauf geklopft hatte, setzte er sich dicht zu Onkel Tobys Füßen nieder und hob an, wie folgt:

19. Kapitel

„Es war jammerschade – aber ich glaube, mit Euer Gnaden Erlaubnis, daß ich für einen Soldaten wohl nur dummes Zeug vorbringen werde."

„Ein Soldat", rief mein Onkel Toby und fiel dem Korporal in die Rede, „kann ebensowohl dummes Zeug vorbringen wie ein Gelehrter." – „Aber nicht so oft, mit Euer Gnaden Erlaubnis", versetzte der Korporal. Mein Onkel Toby nickte zustimmend.

„Es war also jammerschade", sagte der Korporal und warf seinen Blick auf Dünkirchen und den Hafen, genauso wie Servius Sulpicius, als er aus Asien zurückkam (und von Ägina nach Megara segelte), seine Augen auf Korinth und den Piräus richtete.

„Es war jammerschade, Euer Gnaden, diese Werke zu zerstören, und jammerschade, wenn man sie hätte stehen lassen."

„Er hat recht, Trim, in beiden Fällen", sagte mein Onkel Toby. – „Das", fuhr Korporal Trim fort, „ist der Grund, warum ich vom Anbeginn ihrer Schleifung bis ans Ende nicht ein einziges Mal gepfiffen oder gesungen oder gelacht oder geweint oder von vergangenen Taten gesprochen oder Euer Gnaden eine einzige Geschichte erzählt habe, sei sie gut oder schlecht."

„Er hat viel Gutes an sich, Trim", sagte mein Onkel Toby, „und ich lobe es an Ihm, da Er doch ein Geschichtenerzähler ist, daß bei allen, die Er mir erzählt hat, um mich in schmerzlichen Stunden zu erfreuen und in traurigen zu zerstreuen, Er mir selten eine schlechte vorerzählt hat."

„Das kommt davon, mit Euer Gnaden Erlaubnis, daß sie alle wahr sind, wenn ich die Geschichte vom König von Böhmen und seinen sieben Schlössern nicht mitrechne; denn sie handeln alle von mir selber.“

„Und gerade darum habe ich sie gern“, sagte mein Onkel Toby. „Aber was für eine Geschichte ist denn das? Er hat mich richtig neugierig gemacht.“

„Euer Gnaden sollen sie gleich hören“, sagte der Korporal. – „Vorausgesetzt“, sagte mein Onkel Toby und sah abermals auf Dünkirchen und den Hafen, „vorausgesetzt, daß es keine lustige ist; für eine lustige Geschichte, Trim, muß man selbst lustig aufgelegt sein, und so, wie mir jetzt zumute ist, würde Er wohl nicht die Freude haben, daß ich über seine Geschichte lache.“ – „Lustig ist sie ganz und gar nicht“, versetzte der Korporal. – „Gar zu ernsthaft möchte ich sie aber auch nicht haben“, setzte mein Onkel Toby hinzu. – „Sie ist weder das eine noch das andere“, erwiderte der Korporal, „und wird genau für Euer Gnaden passen.“ – „Nun, so nehme ich sie mit herzlichem Dank an“, rief mein Onkel Toby. „Sei Er so gut und fang Er an, Trim.“

Der Korporal machte seine Reverenz; und obgleich es nicht so leicht ist, wie man wohl glaubt, eine schlaffe Reitmütze mit Grazie abzunehmen, und auch um kein Haar leichter, nach meiner Ansicht, wenn ein Mensch auf dem Boden kauert, einen so ehrfurchtsvollen tiefen Bückling zu machen, wie es der Korporal gewohnt war, so führte doch Trim dadurch, daß er seine rechte flache Hand auf der Seite seines Herrn ein wenig rückwärts hinter seinem Körper aufs Gras fallen ließ, damit sich dieser besser vornüberbeugen könnte, und zugleich durch eine ungezwungene Zusammenklemmung seiner Mütze mit den beiden Vorderfingern und dem Daumen seiner linken Hand, wodurch der Durchmesser der Mütze kleiner wurde und er sie eher abzog als herunterriß, beides auf eine bessere Weise aus, als die Lage, in der er war, es zu versprechen schien; und nachdem er zweimal „Hem!“ gesagt hatte, um die Tonlage ausfindig zu machen, in welcher die Geschichte am besten zu erzählen sei und welche zu seines Herrn Gemütsart am besten passen möchte, wechselte er nur noch einen freundlichen Blick mit ihm und begann.

„DIE GESCHICHTE VOM KÖNIG VON BÖHMEN UND SEINEN SIEBEN SCHLÖSSERN

Es war einmal ein König von Bö — — he —“

Als der Korporal die Grenzen von Böhmen überschritt, nötigte ihn mein Onkel Toby, einen Augenblick innezuhalten; Trim hatte barhäuptig begonnen, weil er seine Reitmütze, die er am Ende des vorigen Kapitels abgezogen hatte, neben sich auf der Erde hatte liegen lassen.

Das Auge der Güte erspähet alles. — Der Korporal hatte also noch nicht die fünf ersten Worte seiner Geschichte hervorgebracht, als mein Onkel Toby bereits mit seinem Stock zweimal die Mütze angerührt hatte, als wollte er fragen: Warum setzt Er sie nicht auf, Trim? Trim hob sie mit der ehrerbietigsten Langsamkeit auf, und als er dabei einen demütigen Blick auf das gestickte Vorderblatt warf, das jämmerlich verblichen und außerdem in den wichtigsten Blattornamenten und kühnsten Partien der Stickerei verschlissen war, legte er sie abermals zwischen seine Beine, um über den Umstand zu moralisieren.

„Leider ist jedes Wort nur zu wahr“, rief mein Onkel Toby, „was Er da anmerken will.

Nichts in dieser Welt, Trim, hält ewig!“

„Aber wenn die Andenken deiner Liebe und Treue, lieber Tom, verschleißen“, sagte Trim, „was sollen wir dann sagen?“

„Er braucht nichts mehr zu sagen“, rief mein Onkel Toby. „Und wenn auch ein Mensch sein Gehirn bis zum Jüngsten Tag zermarterte, Trim, ich glaube, so könnte er es doch nicht.“

Da der Korporal merkte, daß mein Onkel Toby recht hatte und daß der Geist eines Menschen sich vergebens anstrengen würde, eine reinere Moral aus seiner Mütze zu ziehen, ließ er es dabei bewenden und setzte sie auf; er fuhr sich mit der Hand über die Stirn, um eine tiefsinnige Runzel wegzureiben, welche der Text und die Nutzanwendung miteinander erzeugt hatten, und kehrte mit dem gleichen Blick und Ton der Stimme wie zuvor zu seiner Geschichte vom König von Böhmen und seinen sieben Schlössern zurück.

„DIE GESCHICHTE VOM KÖNIG VON BÖHMEN UND SEINEN SIEBEN SCHLÖSSERN. FORTSETZUNG

Es war einmal ein König von Böhmen, aber unter was für einer Regierung, wenn's nicht unter seiner eigenen war, das kann ich Euer Gnaden nicht sagen."

„Das verlange ich auch nicht von Ihm, Trim", sagte mein Onkel Toby.

„Es war, mit Euer Gnaden Erlaubnis, kurz bevor die Riesen anfingen, keine Kinder mehr zu kriegen; aber in welchem Jahr des Herrn es war ..."

„Ich gebe keinen halben Penny darum, ob ich das weiß oder nicht", sagte mein Onkel Toby.

„Aber, mit Euer Gnaden Erlaubnis, die Geschichte würde dann besser aussehen."

„Es ist Seine Geschichte, Trim; schmücke Er sie aus nach Seinem eigenen Gutdünken, und verleg Er sie in welches Jahr Er will", fuhr mein Onkel Toby fort und sah ihn freundlich an. „Verleg Er sie in welches Jahr Er nur Lust hat, mir soll's recht sein."

Der Korporal verneigte sich; denn von jedem Jahrhundert und von jedem einzelnen Jahre dieses Jahrhunderts, vom Anbeginn der Schöpfung bis zur Sintflut und von der Sintflut bis zu Abrahams Geburt, durch alle Wallfahrten der Erzväter bis zum Auszug der Kinder Israel aus Ägypten und durch alle Dynastien, Olympiaden, Urbeconditas und andere denkwürdige Epochen der verschiedenen Völkerschaften der Welt, bis zu Christi Geburt und von da an bis zu dem Augenblick, in dem der Korporal seine Geschichte erzählte, hatte mein Onkel Toby das ganze Riesenreich der Zeit mit allen seinen Abgründen seiner Wahl überlassen; aber wie die Bescheidenheit das kaum mit einem Finger zu berühren wagt, was ihr die Freigebigkeit mit beiden offnen Händen darbietet, so begnügte sich der Korporal mit dem allerschlechtesten Jahr aus dem ganzen Haufen; und um Sie, meine Herren von der Majorität und Minorität, davon abzuhalten, daß Sie sich das Fleisch von den Knochen reißen im Streit darüber, ob das Jahr nicht jeweils das letzte Jahr des zuletzt abgelegten Kalenders sei, muß ich Ihnen deutlich sagen: Es war es, aber aus ganz anderen Gründen, als Sie denken.

Es war das Jahr, das ihm, Trim, am nächsten war, nämlich das Jahr unseres Herrn siebzehnhundertundzwölf, in dem der Herzog von Ormond in Flandern sein Unwesen trieb; der Korporal nahm es und trat damit von neuem seine Reise nach Böhmen an.

„DIE GESCHICHTE VOM KÖNIG VON BÖHMEN UND SEINEN SIEBEN SCHLÖSSERN. FORTSETZUNG

Es war im Jahr unseres Herrn eintausendsiebenhundertundzwölf, mit Euer Gnaden Erlaubnis ...“

„Die Wahrheit zu sagen, Trim“, sagte mein Onkel Toby, „würde mir jedes andere Jahr lieber gewesen sein, nicht nur des üblen Fleckens wegen, den dieses Jahr in unserer Geschichte hinterlassen hat, weil unsere Truppen aus dem Felde geführt wurden und man sich weigerte, die Belagerung von Quesnoy zu decken, obwohl Fagel die Befestigungswerke mit solch unglaublicher Energie fortführte, sondern auch Seiner eigenen Geschichte wegen, Trim; denn wenn – wie ich aus einigen Worten, die Ihm entfallen sind, schließen muß –, wenn in ihr Riesen vorkommen ...“

„Nur ein einziger, mit Euer Gnaden Erlaubnis.“

„Das ist ebenso schlimm, wie wenn es zwanzig wären“, sagte mein Onkel Toby. „Er hätte ihn einige sieben- oder achthundert Jahre zurück in Sicherheit bringen sollen, sowohl wegen der Kritiker als auch wegen der anderen Leute; und deswegen möchte ich Ihm raten, wenn Er es jemals wieder erzählt ...“

„Wenn ich so lange lebe, daß ich einmal damit zu Ende komme, so will ich's", sagte Trim, „nie wieder erzählen, weder einem Mann noch einer Frau noch einem Kind." – „Nun, nun!" sprach mein Onkel Toby, aber er sagte es mit einer so süßen, ermutigenden Stimme, daß der Korporal mit mehr Eifer fortfuhr als zuvor.

„DIE GESCHICHTE VOM KÖNIG VON BÖHMEN UND SEINEN SIEBEN SCHLÖSSERN. FORTSETZUNG

Es war einmal, mit Euer Gnaden Erlaubnis", sagte der Korporal mit erhobener Stimme und rieb sich freudig die Hände, als er begann, „ein König von Böhmen ..."

„Laß Er das Jahr nur weg, Trim", sagte mein Onkel Toby, indem er sich vornüberbückte und seine Hand sanft auf des Korporals Schulter legte, um seiner Unterbrechung das Unangenehme zu nehmen. „Laß Er es nur ganz weg, Trim, eine Geschichte kann recht gut sein auch ohne solche Genauigkeit, man müßte es denn ganz sicher wissen." – „Sicher wissen!" sagte der Korporal und schüttelte den Kopf.

„Richtig", antwortete mein Onkel Toby. „Es ist nicht so leicht für jemanden, der wie Er und ich nur das Waffenhandwerk erlernt hat, der selten weiter vor sich hinsieht als auf die Mündung seiner Muskete oder weiter hinter sich als nach seinem Schnappsack, von solchen Dingen viel zu verstehen." – „Gott segne Euer Gnaden!" sagte der Korporal, der sowohl durch die Art, wie mein Onkel Toby argumentierte, als auch durch das Argument selbst ganz hingerissen war. „Er hat wohl etwas anderes zu tun; ist er nicht in einer Schlacht oder auf dem Marsch oder in der Garnison auf der Wache, so hat er, mit Euer Gnaden Erlaubnis sein Gewehr zu putzen, sein Lederzeug zu wichsen, seine Montur zu flicken, sich zu rasieren und zu waschen, damit er immer so schmuck aussieht wie bei der Parade. Was hat es also ein Soldat nötig", setzte der Korporal triumphierend hinzu, „daß er sich um die Geographie bekümmert, Euer Gnaden!?"

„Chronologie muß Er sagen, Trim“, sagte mein Onkel Toby, „denn die Geographie, sieht Er, die kann er nicht entbehren; er muß mit jedem Land und dessen Grenzen, wohin ihn sein Beruf führt, ganz vertraut sein; er sollte jede Stadt, jeden Flecken, jedes Dorf und jede Meierei kennen, mit den Kanälen, Straßen und Hohlwegen, die dahin führen; er sollte über keinen Fluß oder Bach kommen, ohne gleich beim ersten Anblick sagen zu können, wie er heißt, in welchem Gebirge er entspringt, welchen Lauf er nimmt, wie weit er schiffbar ist, wo man durchwaten kann und wo er zu tief ist; er sollte die Fruchtbarkeit eines jeden Tales ebensogut kennen wie den Bauern, der es beackert, und er sollte in der Lage sein, von allen Ebenen, Defilees, Forts, Anhöhen, Waldungen, Morästen, wo seine Armee durch- oder vorbeimarschieren muß, eine Beschreibung zu geben oder, falls es verlangt wird, eine genaue Karte anzufertigen; er sollte ihre Erzeugnisse, ihre Pflanzen, ihre Mineralien, ihre Gewässer, ihr Vieh, ihre Witterung, ihr Klima, ihre Hitze und Kälte, ihre Einwohner, ihre Gebräuche, ihre Sprache, ihre Politik und sogar ihre Religion kennen.

Wäre es sonst wohl begreiflich, Korporal“, fuhr mein Onkel Toby fort und erhob sich in seinem Schilderhaus, als er bei diesem Teil seiner Rede warm wurde, „wie Marlborough seine Armee von den Ufern der Maas bis Belburg hat führen können? von Belburg nach Kerpenord“ (hier konnte der Korporal nicht länger sitzen bleiben), „von Kerpenord, Trim, nach Kalsaken; von Kalsaken nach Neudorf; von Neudorf nach Landenburg, von Landenburg nach Mildenheim, von Mildenheim nach Elchingen, von Elchingen nach Giengen, von Giengen nach Balmershofen, von Balmershofen nach Schellenberg, wo er die feindlichen Befestigungsanlagen überfiel, worauf er den Übergang über die Donau erzwang, über den Lech setzte und mit seinem Heer bis ins Herz des Deutschen Reiches vordrang, an der Spitze desselben durch Friedberg, Hohenwart und Schönfeld marschierte, bis zu den Ebenen von Blenheim und Höchstädt. So groß er war, Korporal, er hätte keinen Fußbreit vorwärts kommen oder einen einzigen Tagesmarsch anordnen können ohne Hilfe der Geographie. – Die Chronologie aber, das gestehe ich, Trim“, fuhr mein Onkel Toby fort und setzte sich wieder ganz kühl in seinem Schilderhaus hin, „scheint von allen Wissenschaften diejenige zu sein, deren ein Soldat am ersten entraten könnte, wenn sie ihm nicht eines Tages Aufschluß darüber geben müßte, um welche Zeit das Pulver erfunden wurde, dessen furchtbare Wirkung, da es wie ein Gewitter alles vernichtet, eine neue Ära unserer Kriegskunst eingeleitet hat; es hat die Natur des Angreifens und des Verteidigens, sowohl zur See als auch zu Lande, so radikal verändert und hat dabei so viel Kunst und Geschicklichkeit erweckt, daß die Welt den genauen Zeitpunkt der Entdeckung nicht exakt genug ermitteln noch zu gründlich erforschen kann, welcher große Mann der Erfinder war und welcher Umstand ihn darauf brachte.

Ich bin weit davon entfernt“, fuhr mein Onkel Toby fort, „das zu bestreiten, worin die Geschichtsschreiber übereinstimmen, daß nämlich im Jahre 1380 unter der Regierung Wenzels, eines Sohns Karls des Vierten, ein gewisser Mönch namens Schwarz den Venezianern in ihrem Krieg mit den Genuesern den Gebrauch des Pulvers zeigte; aber es ist gewiß, daß er nicht der erste war, denn wenn wir Don Pedro, dem Bischof von Leon, Glauben schenken dürfen ...“ – „Wie kamen denn, mit Euer Gnaden Erlaubnis, Mönche und Bischöfe dazu, daß sie ihre Nase so oft ins Pulver steckten?“ – „Gott weiß es!“ sagte mein Onkel Toby. „Seine Vorsehung weiß alles zum besten zu lenken – und er behauptet in seiner Chronik des Königs Alphonsus, welcher Toledo eroberte, daß im Jahre 1343, also volle siebenunddreißig Jahre früher, das Geheimnis des Pulvers bereits bekannt gewesen und mit Nutzen angewandt worden sei, und zwar von Mauren und Christen, nicht nur in ihren Seeschlachten um diese Zeit, sondern bei vielen ihrer denkwürdigsten Belagerungen in Spanien und in der Berberei. Und alle Welt weiß, daß der Mönch Bacon schon mehr als hundertfünfzig Jahre vor Schwarz’ Geburt ausdrücklich darüber geschrieben und der Welt großmütig das Rezept gegeben hat, wie man es machen kann, und daß die

Chinesen“, fügte mein Onkel Toby hinzu, „uns mit unserer Rechnung noch mehr in Verlegenheit setzen, weil sie sich der Erfindung sogar noch einige Jahrhunderte vor ihm rühmen.“

„Sie sind ein Lügenpack, glaube ich“, schrie Trim.

„Sie mögen wohl in dieser Sache“, sagte mein Onkel Toby, „ein wenig irren, wie es für mich ganz deutlich aus dem elenden Zustand hervorgeht, in dem sich gegenwärtig ihre militärischen Anlagen befinden, denn sie bestehen in weiter nichts als in einem Graben mit einem Wall aus Ziegelsteinen ohne Flanken, und das, was sie als Bastion an jeder Ecke desselben ausgeben wollen, ist ein erbärmliches Bauwerk, das leibhaftig aussieht wie ...“ – „... wie eins von meinen sieben Schlössern, mit Euer Gnaden Erlaubnis“, sagte Trim.

Obgleich mein Onkel Toby um ein Gleichnis äußerst verlegen war, lehnte er doch Trims Anerbieten ganz höflich ab, bis Trim sagte, er habe doch noch ein halbes Dutzend davon in Böhmen, mit dem er nichts anzufangen wisse, und mein Onkel Toby über den Spaß des Korporals so vergnügt wurde, daß er seine Abhandlung über das Schießpulver abbrach und den Korporal bat, er möge sogleich mit seiner Geschichte vom König von Böhmen und seinen sieben Schlössern fortfahren.

„DIE GESCHICHTE VOM KÖNIG VON BÖHMEN UND SEINEN SIEBEN SCHLÖSSERN. FORTSETZUNG

Dieser unglückliche König von Böhmen“, sagte Trim. – „War er denn unglücklich?“ rief mein Onkel Toby, denn er war in seine Abhandlung über das Schießpulver und andere militärische Angelegenheiten so verwickelt gewesen, daß ihm, obgleich er von dem Korporal verlangt hatte, er solle fortfahren, die häufigen Unterbrechungen, durch die er ihn aufgehalten hatte, nicht mehr stark genug in Erinnerung waren, um sich das Beiwort erklären zu können. „War er denn unglücklich, Trim?“ sagte mein Onkel Toby gerührt. Nachdem der Korporal zuerst das Wort mit allen seinen Synonymen zum Teufel gewünscht hatte, begann er augenblicklich die hauptsächlichsten Begebenheiten in der

Geschichte des Königs von Böhmen in Gedanken durchzugehen; aus einer jeden derselben aber ging hervor, daß er der glücklichste Mensch war, der jemals in der Welt gelebt hat, und das ließ den Korporal stocken, denn er wollte nicht gern das Beiwort zurücknehmen und noch weniger es erklären, am allerwenigsten aber seine Geschichte drehen und wenden (wie es die Menschen in alten Zeiten taten), um sie seinem Plan anzupassen. Er blickte also meinem Onkel Toby hilfesuchend ins Gesicht, da er aber sah, daß mein Onkel Toby gerade das von ihm erwartete, fuhr er nach einem Hm und Ha fort.

„Der König von Böhmen", versetzte der Korporal, „war, mit Euer Gnaden Erlaubnis, insofern unglücklich, als er große Lust und Freude an der Seefahrt fand und an allen möglichen Marineangelegenheiten, und da es sich nun begab, daß im ganzen böhmischen Königreich keine Stadt mit einem Seehafen war ..."

„Wie zum Teufel hätte das auch zugehn sollen, Trim?" rief mein Onkel Toby. „Da Böhmen ganz und gar ein Binnenland ist, konnte es sich nicht anders begeben." – „Es hätte doch vielleicht sein können", sagte Trim, „wenn's Gottes Wille gewesen wäre."

Mein Onkel Toby sprach von dem Wesen und den Eigenschaften Gottes nie anders als mit der ehrfurchtsvollsten und zurückhaltendsten Behutsamkeit.

„Ich glaube nicht", erwiderte mein Onkel Toby nach einigem Nachdenken, „denn da es ein Binnenland ist, wie ich gesagt habe, und da Schlesien und Mähren im Osten, die Lausitz und Obersachsen im Norden, das Fränkische im Westen und Bayern im Süden angrenzen, hätte Böhmen nicht ans Meer gerückt werden können, ohne aufzuhören, Böhmen zu sein. Ebensowenig kann andererseits das Meer nach Böhmen kommen, ohne einen großen Teil von Deutschland zu überschwemmen und Millionen von armen Einwohnern zu verschlingen, die sich dagegen nicht schützen können." – „Sünd und Schande!" schrie Trim. – „Was", setzte mein Onkel Toby sanft hinzu, „einen solchen Mangel an Barmherzigkeit in ihm anzeigen würde, der aller Menschen

Vater ist, daß ich glaube, Trim, die Sache konnte sich auf keinerlei Art und Weise begeben."

Der Korporal machte eine Verbeugung, die echte Überzeugung verriet, und fuhr fort:

„Da es sich nun an einem schönen Sommerabend begab, daß der König von Böhmen mit seiner Königin und seinen Hofleuten ausging ..." – „Ja! Da ist das Wort ‚begab' sehr angebracht, Trim", sagte mein Onkel Toby, „denn der König von Böhmen konnte mit seiner Königin ausgehen, oder es unterlassen; das war also eine zufällige Sache und konnte sich begeben, je nachdem es der Zufall mit sich brachte."

„König Wilhelm hatte den Glauben, mit Euer Gnaden Erlaubnis", sprach Trim, „daß alles schon für uns in der Welt vorherbestimmt sei; das ging so weit, daß er oft zu seinen Soldaten sagte, jedwede Kugel habe ihre bestimmte Adresse." – „Er war ein großer Mann", sagte mein Onkel Toby. – „Und ich glaube noch bis auf diese Stunde", fuhr der Korporal fort, „daß der Schuß, der mich in der Schlacht bei Landen zum Invaliden machte, ganz allein darum auf mein Knie gezielt wurde, damit ich aus seinem Dienst heraus und in Euer Gnaden Dienste kommen mußte, in dem ich es so viel besser auf meine alten Tage haben sollte." – „Ehrlicher Trim", sagte mein Onkel Toby, „es soll niemals anders ausgelegt werden."

Die Herzen des Herrn und des Dieners waren zu schneller Ergießung gleich stark geneigt. Es folgte ein kurzes Schweigen.

„Und außerdem", sagte der Korporal und nahm das Gespräch wieder auf, aber mit heiterer Stimme, „wär nicht dieser einzige Schuß gewesen, ich hätte mich, Euer Gnaden, in meinem Leben nie verliebt."

„So? Ist Er einmal verliebt gewesen, Trim?" sagte mein Onkel Toby lächelnd.

„Und wie!" versetzte der Korporal. „Bis über beide Ohren, mit Euer Gnaden Erlaubnis." – „Ei, sag Er mir doch, wann, wo und wie das zuging. Ich habe ja noch kein Wort davon gehört", sagte mein Onkel Toby. – „Ich kann wohl sagen", antwortete Trim, „daß es jeder Trommler und

Feldwebelssohn im ganzen Regiment gewußt hat." – „So ist es höchste Zeit, daß ich es auch erfahre", sagte mein Onkel Toby.

„Euer Gnaden", sagte der Korporal, „werden sich wohl noch voll Kummer an die greuliche Verwüstung und das Durcheinander in unserem Lager und unserer Armee nach der Affäre bei Landen erinnern. Da mußte ein jeder zusehn, wie er sich rettete; und wären nicht die Regimenter Wyndham, Lumley und Galway gewesen, die den Rückzug über die Brücke von Neerspeeken deckten, so hätte der König selbst kaum darüber kommen können. Sie setzten ihm, wie Euer Gnaden wissen, von allen Seiten hart zu."

„Der tapfere Mann!" schrie mein Onkel Toby voller Begeisterung. „In dem Augenblick, da alles verloren war, seh ich ihn noch an mir vorbeigaloppieren, Korporal, nach dem linken Flügel, um den Rest der englischen Kavallerie zur Unterstützung des rechten herbeizuführen und den Lorbeer von Luxemburgs Stirn zu reißen, wenn's noch möglich wäre. Ich sehe, daß ihm eben der Knoten von seiner Schärpe abgeschossen worden ist und wie er dem Galwayschen Regiment neuen Mut einflößt; er reitet die Linie entlang, jetzt wendet er sich um und greift an ihrer Spitze Conti an. Tapfer, tapfer, wahrhaftig!" rief mein Onkel Toby. „Er verdient eine Krone!" – „So gewiß wie ein Dieb den Strick!" schrie Trim.

Mein Onkel Toby kannte des Korporals Untertanentreue; sonst wäre der Vergleich gar nicht nach seinem Sinn gewesen. Er gefiel dem Korporal selbst auch nicht so ganz, als er ihn ausgesprochen hatte, aber er ließ sich nicht mehr zurücknehmen. Trim konnte also nichts weiter tun als fortfahren.

„Da die Zahl der Verwundeten erstaunlich groß war und niemand Zeit hatte, an was anderes zu denken als an seine eigene Sicherheit ..." – „Aber Talmash", sagte mein Onkel Toby, „führte doch die Infanterie mit großer Klugheit hinweg." – „Ich aber blieb auf dem Felde zurück", sagte der Korporal. – „Das ist wahr, armer Kerl!" versetzte mein Onkel Toby. – „So daß es den andern Tag Mittag wurde", fuhr der Korporal fort, „ehe ich abgelöst und mit dreizehn oder vierzehn anderen auf einen Karren geladen wurde, der uns in unser Hospital bringen sollte.

Es gibt, mit Euer Gnaden Erlaubnis, kein Glied am ganzen Leibe, wo eine Wunde unausstehlicher schmerzt als am Knie."

„Das Latzbein ausgenommen", sagte mein Onkel Toby. – „Wenn's Euer Gnaden nicht übelnehmen wollen", versetzte der Korporal, „so glaub ich, daß das Knie am meisten schmerzen muß; denn dort sind so viele Sehnen und so viele – wie heißen sie doch?"

„Gerade daher kommt's", sagte mein Onkel Toby, „daß das Latzbein unendlich empfindlicher ist. Da befinden sich nicht nur ebenso viele Sehnen und andere, wie heißen sie nur? (denn ich kenne die Namen ebensowenig wie Er), sondern auch * * * *."

Madame Wadman, welche die ganze Zeit in ihrer Laube gewesen war, hielt geschwind den Atem an, löste ihre Haube unter dem Kinn und erhob sich auf einen Fuß.

Der Streit wurde freundschaftlich und mit gleichem Nachdruck zwischen meinem Onkel Toby und Trim eine Zeitlang fortgesetzt, bis Trim sich endlich besann, daß er öfters über Onkel Tobys Leiden geweint, über sein eigenes aber nie eine Träne vergossen hatte, und deswegen nachzugeben gedachte, was ihm aber mein Onkel Toby nicht gestatten wollte. „Das beweist nichts, Trim", sagte er, „als die Güte Seines Herzens."

Ob also nun der Schmerz einer Wunde am Latzbein (*caeteris paribus*) größer ist als der Schmerz einer Wunde am Knie – oder

Ob der Schmerz einer Wunde am Knie nicht größer ist als der Schmerz einer Wunde am Latzbein – das ist eine Streitfrage, die bis auf den heutigen Tag unentschieden geblieben ist.

„Die Schmerzen an meinem Knie“, fuhr der Korporal fort, „waren an sich schon übergroß, und beim Rumpeln des Karrens, bei dem entsetzlich ausgefahrenen Weg, wodurch das Übel immer schlimmer wurde, glaubte ich bei jedem Schritt zu sterben; und dann das viele verlorene Blut und der Mangel an Pflege und ein Fieber, das ich überdies noch nahen fühlte“ („Arme Seele!“ sagte mein Onkel Toby), „alles das zusammen war, mit Euer Gnaden Erlaubnis, mehr, als ich zu ertragen vermochte.

Ich klagte mein Elend einer jungen Frau in einem Bauernhaus, vor dem unser Karren, der der letzte im Zuge war, angehalten hatte. Sie hatten mir hineingeholfen, und die Frau hatte eine Flasche mit Herzstärkung aus der Tasche hervorgeholt und tröpfelte sie auf ein Stückchen Zucker, und als sie sah, daß es mir guttat, gab sie es mir zum zweiten und dritten Male ein. Und so erzählte ich ihr, mit Euer Gnaden Erlaubnis, was ich für Schmerzen hatte, und sagte ihr, sie seien so unerträglich, daß ich lieber auf dem Bett liegen – und dabei wendete ich meinen Kopf nach einem, das in der Ecke der Stube stand – und sterben wolle als weiterfahren. Und als sie mich dahin zu führen versuchte, wurde ich in ihren Armen ohnmächtig. Es war so eine gute Seele, wie Euer Gnaden“, sagte der Korporal und wischte sich die Augen, „hören werden.“

„Ich hätte gedacht, die Liebe sei etwas Lustiges“, sagte mein Onkel Toby.

„Sie ist das Ernsthafteste (zuweilen), mit Euer Gnaden Erlaubnis, was es auf der Welt gibt.

Auf das Zureden des Mädchens hin“, fuhr der Korporal fort, „fuhr der Karren mit den Verwundeten ohne mich weiter; es hatte ihnen versichert, ich würde augenblicklich sterben, wenn ich wieder auf den Karren käme. Und als ich nun wieder zu mir kam, fand ich mich in einer stillen, ruhigen Bauernhütte, und es war sonst kein Mensch drinnen als das Mädchen und der Bauer und seine Frau. Ich lag quer auf dem Bett in der Ecke der Stube, das verletzte Bein auf einem Stuhl, und das Mädchen saß bei mir und hielt den Zipfel seines Taschentuchs, den es in Essig getaucht hatte, mit einer Hand vor meine Nase und rieb mir mit der andern die Schläfe.

Ich hielt sie zuerst für die Tochter des Bauern (denn es war keine Wirtschaft) und hatte ihr deswegen einen kleinen Beutel mit achtzehn Gulden angeboten, die mir mein armer Bruder Tom" (hier wischte sich Trim die Augen) „durch einen Rekruten zum Andenken geschickt hatte, kurz bevor er nach Lissabon gehen wollte.

Ich habe Euer Gnaden diese traurige Geschichte noch keinmal erzählt" – hier wischte sich Trim zum drittenmal die Augen.

„Das Mädchen rief den alten Mann und seine Frau in die Stube und zeigte ihnen das Geld, damit sie mir ein Bett geben sollten sowie sonstige Kleinigkeiten, die ich brauchte, bis ich ins Hospital gebracht werden konnte. ‚Gut', sagte sie und knüpfte den Beutel zu, ‚ich will Euer Geld verwalten. Aber da ich damit allein wohl nicht genug zu tun habe, will ich auch Eure Pflegerin sein.'

Aus der Art, wie sie das sagte, und aus ihrer Tracht, die ich nun ein bißchen genauer examinierte, schloß ich, daß die junge Frau wohl nicht die Tochter des Bauern sein könne.

Sie war von Kopf bis Fuß in Schwarz gekleidet und hatte ihr Haar unter einer Batisthaube verborgen, die ganz fest am Kopf anlag. Sie war, mit Euer Gnaden Erlaubnis, eine von den Nonnen, deren es in Flandern so viele gibt und die sie frei herumgehn lassen." – „Aus Seiner Beschreibung, Trim", sagte mein Onkel Toby, „würde ich schließen, daß es eine junge Begine gewesen ist, die man nur in den spanischen Niederlanden, abgesehen von Amsterdam, findet. Sie sind insofern von Nonnen unterschieden, als sie ihr Kloster verlassen können, wenn sie heiraten wollen; ihr Beruf ist es, die Kranken zu besuchen und zu pflegen, aber mir wäre es lieber, sie täten es aus gutem Herzen."

„Sie hat mir oft gesagt", sprach Trim, „sie tue es aus Liebe zum Heiland; das wollte mir nicht recht gefallen." – „Ich glaube, Trim, wir haben beide unrecht“, sagte mein Onkel Toby. „Wir wollen Pfarrer Yorick darüber befragen, wenn er heute abend zu meinem Bruder Shandy kommt; erinnere Er mich daran“, fügte mein Onkel Toby hinzu.

„Die junge Begine“, fuhr der Korporal fort, „hatte kaum gesagt, daß sie meine Krankenpflegerin sein wollte, als sie unverzüglich daranging, ihren Dienst anzutreten und etwas für mich zurechtzumachen. Und es währte nicht lange – obschon es mir lange schien –, da kam sie mit Flanell und dergleichen wieder, und als sie mir mein Knie ein paar Stunden lang gebäht und so weiter und mir einen kleinen Napf Haferschleim zu essen gegeben hatte, wünschte sie mir gute Nacht und versprach, des Morgens früh wiederzukommen. Aber, Euer Gnaden, sie wünschte mir etwas, was ich nicht haben konnte. Mein Fieber stieg in der Nacht sehr stark, ihre Gestalt richtete eine große Verwirrung in mir an, ich versuchte immer wieder die Welt entzweizuschneiden, um ihr die Hälfte davon abzugeben, und alle Augenblicke weinte ich, weil ich nichts hatte als einen Tornister und achtzehn Gulden, um es mit ihr zu teilen. Die ganze Nacht stand die hübsche Begine wie ein Engel an meinem Bett, zog den Vorhang zur Seite und gab mir eine Herzstärkung ein, und ich wachte erst aus meinen Träumen auf, als sie zur versprochenen Stunde kam und sie mir wirklich eingab. Es ist gewiß wahr, sie kam fast gar nicht von mir weg, und ich war so daran gewöhnt, von ihren Händen mein Leben zu empfangen, daß es mir ganz bange ums Herz und ich bleich im Gesicht wurde, wenn sie aus der Tür ging! und dennoch“, fuhr der Korporal fort (und stellte darüber eine der sonderbarsten Betrachtungen von der Welt an):

„*Es war keine Liebe*, denn während der drei Wochen, da sie fast ständig bei mir war und mir das Knie mit ihrer Hand Nacht und Tag bähte – ich kann's, mit Euer Gnaden Erlaubnis, ehrlich sagen, daß * * * * * * einmal.“

„Das ist sehr sonderbar, Trim“, sagte mein Onkel Toby.

„Das finde ich auch“, sagte Madame Wadman.

„Nein, nicht ein einziges Mal“, sagte der Korporal.

21. Kapitel

„Aber es ist auch kein Wunder", fuhr der Korporal fort, als er sah, daß mein Onkel Toby darüber nachsann, „denn mit der Liebe ist's, mit Euer Gnaden Erlaubnis, genauso wie mit dem Krieg, und zwar insofern, als ein Soldat, der drei Wochen lang bis zum Samstagabend glücklich davongekommen ist, doch noch am Sonntagmorgen totgeschossen werden kann. So geschah es auch hier, mit Euer Gnaden Erlaubnis, nur mit dem Unterschied, daß es am Sonntagnachmittag war, als ich mich auf einmal wie mit einem Donnerschlag verliebte. Es überkam mich, mit Euer Gnaden Erlaubnis, wie eine Bombe, so daß ich kaum sagen konnte: Gott sei meiner armen Seele gnädig!"

„Ich hätte nicht gedacht, Trim", sagte mein Onkel Toby, „daß sich ein Mensch so urplötzlich verlieben könnte."

„O doch, Euer Gnaden, wenn er einmal auf dem Weg ist", versetzte Trim.

„Sag Er mir doch einmal", sagte mein Onkel Toby, „wie das zuging."

„Von Herzen gerne", sagte der Korporal und machte eine Verbeugung.

22. Kapitel

„Ich hatte die Zeit überstanden", fuhr der Korporal fort, „ohne mich zu verlieben, und es würde auch bis zum Ende des Kapitels dabei geblieben sein, wenn es nicht vorher schon anders beschlossen gewesen wäre – man kann seinem Schicksal nicht entgehen.

Es war an einem Sonntagnachmittag, wie ich Euer Gnaden gesagt habe.

Der alte Mann und seine Frau waren ausgegangen –

Es war im ganzen Haus alles mäuschenstill –

Auf dem Hof war keine Ente, nicht einmal ein Entchen – als die hübsche Begine kam und mich besuchte.

Meine Wunde war schon auf dem Weg der Besserung,

die Entzündung hatte sich schon seit einiger Zeit gelegt, aber darauf folgte sowohl über als unter dem Knie ein so unerträgliches Jucken, daß ich deswegen die ganze Nacht hatte kein Auge zutun können.

‚Laßt mich einmal sehen', sagte sie, kniete neben meinem Knie auf die Erde nieder und legte die Hand auf die Stelle unter dem Knie. ‚Es muß nur ein bißchen gerieben werden', sagte die Begine; damit bedeckte sie es mit dem Bettlaken und fing an, mit ihrem rechten Zeigefinger unterhalb meines Knies zu reiben, wobei sie ihren Finger am Rand des Flanells, der über den Verband gebunden war, hin und her gleiten ließ.

In fünf oder sechs Minuten fühlte ich schon ein bißchen von der Spitze ihres zweiten Fingers; bald darauf streckte sie ihn auch aus und rieb mit zwei Fingern eine ganze Weile immer rundherum. Da kam mir in den Sinn, daß ich mich verlieben könnte. Ich wurde ganz rot im Gesicht, als ich sah, was für eine weiße Hand sie hatte. Ja, Euer Gnaden, ich werde eine so weiße Hand nicht wieder zu sehen kriegen, solange ich lebe."

„An dieser Stelle nicht", sagte mein Onkel Toby.

Obgleich es für den Korporal die verzweifeltste Situation von der Welt war, konnte er es nicht unterlassen zu schmunzeln.

„Als die junge Begine sah", fuhr der Korporal fort, „daß es mir sehr half, nachdem sie ein Weilchen mit zwei Fingern gerieben hatte, begann sie schließlich mit dreien zu reiben, bis sie nach und nach auch noch den vierten dazunahm und nun mit der ganzen Hand rieb. Ich will, mit Euer Gnaden Erlaubnis, kein Wort mehr über Hände sagen – aber die ihre war weicher als Seide."

„Hör Er, Trim, lob Er sie nur, soviel Er will", sagte mein Onkel Toby. „Ich werde Seine Erzählung mit desto größerem Vergnügen hören." – Der Korporal dankte seinem Herrn ohne alle Verstellung; da er aber nichts weiter über die Hand der Begine zu sagen hatte als dasselbe noch einmal, ging er zu ihrer Wirkung über.

„Die schöne Begine", sagte der Korporal, „rieb mit ihrer

ganzen Hand immer weiter unter meinem Knie, bis ich befürchtete, ihr Eifer würde sie müde machen. ‚Ich wollte noch tausendmal mehr tun', sagte sie, ‚aus Liebe zum Heiland.' Und wie sie das sagte, fuhr sie mit der Hand über den Flanell zu der Stelle oberhalb des Knies, über die ich auch geklagt hatte, und rieb sie ebenfalls.

Nun merkte ich, daß ich anfing mich zu verlieben.

Als sie das Reiben, Reiben, Reiben so fortsetzte, fühlte ich, mit Euer Gnaden Erlaubnis, wie es unter ihrer Hand anfing und sich über meinen ganzen Körper ausdehnte.

Je mehr sie rieb und je weiter sie ausholte, um so mehr flammte das Feuer in meinen Adern auf, bis schließlich durch zwei oder drei Bewegungen, die weiter ausholten als die anderen, meine Leidenschaft auf den höchsten Gipfel stieg – ich ergriff ihre Hand ..."

„Und dann drückte Er sie an Seine Lippen, Trim", sagte mein Onkel Toby.

Ob des Korporals Verliebtheit genauso verlief, wie mein Onkel Toby es beschrieb, ist unwesentlich; es genügt, daß sie das Wesen aller Liebesromanzen in sich enthielt, die von Anbeginn der Welt geschrieben worden sind.

23. Kapitel

Sobald der Korporal seine Liebesgeschichte, oder vielmehr mein Onkel Toby an seiner Statt, beendet hatte, trat Madame Wadman leise den Rückzug aus ihrer Laube an, steckte ihre Haube wieder unter dem Kinn fest, passierte das Heckenpförtchen und rückte langsam gegen Onkel Tobys Schilderhaus vor. Die Disposition, die Trim in dessen Gemüt bewirkt hatte, war eine zu vorteilhafte Gelegenheit, um unbenutzt zu bleiben.

Die Attacke war beschlossen; sie wurde dadurch noch mehr begünstigt, daß mein Onkel Toby dem Korporal befohlen hatte, die Pionierschaufel, den Spaten, die Spitzhacke, die Steckpflöcke und das übrige Kriegsgerät, das auf dem Platz, wo Dünkirchen gestanden hatte, zerstreut herumlag, wegzuschaffen. Der Korporal war abmarschiert, das Feld war offen.

Nun überlegen Sie einmal, mein Herr, wie unvernünftig es ist, wenn man beim Kämpfen oder Schreiben oder bei einer anderen Sache, die man vorhat (sie sei gereimt oder nicht), nach einem Plan handelt. Denn wenn jemals ein Plan, von allen Umständen unabhängig betrachtet, verdient hat, mit goldenen Buchstaben aufgezeichnet zu werden (ich meine in den Archiven von Utopia), so war es gewiß der Plan von Madame Wadmans planmäßiger Attacke auf meinen Onkel Toby in seinem Schilderhaus. Da aber nun der Plan, der bei dieser Gelegenheit darin hing, der Plan von Dünkirchen und die Geschichte von Dünkirchen eine niederschmetternde Geschichte war, so verdarb er jeden Eindruck, den Madame Wadman machen konnte; und nebenbei, wenn sie ihn auch hätte verfolgen können, so war das Manöver mit den Fingern und der Hand bei der Attacke auf das Schilderhaus durch das Manöver der hübschen Begine in Trims Geschichte so weit übertroffen worden, daß gerade dadurch diese besondere Attacke, so gut sie auch vorher stets gelungen war, die herzloseste Attacke war, die nur gemacht werden konnte.

Oh, man lasse die Frauen so etwas nur allein machen! Madame Wadman hatte kaum das Heckenpförtchen geöffnet, als ihr Genius schon sein Spiel mit den veränderten Umständen trieb.

Sie entwarf augenblicklich eine neue Attacke.

24. Kapitel

„Ich bin halb von Sinnen, Herr Hauptmann Shandy", sagte Madame Wadman und hielt ihr Batisttaschentuch vor ihr linkes Auge, als sie sich der Tür von Onkel Tobys Schilderhaus näherte. „Ein Stäubchen oder ein Sandkorn oder so etwas, ich weiß nicht was, ist mir da in mein Auge gekommen. Sehen Sie doch einmal hinein – es ist nicht im Weißen."

Sowie sie das sagte, drängte sie sich zu meinem Onkel Toby hinein, und indem sie sich auf die Ecke seiner Bank drückte, gab sie ihm Gelegenheit, es zu tun, ohne daß er aufstehen mußte. „Bitte, sehen Sie doch einmal hinein!" sagte sie.

Gute, ehrliche Seele! Du sahst hinein, mit der gleichen Unschuld des Herzens, mit der jemals ein Kind in einen Guckkasten geschaut hat, und es wäre eine ebenso große Sünde gewesen, wenn man dir weh getan hätte.

Schaut ein Mensch aus freien Stücken in solche Dinge, so habe ich nichts dazu zu sagen.

So etwas tat mein Onkel Toby niemals, und ich will für ihn Bürge sein, daß er vom Juni bis zum Januar (welche Zeit, wie Sie wissen, die heißen und kalten Monate umfaßt) bei einem ebenso schönen Auge, wie es das Auge der thrazischen Rhodope* war, ruhig auf einem Sofa gesessen hätte, ohne daß er hätte sagen können, ob das Auge schwarz oder blau war.

Die Schwierigkeit bestand darin, meinen Onkel Toby dahin zu bringen, daß er überhaupt in eines hineinsah.

Diese Schwierigkeit ist überwunden, ich sehe ihn dort, wie er mit seiner Pfeife in der Hand schlenkert und die Asche herausfallen läßt, wie er schaut und schaut, dann sich die Augen reibt und wiederum schaut, und zwar doppelt so treuherzig, wie Galilei nach einem Flecken in der Sonne Ausschau hielt.

Vergebens! Denn bei allen Mächten, welche die Sehwerkzeuge beseelen – das linke Auge der Witwe Wadman strahlt in diesem Augenblick ebenso hell wie ihr rechtes. Es schwimmt in ihm kein Stäubchen, kein Sandkorn, kein Schmutz, keine Spreu, kein Fleck und kein Teilchen von undurchsichtiger Materie – du findest nichts in ihm, mein lieber väterlicher Onkel, als ein lieblich loderndes Feuer, das ver-

* Rhodope Thracia tam inevitabili fascino instructa, tam exacte oculis intuens attraxit, ut si in illam quis incidisset, fieri non posset, quin caperetur. – Ich weiß nicht wer.

stohlen aus allen Ecken ihres Auges und in allen Richtungen in deines schießt.

Wenn du, Onkel Toby, nach diesem Stäubchen noch einen Augenblick länger suchst, so bist du verloren.

25. Kapitel

Ein Auge gleicht insofern vollkommen einer Kanone, als es nicht das Auge oder die Kanone an sich sind, sondern die Richtung des Auges und die Richtung der Kanone, wodurch beide so große Verwüstungen anrichten. Ich halte diesen Vergleich nicht für schlecht. Da ich ihn jedoch sowohl des Nutzens als auch der Zierde wegen gemacht und an den Anfang des Kapitels gestellt habe, so verlange ich dafür nur, daß Sie ihn, sooft ich von Madame Wadmans Augen spreche (ein einziges Mal im nächsten Satz ausgenommen), im Sinn behalten mögen.

„Ich versichere Ihnen, Madame", sagte mein Onkel Toby, „ich kann nicht das geringste in Ihrem Auge entdecken."

„Es ist nicht im Weißen", sagte Madame Wadman. Mein Onkel Toby schaute angestrengt in die Pupille.

Nun war von allen Augen, die jemals geschaffen worden sind – von Ihren eigenen, gnädige Frau, bis zu den Augen der Venus, die doch wahrhaftig das buhlerischste Augenpaar waren, das je in einem Kopf gestanden hat –, kein einziges Auge so geeignet, meinen Onkel Toby um seine Ruhe zu bringen, wie gerade das Auge, in das er da hineinsah. Es war kein rollendes Auge, Madame, kein wildes oder lüsternes, auch war es kein funkelndes, drohendes oder befehlendes Auge, das auf der Stelle viel fordern und ertrotzen wollte und das sogleich jene Milch der menschlichen Natur hätte gerinnen lassen, die meinen Onkel Toby erfüllte, sondern es war ein Auge voll zarter Grüße und lieblicher Erwiderungen; es sprach nicht wie das Trompetenregister einer schlecht gebauten Orgel, in welchem Ton manches Auge, mit dem ich spreche, eine grobe Unterhaltung führt, sondern lispelte sanft, gleich dem leisen Röcheln einer sterbenden Heiligen:

„Wie können Sie so trostlos leben, Herr Hauptmann Shandy, und so einsam, ohne einen Busen, an den Sie Ihr Haupt legen oder dem Sie Ihre Sorgen anvertrauen könnten?“

Es war ein Auge –

Aber ich werde mich noch selbst darin verlieben, wenn ich nur ein weiteres Wort darüber sage. Auf meinen Onkel Toby wirkte es.

26. Kapitel

Nichts setzt die Charaktere meines Vaters und meines Onkels in ein ergötzlicheres Licht als ihr unterschiedliches Verhalten bei dem gleichen Vorfall – ich nenne die Liebe keinen Unfall, weil ich überzeugt bin, daß sie das Herz eines Menschen stets veredelt. – Gütiger Gott! Was muß aus dem Herzen Onkel Tobys geworden sein, das ohnedem schon lauter Güte war?!

Mein Vater war, wie aus vielen seiner Papiere hervorgeht, dieser Leidenschaft sehr unterworfen, ehe er heiratete, aber wegen einer etwas säuerlichen Art von komischer Ungeduld in seinem Wesen wollte er sich ihr, sooft sie ihn überfiel, niemals wie ein Christ ergeben, sondern tobte und schnaubte und stampfte und schlug aus und raste wie ein Verrückter und schrieb die bittersten Philippiken gegen das Auge, die jemals ein Mann geschrieben hat. Eine gereimte handelt von irgendeinem Auge, das ihn zwei oder drei Nächte hintereinander am Schlaf gehindert hatte; diese beginnt er in der ersten Aufwallung seines Zornes folgendermaßen:

Ein Satan ist's und tut solch Unheil wirken,
Wie niemals noch geschah von Heiden, Juden, Türken.*

Kurz, während des ganzen Anfalls tat mein Vater nichts als schimpfen und schmähen, ja sogar fluchen. Nur ging er

* Dies soll zusammen mit meines Vaters „Leben des Sokrates“ usw. usw. abgedruckt werden.

nicht so methodisch vor wie Ernulphus – dazu war er zu hitzig –, noch mit Ernulphus' Vorsicht, denn obgleich mein Vater im unduldsamsten Geist dieses und jenes und alles unter der Sonne, was seine Liebe entzündete oder begünstigte, zu verfluchen pflegte, schloß er doch niemals sein Kapitel der Flüche, ohne sich selber ebenfalls zu verfluchen als einen der größten Narren und Gimpel, wie er zu sagen pflegte, die nur jemals auf die Welt losgelassen worden seien.

Mein Onkel Toby hingegen nahm es hin wie ein Lamm, saß still und ließ widerstandslos das Gift in seinen Adern wirken. Selbst bei den heftigsten Qualen seiner Wunde (wie bei der Wunde an seinem Latzbein) ließ er niemals ein gereiztes oder mißvergnügtes Wort fallen; er tadelte weder Himmel noch Erde und dachte oder sagte auch nie etwas Beleidigendes gegen jemanden oder jemandes Körperteile. Er saß einsam und nachdenklich da mit seiner Pfeife, blickte auf sein lahmes Bein und hauchte ein empfindsames Ach, das sich mit dem Rauch vermischte und keinem Sterblichen lästig fiel.

Er nahm es hin wie ein Lamm, sage ich.

In Wahrheit hatte er es anfänglich falsch aufgefaßt, denn da er an diesem Morgen mit meinem Vater fortgeritten war, um womöglich ein schönes Gehölz zu retten, das der Dekan und das Kapitel niederhauen ließen, um es den Armen* zu geben – welches besagte Gehölz die Aussicht vor Onkel Tobys Haus verschönerte und ihm einzigartige Dienste bei seinen Beschreibungen der Schlacht von Wynnendale leistete –, war es infolge des schnellen Ritts, um es zu retten, und infolge des unbequemen Sattels, des noch schlechteren Pferdes usw. geschehen, daß der dünnflüssigere Teil des Blutes zwischen die beiden Häute in der untersten Körperpartie Onkel Tobys eingedrungen war, und die ersten Ergüsse desselben hatte er (da mein Onkel Toby in der Liebe ganz unerfahren war) für einen Teil der Leidenschaft gehalten, bis die Blase in dem einen Fall platzte und in dem

* Herr Tristram meint wohl die Armen *im Geiste*, da sie das Geld unter sich verteilten.

andern blieb, wodurch mein Onkel Toby sehr bald überzeugt wurde, daß seine Wunde nicht nur eine Hautwunde war, sondern bis ins Herz reichte.

27. Kapitel

Die Welt schämt sich, tugendhaft zu sein. Mein Onkel Toby wußte wenig von der Welt; und deswegen, als er fühlte, daß er sich in die Witwe Wadman verliebt hatte, kam er nicht auf den Gedanken, daß die Sache ein größeres Geheimnis bleiben müßte, als wenn Madame Wadman ihn mit einem Klappmesser in den Finger geschnitten hätte. Und wäre es auch anders gewesen, so hätte es doch, da er nun einmal seinen Trim als einen ergebenen Freund betrachtete und jeden Tag neue Gründe fand, ihm als solchem zu begegnen, nichts an der Art geändert, mit der er ihm von der Sache berichtete.

„Ich bin verliebt, Korporal!“ sagte mein Onkel Toby.

28. Kapitel

„Verliebt?“ sagte der Korporal. „Euer Gnaden fühlten sich doch vorgestern noch ganz wohl, als ich Euer Gnaden die Geschichte vom König von Böhmen erzählte.“ – „Böhmen!“ sagte mein Onkel Toby und dachte lange nach. „Was ist aus der Geschichte geworden, Trim?“

„Wir müssen, mit Eurer Gnaden Erlaubnis, irgendwie davon abgekommen sein. Aber Euer Gnaden waren ebensoweit vom Verliebtsein entfernt, wie ich es jetzt bin.“ – „Es war in dem Augenblick, als Er mit der Schubkarre abmarschierte – das mit der Witwe Wadman“, sagte mein Onkel Toby. „Hier hat sie eine Kugel zurückgelassen“, setzte mein Onkel Toby hinzu, indem er auf seine Brust zeigte. – „Sie kann, mit Euer Gnaden Erlaubnis, ebensowenig eine Belagerung aushalten, wie sie fliegen kann“, rief der Korporal.

„Da wir aber Nachbarn sind, Trim, halte ich es für das beste, es ihr zunächst in aller Güte anzuzeigen", sagte mein Onkel Toby.

„Wenn ich so frei sein dürfte", sagte der Korporal, „anderer Meinung zu sein als Euer Gnaden ..."

„Warum spräche ich sonst mit Ihm darüber, Trim?" sagte mein Onkel Toby sanft.

„So würde ich, mit Euer Gnaden Erlaubnis, zunächst einmal eine tüchtige donnernde Attacke gegen sie führen und es ihr nachher in aller Güte mitteilen; denn wenn sie vorher den geringsten Wind davon bekommt, daß Euer Gnaden verliebt sind ..." – „Ach lieber Himmel! Sie weiß noch ebensowenig davon, Trim", sagte mein Onkel Toby, „wie ein ungeborenes Kind."

Die guten Seelen!

Madame Wadman hatte es schon mit allen Einzelheiten ihrer Bridget vierundzwanzig Stunden vorher erzählt und hielt in ebendem Augenblick Kriegsrat mit ihr über einige kleine Zweifel hinsichtlich des Ausgangs der Angelegenheit, die ihr der Teufel, der nie tot in seinem Graben liegt, in den Kopf gesetzt hatte, ehe er ihr erlauben wollte, daß sie ihr Tedeum in Ruhe aussänge.

„Mir ist schrecklich bange", sagte Madame Wadman, „daß der gute Hauptmann, falls ich ihn heiraten sollte, Bridget, mit seiner ungeheuren Wunde am Latzbein niemals recht gesund sein wird."

„Sie ist wohl nicht so schlimm, Madame", versetzte Bridget, „wie Sie denken. Und übrigens glaube ich", fügte sie hinzu, „daß sie zugeheilt ist."

„Das möchte ich doch gerne wissen – bloß seinetwegen", sagte Madame Wadman.

„Wir werden erfahren, wie lang und breit sie ist", antwortete Jungfer Bridget, „ehe noch zehn Tage verstrichen sind; denn während der Herr Hauptmann Ihnen seine Aufwartung macht, wird sein Korporal Trim mir gewiß seine Liebe erklären wollen, und ich will ihn ruhig gewähren lassen", setzte Bridget hinzu, „um alles aus ihm herauszukriegen."

Die entsprechenden Maßnahmen wurden sofort getroffen, und mein Onkel Toby und der Korporal fuhren in ihren Vorbereitungen fort.

„Nun“, sagte der Korporal, wobei er seine linke Hand in die Seite stemmte und mit der Rechten eine schwungvolle Bewegung vollführte, die bloß einen glücklichen Ausgang und nicht mehr versprach, „wenn Euer Gnaden mir die Erlaubnis geben wollen, den Plan zu dieser Attacke zu entwerfen . . .“

„Er wird mir damit einen großen Gefallen erweisen, Trim“, sagte mein Onkel Toby, „und da ich schon vorhersehe, daß Er dabei als mein Adjutant wird fungieren müssen, so nehm Er diese Krone, damit Er sein Patent in ein Glas Wein tauchen kann.“

„Nun, so wollen wir, mit Euer Gnaden Erlaubnis“, sagte der Korporal (nachdem er zuvor einen Bückling für seine Beförderung gemacht hatte), „damit anfangen, daß wir Euer Gnaden betreßte Uniform aus dem großen Feldkasten hervorholen und tüchtig auslüften lassen, und dann wollen wir die blauen und goldenen Aufschläge auf die Ärmel heften, und ich werde die weiße Knotenperücke frisch aufwickeln und einen Schneider rufen, damit er Euer Gnaden dünne scharlachene Hose wendet.“

„Ich ziehe wohl besser die rotplüschene an, Trim“, sagte mein Onkel Toby. – „Die wird zu plump wirken“, sagte der Korporal.

29. Kapitel

„Putz Er meinen Degen mit einer Bürste und ein wenig Kreide!“ – „Es soll geschehen, wie Euer Gnaden befehlen“, versetzte Trim.

30. KAPITEL

„Aber Euer Gnaden zwei Rasiermesser müssen abgezogen werden, und ich will meine Reitmütze frisch aufbürsten und die Uniformjacke des armen Leutnants Le Fever anziehn, die ich ihm zum Andenken tragen sollte; und sobald Euer Gnaden sauber rasiert sind und ein reines Hemd und darüber die Uniform mit den blauen und goldenen Aufschlägen oder die scharlachfarbene angezogen haben – einmal die und einmal jene – und alles zur Attacke bereit ist, wollen wir so tapfer losmarschieren, als ob's gegen eine Bastion ginge; und während Euer Gnaden mit Madame Wadman im Wohnzimmer auf dem rechten Flügel im Handgemenge sind, werde ich auf dem linken Jungfer Bridget in der Küche attackieren. Und wenn uns dieser Durchbruch gelungen ist, so stehe ich dafür ein", sagte der Korporal und schnalzte mit den Fingern über dem Kopf, „daß der Sieg unser ist."

„Ich wünschte nur, daß ich's recht anfange", sagte mein Onkel Toby. „Aber glaub Er mir nur, Korporal, ich wollte lieber in eine Bresche hineinmarschieren ..."

„Eine Frau ist eine ganz andere Sache", sagte der Korporal.

„Das glaube ich auch", sagte mein Onkel Toby.

31. KAPITEL

Wenn jemals etwas in der Welt, was mein Vater sagte, meinen Onkel Toby, solange er verliebt war, aufbringen konnte, so war es meines Vaters verkehrte Anwendung eines Ausdrucks des Einsiedlers Hilarion, welcher zu sagen pflegte, wenn er von seiner Enthaltsamkeit, seinem Fasten, seinen Kasteiungen und anderen Übungen seiner Religion sprach – mit mehr Spaßhaftigkeit vielleicht, als einen Einsiedler kleidete –, daß dies die Mittel seien, die seinem Esel (womit er seinen Leib meinte) den Kitzel vertrieben.

Das gefiel meinem Vater; es war nicht nur eine lakonische

Ausdrucksweise, sondern auch zugleich eine Satire gegen die Lüste und Begierden unserer niederen Körperteile, und so bediente sich mein Vater seit vielen Jahren dieses Ausdrucks. Das Wort „Leidenschaft“ gebrauchte er niemals, sondern sagte statt dessen stets „Esel“, so daß man also mit Wahrheit von ihm sagen konnte, daß er ständig auf seinem eigenen oder eines andern Mannes Esel saß.

Ich muß Ihnen hier den Unterschied zeigen, zwischen
meines Vaters Esel
und meinem Steckenpferd, damit diese beiden Wesen in unserer Phantasie nicht verwechselt werden, wenn wir fortfahren.

Denn mein Steckenpferd ist, wenn Sie sich nur ein wenig besinnen, keineswegs heimtückisch; es hat kaum ein Haar oder einen Zug von einem Esel an sich. Es ist das liebe kleine Spielding, mit dem man ein Stündchen herumtrabt, eine Puppe aus China, ein Schmetterling, ein Gemälde, ein Fiedelbogen, eine von Onkel Tobys Belagerungen oder irgendein Ding, das ein Mann zu besteigen weiß, um den Sorgen und Beschwerden des Lebens aus dem Weg zu reiten. Es ist das nützlichste Tier der ganzen Schöpfung, und ich sehe einfach nicht ein, wie die Welt ohne es zurechtkommen könnte.

Meines Vaters Esel aber – oh, besteigt ihn – besteigt ihn – besteigt ihn – (das ist doch dreimal, nicht wahr?) – besteigt ihn nicht! Er ist ein lüsternes Tier, und wehe dem Mann, der es nicht am Ausschlagen hindert!

32. Kapitel

„Nun, lieber Bruder Toby“, sagte mein Vater, als er ihn das erstemal wiedersah, nachdem er sich verliebt hatte, „wie geht's deinem Esel?“

Da mein Onkel Toby mehr an den Körperteil dachte, wo er die Blase gehabt hatte, als an Hilarions Metapher, und da (wie Sie wissen) unsere Vorstellung so oft ebensosehr vom Klang der Worte wie von der Gestalt der Dinge beeinflußt wird, hatte er sich, zumal mein Vater in der Wahl seiner Worte nicht gerade sehr wählerisch war, eingebildet, mein Vater habe sich nach dem gewissen Körperteil unter Verwendung der bestimmten derben Benennung* erkundigt, und deshalb hielt er es, obgleich meine Mutter, Doktor Slop und Herr Yorick im Zimmer saßen, wohl für höflicher, bei dem Ausdruck zu bleiben, dessen sich mein Vater bedient hatte. Wenn jemand die Wahl zwischen zwei Verstößen gegen den Anstand hat und einen von beiden begehen muß, so habe ich immer festgestellt, daß ihn die Welt tadelt, er mag wählen, welchen er will. Es soll mich also gar nicht wundern, wenn sie auch meinen Onkel Toby tadelt.

„Meinem A . . . h", sagte mein Onkel Toby, „geht es viel besser, Bruder Shandy." – Mein Vater hatte sich von diesem Angriff mit dem Esel sehr viel versprochen und hätte ihn gern wiederholt. Da aber Doktor Slop unmäßig zu lachen begann und meine Mutter ausrief: „Gott bewahre!" wurde meines Vaters Esel in die Flucht geschlagen, und als dann das Gelächter allgemein wurde, konnte er ihn eine Zeitlang nicht wieder zum Stehen bringen.

Und so wurde das Gespräch ohne ihn fortgesetzt.

„Jeder spricht davon, Schwager Toby", sagte meine Mutter, „daß Sie verliebt sind, und wir hoffen, es ist wahr."

„Ich bin so verliebt, Schwägerin, glaube ich", sagte mein Onkel Toby, „wie es ein Mann gewöhnlich ist." – „Hm?" sagte mein Vater. – „Und wann haben Sie das gemerkt?" fragte meine Mutter.

„Als die Blase aufging", versetzte mein Onkel Toby.

Onkel Tobys Antwort erheiterte meinen Vater, und er setzte also seinen Angriff zu Fuß fort.

* Diese Verwechslung beruht auf dem unübersetzbaren Wortspiel mit *ass* (Esel) und dem ähnlich klingenden *arse* (vulgäre Bezeichnung für Hinterteil) (Anmerkung des Übersetzers).

„Da die Alten der einstimmigen Meinung sind, Bruder Toby", sagte mein Vater, „daß es zwei ganz verschiedene Arten von Liebe gibt, entsprechend den verschiedenen Körperteilen, die davon betroffen sind – das Gehirn oder die Leber –, so meine ich, ein Mann, der sich verliebt hat, sollte eigentlich eine kleine Untersuchung darüber anstellen, welche von beiden ihn überfallen hat."

„Was hat es schon zu bedeuten, Bruder Shandy", versetzte mein Onkel Toby, „welche von beiden es ist, wenn sie nur bewirkt, daß ein Mensch sich verheiratet und seine Frau liebhat und einige Kinder in die Welt setzt?"

„Einige Kinder!" rief mein Vater, stand von seinem Stuhl auf und sah meiner Mutter voll ins Gesicht, als er sich zwischen ihr und Doktor Slop durchdrängte. „Einige Kinder!" rief mein Vater und wiederholte Onkel Tobys Worte, als er hin und her spazierte.

„Nicht, mein lieber Bruder Toby", rief mein Vater, indem er sich wieder sammelte und dicht hinter Onkel Tobys Stuhl trat, „nicht, daß es mir leid tun sollte, wenn du ein ganzes Dutzend bekämst – das würde mich vielmehr herzlich freuen, und, Toby, ich würde sie alle behandeln wie ein Vater ..."

Mein Onkel Toby schob seine Hand verstohlen und unbemerkt hinter den Stuhl, um die meines Vaters zu drücken.

„Ja, darüber hinaus", fuhr er fort, wobei er Onkel Tobys Hand festhielt, „du besitzt so viel, mein lieber Toby, von der sanften Milch der menschlichen Natur und so wenig von ihrer Schärfe, daß es sehr schade ist, daß die Welt nicht von Geschöpfen bevölkert ist, die dir ähnlich sind; und wäre ich ein asiatischer Monarch", setzte mein Vater hinzu, der bei seinem neuen Plan in Hitze geriet, „ich würde dich nötigen, wenn es nur nicht deine Kräfte erschöpfte oder deine Lebenssäfte zu schnell auftrocknete oder dein Gedächtnis oder deine Einbildungskraft schwächte, Bruder Toby, was diese unmäßig betriebenen athletischen Übungen leicht tun könnten – also wenn das nicht wäre, lieber Toby, würde ich dir die schönsten Frauen meines Reiches zur Verfügung stellen und dich nötigen, mir nolens volens jeden Monat einen Untertanen zu zeugen.“

Als meine Mutter das Wort „Monat“ hörte, nahm sie eine Prise Schnupftabak.

„Nun, ich würde niemals“, sagte mein Onkel Toby, „nolens volens, also ob ich will oder nicht, ein Kind zeugen, um dem größten Fürsten unter der Sonne zu gefallen.“

„Und es würde grausam von mir sein, Bruder Toby, dich dazu zu zwingen“, sagte mein Vater. „Aber es ist ein Beispiel, das dir nur zeigen soll, daß ich nichts dagegen habe, wenn du Kinder in die Welt setzt, falls du dazu in der Lage bist, und daß ich nur dein System der Liebe und Ehe berichtigen wollte.“

„Es ist doch wenigstens“, sagte Yorick, „viel Sinn und Vernunft in Hauptmann Shandys Auffassung von der Liebe, und aus all den blumenreichen Poeten und Rhetorikern, die ich in den übel angewendeten Stunden meines Lebens, für die ich mich werde verantworten müssen, gelesen habe, habe ich nicht so viel entnehmen können.“

„Ich wollte“, sagte mein Vater, „Sie hätten Plato gelesen; denn aus dem würden Sie gelernt haben, daß es zweierlei Liebe gibt.“ – „Ich weiß, die Alten hatten zwei Religionen“, versetzte Yorick, „eine für den großen Haufen, und eine andere für die Gelehrten; ich denke aber, sie hätten sich recht gut alle mit *einer* Liebe behelfen können.“

„Das ging nicht“, versetzte mein Vater, „und zwar aus den gleichen Gründen; denn von diesen beiden Lieben, wie Ficinus in seinem Kommentar zu Velasius darlegt, ist die eine rational,

die andere natürlich,

die erste alt, ohne Mutter, wobei Venus nichts zu schaffen hatte, die zweite eine Tochter Jupiters und der Dione ...“

„Aber, Bruder“, sagte mein Onkel Toby, „was soll ein Mensch, der an seinen Gott glaubt, damit anfangen.“ –

Mein Vater konnte sich nicht dabei aufhalten zu antworten, weil er befürchtete, den Faden seiner Rede abzureißen.

„Diese letztere", fuhr er fort, „entspricht völlig der Art der Venus.

Die erste, welches die vom Himmel niedergelassene goldene Kette ist, erzeugt die heroische Liebe, die das Verlangen nach Wahrheit und Philosophie umfaßt und erregt; die zweite erregt bloß die Begierde."

„Ich glaube, die Zeugung von Kindern ist für die Welt ebenso wertvoll", sagte Yorick, „wie die Ermittlung der geographischen Länge."

„Ja, gewiß", sagte meine Mutter, „Liebe erhält den Frieden in der Welt."

„Im Hause, meine Liebe, das gebe ich zu."

„Sie füllt die Erde", sagte meine Mutter.

„Und läßt den Himmel leer, meine Liebe", versetzte mein Vater. – „Keusche Jungfrauen sind es", rief Doktor Slop triumphierend, „die das Paradies füllen."

„Gut gesagt, Nonne!" sagte mein Vater.

34. Kapitel

Mein Vater hatte beim Disputieren eine so plänkelnde, schneidende Art, stieß zu und stürmte drauflos und verpaßte jedem der Reihe nach einen Hieb, den er nicht so bald vergaß, daß er, wenn auch zwanzig Personen in der Gesellschaft waren, sie gewiß alle gegen sich hatte, ehe eine halbe Stunde vergangen war.

Was nicht wenig dazu beitrug, ihm auf diese Weise jeden Bundesgenossen zu nehmen, war folgendes: Wenn ein Posten vorhanden war, der unhaltbarer schien als die übrigen, konnte man sich darauf verlassen, daß er sich auf ihn stürzte, und – diese Gerechtigkeit muß man ihm widerfahren lassen – wenn er ihn einmal eingenommen hatte, verteidigte er ihn so tapfer, daß es sowohl einem beherzten als auch einem gutherzigen Mann leid tun mußte, ihn daraus vertrieben zu sehen.

Yorick konnte es aus diesem Grund, obgleich er ihn oft anzugreifen pflegte, nie übers Herz bringen, es mit allen seinen Kräften zu tun.

Doktor Slops keusche Jungfrauen am Ende des vorigen Kapitels hatten meinen Vater auf einmal auf die rechte Seite des Walls gezogen, und er fing schon an, alle Nonnenklöster der ganzen Christenheit um Slops Ohren in die Luft zu sprengen, als Korporal Trim ins Zimmer trat, um meinem Onkel Toby mitzuteilen, daß seine feine scharlachrote Hose, in der die Attacke auf Madame Wadman durchgeführt werden sollte, nicht in Frage komme, weil der Schneider, als er sie aufgetrennt habe, um sie zu wenden, gefunden habe, daß sie schon einmal gewendet worden sei. – „So laß sie noch einmal wenden, Bruder", sagte mein Vater schnell, „denn es wird sich noch manches wenden, ehe die Angelegenheit erledigt ist." – „Sie ist so mürbe wie ein fauler Apfel", sagte der Korporal. – „Dann bestelle doch eine neue, Bruder", sagte mein Vater, „denn obgleich ich weiß", fuhr mein Vater fort und richtete seine Rede an die Gesellschaft, „daß Madame Wadman schon seit vielen Jahren sehr verliebt in meinen Bruder Toby ist und alle weiblichen Schliche und Kniffe angewendet hat, um ihn zu derselben Leidenschaft zu überlisten, so wird doch nun, da sie ihn im Garn hat, ihr Fieber nachlassen.

Sie hat erreicht, was sie wollte.

In diesem Fall", fuhr mein Vater fort, „an den Plato, wie ich überzeugt bin, in seinem Leben nicht gedacht hat, ist die Liebe, wie Sie sehen, weniger eine Empfindung als eine Lage, in die ein Mann gerät, wie sich etwa mein Bruder Toby einem Corps anschließen würde. Gleichviel, ob er den Dienst liebt oder nicht – wenn er einmal darin ist, handelt er so, als ob er ihn liebte, und versucht bei jedem Schritt sich als ein tapferer Mann zu erweisen."

Diese Hypothese war wie die übrigen meines Vaters plausibel genug, und mein Onkel Toby hatte nur ein einziges Wort dagegen einzuwenden, wobei ihn Trim zu unterstützen bereit war – jedoch mein Vater hatte seine Schlußfolgerung noch nicht gezogen.

„Aus diesem Grund“, fuhr mein Vater fort (und faßte den Fall noch einmal zusammen), „obgleich der ganzen Welt bekannt ist, daß Madame Wadman meinem Bruder Toby geneigt ist und mein Bruder Toby andererseits der Madame Wadman, und obgleich in der Welt kein Hindernis im Wege steht, warum nicht noch an diesem Abend zum Tanz aufgespielt werden könnte, verpfände ich doch mein Wort, daß diese Musik in den nächsten zwölf Monaten noch nicht erklingen wird.“

„Wir haben die falschen Maßnahmen ergriffen“, sagte mein Onkel Toby und sah Trim fragend ins Gesicht.

„Ich würde meine Reitmütze wetten“, sagte Trim. Nun war Trims Reitmütze, wie ich Ihnen schon gesagt habe, sein beständiger Wetteinsatz, und da er sie an diesem Abend frisch gebürstet hatte, um mit ihr die Attacke zu eröffnen, erschien die angebotene ungleiche Wette desto ansehnlicher. „Ich würde, mit Euer Gnaden Erlaubnis, meine Reitmütze gegen einen Schilling wetten, wenn es sich schickte“, fuhr Trim fort (und machte seine Verbeugung), „in Euer Gnaden Gegenwart eine Wette anzubieten ...“ – „Dabei ist nichts Unschickliches“, sagte mein Vater. „Es ist nur eine Redensart; denn wenn Er sagt, Er wolle Seine Reitmütze gegen einen Schilling wetten, so will Er damit weiter nichts sagen, als daß Er glaubt ...“

„Nun, was glaubt Er denn?“

„Daß Madame Wadman es keine zehn Tage aushalten kann.“

„Und woher“, rief Doktor Slop spöttelnd, „hat Er denn alle diese Weiberkenntnis, mein guter Freund?“

„Weil ich einmal in eine papistische Frau von geistlichem Stand verliebt gewesen bin“, sagte Trim.

„Es war eine Begine“, sagte mein Onkel Toby.

Doktor Slop war in zu großer Wut, um diese Unterscheidung zu hören; und da mein Vater diesen kritischen Augenblick benutzte, um über den ganzen Orden der Nonnen und Beginen als über ein dummes, nichtsnutziges Pack spornstreichs herzufallen, konnte Doktor Slop es nicht länger ertragen; und da mein Onkel Toby noch das eine oder andere wegen seiner Hose zu bestellen hatte und Yorick wegen seiner vierten Hauptabteilung – beides im Hinblick auf ihre jeweiligen Attacken des folgenden Tages –, brach die Gesellschaft auf. Und da mein Vater also allein gelassen war und noch eine halbe Stunde vor der Schlafenszeit übrig hatte, verlangte er Feder, Tinte und Papier und schrieb folgenden Instruktionsbrief an meinen Onkel Toby:

Mein lieber Bruder Toby!

Was ich Dir zu schreiben gedenke, handelt von der Natur der Frauen und von der Liebe zu ihnen; und vielleicht ist es recht gut für Dich – obgleich nicht so gut für mich –, daß Du in diesem Punkt entsprechende schriftliche Instruktionen erhältst und daß ich imstande bin, sie für Dich zu schreiben.

Wäre es der gnädige Wille desjenigen gewesen, der uns unser Los zuteilt, und wäre Dir das Wissen nicht zu teuer zu stehen gekommen, so wäre ich wohl zufrieden gewesen, daß Du in diesem Augenblick statt meiner die Feder in die Tinte getaucht hättest; da das nun aber nicht so ist und Frau Shandy neben mir sitzt und zu Bett gehen möchte, habe ich ohne Ordnung und so, wie sie mir in den Sinn gekommen sind, einige Winke und Erfahrungen aufs Papier geworfen, welche ich Dir für nützlich erachte, wobei ich die Absicht habe, Dir dadurch ein Zeichen meiner Liebe zu geben, und keinen Zweifel darüber hege, mein lieber Toby, wie Du dies aufnehmen wirst.

Erstlich also, im Hinblick auf all das, was die Religion bei der Sache betrifft – obgleich ich an einer Wärme auf meinen Wangen fühle, daß ich erröte, indem ich anfange, mit Dir darüber zu sprechen, da ich, ungeachtet Deiner ungeheuchelten Zurückhaltung, wohl weiß, wie wenige ihrer Übungen Du vernachlässigst –, möchte ich Dir doch eine Übung (während Deiner Werbung) ganz besonders ans Herz legen, nämlich keinen Schritt in der Sache zu unternehmen, es sei an einem Vor- oder Nachmittag, ohne Dich vorher dem Schutz des allmächtigen Gottes zu empfehlen, daß Er Dich vor dem bösen Widersacher bewahren wolle.

Laß Dir den ganzen Schädel ganz glatt rasieren, wenigstens alle vier oder fünf Tage einmal, aber öfter, falls es nötig sein sollte, damit sie, wenn Du einmal aus Zerstreutheit in ihrer Gegenwart Deine Perücke abnimmst, nicht sehen kann, wieviel die Zeit weggenommen hat und wieviel Trim.

Am besten wäre es wohl, keine Gedanken an Kahlköpfigkeit in ihrem Geist aufsteigen zu lassen.

Bedenke immer, Toby, und handle danach, als nach einer sicheren Maxime,

daß die Frauen furchtsam sind – und es ist nur gut, daß sie es sind, denn sonst wäre kein Auskommen mit ihnen.

Laß Deine Hosen nicht zu eng anliegen noch zu lose um Deine Schenkel hängen, wie es die Pluderhosen unserer Ahnen taten.

Die richtige Mitte zwischen beiden beugt allen Schlüssen vor.

Was du auch vorzubringen hast, es sei viel oder wenig – vergiß nicht, es mit leiser, sanfter Stimme zu sagen. Schweigen und alles, was sich ihm nähert, webt Träume von mitternächtlichen Geheimnissen ins Gehirn. Deswegen laß nach Möglichkeit keine Kohlenzange und kein Schüreisen auf den Boden fallen.

Vermeide alle witzigen und kurzweiligen Späße in Deinen Gesprächen mit ihr, und tu alles, was in Deinem Vermögen steht, alle entsprechenden Bücher und Schriften von ihr fernzuhalten; es gibt jedoch einige Andachtsbücher, und wenn Du sie dazu bringen kannst, sie zu lesen, ist es gut. Dulde aber nicht, daß sie in den Rabelais oder Scarron oder Don Quijote hineinsieht.

Das alles sind Bücher, die Lachen erregen; und Du weißt, lieber Toby, daß keine Leidenschaft so ernsthaft ist wie das Verlangen der Liebe.

Steck eine Nadel in Deine Hemdbrust, bevor Du in ihr Zimmer trittst.

Und wird es Dir vergönnt, auf demselben Sofa wie sie zu sitzen, und gibt sie Dir Gelegenheit, Deine Hand auf die ihrige zu legen, so hüte Dich, sie zu nehmen. Du kannst Deine Hand nicht in ihre legen, ohne daß sie Deine Erregung spürt. Laß das und möglichst viele andere Dinge völlig offen; tust Du das, so hast Du ihre Neugierde auf Deiner Seite, und wenn sie dadurch nicht erobert wird und Dein Esel nicht aufhört auszuschlagen, was sehr zu vermuten ist, so mußt Du Dir zuerst ein paar Unzen Blut unter den Ohren abzapfen, wie es die alten Skythen taten, die durch dieses Mittel die unmäßigsten Anfälle der Begierde dämpften.

Avicenna ist dafür, als zweites den Körperteil mit Nieswurzsirup zu bestreichen und den Leib gehörig zu entleeren und zu purgieren, und zwar mit Recht, glaube ich. Aber Du darfst nur wenig oder gar kein Ziegenfleisch und Rotwild essen, auch überhaupt kein Fohlenfleisch, und enthalte Dich aufs sorgfältigste – das heißt, soviel Du kannst – der Pfauen, Kraniche, Bläßhühner, Steißfüße und Wasserhühner. Was Dein Getränk betrifft, brauche ich Dir wohl nicht zu sagen, daß es ein Aufguß von Verbena und dem Kraut Hanea sein muß, dem Aelian eine besondere Wirkung zuschreibt; sollte aber Dein Magen ihn nicht vertragen, setze von Zeit zu Zeit damit aus und nimm statt dessen Gurken, Melonen, Portulak, Wasserlilien, Geißblatt und Lattich.

Im Augenblick fällt mir nichts mehr für Dich ein.

Wenn nicht ein neuer Krieg ausbrechen sollte. – Indem ich Dir, lieber Toby, alles Gute wünsche,

verbleibe ich Dein Dich liebender Bruder

Walter Shandy.

35. Kapitel

Während mein Vater seinen Instruktionsbrief abfaßte, waren mein Onkel Toby und der Korporal damit beschäftigt, alles für die Attacke vorzubereiten. Da der Gedanke, die feine scharlachrote Hose wenden zu lassen, aufgegeben war (fürs erste wenigstens), gab es nichts mehr, weshalb sie weiter hinausgeschoben werden müßte als bis zum nächsten Morgen. Also wurde sie auf elf Uhr festgesetzt.

„Komm, meine Liebe“, sagte mein Vater zu meiner Mutter. „Es steht einem Bruder und einer Schwägerin gut an, wenn wir beide zu meines Bruders Haus hinübergehen und ihm bei seiner Attacke ein wenig mit Rat und Tat zur Seite stehen.“

Mein Onkel Toby und der Korporal waren schon seit einiger Zeit in voller Ausrüstung, als mein Vater und meine Mutter eintraten, und standen, da es eben elf schlug, schon bereit, um den Marsch anzutreten. Die Beschreibung hiervon aber ist mehr wert, als in das letzte Ende des achten Bandes eines solchen Buches hineingewebt zu werden. Mein Vater hatte nur gerade so viel Zeit, seine Instruktion meinem Onkel Toby in die Rocktasche zu stecken und ihm zusammen mit meiner Mutter viel Glück zu seiner Attacke zu wünschen.

„Ich hätte wohl Lust“, sagte meine Mutter, „durchs Schlüsselloch zu gucken, nur aus Neugierde.“ – „Nenne nur das Kind beim rechten Namen, meine Liebe“, sagte mein Vater.

„Und gucke durchs Schlüsselloch, solange du willst!“

NEUNTES BUCH

Si quid urbaniuscule lusum a nobis, per Musas et Charitas et omnium poetarum Numina, Oro te, ne me male capias.

WIDMUNG
an einen großen Mann

Zwar hatte ich *a priori* die Absicht, die Liebesgeschichte meines Onkels Toby Herrn * * * zu widmen, sehe aber *a posteriori* mehr Gründe, die für Lord * * * * * * sprechen.

Ich würde es aus tiefster Seele beklagen, wenn mich dieses Vorgehen der Eifersucht Ihrer Hochwürden aussetzte; im Hoflatein bedeutet nämlich „a posteriori“, daß man jemandem die Hand küßt, um ein Ehrenamt oder irgend etwas anderes zu erlangen.

Von Lord * * * * * * habe ich weder eine bessere noch eine schlechtere Meinung als von Herrn * * *. Ehren verleihen vielleicht, wie die Prägung auf einer Münze, einem Stückchen unedlen Metalls einen gewissen ideellen und lokalen Wert, aber Gold und Silber werden auf der ganzen Welt anerkannt, ohne einer anderen Empfehlung als der ihres eigenen Gewichts zu bedürfen.

Derselbe gute Wille, der mich bei unpassender Gelegenheit dazu bewog, Herrn * * * eine vergnügliche halbe Stunde zu gewähren, regt sich gegenwärtig noch mächtiger, denn eine vergnügliche halbe Stunde ist nützlicher und erholsamer nach Mühen und Sorgen als nach einem philosophischen Mahl.

Es gibt kein vollkommeneres Vergnügen als einen vollständigen Wechsel der Gedanken, und keine Gedanken sind so sehr voneinander verschieden wie die der Minister und der unschuldigen Liebenden; aus diesem Grund schlage ich vor, wenn ich auf Staatsmänner und Patrioten zu sprechen komme und sie so kennzeichne, daß Verwechslungen und Irrtümer in Zukunft ausgeschlossen sind, dieses Buch irgendeinem zärtlichen Schäfer zu widmen,

Dessen Denken die Wissenschaft nie dorthin führt,
Wo der Staatsmann und Patriot spaziert.

Nein, die Natur hat ihm zur Freude gegeben
In umwölkten Höhen ein schlichtes Leben,
Eine wilde Welt an des Waldes Rand,
Im öden Meer ein glücklich Inselland,
Wo unter ewigen Wolken und Wind
Die Hunde ihm treue Gefährten sind.

Mit einem Wort: indem ich auf diese Weise seiner Phantasie eine ganz neue Reihe von Gegenständen vorführe, werde ich ihn gewiß von seinen leidenschaftlichen und liebeskranken Betrachtungen ablenken. Inzwischen

verbleibe ich

der Verfasser

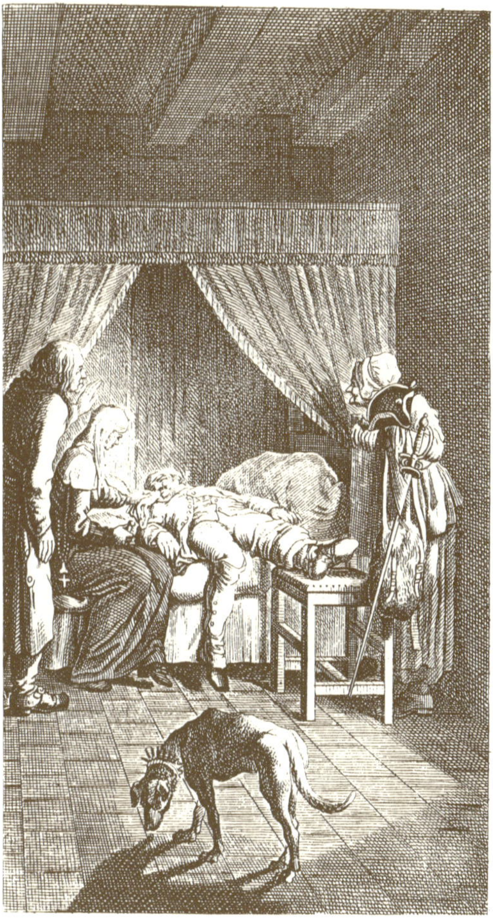

1. Kapitel

Ich rufe alle Mächte der Zeit und des Zufalls, die uns beide auf unserer Laufbahn in dieser Welt hemmen, zu Zeugen an, daß ich nicht eher zu den Liebesabenteuern Onkel Tobys habe gelangen können als in dem Augenblick, da meiner Mutter Neugierde, wie sie es nannte, oder ein andrer Trieb in ihr, wie mein Vater zu verstehen geben wollte, sie wünschen ließ, denselben ein wenig durch das Schlüsselloch zuzusehen.

„Nenne das Kind beim rechten Namen, meine Liebe", sagte mein Vater, „und gucke durchs Schlüsselloch, solange du willst."

Nichts als das Aufbrausen der etwas säuerlichen Gemütsart, welche, wie ich schon oft gesagt habe, meinem Vater eigen war, hätte eine solche Anschuldigung bewirken können. Da er jedoch offenherzig und großmütig von Natur und stets bereit war, sich eines Besseren belehren zu lassen, hatte er kaum das letzte Wort dieses ungnädigen Vorwurfs ausgesprochen, als er schon Gewissensbisse verspürte.

Meine Mutter hatte gerade ehevertraulich ihren linken Arm dergestalt unter seinen rechten geschoben, daß die Innenseite ihrer Hand auf dem Rücken der seinigen lag. Sie erhob ihre Finger und ließ sie wieder fallen; man konnte es also kaum einen leichten Klaps nennen. Und wenn es ein leichter Klaps war, so hätte es einem Kasuisten viel Mühe gemacht zu sagen, ob es ein Klaps des Tadels oder ein Klaps des Eingeständnisses gewesen sei. Mein Vater, der vom Scheitel bis zur Sohle aus lauter Feinfühligkeit bestand, deutete ihn richtig. Sein Gewissen ließ ihren Schlag doppelt stark erscheinen; er wendete plötzlich das Gesicht nach der andern Seite, und meine Mutter, die glaubte, er werde seinen Körper ebenfalls wenden, um nach Hause zurückzukehren, setzte ihren rechten Fuß quer, indem sie den linken fest stehenließ, und stellte sich frontal so vor ihn hin, daß er, als er seinen Kopf drehte, ihrem Auge begegnete. Neue Verwirrung! Er sah tausend Gründe, seinen Vorwurf zurückzunehmen, und ebenso viele, sich selbst Vorwürfe zu machen. Er blickte in einen hellen, blauen, kalten, blanken Kristall, der nicht die geringste unruhige Stimmung verriet, und man hätte das kleinste Stäubchen oder Tüpfelchen der Begierde auf seinem Grund erkennen können, wenn es vorhanden gewesen wäre. Es war aber nichts da. Und wie es zugeht, daß ich selbst so lüstern bin, besonders kurz vor der Herbst- und Frühjahrsnachtgleiche – das mag der Himmel wissen! Meine Mutter, Madame, war es niemals, weder von Natur noch aus Grundsätzen noch durch Beispiel.

Ein wohltemperierter Blutstrom rann in allen Monaten des Jahres und in allen kritischen Augenblicken bei Tage und bei Nacht gleichmäßig durch ihre Adern; auch teilte sie ihren Säften nicht die geringste Hitze mit durch eifriges Hantieren mit erbaulichen Schriften, die wenig oder gar keinen Sinn zu enthalten pflegen, so daß also die Natur oft genötigt ist, einen zu finden. Und was meines Vaters Beispiel betrifft, so war es weit davon entfernt, sie in dieser Hinsicht zu unterstützen oder zu ermuntern; vielmehr hat er sich sein ganzes Leben lang bemüht, alle Einfälle dieser Art aus ihrem Kopf zu vertreiben. Die Natur hatte jedoch schon das Ihrige getan, um ihm diese Mühe zu ersparen, und – was durchaus damit vereinbar war – er wußte das. Und hier sitze ich nun, an diesem 12. Tag des Monats August, in einem purpurnen Wams und mit gelben Pantoffeln, ohne Perücke oder Mütze auf dem Kopf, eine höchst tragikomische Erfüllung seiner Weissagung, daß ich gerade aus diesem Grund niemals so denken und handeln würde wie jedes andern Mannes Kind.

Meines Vaters Fehler lag darin, daß er den Beweggrund meiner Mutter angriff und nicht die Tat selbst, denn ohne Zweifel sind die Schlüssellöcher zu anderen Zwecken gemacht; und betrachtet man die Tat als eine Tat, die einer wahren Proposition zuwiderlief und einem Schlüsselloch seine eigentliche Bestimmung absprach, so war sie eine Verletzung der Natur und insofern, wie Sie sehen, strafbar.

So kommt es, mit Euer Hochwürden Erlaubnis, daß Schlüssellöcher Anlaß zu mehr Sünden und Missetaten werden als alle anderen Löcher in der ganzen Welt zusammen.

Was mich wieder auf Onkel Tobys Liebesabenteuer bringt.

2. Kapitel

Obgleich der Korporal sein Wort gehalten und die Locken auf Onkel Tobys großer Knotenperücke neu gewickelt hatte, war doch die Zeit zu kurz, um bei ihr eine große Wirkung zu erzielen. Sie hatte viele Jahre lang in einer Ecke seines alten Feldkastens zusammengequetscht gelegen; und da sich eine einmal angenommene häßliche Form nicht so leicht verbessern läßt und ihm der Gebrauch von Kerzenstummeln nicht recht geläufig war, ging die Arbeit nicht so glatt vonstatten, wie man wohl annehmen möchte. Der Korporal trat wohl ein dutzendmal mit funkelnden Augen und aufgestreckten Armen in gerader Linie von ihr zurück, um ihr womöglich ein besseres Aussehen einzuflößen – hätte die Grämlichkeit einen Blick darauf geworfen, es würde Ihro Grämlichkeit ein Lächeln entlockt haben! Sie kräuselte sich überall, nur nicht da, wo der Korporal es haben wollte; und da, wo ein paar Locken nach seiner Meinung ihr Ehre gemacht haben würden, hätte er ebenso leicht einen Toten erwecken können.

So sah sie aus – oder vielmehr, so würde sie auf jeder anderen Stirn ausgesehen haben. Aber der sanfte Ausdruck der Güte auf der Stirn Onkel Tobys zwang jedes Ding in ihrer Umgebung mit so unwiderstehlicher Macht, sich ihm anzupassen, und die Natur hatte zudem mit so schöner Schrift in jeden Zug seines Gesichts das Wort „Gentleman“ geschrieben, daß ihn selbst sein abgetragener goldbetreßter Hut und die große Hutschleife aus dünnem Taftband gut kleideten; und obgleich sie an sich keinen Heller wert waren, wurden sie doch in dem Augenblick, da sie mein Onkel Toby aufsetzte, Dinge von Bedeutung und schienen ausdrücklich von der Hand der Wissenschaft ausgesucht zu sein, um ihn vorteilhaft zu kleiden.

Nichts in dieser Welt hätte so kräftig dazu beitragen können wie Onkel Tobys blaue und goldene Uniform, wäre nicht bis zu einem gewissen Grade auch Fülle zur Erzielung einer anmutigen Wirkung erforderlich gewesen. In einem Zeitraum von fünfzehn oder sechzehn Jahren seit der Anfertigung war die blaue und goldene Uniform meinem Onkel Toby infolge seines völlig untätigen Lebens – denn er ging selten weiter aus als bis zu seinem Rasenplatz – so kläglich eng geworden, daß der Korporal ihn nur mit größter Mühe hineinzwängen konnte; das Anheften der Ärmelaufschläge hatte nicht viel geholfen. Sie war indessen hinten und an den Seitennähten usw. nach der Mode aus der Zeit König Wilhelms mit Tressen besetzt, und – um die Beschreibung abzukürzen – sie schimmerte an diesem Morgen so sehr in der Sonne und wirkte so metallisch und tapfer, daß mein Onkel Toby, wenn er auf eine kriegerische Attacke in voller Rüstung ausgegangen wäre, nichts Besseres hätte finden können, um seine Phantasie anzuregen.

Was die feine scharlachrote Hose anbetrifft, so war sie von dem Schneider zwischen den Beinen aufgetrennt worden, aber weiter hatte er sich nicht darum gekümmert.

Ja, Madame – aber wir wollen unsere Phantasie zügeln. Es genügt, daß sie am Abend vorher für unbrauchbar erklärt worden war, und da Onkel Tobys Garderobe ihm keine Wahl ließ, zog er mit seiner rotplüschenen aus.

Der Korporal hatte sich mit der Regimentsuniform des armen Le Fever ausstaffiert; und das Haar unter seine Reitmütze geschlagen, die er zu diesem Anlaß frisch aufgebürstet hatte, marschierte er drei Schritte hinter seinem Herrn einher. Ein Hauch von soldatischem Stolz hatte seine Manschetten an den Handgelenken herausgeblasen; von einem derselben baumelte an einem schwarzen Lederriemen, der unter dem Knoten in eine Quaste auslief, der Stock des Korporals herab. Mein Onkel Toby trug seinen Spazierstock wie eine Lanze.

Es sieht doch wenigstens nicht übel aus, sagte mein Vater bei sich selbst.

3. Kapitel

Mein Onkel Toby drehte den Kopf mehr als einmal nach hinten, um zu sehen, wie ihn der Korporal unterstützte, und sooft er das tat, ließ der Korporal seinen Stock durch die Luft sausen, jedoch nicht um zu prahlen, und sagte mit dem sanftesten Ton des ehrerbietigsten Zuredens zu seinem Herrn: „Nur keine Angst!“

Mein Onkel Toby aber hatte Angst, und zwar sehr große. Er hatte noch nicht einmal gelernt (wie ihm mein Vater vorgeworfen hatte), das rechte Ende einer Frau vom falschen zu unterscheiden, und deswegen fühlte er sich in der Nähe einer solchen niemals wohl – ausgenommen, wenn es in Kummer und Betrübnis war, denn dann war sein Mitleid unendlich, und selbst der galanteste Ritter aus den Romanzen wäre nicht weiter gereist (wenigstens nicht auf einem Bein), um eine Träne von einem weiblichen Auge abzuwischen. Und dennoch – das eine Mal nicht gerechnet, da ihn Madame Wadman dazu überlistete – hatte er niemals fest in eines hineingesehen, und er pflegte oft in der Einfalt seines Herzens zu meinem Vater zu sagen, so etwas sei fast (wenn nicht ganz) so schlimm wie unzüchtige Reden. „Und wenn es wirklich so wäre?“ pflegte mein Vater zu antworten.

4. Kapitel

„Sie kann es doch nicht“, sagte mein Onkel Toby und blieb stehen, als sie bis auf zehn Schritt vor Madame Wadmans Haustür aufmarschiert waren, „sie kann es doch nicht übelnehmen, Korporal?“

„Sie wird’s genauso nehmen, mit Euer Gnaden Erlaubnis“, sagte der Korporal, „wie’s die jüdische Witwe in Lissabon bei meinem Bruder Tom genommen hat.“

„Und wie war das?“ fragte mein Onkel Toby, indem er sich fast ganz zum Korporal umwendete.

„Euer Gnaden“, versetzte der Korporal, „kennen Toms Unglück, aber diese Sache hat nichts weiter damit zu tun als dies: Hätte Tom die Witwe nicht geheiratet oder wär’s nach der Heirat Gottes Wille gewesen, daß sie nur ein bißchen Schweinefleisch in ihre Würste getan hätten, so hätten sie die ehrliche Haut nicht aus seinem warmen Bett geholt und vor die Inquisition geschleppt. Das ist ein verdammtes Loch“, fügte der Korporal hinzu und schüttelte den Kopf. „Wenn erst einmal ein armer Kerl, mit Euer Gnaden Erlaubnis, drin ist, so ist er’s für immer.“

„Sehr wahr!“ versetzte mein Onkel Toby und betrachtete ernst Madame Wadmans Haus, als er das sagte.

„Nichts“, fuhr der Korporal fort, „kann wohl so traurig sein wie eine lebenslängliche Gefangenschaft und nichts süßer, mit Euer Gnaden Erlaubnis, als die Freiheit.“

„Nichts, Trim“, sagte mein Onkel Toby nachdenklich.

„Solange ein Mensch frei ist“, rief der Korporal und schwang dabei seinen Stock wie hier

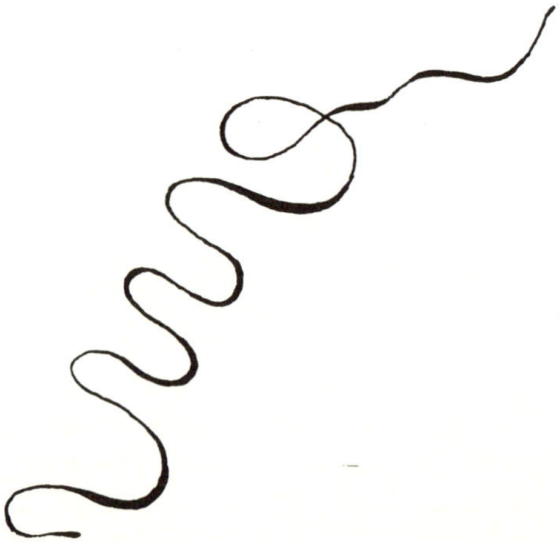

Ein ganzes Tausend von meines Vaters spitzfindigsten Syllogismen hätte nicht mehr zugunsten der Ehelosigkeit sagen können.

Mein Onkel Toby sah ernst nach seinem Landhäuschen und Rasenplatz zurück.

Der Korporal hatte ungewollt mit seinem Stab den Geist der Überlegung herbeizitiert, und er konnte weiter nichts tun, als ihn mit seiner Geschichte wieder zu bannen. Und der Korporal tat es auf diese sehr unkirchliche Weise mit folgendem Exorzismus.

5. Kapitel

„Da sich Tom, mit Euer Gnaden Erlaubnis, recht wohl fühlte und das Wetter warm war, kam er allen Ernstes auf den Gedanken, sich irgendwo in der Welt niederzulassen und einen eigenen Hausstand zu gründen. Und nun begab sich's so um diese Zeit, daß ein Jude, der auf ebender Straße einen Wurstladen besaß, das Unglück hatte, am Harnzwang zu sterben und seine Witwe mit einem gutgehenden Geschäft zurückzulassen. Tom dachte (da in Lissabon alle Menschen darauf sannen, wie sie ihr Schäfchen ins trockene bringen könnten), es wäre wohl nichts Unrechtes dabei, wenn er ihr seine Dienste zur Weiterführung des Geschäfts anböte, und damit, ohne bei der Witwe eine Empfehlung vorweisen zu können, außer daß er ein Pfund Wurst in ihrem Laden kaufte, ging Tom hin. Auf dem Weg dorthin stellte er folgende Überlegung an: Wenn auch die Sache noch so schlimm abliefe, so hätte er doch ein Pfund Wurst für sein Geld; wenn's aber gut ginge, so könnte er sich dort niederlassen und bekäme nicht nur ein Pfund Wurst, sondern auch eine Frau und einen Wurstladen obendrein, mit Euer Gnaden Erlaubnis.

Alle Bedienten im Hause, vom höchsten bis zum niedrigsten, wünschten Tom viel Glück; und ich sehe ihn in diesem Augenblick wieder vor mir, mit Euer Gnaden Erlaubnis, wie er mit seiner weißen Weste und Hose aus geköpertem Barchent, den Hut ein bißchen schief auf dem Kopf, ganz lustig durch die Straße geht, seinen Stock schwenkt und jedem Menschen, der ihm begegnet, zulächelt und ein freundlich Wort sagt. Aber ach, Tom, du lächelst nicht mehr", rief der Korporal und blickte dabei neben sich auf die Erde, als ob er ihn in seinem Gefängnis anredete.

„Der arme Kerl", sagte mein Onkel Toby gefühlvoll.

„Er war ein so ehrlicher, heiterer Bursche, mit Euer Gnaden Erlaubnis, wie nur jemals einer Blut in den Adern gehabt hat."

„So war er Ihm sehr ähnlich, Trim", sagte mein Onkel Toby schnell.

Der Korporal wurde rot bis an die Fingernägel. Eine Träne empfindsamer Verschämtheit, eine andere der Dankbarkeit gegen meinen Onkel Toby und eine Träne der Betrübnis über seines Bruders Unglück traten ihm ins Auge und rannen miteinander sanft seine Wangen herab. Mein Onkel Toby wurde angesteckt wie eine Lampe bei der andern, und indem er Trims Rock (der ehedem Le Fever gehört hatte) bei der Brust faßte, als ob er sein lahmes Bein ein weig ruhen lassen wollte, in Wirklichkeit aber, um ein weit feineres Gefühl zu befriedigen, stand er anderthalb Minuten lang still; dann zog er seine Hand zurück, und der Korporal, nachdem er einen Bückling gemacht hatte, fuhr fort mit seiner Geschichte von seinem Bruder und der jüdischen Witwe.

6. Kapitel

„Als Tom, mit Euer Gnaden Erlaubnis, in den Laden kam, war kein Mensch darin als ein armes Negermädchen, das mit einem langen Stock, an dessen Ende ein Bund Federn lose angebunden war, die Fliegen abwehrte, aber nicht totschlug."

„Das ist ein hübsches Bild!" sagte mein Onkel Toby. „Sie hatte Verfolgung ausgestanden, Trim, und Mitleid gelernt."

„Sie war gut, mit Euer Gnaden Erlaubnis, sowohl von Natur als auch durch Kummer und Leid, und in der Geschichte dieses armen, verlassenen Menschenkindes kommen Umstände vor", sagte Trim, „die ein Herz von Stein erweichen könnten, und wenn Euer Gnaden einmal an einem scheußlichen Winterabend dazu aufgelegt sind, will ich's mit dem Rest von Toms Geschichte erzählen, denn es gehört mit dazu."

„Vergeß Er's nur nicht, Trim", sagte mein Onkel Toby.

„Ein Neger hat doch eine Seele, Euer Gnaden?" fragte der Korporal (voller Zweifel).

„In solchen Dingen", sagte mein Onkel Toby, „bin ich nicht sehr bewandert. Aber ich glaube doch, der liebe Gott wird sie ihm wohl nicht vorenthalten haben, ebensowenig wie Ihm oder mir."

„Das hieße auch sonst, einen Menschen sehr hoch über den andern setzen", sagte der Korporal.

„Das ist richtig", sagte mein Onkel Toby.

„Warum muß man denn, Euer Gnaden, mit einem schwarzen Mädchen ärger umspringen als mit einem weißen?"

„Dafür kann ich keinen Grund angeben", sagte mein Onkel Toby.

„Einzig und allein", rief der Korporal und schüttelte den Kopf, „weil sie niemanden hat, der sich ihrer annimmt."

„Das eben, Trim", sagte mein Onkel Toby, „empfiehlt sie jedermanns Schutz, und ihre Brüder ebenfalls; es ist das Kriegsglück, das die Peitsche *jetzt* in unsere Hand gegeben hat. Wer sie nachher bekommen wird, weiß der Himmel! Aber bekomme sie, wer will, brave Männer, Trim, werden nicht hartherzig damit umgehn."

„Das gebe Gott", sagte der Korporal.

„Amen!" respondierte mein Onkel Toby und legte die Hand aufs Herz.

Der Korporal kehrte zu seiner Geschichte zurück und fuhr fort, aber mit einer Verlegenheit, die hie und da ein Leser in dieser Welt nicht zu begreifen vermag; denn durch die vielen plötzlichen Übergänge von einer freundlichen und herzlichen Empfindung zur andern hatte er, als er bis hierher gekommen war, den scherzhaften Ton der Stimme verloren, der seiner Geschichte Leben und Munterkeit gab. Er versuchte zweimal ihn wiederzufinden, aber es wollte ihm nicht recht gelingen. Er stieß also ein lautes Hm! aus, um die fliehende Munterkeit zurückzurufen, und indem er der Natur zur gleichen Zeit dadurch zu Hilfe kam, daß er den linken Arm in die Seite stemmte und sie mit dem leicht ausgestreckten rechten auf der andern Seite unterstützte, versuchte der Korporal den Ton so gut wie möglich zu treffen; in dieser Haltung setzte er seine Geschichte fort.

7. Kapitel

„Weil damals, mit Euer Gnaden Erlaubnis, mein Bruder Tom mit dem Mohrenmädchen nichts zu schaffen hatte, so ging er in das Hinterzimmer, um mit der jüdischen Witwe von der Liebe zu sprechen – und von seinem Pfund Wurst; und da er, wie ich Euer Gnaden gesagt habe, ein offenherziger, munterer Bursche war, dem der ehrliche Charakter in Blick und Miene geschrieben stand, nahm er einen Stuhl, rückte ihn ohne lange Vorrede, aber mit großer Höflichkeit dicht neben sie an den Tisch und setzte sich.

Es gibt wohl nichts Peinlicheres, mit Euer Gnaden Erlaubnis, als wenn man einer Frau den Hof machen soll, wenn sie gerade beim Wurstmachen ist. Also fing Tom an von Würsten zu sprechen, zuerst ganz ernsthaft – wie sie gemacht würden, aus welchen Fleischsorten, Kräutern und Gewürzen –, dann ein wenig scherzhaft – mit welchen Därmen, ob sie niemals platzten, ob die dicksten nicht die besten wären –, und so weiter. Er achtete dabei nur darauf, daß er das, was er über die Würste sagte, eher ein bißchen zuwenig als zuviel pfefferte, damit er noch immer etwas in der Hand zum Nachgeben behielt.“

„Die Mißachtung dieser Vorsichtsmaßregel war schuld daran“, sagte mein Onkel Toby und legte seine Hand auf Trims Schulter, „daß der Graf de la Motte die Schlacht von Wynendale verlor; er drang zu hastig in den Wald ein.

Hätte er das nicht getan, wäre Lille nicht in unsere Hände gefallen, ebensowenig Gent und Brügge, die seinem Beispiel folgten. Es war so spät im Jahr“, fuhr mein Onkel Toby fort, „und es folgte ein so furchtbares Wetter, daß unsere Truppen, wenn die Dinge sich nicht so entwickelt hätten, wie sie es taten, im offenen Felde hätten jämmerlich umkommen müssen.“

„Weshalb werden, mit Euer Gnaden Erlaubnis, die Schlachten nicht genauso wie die Ehen im Himmel beschlossen?“ – Mein Onkel Toby dachte nach.

Die Religion machte ihn geneigt, das eine, und seine hohe Meinung von der Kriegskunst brachte ihn in die Versuchung, etwas anderes zu sagen; da er also nicht imstande war, eine Antwort zu geben, die ganz nach seinem Sinn war, sagte mein Onkel Toby lieber gar nichts, und der Korporal brachte seine Geschichte zu Ende.

„Als Tom merkte, mit Euer Gnaden Erlaubnis, daß er Boden gewann und daß alles, was er über die Würste gesagt hatte, gut aufgenommen wurde, ging er einen Schritt weiter und fing an, ihr beim Wurstmachen ein bißchen zu helfen. Zuerst hielt er den Wurstring, während sie die Füllung mit der Hand fest hineinstopfte, dann schnitt er ihr den Bindfaden in passende Stücke und hielt sie in der Hand, so daß sie sie einzeln herausnehmen konnte, dann gab er sie ihr quer in den Mund, damit sie sie gleich bei der Hand hatte, sowie sie sie brauchte, und so immer weiter vom Kleinen zum Größeren, bis er es zuletzt gar wagte, die Wurst selbst zuzubinden, während sie das Ende hielt.

Nun, Euer Gnaden, sucht sich eine Witwe stets den zweiten Mann dem ersten so ungleich aus, wie sie nur kann, und somit war die Sache in ihrem Sinn schon halb beschlossen, ehe Tom sie überhaupt erwähnte.

Sie tat aber so, als ob sie sich wehren wollte, indem sie eine Wurst ergriff, doch Tom ergriff sofort eine andere.

Als sie nun sah, daß in Toms Wurst mehr Knorpel war,

unterzeichnete sie die Kapitulation, und Tom setzte sein Siegel darunter; und damit war die Angelegenheit erledigt.“

„Alle Frauen", fuhr Trim (seine Geschichte kommentierend) fort, „von der höchsten bis zur niedrigsten, mit Euer Gnaden Erlaubnis, haben etwas übrig für Scherze. Es kommt nur darauf an, daß man weiß, *wie* sie ihnen gefallen, und das erfährt man nicht anders, als daß man's ausprobiert, wie wir es mit unserer Artillerie im Felde machen, nämlich indem man das Rohr* so lange hebt und senkt, bis man ins Ziel trifft." – „Mir gefällt der Vergleich besser", sagte mein Onkel Toby, „als die Sache selbst."

„Weil Euer Gnaden", sagte der Korporal, „die Ehre mehr lieben als das Vergnügen."

„Ich hoffe, Trim", antwortete mein Onkel Toby, „ich habe das menschliche Geschlecht noch lieber als beides; und da die Kriegswissenschaft so offensichtlich auf das Wohl und die Ruhe der Welt abzielt, und da besonders der Teil davon, den wir auf unserem Rasenplatze praktiziert haben, keinen andern Zweck hat, als die großen Schritte des Ehrgeizes zu verkürzen und das Leben und Vermögen weniger vor dem Plündern vieler zu schützen, so hoffe ich, Korporal, sobald dieser Trommelschlag an unser Ohr dringen wird, soll's uns beiden an Menschlichkeit und Nächstenliebe nicht so sehr fehlen, daß wir nicht auf der Stelle kehrtmachen und losmarschieren."

Mit diesen Worten machte mein Onkel Toby kehrt und marschierte entschlossen wie an der Spitze seiner Kompanie los, und der getreue Korporal schulterte seinen Stock, schlug mit der Hand auf seine Rocktasche, als er den ersten Schritt machte, und marschierte hinter ihm her die Allee hinunter.

„Was mögen die beiden Zwiebelköpfe wohl vorhaben?" sagte mein Vater zu meiner Mutter. „Bei allem, was wunderbar ist, sie wollen Madame Wadman in aller Form belagern und marschieren nun um ihr Haus herum, um den Verlauf der Wälle festzulegen!"

* Unübersetzbares Wortspiel: *breeches* bedeutet sowohl Verschlußstück der Kanone als auch Hose (Anmerkung des Übersetzers).

„Ich würde sagen", sprach meine Mutter – aber halt, mein Herr! Denn was meine Mutter bei dieser Gelegenheit sagen wollte und was mein Vater dazu sagte, nebst ihren Repliken und seinen Dupliken, das soll gelesen, studiert, paraphrasiert, kommentiert und erörtert werden – oder, um es mit einem Wort zu sagen, soll in einem besonderen Kapitel von der Nachwelt überblättert werden. Von der Nachwelt, sage ich und mache mir nichts daraus, das Wort zu wiederholen; denn was hat dieses Buch wohl mehr gesündigt als die Sendung Mosis oder das Märchen von der Tonne, daß es nicht mit diesen beiden die Gosse der Zeit hinabschwimmen sollte?

Ich will hier nicht weiter auf die Sache eingehen; die Zeit verrinnt zu schnell. Jeder Buchstabe, den ich schreibe, sagt mir, mit welcher Geschwindigkeit das Leben meine Feder verfolgt; seine Tage und seine Stunden, köstlicher, meine teure Jenny, als die Edelsteine an deinem Hals, jagen über unser Haupt dahin, gleich leichten Wolken an einem windigen Tag, um niemals wiederzukehren. Alles eilt davon, während du diese Locke drehst. Siehe, sie wird grau; und jeder Kuß, den ich zum Abschied auf deine Hand drücke, und jede Abwesenheit, die darauf folgt, sind Vorspiele zu der ewigen Trennung, welche uns bald ereilen wird.

Der Himmel erbarme sich unser beider!

9. Kapitel

Um zu erfahren, was die Welt wohl von diesem Ausruf denkt, würde ich keinen Heller geben.

10. Kapitel

Meine Mutter war, den linken Arm in meines Vaters rechten geschlungen, so weit gegangen, bis sie an die fatale Ecke der alten Gartenmauer gekommen waren, wo Doktor

Slop von Obadiah auf seinem Kutschpferd über den Haufen geritten wurde. Da diese Ecke gerade gegenüber der Front von Madame Wadmans Haus lag, warf mein Vater, als er dort ankam, einen Blick nach drüben, und als er meinen Onkel Toby und den Korporal nur noch zehn Schritt von der Tür entfernt erblickte, drehte er sich um. „Laß uns nur noch einen Augenblick warten“, sagte mein Vater, „und sehen, mit welchem Zeremoniell mein Bruder Toby und sein Trim ihren ersten Einzug halten. Es wird uns keine einzige Minute aufhalten“, fügte mein Vater hinzu. – „Es macht nichts, auch wenn es zehn Minuten wären“, sagte meine Mutter.

„Es wird uns keine halbe aufhalten“, sagte mein Vater.

Der Korporal hatte eben damit begonnen, die Geschichte seines Bruders Tom und der jüdischen Witwe zu erzählen. Die Geschichte ging fort und fort, sie verweilte bei einzelnen Episoden, sie kam zurück und ging weiter und immer weiter; sie wollte kein Ende nehmen – dem Leser kam sie sehr lang vor.

Gott helfe meinem Vater! Er fluchte wohl fünfzigmal bei jeder neuen Stellung und wünschte des Korporals Stock mit all seinem Geschwenke und Gebaumel zu so vielen Teufeln, wie sich damit abgeben wollten.

Wenn Entscheidungen wie diese, auf welche mein Vater wartete, in der Waagschale des Schicksals schweben, so hat das Gemüt den Vorteil, den Grund des Wartens dreimal wechseln zu können, denn sonst vermöchte es die Sache nicht bis zum Ende auszustehen.

Neugierde beherrscht den ersten Augenblick; im zweiten Augenblick ist es bloße Sparsamkeit, um den Aufwand des ersten zu rechtfertigen, und im dritten, vierten, fünften und sechsten Augenblick und so weiter bis hin zum Jüngsten Tag ist es eine Ehrensache.

Sie brauchen mir nicht zu sagen, daß die Moralschriftsteller all dies auf Rechnung der Geduld geschrieben haben! Ich meine aber, daß sich diese Tugend mit ihrem eigenen Herrschaftsbereich begnügen soll und in ihm genug zu tun hat und daß sie nicht auch noch in die wenigen verwüsteten

Schlösser, die man der Ehre auf Erden noch übriggelassen hat, einzudringen braucht.

Mein Vater hielt sich mit diesen drei Verbündeten bis zum Ende von Trims Geschichte so tapfer, wie er vermochte, und auch weiterhin bis zum Ende der Lobrede Onkel Tobys auf die Waffen im darauffolgenden Kapitel; als er aber sah, daß sie beide, anstatt auf Madame Wadmans Tür loszumarschieren, gegen seine Erwartung kehrtmachten und die Allee hinunterzogen, kam auf einmal seine etwas säuerliche Gemütsart zum Ausbruch, die unter gewissen Umständen seinen Charakter von dem Charakter aller übrigen Menschen unterschied.

11. Kapitel

„Nun, was mögen die beiden Zwiebelköpfe wohl vorhaben?" rief mein Vater, und so weiter.

„Ich würde sagen", sprach meine Mutter, „daß sie Befestigungen bauen wollen."

„Doch nicht auf Madame Wadmans Grundstück!" rief mein Vater und trat zurück.

„Das nehme ich nicht an", sagte meine Mutter.

„Ich wollte", sagte mein Vater mit erhobener Stimme, „daß die ganze Kriegsbaukunst beim Teufel wäre, mit dem ganzen Plunder von Sappen, Minen, Blenden, Schanzkörben, Faussebrays und Küvetten!"

„Das sind närrische Dinge", sagte meine Mutter.

Nun hatte meine Mutter es an sich – nebenbei gesagt, mein purpurnes Kamisol gäb ich drum und meine gelben Pantoffeln dazu, wenn einige von Euer Hochwürden sie darin nachahmen wollten –, daß sie niemals irgendeinem Vorschlag meines Vaters ihren Beifall und ihre Zustimmung versagte, und zwar nur deshalb, weil sie diesen nicht verstand oder weil sie von dem Hauptbegriff oder dem Fachausdruck, auf dem der Vorschlag beruhte, keine Ahnung hatte. Sie begnügte sich damit, alles das zu erfüllen, was ihre Paten und Patinnen an ihrer Statt versprochen hatten, aber weiter nichts; und so konnte sie zwanzig Jahre hindurch ein schwieriges Wort gebrauchen und, wenn es ein Verbum war, durch alle Zeiten und Personen konjugieren, ohne sich im geringsten darum zu kümmern, was es bedeutete.

Dies war ein ewiger Quell des Jammers für meinen Vater und brach gleich zu Anfang mehr schönen Unterhaltungen zwischen ihnen das Genick, als der heftigste Widerspruch es vermocht hätte. Die wenigen, welche es überlebten, gewannen durch die Küvetten.

„Das sind närrische Dinge", sagte meine Mutter.

„Besonders die Küvetten", erwiderte mein Vater.

Das war genug – er genoß die Süßigkeit des Triumphs und fuhr fort.

„Genaugenommen ist es gar nicht Madame Wadmans Grundstück", sagte mein Vater, sich teilweise selbst verbessernd, „denn sie hat es nur auf Lebenszeit gepachtet."

„Das ist ein großer Unterschied", sagte meine Mutter.

„Im Kopf eines Narren", versetzte mein Vater.

„Solange sie keine Kinder bekommt", sagte meine Mutter.

„Aber zuerst muß sie meinen Bruder Toby bereden, daß er ihr eins schafft."

„Das ist klar, lieber Mann", sagte meine Mutter.

„Aber wenn sie ihn erst dazu überreden muß", sagte mein Vater, „dann sei ihnen Gott gnädig!"

„Amen!" sagte meine Mutter *piano*.

„Amen!" rief mein Vater *fortissimo*.

„Amen!" sagte meine Mutter nochmals, aber mit einer so seufzenden Kadenz persönlichen Mitleidens am Ende, daß jede Faser in meines Vaters Körper erschlaffte. Er zog augenblicklich seinen Kalender hervor; ehe er ihn aber noch aufschlagen konnte, beantwortete schon Yoricks Gemeinde, die gerade aus der Kirche kam, die eine Hälfte seiner Frage, und da ihm meine Mutter sagte, es sei ein Sakramentstag, blieben ihm ebensowenig Zweifel in bezug auf die andere Hälfte. Er steckte den Kalender wieder in die Tasche.

Der Erste Lord der Schatzkammer, wenn er auf Mittel und Wege sinnt, neue Steuern zu erfinden, hätte mit keinem verlegeneren Gesicht nach Hause gehen können.

Wenn ich vom Ende des letzten Kapitels aus zurückblicke und das Gewebe dessen betrachte, was ich geschrieben habe, halte ich es für notwendig, daß auf dieser und den nächstfolgenden fünf Seiten eine gute Portion heterogenen Stoffs eingeschaltet wird, damit das rechte Ebenmaß von Weisheit und Torheit gewahrt bleibt, ohne das kein Buch auch nur ein einziges Jahr zusammenhalten würde. Eine armselige, dahinschleichende Digression (die ein Mann, wenn es nicht des Namens wegen wäre, ebensogut auf der breiten Heerstraße durchführen könnte) würde nicht ausreichen. Nein, wenn es schon eine Digression sein soll, so muß es eine gute, lustige sein, und zwar über ein gutes, lustiges Thema, wobei weder das Pferd noch der Mann anders als im Zurückprallen aufgefangen werden kann.

Die einzige Schwierigkeit besteht darin, die zu diesem Zweck erforderliche Kraft zu finden. Die Phantasie hat ihre Mucken, der Witz darf nicht gesucht sein, und die Heiterkeit (ein so gutmütiges Geschöpf sie auch ist) will niemals kommen, wenn man sie ruft, und legte man ihr auch ein Königreich zu Füßen.

Das beste für einen Menschen ist, daß er seine Gebete spricht.

Aber wenn ihn das an seine Fehler und Gebrechen sowohl der Seele als auch des Körpers erinnert, wird er sich, wenn er sie aufgesagt hat, im Hinblick auf sein Vorhaben noch schlechter fühlen als vorher – in anderer Beziehung allerdings besser.

Für mein Teil kann ich mir kein moralisches oder mechanisches Mittel unter der Sonne vorstellen, das ich nicht in dieser Lage bereits an mir selbst versucht hätte. Zuweilen habe ich mich unmittelbar an die Seele selbst gewendet und mit ihr die Erweiterung ihrer eigenen Fähigkeiten hin und her überlegt.

Aber niemals habe ich sie dadurch um einen Zoll erweitert.

Dann habe ich meine Methode geändert und habe ausprobiert, was ich am Körper ausrichten könnte, durch Mäßigkeit, Nüchternheit und Keuschheit. Diese Eigenschaften, sagte ich mir, sind an und für sich gut; sie sind absolut gut; sie sind relativ gut; sie sind gut für die Gesundheit; sie sind gut für die Glückseligkeit in dieser Welt; sie sind gut für die Glückseligkeit in der zukünftigen.

Kurz, sie waren gut für alles, nur nicht für das, was ich suchte; und da sind sie zu weiter nichts gut, als daß sie die Seele gerade so belassen, wie sie der Himmel geschaffen hat. Die theologischen Tugenden Glaube und Hoffnung geben ihr Mut; aber da kommt die wehleidige Tugend der Sanftmut (wie mein Vater sie stets zu nennen pflegte) und nimmt ihn wieder ganz weg, und damit sind wir wieder genau dort, von wo wir ausgegangen sind.

Nun gibt es für alle gewöhnlichen und täglich vorkommenden Fälle kein zweckmäßigeres Mittel als das folgende:

Wahrhaftig, wenn man sich auf die Logik nur einigermaßen verlassen kann und ich nicht von Eigenliebe verblendet bin, so muß ich etwas von einem wahren Genie an mir haben, und zwar läßt sich das allein aus diesem Kennzeichen des Genies schließen, daß ich nicht weiß, was Neid ist. Denn sobald ich nur auf eine Erfindung oder einen Handgriff gerate, welche auf die Förderung der guten Schriftstellerkunst abzielen, so gebe ich es augenblicklich bekannt, weil ich möchte, daß alle Menschen ebensogut schrieben wie ich.

Was sie gewiß tun werden, wenn sie ebensowenig denken.

13. Kapitel

Nun, in gewöhnlichen Fällen, das heißt, wenn ich einfach borniert bin und die Gedanken nicht recht kommen wollen, sondern zäh wie Gummi durch meine Feder fließen –

Oder wenn ich, ohne zu wissen wie, in einen kalten, bilderarmen, elenden Stil verfallen bin und nichts Genießbares herausbringen kann, selbst wenn es um das Heil meiner Seele ginge, und auf diese Weise wie ein holländischer Kommentator bis zum Ende des Kapitels fortfahren muß, wenn nicht irgend etwas geschieht –

Dann stehe ich nicht lange herum und halte eine Konferenz ab mit Feder und Tinte, sondern nehme, wenn eine Prise Schnupftabak oder ein paar Schritte durchs Zimmer nichts helfen wollen, augenblicklich mein Rasiermesser, und nachdem ich die Schneide am Handballen ausprobiert habe, mache ich mich ohne weitere Zeremonien, nur daß ich das Einseifen nicht vergesse, über meinen Bart her und rasiere ihn ab; sollte ich ein Haar stehenlassen, so nehme ich mich nur in acht, daß es kein graues ist. Ist das geschehen, wechsle ich das Hemd, ziehe einen besseren Rock an, lasse meine neueste Perücke holen, stecke meinen Topasring an den Finger und, mit einem Wort, kleide mich von oben bis unten in meinen besten Sonntagsstaat.

Nun müßte doch der Satan aus der Hölle dahinterstecken, wenn das nicht hülfe; denn bedenken Sie doch, mein Herr, da doch jeder Mann gerne selbst gegenwärtig sein möchte, wenn ihm sein Bart abrasiert wird (obwohl freilich keine Regel ohne Ausnahme ist), und da er notwendigerweise die ganze Zeit hindurch, während es geschieht, sich selbst gegenübersitzt, falls er dabei mitwirkt, daß diese Situation wie alle anderen ihre eignen Vorstellungen erzeugt, die sie dem Gehirn einprägt.

Ich behaupte, daß die Einfälle eines rauhbärtigen Mannes um sieben Jahre straffer und jugendlicher werden durch eine einzige Operation; und wenn sie nicht Gefahr liefen, ganz abrasiert zu werden, könnte man sie durch ständiges Rasieren bis zur höchsten Stufe des Erhabenen treiben. Wie Homer mit einem so langen Bart schreiben konnte, begreife ich nicht, und ich kümmere mich auch nicht so viel darum, weil es meiner Hypothese widerspricht. – Aber kehren wir zur Toilette zurück.

Ludovicus Sorbonensis macht hieraus lediglich eine Sache des Körpers (ἐξωτερικὴ πρᾶξις), wie er es nennt, aber er irrt sich: die Seele und der Körper sind in allen Dingen gleichberechtigte Teilhaber. Ein Mensch kann sich nicht ankleiden, ohne daß seine Ideen zugleich bekleidet werden; und kleidet er sich wie ein vornehmer Mann, so stehen sie vor seiner Phantasie ebenso vornehm da wie er selbst, so daß er nichts weiter zu tun hat, als seine Feder zu nehmen und so zu schreiben, wie er selbst ist.

Aus diesem Grunde können Euer Gnaden und Hochwürden, falls Sie wissen möchten, ob ich säuberlich und lesbar schreibe, ebenso richtig darüber urteilen, wenn Sie die Rechnung meiner Wäscherin durchsehen, wie wenn Sie mein Buch läsen. Es gibt einen einzigen Monat, in dem ich nachweislich einunddreißig Hemden schmutzig gemacht habe, um säuberlich zu schreiben, und trotzdem wurde ich wegen dessen, was ich in dem einen Monat geschrieben hatte, ärger beschimpft, verdammt, kritisiert und verflucht und mit mehr mystischen Köpfeschütteln bedacht als in allen übrigen Monaten desselben Jahres zusammen.

Aber Euer Gnaden und Hochwürden hatten meine Wäscherechnungen nicht gesehen.

14. Kapitel

Da ich nie die Absicht gehabt habe, die Digression, für die ich alle diese Anstalten mache, eher anzufangen, als bis ich an das 15. Kapitel komme, kann ich dieses Kapitel hier nach Belieben verwenden. Ich habe in diesem Augenblick wohl zwanzigerlei dafür im Kopf. Ich könnte hier mein Kapitel über die Knopflöcher schreiben –

Oder mein Kapitel über das Pfuirufen, das darauf folgen sollte –

Oder mein Kapitel über die Knoten; aber wenn Euer Hochwürden damit fertig wären, könnten Sie mich in Unglück bringen. Der sicherste Weg ist wohl, den Fußstapfen der Gelehrten zu folgen und gegen das, was ich geschrieben habe, Einwürfe vorzubringen, obgleich ich im voraus beteure, daß ich ebensowenig wie meine Ferse weiß, wie ich sie beantworten soll.

Erstens könnte man sagen, man finde darin eine abscheuliche Art von thersitischer Satire, so schwarz wie die Tinte, mit der es geschrieben worden ist (und nebenbei bemerkt, der Mann, der das sagt, hat es dem Muster-Meister-General der griechischen Armee zu verdanken, weil dieser den Namen eines so häßlichen und gemeinen Kerls wie Thersites in der Armeeliste duldete, denn das hat ihm ein Beiwort an die Hand gegeben). In diesen Schriften, wird er weiter sagen, gereicht alles persönliche Striegeln und Waschen von der Welt dem sinkenden Genie nicht im geringsten zum Vorteil, sondern gerade umgekehrt; denn je schmutziger der Kerl ist, desto mehr Erfolg hat er gewöhnlich.

Hierauf habe ich keine andere Antwort – wenigstens nicht bei der Hand – als die, daß der Erzbischof von Benevent seinen schmutzigen Roman von der Galatea, wie die ganze Welt weiß, in einer purpurnen Jacke, Weste und Hose schrieb, und daß die Buße, die ihm auferlegt wurde, nämlich einen Kommentar zum Buch der Offenbarung zu schreiben, für so streng sie auch ein Teil der Welt hielt, von dem anderen Teil keineswegs so betrachtet wurde, und zwar lediglich wegen seiner Kleidung.

Ein anderer Einwand gegen das Mittel ist sein Mangel an Universalität, da nämlich das Rasieren, das als ein so wesentlicher Bestandteil desselben gilt, durch ein unveränderliches Gesetz der Natur bei einer Hälfte des Menschengeschlechts überhaupt nicht angewendet werden kann. Ich kann dazu nur sagen, daß die weiblichen Schriftsteller in England oder Frankreich sich ohne das Mittel behelfen müssen.

Um die spanischen Damen mache ich mir keine Sorgen.

15. Kapitel

Das fünfzehnte Kapitel ist endlich da, bringt aber weiter nichts mit als ein betrübliches Anzeichen dafür, wie unsere Freuden uns in dieser Welt entschlüpfen.

Denn indem ich von meiner Digression spreche, erkläre ich hiermit öffentlich, daß ich sie gemacht habe! – „Was für ein wunderliches Geschöpf ist doch der sterbliche Mensch!" sagte sie.

„Sehr wahr", sagte ich. Aber es ist besser, wir schlagen uns all diese Dinge aus dem Kopf und kehren zu meinem Onkel Toby zurück.

16. Kapitel

Als mein Onkel Toby und der Korporal bis ans Ende der Allee marschiert waren, fiel ihnen ein, daß ihr Geschäft auf der andern Seite liege; sie machten also kehrt und marschierten direkt auf Madame Wadmans Türe zu.

„Es wird alles gut gehn, Euer Gnaden", sagte der Korporal und legte die Hand an seine Reitmütze, als er an ihm vorbeiging, um an die Tür zu klopfen. Mein Onkel Toby gab ihm, entgegen seiner stets gleichbleibenden Gewohnheit, seinem treuen Diener zu begegnen, keine Antwort, weder im guten noch im bösen; und das lag daran, daß er seine Gedanken noch nicht völlig in Ordnung gebracht hatte. Er wollte noch einmal Kriegsrat halten, und als der Korporal die drei Stufen vor der Tür hinaufschritt, stieß er ein zweimaliges Hm! aus. Ein Teil von Onkel Tobys sehr bescheidener Herzhaftigkeit flog mit jedem Hm! zum Korporal hinüber; dieser stand eine ganze Minute lang mit dem erhobenen Türklopfer in der Hand und wußte kaum warum. Bridget stand drinnen auf dem Vorposten, den Finger und Daumen auf der Klinke, starr vor Erwartung. Und Madame Wadman, die Augen voller Bereitwilligkeit, die Blume noch einmal zu opfern, saß mit angehaltenem Atem hinter dem Fenstervorhang in ihrer Schlafkammer und beobachtete ihr Näherkommen.

„Trim!" sagte mein Onkel Toby, aber als er das Wort aussprach, war die Minute verstrichen, und Trim ließ den Klopfer fallen.

Als mein Onkel Toby erkannte, daß dies aller Hoffnung auf eine Konferenz den Kopf eingeschlagen hatte, pfiff er den „Lillibullero".

17. Kapitel

Da Jungfer Bridget schon mit Finger und Daumen die Klinke gefaßt hielt, klopfte der Korporal nicht so oft wie vielleicht Euer Gnaden Schneider. Ich hätte mein Beispiel wohl besser bei mir behalten, denn ich bin dem meinigen wenigstens etwa fünfundzwanzig Pfund schuldig und wundere mich über des Mannes Geduld.

Aber das interessiert keinen Menschen; es ist nur so eine verdammte Sache, in Schulden zu stecken, und es scheint ein Verhängnis über den Schatzkammern gewisser armer Prinzen zu schweben, besonders jener aus unserem Haus, ein Verhängnis, das keine Sparsamkeit in Fesseln zu legen vermag. Ich meinesteils bin überzeugt, daß es keinen anderen Prinzen, Prälaten, Papst, Potentaten, er sei groß oder klein, in der Welt gibt, der in seinem Herzen mehr wünscht als ich, mit der ganzen Welt quitt zu sein, oder der geeignetere Maßnahmen ergreift. Ich gebe niemals mehr als eine halbe Guinee aus, gehe nie in Stiefeln spazieren, kaufe nie Zahnstocher und lege das ganze Jahr nur einen Schilling für Bänder und Spitzen an, und in den sechs Monaten, die ich auf dem Lande zubringe, lebe ich so kärglich, daß ich mit der größten Gemütsruhe von der Welt Rousseau meilenweit zurücklasse; denn ich halte mir weder einen Diener noch einen Jungen, kein Pferd, keine Kuh, keinen Hund, keine Katze noch sonst irgend etwas, was essen oder trinken muß, ausgenommen ein armes, mageres Ding von einer Vestalin (um mein Feuer zu unterhalten), die gewöhnlich einen ebenso schlechten Appetit hat wie ich selbst. Wenn Sie aber denken, das mache mich zum Philosophen, so möchte ich, meine guten Leute, keinen Strohhalm für Ihr Urteil geben.

Wahre Philosophen – aber dieses Thema läßt sich unmöglich abhandeln, während mein Onkel den „Lillibullero“ pfeift.

Laßt uns ins Haus gehen!

18. Kapitel

19. Kapitel

* *
* *
* *
* *
* *
* *

„Sie sollen die genaue Stelle sehen, Madame“, sagte mein Onkel Toby.

Madame Wadman errötete, sah nach der Tür, wurde bleich, errötete abermals ein wenig, bekam wieder ihre natürliche Farbe, errötete stärker als zuvor, was ich dem ungelehrten Leser zu Gefallen folgendermaßen übersetze:

Ach Gott! Ich kann nicht hinsehen.

Was würde die Welt sagen, wenn ich hinsähe?

Ich würde tot umfallen, wenn ich hinsähe.

Ich wollte, ich könnte hinsehen.

Es kann doch keine Sünde sein, hinzusehen.

Ich will hinsehen.

Während all das der Witwe Wadman durch den Kopf ging, war mein Onkel Toby vom Sofa aufgestanden und zur Tür des Wohnzimmers gegangen, um Trim auf dem Flur einen Befehl zu geben.

* * * * * * * * * * * * * * — „Ich glaube, es ist oben in der Dachkammer“, sagte mein Onkel Toby. — „Ich hab es da heute morgen noch liegen sehn, Euer Gnaden“, antwortete Trim. — „Nun, so geh Er nur gleich hin, Trim“, sagte mein Onkel Toby, „und bring Er mir’s ins Wohnzimmer.“

Dem Korporal gefiel der Befehl nicht recht, er gehorchte ihm aber willig. Das erste war kein Akt des Willens, wohl aber das zweite. Er setzte also seine Reitmütze auf und ging so schnell, wie es ihm sein lahmes Knie erlaubte. Mein Onkel Toby kehrte in das Wohnzimmer zurück und setzte sich wieder auf das Sofa.

„Sie sollen Ihren Finger auf die Stelle legen“, sagte mein Onkel Toby. — Berühren werde ich sie aber nicht, sagte Madame Wadman bei sich selbst.

Dies erheischt abermals eine Übersetzung, es zeigt, wie wenig man aus bloßen Worten erfahren kann. Wir müssen zu der ersten Quelle zurückgehen.

Um nun den Nebel aufzuhellen, der auf diesen drei Seiten liegt, muß ich mich bemühen, selbst so klar wie möglich zu sein.

Reiben Sie mit den Händen dreimal über Ihre Stirn, schneuzen Sie sich, reinigen Sie Ihre Ausscheidungsorgane, niesen Sie, meine lieben Freunde! – Gesundheit!

Nun kommen Sie mir mit aller Macht zu Hilfe.

21. Kapitel

Da es fünfzig verschiedene Zwecke gibt (wenn man alle Zwecke, sowohl die bürgerlichen als auch die religiösen, mitrechnet), weswegen eine Frau einen Ehemann nimmt, überlegt sie zuerst und erwägt sorgfältig und betrachtet und unterscheidet in ihrem Geist, welcher von der ganzen Anzahl von Zwecken der ihrige sei; alsdann versucht sie durch Gespräche, Nachforschungen, Argumente und Schlußfolgerungen ausfindig zu machen, ob sie den rechten Zweck zu fassen bekommen hat, und hat sie das, so zieht sie ihn sachte hierhin und dorthin, um festzustellen, ob er unter dieser Belastung auch nicht zerreißt.

Die Bildersprache, mit der Slawkenbergius dies am Anfang seiner dritten Dekade der Phantasie seines Lesers nahebringt, ist so leichtfertig, daß mir die Ehrfurcht, die ich vor dem schönen Geschlecht habe, nicht erlaubt, die Stelle hier zu zitieren – sonst ist sie allerdings nicht ohne Humor.

„Zuerst", sagt Slawkenbergius, „läßt sie den Esel stillstehen, und indem sie ihn mit der linken Hand beim Halfter hält (damit er nicht ausreißen kann), fährt sie mit ihrer Rechten bis ganz auf den Boden seines Tragkorbes, um es zu suchen." – „Was denn?" – „Sie werden es nicht erfahren", sagt Slawkenbergius, „wenn Sie mich unterbrechen."

„Ich habe nichts, gute Frau, als leere Krüge", sagt der Esel.

„Ich bin mit Kaldaunen geladen", sagt der zweite.

„Und du bist nicht viel besser", sagt sie zu dem dritten, „denn du hast in deinem Korb nichts als Pluderhosen und Pantoffeln", und so fort zum vierten und fünften und reihum durch die ganze Koppel; als sie zu dem Esel kommt, der es trägt, kehrt sie den Tragkorb um, besieht es, betrachtet es, untersucht es, mißt es, dehnt es, feuchtet es an, setzt ihre Zähne an Kette und Schuß.

„Von was? Sagen Sie es doch um Himmels willen!"

„Ich bin fest entschlossen", antwortet Slawkenbergius, „daß keine Macht der Welt das Geheimnis meiner Brust entreißen soll."

22. Kapitel

Wir leben in einer Welt, die auf allen Seiten von Geheimnissen und Rätseln umgeben ist, und deshalb ist es nichts Besonderes – andernfalls würde es seltsamer erscheinen –, daß die Natur, die alle Dinge so zweckmäßig einrichtet und selten oder niemals irrt (es sei denn aus Spielerei), indem sie allem, was durch ihre Hand geht, ob es nun für den Pflug, für die Karawane oder für den Karren bestimmt ist, oder was für ein Geschöpf sie modelliert, sei es auch nur ein Eselfüllen, solche Formen und Fähigkeiten gibt, daß Sie sicher sein können, das Ding zu bekommen, das Sie verlangen, und doch pfuscht sie gleichzeitig herum, wenn sie ein so einfältiges Ding wie einen Ehemann macht.

Ob das an der Wahl des Lehmkloßes oder daran liegt, daß dieser häufig beim Backen verdorben wird – durch zu häufiges Kneten, wissen Sie, kann ein Ehemann einerseits zu krustig werden, andererseits aber durch Mangel an Hitze nicht krustig genug –, oder ob diese große Künstlerin nicht aufmerksam genug auf die kleinen platonischen Bedürfnisse desjenigen Teils des menschlichen Geschlechts achtet, zu dessen Gebrauch sie diesen macht, oder ob die gnädige Frau zuweilen selbst nicht recht weiß, wie ein richtiger Ehemann aussehen soll – das kann ich nicht sagen. Nach dem Abendessen wollen wir darüber sprechen.

Genug, daß weder die Beobachtung selbst noch die nachfolgende Erörterung im geringsten der Sache dienen, sondern ihr vielmehr schaden. Denn hinsichtlich der Eignung Onkel Tobys zum Ehestand hätte nichts in der Welt besser eingerichtet werden können: Die Natur hatte ihn aus dem besten und gutartigsten Lehm gebildet, hatte diesen mit ihrer eigenen Milch eingeweicht und ihm den sanftesten Geist eingehaucht; sie hatte ihn durch und durch tapfer, großmütig und menschlich geschaffen, sein Herz mit Treue und Vertrauen erfüllt und jede Leitung, die zum Herzen führt, zur Vermittlung der zärtlichsten Dinge eingerichtet, ja sie hatte überdies noch die anderen Gründe mit in Betracht gezogen, weswegen der Ehestand eingesetzt wurde.

Und dementsprechend * * * * * * * * * * * * * *
* *
* *.

Diese Gabe war auch durch Onkel Tobys Wunde nicht geschmälert worden.

Jedoch war dieser letzte Punkt ein wenig apokryph, und der Teufel, der große Anfechter unseres Glaubens in dieser Welt, hatte in Madame Wadmans Gehirn darüber Zweifel erweckt; und als der wahre Teufel, der er war, hatte er zugleich sein Unwesen dadurch getrieben, daß er Onkel Tobys Tugend daraufhin in lauter leere Krüge, Kaldaunen, Pluderhosen und Pantoffeln verwandelt hatte.

23. Kapitel

Jungfer Bridget hatte den ganzen kleinen Vorrat an Ehre, den eine arme Zofe aufbringen konnte, dafür verpfändet, daß sie in zehn Tagen der Sache auf den Grund gegangen sein würde, und sie baute auf eins der unbestrittensten Postulate der Natur, daß nämlich der Korporal, während mein Onkel Toby ihrer Herrin den Hof machte, nichts Besseres zu tun haben würde, als ihr selber ebenfalls den Hof zu machen. – „Und ich will ihn tun lassen, was er will“, sagte Bridget, „um es aus ihm herauszubringen.“

Die Freundschaft hat zwei Röcke, einen Ober- und einen Unterrock. Bridget wollte die Interessen ihrer Herrin in dem einen wahrnehmen und das, was ihr am meisten behagte, in dem andern tun, und so hatte sie ebenso viele Einsätze auf Onkel Tobys Wunde gemacht wie der Satan selbst. Madame Wadman hatte nur eine Chance, und da diese möglicherweise ihre letzte war, hatte sie sich entschlossen (ohne ihre Bridget zu entmutigen oder deren Fähigkeiten anzuzweifeln), ihre Karten selbst auszuspielen.

Sie brauchte keine Ermutigung, denn ihm, Onkel Toby, hätte ein Kind in die Karten schauen können. Er spielte mit solcher Offenherzigkeit und Einfalt alle seine Trümpfe aus und fiel in solcher arglosen Unwissenheit auf die Zehn-As-Kombination herein, und so nackt und wehrlos saß er da mit Madame Wadman auf einem Sofa beisammen, daß ein großmütiges Herz geweint haben würde, wenn es ihm das Spiel abgewonnen hätte.

Doch lassen wir die Metapher fallen.

24. Kapitel

Und die Geschichte ebenfalls, wenn's Ihnen beliebt! Denn obgleich ich die ganze Zeit über mit so herzlichem Verlangen auf diese Stelle derselben zugeeilt bin, wohl wissend, daß sie von allem, was ich der Welt vorzusetzen habe, der beste Leckerbissen ist, will ich doch jetzt, da ich dort angelangt bin, gern jedem anderen meine Feder übergeben, damit er die Geschichte an meiner Statt fortsetzen möge. Ich erkenne die Schwierigkeiten bei der Schilderung, die ich vor mir habe, und fühle meinen Mangel an Kräften.

Ich habe wenigstens den einen Trost, daß ich diese Woche an die achtzig Unzen Blut infolge eines sehr tückischen Fiebers verloren habe, das mich überfiel, als ich dieses Kapitel anfing; somit habe ich noch einige Hoffnung, daß es eher an den serösen und kugelförmigen Teilen des Blutes liegt als an der empfindlichen Aura des Gehirns. Doch sei dem, wie ihm wolle – eine Anrufung kann nicht schaden! Und ich überlasse es völlig dem Angerufenen, mir das einzublasen oder einzuspritzen, was er für gut hält.

DIE ANRUFUNG

Gütiger Geist des köstlichsten Humors, der du vormals auf der leichten Feder meines geliebten Cervantes saßest, du, der du täglich durch sein Fenstergitter schlüpftest und das Dämmerlicht seines Gefängnisses durch deine Gegenwart in hellen Mittagsschein verwandeltest, das Wasser in seinem kleinen Krug mit himmlischem Nektar vermischtest und während der ganzen Zeit, da er von Sancho und seinem Herrn schrieb, deinen mystischen Mantel über seinen verdorrten Stummel* warfst, und ihn weit über alle Übel seines Lebens ausbreitest –

Kehr bei mir ein, ich bitte dich! Sieh diese Hose an! Sie ist alles, was ich auf der Welt besitze; diesen häßlichen Riß bekam sie in Lyon.

Meine Hemden! Sieh, was für ein schreckliches Schisma sich bei ihnen ereignet hat, denn die Schöße sind in der Lombardei, und das übrige davon ist hier. Nie hatte ich mehr als sechs, und eine listige Hexe von Wäscherin in Mailand schnitt mir von fünfen die vorderen Schöße ab. Doch um ihr nicht Unrecht zu tun, sie tat es nicht ohne Überlegung, denn ich war auf dem Heimweg aus Italien.

Und dennoch, obgleich mir außerdem noch eine Pistolenzündbüchse in Siena gemaust wurde und obgleich ich zweimal fünf Paoli für zwei harte Eier bezahlen mußte, einmal in Raddicoffini und das andere Mal in Capua, halte ich eine Reise durch Frankreich und Italien, vorausgesetzt, daß man auf dem ganzen Weg nicht die Ruhe verliert, für keine so schlimme Sache, wie einige Leute einem gern weismachen möchten. Es muß zuweilen auf und nieder gehen, denn wie zum Teufel könnten wir sonst zu den Tälern gelangen, in

* Er hatte in der Schlacht von Lepanto eine Hand verloren.

denen die Natur so manche Tafel des Vergnügens für uns gedeckt hat!? Es ist natürlich Unsinn, sich einzubilden, daß sie uns ihr Fuhrwerk leihen, damit wir es umsonst zuschanden fahren können; und wenn Sie nicht für das Schmieren Ihrer Räder zwölf Sous bezahlen, woher sollte der arme Bauer Butter nehmen, um sie auf sein Brot zu schmieren? Wirklich, wir erwarten zuviel, und wer wird wegen der paar Livres, die er zuviel für sein Abendessen und Bett zahlt – das macht doch höchstens einen Schilling und neuneinhalb Pence aus –, ihre Philosophie durcheinanderbringen? Um Himmels willen und um Ihrer selbst willen, zahlen Sie, zahlen Sie lieber mit zwei offenen Händen, als daß Sie bei Ihrem Abschied vor der Tür trübselige Enttäuschung in den Augen der hübschen Wirtin und ihrer Töchter zurücklassen; und überdies, mein lieber Herr, bekommen Sie einen schwesterlichen Kuß von allen, der sein Pfund wert ist – mir ist es wenigstens so ergangen!

Denn da mir auf dem ganzen Weg Onkel Tobys Liebesgeschichte im Kopf herumging, hatte sie die nämliche Wirkung auf mich, als wäre es meine eigene gewesen. Ich befand mich im vollkommensten Zustand der Güte und des Wohlwollens und fühlte bei jeder Erschütterung des Wagens die Schwingungen der sanftesten Harmonie, so daß es mir gleichgültig war, ob die Wege holprig waren oder eben; alles was ich sah oder womit ich zu tun hatte, berührte eine geheime Feder des Gefühls oder des Entzückens.

Es waren die lieblichsten Töne, die je mein Ohr berührt hatten; und den Augenblick ließ ich das vordere Kutschenfenster herab, um sie deutlicher hören zu können. – „Es ist Maria“, sagte der Postillion, der bemerkte, daß ich horchte. „Die arme Maria“, fuhr er fort (und bog sich dabei nach einer Seite, damit ich sie sehen konnte, denn er saß in gerader Linie zwischen uns), „sitzt auf der Rasenböschung und spielt auf der Flöte ihren Vespergesang, ihre kleine Ziege neben sich.“

Der junge Kerl brachte dies mit einem Ton und Blick hervor, die so vollkommen im Einklang mit einem gefühlvollen Herzen standen, daß ich augenblicklich das Gelübde tat, ihm ein Vierundzwanzigsoustück zu geben, wenn ich nach Moulins käme.

„Und wer ist die arme Maria?“ fragte ich.

„Die Liebe und das allgemeine Bedauern aller Dörfer um uns herum“, sagte der Postillion. „Es ist drei Jahre her, daß die Sonne auf kein schöneres, aufgeweckteres und liebenswürdigeres Mädchen geschienen hat; und Maria verdiente ein besseres Schicksal, als daß ihr durch die Intrigen des Pfarrers, der sie aufbieten sollte, ein Eheverbot auferlegt wurde.“

Er wollte weiterreden, als Maria, die eine kurze Pause gemacht hatte, die Flöte in den Mund nahm und die Melodie von neuem begann; es waren die gleichen Töne, aber sie waren zehnmal lieblicher. – „Es ist das Abendlied an die Heilige Jungfrau“, sagte der junge Mann. „Aber wer es sie spielen gelehrt hat oder wie sie zu ihrer Flöte gekommen ist, weiß kein Mensch; wir glauben, der Himmel hat ihr zu beidem verholfen, denn seit es in ihrem Kopf nicht ganz richtig ist, scheint das ihr einziger Trost zu sein. Sie hat die Flöte noch niemals aus der Hand gelegt, sondern darauf ihr Abendlied ständig fast Tag und Nacht gespielt.“

Der Postillion erzählte dieses mit so großer Bescheidenheit und solcher natürlichen Beredsamkeit, daß ich mich nicht enthalten konnte zu versuchen, etwas in seinem Gesicht zu entziffern, was einen höheren Stand verraten könnte; und ich würde seine Geschichte ausgeforscht haben, hätte mich nicht Marias Gesicht so völlig in Anspruch genommen.

Wir waren jetzt fast bis an die Rasenböschung gekommen, auf der Maria saß. Sie trug ein weißes feines Mieder, und ihr Haar war bis auf zwei Locken in ein seidenes Netz aufgebunden, in das an der einen Seite ein paar Olivenblätter ein wenig phantastisch geflochten waren. Sie war schön; und wenn ich jemals die ganze Stärke eines redlichen Herzeleids empfunden habe, so war es in dem Augenblick, da ich sie sah.

„Gott steh ihr bei! Armes Mädchen! Sie haben mehr als hundert Messen“, sagte der Postillion, „in den verschiedenen Dorf- und Klosterkirchen ringsum für sie lesen lassen, aber es hat nichts geholfen. Wir haben doch noch Hoffnung,

denn sie ist zuweilen auf kurze Zeit ganz verständig, daß die Heilige Jungfrau sie wiederherstellen wird. Ihre Eltern aber, die sie am besten kennen, haben alle Hoffnung aufgegeben und meinen, daß sie ihre Sinne für immer verloren hat."

Als der Postillion das sagte, blies Maria eine so melancholische Kadenz, so zärtlich und klagend, daß ich aus dem Wagen sprang, um ihr zu helfen, und ich fand mich zwischen ihr und ihrer Ziege sitzend, ehe ich nach meinem Begeisterungstaumel wieder zu mir kam.

Maria blickte einige Zeit ganz starr auf mich und dann auf ihre Ziege – und dann wieder auf mich – und dann wieder auf ihre Ziege, und abwechselnd so fort.

„Nun, Maria", sagte ich sanft, „welche Ähnlichkeit stellst du fest?"

Ich bitte den redlichen Leser, mir zu glauben, daß ich aus der demütigsten Überzeugung, was der Mensch doch für ein Tier sei, diese Frage stellte und daß ich in der ehrwürdigen Gegenwart des Elends keinen unpassenden Scherz hätte machen können, selbst wenn ich dadurch einen Anspruch auf all den Witz erlangt hätte, den Rabelais jemals von sich gegeben hat. Und dennoch, ich bekenne es, tat es mir im Herzen weh und wurde ich über den bloßen Gedanken, sie verletzt zu haben, so traurig, daß ich schwur, mein ganzes Leben der Weisheit zu weihen und nichts als ernsthafte Sittensprüche zu äußern und niemals, niemals wieder zu versuchen, mit Mann, Frau oder Kind einen Scherz zu treiben, solange ich lebte.

Was aber das Schreiben von Unsinn betrifft, so habe ich wohl einen Vorbehalt gemacht – doch das überlasse ich der Welt.

„Lebe wohl, Maria! Lebe wohl, armes unglückliches Mädchen! Zu einer anderen Zeit, aber nicht jetzt, höre ich vielleicht deine Leiden von deinen eigenen Lippen." – Aber ich irrte mich, denn im selben Augenblick nahm sie ihre Flöte und erzählte mir damit eine solche Geschichte des Jammers, daß ich aufstand und mit schwankenden Schritten zu meinem Wagen ging.

Was für ein vortreffliches Wirtshaus in Moulins!

Wenn wir bis ans Ende dieses Kapitels gekommen sind (aber nicht eher), müssen wir alle wieder zurückkehren zu den beiden leer gelassenen Kapiteln, derentwegen meine Ehre schon eine halbe Stunde blutet; ich stille das Blut dadurch, daß ich einen von meinen gelben Pantoffeln ausziehe, ihn mit aller Kraft an die gegenüberliegende Wand meines Zimmers werfe und folgende Erklärung hinterher schleudere:

Daß diese Kapitel, welche Ähnlichkeit sie auch mit der Hälfte aller Kapitel haben mögen, die in der Welt geschrieben worden sind oder, wenn ich mich nicht sehr irre, eben jetzt in ihr geschrieben werden, genauso zufällig entstanden sind wie der Schaum bei Zeuxis' Pferd. Überdies betrachte ich ein Kapitel, in dem nichts steht, stets mit Respekt; und wenn ich bedenke, was für schlimmere Dinge es in der Welt gibt, halte ich so etwas nicht für einen geeigneten Gegenstand der Satire.

Warum wurden sie denn leer gelassen? Und hier werde ich, ohne meine Antwort geben zu können, als Dummkopf, Pinsel, Gimpel, Gelbschnabel, Hanswurst, Ölgötze, Esel, Schafskopf, Bettsch ... er und mit anderen unverdaulichen Namen gescholten werden, wie sie die Kuchenbäcker von Lerné den Schäfern des Königs Gargantua ins Gesicht warfen. Mögen sie es nur tun, wie Bridget sagte, solange es ihnen Spaß macht; denn wie hätten sie die Notwendigkeit vorhersehen können, daß ich das 25. Kapitel meines Buches früher schreiben mußte als das 18. usw.

Ich nehme es ihnen also gar nicht übel. Ich wünsche nur, daß es der Welt eine Lehre sein möge, die Leute ihre Geschichten auf ihre eigene Art erzählen zu lassen.

DAS ACHTZEHNTE KAPITEL

Da Jungfer Bridget die Tür öffnete, ehe der Korporal noch richtig geklopft hatte, war die Zeit zwischen diesem Augenblick und der Einführung Onkel Tobys ins Besuchszimmer so kurz, daß Madame Wadman nur gerade noch hinter dem Vorhang weghuschen, eine Bibel auf den Tisch legen und ein paar Schritte auf die Tür zugehen konnte, um ihn zu empfangen.

Mein Onkel Toby begrüßte Madame Wadman auf die Weise, wie im Jahre unseres Herrn eintausendsiebenhundertunddreizehn eine Frau von einem Mann begrüßt wurde; darauf machte er kehrt, ging Seite an Seite mit ihr zum Sofa, und mit drei kleinen Worten – doch nicht eher, als bis er sich gesetzt hatte, auch nicht, nachdem er sich gesetzt hatte, sondern indem er sich setzte – sagte er ihr, er sei verliebt, so daß sich also mein Onkel Toby bei seiner Erklärung mehr anstrengte, als nötig gewesen wäre.

Madame Wadman schlug natürlich die Augen nieder, blickte auf eine Naht ihrer Schürze, die sie gerade ausgebessert hatte, und erwartete jeden Augenblick, daß mein Onkel weitergehen würde; da er kein Talent hatte, sich weiter zu verbreiten, und da die Liebe zudem ein Thema war, das er von allen am wenigsten beherrschte, ließ er es, nachdem er Madame Wadman einmal gesagt hatte, daß er sie liebe, dabei bewenden und hoffte, daß die Sache von selbst weitergehen würde.

Mein Vater geriet stets in Verzückung über dieses System Onkel Tobys, wie er es fälschlich nannte, und pflegte zu sagen, daß sein Bruder Toby, hätte er zu diesem Vorgehen nur noch eine Pfeife Tabak hinzufügen können, damit schnell, wenn nur irgend etwas Wahres an einem spanischen Sprichwort wäre, einen Weg zu den Herzen der Hälfte aller Frauen auf der Erdkugel gefunden hätte.

Mein Onkel Toby verstand niemals, was mein Vater damit sagen wollte; ebensowenig will ich mehr daraus folgern als die Verwerfung eines Irrtums, dem die meisten Menschen unterliegen, abgesehen von den Franzosen, die ausnahmslos fast ebenso fest daran glauben wie an die körperliche Gegenwart, nämlich daß von Liebe reden schon lieben sei.

Nach diesem Rezept möchte ich ebenso gern eine Blutwurst machen wollen.

Fahren wir fort! Madame Wadman saß in der Erwartung,

er werde das tun, bis fast zum ersten Pulsschlag jener Minute, in der das Stillschweigen auf der einen oder andern Seite gewöhnlich unanständig wird; deshalb rückte sie ein wenig näher zu ihm, und indem sie die Augen erhob – sie errötete dabei ein wenig –, nahm sie den Fehdehandschuh oder (wenn Sie das lieber hören) das Gespräch auf und fing die Unterhaltung mit meinem Onkel Toby folgendermaßen an:

„Die Sorgen und die Beschwerlichkeiten des Ehestandes“, sagte Madame Wadman, „sind sehr groß.“ – „Das sind sie, glaube ich“, sagte mein Onkel Toby. – „Wenn also ein Mensch“, fuhr Madame Wadman fort, „so angenehm leben kann wie Sie, so glücklich, Herr Hauptmann, durch sich selbst, durch seine Freunde und seinen Zeitvertreib, dann frage ich mich, welche Gründe ihm diesen Stand verlockend erscheinen lassen.“

„Sie stehen“, sagte mein Onkel Toby, „alle im Katechismus.“

Bis dahin ging mein Onkel Toby mit Vorsicht zu Werke, blieb in seiner sicheren Tiefe und ließ Madame Wadman nach Belieben über den Abgründen dahinsegeln.

„Was die Kinder anbelangt“, sagte Madame Wadman, „obgleich sie vielleicht ein Hauptzweck dieser Institution und ein natürlicher Wunsch, wie ich glaube, aller Eheleute sind – wissen wir nicht alle sehr wohl, daß sie gewisse Sorgen und sehr ungewisse Freuden machen? Und, mein lieber Herr, was vergilt einem das Herzeleid, was entschädigt einen für die vielen zärtlichen, unruhigen Bekümmernisse einer leidenden, wehrlosen Mutter, die sie auf die Welt bringt?“ – „Ich gestehe“, sagte mein Onkel Toby, von Mitleid ergriffen, „ich kenne keine; es sei denn das Vergnügen, womit es Gott gefallen hat ...“

„Unsinn!“ sagte sie.

DAS NEUNZEHNTE KAPITEL

Nun gibt es eine solche unendliche Menge von Tönen, Klängen, Weisen, Melodien, Mienen, Blicken und Betonungen, mit denen das Wort „Unsinn“ in allen derartigen

Fällen ausgesprochen werden kann, und es erhält jeweils einen so unterschiedlichen Sinn und Verstand, wie Schmutz von Reinlichkeit verschieden ist, daß die Kasuisten (denn in dieser Hinsicht ist es ein Gewissensfall) nicht weniger als vierzehntausend Möglichkeiten, es richtig oder falsch auszusprechen, gezählt haben.

Madame Wadman sagte ihr „Unsinn" so, daß es meinem Onkel Toby all sein bescheidenes Blut in die Wangen trieb. Da er also fühlte, daß er unversehens aus seiner sicheren Tiefe vertrieben worden war, brach er kurz ab, und ohne sich weiter auf die Sorgen und Freuden des Ehestandes einzulassen, legte er seine Hand aufs Herz und machte sein Angebot, sie so, wie sie eben kämen, auf sich zu nehmen und mit ihr zu teilen.

Als mein Onkel Toby das gesagt hatte, wollte er es nicht gern noch einmal sagen; nachdem er also seinen Blick auf die Bibel geworfen hatte, die Madame Wadman auf den Tisch gelegt hatte, nahm er sie in die Hand, und da er, die gute Seele, auf eine Stelle stieß, die ihn von allen am meisten interessierte – es war die Belagerung von Jericho –, setzte er sich hin, um sie zu überlesen, und ließ seinen Heiratsantrag, wie er es vorher mit seiner Liebeserklärung gemacht hatte, von selbst auf sie wirken. Nun wirkte aber dieser Antrag weder als ein Adstringens noch als ein Solvens, weder als Opium noch als Chinarinde noch als Quecksilber noch als Kreuzdorn noch als irgendein Arzneimittel, das die Natur der Welt verliehen hat – kurz, er wirkte ganz und gar nicht bei ihr; und das lag daran, daß vorher schon etwas bei ihr zu wirken begonnen hatte. – Was bin ich doch für ein Plappermaul! Ein dutzendmal wohl habe ich schon gesagt, was es war; aber es ist noch Feuer in der Materie – *allons!*

Es ist für einen völlig Fremden, der von London nach Edinburgh reist, sehr natürlich, daß er, ehe er abreist, fragt, wie viele Meilen es bis York seien, was ungefähr die Hälfte des Weges ausmacht. Auch wundert sich niemand darüber, wenn er in seinem Fragen fortfährt und sich nach dem gesellschaftlichen Leben usw. der Stadt erkundigt.

Ebenso natürlich war es für Madame Wadman, deren erster Ehemann ständig an Ischias gelitten hatte, daß sie zu erfahren wünschte, wie weit es von der Hüfte bis zum Latzbein sei und wieviel mehr oder weniger ihre weiblichen Gefühle im jetzigen Fall zu leiden haben möchten als früher.

Sie hatte also Drakes Anatomie von einem Ende zum andern durchgelesen. Sie hatte in Whartons Buch über das Gehirn hineingeschaut und sich den Graaf* über die Knochen und Muskeln ausgeliehen, aber sie konnte nicht daraus schlau werden.

Sie hatte gleichfalls mit ihrem eigenen Verstand darüber nachgedacht, Theoreme aufgestellt, Folgerungen daraus gezogen und – war zu keinem Schluß gekommen.

Um die Sache aufzuklären, hatte sie Doktor Slop zweimal gefragt, ob wohl der arme Hauptmann Shandy jemals von seiner Wunde genesen werde.

„Er ist genesen", sagte Doktor Slop beide Male.

„Wie? Völlig?"

„Völlig, Madame."

„Aber was verstehen Sie unter der Genesung eigentlich?" sagte Madame Wadman.

Doktor Slop war der ärgste Stümper unter der Sonne, wenn es ums Definieren ging; also konnte Madame Wadman nicht erfahren, was sie wissen wollte. Kurz, es gab keinen Weg, es herauszubringen, als von meinem Onkel Toby selbst.

Bei Erkundigungen dieser Art kann man einen menschen-

* Hier irrt Herr Shandy wohl, denn Graaf hat über den Bauchspeichel und die Zeugungsteile geschrieben.

freundlichen Ton anschlagen, der den Verdacht einlullt, und ich bin halb überzeugt, daß die Schlange in ihrem Gespräch mit Eva ihm ziemlich nahegekommen ist, denn die weibliche Neigung, sich täuschen zu lassen, konnte doch nicht so stark sein, daß Eva sonst so verwegen gewesen wäre, mit dem Teufel selbst zu schwatzen. Es gibt also einen menschenfreundlicheren Ton – wie soll ich ihn nur beschreiben? Es ist ein Ton, der den gewissen Körperteil mit einem Gewand bedeckt und dem Frager das Recht gibt, ebenso in alle Einzelheiten zu gehen wie Ihr Leibarzt.

„Ließ der Schmerz nie nach?"

„War er erträglicher im Bett?"

„Konnte er dabei auf beiden Seiten gleich gut liegen?"

„Konnte er dabei noch zu Pferde sitzen?"

„War Bewegung schädlich?" usw. – all dies wurde so zärtlich ausgesprochen und so auf Onkel Tobys Herz gerichtet, daß jedes Wort zehnmal tiefer in dasselbe sank als die Schmerzen selbst. Als aber Madame Wadman um ganz Namur herumging, um zu Onkel Tobys Wunde am Latzbein zu gelangen, und ihn dahin brachte, die Spitze der äußersten Contreescarpe zu attackieren und zusammen mit den Holländern, den Degen in der Faust, die Contregarde von St. Rochus einzunehmen, und alsdann mit rührenden Tönen sein Ohr erfüllte, ihn, ganz von Blut überströmt, bei der Hand nahm und aus dem Graben führte, sich die Augen wischte, als er in sein Zelt getragen wurde – Himmel! Erde! Meer! alles wurde emporgehoben! Die Quellen der Natur überstiegen ihren natürlichen Wasserspiegel, ein Engel der Gnade saß neben ihm auf dem Sofa, sein Herz glühte von Feuer, und hätte er tausend Herzen gehabt, er hätte sie alle an Madame Wadman verloren!

„Und in welcher Gegend, lieber Herr", fragte Madame Wadman ein wenig kategorisch, „empfingen Sie diese schlimme Wunde?" Als Madame Wadman diese Frage stellte, warf sie einen Seitenblick auf den Hüftgurt von Onkel Tobys rotplüschener Hose, wobei sie natürlich als die kürzeste Antwort erwartete, mein Onkel Toby werde seinen Zeigefinger auf die Stelle legen. Es kam jedoch anders; denn da mein Onkel Toby seine Wunde vor dem St.-Nicolas-Tor bekommen hatte, und zwar in einer von den Traversen des Grabens, der vorspringenden Spitze der Halbbastion von St. Rochus gegenüber, konnte er jederzeit eine Nadel auf die genaue Stelle stecken, wo er stand, als ihn der Stein traf. Dieser Gedanke traf augenblicklich Onkel Tobys Sensorium, und zugleich fiel ihm die große Karte der Stadt und Zitadelle von Namur und Umgebung ein, die er sich gekauft und mit Hilfe des Korporals während seiner langwierigen Krankheit auf ein Brett geklebt hatte. Sie lag seitdem ständig mit anderem militärischen Kram in einer Dachkammer, und also wurde der Korporal zur Dachkammer abkommandiert, um sie zu holen.

Mein Onkel Toby maß mit Madame Wadmans Schere von der äußersten Spitze vor dem St.-Nicolas-Tor dreißig Ruten ab und legte mit einer so jungfräulichen Bescheidenheit ihren Finger auf die Stelle, daß die Göttin der Wohlanständigkeit, wenn sie damals zugegen war – wenn nicht, so war's ihr Schatten –, den Kopf schüttelte und, indem sie mit einem Finger vor Madame Wadmans Augen hin und her fuhr, dieser verbot, den Irrtum aufzudecken.

Unglückliche Madame Wadman!

Denn durch nichts kann ich dieses Kapitel geistvoller beschließen als durch eine Apostrophe an dich! Aber mein Herz sagt mir, daß in einer so kritischen Lage eine Apostrophe nur eine versteckte Beleidigung sei; und ehe ich eine in Nöten steckende Frau beleidige, lasse ich lieber das Kapitel zum Teufel gehen, wenn sich nur ein so verdammter Kritiker die Mühe geben will, es mitzunehmen.

27. Kapitel

Onkel Tobys Karte wird hinunter in die Küche getragen.

„Und hier hier ist die Maas, und das ist die Sambre", sagte der Korporal und wies mit seiner ausgestreckten rechten Hand auf die Karte, während die linke auf Bridgets Schulter ruhte, aber nicht auf der Schulter, die ihm am nächsten war. „Und dies", sagte er, „ist die Stadt Namur und dies die Zitadelle, und hier lagen die Franzosen, und hier lagen mein Herr und ich, und in diesem verdammten Graben, Jungfer Bridget", sagte der Korporal und faßte sie bei der Hand, „bekam er die Wunde, die ihn *hier* so jämmerlich zerquetschte." Und als er das sagte, drückte er ihren Handrücken leicht auf die Stelle, für die er so viel fühlte – und ließ sie fallen.

„Wir dachten, Herr Trim, es wäre mehr nach der Mitte hin gewesen", sagte Jungfer Bridget.

„Das hätt uns unser Lebtage unglücklich gemacht", sagte der Korporal.

„Und hätte auch meine arme Madame unglücklich gemacht", sagte Bridget.

Der Korporal gab darauf keine andere Antwort, als daß er Bridget einen Kuß gab.

„Aber, aber", sagte Bridget, indem sie die Fläche ihrer linken Hand parallel zur Horizontalebene hielt und mit den Fingern der andern Hand darüber hinfuhr, was nicht hätte geschehen können, wenn auch nur die geringste Warze oder Erhebung im Wege gewesen wäre. – „Es ist Wort für Wort falsch", rief der Korporal, ehe sie noch halb ausgeredet hatte.

„Ich weiß aber", sagte Bridget, „von glaubwürdigen Leuten, daß es die Wahrheit ist."

„Auf meine Ehre", sagte der Korporal, legte seine Hand aufs Herz und wurde, indem er sprach, vor ehrlichem Zorn rot, „es ist eine Erdichtung, Jungfer Bridget, so falsch wie die Hölle!" – „Nicht", sagte Bridget und fiel ihm in die Rede, „daß ich oder meine Madame uns das geringste daraus machten, ob es so ist oder nicht – nur wenn man heiratet, so gehört es denn doch ein bißchen mit dazu."

Es war ein wenig unglücklich für Jungfer Bridget, daß sie den Angriff mit Handgreiflichkeiten eröffnet hatte, denn der Korporal begann augenblicklich *.

29. Kapitel

Es war wie ein schnell vorübergehender Streit in den feuchten Augenlidern eines Aprilmorgens: Sollte Bridget lachen oder weinen?

Sie ergriff ein Walkholz – es stand zehn zu eins, daß sie gelacht hatte.

Sie legte es nieder – sie weinte; und hätte nur eine Träne nach Bitterkeit geschmeckt, wäre das Herz des Korporals voll Kummer gewesen, daß er dieses Argument gebraucht hatte. Allein der Korporal verstand sich – wenigstens um eine Quart major gegen eine Terz – besser als mein Onkel Toby auf das schönere Geschlecht, und demzufolge bestürmte er Jungfer Bridget auf diese Weise.

„Ich weiß, Jungfer Bridget“, sagte der Korporal und gab ihr einen sehr ehrerbietigen Kuß, „daß du von Natur gut und züchtig und obendrein ein so großmütiges Mädchen bist, daß du, wenn ich dich recht kenne, keinem Wurm etwas zuleide tun und noch weniger einen so tapferen und würdigen Mann wie meinen Herrn in seiner Ehre kränken könntest, selbst wenn man dich dafür zur Gräfin machen würde. Aber man hat dir etwas weisgemacht und dich getäuscht, liebe Bridget, wie es einer Frau oft geht, um anderen mehr zu gefallen als sich selbst.“

Bridget vergoß Tränen über die Empfindungen, die der Korporal in ihr erregte. „Sag mir – sag mir also, meine liebe Bridget“, fuhr der Korporal fort, wobei er sie bei der Hand faßte, die ihr wie leblos an der Seite niederhing, und ihr einen zweiten Kuß gab, „wessen Argwohn hat dich verführt?“

Bridget schluchzte ein paarmal, öffnete darauf die Augen, der Korporal trocknete sie mit dem Zipfel ihrer Schürze, dann öffnete sie ihr Herz und erzählte ihm alles.

30. Kapitel

Mein Onkel Toby und der Korporal hatten während des größten Teils der Schlacht ihre Operationen getrennt durchgeführt, und der Austausch aller Nachrichten über das, was der eine oder andere getan hatte, war zwischen beiden so vollständig unterbrochen, als ob sie durch die Maas und Sambre voneinander getrennt gewesen wären.

Mein Onkel Toby war seinerseits jeden Nachmittag in seiner roten und silbernen oder wechselweise in seiner blauen und goldenen Uniform ausgerückt und hatte in beiden unzählige Attacken ausgehalten, ohne überhaupt zu wissen, daß es Attacken waren – und hatte also nichts zu berichten.

Der Korporal hatte seinerseits dadurch, daß er Bridget erobert hatte, große Vorteile erzielt – und hatte also viel zu berichten. Worin aber die Vorteile bestanden und auf welche Art und Weise er sie erzielt hatte, das zu berichten erforderte einen so geschickten Historiker, daß der Korporal es nicht wagen durfte, sich damit abzugeben, und so empfänglich er auch für den Ruhm war, wäre er doch lieber sein ganzes Leben hindurch mit unbedecktem und unbekränztem Haupt herumgelaufen, als daß er der Züchtigkeit seines Herrn nur einen Augenblick lang Gewalt angetan hätte.

Bester von allen redlichen und treuen Dienern! Doch ich habe dich, Trim, bereits früher einmal apostrophiert – und könnte ich dich auch apotheosieren (in guter Gesellschaft nämlich), ich täte es ohne weitere Zeremonien gleich auf der folgenden Seite.

31. Kapitel

Nun hatte mein Onkel Toby eines Abends seine Pfeife auf den Tisch gelegt und zählte in Gedanken an den Fingern (beim Daumen anfangend) Madame Wadmans Vollkommenheiten auf, eine nach der andern; und da es ihm zwei- oder dreimal passierte – entweder weil er eine ausgelassen oder eine andere zweimal zählte –, daß er sich jämmerlich verrechnete, ehe er noch bis zum Mittelfinger gekommen war – „Hör Er, Trim", sagte er und nahm seine Pfeife wieder auf, „bring Er mir Tinte und Feder!" Trim brachte auch Papier.

„Nehm Er einen großen Bogen, Trim", sagte mein Onkel Toby und gab ihm zugleich ein Zeichen mit seiner Pfeife, daß er einen Stuhl nehmen und sich zu ihm an den Tisch setzten sollte. Der Korporal gehorchte, legte das Papier gerade vor sich nieder, nahm eine Feder und tunkte sie in die Tinte.

„Sie besitzt tausend Tugenden, Trim!" sagte mein Onkel Toby.

„Soll ich die alle aufschreiben, Euer Gnaden?" fragte der Korporal.

„Sie müssen aber nach ihrem Rang aufgeführt werden", erwiderte mein Onkel Toby, „denn diejenige, Trim, welche mich von allen am meisten einnimmt und welche mir als Garantie für alle übrigen dient, ist der mitfühlende Zug und die einzigartige Menschlichkeit ihres Charakters. Ich beteuere", fügte mein Onkel Toby hinzu und blickte, als er es beteuerte, zur Decke empor, „wäre ich tausendmal ihr Bruder, Trim, sie könnte sich nicht eindringlicher und zärtlicher nach meinen Leiden erkundigen, obgleich diese längst vorüber sind."

Der Korporal gab keine andere Antwort auf Onkel Tobys Beteuerung als einen kurzen Husten. Er tunkte die Feder zum zweitenmal ein; und als mein Onkel Toby mit dem Stiel seiner Pfeife so dicht an den linken obersten Rand des Bogens zeigte, wie er nur konnte, schrieb der Korporal dorthin das Wort

Menschlichkeit — — — — — wie hier.

„Sag Er mir doch, Korporal", sagte mein Onkel Toby, sobald Trim fertig war, „wie oft erkundigt sich wohl Seine Bridget nach Seiner Wunde an der Kniescheibe, die Er in der Schlacht bei Landen empfing?"

„Sie erkundigt sich, mit Euer Gnaden Erlaubnis, niemals danach."

„Das, Korporal", sagte mein Onkel Toby so triumphierend, wie es ihm die Güte seines Herzens erlaubte, „das zeigt den Unterschied im Charakter der Herrschaft und des Dienstmädchens. Hätte das Kriegsglück mir das gleiche Unglück zuerteilt, würde Madame Wadman sich nach allen Umständen, die sich darauf bezögen, wohl hundertmal erkundigt haben." — „Sie würde sich aber zehnmal so oft nach Euer Gnaden Wunde am Latzbein erkundigt haben." — „Der Schmerz ist ebenso unerträglich, Trim, und das Mitgefühl nimmt ebensoviel Anteil an der einen Wunde wie an der andern."

„Gott vergelt's Euer Gnaden!" rief der Korporal. „Was hat das Mitgefühl einer Frau mit der Wunde eines Mannes an seiner Kniescheibe zu tun? Wären Euer Gnaden in der Schlacht bei Landen in zehntausend Splitter zerschossen worden, Madame Wadman würde sich den Kopf ebensowenig darüber zerbrochen haben wie Bridget, weil", setzte der Korporal hinzu, indem er leiser, wenn auch ganz deutlich sprach, als er seinen Grund anführte —

„Weil das Knie so weit von dem Hauptwerk entfernt ist, während, wie Euer Gnaden wissen, das Latzbein dicht an der Kurtine der Festung liegt."

Mein Onkel Toby stieß einen langen Pfiff aus, aber so leise, daß man es kaum über den Tisch hinweg kören konnte.

Der Korporal war zu weit vorgeprescht, um sich noch zurückziehen zu können — er sagte das übrige in drei Worten.

Mein Onkel Toby legte seine Pfeife so leise auf das Kamingitter, als ob sie aus den ausgefaserten Fäden eines Spinngewebes gesponnen gewesen wäre.

„Gehen wir zu meinem Bruder Shandy", sagte er.

32. Kapitel

Wir werden, während mein Onkel Toby und Trim zu meines Vaters Haus gehen, gerade so viel Zeit haben, Ihnen zu berichten, daß Madame Wadman einige Monate vor diesen Ereignissen meine Mutter ins Vertrauen gezogen und daß Jungfer Bridget, die sowohl ihre eigene Bürde zu tragen als auch das Geheimnis ihrer Herrin zu wahren hatte, sich beider Lasten bei Susanna hinter der Gartenmauer glücklich entledigt hatte.

Was meine Mutter anbetrifft, so sah sie gar nichts in der ganzen Sache, wovon ein Aufhebens zu machen gewesen wäre. Aber Susanna allein erfüllte alle Zwecke und Voraussetzungen, die erforderlich sind, um ein Familiengeheimnis auszuplaudern; denn sie teilte es augenblicklich dem Jonathan durch Zeichen mit, und Jonathan verriet es ebenfalls durch Zeichen der Köchin, als diese gerade eine Hammelkeule am Feuer mit Fett begoß; die Köchin verkaufte es mit etwas Bratenfett für einen Dreier an den Postillion, der es bei dem Milchmädchen für etwa den gleichen Preis umsetzte, und obgleich es auf dem Heuboden nur geflüstert wurde, fing doch die Fama die Töne mit ihrer ehernen Trompete auf und blies sie vom Giebel des Hauses herab. Mit einem Wort, es gab im ganzen Dorf oder fünf Meilen in der Runde kein altes Weib, das nicht gewußt hätte, warum es bei Onkel Tobys Belagerung so langsam zuging und welches die geheimen Artikel waren, die die Übergabe verzögerten.

Mein Vater, dessen Gewohnheit es war, jede Begebenheit in der Welt in eine Hypothese zu zwängen, wodurch kein Mensch der Wahrheit mehr Gewalt antat als er, hatte eben erst das Gerücht vernommen, als mein Onkel Toby ausging; und da er über die Beleidigung, die seinem Bruder dadurch widerfuhr, plötzlich Feuer fing, begann er, obwohl meine Mutter dabeisaß, dem Herrn Yorick nicht nur zu demonstrieren, daß der Satan in den Weibern stecke und daß die ganze Sache nichts anderes sei als Wollust, sondern auch, daß jedes Übel und jede Unordnung in der Welt, sie mögen sein oder heißen, wie sie wollen, vom ersten Fall Adams bis hinab zu dem Onkel Tobys (inklusive) auf die eine oder andere Art dieser zügellosen Begierde zuzuschreiben seien.

Yorick stand eben in Begriff, meines Vaters Hypothese ein wenig abzuschwächen, als mein Onkel Toby mit dem Ausdruck unendlicher Gutmütigkeit und Verzeihung in seinem Blick ins Zimmer trat und meines Vaters Beredsamkeit gegen die Leidenschaft von neuem anfachte, und da dieser nicht gerade sehr vorsichtig in der Wahl seiner Worte war, wenn er erregt war, brach er, sobald mein Onkel Toby sich ans Feuer gesetzt und seine Pfeife gestopft hatte, folgendermaßen los:

33. Kapitel

„Daß für die Erhaltung eines so großen, erhabenen und göttlichen Wesens, wie es der Mensch ist, Vorkehrungen getroffen werden müssen, das zu leugnen liegt mir fern. Da aber die Philosophie über alles ihre Meinung frei heraus sagt, denke und behaupte ich, es sei ein Jammer, daß es durch eine Leidenschaft geschehen soll, welche die Seelenkräfte lähmt und alle Weisheit, Überlegungen und Wirkungen der Seele zurückdrängt – eine Leidenschaft, meine Liebe“, fuhr mein Vater fort, indem er sich an meine Mutter wendete, „welche die Weisen mit den Törichten zusammenpaart und sie gleichmacht und uns aus unseren Höhlen und Schlupfwinkeln eher als Satyre und vierfüßige Tiere hervorgehen läßt denn als Menschen.

Ich weiß, daß man sagen wird“, fuhr mein Vater fort (und bediente sich der Prolepsis), „daß sie, an und für sich und ohne Nebenabsicht betrachtet, ebenso wie der Hunger, Durst oder Schlaf eine Sache ist, die weder gut noch böse noch schädlich oder dergleichen ist. Warum aber sträubte sich das Zartgefühl des Diogenes und Plato so heftig gegen sie? Und warum löschen wir, wenn wir daran denken, einen Menschen zu schaffen und zu pflanzen, das Licht aus? Und aus welchem Grund werden alle ihre Bestandteile, alle Umstände, Vorbereitungen, Instrumente und alles, was sonst noch erforderlich ist, als etwas angesehen, was man keinem reinen Gemüt durch Sprache, Übersetzung oder Umschreibung irgendwelcher Art mitteilen darf?

Die Tötung oder Vernichtung eines Menschen", fuhr mein Vater mit erhobener Stimme fort, wobei er sich an meinen Onkel Toby wendete, „ist, wie du weißt, rühmlich, und die Waffen, mit denen wir das tun, sind ehrenvoll. Wir tragen sie beim Marschieren auf unseren Schultern, wir prunken mit ihnen an unseren Hüften, wir vergolden sie, wir verzieren sie durch Schnitzereien, wir legen sie aus, wir besetzen sie mit Edelsteinen, ja, wenn es auch nur eine lumpige Kanone ist, so gießen wir einen Zierat auf ihr Rohr."

Mein Onkel Toby legte seine Pfeife hin, um sich ein besseres Beiwort auszubitten, und Yorick schickte sich an, die ganze Hypothese über den Haufen zu kanonieren –

als Obadiah mit einer Klage, die um ein sofortiges Gehör schrie, mitten ins Zimmer stürzte.

Die Sache war die:

Mein Vater war, entweder nach einem althergebrachten Brauch oder als Inhaber eines großen Lehnsgutes, verpflichtet, einen Bullen für die Gemeinde zu halten, und Obadiah hatte im vorigen Sommer eines Tages seine Kuh auf einen kleinen Sprung zu ihm geführt; ich sage: eines Tages, weil es der Zufall so mit sich brachte, daß es an ebendem Tag war, an dem er mit meines Vaters Hausmagd verheiratet wurde, so daß für beide Fälle die gleiche Berechnung zutraf. Als daher Obadiahs Frau niederkam, dankte er Gott.

„Nun", sagte Obadiah, „krieg ich auch ein Kalb." Und Obadiah ging täglich hin, um nach seiner Kuh zu sehen.

„Sie wird am Montag kalben – oder am Dienstag oder spätestens am Mittwoch."

Die Kuh kalbte nicht. „Nein, vor der nächsten Woche wird sie nicht kalben." Die Kuh schob es entsetzlich lange hinaus, bis am Ende der sechsten Woche Obadiahs Verdacht (der Verdacht eines guten Ehemannes) auf den Bullen fiel.

Nun war die Gemeinde sehr groß und meines Vaters Bulle, um die Wahrheit über ihn zu sagen, seinem Geschäft gar nicht gewachsen; er hatte sich aber auf die eine oder andere Art die Anstellung erschlichen, und weil er seine Arbeit mit ernster Miene verrichtete, hegte mein Vater eine hohe Meinung von ihm.

„Die meisten Dorfbewohner glauben, mit Euer Gnaden Erlaubnis", sagte Obadiah, „daß die Schuld an dem Bullen liegt."

„Aber kann eine Kuh nicht gelt sein?" erwiderte mein Vater und wendete sich an Doktor Slop.

„Das kommt nie vor", sagte Doktor Slop. „Aber die Frau dieses Mannes kann sehr leicht zu früh niedergekommen sein. – Sag Er doch, hat das Kind Haare auf dem Kopf?" setzte Doktor Slop hinzu.

„Es ist ebenso haarig wie ich selbst", sagte Obadiah. Obadiah hatte sich seit drei Wochen nicht rasiert. – „Hu – u – u – !" rief mein Vater, seine Rede mit einem pfeifenden Ausruf beginnend. „Da haben wir's, Bruder Toby! Da könnte mein armer Bulle, der so gut ist, wie nur je einer gep . . . ßt hat, und der in züchtigeren Zeiten selbst für die Europa gut genug gewesen wäre, vors Ehegericht geschleppt werden, falls er zwei Beine weniger hätte, und seinen guten Namen einbüßen, der für einen Dorfbullen, Bruder Toby, ebensoviel wert ist wie sein Leben."

„Du liebe Zeit!" sagte meine Mutter. „Worum geht es denn bei dieser ganzen Geschichte?"

„Um einen Hahn und einen Bullen*", sagte Yorick. „Und es ist eine der besten Geschichten, die ich je gehört habe."

Ende

* Anspielung auf den englischen Begriff *cock-and-bull story*, der eine unglaubhafte, aber komische Geschichte bezeichnet. Außerdem hat *cock* eine vulgäre Nebenbedeutung (membrum virile), die seit 1730 belegt ist (Anmerkung des Übersetzers).

ANHANG

ANMERKUNG ZUR ÜBERSETZUNG

Die hier vorliegende Übersetzung basiert auf dem heute als maßgebend geltenden Text der 2. Auflage des *Tristram Shandy* (1760–67), der gewissermaßen die Fassung letzter Hand bietet und neuerdings in einem von Malcolm Elwin herausgegebenen zuverlässigen Neudruck in „Macdonald Illustrated Classics“ (London 1949 u. ö.) wieder vorliegt. Zum Vergleich wurde der von George Saintsbury edierte Text der Ausgabe von 1781 (wiederabgedruckt in „Everyman's Library“) herangezogen.

Die in unserer Ausgabe enthaltene Eindeutschung versucht das englische Original in bezug auf Wortwahl, Sprachebene, Syntax und stilistische Eigenheiten so getreu wie möglich wiederzugeben und ist darüber hinaus bestrebt, auch die äußere Gestalt dieses skurrilen Romans zu reproduzieren, soweit es die moderne Buchgestaltung erlaubt. Willkürliche Absätze, scheinbare Textlücken (z. B. das fehlende 24. Kapitel des 4. Buches), unbedruckte Seiten (im letzten Buch), der häufige Gebrauch der Kursive, der Sternchen und anderer ungewöhnlicher typographischer Mittel, die oft seltsam erscheinenden Anmerkungen (zusätzliche Fußnoten des Übersetzers sind grundsätzlich als solche gekennzeichnet), offensichtliche Versehen in fremdsprachigen Zitaten usw. gehen ausnahmslos auf Sterne selbst zurück und waren als spezifische Elemente seiner humoristisch-ironischen Darstellungsweise nach Möglichkeit zu bewahren.

Das Hauptziel dieser neuen Übersetzung war die Schaffung einer modernen Leseausgabe. Mit einer einfachen Revision der benutzten klassischen Übertragung (2. verbesserte Auflage 1776) von Johann Joachim Bode, der als Zeitgenosse des Dichters den Ton des Originals zweifellos am besten getroffen hat, war es also nicht getan. Es schien zwar geboten, diesen lebendigen Tonfall der alten Übertragung möglichst zu erhalten, erwies sich aber als notwendig, das sprachliche Gewand durchgängig neu zu gestalten. Hier war die Achtung vor dem Originalwerk größer als die vor einer noch so meisterhaften Übersetzung, die sich aus einer anderen geistigen Haltung oft größere Freiheiten erlaubt. Bodes Verdeutschung mutet den heutigen deutschen Leser im allgemeinen altmodischer an als den heutigen englischen Leser der Originaltext des *Tristram Shandy.* Bode archaisiert offenbar bewußt und versucht an vielen Stellen den skurril-verspielten Stil des Originals noch zu überbieten. Hier mußte konsequent eingegriffen werden, um dem Original wieder zu seinem Recht zu verhelfen. Gelegentliche Zutaten Bodes wurden entfernt, Auslassungen ergänzt und Übersetzungsfehler, die allerdings bei Bode sehr selten sind, berichtigt. Aber die meisten Abweichungen von Bode ergaben sich auf dem Gebiet der Wortwahl und des Satzbaus, denn hier mußte – stets in Übereinstimmung mit dem Englischen – einerseits Veraltetes, ja unverständlich Gewordenes erneuert und andererseits Bodes offensichtliche Unbekümmertheit hinsichtlich der syntaktischen Folgerichtigkeit ausgeglichen werden. Daher war es vielfach unumgänglich, ganze Sätze und selbst längere Passagen neu zu formulieren, und auch sonst ist kaum ein Satz der Bodeschen Fassung, die jedoch stets mit dem ihr gebührenden Respekt behandelt wurde, völlig ohne Änderungen übernommen worden. Die Interpunktion, die sowohl bei Sterne als auch bei Bode gemäß den Gepflogenheiten des 18. Jahrhunderts oft geradezu chaotisch wirkt, wurde behutsam dem modernen Gebrauch angeglichen, ohne dadurch die eigenartige Wirkung, die von Sternes komplizierten Schachtelsätzen ausgeht, zu zerstören. Es ist zu hoffen, daß die hier vorgelegte Fassung des *Tristram Shandy,* die aus der Ehrfucht vor dem Dichter, aber auch vor der großartigen Leistung seines ersten deutschen Übersetzers entstanden ist, dem Leser von heute einen neuen Zugang zu einem der größten Werke der englischen Literatur eröffnet.

Siegfried Schmitz

ANMERKUNGEN

Buch I

Motto: „Was die Menschen unruhig macht, sind nicht die Dinge, sondern die Meinungen über die Dinge". Zitat aus dem „Encheiridion" („Handbüchlein der Moral") des griechischen Stoikers Epiktet (ca. 55–135 n. Chr.).

7 *Dem hochwohlgebornen Herrn Pitt*: Der Erfolg der beiden ersten Bücher des „Tristram Shandy" ermutigte Sterne, seine Widmung für William Pitt (1708–1778) mit der zweiten Auflage am 2. April 1760 zu veröffentlichen (siehe auch Buch IX, S. 607); allerdings hatte er vorher an Pitt, den er persönlich sehr schätzte, einen Brief geschrieben, mit der Absicht, diesen darauf vorzubereiten. – *abgelegenen Winkel des Königsreichs*: die ersten beiden Bände des „Tristram Shandy" hat Sterne in Sutton-on-Forest geschrieben, seinem Domizil nach 1738. – *ill health*: Sterne war von früher Jugend an lungenkrank und scheint in Sutton besonders darunter gelitten zu haben.

9 *Bildung und Mischung seines Körpers*: Anspielung auf die antike Lehre von den vier Temperamenten, deren Mischung und Kombination physische und psychische Anlagen des jeweiligen Individuums bestimmten. – *Lebensgeister*: Sterne bezieht sich hier vor allem auf Überlegungen, die Robert Burton (1577–1640) in seiner „Anatomie der Melancholie" („The Anatomy of Melancholy", 1621) zu ‚Säfte' und ‚Lebensgeister' entwickelt hat; Burtons „Anatomie" wird für Sterne im Laufe der neun Bücher des „Tristram Shandy" immer wieder eine wichtige Quelle sein.

10 *Homunculus*: alchemistische Vorstellung von einem künstlich aus Samen und Blut geschaffenen Menschen; im 16. Jahrhundert hat der Arzt und Naturforscher Paracelsus (1493–1541) in seinem „De generatione serum naturalium" eine ausführliche Anleitung dazu verfaßt. – *Die feinsten Philosophen*: Hinweis auf George Berkeley (1685–1753), englischer Philosoph, und seine populären Dialoge „Alciphron: or, The Minute Philosopher" (1732).

11 *Tullius*: Marcus Tullius Cicero (106–43 v. Chr.); Sterne spielt hier auf seine Schrift „De legibus" an. – *Pufendorf*: Samuel Pufendorf (1632–94); deutscher Jurist und Historiker; Hauptwerk „De jure naturae et gentium" (1672).

12 *„Des Pilgers Wanderschaft"*: einer der berühmtesten Romane der englischen Literatur, den John Bunyan (1628–88) während eines sechsmonatigen Gefängnisaufenthalts schrieb (1675). – *Montaigne*: Michel de Montaigne (1533–1592); siehe seinen Essay „Sur des vers de Virgile" (Essais, III, 5). – *ab ovo*: vom Ei her; Zitat aus der „Ars Poetica" (V. 147) des römischen Dichters Quintus Horatius Flaccus (65–8 v. Chr.) Horazens berühmte Sentenz ist als Lob für Homer gemeint, der seine Leser sofort mitten hinein in das Geschehen einer Geschichte verpflanze.

13 *die Neugierigen und die Wissensdurstigen*: siehe dazu auch Jonathan Swift (1667–1745) und sein „Tale of a Tub" (1696). Sterne spielt noch öfter mit dem „neugierigen Leser", so z. B. Buch I, S. 70; Buch III, S. 172; Buch VII, S. 522.

14 *Locke*: John Locke, englischer Philosoph (1632–1704), dessen „Essay Concerning Human Understanding" (1690) erheblichen Einfluß auf Sternes „Tristram Shandy" hatte; siehe hier II, 33, 9 und II, 33, 5. – *Schule von Westminster*: bevorzugtes Ausbildungsinstitut für aristokratische Zöglinge.

15 *Jupiter oder Saturn*: die von der Sonne am weitesten entfernten der sieben Planeten, die die Antike kannte und daher auch die kältesten.

16 *O herrlicher Tag*: Zitat aus Cicero, „De senectute" 84.

18 *Didius*: satirische Verfremdung des zu Sternes Zeiten bekannten Rechtsanwalts Dr. Francis Topham (1713–1770), mit dem Sterne sich öfter in Fragen der Kirchenpolitik auseinanderzusetzen hatte. – *Bimbam*: im englischen Text steht hier ‚whim-wham', im 17. Jahrhundert gebraucht für ‚Penis'. – *Dr. Kunastrokius*: Anspielung auf einen berühmten Londoner Arzt, Dr. Richard Mead, dessen Privatleben viel Aufsehen in der Öffentlichkeit erregte.

19 *running horses*: Sterne spielt mit der Bedeutung ‚kleine Pferde', ‚Klepper' und den vulgären Nebenbedeutungen des Ausdrucks für Geschlechtskrankheiten. – *De gustibus non est disputandum*: über Geschmack läßt sich nicht streiten.

22 *tout ensemble*: alles zusammen; in der Malerei bedeutet ‚tout ensemble' die Komposition der Fläche und die Verteilung der Figuren im Bild.

23 *Candide und Fräulein Kunigunde*: Anspielung auf die beiden Hauptpersonen in Voltaires „Candide", der im Januar 1759 veröffentlicht und bald darauf auch ins Englische übersetzt wurde. – *Rosinante*: Cervantes beschreibt Don Quijotes Pferd mehrmals, so z. B. in Buch I, Kap. I, 1; oder Buch I, Kap. II, 1.

24 *Yanguesischen Fuhrleuten*: vgl. dazu Miguel de Cervantes, „Don Quijote della Mancha", Buch I, Kap. III, 2.

26 *de vanitate mundi ...*: Von der Eitelkeit der Welt und der Flüchtigkeit der Zeit. – *Witz und Verstand*: siehe auch ‚Vorrede des Autors', „Tristram Shandy" Buch III, S. 198.

27 *communibus annis*: in normalen Jahren.

29 *unvermeidliches Schicksal*: vgl. dazu Shakespeares „Hamlet", V. II, 10–11.

30 *König Horwendillus*: Die Herausgeber von Shakespeares Werken im 18. Jahrhundert sahen den Ursprung der Hamlet-Geschichte in den „Gesta Danorum" (1514) von Saxo Grammaticus.

31 *Saxo Grammaticus*: dänischer Historiker (um 1200), der im dritten Buch der „Gesta Danorum" von der Ermordung des dänischen Königs Horwendil berichtet und von dessen Sohn Amleth, der den Tod seines Vaters rächen will. – *Herrn Noddy*: Bezeichnung für einen Narren oder Tölpel; vgl. John Hall-Stevensons „Crazy Tales" (1762).

32 *gaité de cœur*: Herzensfröhlichkeit.

33 *Ein geheimnisvolles Bestreben des Körpers ...*: siehe dazu ‚Maxime 257' aus den „Maximes" (1665) von François de la Rochefoucauld (1613–1680); Shaftesbury eröffnet seine „Characteristicks" von 1711 mit einer ähnlichen Attacke auf die Ernsthaftigkeit; vgl. I, 11.

34 *Scholiasten*: Verfasser von gelehrten Anmerkungen (Scholien) besonders zu antiken Schriftstellern.

35 *Eugenius*: Im 18. Jahrhundert wurde der Name ‚Eugenius' als Kompliment für jemanden verstanden, der sich durch Gutmütigkeit und Generosität auszeichnete. Das Vorbild für Eugenius im „Tristram Shandy" war Sternes Freund John Hall-Stevenson (1718–85); siehe dazu auch Buch VII, S. 479 ff.

38 *„daß ich mit Sancho Pansa ..."*: nachzulesen im „Don Quijote", Buch I, Kap. I, 7.

39 *Ach armer Yorick!*: Hamlet spricht diese Worte in der Totengräberszene zu Yoricks Schädel (V. i. 179–80).

41 *Jack Hickathrift ... Tom Thumb*: Die Helden von populären Geschichten der Zeit.

42 *auf dem Weg von Rom nach Loreto*: lag die ‚Santa Casa', seit dem 15. Jahrhundert einer der berühmtesten Wallfahrtsorte Italiens, da in ihr einmal die Jungfrau Maria gewohnt haben soll; siehe auch Buch VII, Anm. S. 524.

45 *femme sole*: eine alleinstehende Frau.

46 *toties quoties*: so oft wie, zu wiederholten Malen.

49 *Dr. Manningham*: Sir Richard Manningham (1690–1759) war der bekannteste Geburtshelfer zu Sternes Zeit in England; bei Tristrams Geburt jedoch war er gerade am Anfang seiner Karriere und noch längst nicht berühmt; eines der wenigen anachro-

nistischen Versehen im „Tristram Shandy". – *ein wissenschaftlich gebildeter Geburtshelfer*: Anspielung auf John Burton (1710–71), Altertumsforscher und Arzt aus York, der sich in die heftige Auseinandersetzung um männliche oder weibliche Geburtshelfer mit seinem „Essay towards a Complete New System of Midwifery" (1751) einschaltete. Außerdem war Burton mit Sterne schon in politischen Debatten aneinandergeraten. Siehe dazu auch die Charakterisierung des Dr. Slop im „Tristram Shandy".

50 *liebe, liebe Jenny*: vielleicht spielt Sterne hier auf die junge Sängerin Catherine Fourmantelle an, die in der Saison 1758/59 in York auftrat und der Sterne mindestens sehr großes Interesse entgegenbrachte.

53 *Anblick des großen Monarchen*: der Sonnenkönig, Ludwig XIV. dessen zentralistische Politik die Landadeligen dazu zwang, ihre Güter zu vernachlässigen. – *des schwachen Geschlechts*: vgl. NT, 1 Petrus 3, 7. – *Sir Robert Filmer*: (ca. 1588–1653) vertrat in seinen Büchern „The Anarchy of a Limited or Mixed Monarchy" (1648) und „Patriarcha" (1680) die These, das Modell einer patriarchalischen Familie bilde die Grundlage für den Aufbau des Staates und der König regiere wie ein mächtiger Vater, dem man unbedingte Loyalität schulde.

55 *Sicherlich, Madame, ...*: siehe dazu Jean de la Bruyère, der in „Les Caractères" (1688) bestreitet, daß eine freundschaftliche Beziehung zwischen den Geschlechtern frei von Erotik sein könne.

56 *Cervantes' Held*: Für seine Mißerfolge machte Don Quijote böse Mächte verantwortlich, seine nicht allzu häufigen Erfolge widmete er als tapfere Taten seiner angebeteten Dame Dulcinea del Toboso. – *Trismegistus*: Hermes Trismegistos, griechischer Name des ägyptischen Mondgottes Thoth, Gott der Künste und Wissenschaften. – *Archimedes*: griechischer Mathematiker und Erfinder (ca. 287–212 v. Chr.). – *nikodemusiert*: auch im Deutschen sprichwörtlich; ‚ein Nikodemusgespräch führen' heißt, sehr eindringlich mit jemandem reden. Als Quelle siehe NT Johannes 3,1.–3,21.

57 Θεοδίδακτος: „von Gott gelehrt", NT, 1 Thessalonicher, 4, 9.

58 *Cicero ... Burgersdicius*: Cicero (106–43 v. Chr.), Quintilian (35–95 v. Chr.), Isocrates (436–338 v. Chr.) und Aristoteles (384–322 v. Chr.) erscheinen als Repräsentanten der antiken Redekunst in dieser Liste; Cassius Longinus (210–273), Autor eines berühmten Traktats „De sublimi"; Gerhard Johann Voss (1577–1649), holländischer Theologe und Humanist; Caspar Schoppe (1576–1649), deutscher Philologe und Schriftsteller;

Petrus Ramus (1515–72), französischer Logiker, bekannt durch seine Schriften gegen die aristotelische Lehre; Thomas Farnaby (ca. 1575–ca. 1647), englischer Pädagoge und Grammatiker; Richard Crankanthorpe (1567–1624), englischer Gelehrter und Theologe; Francis Burgersdyk (1590–ca. 1629), holländischer Logiker. – *Jesus College*: von 1733–37 besuchte Sterne selbst das Jesus College in Cambridge, was einer Familientradition entsprach. – *Vive la bagatelle*: der Ausspruch wird Jonathan Swift (siehe Anm. S. 13) zugeschrieben.

60 *Numps*: englischer Ausdruck für Dummkopf. – *Nick*: oder ‚Old Nick', Name für den Teufel. – *Tristram*: für den Namen Tristram gibt es mehrere mögliche Quellen; zunächst ist er abgeleitet vom lateinischen ‚tristis' = traurig; in der Tristram-Legende stirbt Tristrams Mutter Elyzabeth an den Folgen seiner Geburt und nennt ihn daher ‚das sorgenvoll geborene Kind'; in der Kirche zu Halifax, wo Sterne seine Jugend verlebte, stand und steht noch eine Holzstatue mit dem Namen ‚Old Tristram'.

62 *den jüngeren Plinius*: Gaius Plinius Caecilius Secundus (62–113), römischer Schriftsteller und Staatsmann; siehe seine „Epistolae" III, 5, 10: „dicere etiam solebat nullum esse librum tam malum ut non aliqua parte prodesset". – *Parismus und Parismenus*: zu Sternes Zeiten populäre Geschichten; siehe auch Buch VI, Anm. S. 463.

63 *Thomas von Aquin*: italienischer Scholastiker (1225–74), auf dessen Hauptwerk „Summa Theologiae" Sterne sich hier bezieht.

67 *Dryden und Addison*: An mehreren Stellen im „Tristram Shandy" nimmt Sterne die zu seiner Zeit geläufige Idee auf, das wechselhafte englische Klima verursache die Exzentrik der britischen Insulaner; so z. B. S. 31 f. und in der „Vorrede des Autors" im Buch III (S. 201 ff.). John Dryden (1631–1700) spricht davon in seiner Einleitung zum „Essay of Dramatic Poesy" (1668), und auch Joseph Addison (1672–1719), Mitherausgeber des „Spectator", nimmt darauf Bezug in jener Ausgabe des „Spectator", in der auch die Belagerung von Namur erwähnt wird.

68 'Ακμή: Gipfel.

69 *die Frauen hatten gar keinen Charakter*: zu lesen bei Alexander Pope, „Epistle to a Lady": „Nothing so true as what you once let fall, / Most Women have no Characters at all."

70 *Fescue*: Zeigestab. – *Tacitus*: Publius Cornelius Tacitus (um 55 bis ca. 120); römischer Geschichtsschreiber, der für seinen ausgesprochen knappen Schreibstil bekannt war. – *eine außerordentliche und unvergleichliche Züchtigkeit der Natur*: siehe „Don Quijote", Buch III, Kap. III, 44.

71 *Belagerung vom Namur*: die Rückeroberung Namurs durch Wilhelm III. im Jahre 1695 bedeutete die entscheidende Wende im Krieg gegen Frankreich, der 1697 mit dem Frieden von Rijswick vorläufig beendet wurde; nach unruhigen vier Jahren wurde Europa erneut erschüttert, diesmal durch den Spanischen Erbfolgekrieg, an dessen Ende der Friede von Utrecht stand.

72 *Retrogradation der Planeten*: das scheinbare Rückwärts- oder Westwärtslaufen der Planeten in ihrer Bahn, ein optisches Trugbild. – „Amicus Plato“: vgl. dazu den Brief Don Quijotes an Sancho Pansa in Buch II, Kap. III, 51.

73 *„Da steckt dein Irrtum“*: die Idee, daß die Tötung eines einzigen Menschen Mord bedeute, während das Töten Tausender Heldentum heiße, scheint im 18. Jahrhundert Allgemeingut gewesen zu sein, vgl. z. B. „St. Cyprian's Discourse to Donatus“ (1716); Edward Young, „Love of Fame“ Satire VII (1741); oder Giles Jacob „A Law Grammar“ (^{2}1749). – *Lillibullero*: Ursprung des Liedes 1687 oder 1688 in Irland; populäres protestantisches Spottlied auf die katholischen Rebellen.

74 *Stoff ... zu einer tüchtigen Lektion*: siehe dazu auch Locke, „Essay“, Kap. ‚Reason‘ IV, 17. – *Bischof Hall*: Joseph Hall (1574–1656); erst in Exeter, dann in Norwich Bischof; Satiriker, der in seinen Schriften häufig die menschliche Eitelkeit ins Visier nahm.

75 *Digression*: Abschweifung; ein literarisches Verfahren, das im 18. Jahrhundert nicht nur bei Sterne zu finden ist. Als ein Beispiel unter vielen mag genügen: Swift, ‚A Digression in Praise of Digression‘ in „Tale of a Tub“, VII.

76 *schreitet einher wie ein Bräutigam*: vgl. Psalm 19, 5.

77 *Momus*: in einem satirischen Dialog Lukians bemängelt Momos, griechischer Gott des Tadels und des Spotts, daß Hephaistos seinem künstlichen Menschen keine Fenster in die Brust eingesetzt habe, durch die man Wünsche und Gedanken, Wahrheit und Lüge erkennen könne. Siehe dazu auch Robert Burton, „Anatomie“, ‚Demokrit Junior an den Leser‘ – *Fenstergeld*: eine Steuer auf Hausfenster, die in England von 1696 bis Mitte des 19. Jahrhunderts erhoben wurde.

78 *Possenspiel treiben*: vgl. „Hamlet“, III, 1, 131 f. – *Fama*: römische Göttin des Gerüchts und der Sage (manchmal als Trompete dargestellt). Im Vierten Buch der „Aeneis“ Vergils bringt die Fama die Liebesaffäre zwischen Dido und Aeneas unter die Leute.

79 *nicht-natürlichen Dinge*: im Original „Non-Naturals“ – bezeichnete die 6 lebenswichtigen Dinge: Luft, Essen und Trinken, Bewegung und Ruhe, Schlafen und Wachen, Gemütsbewegun-

gen, Ausscheidungen und das Zurückbehaltene; in der Medizin „Non-Naturals“ deshalb, weil sie zu Krankheitsursachen werden konnten. – *mit Hilfe seines Steckenpferdes*: Sterne führt die literarische und philosophische Diskussion des 18. Jahrhunderts fort, wenn er „hobby horse“ und „ruling passion“ als markante Kennzeichnungen des je individuellen Charakters beschreibt; siehe auch Buch II, Anfang von Kap. V, 96.

80 *der Philosoph*: gemeint ist der altgriechische Philosoph und Kyniker Diogenes von Sinope (ca. 412–323 v. Chr.). Er unterlief Argumente, die nach abstrakt-logischen Regeln formuliert waren, indem er Wahrscheinlichkeit und Augenschein zu Hilfe nahm. Beispielsweise widerlegte er Argumente, die die Möglichkeit der Bewegung überhaupt bestreiten wollten, dadurch, daß er aufstand und umherging.

Buch II

85–87 *Contreescarpe*: Halbbastion, Contregarde, bedeckter Weg, Escarpe, Glacis, Halbmond, Ravelin etc. Sterne benutzt die zahlreichen Fachausdrücke aus dem Befestigungs- und Kriegswesen im Zusammenhang mit Onkel Tobys Geschichten sicherlich auch wegen ihrer sexuellen Untertöne. Zu Begriffserläuterungen siehe den von Ian Watt herausgegebenen „Tristram Shandy“, Boston: Riverside Edition, 1965; oder David Chandler, „The Art of Warfare in the Age of Marlborough“, New York: Hippocrene Books, 1976.

87 *Dr. James Mackenzie*: (ca. 1680–1761), berühmter schottischer Arzt, der in seiner „History of Health and the Art of Preserving It“ (1758) Mäßigung und körperliche Ertüchtigung propagierte; „jeder Exzess ist ein Feind der Natur“; Sterne bezieht sich noch mehrmals auf Mackenzie, so z. B. Buch IV, Kap. 31 und Buch V, Kap. 34.

89 *dieser Sache bis auf den Grund zu gehen*: siehe dazu Locke, „Essay“, II, 29, 3: ‚Of Clear and Obscure, Distinct and Confused Ideas‘.

90 *Malebranche*: Nicolas Malebranche (1638–1715); französischer Philosoph, auf dessen „De la recherche de la vérité“ sich Sterne hier bezieht; auch Locke hat Malebranche diskutiert.

91 *wackerer Kritiker*: vgl. Locke, „Essay“ III, 5, 16 und III, 3, 9. – οὐσία und ὑπόστασις: Wesen und Substanz; die beiden Begriffe wurden in theologischem Kontext zur Bestimmung Gottes diskutiert und häufig synonym gebraucht.

92 *Vaubans Linien*: Sébastien le Prestre de Vauban (1633–1707);

führender französischer Festungsbauer und Belagerungsfachmann seiner Zeit, der auch für die Befestigung Namurs verantwortlich war.

93 *Ramelli*: und die folgenden Namen: Verfasser von Werken über das Festungswesen aus dem 16. und 17. Jahrhundert. – *als der Pfarrer und der Barbier in seine Bibliothek eindrangen*: siehe „Don Quijote", Buch I, Kap. I. – *N. Tartaglia ... Torricellius*: Niccolò Tartaglia (ca. 1499–1557), italienischer Mathematiker; Francis Malthus (gest. 1658), englischer Mathematiker und Artilleriefachmann; Galileo Galilei (1564–1642), italienischer Astronom und Physiker, Naturforscher, der in seinem vierten Dialog über die Mechanik bewies, daß die Flugbahn eines Projektils, bedingt durch den Luftwiderstand, eine Parabel ist; Evangelista Torricelli (1608–47), italienischer Physiker und Mathematiker.

96 *Monsieur Ronjat*: Leibarzt König Williams III. – *Herrschaft einer Leidenschaft*: siehe dazu auch Buch I, Anm. S. 79 und Swift, „Tale of a Tub".

97 *eine Vorstellung von kürzerer Dauer*: nachzulesen bei Locke „Essay", II.14; Sterne behandelt diese Lockesche Idee der Dauer und Aufeinanderfolge von Ideen ausführlicher in Buch III, Kap. 18 des „Tristram Shandy". – *Scharpie*: gezupfte Leinwand, die früher anstelle von Watte benutzt wurde.

98 *Sein wahrer Name war James Butler*: vgl. dazu Buch IV, S. 302 und 308. – *Landau*: Schlacht bei Landen fand am 19. Juli 1693 statt und brachte nach kleinen Anfangserfolgen für die Alliierten eine schwere Niederlage, die in ungeordnetem Rückzug endete; vgl. Buch VIII, Kap. 19, S. 575.

101 *Seine Majestät und die Alliierten*: William III. (1650–1702), König von England. Im Spanischen Erbfolgekrieg hatten sich Österreich, Preußen und andere deutsche Kleinstaaten, Dänemark, Portugal, Savoyen und die Niederlande mit England gegen Ludwig XIV. verbündet.

103 *Epitase*: rhetorische Figur; im klassischen dreiaktigen Drama die sich zum Konflikt steigernde Handlung oder Zuspitzung der Situation.

104 *Aposiopesis*: rhetorische Figur; überraschendes, bewußtes Abbrechen inmitten der Rede bzw. eines Gedankens vor der Hauptsache, so daß der Hörer oder Leser selbst die Ergänzung aus dem Zusammenhang erraten muß.

106 *im Jahr nach der Zerstörung von Dünkirchen*: der Friede von Utrecht (1713), der den Spanischen Erbfolgekrieg beendete, hatte auch die Zerstörung der Befestigungsanlagen der Stadt im Gefolge. Sterne benutzte dieselbe Formulierung im Buch III, Beginn des Kap. 24; die Zerstörung wird beschrieben in

Buch VI, Kap. 34, der „Puff" oder Schock von Onkel Toby in Buch IX, Kap. 31. – *Aristoteles' Meisterwerk*: „Aristotle's Master-Piece" ist der Titel eines Kompendiums, das 1759 erschien und das eine Art Sexualitätshandbuch, eine Anleitung für Hebammen, einen Ratgeber für Naturheilmittel und populärwissenschaftliche Darstellungen aktueller Fragen umfaßte.

108 *Begriff der Dauer und ihrer einfachen Erscheinungsformen*: siehe Sternes ausführlichere Diskussion von Dauer und deren Vorstellbarkeit in Buch III, Kap. 18. Locke behandelt diesen Zusammenhang in II.14 seines „Essays": ‚Of duration and its simple modes.'

109 *Doktor Slop*: vgl. Buch I, Anm. S. 49; Sternes Beschreibung der Figur des Dr. Slop scheint der Statur des historischen John Burton gar nicht zu entsprechen; der soll ein großer stattlicher Mann gewesen sein. – *William Hogarth*: (1697–1764); einer der bedeutendsten englischen Maler und Kupferstecher des 18. Jahrhunderts, dessen „Analysis of Beauty" (1753) weithin Beachtung fand; Hogarth entwarf später zwei Illustrationen für den „Tristram"; vgl. S. 128f. und 288f. – *Whistons Kometen*: William Whiston (1667–1752), englischer Theologe und Mathematiker, Nachfolger Isaac Newtons als Professor der Mathematik in Cambridge vertrat in „A New Theory of the Earth" (1696) die These, daß ein Komet die Sintflut hervorgerufen habe und auch den Weltuntergang auslösen werde.

111 *das Transsubstantiieren*: Anspielung auf die Diskussion der Transsubstantiation (Verwandlung von Brot und Wein in Christi Leib und Blut) zwischen Katholiken und Protestanten. – *Hamlets Geist*: vgl. Shakespeare, „Hamlet" I, 5: „In meiner Sünden Blüte hingerafft, / Ohne Nachtmahl, ungebeichtet, ohne Ölung".

112 *Stevinus*: einer der Befestigungsingenieure; vgl. Anm. S. 93.

113 *Lucina*: römische Geburtsgöttin. – *Pilumnus*: römischer Ehegott, Schutzgeist der Neugeborenen und Schwangeren.

114 *Kurtinen und Hornwerke*: Wortspiel mit sexuellen Konnotationen; das englische „curtain" bedeutet sowohl Hauptwall einer Festung als auch Bettvorhang, und in diesem Zusammenhang werden dann auch die „Hornwerke" mindestens doppeldeutig.

115 *Dennis, der Kritiker*: John Dennis (1657–1734); englischer Kritiker, Dichter und Dramatiker, der ein Gegner von Wortspielen war; vgl. seine Abhandlung „Remarks on Rape of the Lock" von 1728. – *du Cange*: Charles du Fresne du Cange (1610–88); französischer Philologe und Historiker, Verfasser von Wörterbüchern des mittelalterlichen und des Spätlatein, in denen sich die Bedeutungen von „Curtin" finden.

117 *Literæ humaniores*: Studium des klassischen Altertums, seiner Sprachen und seiner Literatur; Geisteswissenschaften.

118 *Dies kann Eltern ... dienen*: sinngemäß zu lesen in Lockes Abhandlung zur Erziehung, „Some Thoughts Concerning Education", Sec. 82.

119 *Vergib mir ...*: vgl. Shakespeare, „Julius Caesar", IV, 3, 119–21.

120 *Brutus und Cassius*: siehe Anm. oben. – *Segelwagen*: Simon Stevin (1548–1620) erfand einen mit Segeln bespannten Wagen, mit dem man an der Küste schneller als mit Schiffen von einem Ort zum anderen kommen konnte.

121 *Peireskius*: Nicholas Fabrici de Peiresc (1580–1637), französischer Gelehrter und Humanist.

126 *Grenzen der Schönheitslinie*: Hogarth bezeichnet in seiner „Analysis of Beauty", Kap. VII, ein langgezogenes S oder eine flache Sinuskurve als Schönheitslinie.

127 *Die Predigt*: Sterne hielt seine Predigt im Juli 1750 in der Kathedrale von York; im August 1750 wurde sie unter dem Titel „The Abuses of Conscience" veröffentlicht.

129 *wie der weise Salomon klagt*: vgl. AT, Prediger 8, 17.

130 *wie die Schrift versichert*: vgl. AT, Sprüche 28, 14 und NT, Hebräer, 3, 13.

132 *wie Elias den Götzen Baal tadelte*: vgl. 1 Könige 18, 27.

133 *sieben Haupttugenden ...*: vgl. zu der Zahl ‚Sieben' folgende Stellen im NT: Offenbarung 1, 12 und 20; 2, 1; im Ptolemäischen Weltbild hatte jeder der sieben Planeten (Mond, Merkur, Venus, Sonne, Mars, Jupiter und Saturn) seinen eigenen Himmel, daher gab es auch Sieben Himmel. Die Sieben Plagen der Menschheit werden besprochen im NT Offenbarung 15–16. – „*Wird das Gewissen nicht aufstehen ...*: Sterne bezieht sich auf die Parabel des Pharisäers, siehe NT, Lukas 18, 10–12.

136 *Als David ... gesandt ward*: vgl. AT, 1 Samuel 24, 4–5 und 2 Samuel 11, 2–12.

137 „*du wirst auf deinen Gott vertrauen*": vgl. NT, 1 Johannes 3, 21.

139 *die zwei Tafeln*: eine Anspielung auf die Gesetzestafeln mit den zehn Geboten, die Gott Moses gab; vgl. AT, 2 Moses 31, 18.

142 *ein böses Übel*: vgl. AT, Prediger 5, 13.

145 *An ihren Früchten sollt ihr sie erkennen*: vgl. NT, Matthäus 7, 16.

147 *a priori*: Erkenntnis aus der Vernunft, durch logische Schlußfolgerung. – *a posteriori*: aus Wahrnehmung und Erfahrung gewonnene Erkenntnis; siehe dazu Sternes Spiel mit diesen Begriffen in der Widmung zu Buch IX, S. 607.

148 *Manen*: die guten Geister der Toten im altrömischen Glauben.

151 *Fürwahr... zweiten Kindheit*: siehe dazu Jaques Monolog in Shakespeares „As You Like It", II, 7. – *Grane und Skrupel*: alte Apothekergewichte.

152 *Sorites oder Syllogismus des Zeno oder Chrysippus*: Syllogismen sind formallogisch gültige Schlußfolgerungen. Soritesschlüsse sind Trugschlüsse, deren formallogischer Sinn darin besteht, auf das Problem der Vagheit von Begriffen aufmerksam zu machen; sie wurden wahrscheinlich von Eubolides von Milet (4. Jahrhundert v. Chr.) erfunden und später insbesondere mit dem Namen Chrysipps (ca. 279–ca. 206 v. Chr.) verknüpft. Chrysipp war der dritte Leiter der berühmten Schule der Stoiker, die von Zenon von Kition (ca. 333–262 v. Chr.) gegründet worden war.

153 *Da es nun für meinen Vater klar war,...*: in etwas anderer Form nachzulesen bei Locke, „Essay", IV, 20, 5.

154 *Descartes*: René Descartes (1596–1650); französischer Philosoph, der in seinem Buch „Traité des passions de l'âme" (1649) Überlegungen zur Wechselwirkung von Körper und Seele anstellte und als Zentrum dieser Wechselwirkung die ‚glandula pinealis' oder Zirbeldrüse annahm. – *Q.E.D.*: Quod erat demonstrandum; was zu beweisen war. Ironische Anspielung auf John Burtons Sprachgebrauch anläßlich einer Auseinandersetzung mit Smellie (siehe Anm. S. 156). – *Coglionissimo Borri*: Giuseppe Francesco Borri (1627–95); berüchtigter Alchemist und Arzt von Mailand. „Coglionissimo" ist Sternes Superlativform von ‚coglione' = Hoden, mit der Nebenbedeutung ‚Schwachkopf'. Der genannte Brief trägt den Titel „De Ortu Cerebri et Usu Medico". – *Bartholinus*: Thomas Bartholin (1616–80); bedeutender dänischer Arzt und Anatom. – *Metheglingius*: ein von Sterne erfundener Name, der lautliche Anklänge an das wallisische „metheglin" beinhaltet, eine Bezeichnung für Met mit einem besonderen Gewürz.

156 *Adrianus Smelvogt*: Sternes Name für Dr. William Smellie, dem in einer Abhandlung zur Geburtshelfer-Debatte (siehe Anm. S. 49) ein peinlicher Irrtum unterlaufen war; er hatte den Titel einer Zeichnung für den Namen eines Autors gehalten (siehe Sternes Anmerkung S. 156 unten). John Burton, der ‚Dr.Slop' im „Tristram Shandy", hatte sich dieses Irrtums sofort zu einer Attacke auf Smellie bedient und versucht, seinen Konkurrenten in einem 250 Seiten umfassenden offenen Brief bloßzustellen.

158 *Als mein Vater so weit gekommen war...*: die Kontroverse um medizinische Indikation und moralische Berechtigung des Kaiserschnitts wurde im 18. Jahrhundert engagiert ausgetragen;

der erste Kaiserschnitt, nach dem Mutter und Kind am Leben blieben, wurde 1793 registriert.

160 *Don Belianis von Griechenland*: populärer spanischer Ritterroman des 16. Jahrhunderts. – *bis zum nächsten Jahr*: Band III und IV des „Tristram Shandy“ erschienen am 28. Januar 1761.

Buch III

Motto: Urteile der unkundigen Menge fürchte ich nicht; mit meinen kleinen Werken allerdings, so bitte ich, möge man schonend verfahren – es gehörte immer zur Absicht, in ihnen von scherzhaften zu ernsten und umgekehrt von ernsthaften zu scherzhaften Dingen überzugehen. Zitat aus „Policraticus“ von John of Salisbury (ca. 1115–1180), englischer Scholastiker und Bischof von Chartres, der ebenso unverblümt schrieb wie Rabelais oder Sterne. Im Original wird allerdings der Weg „vom Ernst zurück zum Scherz“ nicht eingeschlagen.

165 *Reynolds*: Sir Joshua Reynolds (1723–92); englischer Maler, der Sterne ingesamt dreimal portraitierte.

167 *Ihr Herren Journalisten*: ironische Anspielung auf eine Kritik im *Monthly Review*, die sich gegen Sternes „Sermons of Mr. Yorick“ richtete, weil seine Predigten unter dem Namen eines (Shakespeareschen) Narren erschienen; vgl. Anm. S. 39.

168 *Avison Scarlatti*: steht auch so in den meisten englischen Ausgaben, muß aber wohl heißen: „Avison's Scarlatti“; Charles Avison (ca. 1710–1770) war ein englischer Komponist, der 1744 „Twelve Concertos“ von Domenico Scarlatti (1685–1757) herausgab.

170 *den Gott Hymen*: in der englischen Version steht nur ‚Hymen‘, so daß der Text mit den beiden Bedeutungsebenen des Wortes, der mythologischen und der medizinischen spielt. Myth.: Gott der Ehe und Beschützer der Jungfrauen; med.: Jungfernhäutchen.

173 *der Gedanke schwamm … in Doktor Slops Gehirn …*: ein im 18. Jahrhundert geläufiges Bild; vgl. dazu Alexander Pope, „Essay on Man“, II, 105–8; Locke, „Essay“, I, 2, 18; Montaigne, „Essais“, II, 12. – *die Geschichte des Herzogs von Monmouth*: James Scott, Herzog von Monmouth und unehelicher Sohn Charles II., forderte von seinem Onkel James II. den Thron; seine Rebellion 1685 endete blutig und er selbst wurde hingerichtet.

176 *Ernulphus*: Ernulphus (1040–1124); französischer Benediktinermönch, der 1114–1124 Bischof von Rochester war.

179 *Dathan und Abiram*: vgl. AT, 4 Moses 16, 1–35 und Psalm 106.17.

185 *Varro*: Sternes Quelle dürfte Robert Burton gewesen sein; vgl. „Anatomie der Melancholie" (3.4.1.3), wo davon die Rede ist, daß Hesiod mindestens 30000, Varro 300 Götter zählt. – *Cid Hamet*: Cid Hamet Benengeli, der Chronist vieler Abenteuer des Don Quijote; siehe dazu „Don Quijote", Buch I, Kap. 2,1 und Buch II, Kap. 3,48.

186 *Garrick*: David Garrick (1717–1779); der beste englische Schauspieler seiner Zeit und Sternes Freund, der die Veröffentlichung der ersten beiden Bände des „Tristram Shandy" hilfreich unterstützt hatte. Siehe auch Buch III, 24., Buch IV, 7. und Buch VI, 29., wo Garrick immer bewundernd und dankbar erwähnt wird.

187 *Bossu*: René le Bossu (1631–80); französischer Kritiker, der in seiner Abhandlung „Traité du poème épique" (1675) versuchte, aus klassischen Beispielen feste Regeln für das Verfassen von Epen abzuleiten.

188 *Anathema*: Kirchenbann, Bannfluch.

190 *Ciceros zweite Philippika*: Ciceros längste von insgesamt vierzehn Reden gegen Marcus Antonius.

192 *die Zähne meiner Zange*: Anspielung auf John Burton, „New System of Midwifery", vgl. Anm. S. 49.

195 *die Dauer und ihre einfachen Modifikationen*: vgl. dazu Locke, „Essay", vor allem II, 14; Sternes gesamtes Kapitel 18 behandelt von Locke vertretene Positionen.

197 *Beim Grabmal Lukians ... Cervantes*: nachzulesen bei Henry Fielding (1707–1754) in „Tom Jones", Buch XIII, Kap. 1.

198 *Agelastes*: Wortprägung Sternes, vom griechischen ‚agelastos' = der, der niemals lacht. – *Triptolemus*: in der griechischen Mythologie ein Totenrichter, hier Name für diejenigen, die Sterne nicht würdigten. – *Phutatorius*: Wortschöpfung Sternes, die vielleicht mit lateinisch ‚futuere' = Geschlechtsverkehr betreiben, zusammenhängt; Wollüstling. Alle drei Figuren tauchen im „Tristram Shandy" in Buch IV, Kap. 27 wieder auf. – *Locke*: vgl. „Essay" II, 11, 2. Locke unterscheidet hier zwischen dem Witz, der ähnliche Ideen miteinander verbindet, und der Urteilskraft, die Ideen auseinanderhält. – *de fartandi et illustrandi fallaciis*: über die Irrtümer beim Furzen und Erklären. – *Didius*: siehe Anm. S. 18.

199 *meine dreimal klugen Kritiker*: Paraphrase auf das jeweilige ‚Vorwort des Verfassers' in Rabelais' „Gargantua und Pantagruel" zu den Büchern I, II und III. – *Kysarcius*: lautmalerische Wortschöpfung Sternes, wahrscheinlich seine englische Über-

setzung des Namens Baise-Cul aus Rabelais' „Gargantua ...", II, 10. – *Gastripheres*: griechisch ‚Dickwanst'. – *Somnolentius*: lateinisch ‚Schlafmütze'. Alle drei erscheinen wieder in Buch VI, Kap. 27 des „Tristram Shandy".

202 *die Höhe unseres Witzes... Breite unserer Bedürfnisse*: vgl. Locke, „Essay" II, 23, 12 und IV, 14, 2. – *Suidas*: der Name einer griechischen Enzyklopädie (10. Jahrhundert) und nicht, wie lange Zeit angenommen, der Name ihres Verfassers.

203 *Doch ich zittre ... Gesäß in der Gosse*: ähnliche Passagen finden sich bei Swift in „Tale of a Tub" und in „Gulliver's Travels" Buch III, Kap. 2; vgl. auch AT, Isaias 59, 9–10; Hiob, 5, 14; NT, Lukas 6, 23 und Johannes 3, 19–20.

204 *John o'Nokes... Tom o'Stiles*: fiktive Namen für die beiden Parteien eines Rechtsstreits.

205 *Denn was für Schaden, Nachteil...*: vgl. dazu Rabelais, „Gargantua ...", III, 16.

207 *Ich brauche Euer Gnaden nicht zu sagen ... laut schrie wie die übrigen*: vgl. dazu Locke, „Essay" IV, 16, 3.

212 *um die Metapher fallen zu lassen*: siehe dazu die Einstellung Lockes in „Essay" III, 10, 34, wo er figurative Sprache als ‚regelrechten Betrug' im rationalen Diskurs bezeichnet.

213 *O ihr Mächte*: nachzulesen im „Don Quijote", Buch I, Kap. II, 1. Vgl. auch Sternes Anrufung des Cervantes im „Tristram Shandy", Buch IX, S. 638 ff.

214 *Madame Pompadours Visavis*: eine Kutsche, in der sich die Reisenden gegenübersitzen. Madame Pompadour war die Geliebte Ludwigs XV.

216 *Vinea*: bewegliches Schutzdach für Belagerer.

217 *Ballista*: Schleuder-, Wurfmaschine. – *Marcellinus*: Ammianus Marcellinus (ca. 330–ca. 395); griechischer Historiker in Rom. Sterne nimmt hier Bezug auf sein Werk „Rerum Gestarum Libri", 23, 4. – *Kardinal Alberoni*: Giulio Alberoni (1664 bis 1752); spanisch-italienischer Kardinal und Staatsmann, der 1716 Staatsminister Philipps V. von Spanien wurde.

219 *Zykloide*: Kurve, die ein Punkt auf einem Kreisumfang beschreibt, wenn der Kreis auf einer Geraden oder einem anderen Kreis abrollt. – *Act. Erud. Lips.*: ‚Acta Eruditorum', die erste in Deutschland gegründete Zeitschrift; in der Ausgabe von 1695 veröffentlichte Jacques Bernouilli (1654–1705), berühmter Mathematiker, seine Lösung der Zykloide, die Kontroversen auslöste.

222 *einen Längengrad erwischen*: die geographischen Längengrade auf See zu bestimmen war im 17. und 18. Jahrhundert ein schwieriges Problem, für dessen Lösung die englische Regie-

rung einen sehr hohen Preis ausgesetzt hatte. Whiston (vgl. Buch II, S. 109) hatte mit Ditton eine Lösung versucht.

225 *Ennasin*: vgl. „Gargantua", IV, 9. und Sternes Kap. 38 in Buch III, dem „Nasenkapitel".

227 *„keine neuen Kunststücke zu lernen"*: englisches Sprichwort, ‚An old Dog will learn no tricks'.

228 *Gesetzbücher des Gregorius und des Hermogenes*: Codex Gregorianus, römische Gesetzessammlung Ende des 3. Jahrhunderts v. Chr. Der Codex Hermogenianus, zusammengestellt ca. 324 v. Chr., ist eine Ergänzung dazu. – *Werke von Louis und Des Eaux*: Gemeint sind die Gesetze von Ludwig XIV. Des Eaux ist kein Name, sondern der abgekürzte Titel der von Ludwig XIV. erlassenen Verordnung „Ordonnance des eaux et forêts" (Verordnung über Gewässer und Wälder).

230 *Bruscambille*: Bühnenname des französischen Schauspielers und Schriftstellers Sieur Deslauriers. In seinen 1612 erschienenen „Fantaisies ou Pensées Facétieuses" findet sich ein Prolog über lange Nasen.

231 *Prignitz … Scroderus*: von Sterne erfundene Nasenautoritäten. – *Andrea Paraeus*: Ambroise Paré (ca. 1509–1590); französischer Militärarzt und Vater der modernen Chirurgie. – *Bouchet*: Guillaume Bouchet (ca. 1513–1594); französischer Dichter und Freund von Rabelais, begann mit der Veröffentlichung seiner witzigen „Abend-Unterhaltungen" („Les Sérées") 1584. – *Hafen Slawkenbergius*: eine von Sterne erfundene Nasen-Autorität mit einem deutlichen Namen: ‚Hafen' im Sinne des deutschen Nachttopfs und dazu die latinisierte Form von ‚Schlackenberg'. – *Pamphagus, Cocles, Erasmus*: Desiderius Erasmus, genannt Erasmus von Rotterdam (ca. 1466–1536); in den „Colloquia Familiara" (1518) des holländischen Gelehrten und Humanisten treten Pamphagus und Cocles als Sprecher auf; siehe dazu S. 234.

232 *Kitzelfroschs Stute*: im englischen Original steht hier ‚Tickletoby's mare' (Tickletoby: umgangssprachliche Bezeichnung für ‚Penis'); für den Zusammenhang siehe Rabelais' „Gargantua" Buch IV, Kap. 13. – *Paraleipomenon*: griech. das ‚Ausgelassene', das ‚Übergangene'. – *der schwarzen Seite*: Anspielung auf die schwarzbedruckte Seite in Buch I.

234 *„Nihil me poenitet hujus nasi"*: Ich bin mit dieser Nase nicht unzufrieden; *„Nec est cur poeniteat"*: An dieser Nase gibt es auch nichts auszusetzen. – *ad excitandum focum*: Walter Shandys Experimente mit dem Federmesser verändern den Wortsinn durch Auswechseln eines einzigen Buchstabens, beispielsweise statt ‚focum' ‚locum' oder ‚ficum'.

236 *Whitfield*: George Whitefield (1714–1770); Mitbegründer der Methodistensekte und mitreißender Kanzelprediger. Er vertrat die Auffassung, die Seele könne intuitiv erkennen, ob ihre Taten von Gott oder vom Teufel eingegeben werden. Sterne hat sich in mehreren seiner eigenen Predigten gegen die Methodisten und ihren Hochmut gewandt.

238 *Taliacotius' Nase*: Gaspard Tagliacozzi (1545–1599); italienischer Chirurg, der mit besonderem Geschick Hautverpflanzungen bei Nasenverletzungen vornahm.

239 *ad mensuram suam legitimam*: zu ihrer richtigen Größe.

240 *Ponocrates und Grangousier*: vgl. Rabelais, „Gargantua..." I, 40. Ponocrates ist Gargantuas Lehrer und Grangousier Gargantuas Vater.

242 *die geringeren Wesen... schließen nach der Nase*: vgl. dazu Montaigne, „Essais" II, 12. – *nach Lockes richtiger Bemerkung*: vgl. Locke, „Essay", IV, 17, 18. Locke spricht allerdings von Häusern und nicht von Kegelbahnen.

245 *Grangousiers Lösung*: siehe Rabelais, „Gargantua..." I, 40.

Buch IV

250 *einige Seiten seines Originals... als Probe*: Sternes Übersetzung des Lateinischen ins Englische spielt beständig mit sexuellen Ober- und Untertönen der Wörter und Begriffe, so daß sich immer mehrere Bedeutungsebenen überlagern.

254 Πεϱιζώμαυτὲ: Griechisch ‚Gürtel', ‚Schurz'; durch die Auslassung und den Kommentar wird dem Wort eine anrüchige Bedeutung zugeschrieben, die es gar nicht hat. Dasselbe Bedenken müßte dann auch für den „befransten Nestellatz" gelten.

257 *Bei Sankt Radagunda*: (ca. 520–587), Gründerin des Klosters zu Poitiers (552); sie war Sterne bekannt als Patronin des Jesus College in Cambridge, das er besuchte. Sankt Radagunda wird in Buch VIII, Kap. 17, S. 564 noch einmal erwähnt.

259 *Die Feenkönigin*: Vgl. dazu Shakespeare, „Romeo und Julia", I, 4, 53–58 und 70–71. – *Spitze der Zirbeldrüse*: siehe Anm. S. 154.

260 *der heilige Antonius habe sie mit seinem Feuer heimgesucht*: Die Wundrose, eine gegen Ende des 11. Jahrhunderts in ganz Europa, besonders aber in Frankreich weitverbreitete brandige Hautkrankheit, war früher auch unter dem Namen ‚Antoniusfeuer' bekannt. Der heilige Antonius soll Wunderkräfte dagegen besessen haben. – *über die Butterwecken zu ratschlagen*: im englischen Text steht hier: „to consider the case of butter'd buns", eine umgangssprachliche Bezeichnung für Hure.

262 *Chrysippus und Crantor*: Chrysippus, siehe Buch II, Anm. S. 152; Crantor (ca. 335–ca. 275 v. Chr.), Verfasser des ersten Kommentars zu Platons „Timaios“.

265 *petitio principii*: Verwendung eines noch unbewiesenen Satzes als Beweisgrund für einen anderen Satz.

266 *ex mero motu*: aus eigenem Antrieb.

268 *in den See des höllischen Feuers segeln*: Anklang an NT, Offenbarung 21, 8.

269 *alexandrinische Bibliothek*: die bedeutendste Bibliothek der Antike in Alexandrien, in der etwa eine halbe Million Handschriften aufbewahrt gewesen sein sollen, bis sie 640 durch eine Feuersbrunst zerstört wurde.

270 *eine Nase erschaffen, die so groß ist wie der Turm des Straßburger Münsters*: Rabelais verteidigt die Geburt Gargantuas aus dem linken Ohr von Gargamelle in ähnlicher Weise; nachzulesen im „Gargantua ...“, I, 6.

271 *wie Pantagruel ... eingeschifft und außer Sicht*: siehe dazu „Gargantua ...“, IV, 1. – *Beginen*: Angehörige einer klosterähnlichen Frauenvereinigung, deren Mitglieder aber nicht durch Gelübde gebunden sind. Korporal Trim wird sich in Buch VIII, Kap. 20–22, in eine Begine verlieben.

272 *der Katastrophe meiner Erzählung entgegeneilen*: die nachfolgenden Begriffe entstammen der Dramentheorie und finden sich u. a. erläutert bei John Dryden im „Essay of Dramatic Poesy“; siehe Anm. S. 67.

281 *aus dem See seiner Leiden*: vgl. Shakespeare, „Hamlet“ III, 1, 58: „a sea of troubles“.

282 *Mackays Regiment*: Hugh Mackay (1640–92); General in der Armee Williams III. Er fiel am 24. Juli 1692 an der Spitze seines Regiments bei Steinkirk, in jener Schlacht, mit der Onkel Toby und Korporal Trim im Buch V, Kap. 21 beschäftigt sind.

286 *O Garrick!*: siehe Buch III, Anm. S. 186.

287 *George oder Edward*: anläßlich eines Aufenthalts in London 1761 hatte Sterne den jungen Georg III. und seinen Bruder Edward, Herzog von York, kennengelernt. – *Trismegistus*: siehe Buch I, Anm. S. 56.

289 *Longinus*: siehe Buch I, Anm. S. 58. – *Avicenna*: (980–1037), berühmter Arzt und Philosoph. – *Licetus*: Fortunio Liceti (1577–1657); Professor der Philosophie und Physik in Pisa und Padua.

290 *de omni scribili*: über alles Schreib- und Kritzelbare; ‚scribili‘ ist ein Unsinnswort und dient zum Sprachspiel mit dem lateinischen Allgemeinplatz ‚de omni scibili‘ (über alles Wißbare); siehe dazu auch Anm. S. 234.

291 *Hiobs ganze Eselherde*: Hiob beginnt mit 500 Eselinnen (AT, Hiob 1, 3); am Ende seiner Leiden haben sie sich verdoppelt (Hiob 42, 12). Siehe auch Anm. S. 358.

293 *wie Horaz empfiehlt*: vgl. dazu Horaz, „Ars poetica" V. 148; siehe auch Buch I, Anm. S. 12.

297 *„Gott segne den Mann", sagte Sancho Pansa*: siehe Cervantes, „Don Quijote", Buch II, Kap. III, 68. – *was Montaigne darüber vorbringt*: in seinem Essay „De l'expérience", III, 13.; siehe dazu auch Buch I, Anm. S. 12.

298 *Bayle*: „Die Wahrscheinlichkeit ist nicht immer auf der Seite der Wahrheit zu finden", Adrien Baillet in „Des Enfants devenus célèbres" (Paris 1722).

302 *Namur*: siehe Buch I, Anm. S. 71.

303 *Kind des Zorns!*: vgl. NT, Epheser 2, 3.

306 *Menagiana*: eine Sammlung von politischen und kulturellen Beobachtungen, Gerüchten und Sprüchen der Zeit, zusammengetragen von Gilles Ménage (1613–92). Sterne hat dort offensichtlich die Geschichte von Franz I., König von Frankreich von 1515 bis 1547, gefunden.

307 *Sadrach, Mesach und Abednego*: diese Namen gab Nebukadnezar den drei Freunden des Daniel, ehe er sie in den Feuerofen werfen ließ, aus dem sie dann jedoch lebend entkamen; siehe AT, Daniel 1, 7 und 3, 1–30.

308 *Herzog von Ormond*: Trims Name, James Butler (siehe S. 98 und 302), war auch der Name des ersten (1610–88) und des zweiten (1665–1745) Herzogs von Ormond. Der letztere trat 1712 als General der Armee an die Stelle Marlboroughs und war auf Weisung von Königin Anne und Bolingbroke am Friedensschluß von Utrecht beteiligt (vgl. S. 106). Wie Trim, so wurde auch der Herzog bei Landen (S. 98) verwundet; desgleichen war er in Namur dabei.

310 *Schräglinksbalken*: der normale Schrägbalken verläuft in der Heraldik von links oben nach rechts unten; verläuft er umgekehrt, also von rechts oben nach links unten, so wird dies als Hinweis auf Bastardschaft gedeutet.

312 *Homenas*: ist Bischof der Papimanen im „Gargantua...", IV, 48. – *wie Montaigne bei einer ähnlichen Gelegenheit klagt*: diese Stelle spielt an auf Montaignes „Essais" I, 26 („De l'institution des enfants").

313 *Didius*: siehe Buch I, Anm. S. 18. – *Kysarciis*: siehe Buch III, Anm. S. 199.

314 *Phutatorius*: siehe Buch III, Anm. S. 198.

315 *Bettelfluch*: im engl. Text steht ‚twelve-penny oath'. Seit 1745 war Fluchen unter Strafe gestellt, wobei die Höhe der Strafe

nicht von der Schärfe des Fluches, sondern von Rang und gesellschaftlicher Stellung des Fluchenden abhing. 12 Pennies waren die geringste Strafe der niederen Stände; die nächst höheren unter dem Rang eines Gentleman mußten 2 Schilling bezahlen; vom Gentleman aufwärts wollte der Fiskus 5 Schilling sehen.

316 *Gastripheres*: siehe Buch III, Anm. S. 199.

317 *im ganzen Wörterbuch von Johnson*: Samuel Johnson (1709–1784), englischer Autor und Kritiker, veröffentlichte von 1747–1755 das „Dictionary of the English language", ein Standardwerk der englischen Sprache. – *Tempel des Janus*: römischer Gott der Tore und Anfänge; geschlossene Tempeltore bedeuteten Frieden, geöffnete Krieg. – *Acrites*: erfundener Name, abgeleitet von griechisch ‚akritos' = verworren, unfähig zu urteilen. – *Mythogeras*: erfundener Name, zusammengesetzt aus dem griechischen ‚mythos' = Geschichte und dem lateinischen ‚gero' = tragen, d. h. ‚Klatschmaul'. – *de Concubinis retinendis*: Wie man Konkubinen zügelt.

320 *Somnolentus ... Agelastes*: siehe Buch III, Anm. S. 198, 199.

321 *Yorick war ... „ein Mann, der Kurzweil trieb"*: siehe Shakespeare, „Hamlet", V, 1, 184–85. Auch die *Träume der Philosophie* erinnern an „Hamlet", diesmal I, 5, 166–67.

322 *Eugenius*: siehe Buch I, Anm. S. 35.

323 *in nomine patriae ...*: es müßte heißen: In nomine patris et filii et spiritus sancti.

325 *Es ist nicht nur, Herr Hauptmann Shandy ...*: Sternes erste Fußnote verweist darauf, daß er die gesamte nachfolgende Diskussion aus „A Briefe Treatise of Testaments and Last Wills" von Henry Swinburne übernommen hat. *Brook ... Lord Coke ... Swinburn*: Sir Robert Brooke (gest. 1558), Sprecher des House of Commons und Oberrichter für Zivilrechtsklagen; Sir Edward Coke (1552–1634), englischer Rechtsgelehrter und Politiker; Urheber der „Petition of Rights"; Henry Swinburn(e) (1560–1623), Kirchenrechtler.

327 *Triptolemus*: siehe Buch III, Anm. S. 198. – *im levitischen Gesetz*: AT, 3 Moses 18, 6–18. – *Selden*: John Selden (1584–1654); Altertumsforscher, Orientalist und Politiker, dessen Aussprüche von seinem Sekretär gesammelt und 1689 unter dem Titel „Table Talk" veröffentlicht wurden.

330 *Mississippi-Aktien*: Aktien einer französischen Gesellschaft, die 1720 unter großem Aufruhr in Konkurs ging. – *tantum valet ... quantum sonat*: es ist so viel wert wie es klingt.

335 *Wäre es mir wie dem Sancho Pansa erlaubt, ein Königreich zu wählen*: im „Don Quijote", Buch I, Kap. 4,2; allerdings ist

Tristrams Einstellung zu den schwarzen Sklaven ganz anders als diejenige Sancho Pansas.

336 *(oder dieser vertrackte Husten müßte mich unterdessen umbringen)*: während der Arbeit an Buch III und IV scheint Sternes gesundheitlicher Zustand etwas besser gewesen zu sein als zu Beginn des „Tristram Shandy"; allerdings erfolgte dann im Januar 1762 eine so massive Verschlechterung, daß er gezwungen war, das mildere Klima von Südfrankreich aufzusuchen.

Buch V

Motto: „Wenn ich irgend etwas allzu scherzhaft sage, dann wirst du mir dieses Recht gnädigerweise zugestehen." Sterne fand dieses Zitat aus Horaz' Satiren (1.4) in der Einleitung zu Robert Burtons „Anatomie der Melancholie", ‚Demokrit Junior an den Leser'. Auch das zweite Motto stammt aus der ‚Demokrit'-Einleitung, wenn Burton seinerseits Erasmus von Rotterdam zitiert, und zwar aus dem „Encomion moriae": „Wenn jemand meine Schriften frivoler deutet, als sich für einen Theologen, oder bissiger, als es sich für einen Christen schickt – nicht ich habe es gesagt, sondern Demokrit." Beide Motti dienen dazu, den Leser auf Zwischentöne, Wortspiele und damit zusammenhängende Bedeutungsvielfalt aufmerksam zu machen, ebenso wie auf den extensiven Bezug zu Burtons „Anatomie" in den Büchern V und VI.

339 *John Spencer*: (1734–83) Urenkel des Herzogs von Marlborough, ein Freund und Gönner Sternes.

341 *Sollen wir denn ewig neue Bücher machen*: Zitat aus Burtons Einleitung zur „Anatomie", wo dieser selbst gegen Plagiatoren wettert.

342 *Ich will... nicht ganz so schmähen wie Horaz*: vgl. dazu Horaz, „Briefe" I, XIX, 19–20.

343 *Königin von Navarra*: Margarete von Valois (1552–1615); die erste Frau von Heinrich IV., König von Frankreich und Navarra; Margaretes Hofhaltung gab Anlaß zu zahlreichen skandalösen Berichten, und Sterne kannte mindestens einen davon.

348 *eine Karte von Sanson*: Nicolas Sanson (1600–1667); französischer Kartograph.

349 *Agrippina*: Nero vergiftete den Stiefsohn seiner Mutter Agrippina; siehe Tacitus „Annalen", XIII, 14–17. Sterne zitiert auch nach Burton (II, 3.5).

350 *Als Tullius seiner Tochter Tullia beraubt wurde*: Als seine Tochter starb, versuchte Cicero seinen Schmerz erträglich zu machen, indem er eine Trostschrift für sich selbst verfaßte, die

,Consolatio ad se ipsum'. Darin trug er zusammen, was in der pythagoräischen und platonischen Tradition angesichts des Todes als Trost formuliert worden war und erreichte dadurch tatsächlich eine Milderung seines Schmerzes. Ciceros ,Consolatio' gilt als Beispiel für den Anspruch der antiken Philosophie, effektive ,Lebenshilfe' für die Menschen zu sein, und gerade diesen Anspruch verspottete Sterne.

353 *Mytilene*: größter Ort der Insel Lesbos und Heimatstadt der Sappho.

354 *Zante*: die südlichste Ionische Insel; zu Walter Shandys Zeiten ein wichtiger Vorposten für den Handel mit der Türkei und dem Osten.

355 *Er ist besser in der Schlacht als im Bett*: vgl. dazu Montaigne „Essais" III, 13 ,De l'expérience'.

356 *Sie handelt von Cornelius Gallus*: unter ungewöhnlichen Todesfällen führt Montaigne u. a. auch den Prätor Cornelius Gallus auf, den der Tod zwischen den Schenkeln einer Frau ereilt haben soll; nachzulesen im Essay ,Que philosopher c'est apprendre à mourir' (Wie man durch Philosophieren das Sterben lernen kann) „Essais" I, 20. Vgl. auch Buch VI, Anm. S. 425.

357 *Der horchende Sklave*: Anspielung auf die Statue „Arrotino" in den Uffizien zu Florenz. – *Rapin*: Paul de Rapin (1661–1725), französischer Historiker.

358 *Hiobs ganze Habe*: siehe Buch IV, Anm. S. 291.

359 *Locke ... über die Unvollkommenheit der Worte*: siehe „Essay" III, 9.

361 *Herren Barbati*: die Bärtigen, d. h. die Philosophen; Sterne verweist hier auf eine lange philosophische Tradition, welche die Sinne nach ihrer Wichtigkeit hierarchisch ordnete; dabei konkurrierten der Tast- und der Gesichtssinn fast immer um den ersten Platz.

362 *grüne Schlafröcke und alte Hüte*: im Original steht „green gowns and old hats"; beides sind Slangausdrücke; „to give a green gown" bedeutet soviel wie ,es auf der Wiese oder im Grünen treiben'. „Old hat" ist die vulgäre Bezeichnung für Vulva.

363 *Ist nicht alles Fleisch wie Heu*: siehe AT, Psalm 90, 5–6; Isaias 40, 6–8.

368 *die Rede des Sokrates*: Sternes Quelle ist wohl Montaignes Version in „Essais" III, 12: ,De la physionomie'. Vgl. auch Shakespeare, „Hamlet" III, 1, 55–80. – *de Bell. Judaic.*: Flavius Josephus verfaßte im 1. Jh. n. Chr. eine Geschichte der Judenkriege.

371 *Calliope*: Kalliope (griechisch ‚die Schönstimmige'), die 9. und älteste der Musen, Patronin der epischen Dichtung, und der Poesie; Sterne kontrastiert die freieste und leichteste der musikalischen Formen, das Capriccio, mit der würdigsten der Musen; einen ähnlichen Kontrast gibt es durch Cremona und Maultrommel.

371 *Cremona*: Violine aus Cremona, der lombardischen Stadt, in der die Geigen von Amati, Stradivari und Guarneri gebaut wurden.

372 *Xenophon*: griechischer Philosoph und Historiker (ca. 428–ca. 354 v. Chr.), verfaßte auch Schriften über die Erziehung.

373 *Johann de la Casse*: Giovanni della Casa (1503–56), Erzbischof von Benevento, schrieb eine Erziehungsfibel, den „Galateo"; in seiner Jugend allerdings soll der Erzbischof ausführlich der Sodomie gehuldigt haben.

376 *den 10. August 1761*: aus Briefen an Hall-Stevenson und andere Freunde Sternes geht hervor, daß das Datum wohl auf die Entstehungszeit dieses Kapitels verweist.

377 *wie Ludwig der Vierzehnte auf die Kirchtürme stieg*: Anspielung auf die Maßnahmen des Sonnenkönigs, kirchliches Besitztum zur Finanzierung seiner Kriege heranzuziehen.

377 *halbe Feldschlangen*: Geschütz mit einem Mündungsdurchmesser von 12 cm, während eine ganze Feldschlange etwa 14 cm Mündungsdurchmesser hatte.

378 *Schlacht von Steenkirchen*: am 24. Juli 1692 wurden die Alliierten von den Franzosen bei Steinkirk vernichtend geschlagen. – *Grafen Solms*: Heinrich Maastricht, Graf von Solms-Braunfels (1636–1693), führte die alliierten Truppen bei ihrem glücklosen Angriff auf die Franzosen.

383 *Fünfzigtausend Körbe voll Teufel*: siehe ähnliche Formulierungen bei Rabelais, „Gargantua . . ." ‚Prolog des Autors' II und III, 22.

384 *Scharpie*: siehe Buch II, Anm. S. 97. – *de sede vel subjecto circumcisionis*: Über den Ort oder Gegenstand der Beschneidung. – *Spenser*: richtig: John Spencer (1630–1693); englischer Theologe, dessen Werk „De legibus Hebraeorium ritualibus et earum rationibus" („Über die Kultgesetze der Juden") 1685 in Cambridge erschien. Die beiden ‚John Spencer', Sternes Freund (Anm. S. 339) und der Theologe sind, soweit bisher bekannt, nicht miteinander verwandt. – *Maimonides*: Rabbi Moses Ben Maimon (1135–1204), jüdischer Gelehrter des Mittelalters; er ist die erste Autorität, die Spencer in seinem Werk zitiert.

385 *Ekliptik*: Sonnen- und Erdbahn.

386 *Troglodyten*: Höhlen- oder Eiszeitmenschen. – *in der Sprache der Apotheker*: „Die Linderung einer Krankheit, die sowohl schmerzhaft als auch schwer zu heilen ist und die Anthrax [Milzbrand] genannt wird.“, Philo Judaeus (ca. 20 v. Chr.–ca. 40 n. Chr.), griechisch-jüdischer Philosoph; ‚De circumcisione‘ (Über die Beschneidung). – *der Staatsmänner*: „Nationen, bei denen die Beschneidung Brauch ist, sind die fruchtbarsten und volkreichsten“, ebenfalls in Philo, ‚De circumcisione‘. – *der Waschweiber*: „der Reinlichkeit wegen“; das Zitat stammt nicht von Samuel Bochart (1599–1667), sondern von Herodot. Sterne hat offensichtlich bei Spencers Fußnoten nicht genau genug gelesen. – *Ilus*: „Ilus läßt sich beschneiden und hat seine Verbündeten gezwungen, dasselbe zu tun.“ – *Brigadegeneral und Pharaoh-neco*: gemeint ist: *Brigadegeneral unter Pharao Necho*, von dessen Taten berichtet wird in AT, 2 Könige 23, 29–35; in 2 Chronik 35, 20–27 und 36, 1–4; in Jeremias 46, in Ezechiel 29–32. – *Sanchuniatho*: ein antiker phönizischer Gelehrter.

387 *Gymnast und Kapitän Tripet*: Zitat aus Rabelais, „Gargantua ...“, I, 35.

390 *Politian*: Angelo Poliziano (1554–1594), italienischer Humanist, Dichter und Lehrer im Haushalt des Lorenzo de Medici. – *Hesiod*: griechischer Dichter (um 700 v. Chr.); das folgende Zitat stammt aus dem Lehrgedicht ‚Werke und Tage‘: ‚Zu allererst ein Haus, ein Weib und einen Ochsen zum Pflügen‘.

393 *mit einem von all den Worten ... einen bestimmten Begriff*: siehe Locke, „Essay“, wo er in dem ‚Brief an den Leser‘ definiert, was er unter einer „bestimmten Vorstellung“ versteht: „... eine Idee, so wie sie zu irgend einer Zeit objektiv im Geist vorhanden ... mit einem Namen ... verknüpft und diesem dauernd zugeordnet ... sein soll“.

395 *Lord Verulam*: Francis Bacon (1561–1626), englischer Philosoph und Staatsmann, wurde 1618 Lordkanzler und als Baron Verulam geadelt. – *Ars longa, vita brevis*: ‚Die Kunst währt lang, das Leben kurz‘; der erste Aphorismus des von Hippokrates; (ca. 460–ca. 377 v. Chr.), griechischer Philosoph und Autor, bekannt als ‚Vater der Medizin‘.

396 *„Die zwei großen Ursachen ...“*: Zitat aus Bacons „Historia vitae et mortis“ (1623).

397 *‚Quod omne animal post coitum est triste‘*: ‚Daß jedes Lebewesen nach dem Koitus traurig ist‘; diese Spruchweisheit ist eine Paraphrase von Passagen aus Aristoteles, „De generatione animalium“ 1, 18 (275 b) und „Problemata“ 4, 6 (877 a), 4, 12 (877 b), 4, 21 (879 a) und 30, 1 (955 a). – *Wenn man also nur*

einem heranwachsenden Kind ...: vgl. Locke, „Some Thoughts Concerning Education", dort wird zum Wohle der gesunden Entwicklung für recht rigorose Abhärtungsmaßnahmen plädiert.

398 *Belagerung von Jericho*: siehe AT, Josua 5–6. – *Belagerung von Limerick*: 1690 durch Wilhelm III. mußte aufgehoben werden, weil die Munition ausging und Unwetter das Gelände in Sumpf verwandelten. Auf diese Weise war Limerick ebenso eine Niederlage für William wie Steinkirk (1692) und Landen (1693), wo Trim seine Wunde erhielt; allerdings ebneten diese Schlachten auch den Weg für den großen Sieg bei Namur (1695). – *das würde nicht einmal Ödipus herausbringen*: Ödipus hat nicht nur seinen Vater erschlagen und seine Mutter geheiratet, was für Sigmund Freud und die Psychoanalyse so große Bedeutung erlangte; er hat auch das Rätsel der Sphinx gelöst.

401 *Phimosis*: Verengung der Vorhaut

403 *Consubstantialia*: Stoffe gleicher Art; *Imprimentia*: sich einprägende Stoffe; *Occludentia*: verschließende Stoffe. – *von Christ-Cross-Row nach Malachi*: vom Erlernen des Alphabets bis zum letzten Buch des Alten Testaments (Malachias/Maleachi). – τύπτω-*en*: sich abplagen. – *Julius Scaliger*: Julius Caesar Scaliger (1484–1558), italienischer Humanist, Philosoph und Wissenschaftler, der erst mit 40 Jahren begann, Griechisch zu lernen und es dann in wenigen Monaten beherrschte. *Peter Damianus*: (1007–72), Kirchenlehrer, der erst im Erwachsenenalter lesen lernte; *Baldus*: (1327–1406), italienischer Jurist in Perugia, der so spät mit der Jurisprudenz begann, daß man ihn verspottete, er wolle wohl erst im nächsten Leben Advokat werden.

404 *Eudamidas*: König von Sparta (ca. 331–305 v. Chr.). – *Xenokrates*: (396–314 v. Chr.), griechischer Philosoph, Schüler Platons und von 339 bis 314 Leiter der Akademie in Athen. Plutarch erzählt jene Anekdote, wonach Eudamidas fragte, wer denn der betagte Xenokrates sei und zur Antwort erhielt, ein Weiser, der nach Tugend suche. „Und wann will er sie denn gebrauchen", fragte Eudamidas, „wenn er sie jetzt erst sucht?" – *Nordwest-Passage*: Seeweg vom nördlichen Atlantik entlang der Nordküste Amerikas durch die Beringstraße zum Pazifik; Sterne benutzt hier die figurative Bedeutung. – *Vergils Schlange*: vgl. Aeneis, Buch II und die dritte Ekloge 144–45.

411 *eine solche Menge Esel*: Sternes Reaktion auf die Verrisse, die sich die Bände III und IV des „Tristram Shandy“ von Kritikern eingehandelt hatten.

412 *zehn Prädikamente*: oder zehn Kategorien; in der ‚Kategorienlehre‘ entwirft Aristoteles zehn Fragetypen, denen jeweils eine spezifische Form des Fragens und eine spezifische Form des Antwortens entspricht. – *Vincenz Quirino*: (1479–1514), italienischer Humanist. – *Bembo*: Pietro Bembo (1470–1547), Kardinal, italienischer Gelehrter, Historiograph von Venedig und befreundet mit Vincenzo Quirino. – *Alphonsus Tostatus*: (ca. 1400–1455), spanischer Theologe und Gelehrter, der bereits mit 22 Jahren in Salamanca zum Doktor ernannt wurde.

413 *Hugo Grotius*: (1583–1645), holländischer Staatsmann, Theologe, Jurist und Dichter, der mit neun Jahren lateinische Verse verfaßte und mit sechzehn das enzyklopädische Werk von *Martianus Capella* (um 450 n. Chr.) herausgab. – *Scioppius*: Schoppe, siehe Buch I, Anm. S. 58. – *Heinsius*, Daniel Heinsius (1580–1655), flämischer Philologe und Dichter, der mit neun Jahren zu schreiben begann. – *Politian*: Angelo Politiano, siehe Buch V, Anm. S. 390. – *Pascal*: Blaise Pascal (1623–1662), französischer Religionsphilosoph und Mathematiker, der im Alter von siebzehn durch seine Abhandlung über Kegelschnitte berühmt wurde. – *Joseph Scaliger*: (1540–1609), Sohn des Julius Caesar Scaliger, siehe Buch V, Anm. S. 403. – *Ferdinand von Cordoba*: (1422–1480), spanischer Theologe und Sprachgelehrter, berühmt für sein außergewöhnliches Gedächtnis. – *Servius*: Marius Servius Honoratus (um 400 n. Chr.), römischer Grammatiker und Kommentator Vergils. – *Justus Lipsius*: (1547–1606), flämischer Philologe und Gelehrter, der mit fünfundzwanzig Jahren einen Lehrstuhl in Jena erhielt. – *Baillet*: Adrien Baillet, „Des enfants célèbres“, Paris 1722, aus dem Sterne die meisten seiner angeführten Beispiele nimmt.

415 *keinen Menschen um seine Nase gebracht*: siehe dazu Buch III, Kap. 27. Anspielung auf die damals übliche Behandlung von Geschlechtskrankheiten mit Mercurius (Quecksilber), welches die Schleimhäute des Nasenraums zerstört.

416 *Demokrit*: Demokrit von Abdera (ca. 460–ca. 370 v. Chr.), griechischer Philosoph, Naturforscher, Mathematiker; bekannt als der ‚lachende Philosoph‘, denn für ihn hieß das Ziel des Lebens ‚gute Laune‘ und Ausgeglichenheit. – *Protagoras*: (ca. 481–411 v. Chr.), griechischer Philosoph im Umkreis Demokrits. – *vide Pellegrina*: siehe Buch V, Anm. S. 404.

417 *Erasmus*: siehe Buch III, Anm. S. 234.

418 *Dendermonde*: September 1706

425 *Levenschen Regiment ... Regiment Angus*: beide Regimenter waren bei der Schlacht bei Steinkirk dabei; vgl. Buch V, Anm. S. 378. – *als sie bei ihm im Zelt in seinen Armen lag*: siehe Buch V, Anm. S. 356.

426 *Contreescarpe*: siehe Buch II, Anm. S. 85–87.

428 *Der anklagende Geist ...*: die Vorstellung vom Buch des Lebens als Gerichtsbuch, in das alle Taten der Menschen eingetragen werden, findet sich in der „Apokalypse" 20, 12.

430 *wasserländischer Gelehrsamkeit*: Daniel Waterland (1683 bis 1740), Prediger zu Sternes Zeit und Autor von „Advice to a Young Student" (1706). – *Doktor Paidagunes*: ‚Erzieher'; ein von Sterne aus lateinischen und griechischen Elementen geformter Name.

431 *der Umschlag einer kritischen Zeitschrift*: Anspielung auf die Verrisse von „Tristram Shandy" im ‚Critical Review' und auf den Herausgeber der Zeitschrift, Tobias Smollett (1721–1771), der Arzt war. Allerdings waren die Angriffe auf Sternes „Tristram Shandy" und seine „Sermons" im ‚Monthly Review' noch viel vernichtender, so daß der Seitenhieb durchaus auch darauf gerichtet sein kann. Siehe dazu auch Buch IX, Anm. S. 638.

432 *italienischer Schrift*: im Gegensatz zu gotischer oder Frakturschrift. – *ritratto*: Abbild, Portrait.

433 *Mynheer van der Blonederdondergewdenstronke*: ironischer Name für etwas schwerfällige und umständliche holländische Kritiker; eine Wortmixtur aus ‚blunderer' (Stümper, Tölpel) und ‚dunderhead' (Schwachkopf).

434 *Prinz Eugen*: von Savoyen (1663–1736), Feldherr in den Türkenkriegen und mächtiger Verbündeter Marlboroughs im Spanischen Erbfolgekrieg.

437 *mich in Hosen zu stecken*: zu Sternes Zeiten wurden Mädchen und Jungen bis zum Alter von sechs Jahren gleich gekleidet; Jungen unter vier Jahren trugen keine Hosen. – *Gerichtsbetten*: im Original heißt es: „beds of justice"; Sterne spielt hier mit der Bedeutung des französischen ‚lit de justice', was den großen Gerichtstag des Königs im französischen Parlament bezeichnete, wo nur Angelegenheiten des Staates verhandelt wurden.

438 *Cluverus*: Philipp Cluwer (1580–1622), deutscher Historiker und Geograph.

442 *Albertus Rubenius*: (1614–57), Sohn des Malers Peter Paul Rubens, Archäologe und Schriftsteller. – *De re Vestiaria Veterum*: Über die Kleidung der Alten. Im 18. Jahrhundert er-

schienen eine Reihe von Arbeiten über die Gewohnheiten in der römischen Zeit.

443 *Juvenal*: Decimus Juvenalis (ca. 60–127), neben Horaz der bedeutendste römische Satiriker; zum Soldatenschuh mit Nägeln siehe „Satiren", XVI, 13.

444 *calceus incisus*: Absatzschuh. – *calceus rostratus*: Schnabelschuh. – *Latus Clavus*: ein purpurner oder goldener Saum an der Tunika römischer Patrizier. – *Egnatius... Scaliger*: Gelehrte der Renaissancezeit; zu Scaliger siehe Anm. S. 412.

445 *Poco Curante*: ein gleichgültiger, unbekümmerter Mensch, den nichts beeindrucken kann.

448 *mit der Zeitung in der Hand*: die „Gazette", wie es im englischen Text heißt, war die offizielle Regierungszeitung, die seit 1666 dreimal pro Woche in London erschien. – *Chamade*: Signal der zu Verhandlungen bereiten Belagerten.

451 *Proteus*: ein weissagender Meeresgott, der sich in allerlei Gestalten verwandeln konnte.

454 *Erdenkloß des Jammertales*: siehe AT, Hiob 21, 33.

455 *wie er den Rosmarinzweig... auf das Grab wirft*: vgl. dazu Shakespeare, „Hamlet" IV, 5, 145 und „Romeo und Julia" IV, 5, 79–80. – *Gütige Mächte... rührt mich an mit allgewaltiger Hand*: vgl. AT, Isaias 32, 4 und 35, 6.

459 *durch seine Leber schießen*: die Vorstellung, die Leber sei das Zentrum der Lebenskraft und Sitz der Liebe und Leidenschaft, war in der Antike weit verbreitet.

460 *Cappadocius... Pruscius*: Sterne scheint hier mit geographischen Bezeichnungen und deren Vorstellungsgehalten zu spielen. – *Frieden von Utrecht*: Durch den Frieden von Utrecht wurde 1713 der Spanische Erbfolgekrieg beendet, in dem Onkel Toby sich so heftig engagiert hatte. – *Königin Maria*: Maria I. Tudor (1516–1558) soll angesichts des Verlusts von Calais an Frankreich gesagt haben, man werde nach ihrem Tod ‚Calais' tief in ihrem Herzen eingegraben finden; Calais wurde im Frühjahr 1558 von den Franzosen eingenommen und Maria starb einige Monate später.

461 *Heute vor zwei Jahren habe ich dem Leser berichtet*: in Buch II, Kapitel 4. – *Tertull*: könnte sich auf Quintus Septimus Tertullianus (ca. 150–220) beziehen, Rhetor aus Karthago, der im antiken Rom engagiert das Christentum verteidigte.

463 *Graf Guy von Warwick...*: populäre Geschichten und Balladen von Helden und Heiligen; siehe Buch I, Anm. S. 62.

466 *Quanto id diligentius...*: und um wieviel sorgfältiger sollten wir dann sein, wenn wir Kinder zeugen. Sternes Quelle ist Burtons „Anatomie der Melancholie" (1.2.1.6).

467 *um Schonung der Mole*: im Original steht: „to share the mole"; ‚mole' umgangssprachlich für ‚Penis'; Sterne spielt in dem gesamten Abschnitt mit der Doppeldeutigkeit der Begriffe.

469 *Beschreibung der Liebe*: das ganze Kapitel 36 bezieht sich stark auf Burton, und zwar auf dessen Diskussion der „Liebe und Melancholie" im dritten Teil der „Anatomie". Siehe auch Buch VIII, Kap. 33. – *Plotin*: (205–270), Philosoph in Rom und Platon-Kommentator. – *Ficinus*: Marsilio Ficino (1433–1499); italienischer Arzt und Philosoph, der Kommentare zu Platon und Plotin verfaßt hat. – *ob die Liebe ... ein großer Teufel ist*: bei Platon im „Symposion" (202d–204c), worauf hier angespielt wird, heißt es nicht ‚Teufel', sondern ‚daimon', und Daimon steht in der griechischen Philosophie auch für den göttlichen Anteil im Menschen.

470 *spanische Brummfliege*: die Spanische Fliege oder Cantharides gilt seit langem als Aphrodisiakum. – *Topasring*: dem Topas wurde die Kraft zugeschrieben, als Schutz vor negativen Gemütsbewegungen, Traurigkeit, Angst und Krankheit zu wirken. Tristram zieht seinen eigenen Topasring im 13. Kapitel des neunten Buches an.

471 *mit Kampfer getränkten Wachstuchs*: Kampfer ist der Entwicklung oder Steigerung erotischer Gefühle sehr abträglich, wie Burton erläutert.

474 *von den kühlenden Samen*: Gurken und Kürbis sollten Wallungen der Gedanken und Gefühle wieder in ruhige Bahnen lenken.

475 *Inv. T.S. und Scul. T.S.*: (die Buchstaben unter den Linien); „invenit T. S." = erfunden von Tristram Shandy und „sculpsit T. S." = modelliert von Tristram Shandy.

Buch VII

Motto: „Dies ist also kein Exkurs, sondern es ist das Werk selbst." (Plinius der Jüngere, „Epistolae", V, 6, 43. Mit diesem Motto will Sterne kritische Äußerungen unterlaufen, die bemängeln, daß den Büchern des „Tristram Shandy" der innere Zusammenhang fehle und vor allem Buch VII aus dem Rahmen falle, das hauptsächlich von Sternes Erlebnissen während seiner Frankreichreise 1762 erzählt.

479 *jedes Jahr zwei Bände*: siehe dazu Buch I, Anm. S. 76. – *Eugenius*: siehe Buch I, Anm. S. 35.

480 *denn Eugenius konnte mich kaum ... hören*: im Frühjahr 1762 verlor Sterne seine Stimme und konnte danach auch nur noch

mit Mühe predigen. – *Joppe*: Hafenstadt des alten Israel (das moderne Jaffa); von dort aus fuhr Jonas auf das Meer, um dem Auftrag Gottes zu entfliehen (siehe dazu AT, Jonas 1, 3); und NT, Apostelgeschichte 11, 5–17.

481 *Kirche von Rochester*: siehe Buch III, Anm. S. 176; *Dock von Chatham*: eine der wichtigsten Marinewerften Englands im 18. Jh.; *St. Thomas in Canterbury*: dort wurde 1170 Thomas Becket ermordet. Die drei Städte liegen an der Straße von London nach Dover.

482 *Für einen Mann, der Eile hat ...*: vgl. das Buch von Jean Aimar Piganiol de la Force, „Nouveau Voyage de France" von 1724, das Sterne auf seiner Reise als Führer benutzte. Viele beschreibende Passagen im Buch VII sind daraus entnommen.

483 *Stadtschreiber von Ephesus*: Heraklit von Ephesos (ca. 540–480 v. Chr.), vorsokratischer Philosoph.

484 *Calais*: die Angaben über Calais hat Sterne dem Reiseführer von Piganiol de la Force, „Nouveau Voyage de France", entnommen und parodistisch verfremdet.

485 *aus den Grundsätzen ihrer Diät*: der Glaube, daß die Ernährung mit Meeresfrüchten die sexuelle Potenz steigere, findet einige Unterstützung in medizinischen Traktaten der Renaissance; vgl. z. B. Jacques Ferrand, „Erotomania", Oxford 1640.

486 *Rapin*: Paul Rapin-Thoyras (1661–1725), französischer Historiker, der in „L'Histoire d'Angleterre" die Belagerung von Calais beschreibt. Sterne hat sich dieses Werkes bei mehreren historischen Anspielungen in den vorangegangenen Büchern bereits bedient.

492 *poste*: eine Poststrecke entsprach 6 Meilen. – *Wäre ich in der Lage ...*: ähnliche Gedanken finden sich an mehreren Stellen bei Montaigne, „Essais", so z. B. ‚Qu'il ne faut juger de notre heur qu'après la mort' (1, 19) und ‚De la vanité' (III, 9).

493 *Genoveva*: St. Geneviève (ca. 422–500) ist eine Schutzpatronin von Paris. – *Grand Tour*: eine im 18. Jahrhundert übliche Reise durch Europa, vor allem Italien und Frankreich, die vornehme junge Engländer als Abschluß ihrer Erziehung zum ‚gentleman' unternahmen. – *Bischof Hall*: (siehe Buch I, Anm. S. 74); Hall schrieb „Quo Vadis?" (1617), auf das hier verwiesen wird.

495 *Lessius*: Leendert Leys (1554–1623), Jesuit in Antwerpen; die hier genannte Schrift „De perfectionibus moribusque divinis" (1620). – *Franciscus Ribbera*: (1537–1591), spanischer Jesuit.

496 *Priap*: Priapus, griechisch-römischer Fruchtbarkeitsgott, der mit großem, meist eregiertem Phallus dargestellt wird. – *der ich in der Blüte meiner Jahre abgemäht werden soll*: vgl. AT, Psalm 102, 24 und Jeremias 17, 11.

497 *ein Livre*: Ein Livre hatte zwanzig Sou, und ein Sou vier Liards.

501 *Lilly*: William Lyly (1468–1522), Autor einer lateinischen Grammatik, die vom 16. bis zum 18. Jahrhundert in Englands Schulen verwendet wurde.

502 *St. Roche und St. Sulpice*: zwei Beispiele herausragender Barockarchitektur; beide Kirchen wurden Mitte des 18. Jahrhunderts vollendet. – *Spleen*: Sterne spielt mit der Mehrdeutigkeit des Begriffs „spleen“, der für ‚Griesgrämigkeit‘, ‚schlechte Laune‘ ebenso steht wie für die Melancholie, die Robert Burton in seinem Werk untersucht hat.

504 *consideratis considerandis*: wenn man bedenkt, was zu bedenken ist. – *Andouillets*: ‚andouille/andouillette‘, französische Bezeichnung für eine kleine Wurst; im „Gargantua…“, Buch IV und V ist dieses Wort mit entsprechenden Konnotationen häufig zu finden. Siehe dazu auch Toms Werbung um die Witwe des Juden in Buch IX, Kap. 5–7.

505 *Sinovia*: Gelenkschmiere. – *des Mannes von Lystra*: Apostelgeschichte 14, 8 ff.; „In Lystra war ein Mann, der saß da, ohne die Füße gebrauchen zu können; lahm vom Mutterleib an, war er noch nie einen Schritt gegangen“.

508 *Geschöpfe… die gerne die Welt hintergehen*: bei den Maultieren, einer Kreuzung von Eselhengst und Pferdestute, sind die Hengste unfruchtbar.

511 *bouger… foutre*: beim Skandieren oder rhythmischen Sprechen, das die Äbtissin vorschlägt, spielen mehrere Bedeutungen der Wörter ineinander; ‚bouger‘: bewegen; ‚boue‘: Dreck, Abschaum; ‚bougre‘: abfällige Bezeichnung, früher in der Bedeutung von ‚Sodomit‘; ‚foutre‘: kopulieren und ‚fou‘: Narr, Idiot.

515 *Monsieur Sequier*: Dominique Séguier (1593–1659), Bischof von Auxerre; er ließ Gräber von Heiligen öffnen und verfaßte daraufhin einen Bericht über den Zustand der Leichen, die in der Abtei von St. Germain beigesetzt worden waren.

518 *Pringello*: Anspielung auf eine Geschichte in John Hall-Stevensons „Crazy Tales“; Stevenson war Sternes Freund und wurde von seinen guten Bekannten ‚Antony‘ genannt.

521 *meine zwei Schalen Milchkaffee*: Kaffee wurde im 18. Jahrhundert noch als Medizin betrachtet; für Sterne bestand die medizinische Wirkung in der Kombination mit Milch, die wegen ihres Fettgehalts für die Lunge heilsam sein sollte.

522 *valet de place*: Diener. – *Amandus… Amanda*: ein(e) zu Liebende(r).

523 *Lyoner Weste*: Lyon war berühmt für die Seidenmanufaktur.

524 *Santa Casa*: dieses ‚Heilige Haus‘, sagt man, habe die Jungfrau

Maria in Nazareth bewohnt, von wo aus es dann durch Engel auf wunderbare Weise nach Loreto gebracht worden sein soll; siehe auch Buch I, Anm. S. 42.

525 *mit Papageien, Dohlen, usw.*: Sterne verweist auf das ausgeprägte Interesse seines Jahrhunderts, Sprachfähigkeit bei Tieren zu erforschen. – *aber mit einem Esel*: vgl. Sanchos Bedauern über das ihm auferlegte strikte Redeverbot: „Don Quijote", Buch I, Kap. III, 11.

526 *Hans*: im englischen Text steht an dieser Stelle „Jack"; der Name erklärt sich aus der englischen Bezeichnung für Esel: ‚Jackass'.

528 *Ja, das Salz*: in Frankreich gab es eine obligatorische Salzsteuer.

529 *für Öl bezahlen lassen*: Anspielung auf das Sakrament der Krankensalbung, ein Ritus, den die Anglikanische Kirche 1552 aufgegeben hatte.

530 *Par le Roy*: durch Erlaß des Königs. – *der Friede geschlossen*: im Februar 1763 wurde mit dem Vertrag von Paris der Siebenjährige Krieg beendet.

531 *Sancho Pansa*: siehe „Don Quijote" Buch I, Kap. III, 9.

532 *so voller Witz ...*: englisches Sprichwort, vgl. Shakespeare „Romeo und Julia" III, 1, 22–23. *Dodsley oder Becket*: Robert und James Dodsley waren Sternes Verleger für die erste Londoner Ausgabe von Band I, II, III und IV des „Tristram Shandy"; Thomas Becket und P. A. Dehondt veröffentlichten danach die Bände V bis IX des „Tristram Shandy" und blieben Sternes Verleger bis zu seinem Tod.

533 *Papilloten*: Haarwickler aus Papier. – *à la folie*: bis zum Wahnsinn. – *j'en suis bien mortifiée*: ich bin tief gekränkt.

535 *Denn alle Jesuiten hatten Bauchgrimmen*: 1763 hatte man in Frankreich die Jesuiten für illegal erklärt und ihre Habe konfisziert.

536 *die Windigkeit von Avignon*: Doppeldeutigkeit des Wortes ‚Windigkeit': einerseits verweist es auf den Mistral, den starken Südwind, der durch das Rhonetal fegt; andererseits bezeichnet es die Hohlheit oder Aufgeblasenheit der in Avignon versammelten Adelsgesellschaft.

540 *Sankt Bugar*: eine phonetische Vermischung des französischen ‚bougre' (siehe Anm. S. 511) und des englischen ‚bugger'; beides steht für Sodomit, Päderast.

541 *Viva ... Tristessa*: Es lebe die Freude! Ein Pfui über die Traurigkeit! (Fidon = fi donc).

545 *den besten Kohlpflanzer*: siehe bei Montaigne „Essais“ I, 19. ‚Que philosopher c'est apprendre à mourir‘. – *in Frierland, in Nebelland*: imaginäre Länder Sternes. – *Julia ihrem Diego nachreiste*: siehe dazu die Erzählung des Slawkenbergius, S. 274.

546 *Daß von den verschiedenen Arten ... verlasse*: Diese Pose der Spontaneität findet sich auch verschiedentlich in den „Essais“ von Montaigne. – *Pope und sein Porträt*: Alexander Pope (1688–1744), englischer Lyriker und Kritiker; einige Porträts zeigen, wie er von den Göttern inspiriert wird.

547 *der verbohrteste Tartüff in den Wissenschaften*: 1664 war Molières „Tartuffe“ („Der Scheinheilige“) veröffentlicht und sofort verboten worden. Sterne verweist mit dieser Anspielung auf Bischof Warburton. – *Samtmaske meiner Großtante Dinah!*: Als ‚Samtmasken‘ wurden im 17. Jahrhundert Prostituierte oder ‚femmes d'amour‘ bezeichnet.

548 *nicht mehr als nur einen Bischof*: Sternes Urgroßvater, Dr. Richard Sterne (1596–1683), war von 1664 bis zu seinem Tode Erzbischof von York.

549 *die Weber, die Gärtner und Gladiatoren ...*: siehe dazu Montaignes „Essais“ III, 11. ‚Des Boiteux‘. – *Jenny*: vgl. Buch I, Anm. S. 50. – *die Gesichter der Schwachen zu zermahlen*: vgl. AT, Isaias 3, 15.

550 *Longinus*: siehe Buch I, Kap. 19, Anm. S. 58. – *kein Haar aus meines Maulesels Schweif*: Sterne bezieht sich auf das Vergnügen des Dr. Kunastrokius, Buch I, Kap. 7, S. 18.

551 *Ist es noch nicht genug, ... sollst?*: hier zeigt sich Sternes Besorgnis darüber, daß von den 4000 gedruckten Exemplaren der Bände V und VI fünfzehn Monate nach Erscheinen immer noch etwa 1000 keinen Käufer gefunden hatten. – *eine Ader in der Lunge platzte*: im Sommer 1762 erlitt Sterne aus diesem Grund zweimal einen beängstigenden Blutsturz.

552 *Eigenschaften eines vortrefflichen Bedienten*: Sterne stellt zwischen den letzten und ersten Bänden des „Tristram Shandy“ häufig dadurch eine sehr enge Verbindung her, daß er Phrasen, mit denen er seine Charaktere beschreibt, wörtlich wiederholt; vgl. z.B. Buch II, Kap. 5, S. 98, Buch VIII, Kap. 26, S. 587 oder Buch VIII, Kap. 27, S. 589.

553 *mit ihrem Taschenmesser gespielt*: (Dolch-)Messer mit Schaft; die sexuelle Analogie der Formulierung ist unüberhörbar.

555 *in der Geschichte von dem alten umgestülpten Hut*: die Mode der Zeit favorisierte Hüte, die an drei Seiten aufgeschlagen und

festgesteckt waren; außerdem war ‚old hat' ein vulgärer Name für die weibliche Vulva.

557 *die Liebe, zum wenigsten alphabetisch gesprochen*: nachzulesen im „Don Quijote", Buch I, Kap. IV, 7.

562 *von Dan nach Beerseba*: vgl. AT, Richter 20, 1 und 2 Samuel 24, 2. Dan war die nördliche und Berseba die südliche Grenze von Kanaan.

563 *Bouchain*: die Belagerung von Bouchain im August 1711 war einer von Marlboroughs größten Siegen.

564 *Sancta Radagunda*: war bekannt für viele Arten der Selbstkasteiung; siehe auch Buch IV, Anm. S. 257. – *Reise von Fesse nach Cluny*: ‚fesse' (frz.) und ‚clunis' (lat.) heißt beides ‚Gesäß', so daß die sexuellen Nebenbedeutungen der beiden Namen die Reise besonders brisant machen.

565 *Servius Sulpicius*: siehe Buch V, Kap. 3, Anm. S. 353.

568 *denn von jedem Jahrhundert ... Riesenreich der Zeit*: ironischer Seitenhieb Sternes auf die Vorliebe seiner Zeit, der ‚Wissenschaft' der Chronologie große Bedeutung beizumessen.

569 *Belagerung von Quesnoy*: militärisches Desaster, von dem auch Sternes Vater Roger als Soldat betroffen war.

572 *Mönch Bacon*: Roger Bacon (1214–1294), englischer Philosoph und Naturwissenschaftler, zeigt in „De Mirabili Potestate Artis et Naturae" eine beachtliche Kenntnis über explosives Pulver.

574 *böhmisches Königreich*: im englischen Text steht hier „kingdom of Bohemia"; Sterne spielt mit der Doppeldeutigkeit des Namens, der einerseits das historische Böhmen, andererseits ein imaginäres Reich bezeichnet. Nachzulesen bei Edmund Burke, „A Philosophical Enquiry into the Origin of our Ideas of the Sublime and Beautiful" (1757).

575 *Schlacht bei Landen*: vgl. dazu Buch II, Kap. 5, Anm. S. 98.

576 *Luxemburgs Stirn*: François-Henri de Montmorency, Herzog von Luxembourg (1628–1695), führte die französische Armee in die Schlacht von Landen.

577 *caeteris paribus*: unter sonst gleichen Bedingungen.

584 *Archiven von Utopia*: im englischen Text ist hier die Rede von den „archives of Gotham", womit Sterne auf „the wise men of Gotham" und deren sprichwörtliche Schlauheit verweist, die sich hinter der Maske der Einfachheit verbirgt.

585 *thrazischen Rhodope*: Rhodopis war eine berühmte Kurtisane Griechenlands im 6. Jahrhundert v. Chr. „Rhodope aus Thrazien war mit so unwiderstehlicher Faszination ausgestattet, und so aufreizend zog ihr Auge jeden an, daß der, der ihr verfiel, unweigerlich von ihr gefangengenommen wurde"; zu finden bei Robert Burton in seiner „Anatomie" (siehe auch Buch VII,

Anm. S. 502). Von hier bis zum Ende von Buch VIII bezieht Sterne sich immer wieder auf Burtons „Anatomie". – *Galilei nach einem Flecken in der Sonne Ausschau hielt*: im 18. Jahrhundert galt Galileo Galilei als der Entdecker der Sonnenflekken.

586 *Ein Auge gleicht … einer Kanone*: Näheres zu Betrachtungen über das Auge hat Sterne bei Burke „A Philosophical Enquiry" (vgl. Anm. S. 574), Burton „Anatomie" (vgl. Anm. S. 502 und S. 585), und Jacques Ferrand „Erotomania" gelesen. – *Milch der menschlichen Natur*: abgewandeltes Zitat aus Shakespeare „Macbeth" I, 5, 16–17.

587 *Philippiken*: siehe Buch III, Anm. S. 190. – *Ein Satan ist's*: Zitat aus Burton, „Anatomie" (III, 2.4).

588 *Ernulphus*: siehe Buch III, Anm. S. 176. – *die Armen im Geiste*: vgl. NT, Matthäus 5, 3 ‚Bergpredigt': „Selig die Armen im Geiste, denn ihrer ist das Himmelreich."

590 *der Teufel, der nie tot in seinem Graben liegt*: abgewandeltes englisches Sprichwort.

592 *Einsiedlers Hilarion*: die Geschichte des Heiligen Hilarion (291–371) fand Sterne bei Burton, „Anatomie" (III, 2.5.1).

593 *Denn mein Steckenpferd ist …*: Sterne nimmt hier die Beschreibung, die er in Buch I, Kap. 7 vom ‚Hobby-Horse' gegeben hat, wörtlich wieder auf. – *„wie geht's deinem Esel?"*: das gesamte Kapitel 32 spielt mit den im 18. Jahrhundert nahezu gleich ausgesprochenen Wörtern ‚ass' (Esel) und ‚arse' (Arsch); Sternes Wortspielereien sind daher auch nicht ins Deutsche zu übertragen.

595 *zwei ganz verschiedene Arten von Liebe*: siehe dazu auch die Anmerkungen auf den Seiten 459, 469 und 655.

596 *Sie hätten Plato gelesen*: tatsächlich liest Sterne Burton und nicht Platon, und zwar „Anatomie" (III, 1.1.2 und III, 1.2.1). – *„Ich weiß, die Alten hatten zwei Religionen*: vgl. dazu Warburton, „The Divine Legation of Moses".

601 *Und es wird Dir vergönnt, … Anfälle der Begierden dämpften*: siehe dazu die Beschreibung, die Ferrand in „Erotomania" von derartigen Aufregungen gibt; vgl. Anm. S. 586.

602 *Was Dein Getränk betrifft*: vgl. Burton „Anatomie" (III, 2.5.1).